L'Équation

Biographie

Arielle Héra est une jeune autrice qui aime s'approprier les codes de la romance, les bousculer et entraîner ses lecteurs dans des histoires aussi intenses que passionnées. *L'Équation*, son premier livre, s'est déjà vendu à 35 000 exemplaires.

De la même autrice aux éditions Addictives

Misdeed

ARIELLE HÉRA

L’Équation

addictives poche

Avertissement

Chères lectrices, chers lecteurs,
Avant que vous ne découvriez cette romance,
je voulais vous prévenir qu'elle contient des thèmes
difficiles à lire et qui peuvent heurter votre sensibilité :
violence conjugale, agression sexuelle et menaces.
Je ne tolère évidemment aucun comportement
de cette nature.
Sachez également que mon livre aborde
la sociopathie et l'obsession sans jamais
les normaliser.
Apprenez à connaître Tyler et Kelly,
ces personnages authentiques et complexes qui vivent
une histoire d'amour interdite. Voyez-les évoluer,
au fil des pages, et plongez dans l'intrigue
aussi poignante que captivante qui les lie.
Très bonne lecture,

Arielle Héra

Si l'amour était une matière scientifique enseignée
à l'école, elle proposerait trois modules dans son syllabus :
– la primitive des sentiments secrets ;
– les excitantes variables du plaisir ;
– l'addition de l'envie à l'excitation de l'interdit.

Arielle Héra

Playlist

« I Don't Want To Be » – Gavin DeGraw
« Teacher's Pet » – Melanie Martinez
« Obsession » – Beds and Beats
« Anti-Hero » – Taylor Swift
« Tally » – Blackpink
« Falling » – Harry Styles
« Addicted » – Jorja Smith
« Skoin Skoin » – CKay (feat. Bianca Costa)
« Sex Sounds » – Lil Tjay
« Psycho » – Red Velvet
« Dangerously in Love » – Beyoncé
« Be Honest » – Jorja Smith (feat. Burna Boy)
« If It's Lovin' That You Want » – Rihanna
« I Feel Your Love » – Amp Achariya & Aek Sudkhate
« Back to You » – Selena Gomez
« Give Me Some Love » – TYNSKY
« All I Want Is To Be With You » – John Mayer
« Let Me Love You » – Ariana Grande (feat. Lil Wayne)
« I See Red » – Everybody Loves an Outlaw
« I Feel Like I'm Drowning » – Two Feet
« Deeper » – Nelson Freitas
« Do It Well » – dvsn
« Cheerleader » – OMI
« The Rest of the Night » – Natalie Cole

Prologue

Kelly
Le jour des retrouvailles

Le vent bataille avec mes cheveux bouclés, que je sens planer tels des cerfs-volants dans mon dos. J'aurais dû porter un casque, comme il est obligatoire de le faire. Mais je ne suis pas bonne à ça : faire ce qui est recommandé. Non seulement j'aime désobéir, mais j'ai aussi le goût du risque. Et puis, franchement, à quoi bon avoir une moto si on ne peut pas profiter de la sensation incroyable de sentir le vent dans ses cheveux ? Chaque fois que je prends la route sans casque, l'air qui frappe mon corps me donne l'impression d'être un oiseau en totale liberté.

Je sais, j'aurais pu prendre une décapotable. J'en ai les moyens. Mais, avouons-le-nous, une Street Twin 900 est quand même beaucoup plus cool. En plus, je suis certaine de l'impressionner avec ce petit bébé.

Je continue de longer la route côtière jusqu'à Santa Barbara, m'émerveillant des imposants palmiers et de l'immensité du ciel surplombant la ville. Mes lunettes de soleil m'offrent un filtre sans pour autant ternir la beauté du paysage. Je devine aisément la couleur bleu azur du ciel, le vert de la végétation et le jaune du soleil, assorti au sable chaud. Je ralentis pour aspirer l'air frais et souris en imaginant ce que sera ma vie ici.

J'adore déjà cette ville. Elle est sublime. Parfaite. Je comprends pourquoi il est venu s'y installer.

Je me demande la tête qu'il fera lorsqu'il me verra. J'imagine déjà ses yeux se remplir de surprise, sa bouche se tordre en cette moue irrésistible que j'affectionne tant. Il va encore me traiter d'entêtée. Je vais encore lui dire qu'il est un froussard.

Si j'étais dans une romance moderne un peu classique, je serais considérée comme la meilleure amie. Vous voyez de qui je parle ? Celle qui a été créée juste pour venir en soutien à l'héroïne. Celle qui lui conseille de faire des trucs qu'elle n'oserait pas faire toute seule, celle qui lui dit qu'elle devrait se décoincer un peu, qui lui lance des défis qui vont changer sa vie, qui lui dit que, s'envoyer en l'air de temps à autre, c'est génial, et même conseillé par les médecins. Celle qu'on aime bien parce que sa différence de point de vue avec notre personnage principal nous fait éclater de rire.

Si j'étais dans une *dark romance*, je serais le type qui garde un œil sur la nana fragile qu'il veut posséder et qui serait prêt à tuer pour la garder rien que pour lui. Façon de parler, bien sûr. Je n'irai jamais jusqu'au meurtre.

En gros, je serais celle qui n'a pas peur de dire ce qu'elle pense et qui fait clairement bouger un peu les choses dans l'histoire. Ma foi, c'est exactement ce que je compte faire avec la mienne.

Je gare ma moto, devant l'entrée de l'immeuble dans lequel il travaille, en sachant qu'il va bientôt sortir du boulot. D'après ma source d'information, il a rendez-vous avec un magazine pour une interview. Ils veulent écrire un article sur les meilleurs entrepreneurs de l'année, et il a été nommé dans cette catégorie pour la deuxième année consécutive.

Rien que ça !

Mon cœur tambourine de joie. Une délicieuse chaleur coule dans mes veines. Je suis tellement fière de lui que j'ai moi-même hâte de lire cet article, même si je connais très bien son parcours. J'ai peut-être été forcée de rester éloignée pendant des années, mais j'ai continué à m'informer à son sujet.

Quand je le vois franchir les portes de l'énorme bâtiment cylindrique, j'ai l'impression que mon sourire n'a jamais été aussi large. Il a exactement l'allure que je lui imaginais : belle, assurée, déterminée. Sa démarche est encore plus sexy que dans mes souvenirs. Il fait encore plus homme qu'à l'époque du lycée. Téléphone à l'oreille, il déboutonne sa veste, le visage sérieux, et se dirige droit sur… moi.

– Salut, Tyler ! crié-je pour attirer son attention.

Mon ex se fige. J'ai l'impression que le sang quitte peu à peu son visage à mesure que je me rapproche de lui. Chacun de mes pas pèse une tonne. J'ai la sensation que chaque mètre que mes pieds avalent me rapproche à la fois du paradis et d'un échafaud.

– Tu te souviens de moi ? demandé-je à quelques enjambées de son corps.

Je hume le parfum qui l'entoure. Il est différent, mais toujours aussi délicieusement envoûtant.

– Pas besoin de répondre à cette question, ajouté-je devant son visage de glace.

Évidemment que tu te souviens de moi.

Je l'entends mettre fin à sa communication téléphonique. Puis il me regarde comme s'il avait envie de m'étriper. Bon, ce n'est pas vraiment l'accueil que j'espérais, je dois le reconnaître. Mais je ne me laisse pas abattre aussi facilement.

– Kelly Moore, dit-il d'un ton amer.

Ses yeux couleur chocolat me déshabillent. J'ai l'impression qu'il se pose un millier de questions… dont il croit peut-être trouver les réponses dans mon décolleté, qu'il ne lâche pas du regard. Tant mieux pour moi s'il prend mes seins pour une encyclopédie. Je bombe la poitrine pour lui montrer à quel point celle-ci regorge de connaissances dont il n'a pas idée.

– Je parie que tu diras mon nom d'une façon totalement différente dans quelques jours. Tu es libre pour un café ?

Son visage est tellement fermé que je me demande si mon plan n'est pas juste une grossière erreur. Ma meilleure amie avait peut-être raison quand elle m'a dit que c'était une mauvaise idée.

– Qu'est-ce que tu fais ici ? crache-t-il.

Je prends mon courage à deux mains et me rappelle mon mantra : je suis celle qui fait bouger les choses, je suis déterminée, forte, je n'accepterai pas de recevoir un non pour réponse.

– Je veux que tu honores la promesse que tu m'as faite il y a cinq ans, énoncé-je sérieusement.

Il fronce les sourcils.

– Quelle promesse ?

Je sors très fièrement un bout de papier de la poche de ma veste en cuir et le lui montre.

Je le vois contracter ses mâchoires alors qu'il le lit. Puis il noue ses yeux mécontents aux miens et déchire la feuille lentement, sans états d'âme.

Aïe !

Je ne devrais pas l'agacer encore plus, mais je m'entends tout de même lui signifier :

– Ce n'était pas l'original.

En vrai, l'original n'a pas non plus de valeur légale, mais le document reste symbolique à mes yeux.

– Je ne ferai pas ce qu'il y a là-dessus.

– Tu sors peut-être déjà avec quelqu'un ?

Bien entendu, j'ai déjà la réponse à cette question.

– Je ne fais pas dans les rendez-vous amoureux. Et même si j'avais le choix entre toi et un squelette, je choisirais de lécher des os plutôt que de sortir avec toi, Kelly. Mets-toi ça dans le crâne.

Son ton me fait rioter. Je sais qu'il ment, alors ça ne m'atteint même pas. Je crois.

– Ce n'est pas ce que tu disais il y a quelques années.

– Ta famille a failli me pourrir la vie, me confie-t-il avec une rage à peine contenue.

Je sais. Je prends mon ton le plus désolé pour lui répondre.

– Je ne suis pas ma famille.

– Ça ne change rien. À mes yeux, tu n'existes plus.

Je me place juste en face de lui et le provoque du regard.

– Vraiment, Tyler ? C'est pour ça que tu as liké une de mes photos hier ? Tu vas me faire croire que tu n'étais même pas un petit peu curieux à mon propos ?

– Je l'ai aimée par erreur. Je cherchais la photo parfaite, à photocopier en plusieurs exemplaires, pour mes snipers. Méfie-toi, un accident est si vite arrivé.

J'éclate franchement de rire.

– Tu es toujours aussi dégonflé.

– Je préfère le terme « méfiant ». Tu te rappelles ce qui s'est passé la dernière fois que je suis sorti avec toi ? C'est toi qui es toujours aussi incorrigible.

– Je préfère le terme « entreprenante ». Ce qu'on ne sait pas encore, c'est ce qui se passera si on sort ensemble *maintenant*. Alors, ce café ?

Il me toise durement. Moi, je lui souris effrontément. Parce que je la sens, et je sais que lui aussi. Cette tension enflammée est revenue. La même qui a germé le jour de notre rencontre. Celle-là qui a pris progressivement de l'ampleur et qui a fini par exploser tel un volcan entre nous.

Je sais que j'ai peut-être l'air de trop insister. Peut-être que mon visage candide lui paraîtra désespéré, et qu'à ma façon de le bouffer du regard, il se dira que je suis folle. Mais je m'en fous. Je sais ce que je veux.

Je le veux, lui.

Tyler Evans.

En cinq ans, j'ai connu d'autres hommes, certains bons, d'autres moins. Puis il y a eu les carrément mauvais. Mais aucun n'a réussi à me satisfaire complètement, car aucun n'était comme Tyler. Ma psy m'a répété que c'est parce qu'il avait été mon premier. Je lui ai rétorqué que c'est parce qu'il avait été le *meilleur*.

– Je te laisse une dernière chance de t'en aller, Kelly. Retourne à Crystal River.

Je le défie du regard, comme avant, quand il résistait difficilement à mes provocations. Je me demande si c'est toujours le cas.

– Sinon quoi, Tyler ? Tu vas me kidnapper et m'obliger à réviser ? blagué-je en prenant une voix aiguë d'enfant. Tu sais que tu n'es plus mon prof.

Mon ex détourne les yeux quelques petites secondes, comme pour faire signe à quelqu'un, puis il les repose rapidement sur moi. J'ai envie de me tourner pour voir à qui s'adressait son geste, mais son sourire en coin retient mon attention. Il ne me dit rien qui vaille. Cette lueur machiavélique et jouissive dans son regard n'est pas celle que j'attendais. Je tente de contrôler ma respiration et la sensation étrange qui me souffle que je viens de faire une connerie.

Il claque des doigts et, subitement, deux hommes, sortis de nulle part, se postent derrière moi.

– Qu'est-ce qui se passe, là ? paniqué-je.

– Je crois me souvenir de t'avoir fait une autre promesse.

Je déglutis avec peine en me rappelant sa lettre. Les derniers mots qu'il m'a accordés alors que j'étais déjà à l'étranger. Il s'agissait, en réalité, d'une menace plus qu'autre chose.

Il pose ses deux mains sur mes épaules et me tourne pour que je sois face à ses gardes du corps. Les deux gorilles croisent leurs bras pour m'intimider. Me faire comprendre que je ne pourrai pas les amadouer.

Tyler se penche vers ma nuque et souffle à l'orée de mon oreille :

– Je t'en ai appris, des choses, lorsque j'étais ton prof. Mais il semble que tu n'as pas retenu qu'il ne faut pas me provoquer.

Sa claque sur ma fesse m'arrache un tout petit cri. Je frissonne de partout.

– Tu vas gentiment laisser mes gardes t'escorter et m'attendre là où je le souhaite. Jusqu'à ce que je sois disponible.

Mon cœur se déchaîne dans ma poitrine tandis que le mot « imprudence » tourne dans ma tête. J'adore cette sensation qui se propulse dans mes veines. Les risques n'ont jamais été aussi intenses qu'avec lui.

Mais, quand je me retourne pour le regarder, quand je remarque la noirceur de ses pupilles, je crois que j'ai un peu peur, aussi.

J'ai oublié que Tyler n'a jamais été la nana fragile d'une *dark romance*.

C'est lui, le héros principal.

I

I want you to love me (hard)

1

Kelly
La veille des retrouvailles

Il est parfait. Lisse et clair. Net et blanc. D'une pureté presque dérangeante.

Je ne compte plus le nombre de fois où je suis venue dans ce bureau, me suis couchée sur ce large canapé gris et ai contemplé la peinture blanche de ce plafond. Je n'ai pas besoin d'observer autour de moi pour savoir où se trouve chaque élément. Tout est comme avant. De longs rideaux, toujours gris perle, recouvrent les fenêtres. Le tapis, en dessous de la table basse transparente, resplendit de sa blancheur, et les vases couleur crème, dans l'angle des fenêtres, sont toujours remplis des mêmes fleurs de coton. L'aspect immaculé de sa pièce de travail me frappe, comme six mois plus tôt, lorsque j'ai frôlé le sol du cabinet de psychanalyse de la D^re^ Laetitia Trames et que je me suis allongée, sans rien dire, pendant un long moment.

– Kelly ? Rien n'est sorti de votre bouche depuis plus de trente minutes, me rappelle celle-ci. J'ai été vraiment surprise que vous preniez rendez-vous avec moi à nouveau, mais j'espérais que, cette fois, vous arriveriez à prononcer plus que quelques phrases.

– J'ai besoin de conseils, lâché-je posément.

– Vous avez sonné à la bonne porte. Mais vous savez que, pour vous aider, j'ai besoin que vous me parliez, n'est-ce pas ?

Je tourne la tête dans sa direction, remarque que j'adore ses chaussures à talons et à lanières, me demande si elle sait qu'elles ont un pouvoir de distraction, et note dans ma *to-do list* mentale que je dois m'acheter les mêmes avant de partir. Je lui souris et me redresse sur mon siège.

– Je sais, Laetitia. Aujourd'hui, je suis venue de mon plein gré, mais je vous ai réservée pour trois heures, alors ne me pressez pas trop, s'il vous plaît.

– Très bien, me répond-elle en souriant.

J'imagine que, pour elle, c'est une belle progression par rapport aux fois précédentes, où je faisais majoritairement la grève de la parole.

– Vous désirez un petit gâteau avec votre thé ? propose-t-elle gentiment en me tendant une boîte de macarons.

J'accepte volontiers, choisis le plus coloré, sans en connaître le parfum, et le trempe dans mon thé à la lavande avant de le porter à ma bouche. Ce n'est pas le goût que j'espérais, mais je ne me plains pas. Je termine mon gâteau sous les yeux patients de ma psychologue. Enfin, je décide qu'il est temps que je dise quelque chose. Si je lui donne des infos, je pourrai sûrement lui en soutirer en retour. Et puis ça ne peut pas me faire de mal.

– Je vais déménager, lui annoncé-je.

– Oh ! C'est une excellente nouvelle. Ça va vous faire du bien, un peu de changement, après… ce qui vous est arrivé.

– Après la mort de mon père. Vous pouvez le dire, vous savez, pas la peine de prendre des pincettes. J'ai fini de faire mon deuil.

– Comment l'avez-vous fait ?

Elle croise ses jolies jambes nues et parfaitement lisses sous sa jupe, et je rajoute l'épilation intégrale à ma liste. Mes yeux remontent vers les siens. Je lui accorde un grand sourire au-dessus de ma petite tasse de thé, que je tiens à l'anglaise.

– Vous avez essayé, pendant des semaines, de me faire parler de ça, sans grand succès. Qu'est-ce qui vous fait croire que ça va changer aujourd'hui ?

– Ce n'était qu'une simple question. Je suis prête à vous écouter, peu importe le sujet que vous voulez aborder.

J'espérais bien entendre ça.

– Pour me convaincre de venir consulter quelqu'un, il y a un an, ma mère m'a dit qu'un psy, c'est comme un journal intime. Qu'en pensez-vous ? demandé-je en posant ma tasse sur la soucoupe.

– Je ne crois pas que ce soit totalement vrai, mais je peux jouer ce rôle si vous le souhaitez. Plus encore si vous me le permettez.

– J'ai appris que votre fille s'était mise en couple récemment, dis-je sans faire attention à son froncement de sourcils face à ma remarque sortie sans transition.

– Comment savez-vous ça ?

Je me lève, puis me dirige d'un pas lent vers son bureau. Je saisis le cadre qui renferme une photo d'elle et de sa famille.

– C'est elle ? demandé-je en indiquant du doigt la tête de sa progéniture, comme si je ne la connaissais pas déjà.

– Kelly, comment connaissez-vous ma fille ?

Je ricane doucement.

– Ne faites pas cette tête. On dirait que vous venez de découvrir que j'étais une serial killer. Je regardais les photos d'une soirée de gala que mon père avait organisée, il y a quelques années, et je suis tombée sur un cliché de vous avec votre petite famille, rien de plus.

Toujours un peu méfiante, Laetitia lâche un infime

soupir de soulagement. Je veux mon sourire rassurant lorsque je dépose le cadre et me retourne vers elle.

– Ma mère m'a ensuite appris que votre fille s'était mise en couple avec un homme riche. Vous savez comment elle a réussi à lui mettre le grappin dessus ?

– Je suis là pour vous écouter, rétorque-t-elle sèchement. Pas pour vous parler de ma famille.

– Bien entendu, acquiescé-je en posant une main sur son épaule crispée. Mais je posais la question parce que c'est la raison pour laquelle j'ai décidé de déménager. Pour séduire un homme.

Sa main froide retire délicatement la mienne.

– En dehors de votre père, vous n'avez jamais évoqué un quelconque homme. Dites-m'en plus à son sujet.

Je rejoins ma place et m'adosse contre les coussinets moelleux du canapé. Je fixe ses pieds. Il me faut vraiment ses chaussures. Elles m'iraient bien mieux. Je dirais même qu'elles seraient parfaites sur moi.

– Que voulez-vous savoir ?

– Commençons par le début, par exemple. Comment l'avez-vous rencontré ?

Je prends une petite inspiration.

– Tout a commencé il y a cinq ans…

2

Kelly
Cinq ans plus tôt

Non, non, non !

Pourquoi mon alarme n'a pas sonné ? Je me lève en trombe et lance un regard mauvais à l'arme du crime d'hier : mon ordinateur portable, qui affiche, sur son écran, l'épisode 7 de la première saison d'*Élite*.

Pourquoi est-ce que j'ai encore cédé à cette voix diabolique, dans ma tête, qui m'a proposé : « Juste un épisode de plus ? » On sait tous comment ça finit.

Je saisis mon téléphone, tente de l'allumer, mais constate qu'il est éteint.

Merde, j'ai oublié de le mettre en charge hier !

Je répare rapidement mon erreur, puis me dirige vers la salle de bains, la bouche un peu pâteuse à cause du pop-corn de la veille. J'y attrape ma brosse à dents à l'arrache, y dépose une noisette de dentifrice, puis fonce sous la douche.

Je lance le jet et réussis le tour de force de me brosser les dents tout en me frottant partout en cinq minutes chrono.

Je sors comme une furie, évite de justesse une glissade mortelle, peste devant le miroir contre mes cheveux bouclés, qui me réclament toujours plus de temps que le reste de ma routine matinale. Serviette autour de la poitrine, j'ouvre la porte de ma penderie. Sans trop réfléchir, je saisis un jean slim, un top noir, des baskets, et hop, je suis prête !

Mon portable n'est chargé qu'à quinze pour cent et j'ai quinze minutes de retard lorsque je descends l'escalier pour rejoindre la salle à manger.

– Kelly, tu as vu l'heure qu'il est ? me gronde directement Helena, ma nourrice depuis toujours.

– Helena, *tu* as vu l'heure ? Tu aurais pu me réveiller !

– Qui a fièrement déclaré, en début d'année, que, maintenant qu'elle était en terminale, elle n'avait pas besoin de moi pour se responsabiliser ?

Elle me tend une tartine de beurre de cacahuète, que je croque sans la saisir. J'avale rapidement quelques gorgées de jus d'orange et remarque qu'elle est beaucoup trop apprêtée pour rester à la maison.

– Tu sors ?

– Je dois passer chez le teinturier pour tes parents et en profiter pour faire d'autres courses.

– Ah !

– Ils rentrent bientôt, tu sais, ajoute-t-elle gentiment pour me rassurer.

Ce qui veut dire : peut-être dans deux ou trois semaines. Mon père, l'attaché de presse politique du maire, est toujours en déplacement à Miami, à Orlando ou ailleurs dans le monde. Quant à ma mère, son travail d'avocate l'amène à prendre l'avion aussi souvent que ses clients l'exigent. Aucun n'a voulu renoncer à ses ambitions professionnelles. Quand ils me traitent d'entêtée, je leur réponds que c'est d'eux que je tiens ce trait de caractère. Parfois, je me demande comment ils font pour maintenir une relation aussi forte, alors qu'ils ne se voient pas beaucoup.

Ma nourrice continue de me fixer avec des yeux compatissants.

– Je n'ai rien demandé. Je m'occupe seule de moi, Helena, tu le sais bien.

– Oui, j'en ai la preuve. Un quart d'heure de retard

déjà, me houspille-t-elle en m'indiquant du doigt une montre imaginaire à son poignet.

– Je demanderai à John de foncer sur la route. Il l'a déjà fait plusieurs fois, répliqué-je en haussant les épaules, l'air de rien.

Ses traits légèrement ridés de cinquantenaire se creusent encore plus. Je devine qu'elle s'apprête à me faire un autre reproche, mais le bruit de la porte qui s'ouvre nous arrête toutes les deux dans notre discussion.

– Hey, Kelly !

Le fils d'Helena me salue de la main. Il vient lui rendre visite tous les samedis.

– Hey, Elio ! lui lancé-je, un peu gênée.

Il fait une bise tendre à sa mère. Je ne peux pas m'empêcher d'envier le fait que, lui, il puisse la voir aussi souvent qu'il le souhaite.

Au début, je me disais que c'étaient mes deux années de plus que lui qui l'intimidaient, mais j'ai fini par réaliser qu'il avait un petit béguin pour moi. Ça ne m'étonne donc pas qu'il m'adresse un regard brûlant encore aujourd'hui. Cependant, il fixe beaucoup plus ma poitrine qu'à l'accoutumée. Je suis rapidement la ligne de son regard.

Oh, non !

Je me retiens d'écarquiller les yeux pour que ma nourrice ne se rende pas compte de ce que son fils a remarqué en moins d'une minute.

– Helena ? Ta veste est magnifique. Tu pourrais me la prêter, s'il te plaît ? dis-je d'une voix de tentatrice en m'approchant déjà pour la récupérer.

– Oh, merci ! s'extasie-t-elle. C'est un cadeau de ta mère, en réalité.

Elle commence à retirer son bras de la première manche.

– Je lui ai dit qu'elle était beaucoup trop généreuse avec moi.

Puis le deuxième bras glisse hors du vêtement.

– Surtout, tu ne la taches pas avec de l'encre à l'école… Attends.

Elle s'immobilise, tenant l'objet que je convoite en l'air.

– Où est le piège ? demande-t-elle en me toisant d'un air suspicieux.

Je lui retire rapidement l'habit des mains avant qu'elle ne voie, elle aussi, ce que son fils a constaté et l'enfile à la hâte.

– J'ai oublié de mettre un soutien-gorge, soufflé-je en filant vers le garage.

– Kelly Perla Moore ! Reviens ici tout de suite ! crie-t-elle dans mon dos.

– Il faut que tu te mettes dans l'air du temps, Helena. Le *no bra*, c'est une tendance très à la mode, annoncé-je sur le même ton.

Maintenant que je l'ai dit à voix haute, je réalise que, moi aussi, je suis un peu vieux jeu pour avoir voulu tout de suite cacher le fait que je ne porte pas de soutien-gorge. En soi, je ne fais absolument rien de mal.

– Le *no quoi* ? demande ma nourrice, ce qui me fait rigoler.

Sa voix s'est dangereusement rapprochée. Je m'engouffre rapidement dans la voiture.

– Je t'explique à mon retour. Bisou !

Je demande à John, mon chauffeur, de ne pas faire attention à ses petits cris et de foncer encore plus vite qu'un taureau pendant une corrida vers mon lycée. Il s'exécute sans poser de questions. Je profite du trajet pour me maquiller dans le miroir avant, brosser mes cheveux et y passer de l'huile pour redéfinir mes boucles.

Lorsqu'il me dépose devant le lycée, je saute hors de

la voiture, me précipite vers l'entrée et, comme dans un vilain ralenti de film, je rentre tout droit dans le gardien du lycée. Mon sac s'ouvre dans sa chute et mes affaires se renversent.

Je lâche un long soupir, exaspérée. Les cours le samedi matin ne devraient pas exister. Genre jamais. Nulle part. C'est déjà suffisamment difficile comme ça de se lever un lundi matin, alors, le premier jour du week-end, ça ne devrait même pas être envisageable. Avant de commencer ma dernière année, j'étais persuadée que ceux qui venaient un samedi à l'école étaient ceux qui avaient été collés ou avaient commis de lourds péchés. Depuis, j'ai découvert les cours de soutien obligatoires. Et je ne m'en remets toujours pas.

Ma faute grave, à moi ? Ne pas être assez bonne en maths.

Je me baisse pour refaire mes lacets tandis que le gardien se penche pour m'aider à ramasser mes affaires.

– Vous êtes en retard, se sent-il obligé de me rappeler.

On est samedi, bordel ! Dans un lycée normal, j'aurais été dans mon lit, entourée des doux bras de Morphée. Mais le River High School n'est pas une école banale, alors je réponds :

– Panne de réveil. Bonne journée !

Je lui souris gentiment pour son aide, me relève et cours vers ma salle de classe.

Quand je pénètre à l'intérieur de celle-ci, je me rends compte avec soulagement qu'il n'y a personne au bureau du professeur.

– Ouf ! On n'a toujours pas de prof ! Je pensais vraiment que j'étais en retard aujourd'hui.

Je ne comprends pas pourquoi la direction nous oblige quand même à venir signer la feuille de présence alors que notre prof est absent depuis trois semaines et que la probabilité qu'ils finissent par lui trouver un remplaçant est aussi faible que mes chances d'obtenir un A dans sa matière.

Mon casque Bose sur les oreilles et tout en fredonnant « I Don't Want to Be » de Gavin DeGraw, je me dirige vers ma place en répondant à mes DM Instagram. Plusieurs personnes ont réagi à ma dernière story, au sujet de mes théories sur la fin de la première saison de ma série en cours.

La tête plongée dans mon téléphone, je ne remarque pas tout de suite les signes de la main que ma meilleure amie me fait. Quand je me rends compte que ses pouces m'indiquent le fond de la classe, je les suis du regard. J'y découvre un nouvel élève, qui m'observe un peu sévèrement, mais je décide de ne pas faire attention à cet air de méchant loup.

En fait, non. Je ne décide rien du tout. Son regard force le mien à stopper tout ce que j'étais en train de faire pour l'admirer.

Mamma mia !

C'est lui qui aurait dû m'aider à ramasser mes affaires tout à l'heure. Je devrais me demander pourquoi il intègre une nouvelle classe seulement quatre mois avant la fin de l'année, mais ses yeux m'empêchent de réfléchir normalement. Ils me coupent la parole pendant quelques secondes. Moi, qui d'ordinaire trouve toujours un truc à dire, je me retrouve à ne pas savoir comment formuler une phrase.

Sujet, verbe, complément, me répété-je, mais rien ne sort.

Aucun garçon ne m'a jamais regardée de cette façon. J'ai l'impression de faire face à un homme. Plus séduisant, plus mature, plus intelligent. C'est comme s'il avait été créé avec la dose parfaite de chacun de ces éléments, et le mélange est… sexy. J'ouvre grand la bouche, puis la referme et l'étudie encore de la tête aux pieds.

J'adore déjà tout chez ce type. De ses cheveux courts un peu décoiffés – comme s'il venait de sortir du lit – sa chemise blanche près du corps, en passant par sa peau bronzée, jusqu'à son jean noir, comme le mien. Instinctivement, j'essaie de le comparer aux acteurs sur lesquels je fantasme, mais rien ne me vient. Lui, il est juste… parfait.

Beaucoup trop pour que je ne saisisse pas ma chance de lui faire du rentre-dedans avant qu'il soit noyé sous toutes sortes de demandes de la part des autres filles.

– Coucou ! Tu es nouveau, c'est ça ? Moi, c'est Kelly. Si tu ne sais pas un truc ou si tu as besoin de quoi que ce soit, demande-moi, d'accord ? Et, au passage, je te trouve vraiment à tomber ! le complimenté-je en espérant qu'il ne m'éconduira pas en public.

Heureusement pour moi, il ne m'observe pas bizarrement. Il paraît d'abord surpris, puis je remarque qu'il cherche à cacher son amusement.

Quand Annie frappe ses deux mains sur son visage avec désespoir, je me tourne vers elle. Elle me demande, à travers de grands gestes, de retirer mon casque.

– Ah oui, j'ai oublié, dis-je en m'exécutant.

Ma meilleure amie souffle en se cachant la bouche d'une main :

– Ce n'est pas un nouvel élève ! C'est Evans !

Je penche la tête avec une mine renfrognée. Pourquoi elle me précise son nom ? Est-ce que je suis censée le connaître ? Je crois que je m'en serais souvenue si j'avais croisé un type pareil. Peut-être que mes parents le connaissent…

Comme ça ne me dit rien, je lui demande :

– Qui ça ?

– Evans !

Je pince lentement la bouche pour réfléchir, puis me fige quand je réalise qu'il ne peut s'agir que d'une personne. Seules mes lèvres bougent pour questionner doucement :

– Le futur remplaçant ?

– Oui ! crie mon amie, entre ses dents, en même temps que toute la classe.

Mes yeux s'agrandissent et je suis certaine que mes joues rougissent. Mon visage passe du choc à l'effarement, puis à une profonde gêne. Je serre mon casque dans ma main et me force à ne pas baisser la tête, honteuse. Les dix autres cancres en maths de ma classe se moquent de mon erreur.

Mais ce n'est pas ma faute. Franchement, lui, prof de maths ? Il a dû y avoir une erreur sur le CV. Il est beaucoup trop jeune et sexy pour être enseignant.

– Mais pourquoi il ne l'a pas dit depuis ? continué-je, toujours en chuchotant.

– Je ne sais pas. Peut-être qu'il est du genre patient. Excuse-toi au lieu de chercher à savoir !

– Je vous entends, les filles, intervient enfin mon nouveau prof.

Je sursaute en entendant son timbre grave. C'est avec cette voix profonde et terriblement érotique qu'il va nous donner des cours ? Je m'apprête à faire une remarque, mais ses yeux m'en dissuadent. À la place, je m'entends bafouiller en même temps que ma meilleure amie :

– Désolée, monsieur.

Il porte toute son attention sur moi. J'ai bien dit : *toute son attention*.

– Je laisse passer votre retard pour cette fois, mademoiselle… ?

Son ton est autoritaire, aussi froid et tranchant qu'une lame de rasoir. Mais son regard… Son regard me dit que je ne le laisse pas insensible. Prof ou pas, c'est un homme, et j'ai suffisamment surpris Elio en train de me regarder comme il le fait pour savoir qu'il n'est pas indifférent. Je me fais peut-être des films, mais j'aime prendre des risques, alors je lui souris d'une façon tout à fait insolente.

Ma gêne désormais envolée, je réponds :

– Je vous l'ai déjà dit : moi, c'est Kelly. C'est vous qui ne vous êtes pas présenté.

– Evans. Je parlais de votre *nom*, mademoiselle.

– Moore. Je parlais de votre *prénom*, monsieur.

Mes camarades lancent des « ouuuh » appréciateurs autour de nous. Devant mon sourire effronté, je le vois serrer son poing dans sa main. Je sens que mes derniers mois de lycée vont être extrêmement divertissants…

3

Tyler
La veille des retrouvailles

Je lis le mail de ma secrétaire, qui m'informe que mon rendez-vous pour l'interview du *Horbes Magazine* se tiendra demain, à quatorze heures, au Castillo Hôtel. Elle m'a envoyé une liste de questions, que je lis de façon distraite. À quoi bon me concentrer là-dessus ? Je mentirai en répondant à la grande majorité d'entre elles, de toute façon. Les gens ne veulent pas connaître la vérité. Ils veulent que je leur serve une belle histoire capable d'inspirer les bouquins qu'ils lisent le matin, en prenant leur café, ou qui leur donnera le courage de quitter leur job de merde, qu'ils n'abandonneront finalement jamais.

Un de mes gardes tape trois fois à la porte de la salle VIP dans laquelle je me trouve. C'est le code pour me signifier que le casting débutera d'ici peu. D'habitude, je le fais passer avec mon mentor, Caleb Guerrez, mais ce dernier n'est pas disponible aujourd'hui.

En tout cas, c'est ce qu'il m'a confié il y a de ça quelques heures. C'est pourquoi je suis surpris de le voir débarquer avec une serveuse sur les talons. Comment est-ce qu'elle s'appelle, déjà ?

– Qu'est-ce que tu fais ici ? demandé-je avant même qu'il ne se soit assis près de moi.

– Il se trouve que ta sœur a décommandé. Quand je suis arrivé, elle a dit devoir déjeuner avec une ancienne amie. J'ai préféré les laisser entre femmes.

Je retiens un petit ricanement.

– Tu veux dire qu'elles ont refusé de t'inviter, argué-je.

– Tu sais que je préfère faire passer nos auditions.

– Je sais que tu es un pervers.

Loin de s'offenser, il hausse les épaules avec indifférence.

– Il faut l'être au moins un peu pour faire ce qu'on fait. Toi-même, tu en as chopé quelques-unes, dans les lots, pour ton compte.

Il a raison. Il faut être carrément tordu pour tremper dans notre domaine. Si *Horbes* savait qu'une partie de l'argent que j'ai investi dans mon agence immobilière vient en réalité d'une activité qui frôle l'illégalité, je doute qu'il voudrait encore ma photo dans son magazine.

– Pour ma défense, ce sont elles qui me réclamaient.

La serveuse, une jeune femme aussi peu vêtue que le reste de notre personnel féminin, nous sert deux verres de gin, puis nous les tend.

– Ça doit aider, d'avoir une aussi belle gueule.

Il mate ouvertement le creux qui se crée au milieu de son énorme poitrine, lorsque la serveuse se penche, et fait exprès de ne pas récupérer tout de suite son verre pour continuer à la regarder.

Je ne sais pas s'il parle de moi ou d'elle, alors je ne réponds rien. J'attrape mon verre et le porte à mes lèvres.

La première de nos candidates est escortée par un garde sur la piste de danse. On peut sentir sa nervosité à des kilomètres à la ronde. Je devine que c'est sa première fois. Elle enlève lentement le manteau qui recouvre son corps, dévoilant sa jolie plastique, et attrape timidement la barre en métal au milieu de la scène.

– Encore une novice, souffle mon ami, l'air ennuyé.

– On a besoin de sang frais, Caleb. Le Bunkey Club nous a volé les meilleurs éléments.

– Ce n'est pas celle-là qui les remplacera. Je préférerais de loin ma cliente actuelle. Tu sais, celle dont je t'ai parlé.

– Tu as envie de baiser toutes nos clientes de l'agence, Caleb. Et toutes nos employées du club.

– J'ai déjà fait toutes celles du club, répond-il fièrement.

– Évidemment.

– Mais tu verrais le corps de cette nana ! Je me la fais quand elle veut.

– Je m'étonne que tu ne l'aies pas convaincue de passer le casting.

Notre potentielle future strip-teaseuse se déhanche sur une musique qu'elle pense sûrement être lascive. Je n'aime rien dans son show, ni son choix de musique, ni ses sous-vêtements – qui met des dessous verts ? –, ni ses coups de reins saccadés. J'ai l'impression de faire face à ces figurines de chiens que mes parents avaient à l'avant de leur voiture et qui bougeaient leur tête au moindre mouvement.

– Je sais choisir mes combats. Elle est du genre super friquée.

– Oh ! me rappelé-je. C'est celle qui a insisté pour avoir un appartement similaire au mien ?

– Pas juste un qui soit équivalent, celui qui *est* dans ton immeuble. Elle a fait le chèque sans même l'avoir visité. Peut-être que c'est une sorte de tarée qui espère te croiser nu dans les couloirs. Ça ne t'a vraiment pas dérangé que je la laisse acheter cet appart ?

Je hausse les épaules négligemment.

– Les gens riches ont tous leurs petites perversions, soufflé-je.

– Comme tu dis. On est bien placés pour le savoir maintenant.

– C'est différent. C'est pour être riches que nous avons plongé dedans.

Et si c'était à refaire, je sauterais de nouveau à pieds joints dans le puits de perversions qui m'a emmené où je suis aujourd'hui.

Caleb sort son téléphone de sa poche et pianote deux ou trois trucs. Je me dis que je devrais en faire autant. Je fais signe à la fille de stopper sa danse désordonnée. Je pense qu'elle a compris toute seule qu'elle vient de perdre sa chance. Elle s'arrête, les yeux vitreux de larmes, un peu troublée, mais récupère son vêtement et suit notre garde dehors sans rien dire.

– Qu'est-ce que tu fous, Caleb ? questionné-je en le voyant sourire.

– Regarde-la, m'enjoint-il en me montrant son téléphone. Ce sont des nanas comme elle qu'il nous faut.

Je récupère son smartphone et manque aussitôt de le lâcher en voyant le visage de mon ancienne élève.

– D'où tu la connais ? marmonné-je entre mes dents serrées de colère.

– C'est ma cliente.

Mes dents vont se casser si je continue de les maintenir écrasées les unes contre les autres comme ça. Je prends mon verre et le termine pour leur donner un peu de répit.

– Kelly… Kelly Moore ?

Mon pote lève des sourcils surpris.

– Tu la connais, toi aussi ?

J'en suis tombé amoureux. Fort heureusement, la vie m'a rappelé que ce sentiment inutile n'était pas pour moi.

– Mieux que je ne l'aurais voulu.

– Ah oui ? fait-il, intéressé. Et comment, exactement, est-ce que tu connais cette bombe ?

– Tout a commencé il y a cinq ans…

4

Tyler
Cinq ans plus tôt

Je ne me préoccupe pas de son air de vieux dirlo mécontent. J'ai l'habitude depuis le temps. Son regard se pose sur le haut de ma chemise, que je refuse de boutonner. Ses yeux gris, semblables à de l'aluminium, ne m'impressionnent pas. Il sait que mon regard est plus lourd que du plomb. J'aime le vêtement qu'il m'a acheté. Je me trouve même franchement beau gosse dedans.

Juste parce que je sais que ça le fait chier de l'entendre, je lui répète :

– Je n'aime pas cette chemise.

– Tu préfères peut-être que ta violente de mère te donne la chemise orange[1] qu'elle porte actuellement ?

Je serre les dents pour ravaler mon insulte. Comment ce fils de pute peut-il être le frère de mon père ?

– Ne me fais pas perdre mon temps, Tyler. Ferme ces boutons et va retrouver ta classe.

– Est-ce que je suis vraiment obligé de faire ça ? demandé-je, exaspéré.

– Ma maison, mes règles.

– On n'est pas à la maison, là.

Il se déplace rapidement et m'attrape par le col pour me forcer à l'affronter du regard.

1. Couleur standard des uniformes des prisonniers aux États-Unis.

– C'est la violence qui fonctionne sur toi ? Estime-toi heureux de pouvoir me servir à quelque chose. Tu connais mes règles.

Je le dépasse de plusieurs centimètres et je suis bien plus fort. Je retire donc sans aucun mal la main qu'il a sur moi.

– Dire que je ne peux même plus porter plainte pour violences sur mineur, soufflé-je en reculant pour me débarrasser de sa présence venimeuse.

Il m'incendie du regard.

– En parlant de mineurs… avertit-il. Il y en a beaucoup dans cette école, notamment dans la classe que tu vas tenir. Je ne veux pas entendre que tu en as touché une. Je ne veux même pas apprendre qu'une rumeur de ce genre court. Est-ce bien clair ?

Comme si j'avais besoin de piocher dans les petites écervelées timides et stressées par leurs examens ! Je dois prendre sur moi. Ce n'est qu'une question de temps. En attendant, je dois faire ce qu'il dit. Pour Briana.

– Oui, opiné-je.

– Et enlève-moi cette casquette ! Tu n'es plus un étudiant ! Si tu veux que les autres enseignants te respectent ici et te considèrent comme un des leurs, il va falloir que tu leur prouves que tu es un garçon sérieux.

Je le toise.

– Je n'en suis pas un.

– Eh bien, tu apprendras !

Son ton devient encore plus menaçant qu'avant.

– Je te préviens, un faux pas, *un seul*, et tu peux oublier l'idée d'obtenir la garde de Briana. Je la dresserai comme il se doit. Comme ta salope de mère n'a pas su le faire.

Un frisson de dégoût me traverse l'échine alors que j'entends ces mots. Je serre les poings.

– Je suis important dans cette ville. Je ne permettrai pas que tu entaches ma réputation.

Oui, c'est ça. Moi, la seule crasse de sa vie que je vois, c'est lui-même. Ma respiration devient saccadée à mesure que je me retiens de lui casser la gueule.

Prends sur toi, Tyler. Prends sur toi.

– Allez, maintenant file. Tu as des cours à donner, termine-t-il en se retournant vers son bureau.

Je sors en claquant la porte aussi fort que je le peux. Non, ça ne m'aide pas à me calmer, mais je préfère qu'on soit tous les deux en rogne.

Je traverse d'un pas lent les couloirs du lycée huppé que sa secrétaire m'a fait visiter hier soir, juste après la séance de shopping, qui m'a également été imposée – parce que je dois être présentable pour ce jour béni. Je lève les yeux au ciel et souffle un « achève-moi » à Celui qui n'écoute jamais mes prières.

Lorsque j'entre dans la classe réservée aux cours de soutien que je suis censé donner, tous mes élèves lèvent leur tête vers moi.

Ils me regardent bizarrement. Pourtant, j'ai obéi à mon oncle et enfilé une chemise blanche, parfaitement repassée, pour cacher mes tatouages. Une dizaine de paires d'yeux me fixent comme si j'étais un nouveau spécimen qu'ils découvraient. Je peux les comprendre. À leur place, moi aussi, je serais étonné de voir que mon nouveau prof de maths ressemble à… moi.

Je n'arrive même pas à imaginer ce que je serais en train de penser si une version féminine de mon corps s'était matérialisée pendant ma dernière année du lycée. Je peux donc très bien comprendre les regards admiratifs de mes élèves du sexe opposé. Je dois faire comme si ça ne m'embarrassait pas de représenter de la viande fraîche entourée de jeunes vautours qui découvrent leur sexualité à cet âge.

Maintenant que je suis loin du dirlo, je défais à nouveau les premiers boutons de ma chemise, même si je suis conscient qu'ils ne sont pas responsables de ma gorge nouée. Non, mais quelle idée de me choisir, moi, pour ça ! J'ai une tête à vouloir apprendre des choses à des idiots ?

C'est sa façon de me punir, j'en suis certain.

– Je suis Tyler Evans. Le remplaçant de M. Nates. Je sais que vous vous posez des questions à mon sujet…

À ma gauche, une main ornée de bijoux se lève déjà.

– Sachez que je n'y répondrai pas.

La main se baisse.

– Nous avons tous un combat commun : les maths. Je suis là parce que je suis bon dans ce domaine. Vous êtes assis sur ces chaises parce que vos notes démontrent que ce n'est pas votre cas. Vous n'avez pas envie de vous lever tôt un samedi matin et de finir plus tard deux fois dans la semaine ? Moi, encore moins. Alors, soyez discrets, faites ce que je dis et… ça devrait être cool.

– Ça devrait être cool ? répète une élève vers l'arrière de la salle.

Ses cheveux sont serrés dans une stricte queue-de-cheval qui met en exergue les traits fins de son visage. Ses grands yeux bleus semblent me juger comme si elle était le bon Dieu, que je venais d'arriver au paradis et qu'elle doutait que j'y aie ma place.

– Ouais, confirmé-je.

– C'est ce que vous dites à des élèves qui veulent obtenir leur diplôme dans quelques mois et dont les notes laissent à désirer ?

Je me pince l'arête du nez pour calmer mes nerfs, qui manquent sérieusement de caféine. Puis je la regarde sans cacher mon agacement.

– Ouais.

– Vous avez tout de même conscience que nous payons une fortune pour ces cours de soutien ?

Oh là là, elle ne va pas commencer à m'emmerder, celle-là ! Pourquoi il y en a toujours une qui fait chier tout le monde dans une classe ? Elles se passent le mot chaque année ou quoi ?

Les autres élèves sont soit blasés, soit fatigués, soit distraits par mon joli visage. Elle devrait faire comme eux. Supporter mon oncle à la maison est déjà assez ennuyeux comme ça, je n'ai pas besoin de plus de reproches.

– Ouais.

– Vous savez dire autre chose que…

Je lui coupe la parole en me raclant la gorge bruyamment. J'explique ensuite, le plus clairement possible :

– Maintenant que j'ai fini de me présenter, je vais faire l'appel dans le fond.

– Vous n'êtes pas vraiment prof, n'est-ce pas ? demande la chieuse, l'air un peu paniqué.

– J'aide ma petite sœur à faire ses devoirs. Ça compte ? demandé-je en espérant que ça lui fasse piquer une crise.

Son visage effaré est moins divertissant, mais je m'en contente.

– Vous n'êtes pas prof.

Cette fois, ce n'est pas une question.

– Maintenant si, asséné-je fermement avant de saisir la feuille de noms.

Heureusement qu'ils ont pensé à coller des photos au-dessus des noms de chaque personne.

– N'hésitez pas à me reprendre si jamais j'écorche votre nom. En attendant, ouvrez vos livres au chapitre sur lequel vous vous étiez arrêtés avec votre ancien prof, M. Nates.

Je suis en train de me rendre vers une place libre, au fond de la classe, quand la même élève recommence :

– M. Nates ne reviendra plus ?

Elle va être casse-couilles, celle-là, je le pressens déjà ! Je regarde son visage, puis la recherche sur le document que m'a transmis l'administration. Dessus, j'ai la photo, le nom, l'âge et la moyenne en maths de chacun de mes élèves. Celle qui n'arrête pas de m'interrompre s'appelle Annie Snones. C'est noté.

– Dès que la direction en saura plus, nous vous tiendrons au courant, l'informé-je, exactement comme George me l'a demandé.

Mon oncle est vraiment un salaud de me faire faire ça !

Je m'installe enfin dans mon coin, bien content que leurs regards soient dirigés devant eux, puis entame l'appel.

Je dois être à la lettre G quand une nouvelle élève déboule brusquement dans la salle de classe. Elle vérifie qu'il n'y a personne au bureau du prof et conclut à voix haute :

– Ouf ! On n'a toujours pas de prof ! Je pensais vraiment que j'étais en retard aujourd'hui.

Elle *est* en retard. Je jette un coup d'œil à ma montre : en retard de dix minutes.

Le casque qui entoure ses boucles brunes l'empêche d'entendre ses camarades, qui lui disent que je suis bel et bien là.

Elle rejoint la fameuse Annie Snones, qui se trouve deux rangs devant moi. Trop occupée à répondre à des textos sur son téléphone, elle ne fait pas tout de suite attention aux signes de main que sa copine fait dans ma direction. Quand elle réalise enfin qu'Annie pointe le doigt vers le fond de la salle, elle se tourne vers moi, qui l'observe sévèrement. Enfin, j'espère que mon visage fermé arrive à cacher à quel point j'adore ses cheveux bouclés et son magnifique teint hâlé, héritage de son métissage.

Oh, non, je ne peux pas penser ça, il s'agit de mon élève...

Elle ouvre grand la bouche, choquée de me voir, puis la referme et m'étudie de haut en bas. J'en profite pour faire de même.

Son corps de femme – disons ce qui est – est habillé d'un jean moulant noir, d'un petit débardeur de la même couleur, sur lequel elle porte une veste en maille, un peu trop classe pour quelqu'un de son âge. Sac, chaussures, bijoux, portable : tout ce qu'elle possède semble très cher. J'espère ne pas avoir affaire à une nana pourrie gâtée qui croit qu'elle va faire sa loi dans mon cours. Je suis là pour très peu de temps et j'aimerais qu'il passe sans que j'aie à me retrouver dans le bureau du directeur. Il en profiterait pour m'emmerder à la maison.

Quand elle rouvre la bouche, j'attends qu'il en sorte des excuses, mais à la place j'entends une voix langoureuse me dire :

– Coucou ! Tu es nouveau, c'est ça ? Moi, c'est Kelly. Si tu ne sais pas un truc ou si tu as besoin de quoi que ce soit, demande-moi, d'accord ? Et, au passage, je te trouve vraiment à tomber !

Les élèves éclatent de rire en chœur. Même moi, j'ai envie de pouffer sous mon air abasourdi. Je parviens difficilement à prendre une mine renfrognée pour me montrer autoritaire.

Annie frappe ses deux mains sur son visage avec désespoir et lui demande, à travers des gestes éloquents, d'ôter son casque.

– Ah oui, j'ai oublié, répond-elle en s'exécutant.

Toute la classe, y compris moi, admire le joli spectacle que la jeune fille est en train de donner.

Annie souffle en se cachant la bouche d'une main :

– Ce n'est pas un nouvel élève ! C'est Evans !

La nouvelle penche la tête.

– Qui ça ?

– Evans !

Elle pince lentement sa bouche sensuelle, semble réfléchir, puis elle se fige quand elle réalise qui je suis. Je suis toujours magnétisé par sa bouche, qui demande :

– Le futur remplaçant ?

– Oui ! lui crient tous les autres.

Je croise lentement les bras tandis que ses grands yeux vifs s'agrandissent. Son visage passe par tout un tas d'émotions, et elle finit par rougir vivement d'embarras.

– Mais pourquoi il ne l'a pas dit depuis ? continue-t-elle, toujours en chuchotant.

– Je ne sais pas. Peut-être qu'il est du genre patient. Excuse-toi au lieu de chercher à savoir !

– Je vous entends, les filles, lancé-je enfin dans le brouhaha de rires qui s'est levé dans ma salle de classe.

Elles sursautent en entendant ma voix.

– Désolée, monsieur, bafouillent-elles à l'unisson.

Je porte mon attention sur la retardataire.

– Je laisse passer votre retard pour cette fois, mademoiselle… ?

Je croyais qu'elle avait compris son erreur, qu'elle ferait maintenant profil bas. Mais je ne m'attendais pas à ce que sa bouche rieuse me sourie de façon tout à fait insolente. Une façon qui me plaît apparemment beaucoup parce que je suis obligé de me retenir pour conserver un visage inexpressif.

– Je vous l'ai déjà dit : moi, c'est Kelly. C'est vous qui ne vous êtes pas présenté.

– Evans. Je parlais de votre *nom*, mademoiselle.

– Moore. Je parlais de votre *prénom*, monsieur.

Ses camarades lancent des « ouuuh » plutôt gênants, mais je n'y fais pas trop attention. Elle penche légèrement la tête, esquisse un mouvement, et un pan de sa veste s'ouvre. C'est moi où… elle ne porte pas de soutien-gorge ? Devant ce constat, je dois serrer le poing pour ne pas répondre un truc que je risque de regretter.

J'avais tort. C'est *elle* qui va être la véritable casse-couilles. Il n'y a qu'à voir comment les miennes sont en train de gonfler dans mon pantalon.

5

Kelly
Cinq ans plus tôt

Il est beau ! Seigneur, ce qu'il est beau, ce mec !

Mes yeux coulent le long des tatouages colorés de son bras. Je les connais par cœur tellement je les ai dessinés dans mon cahier de maths. Et de mes autres cours. Il semble évident qu'il fait régulièrement du sport, mais ses bras ne sont ni trop musclés, comme ces culturistes qui se tuent à la salle, ni trop fins, comme ceux de mes camarades de classe.

Ils sont juste parfaits.

Si je m'attarde autant sur ses biceps, à chaque fois qu'il porte un tee-shirt, c'est parce que je les trouve totalement adéquats pour me soulever et me plaquer contre un mur. Pour mon plus grand plaisir, il semble avoir abandonné l'idée de mettre des chemises : il n'en porte plus depuis plusieurs semaines.

Il se retourne pour écrire une formule sur le tableau blanc de la classe. Mon regard dévie vers son pantalon noir.

Look at that ass !

Je me mords la lèvre pour cacher mon sourire. Sérieusement, on devrait faire passer un casting aux profs avant de les engager. Juste pour s'assurer que les gens aussi appétissants que lui n'enseignent pas, au risque de déconcentrer les élèves. Il devrait être mannequin pour une marque de vêtements. Non, de sous-vêtements.

Ou, mieux, de parfum. Dans les pubs de ce genre qu'on nous sert à la télé, on nous en montre encore plus que dans les autres publicités. Parce que se mettre nu est plus vendeur, c'est bien connu. En tout cas, je serais prête à payer mes cours deux fois plus cher s'il enseignait nu. Pas de chance pour moi : aujourd'hui, comme tous les autres jours, il s'est habillé.

Je remonte lentement les yeux vers le haut de sa tête. Je glisserais volontiers ma main dans ses cheveux noir corbeau, qui lui donnent cet air à la fois jeune et mature.

Il se retourne.

Qu'est-ce que ça fait de se réveiller tous les matins, de se voir dans le miroir et de se rendre compte qu'on a un corps de rêve ? C'est sûr, il doit sauter tout ce qui a une paire de seins.

Oh, mince ! Il me regarde, là ! Est-ce que mon gloss est bien mis ? Et mon mascara ? Est-ce que j'ai quelque chose d'anormal sur le visage ? Il s'est rendu compte que j'étais folle de lui ?

Je m'humecte les lèvres rapidement tandis qu'il se rapproche de ma table.

– Mademoiselle Moore ? Vous êtes avec nous ?

Mon cœur manque un battement et je sursaute de surprise. Je viens enfin d'entendre, et surtout de comprendre ce qu'il disait. En fait, il me parle ! Je sens mes joues cramoisir.

– Euh… oui… Oui, monsieur… Oui, j'ai compris, ânonné-je, confuse.

Juste au-dessus de moi, il croise les bras, puis esquisse un sourire en coin qui signifie qu'il sait que je mens. Je n'ai absolument pas saisi sa demande, et ce n'est pas la première fois qu'il me reprend. Mais, s'il continue à me toiser avec des yeux aussi charmants, je pourrai faire tout ce qu'il exige.

J'essaie de contrôler mon propre sourire, hume son

délicieux parfum, dont je recherche la marque depuis des semaines, et maintiens mes mains l'une contre l'autre pour éviter de céder à l'envie de le toucher.

– Pouvez-vous nous lire la suite de l'exercice ?

– Bien sûr, acquiescé-je en ouvrant mon livre et en cherchant vainement la page où nous nous trouvons.

Je sens les regards moqueurs des autres sur moi, mais heureusement, personne ne fait de commentaires. Cela dit, personne ne vient non plus à ma rescousse. La tête enfouie dans mon livre, je lance discrètement un coup d'œil à ma meilleure amie, qui a eu la bonne idée de se mettre au premier rang aujourd'hui. Malgré cette impardonnable trahison, elle tente de m'indiquer le numéro de la page où nous sommes avec sa bouche. Je plisse discrètement les yeux pour décrypter ce qu'elle dit.

Page 43 ? 53 ? 33 ?

C'est peine perdue. Je suis aussi nulle en lecture labiale qu'elle est nulle pour articuler. Je retiens un soupir blasé et continue de tourner les pages une à une en espérant tomber miraculeusement sur le bon exercice.

De toute façon, les maths, ça ne sert à rien. Qui peut me dire ce que le théorème de Pythagore lui a apporté dans sa vie d'adulte ? Hein ?

Mon prof se penche vers moi et me souffle doucement mais fermement :

– Page 53, exercice 4.

Ça aussi, ça devrait être interdit. Il n'y a que les profs qui sentent le tabac à plein nez ou qui ont oublié de se laver les dents qui devraient pouvoir communiquer d'aussi près avec nous. Parce que son haleine de menthe fraîche, à lui, me donne envie de fixer sa bouche tout le reste du cours.

– Merci, monsieur.

– De rien. Vous viendrez me voir à la fin de l'heure, mademoiselle Moore.

Oui ! Oui ! jubilé-je intérieurement.

Mais je réponds avec un air faussement timide :

– D'accord, monsieur.

Puis je commence à lire l'exercice sans vraiment le comprendre. En plus d'être incompréhensible, il est incroyablement long. Je déteste les exos dans lesquels il y a plus d'une question. Du genre :

« *A) blablabla.*
B) Avec la réponse du A) blablabla.
C) Grâce à vos résultats du B) blablabla. »

Donc, il y a des gens de l'enseignement qui se sont dit : « Tiens ! Torturons encore plus ces gamins. Mettons des tas d'hypothèses supplémentaires et contradictoires, dans le même exercice, pour qu'ils remettent en cause leurs résultats, leur existence, et qu'ils aient envie de pleurer à la fin des examens. Et surtout, faisons en sorte que, si le résultat de la première question est erroné, cela entraîne de fausses réponses pour tout le reste. Ha, ha ! »

M. Evans retourne au tableau. Il hoche la tête de temps à autre en m'écoutant parler. Il ne me l'a jamais dit clairement, mais je suis convaincue qu'il aime entendre ma voix. C'est pourquoi je fais en sorte qu'elle soit la plus sensuelle possible. Mais lire des exos d'algèbre de façon langoureuse, c'est un peu comme vomir de manière sexy. C'est… impossible et accessoirement gênant.

Je rajoute à ma note mentale qu'il faut que je trouve des métaphores moins écœurantes.

Je lance un petit coup d'œil à ma montre et constate que j'ai passé pratiquement toute l'heure à l'observer. En effet, il ne reste plus que huit minutes. Si je fais confiance à l'habitude qu'a notre prof de nous laisser partir cinq minutes avant la fin, il ne m'en reste que trois.

Je ralentis délibérément sur la partie C de l'exercice afin de gagner du temps.

Plus que deux minutes.

Je me racle la gorge plusieurs fois avant de continuer ma lecture, fais des mini-pauses pour zyeuter les secondes qui défilent sur ma montre.

Vingt... Cinq... Une...

M. Evans ferme son livre pile au moment où je l'ai prédit.

– Encore une séance à laquelle on a survécu, annonce notre prof. Au revoir.

Nous nous empressons de ranger nos affaires pour quitter la salle, mais certains gestes restent en suspens quand Annie siffle entre ses dents :

– Il nous reste encore du temps.

Notre prof ferme les yeux, se pince l'arête du nez et pousse un soupir. Toute notre classe se retient de rigoler. Il fait souvent ça quand elle se plaint. C'est à croire que, dès que ma meilleure amie ouvre la bouche en dehors des cours, il a une migraine.

– Non, ce n'est pas vrai ? ironise-t-il. Je ne m'en étais vraiment pas rendu compte.

Il rouvre ses yeux et hausse les épaules avec insolence.

– Bon week-end.

– Bon week-end, monsieur ! crient les élèves, pressés de sortir.

À contrecœur, Annie se lève, le considère avec aigreur et sort. Il étire ses bras et l'ignore royalement. Debbie, Chelsea et Mila s'arrêtent devant son bureau pour lui demander ce qu'il fera ce week-end. Je tends l'oreille pour écouter le trio soutirer des informations qui m'intéressent.

– Du sport. Et si l'envie me prend, je rédigerai des exercices mieux adaptés à vos déficiences.

C'est plus fort que moi, je glousse devant ce dernier mot. Ce n'était certainement pas ce qu'elles avaient envie d'entendre. Elles se tournent dans ma direction et me jaugent de leurs yeux de vipères. Elles ne peuvent pas me blairer. C'est réciproque. Aucune de nous ne s'en cache.

– Quoi ? Vous voulez que j'épelle le mot pour vous ? D-é-f-i-c…

– Et tu veux que j'épelle le mot « allumeuse » pour toi ? me coupe Chelsea sèchement. A-l-u-m-e…

– Il manque un « l », lui fais-je remarquer avant qu'elle ne termine. Il n'y a pas qu'en maths que tu devrais suivre des cours supplémentaires, apparemment.

Je termine de ranger mes affaires en conseillant :

– Si tu veux me remettre à ma place avec mes propres vannes, assure-toi au moins d'être assez lettrée pour pouvoir le faire.

Sa petite face se rembrunit d'embarras. Notre prof vient couper court à la discussion. Il s'adresse au trio et leur demande d'une voix moqueuse :

– Puisque vous vous croyez à un concours d'épellation, épelez le mot « dehors » pour moi quand vous serez à l'extérieur. Petit indice : il y a « h » dedans.

Je me retiens de rire. Les filles disparaissent rapidement, non sans m'avoir encore insultée du regard. Mais même le poison de leurs yeux n'arrive pas à compromettre mon cœur qui bat d'impatience à l'idée de me retrouver seule à seul avec M. Evans.

Ça y est ! pensé-je en récupérant mon mug de voyage sur ma table pour le ranger dans mon sac.

En trois semaines, c'est la première fois qu'il me demande de venir le voir après les cours. D'habitude, il se contente de me faire des remarques devant tout le monde. Je m'approche de son bureau.

– Kelly, commence mon prof, vous êtes très distraite

à mon cours. Il faudrait que vous arriviez à vous concentrer plus de dix minutes.

Il vient de m'appeler par mon prénom. Ça aussi, c'est inhabituel.

– Oui, monsieur.

– Ce n'est pas la première fois que je vous reprends.

Si ses yeux étaient une boisson, je ne consommerais qu'elle. Je l'avalerais à grosses gorgées, me laverais avec, me baignerais dedans. Tout ça pour dire que je le bois littéralement du regard.

Quoi ? Exagérer, moi ?

Il a des yeux couleur chocolat tellement magnifiques ! Mais pas un chocolat au lait ou un autre mélange ridicule de ce genre. Il s'agit d'un pur brut, cent pour cent cacao. Il a les traits du visage fins et doux, un nez bien dessiné, un menton peut-être un peu trop volontaire, mais ça n'arrive pas à gâcher sa beauté.

Jusqu'à ce que je le rencontre, jamais je n'aurais pensé trouver une barbe naissante si sexy sur un homme. Et ses lèvres…

Hmm…

J'adorerais embrasser ses lèvres. Rose pâle, légèrement arquées sur le dessus, elles sont parfaites, la taille parfaite, la forme parfaite…

– Vous vous en croyez capable ?

– Hein ? Je veux dire… pardon ?

– Vous ne m'écoutez pas, Kelly ! Qu'est-ce qui vous fait autant rêver ?

Votre bouche.

Je la fixe délibérément, comme pour répondre à sa question par mon regard.

– Rien du tout, monsieur. Absolument rien.

Il se penche lentement vers moi. Mon souffle ralentit proportionnellement à l'espace qui se réduit entre son visage et le mien.

– Vous voulez la goûter ?

Je cille plusieurs fois. Je n'arrive pas à savoir s'il parle bien de ce à quoi je pense ou si je suis encore dans un de mes fantasmes.

– Pardon ?

– Vous matez ma bouche comme une fanatique.

Son index relève mon menton et son regard entre tout droit dans le mien. La pulpe froide de son doigt détonne avec ses yeux brûlants. Son pouce vient légèrement caresser ma lèvre inférieure, puis il la pince doucement, comme pour s'assurer qu'elle lui convient.

– Vous voulez que je vous embrasse ?

Je jure que je ne comprends pas comment je peux être aussi immobile, alors que d'immenses vagues de désir sont en train de danser dans mon bas-ventre. La panique n'est pas très loin. Je ne sais pas quoi répondre. Enfin, si, je sais ce que je veux répondre, mais... il me prend de court. Je ne sais pas si je suis effrayée ou excitée à l'idée qu'il m'embrasse. On n'a pas le droit de faire ça normalement. Si ? Et puis merde, si c'est lui qui propose...

– Ce serait inapproprié, mais...

– Heureusement que vous le savez, interrompt-il en ôtant lentement son doigt, qui me faisait tressaillir.

Heureusement qu'il ne m'a pas laissée terminer ma phrase, surtout, parce que j'allais ajouter « tellement inouï » et le supplier de passer à l'acte.

Tu es vraiment un cas irrécupérable, ma petite Kelly.

– Faites un effort, compris ? C'est pour vous et moi que je dis ça. Je n'aimerais pas en arriver jusque-là, mais je me verrai dans l'obligation de discuter avec vos parents si vos résultats ne s'améliorent pas.

Comme s'ils étaient là !

– Et je ne suis pas le genre à être présenté aux parents, complète-t-il.

Il me sourit bizarrement. Je ne sais pas ce que ça veut dire, mais je lui rends son sourire. Je ne fais que ça depuis que je le connais.

– Ce sera tout. Bon week-end, dit-il sans plus faire attention à moi à présent.

– Bien, monsieur. Au revoir, dis-je, un peu à regret, car notre entretien est passé si vite.

Sur le pas de la porte, pourtant, je l'entends m'interpeller.

– Kelly ?

– Oui ?

Je me retourne vers lui. Il fixe délibérément mes lèvres, exactement comme je l'ai moi-même fait, il y a à peine deux minutes, avec les siennes.

– Les vôtres aussi sont plus que tentantes.

Je crois que, si je ne tenais pas mon sac dans mes mains aussi fortement, il aurait glissé au sol.

Est-ce que mon prof vient vraiment de me dire ça ?

Je suis convaincue que, si je n'étais pas aussi loin de lui, il aurait entendu les battements effrénés de mon cœur, qui ne cherche qu'à se rapprocher du sien. Je pense que, si ma mémoire ne m'avait pas rappelé toutes les conversations avec ma meilleure amie, qui m'a dissuadée de confesser mes sentiments à mon prof, je me serais jetée à l'eau, là, tout de suite.

Parce qu'il vient de me faire plus qu'un indécent compliment. Il vient de me faire plus que contracter mon entrejambe. Il vient de me donner de l'espoir. Et je sais bien que, pour moi, l'espoir est encore plus doux qu'un ardent fantasme. C'est ce qui m'a fait tenir à chaque départ de mes parents. Alors, cette fois encore, je vais m'accrocher à la conviction que je finirai par avoir M. Evans. Je le veux. Je l'aurai.

Je le vois esquisser un sourire en coin, mais, contrairement à moi, qui reste toujours sous le choc de ce qu'il vient de dire, il se remet à ranger ses affaires comme s'il ne venait pas d'énoncer des mots qui vont illuminer mes prochaines journées.

Finalement, je sors de la salle et me dirige vers mon casier, certaine que, devant celui-ci, Annie m'attend.

– Alors ? Il t'a collée ? s'enquiert celle-ci dès que je suis suffisamment proche pour l'entendre sans qu'elle ait à hausser le ton.

– Non, non, t'inquiète. Il a juste menacé d'appeler mes parents parce qu'il me trouve trop distraite.

– Mais ils ne sont pas là, tes parents. Si ? Ils sont déjà de retour ?

– Non. Mais ça, il ne le sait pas.

– Si seulement il savait que c'est lui, ta « distraction ».

Je suis sûre qu'il le sait. Je suis même sûre que ça lui plaît.

– Tu crois qu'il faudrait que je me lance et que je lui dise clairement ?

Annie roule des yeux, penche la tête, bouge l'index de gauche à droite, me lance son regard : « Tu es sérieuse ? » Puis, seulement après ça, elle daigne me répondre.

– Je crois que M. Evans n'en a strictement rien à faire du béguin d'une lycéenne.

– Qu'est-ce que tu en sais ? Il n'est pas si vieux que ça. C'est même toi qui m'as montré les articles à son sujet. Il a 24 ans tout juste. Et puis l'âge n'est pas un problème. En tout cas, il ne devrait pas l'être.

– Le fait qu'il soit ton prof de maths, si !

– Le *remplaçant* du prof de soutien de maths !

J'ouvre mon casier et y range mes livres en lui avouant :

– Il a dit qu'il aimait mes lèvres.

Ma meilleure amie pousse un long soupir désespéré qui n'arrive pas à effacer mon sourire.

– On devrait faire une étude sur toi pour essayer de comprendre comment, même sans substances illicites dans le corps, tu arrives à planer autant.

– Je te jure qu'il a dit ça !

Elle attend que j'aie refermé la porte métallique, puis me regarde avec beaucoup d'insistance pour bien me faire comprendre qu'elle ne me croit pas le moins du monde.

– Il a dit : « Mademoiselle Moore, j'aime vos lèvres » ?

– Bon, pas exactement ça, mais…

– Voilà. En attendant, reprend-elle en balayant ce que je viens de dire comme s'il s'agissait d'une élucubration, je ne vais pas pouvoir te faire rattraper les cours que tu ne suis pas pendant encore longtemps. Je vais être pas mal occupée très prochainement.

Argh !

Je retiens un cri de frustration. Elle ne croit pas que je puisse plaire à mon prof ? Les relations prof-élève, ça existe ! Bon, j'avoue, c'est tout de même très interdit, mais… et alors ? Je suis majeure et vaccinée. Alors, pourquoi ça lui semble si fou ?

Est-ce parce que c'est un prof ? Il n'en a pas vraiment l'air. Ou parce que je ne fais pas assez femme ? Je pourrais, si je le voulais. Ou parce que, dans notre petite ville et avec nos statuts, cela pourrait créer un scandale tellement grand que les gens préfèrent se dire que ça ne peut pas arriver ?

Je décide de ne pas lui poser ces questions parce que je déteste passer pour une nana qui se fait des films toute seule.

– À quoi ? demandé-je à la place.

– Tu sais, ces cours de surf que je rêve de suivre cet été ? Je me suis rendu compte hier que, malgré mes économies, je n'ai pas encore suffisamment d'argent pour m'inscrire.

Je connais les difficultés financières de mon amie. Vivant seule avec son père, depuis la mort de sa mère, il y a trois ans, elle s'arrange pour que M. Snones, qui a un modeste salaire de policier, n'ait rien d'autre à payer que ses frais de scolarité. Il lui fournit une certaine somme par mois qui fait office d'argent de poche pour les déjeuners du midi, entre les cours, et pour ce qu'il appelle « les courses concernant les besoins des filles ».

Pour le reste, Annie se débrouille pour trouver de l'argent. Tout mon contraire : mes parents me donnent tout ou presque tout ce que je veux.

– Tu veux que je te don…

– Non merci, m'interrompt Annie. Je t'ai déjà dit que je ne te laisserai pas me donner de l'argent tant que je serai capable physiquement d'en gagner par moi-même ! J'ai postulé pour un job en tant que serveuse dans le nouveau restaurant de la Troisième Avenue.

Elle paraît réfléchir quelques secondes, puis continue :

– C'est le Minette Bar, ou quelque chose comme ça…

– Le Minute Bar ?

– Oui, oui ! Voilà, c'est ça ! Tu connais ?

– Mieux que toi, on dirait, la nargué-je. Mes parents y étaient à son ouverture, le mois passé. Je crois qu'ils connaissent le propriétaire. Si tu veux, je leur en parle pour qu'ils lui glissent un mot, et je suis sûre que tu auras le job !

Annie me sourit fièrement.

– En fait, ils m'ont appelée ce matin, quand je quittais la maison, pour m'annoncer que j'ai été prise à l'essai. Mais c'est gentil de m'avoir proposé de l'aide. En plus, je ne veux pas gêner tes parents. Tu le fais déjà suffisamment toute seule.

Je rigole, passe un bras chaleureux sur les épaules de ma copine et l'entraîne vers la sortie de l'établissement en disant :

– Les gêner ? Tu racontes des bêtises, ils t'adorent. Tu fais partie de la famille, maintenant, tu le sais bien !

– Oui, je sais.

– Une famille qui n'est jamais là, ajouté-je avec un voile de tristesse dans la voix.

– Ne fais pas cette tête. Je t'offre une glace ?

– Une grosse boule pour chacun de mes parents ?

Elle plisse les yeux.

– Tu es consciente que, sortie de son contexte, cette phrase sonne bizarrement ?

– Mais comme tu n'as pas mon esprit tordu, tu n'y fais pas attention, n'est-ce pas ?

Elle secoue d'abord la tête. J'ai l'impression qu'elle va relever ma dernière remarque, mais elle se rétracte devant ma moue adorable et finit par céder.

– Allons chercher tes deux grosses boules !

6

Tyler
La veille des retrouvailles

– Tu as été prof ? s'étonne Caleb.

Quand je lui ai raconté ce qui s'était passé lorsque j'avais touché les lèvres de Kelly pour la première fois, il a semblé tout aussi surpris.

– Dans une autre vie, oui.

– Tu ne me l'as jamais dit.

– Tu ne me l'as pas demandé.

Je défais le bouton de ma veste et croise les jambes. Une autre femme est invitée à danser pour nous. Elle paraît plus confiante que la précédente, c'est bon signe.

– Comment j'aurais pu deviner qu'un gérant de club de strip-tease avait été prof de maths il y a quelques années ?

– *Remplaçant*. Je n'étais pas un vrai enseignant. Je ne faisais que pallier l'absence du prof de soutien. Trois fois par semaine.

– Racine carrée de quatre ? interroge-t-il très sérieusement.

Je tourne lentement mon buste vers lui.

– Sérieux, Caleb ?

– Quoi ?

– C'est le seul calcul que tu peux vérifier sans calculatrice ?

– *Touché*, dit-il en souriant avant de lever son verre.

Il n'est même pas un peu vexé. Moi, en revanche, je

suis légèrement froissé, alors je refuse de trinquer avec lui quand il approche son verre du mien.

– Ce n'est pas digne de moi. Même un enfant du primaire connaît la réponse, lui signifié-je.

La musique s'élève dans la pièce. Je n'ai même pas remarqué que notre candidate s'était déshabillée. Jolis seins. Caleb n'y fait pas attention, pour une fois.

– Excuse-moi de ne pas croire qu'ils aient accepté qu'un type dans la vingtaine puisse donner des cours à des élèves de terminale.

– Il ne s'agissait pas de n'importe quelle école. River High School était le lycée le plus prestigieux de la ville. Réputé pour accueillir l'élite de la région. Des enfants de bourges en tout genre, dont les parents étaient prêts à payer pour qu'ils puissent bénéficier du meilleur. Et je n'étais pas qu'un type banal dans la vingtaine. Google mon nom sur ton téléphone.

Plus curieux qu'autre chose, il s'exécute sagement. Je guette silencieusement sa réaction.

– Bordel, tu as gagné des concours de maths ! réagit-il en lisant le premier article.

– Cinq pour être exact.

– Il y a des articles qui te décrivent comme un véritable génie, continue Caleb en scrollant sur son téléphone.

– Je n'en étais pas un.

Il m'adresse un regard étrange.

– Ça doit être la première fois que je te vois être humble. Par contre, on en parle, de ta dégaine ? dit-il en s'esclaffant bruyamment.

La danseuse, qui croit que son rire lui est adressé, s'arrête automatiquement. Elle ramasse ses affaires et se précipite dehors après nous avoir traités de gros porcs.

– Encore une que tu as fait fuir. Sans avoir à lui parler.

Il continue de rire bêtement. Je me redresse, lui arrache le téléphone de la main, puis regarde ma tronche de l'époque. J'avais 13 ans, et ma mère avait insisté pour que je porte un polo rayé, que je n'hésiterais pas à brûler si je le revoyais aujourd'hui. Nous avons pris la pose devant mon collège. Ma petite sœur sourit de toutes ses dents, dans les bras de mon père, et ma mère entoure mon cou de ses bras pendant que je montre fièrement mon petit trophée.

À cette époque-là, elle était encore maîtresse d'elle-même. Je bois un peu de mon gin en sachant très bien que ce n'est pas l'alcool qui effacera mes idées noires. J'ai déjà essayé.

– Tu avais vraiment une tête de con, me dit mon pote.

– Je t'encule, Caleb.

– Tu sais que j'aime ça, raille-t-il.

En esquissant un sourire, je fais un signe de tête à notre serveuse, qui se tient bien droite derrière le bar. Je n'ai qu'à tendre le bras pour me servir moi-même, mais elle est payée pour ça, et je suis un aussi gros connard que mon associé.

– Ta sœur aussi a bien changé, croit-il m'apprendre.

– Je t'interdis de regarder Briana.

– *Bro code*, je sais, se défend-il. Je ne toucherai pas aux petites prunelles de Bri. De toute façon, elle est trop gentille.

– Exactement, confirmé-je. Il lui faut un type correct, avec qui elle vivra une vie différente de celle qu'on a connue.

Il fait asseoir la serveuse sur ses jambes. Je la vois glousser quand il lui fait un baiser dans le cou.

– Tu peux croire qu'il a été prof ? lui demande-t-il. Tu l'imagines si intelligent ?

Elle fait « non » de la tête. Dommage, je l'aimais bien. Maintenant, je rêve de la virer. Putain, c'est quoi, son prénom ? Je l'ai pourtant sur le bout de la langue. Perry ? Penny ?

– Il va falloir nous en dire plus, Ty.

Je ne suis pas réellement doué pour les confidences, mais celles-ci font partie des moins lourdes que je porte. Les raconter à quelqu'un qui ne connaît rien de mon passé facilite la chose. Je pousse un soupir et me lance.

– Mon oncle était un bâtard. C'était aussi l'ancien directeur. Tu n'imagines pas les plaintes qu'il a reçues lorsqu'ils ont appris que le prof de soutien s'était tiré aux Bahamas, du jour au lendemain, sans prévenir. Au début, j'ai été étonné que les parents acceptent que je puisse donner des cours à des élèves à peine plus jeunes que moi. Mais bon, mon oncle s'est porté garant et les articles suffisaient à prouver que je pouvais tenir le rôle. De toute façon, ils avaient le choix entre moi et… personne. Crystal River est une petite ville. Le départ de l'ancien prof avait été si précipité qu'ils n'ont pas eu le temps de trouver rapidement un autre enseignant dans les villes voisines pour les dépanner.

– Le prof officiel ne pouvait pas s'occuper des cours de soutien ?

– Sa femme et lui venaient d'avoir leur cinquième gosse. Il a refusé catégoriquement les horaires de l'emploi du temps. C'est d'ailleurs pour ça qu'ils avaient dû prendre une personne supplémentaire pour les cours de soutien, à la base.

– Cinq gosses ? Ils ne s'ennuyaient pas, dis donc.

Je pouffe doucement.

– Au contraire, on s'ennuyait trop dans cette petite bourgade. Mon oncle m'a assuré que, dès qu'il trouverait un « vrai » enseignant, je serais gentiment congédié. Ça n'est jamais arrivé.

– Si ton oncle dirigeait cette école, pourquoi tu as dit que tu étais pauvre lorsqu'on s'est rencontrés ?

Son ton empreint de curiosité me donne envie d'entrer dans les détails obscurs de mon ancienne vie. Avant que je devienne orphelin et que j'emménage chez mon oncle, ma famille et moi avions du mal à joindre les deux bouts. Mon oncle m'a permis de vivre dans un meilleur confort, certes, mais à un prix que j'aurais préféré ne pas avoir à payer.

– Parce que c'était la vérité.

– Donc, tu étais *riche*, reprend-il comme s'il n'avait pas entendu ma précédente réponse, jeune, beau et…

– Je le suis toujours, le coupé-je avec insolence.

– Et tu étais prof, continue-t-il, toujours en ignorant superbement mes phrases. Un qui a demandé à son élève si elle voulait qu'il l'embrasse. Elle te plaisait ?

– Tu as bien vu ses photos.

– Si elle avait déjà la même paire, je peux comprendre. Mais la beauté sur mes cuisses en a une plus grosse, dit-il en malaxant la poitrine de la serveuse, qui se laisse faire en gloussant.

– Ce n'était pas que physique. Elle a éveillé mon intérêt d'une façon… inattendue. Avec elle, j'avais l'impression d'avoir un chocolat alcoolisé sur la langue. Doux et sucré en surface, mais, lorsque nos regards se croisaient, la couche se fissurait et je découvrais l'alcool chaud et brûlant dans ma bouche. Tu vois de quelle sensation je parle ?

Il me fait « non » de la tête.

– L'alcool se consomme seul, Tyler.

– Je ne l'ai compris que plus tard. À l'époque, ce que je voulais, c'était bouffer son chocolat.

7

Tyler
Cinq ans plus tôt

Elle ne s'est plus jamais présentée en retard. Mon élève préférée arrive toujours à l'heure, avec un gobelet Starbucks ou un mug de voyage coloré. Aujourd'hui, il est rose, assorti à sa manucure. Je me retrouve à devoir cacher mon sourire derrière une feuille quand je vois la moustache que le nuage de lait a créée au-dessus de ses lèvres.

Avant qu'elle les lèche.

Et là, mon sang chauffe. J'écarte les jambes, puis enchaîne les tables de multiplication pour calmer mon érection naissante, bien ravi que le design de mon bureau cache judicieusement la partie inférieure de mon corps.

C'est moi ou je deviens obsédé par elle ? Je remarque la couleur de ses ongles, putain ! Alors que je ne pourrais pas dire ce que portait ma propre sœur, ce matin, au petit déj. Je grogne de mécontentement. Je suis un homme de sciences, de logique et de résultats, mais je dois dire que, sur ce coup-là, la loi de Murphy est en train de me la mettre à l'envers. Bien profond.

Évidemment, j'avais à peine une chance d'être séduit par une élève, par quelqu'un que je ne dois absolument pas toucher, et il a fallu qu'elle s'abatte sur moi. Comme tous les malheurs que la vie continue de me balancer à la gueule ces derniers mois.

***

On est jeudi soir et je viens de finir de donner mon premier cours de la semaine. Le boucan que font les élèves, qui se précipitent vers la sortie, me rappelle mes propres années de lycée. Je me revois filer vers le skate park, avec Justin, dès que la sonnerie retentissait. Il enchaînait des figures toujours plus excitantes pendant que je jouais sur mon téléphone en l'attendant. Je n'étais pas aussi bon au skate qu'à l'école, et ça me faisait chier parce que mon pote n'arrêtait pas de me charrier là-dessus.

Peut-être que, si j'étais rentré directement chez moi au lieu de traîner avec mes potes... Peut-être que, si, ce jour-là, j'étais revenu plus tôt, j'aurais pu...

Je secoue la tête pour chasser ma culpabilité. Ce qui est fait est fait. J'aurais beau remettre en question la construction de la formule, le résultat ne changera pas.

Comme la semaine dernière, je l'attends devant la salle de classe, adossé contre le mur. Parce que je sais qu'elle va venir. Je tire une taffe sur ma cigarette électronique, une bonne excuse pour la voir passer sans éveiller de soupçons. Les mercredis et les jeudis après-midi, elle a cours de *cheerleading*. C'est la seule qui emprunte les escaliers et passe exprès devant ma salle lorsqu'elle quitte les vestiaires pour rejoindre le gymnase. Je sais que ça lui fait faire un détour, et elle sait que je ne fume que lorsqu'elle déambule avec ses jolies jambes dans ce passage désert.

Elle a commencé ce petit jeu la troisième semaine après mon arrivée. Ou peut-être bien avant que je ne le remarque, je ne sais pas. En tout cas, depuis la première fois où je l'ai vue dans cet uniforme rouge, j'ai décidé que je voudrais réitérer l'expérience aussi souvent qu'elle me le permettrait. Si elle veut être vue, je ne me priverai pas pour la satisfaire.

Ce n'est d'ailleurs pas la seule fois où je l'ai croisée « par hasard » dans les couloirs. Je m'amuse de ses réactions en cours ainsi que de son trouble parfaitement assumé quand je la regarde avec insistance. Je suis conscient que c'est immoral. Je mériterais même d'être viré pour ça. Mais je ne peux juste pas m'en empêcher.

J'aspire une autre bouffée et entends le bruit de ses pas. J'attends qu'elle vienne à moi, qu'elle soit à mon niveau pour l'étudier de bas en haut. D'abord ses chaussures. Elle a du goût en matière de baskets. J'aime particulièrement celles d'aujourd'hui, des Puma Mayze avec le logo peint de fleurs rouges. Ensuite, je remonte les yeux sur ses cuisses. Je donnerais cher pour que ma cigarette soit remplacée par sa peau hâlée, dont je me contrains à seulement deviner le goût. Puis la robe, sexy en raison de sa coupe courte ainsi que de la façon indécente dont elle épouse les formes de mon élève. Il n'y a pas à dire, les uniformes de pom-pom girls ont été créés pour nous faire bander.

– M. Evans.

Mon regard finit enfin son expédition sur son visage. Elle a les cheveux attachés en une queue-de-cheval que je rêve de tirer en arrière et un minuscule cœur dessiné à l'encre sur la joue.

Adorable.

– Kelly, dis-je d'une voix rauque.

Elle se mord la lèvre tout en matant les miennes.

Arrête de faire ça, petit cœur, parce que tu réveilles quelque chose que je serais ravie de te montrer, mais je ne suis pas censé le faire.

– Tes lacets sont défaits, lui fais-je remarquer.

Elle leur lance un rapide coup d'œil. Le constat la fait râler.

– Ils ne tiennent jamais en place.

– Un peu comme toi.

Elle vient se positionner juste en face de moi, se baisse pour resserrer ses lacets et plonge ses yeux provocants dans les miens. Ses yeux aux longs cils s'abaissent sur mon pantalon. Je la vois sourire quand elle remarque l'effet évident qu'elle me fait. Je regarde autour de moi pour m'assurer que personne ne nous voit. Sous un certain angle, la scène pourrait vite être mal interprétée. Les avertissements de mon oncle retentissent dans mon esprit. Je ne peux pas risquer qu'on lui rapporte des choses, alors je lève les yeux, fixe un arbre au hasard, puis décide de me décaler. Heureusement, il n'y a que ce pigeon bizarre qui est témoin de ce qui se passe actuellement. Mais je n'aime pas sa manière de nous épier. S'il pouvait parler, je suis sûr qu'il irait cafter au dirlo.

– Bonne soirée, lui souhaité-je froidement.

Pas du tout piquée par mon ton, elle se relève et agrandit son sourire.

– À demain ! répond-elle avec beaucoup plus d'enthousiasme que moi.

Nos courts rendez-vous clandestins constituent les seuls moments où je m'autorise à la tutoyer. Personne ne se rend compte que mon élève m'attire, et aucun de nous deux ne franchit la limite tacite qu'on s'est imposée. Ça ne doit surtout pas changer. Je suis déjà à la limite de la moralité, les choses ne peuvent pas aller plus loin.

Une fois qu'elle est partie, je récupère mes affaires dans ma salle et quitte l'école. Je ne rentre jamais avec mon oncle. Il s'énerve parce que, pour lui, ma moto est trop dangereuse et ne montre pas un bon exemple, mais je préfère mourir avec elle plutôt que de partager sa voiture ne serait-ce qu'une minute.

Je la positionne devant le garage de sa maison parce qu'il m'interdit de la laisser à l'intérieur. Je l'ai entendu une fois implorer qu'on me la vole avant qu'il ne se décide à la casser. Je lui ai juré que, s'il en venait à cet extrême, je lui bousillerais sa Chevrolet à coups de batte et je tuerais un chat à l'intérieur.

Dès que j'ouvre la porte, Briana crie mon nom.

– Ty, c'est toi ?

L'odeur du poisson qui se propage jusque dans le hall d'entrée est divine. Attiré, je rejoins la cuisine, d'où elle provient.

– Tu espérais quelqu'un d'autre, peut-être ? demandé-je à ma petite sœur, qui me sourit de toutes ses dents.

Ah oui, c'est ça ! Un tee-shirt blanc et un jean bleu troué au niveau du genou : c'est ça qu'elle portait ce matin.

– Je préfère quand… c'est toi qui rentres, avoue-t-elle. Depuis que tu as commencé à donner des cours, je te vois moins souvent.

Je lui pince la chair des joues parce que je sais qu'elle déteste ça.

– Tu exagères, je suis toujours là pour le dîner.

– Oui, mais tu avais l'habitude de jouer à la Play avec moi *avant* que le dîner ne soit servi.

La tristesse que j'entends dans sa voix me fait l'enlacer contre mon torse. Elle s'y blottit tendrement. Je sais que, dans ces moments-là, une seule phrase fait écho dans nos cœurs. Un précepte que je lui ai appris depuis que nous avons perdu nos parents et que je lui répétais quand elle pleurait la nuit : « Même si les hommes, le ciel et notre propre sang nous abandonnent, il nous restera toujours ce que nous sommes. »

– Ce week-end ? proposé-je pour me rattraper.

Elle relève la tête.

– Je vais te détruire à *Tekken* ! promet-elle en affichant une grimace victorieuse. J'ai appris de nouveaux enchaînements de malade !

– Ah oui ? dis-je en allant ouvrir le frigo. J'ai hâte de voir ça. Où sont les vieux ?

Je récupère une bouteille d'eau.

– Alexa est partie prendre une douche, et l'horreur n'est pas encore rentrée.

Je souris toujours quand elle surnomme notre oncle ainsi. À juste titre, je dois dire.

– Dis, Ty ?

– Hmm ?

– Ça fait quoi, d'être prof ?

J'avale la gorgée que j'avais en bouche.

– C'est cool.

Je ne mens pas. Je commence à m'y faire. Savoir que je suis maître de ma propre classe, c'est plutôt sympa. Et j'adore les maths.

– Je sais que tu as su te faire respecter malgré ton âge, mais ça doit être difficile parfois, non ?

Je fais « non » de la tête.

– Pas tant que ça.

Ce qui me dérange surtout, c'est d'être forcé de le faire. Mais ce n'est pas le fait d'enseigner qui est le plus dur. Je dois contrôler mon attirance pour une petite brune aux yeux de la même couleur qui me fait bander chaque jour un peu plus.

– Tu kiffes une des profs ?

La surprise me fait avaler de travers. Le revers de ma main nettoie rapidement l'eau qui est ressortie par une narine.

– Qu'est-ce qui te fait dire ça, Bri ?

– Je ne sais pas, je… tu as l'air moins fâché après l'horreur. Comme si tu t'y plaisais, finalement.

Est-ce que c'est l'effet que Kelly a sur moi ? Je repousse cette idée. Je ne crois pas que ses jolis yeux aient le pouvoir d'apaiser le reflux de haine qui dort en moi.

– Je fais juste au mieux pour nous deux, la rassuré-je. Dès que ce trimestre sera fini, nous pourrons partir, toi et moi.

Elle baisse la tête vers ses pompes, peu convaincue.

– Tu crois ? Tu crois qu'on sera enfin chanceux ?

Je fais deux pas en avant et lui relève la tête.

– Évidemment. On est obligés de vivre avec un taré sexiste et phallocentrique qui nous rappelle tous les jours ce qu'a fait maman. Tu vas dans un lycée où les gens te jugent parce que tu ne portes pas des vêtements de marque, et je suis devenu prof ! Je pense que l'univers sait qu'on ne pourra pas endurer plus que ça.

Briana éclate de rire.

– Qu'est-ce qui t'amuse autant, Briana ? intervient la femme de mon oncle. Oh, Tyler, mon chou, tu es rentré !

Alexa est une gentille trentenaire, douce, très calme, et qui cuisine à merveille. Oui, je sais, ce n'est pas la description la plus élogieuse pour une femme, mais c'est ce qu'elle est. Elle, je l'aime bien. Même si elle s'évertue à m'appeler « mon chou » et à me materner, elle représente une bonne figure maternelle pour Bri. Son seul défaut, c'est qu'elle est complètement dévouée à son mari. En fait, non, son défaut, c'est juste son mari.

– Combien de fois t'ai-je dit de ne pas boire au goulot, Tyler ? Ton frère n'écoute jamais, dit-elle à ma sœur. Heureusement que tu n'es pas comme lui. Une femme se doit d'être sage.

Je me retiens de faire un commentaire. Je n'aime pas spécialement les filles sages, mais je ne me vois pas le dire à voix haute.

Elle va ouvrir le four et sort le plat. Les épices embaument la cuisine.

Hmm, ça a l'air bon !

– Vous mettez la table ? George ne devrait pas tarder.

Finalement, j'ai plus si faim que ça.

Quelques minutes plus tard, je me retrouve assis à table, à faire semblant de supporter le maître de maison, alors que j'ai juste envie qu'il avale une arête et qu'elle déchire son œsophage.

– Tout s'est bien passé avec les Heller ? demande ma tante à son mari.

– Tu sais comment ils sont. Ces gens-là ne viennent pas pour parler. Ils veulent juste s'assurer qu'on exécute à la lettre ce qu'ils disent.

– Heureusement que leur fils ne leur ressemble pas. C'est un type bien, qui ira loin.

– S'il réussit à remonter sa moyenne.

George triture le poisson avec son couteau. J'en fais de même en ignorant ses yeux, que je sens désormais sur moi.

– C'est pour ça qu'il va rejoindre ta classe à son retour, dès demain, Tyler.

Je ne sais pas de qui il parle et, franchement, même la superficie de l'océan Pacifique n'est pas assez grande pour montrer à quel point je m'en fous.

– OK.

J'aimerais qu'on dîne tous en silence. Pas de bol, le dirlo décide de m'expliquer ce qui est arrivé au mec que je vais devoir ajouter à ma liste de branleurs.

– Il a eu un accident grave qui l'a cloîtré chez lui pendant plus d'un mois. Il a raté pas mal de cours, mais je suis sûr que, grâce à tes fabuleux enseignements, ses résultats s'amélioreront.

– Hmm.

– Regarde-moi quand je te parle !

Ça y est, j'ai totalement perdu l'appétit. Je dépose mes couverts à côté de mon plat et le fixe en contractant les mâchoires.

– Je répète : il a intérêt à remonter sa moyenne grâce à tes cours.

Qu'est-ce que ça veut dire, ça ? Je refuse de céder à sa menace.

– Ce serait plus simple de falsifier ses notes, non ?
– Tyler ! gronde Alexa.
Elle laisse tomber sa fourchette sur la table. Son mari me lorgne avec tout le dédain du monde. Elle, elle me fixe méchamment, comme si j'avais 10 ans et que je venais de sortir une bêtise.
– Quoi ? Me faire taffer là-bas, c'est une chose. Me demander de rencontrer les parents des enfants en difficulté, mauvaise idée, mais OK. En revanche, devoir m'assurer que leurs résultats soient excellents, je ne peux pas. Ça ne dépend que d'eux.
Je jette ma serviette dans mon assiette et me lève sans m'excuser.
– Reviens à cette table ! ordonne mon oncle.
– Non. Je sors. D'ailleurs, je ne suis pas sûr de rentrer cette nuit.
– Tyler ?
Je tourne la tête vers la seule personne importante dans ma vie aujourd'hui. Je regarde ses yeux suppliants. Elle a la chance d'avoir hérité de ceux de notre père.
– Désolé, Briana.
Je me baisse vers son oreille et lui commande :
– Dans cinq minutes, prétexte un mal de ventre et monte vite dans ta chambre.
Ses doigts pincent mon tee-shirt pour me retenir. Je lui intime du regard de me faire confiance. Il vaut mieux que je parte avant de faire une connerie que nous allons tous regretter.
Je sais qu'elle a compris quand je la vois opiner légèrement du chef et pincer les lèvres en une moue courageuse.
– Tyler ! Arrête de te conduire comme un ado ! crie mon oncle tandis que je me détourne.
Il devrait être heureux que je ne lui fasse pas un doigt d'honneur. C'est bien parce que je ne suis plus un ado

et que je sais que je peux lui rétamer sa sale gueule que je préfère prendre la fuite. Prendre sur moi. Ne pas lui donner une autre chance de me comparer à ma mère.

Je me tire de la salle à la manger en sortant mon portable de ma poche. Je suis encore dans le couloir quand je recherche le nom de Justin dans mon historique d'appels et appuie sur sa photo.

– Allo ? répond une voix féminine au bout de plusieurs secondes.

Je viens de franchir le seuil de la maison. Je m'arrête sur le perron et éloigne mon téléphone de mon oreille pour vérifier que je ne me suis pas trompé d'interlocuteur.

– À moins que tu aies muté au cours de la nuit et que tu aies réalisé ton plus grand rêve, qui est – je le rappelle – de te réveiller avec des nibards, tu n'es pas mon pote.

La nana glousse à travers le combiné. Si j'en crois la musique qui résonne autour d'elle, mon pote est à une soirée.

– Tu veux parler à Justin ?

Et il n'a pas choisi la plus futée des filles.

– C'est un peu pour ça que j'appelle.

– Il est occupé.

– Entre tes jambes ou ailleurs ?

Je sens l'embarras dans sa voix éméchée quand elle répond.

– Ailleurs.

– Alors, il n'est pas occupé. Passe-lui le téléphone.

Elle soupire, puis je n'entends plus son souffle pendant quelques secondes. Brusquement, le bruit de la musique s'intensifie. Je marche vers ma moto tandis qu'elle appelle plusieurs fois mon pote, qui finit enfin par récupérer son téléphone.

– Ouais, Genius ?

Je souris quand je l'entends m'appeler comme ça. Depuis le premier concours de maths que j'ai remporté au collège, il m'a collé ce surnom à la peau.

– J'ai besoin de… de ne pas être là où je suis. T'es où ?

– À une fête sur le campus. Tu veux venir ?

– Je ne suis pas trop d'humeur. Je pensais à une soirée plus tranquille, toi et moi devant *Guilty Gear*.

– Il y a une console ici aussi. Tu connais l'adresse. Ramène à boire !

J'hésite.

– Je vais peut-être appeler Phil pour…

– Il est à deux mètres de moi.

Mon pote rigole bêtement avant d'ajouter :

– Il t'envoie des bisous. Du coup, tu viens ?

C'est ça ou retourner dans la maison de l'horreur. Ma décision est vite prise.

***

Je connais très bien la route qui mène à Citrus Springs, la ville dans laquelle j'ai passé mes vingt-quatre dernières années. Avant que le drame ne se produise.

J'effectue quelques virages sur le trajet et finis par me garer devant la bâtisse de notre ancienne fraternité.

Comme d'habitude, les jeudis soir, la maison est bondée de monde. Rien qu'à l'entrée, il y a une bonne vingtaine de personnes déjà à moitié bourrées. Je m'avance vers un groupe qui entoure un fût de bière pour prendre un verre. L'un des gars me reconnaît.

– Genius ?

Je grince des dents. À cause de Justin, les gens ont également commencé à m'appeler comme ça. Mais, pour une raison bizarre, je n'aime pas quand ce surnom sort de la bouche d'autres personnes. Les membres de sa bande me regardent, intimidés. Beaucoup plus que mes élèves actuels. Mais c'est normal, j'imagine : ma réputation sur ce campus est un peu différente de celle que j'ai à Crystal River.

– Je veux une bière.

– Oui, bien sûr !

L'étudiant prend un gobelet rouge d'une pile.

– Ça fait plaisir de te rencontrer ! On te voit moins souvent que Justin et Phil, mais les soirées que vous organisiez continuent de faire parler d'elles. C'est un honneur de vous avoir tous les trois ici.

– Ouais. Merci, dis-je en récupérant mon verre avec un sourire. Amusez-vous bien.

– Aucun doute là-dessus, répond une nana en me caressant le bras.

Je sais ce qu'elle veut, mais je ne suis pas d'humeur. En plus, ce serait trop facile. Un simple un plus un.

Mes pieds me dirigent vers l'intérieur. L'intensité de la musique et la chaleur me frappent d'un coup. Je défais les premiers boutons de ma chemise et traverse les couloirs. Les gens qui ont déjà entendu parler de moi ou qui m'ont précédemment vu sur le campus me sourient ou me regardent avec insistance. Je les ignore, eux, leurs verres remplis, leurs yeux surexcités, et me dirige vers la cuisine, dans laquelle je suis sûr de trouver mes meilleurs potes.

– Ty !

Phil m'accueille en levant son verre au-dessus de la table de *beer pong*.

– Tu nous fais rarement l'honneur de ta présence depuis que tu es parti. On vient de commencer, tu te joins à nous ?

Son équipe est formée de visages qui me sont complètement inconnus.

– Pas envie. Où est Justin ?

– Là-haut, quelque part.

Sûrement avec la nana que j'ai eue au téléphone. Super. Il m'a fait venir pour ça.

Phil lance la balle vers un gobelet adverse, rate son coup et grogne. Je sais que, tant qu'il n'aura pas fini sa partie, il ne m'accordera pas un autre regard. Alors, je fais demi-tour pour rejoindre l'escalier. Une voix plaintive surplombe la musique au moment où je veux monter la première marche. Intrigué, je me dirige vers l'endroit d'où j'ai cru l'entendre provenir. Je vois d'abord un dos large, dans une veste noire, et deux bras tendus contre une porte. Ce n'est que lorsque j'entends une jeune fille gémir à nouveau « Non, laisse-moi » que je comprends qu'elle se trouve prisonnière entre le gars et la porte.

– Un problème par ici ?

Le type se retourne dans ma direction et me lance :

– Dégage.

Ses cheveux noirs tombent sur ses yeux, qui sont injectés de sang. Aussitôt, je sais que j'ai affaire à un enfoiré. Je ne suis pas du genre héros qui vient en aide à ceux qui en ont besoin, mais aucune des fêtes que mes potes et moi avons organisées n'a eu comme ragots qu'une fille s'y était fait agresser. Bien que nous ne soyons plus étudiants, notre renommée continue de nous suivre, et tout le monde saura que nous étions là ce soir. Si ce type abuse de cette nana, nos noms ressortiront.

– Je ne te parlais pas, lancé-je sèchement.

Je vais vers la victime de l'enfoiré et plonge mes yeux dans les siens. Putain ! Est-ce qu'il lui a fait boire quelque chose ? Elle a l'air complètement pétée.

– Combien est-ce que tu vois, là ? demandé-je en montrant mon index et mon majeur.

– Deux, bredouille-t-elle.

– Tu vois, tout va bien ! recommence l'autre. C'est ma copine. Tu peux partir maintenant.

J'écarte brusquement son bras et prends en coupe le visage de la fille dans ma main libre.

– Je ne peux pas m'immiscer si tu ne m'en donnes pas l'autorisation. Est-ce que tu veux que je te sorte d'ici ? Et si jamais ma question te fait douter, sache que ce type a des intentions encore plus sombres que tu ne peux imaginer.

Elle me regarde, jette un coup d'œil furtif à l'autre mec, puis repose ses yeux sur moi.

– Oui, acquiesce-t-elle dans un souffle.

Les yeux larmoyants, elle se précipite dans ma direction. Je l'arrête avant qu'elle n'ait atteint mon torse et saisis sa main pour l'emmener en sécurité, mais je suis coupé dans mon élan par l'enfoiré, qui vient me barrer le passage de ses grands bras. Je n'ai pas le temps de voir venir le coup qu'il me porte. Je ressens une vive douleur à la pommette qui me déséquilibre un peu.

La rage incendiaire que je tente de canaliser depuis des mois est en train de bousculer toutes mes cellules nerveuses. Je ne veux pas donner raison à mon oncle. Ce n'est pas parce que j'ai vécu dans un foyer où la violence régnait que je suis voué à être brutal, moi aussi. Mais peut-être que si ? Peut-être que ce genre de comportement court dans mes gènes et que je ne pourrai jamais y échapper.

– Salope ! crache le type à mon encontre.

Je serre les poings. Mon envie de lui péter la gueule prend de plus en plus le dessus sur mes fonctions intellectuelles. J'ai assez pris sur moi comme ça.

Lui, je vais le cogner.

Je lâche la main de la fille et lui demande, sans la regarder, de se mettre sur le côté. Je balance mon verre sur l'enfoiré et profite de sa surprise pour lui asséner un premier coup sous le menton, qui fait crier la fille. Puis un deuxième, plus puissant, dans l'abdomen. Il titube sur plusieurs mètres, bouscule quelqu'un derrière lui, et les deux tombent sur le sol. Les têtes se tournent vers moi et les conversations se mettent sur pause.

– Oh, oh, oh ! Qu'est-ce qui se passe, là ? intervient Phil.

Ce dernier regarde d'abord les deux hommes à terre, puis lève la tête vers moi. Il remarque ma colère et la nana à qui je suis venu en aide. Je sais instinctivement qu'il a capté ce qu'il s'est passé. Il lâche tout de même un petit soupir consterné.

– Ce n'est rien, une petite taquinerie entre potes. Faites comme si rien ne s'était passé, crie-t-il à l'intention de tout le monde.

Puis il se tourne dans notre direction et ordonne plus bas à l'enfoiré :

– Tu ferais mieux de partir.

Ce dernier se relève. Je regrette automatiquement la gentillesse que j'ai eue de ne pas lui casser les jambes. Il me fixe méchamment, mais Phil ne lui laisse pas l'occasion de faire plus d'esclandres. Il claque des doigts sous ses yeux et lui indique la sortie avec un faux sourire. C'est pour ça que c'est lui que les gens considèrent comme le gentleman de notre trio.

– Tu veux venir avec moi ? demande-t-il à la fille ensuite. Je vais t'appeler un taxi pour que tu rentres en toute sécurité.

Elle s'exécute sans demander son reste.

Lorsqu'il revient, il passe son bras autour de mon cou, pendant que je tâte du doigt les dégâts sur le dessus de ma joue, et me confie :

– Si tu avais tant besoin d'attention, il fallait juste me le dire. Pas la peine d'en arriver aux mains.

– Je l'ai à peine effleuré.

– Tout doux, Tyler. On va te prendre un autre verre et essayer de te détendre.

– Je veux voir Justin.

– Je ne t'ai pas manqué, moi ? demande-t-il, la main sur le cœur, en feignant d'être vexé.

– C'est lui qui m'a fait venir. Il me doit une revanche à *Guilty Gear*.

– Il ne devrait pas tarder. Tu sais que tu étais le seul à prendre une éternité au lit quand tu montais.

J'étouffe un petit ricanement. Ma colère n'est pas complètement passée, mais la présence de Phil arrive à l'alléger.

– Elles ne s'en plaignaient pas, l'informé-je.

– Tu ne leur laissais pas l'occasion de le faire. Chaque fois qu'une nana redescendait avant toi, elle semblait vidée de toute son énergie.

– Merci du compliment, rigolé-je.

Son bras toujours accroché autour de mes épaules, il me fait avancer vers la pièce principale, où les corps ont recommencé à se coller et à se frotter en dansant.

– Tu m'as l'air bien tendu, Ty. Ça fait un bout de temps que tu n'es pas venu, et au lieu de t'amuser, tu te bats et tu boudes. Et si on jouait à te trouver une nana pour détendre un peu tous ces muscles ?

J'ai envie de lâcher une réponse négative. Le sexe ne me mettra pas de meilleure humeur. Pas ce soir.

– Allez ! insiste mon ami. J'ai envie de t'entendre les jauger.

C'est uniquement la supplique qui frétille dans son regard qui me fait céder. Il tape dans ses mains en signe de victoire et pointe un doigt sur une première cible.

Brune, courte robe rouge, plutôt jolie. Elle sourit beaucoup, ce qui laisse penser qu'elle est déjà bien allumée.

– Une simple addition. Beaucoup trop accessible pour moi.

Il en choisit une autre, pas très loin, assise dans le coin d'un canapé. Blonde, yeux verts, pull, jean, talons. Elle est mal à l'aise, mais cherche visiblement à s'intégrer. Elle résistera un peu, mais finira par craquer après une ou deux heures de conversation.

– Déjà plus intéressant. On est sur une équation du premier degré. Mais dès que j'aurai la variable, je m'ennuierai.

– Hmm, bon… Et celle-là ? fait-il en orientant son index vers l'entrée du salon.

Brune, cheveux bouclés, yeux marron…

Je m'immobilise. Mon sang chauffe dans mes veines et mon cerveau s'embrouille.

Non, elle ne peut pas être ici !

Pourtant, cette hypothèse irrationnelle fait naître un sentiment bien lourd dans mon pantalon. Ça, et sa jupe, qui découvre une bonne partie de ses cuisses.

Je n'ai même pas de verre dans les mains pour hydrater ma gorge, qui s'est desséchée quand je l'ai reconnue.

Mon élève me regarde avec des yeux tout aussi surpris.

– Tyler ? Alors, qu'est-ce que t'en dis ? s'impatiente mon pote.

– Un problème presque insoluble. Une équation beaucoup trop compliquée à résoudre. Je ne pense même pas que la formule pour le faire existe.

Mais j'ai envie de l'inventer. Parce que c'est exactement celle qu'il me faut.

Kelly.

8

Kelly
Cinq ans plus tôt

M. Evans ?

Je n'ai pas le loisir d'admirer mon professeur comme il le mérite, pas le temps de me demander ce qu'il fait là que, déjà, il s'avance vers moi. Il me saisit par le coude sans me saluer et me force à le suivre. Malgré moi, je lui emboîte le pas. On traverse rapidement la cuisine pour rejoindre une sorte de cellier. Il allume et ferme la porte derrière nous.

La proximité de son corps, dans cet espace restreint, me trouble, mais ne m'empêche pas, pour autant, de zapper ce qu'il vient de faire.

– Sauf votre respect, monsieur Evans, vous venez de vous comporter comme le dernier des goujats. Ça pourrait presque m'amuser si…

Ce ne sont pas ses sourcils froncés ni son air féroce qui me font m'interrompre. Je viens de voir l'égratignure sur le haut de sa joue.

– Qu'est-ce qui t'est arrivé ? demandé-je en laissant tomber le vouvoiement.

Loin de l'école, de Crystal River, et surtout rien que tous les deux, je pense qu'on peut se permettre d'être plus intimes.

– Rien. Que fais-tu ici ? gronde-t-il.

Mes talons claquent quatre fois seulement. Je suis suffisamment près de lui pour pouvoir caresser la petite entaille.

– Ça n'a pas l'air d'être rien.

Il écarte ma main avant qu'elle ne le touche, mais maintient mon poignet dans la sienne.

– N'essaie pas de changer de sujet. Tu n'as rien à faire à cette fête étudiante.

Oh, non, pas de ça avec moi !

– Laisse tes leçons derrière les murs de l'établissement, s'il te plaît.

– Tu ne devrais pas être ici. Tu fais ça souvent ? Inutile de répondre, je te ramène, déclare-t-il fermement.

Je me dégage de sa prise en ricanant, puis recule d'un pas. Je n'aime pas spécialement qu'il décide les choses à ma place.

– J'adore le côté paternaliste que je fais ressortir en toi, mais non merci.

– Je pense que, si ton père te voyait dans cette tenue, il aurait des idées bien différentes des miennes.

Je déglutis en comprenant son sous-entendu.

– Est-ce que tes parents savent que leur fille se balade en jupe fendue dans des fêtes avec des garçons qui ont plusieurs années de plus qu'elle ?

– *Tu* as plusieurs années de plus et je te vois trois fois par semaine au lycée.

– Je ne suis…

– Pas un garçon qu'on présente aux parents, selon tes propres dires. Comme tous ceux qui sont ici ce soir.

Je passe les mains dans mes cheveux, les remonte quelques secondes, juste pour avoir un peu moins chaud dans cette pièce. Sérieux, s'il continue de regarder le haut de ma cuisse comme il le fait, je vais me transformer en brasier.

– Je suis venue pour m'amuser. Ici, personne ne me connaît. Personne ne sait de qui je suis la fille, et c'est probablement le dernier de leur souci. Je vais aller boire et danser comme tous les autres étudiants.

Je tourne sur mes talons pour sortir. Il me retient par le bras. J'en frémis de la tête aux pieds. Je crois qu'au fond de moi, j'espérais qu'il ferait ça.

– Tu n'es pas une étudiante, proteste-t-il.

– Que je sache, Tyler, toi non plus.

Je n'aurais pas imaginé le croiser ici, mais, si ça avait été le cas, mon fantasme aurait été tout à fait différent de la scène actuelle. Il m'aurait plaquée contre les étagères, aurait glissé mes jambes autour de ses hanches et m'aurait embrassée avec tellement de fougue que tous les bocaux se seraient renversés autour de nous. Je ne comprends pas pourquoi il cherche à me protéger. Non seulement je n'en ai pas besoin, mais, en plus, je fais rarement ce qu'on me demande de faire.

Je plonge mes yeux dans les siens pour bien marquer mes propos.

– Ce soir, tu n'es pas mon prof de maths, je ne suis pas ton élève. Aucun de nous deux n'a sa place ici, et pourtant, nous voilà. Je vois bien, dans tes yeux, que tu aimes la *géométrie* de mon corps. Si tu veux en découvrir *les courbes et les surfaces*, ce sera sur la piste.

Je me retourne, ouvre la porte, puis sors rapidement du cellier. Seulement après avoir refermé le battant derrière moi, je m'autorise à pousser un long soupir. Mon cœur bat la chamade. Je viens de faire des avances plus qu'évidentes à M. Evans.

Je mets une main sur ma poitrine pour calmer ma respiration.

Seigneur ! Je viens de provoquer mon prof, mon crush, mon fantasme, mon… Stop, Kelly !

Maintenant, il faut assumer. Et pour cela, j'ai besoin d'un verre.

J'avance dans la cuisine, dépasse la table de *beer pong*, autour de laquelle plusieurs joueurs me lancent des regards intéressés, puis me dirige vers le plan de travail. Je cherche un gobelet, en trouve un qui a l'air inutilisé, mais, dans le doute, je le rince tout de même. Je me sers ensuite une quantité convenable du rhum que j'ai trouvé près de l'évier et avale plusieurs gorgées.

Au moment où mon prof sort du cellier, je le sais, je le sens : il m'observe. J'essaie de faire comme si je n'étais absolument pas troublée par ce constat. J'ai lancé la balle. À lui de la mettre dans le panier.

– Kelly ! Tu es là, je te cherchais.

Ma copine de soirée me flanque une grosse bise gluante de gloss sur la joue.

– Marianna !

Elle me fait tourner sur moi-même et me lance un regard appréciateur, puis me sermonne.

– Mon chauffeur m'a dit qu'il t'avait ramenée ici. J'ai essayé de t'appeler, mais silence radio.

C'est, en effet, lui qui est venu me chercher en douce. On a l'habitude maintenant : je dis à ma nourrice que je dois passer la soirée avec Annie et que John n'a pas besoin de venir me chercher à la fin de mes cours de *cheerleading*. Ensuite, le chauffeur de Marianna vient me récupérer non loin de mon lycée, après l'avoir déposée, elle, en soirée.

– Désolée… J'étais aux toilettes, et mon sac est resté dans la voiture.

Elle penche la tête et plisse les yeux. Combien de verres a-t-elle déjà bus ?

– Je te pardonne. Je pourrais tout te pardonner avec ce que tu portes. Tous les gars, ce soir, te pardonneront de ne pas faire attention à eux, comme à ton habitude. Même ces superbes cupcakes te pardonnent de ne pas les manger.

– OK, donne-moi ça, fais-je en lui retirant son verre des mains pour le poser sur le côté.

Ouais, elle n'en a pas l'air comme ça, mais elle a été suffisamment intelligente pour entrer à la fac. Marianna est la grande sœur d'une ancienne camarade de classe. Leurs parents ayant divorcé, mon amie a suivi son père à New York et Marianna est restée en Floride, avec sa mère. Vu qu'elle m'aimait bien, pour une raison qui m'est toujours inconnue, elle a commencé à me prendre sous son aile et m'a introduite dans ce type de soirée. Je ne m'en plains pas. J'adore être la personne que je ne serais jamais quand je suis sous le joug et la protection du nom de mon père. Jusqu'à ma première soirée étudiante, je ne connaissais pas cette facette de ma personnalité. Personne, dans mon entourage, n'a idée qu'un jeudi sur deux, après les cours de *cheerleading*, je la rejoins pour faire la fête. Pas même Annie.

– On va danser ? me propose mon amie.

– Donne-moi deux secondes, j'ai encore besoin de régler une chose. Excusez-moi ! crié-je. Qui gère cette soirée ?

Quelques têtes se tournent vers moi.

– Moi, s'identifie le gars que j'ai vu avec mon prof, tout à l'heure, et qui se tient à nouveau à côté de lui.

Mes yeux passent de l'un à l'autre. Ils sont bons amis, c'est sûr. Ils ont l'air aussi intimes qu'Annie et moi.

– Je peux changer la musique ?

L'organisateur jette un œil à Tyler. Celui-ci fait « non » de la tête, toujours en me regardant méchamment. Quoi ? C'est lui, le chef ? Même en dehors de l'école, les gens lui obéissent ?

– Je ne pense pas… commence son ami.

– Crois-moi, ça vaudra le coup.

Je lis la curiosité qui s'écrit finement sur son visage. Il demande de nouveau l'autorisation d'un coup d'œil à Tyler. Celui-ci fait toujours « non », mais son mouvement de tête est moins virulent que le premier. Lui aussi est intrigué.

– Je suis désolé, mais…

– Parions.

Je me moque des battements de mon cœur qui s'intensifient, me rapproche des deux hommes et plonge effrontément mes yeux dans ceux de l'hôte de la soirée.

– Si je ne te fais pas bander à la fin d'une chanson, tu pourras me demander ce que tu veux.

Leurs sourcils se lèvent simultanément devant mon audace. L'ami éclate franchement de rire et tape dans ses mains, visiblement satisfait de ma répartie.

– Une équation difficile, en effet. J'aimerais voir comment tu vas résoudre celle-là, dit-il à mon prof sans que je comprenne le sens de cette phrase.

Puis il pose ses yeux clairs sur moi.

– Pimentons un peu les choses. Genius a refusé de draguer chaque nana que je lui ai proposée ce soir. Si tu arrives à le faire durcir, *lui*, avec une seule musique, je te laisse être la DJ pour toute la soirée.

Je souris. J'ai déjà gagné.

Son sourire à lui se fait plus mesquin.

– En revanche, si tu n'y arrives pas, tu montes avec lui. En tout bien tout honneur, bien sûr. Du moins, si c'est ce que vous souhaitez tous les deux.

Euh…

Je pouffe. C'est un pari plutôt chaste. Je n'ai rien à perdre, si ?

Je m'apprête à accepter quand Marianna me saisit le bras. Je me tourne vers elle pour lui demander de m'accorder encore quelques secondes, mais je vois l'inquiétude sur son visage. Qu'est-ce qui lui arrive ? Elle s'approche de mon oreille et me souffle :

– Si ce type est bien le Genius, tu ne devrais pas accepter.

Le Genius ?

– Quoi ? Pourquoi ?

– Il a une réputation de… Il… (Elle déglutit.) Il n'est pas… très conventionnel.

Est-ce qu'elle peut arrêter de bégayer et être plus claire ? Pas conventionnel comment ? Mettre de la crème chantilly dans un yaourt, ce n'est pas conventionnel. Enfiler deux chaussures différentes, ce n'est pas conventionnel. Je doute franchement que Tyler soit le genre à faire ça, alors qu'est-ce qu'elle entend par là ?

Je n'ai pas le temps de lui poser la question. L'intéressé dépasse son ami, fonce dans ma direction et saisit mon bras pour me rapprocher de lui. Il se penche et ordonne entre ses dents :

– Ne fais pas ça.

Nos regards se croisent. Ma respiration s'accélère à cause de sa proximité, et aussi de son ton effrayant. Mais l'adrénaline est plus puissante que la peur qu'il m'inspire. J'ai encore plus envie de savoir ce qui se passera si je danse. Et c'est aussi la première fois que j'ai envie de perdre un pari…

– On hésite ? questionne l'ami de mon prof avec une intonation de la voix qui me met clairement au défi.

– À peine. J'accepte, lancé-je aussitôt.

– Parfait, dit-il en souriant.

C'est bien le seul à avoir l'air satisfait. Marianna semble angoissée, et Tyler… Il m'observe comme s'il ne savait pas s'il voulait me foutre dehors ou se jeter sur moi. Je veux la deuxième option. Je la veux, et je sais comment je vais pouvoir l'obtenir.

– Je suis Phil, et toi ?

– Kelly, me présenté-je à mon tour.

– Suis-moi, Kelly. Je vais te montrer où est la sono et…

– Non. Je vais rester ici. Mets « Love in This Club » de Usher et Young Jeezy, s'il te plaît.

Il m'adresse un regard mi-amusé, mi-impressionné, puis se dirige vers le salon sans rien ajouter. J'en ai fait, des intéressés, avec cette histoire. J'ai l'impression que tout le monde a les yeux sur moi. J'ai l'habitude des regards des hommes. Que ce soit sur le terrain de basket ou en soirée, j'aime qu'ils observent ce qu'ils n'auront pas. Je ne me suis donnée à aucun d'entre eux parce qu'aucun ne m'a fait ressentir cette sensation de désir qui embrase tout le corps. Celle dont on parle dans les films ou les romans.

Celle que mon prof me fait ressentir.

Avec toute l'attention que je viens de provoquer sur moi, j'ai intérêt à assurer. J'ai déjà un public. Maintenant, il me faut une scène. Mon choix se porte sur la table de billard, heureusement vide de boules. Parfait. Je remonte ma jupe, l'escalade, me mets debout et frissonne, impatiente de commencer mon show.

Dès que la musique s'élève, je souris. Je ferme les yeux et me laisse bercer par les paroles. Mon bassin bouge automatiquement. Il connaît la musique. Mes cours de *cheerleading* et les nombreuses soirées que j'ai à mon compteur m'aident beaucoup.

En dehors de mes shows de pom-pom girl, mes danses m'ont toujours appartenu. Je bouge pour moi, je me déhanche parce que j'adore ça. Je n'ai pas besoin de chercher mes pas, je n'hésite pas. Je ne fais qu'un avec la musique. Mes mains savent exactement où aller pour me rendre encore plus désirable. Mais, ce soir, je décide de danser pour lui. J'ouvre les yeux, me baisse pour être un peu plus à la hauteur des siens, attrape une queue de billard et m'en sers comme d'un micro :

« *I'm what you want*
I'm what you need
Sexually, mentally, physically, emotionally

I'll be like your medicine
You'll take every dose of me[2] »

Les autres étudiants m'applaudissent, me filment, crient des « yeah ! » hyper encourageants et chantonnent les paroles avec moi. Mais ce n'est que sa réaction à lui qui m'intéresse.

Sa colère s'est muée en autre chose. Il capitule et esquisse un sourire en coin – enfin ! –, bien que je ne sache pas si ce sourire est de bon ou de mauvais augure. J'entends crier quelque part dans mon dos :

– Elle est complètement folle, cette nana.

– Et alors ? répliqué-je.

J'aime déranger, j'aime être différente. J'aime avoir suffisamment de confiance en moi pour parier sur un truc aussi osé et faire une danse lascive à un gars qui a six ans de plus que moi. N'est-ce pas là le privilège de la jeunesse ?

Je dois avoir encore quelques secondes. Je m'assois au bord de la table et demande à mon prof de s'approcher. Il ne bouge pas d'un poil.

Tant pis !

J'invite un inconnu au hasard à prendre sa place. Lorsque le gars s'avance, mon prof lui barre la route et le menace du regard. Il s'exécute alors et vient dans ma direction. Je me sens tellement puissante, là, tout de suite ! Lorsqu'il est suffisamment près, j'écarte les jambes et l'y invite. La surprise est vite remplacée par quelque chose de plus chaud. Il se positionne à l'intérieur de mes cuisses et m'attire brutalement contre son

---

2. « Je suis ce que tu veux, ce dont tu as besoin / Sexuellement, mentalement, physiquement, émotionnellement / Je serai ton remède, je serai chacune de tes doses. » *Love In This Club* (feat. Young Jeezy), Usher.

torse. Il m'oblige, du pouce, à lever la tête et rapproche la sienne pour me parler d'une voix ébranlée.

– Profite de ton moment de gloire, Kelly. Profite tant que tu le peux.

– Je n'ai pas peur de toi, tu sais.

Il ricane et ses yeux percutent les miens.

– Bien sûr que si.

Sa main s'enfonce dans ma cuisse. Je retiens mon souffle. Il la presse fort, comme pour imprimer ses doigts dans ma chair.

– Mais ça t'excite. Tu aimes les interdits, et j'en représente un très grand, n'est-ce pas ?

Je déglutis difficilement. Il a raison, j'aime carrément ce genre de trouille.

– Dans mon monde, l'interdit est interdit, rétorqué-je en glissant ma main vers son entrejambe.

Je soutiens son regard en souriant diaboliquement.

– Je crois que j'ai gagné mon pari, monsieur Evans.

– Hmm… (Il retient ma main.) Ce n'était pas la peine de trouver une excuse pour me toucher à cet endroit. Tu sais très bien qu'au moment même où je t'ai vue, ce soir, j'avais déjà perdu.

Je me mords la lèvre. J'ai chaud. Très chaud.

Lorsque la musique s'arrête, il se débarrasse de mes jambes, me lance un regard furieux, puis disparaît je ne sais où. Les applaudissements me font tourner la tête. Marianna vient m'aider à descendre de la table et Phil m'apporte un gobelet, que j'accepte volontiers.

– Que désire madame comme prochaine chanson ? demande-t-il, comme si tout le monde s'était mis d'accord sur le fait que je suis la vainqueur du pari.

Mon cœur bat tellement vite que j'ai besoin de boire un coup avant de répondre.

– « Naughty Girl ».

– Ouh, j'adore ! Cette soirée est la meilleure qu'on

a eue depuis longtemps ! N'est-ce pas, Tyler ? Tu es là, et mini-Beyoncé aussi.

Je n'avais pas vu qu'il était revenu. Adossé contre le mur, une bouteille à la main, il ne répond pas. Il se retourne et fuit encore. J'encourage les gens à recommencer la fête, puis je le suis, le cœur battant. Parce que je n'arrive pas à faire autrement. Chaque partie de mon corps veut de sa présence.

Je le retrouve, les deux coudes appuyés contre la rambarde, en haut de l'escalier. Tout à fait calme, il boit une gorgée sans me lâcher des yeux.

Il m'invite. Il m'attend.

Est-ce qu'on peut s'enivrer du regard de quelqu'un ? Parce qu'il n'y a que ça pour expliquer ce que je ressens en ce moment.

J'ai gagné le pari. Je ne suis pas obligée de monter, et pourtant, me voilà en train de poser un pied sur la première marche.

– Qu'est-ce que tu fais, Kelly ? me jette Marianna.

– Tu peux choisir les prochaines musiques à ma place. Je… vais aux toilettes.

– Encore ? Il y en a au moins deux en bas. Il vaut mieux que tu restes ici.

Je me tourne vers elle.

– Pourquoi ?

– Les gens font plus que danser là-haut.

– Tu veux dire qu'ils baisent ? Je suis au courant, Marianna.

– Je croyais que tu ne voulais pas encore franchir cette étape.

Je pince les lèvres. Est-ce qu'il a entendu ?

– Ce n'est pas parce que je grimpe un escalier que je dois forcément aller écarter les jambes.

– Si, justement ! Ça ne se passe jamais autrement. De toute façon, tu ne peux pas monter sans y avoir été invitée.

– Elle l'est, réagit mon prof d'une voix rauque.

OK, il a tout entendu.

Marianna, qui vient seulement de remarquer sa présence, baisse les yeux, morte de honte.

Cette fois, enfin, elle me prévient plus bas :

– Genius... il n'aime pas vraiment le sexe vanille, Kelly.

Oh !

J'avale ma salive. Je ne sais pas si c'est de peur ou d'excitation que mon cœur gigote à l'intérieur. Peut-être un peu des deux... Je relève la tête et m'adresse directement à Tyler.

– Premièrement, je n'ai pas prévu de coucher ce soir. Et deuxièmement je... crois que j'ai toujours été plus *chocolat.*

– Tu ne comprends pas ! insiste mon amie. Il paraît que, sa limite, c'est... le sang.

Hein ?!

Mon cœur vient de faire un énorme bond.

– Qu'est-ce que ça veut dire ?

– Tu crois que j'ai cherché à savoir ? Je ne suis pas si folle.

Est-ce que le fait que, moi, j'ai envie d'en savoir plus fait de moi une folle ? C'est déjà l'étiquette qu'on m'a collée ce soir, mais suis-je vraiment en train de faire ça ? Jusque-là, chaque fois que je me suis posé cette question, la réponse m'a toujours paru très claire : oui. Alors, pourquoi j'ai des doutes tout d'un coup ? Rêver de lui, c'est une chose, mais du sexe, du vrai, du fort, je ne sais pas.

La vérité, c'est que je suis morte de trouille. Je suis toujours audacieuse, mais là je vois, dans les yeux de mon prof, que je dois me méfier, qu'il peut être encore plus dangereux que ce que je crois. Il lève un sourcil, me met au défi de venir le rejoindre.

J'en ai envie.

Je veux reprendre le pouvoir que j'ai sur lui.

Je termine mon verre, puis celui que s'est resservi Marianna.

J'ai bu assez comme ça pour pouvoir mettre la faute sur l'alcool plus tard. D'un pas décidé, je grimpe chacune des marches jusqu'au plus délicieux des risques que j'ai rencontrés dans ma vie.

9

Kelly
Cinq ans plus tôt

Clac, clac, clac.

Mes talons résonnent derrière lui. La peur me serre l'estomac. Mais ce n'est pas une peur angoissante. Elle s'apparente plutôt à ce qu'on ressent juste avant d'entrer dans un manège extrême. Je me rassure en me disant que, chaque fois que j'en suis ressortie, j'étais satisfaite et fière de moi. La peur, ce n'est que dans la tête, pas vrai ?

La porte se referme doucement derrière moi.

Je refuse d'affronter tout de suite les yeux de mon prof. J'entreprends donc d'observer la pièce. Un grand rideau occultant, un lit en métal à barreaux, un petit bureau débordant de bouquins et une commode. C'est donc à ça que ressemble une chambre étudiante. Elle est petite, bien plus que la mienne.

– Mon ancienne chambre te plaît ?

Le nouveau propriétaire a des goûts aussi étonnants que vicieux. Je pense deviner ce qu'il fait avec ce poster de Rihanna en maillot de bain, mais j'ai plus de mal avec la tapisserie juste à côté, sur laquelle deux squelettes enlacés s'embrassent. Comment des squelettes peuvent faire ça sans langue ? À moins que…

Je secoue doucement la tête, pour enlever les hypothèses tordues qui sont en train d'y germer, et me concentre sur les mots de mon prof.

– Ça va dépendre de ce qui va s'y passer.

– Observe-la bien. Tu n'auras pas le plaisir d'y revenir.

– Tu cherches encore à me baby-sitter ?

– C'est ce que je fais en te gardant ici. Tu n'imagines pas le nombre de mecs qui rêvent de t'avoir dans leur lit ce soir.

Je pivote pour lui faire face.

– Si. J'imagine très bien. Est-ce que, toi, tu vas le faire ?

Il dépose sa bouteille à ses pieds et s'avance.

– Si tu ne voulais pas écarter tes jambes, qu'est-ce que tu es venue chercher ici ?

À quelques centimètres seulement de moi, il attrape une boucle de mes cheveux, qu'il enroule autour de son doigt. Je le regarde faire sans oser bouger.

– Je t'ai entendu dire, une fois, qu'on ne peut pas apprendre si on n'est pas un peu curieux.

– Tu essaies d'appliquer mes propres leçons contre moi ? demande-t-il en souriant.

– Je veux juste apprendre, murmuré-je.

Le regard dans le vide, il s'attaque à une autre boucle. J'ai l'impression qu'il me touche sans vraiment le faire, qu'il se retient et se contente de cette partie inanimée de mon corps. Moi, j'observe la blessure sur sa joue, les traits de son visage, sa bouche.

– Je croyais que je n'étais pas ton prof de maths ce soir.

– Qui a parlé de maths ?

– De quoi parle-t-on, dans ce cas, Kelly ?

Comme s'il ne connaissait pas la réponse !

– De plaisir ?

Il s'immobilise. Ses yeux daignent enfin croiser les miens. Je me force à déglutir. Mon cœur est prêt pour les sensations fortes. Parce que je sais que ce sera toujours comme ça avec lui : fort, intense, bouleversant.

– Pourquoi moi ? chuchote-t-il. Qu'est-ce qui fait de moi l'heureux élu ?

Je ne sais pas. Bien sûr, je le trouve beau physiquement, mais il y a plus que de simples phéromones en jeu. J'aime son intelligence, son humour noir, qu'il utilise comme arme de défense contre ma meilleure amie, sa manière patiente et pédagogue de nous donner des cours. J'aime la façon dont je le surprends à m'observer parfois, et surtout son côté je-m'en-foutiste, que je partage. Mais je ne peux pas lui faire une telle déclaration aussi vite, alors je me défile.

– J'aime ton attitude de mauvais garçon.

Il lève un sourcil, laisse tomber sa main et recule légèrement, comme si ma remarque venait de le brûler et qu'il devait s'écarter par réflexe.

– Tu as à peine 18 ans.

– Mais je les ai.

À moi de me rapprocher.

– Je suis ton prof.

– *Remplaçant*.

– Les gens pourraient l'apprendre.

– Qui leur dira ? Toi ?

– Je ne suis pas doux.

– Qui a dit que j'étais fragile ?

– Tu es têtue.

– Tu es un froussard.

Sans préambule, je glisse mes doigts sous sa chemise. Je le sens contracter ses abdos sous mes mains. Je savais qu'il en avait. Toutes ces journées à imaginer à quoi il ressemble sans chemise, et voilà que je peux enfin confirmer mes pensées.

Comme quoi, il faut toujours croire en ses rêves !

Quand je m'aventure plus bas, il attrape mes bras et grogne près de mes lèvres.

– Personne ne me provoque, Kelly. Surtout pas mes élèves.

– Je ne le serai bientôt plus

Le reste de ma phrase est avalé par mon cri quand il me soulève pour me balancer sur le lit sans aucune délicatesse. Mon corps rebondit sur le matelas, mais pas longtemps. Mon prof se positionne au-dessus de moi, juste au niveau de mon bas-ventre. Un courant d'air fouette ma peau à l'endroit où mon haut s'est relevé dans ma chute. Ma poitrine se soulève et s'abaisse avec difficulté.

Il défait la ceinture de son pantalon sans me quitter des yeux. Je me rappelle les mots de Marianna. Il n'est pas très conventionnel.

Dans quoi est-ce que je me suis embarquée ?

Kelly Perla Moore. Jeune fille retrouvée ligotée et morte, dans une chambre étudiante, à Citrus Springs, où aucun membre de sa famille ne savait qu'elle était. Motif du décès ? Elle a osé allumer son prof.

Je suis folle. Il n'y a que ça qui puisse expliquer que mon désir pour lui chasse la panique qui déferle dans mon système sanguin. Toute personne sensée serait en train de demander pardon et de chercher à prendre la fuite.

Ses lèvres sont maintenant très proches des miennes. Je sens l'odeur du rhum buter contre ma propre bouche. Il la regarde, halète, lutte contre son envie. Pourquoi lutter ?

– Embrasse-moi, supplié-je à voix basse après m'être léché les lèvres.

Il ne m'embrasse pas comme je l'attends. Il conserve ses lèvres tentatrices près des miennes et me distrait juste assez pour qu'il place mes mains au-dessus de ma tête sans que je me débatte. Je n'aurais pas été capable de le faire, de toute façon : il est beaucoup plus fort que moi. Et je n'ai pas envie d'être ailleurs que là.

– Tu es une nana obstinée qui court toujours après ce qu'elle veut, sans se préoccuper du danger. J'admire cette facette de ta personnalité.

Son nez glisse le long de mon menton, m'arrachant de petits frissons. Il murmure d'une voix tendue :

– Mais c'est aussi celle qui me rend le plus fou. As-tu déjà résisté à l'envie d'obtenir ce que tu voulais, Kelly ?

– À quoi bon ? soufflé-je. Je préfère mettre tout en œuvre pour avoir ce que je veux.

– La résistance peut être une chose très excitante.

Il noue sa ceinture autour de mes poignets. Quand il serre et tire dessus pour l'attacher aux barreaux du cadre du lit, un gémissement m'échappe. Mon entrejambe se contracte devant son sourire satisfait.

Il se redresse et descend du lit. Je le vois ouvrir un tiroir de la commode avec une clé. Il a son propre tiroir ici alors qu'il n'est plus étudiant ? Mais comment peut-il bénéficier de tous ces privilèges ?

– Je crois que je dois encore avoir… Ah, la voilà !

Il sort un objet non identifié par mon cerveau, malgré tous les magazines de psychologie sexuelle, de vie pratique et de sexualité féminine que j'ai lus. Une sorte de roulette à pizza avec des picots me fait face.

Oulah, je le sens pas bien !

– Qu'est-ce que c'est que ça ? demandé-je d'une voix un peu inquiète.

– Ce que tu es venue chercher.

Je rigole nerveusement et secoue la tête sans même m'en rendre compte. Il est complètement taré.

– Je ne savais même pas qu'un truc comme ça existait, alors je ne crois pas, non.

– Il s'agit d'une roulette de Wartenberg[1]. Tu as été très courageuse en faisant ce pari tout à l'heure. J'en ai un autre pour toi. Tu veux jouer ? me tente-t-il d'une voix presque trop douce.

Merde !

---

1. Instrument pour caresser, stimuler et donner du plaisir.

Voilà comment me piéger. Refuser un pari ? Ça ne m'est encore jamais arrivé. En même temps, jamais aucun n'a inclus un instrument bizarre venu tout droit d'une salle de torture ou d'un cabinet médical.

– Est-ce que j'ai le choix ?

Son sourire me fait savoir que oui.

– Toujours, Kelly.

J'hésite quelques secondes à peine avant de décider :

– Je suis partante.

– Donne-moi un nombre compris entre zéro et trente.

– Pourquoi ?

Spontanément, c'est le nombre dix-huit qui me vient à l'esprit. Mais si c'était trop grand ? Peut-être vaut-il mieux miser sur le quatre. J'en sais rien, moi ! C'est quoi, cette question piège ? Un truc de maths ? On vient de commencer les probabilités. Est-ce qu'on a vu une leçon avec la bonne réponse ?

Sa main, qui remonte le long de ma cuisse, interrompt mes pensées l'espace d'un instant.

– Ne réfléchis pas, ordonne-t-il.

– Treize.

Treize, c'est la taille moyenne d'un pénis en érection.

Non, mais pourquoi tu penses à ça maintenant, Kelly ? Il faut vraiment que tu revoies tes priorités, meuf ! Merci, les magazines féminins.

– Ce sera treize, alors, conclut-il.

Il sort son téléphone de sa poche, pianote rapidement dessus et me montre la fonction chronomètre.

– Je vais te toucher Kelly. *Beaucoup*. Presque *partout*. Si tu résistes à la tentation d'écarter les jambes pendant treize minutes, je t'embrasserai et te laisserai m'aguicher à ta guise à l'école. Où tu le sens, comme tu le sens.

Seigneur, qui fait ça ? Qui mélange les chiffres et le sexe ? Tout en s'assurant que ça reste putain d'excitant !

Le Genius.

– Si, au contraire, tu écartes les jambes durant le temps imparti, tu acceptes de ne plus jamais venir à ce genre de soirée et de ne plus me provoquer au lycée. Plus de regards en coin, plus de voix langoureuse, quand tu lis un exercice, plus de rencontres *inopinées*.

Et moi qui me croyais discrète ! Je reconnais à peine ma voix quand je réponds :

– OK.

C'est moi qui ai dit que je n'ouvrirai pas les jambes ce soir, et je vais m'assurer que ce soit le cas. Treize minutes, ce n'est pas grand-chose. C'est quoi ? Le temps que je passe sous la douche. Trois minutes de plus que dix. C'est carrément jouable.

Bordel, qu'est-ce que je me raconte ? Sors du déni, Kelly : c'est treize minutes de soumission !

Je serre les cuisses le plus possible quand il se rapproche. Il met le chrono en marche d'une main et jette le téléphone près de moi. Ensuite, sa douce torture commence.

Il fait courir les picots de la roulette le long de ma cuisse dénudée, jusqu'à la fente de ma jupe. Le froid du métal me fait frissonner. Je n'ai toujours pas décidé si j'avais bien fait de choisir cette jupe ce soir. Contrairement à ce que j'ai pensé, la roulette ne fait pas mal. Elle stimule chaque morceau de peau qu'elle parcourt. Il l'avance vers mon ventre et en profite pour se remettre à califourchon au-dessus de moi.

Il remonte mon haut jusqu'à mon cou, puis s'arrête quelques secondes pour me regarder avec une expression trop vicieuse pour que je ne l'enregistre pas dans ma mémoire. Il tord les lèvres avec envie et sourit de satisfaction. Son index libre caresse doucement le galbe de mon sein au-dessus de mon soutien-gorge. Je sens son érection qui pointe à travers son jean, contre mon bas-ventre. Je sens sa chaleur se mélanger à la mienne.

Il abaisse brusquement mon soutien-gorge, puis déglutit en matant mes mamelons.

– Putain de parfaits… grogne-t-il en faisant tourner un doigt autour de l'un d'eux. Encore mieux que dans ma tête.

Je me tends automatiquement sur le matelas. Son doigt descend le long de mon ventre, vers mes cuisses. Je les serre encore plus fort. Je me sentais victorieuse parce que j'étais convaincue qu'il perdait du temps, mais son regard sur moi m'embrase encore plus que ses caresses. La roulette fait son grand retour. Elle trace une ligne depuis mon nombril vers mon sein, lentement. Quand elle touche ma pointe érigée, je gémis, fort. Ma respiration est complètement bancale. Mais, dès que sa main s'éloigne, j'ai envie de crier : « Encore ! »

– Tu la veux encore ? demande-t-il.

Je rougis violemment parce qu'il a réussi à lire dans ma tête, mais ne réponds pas. Je croyais qu'il jouait contre le chrono, mais non. Il prend son temps, et c'est un plus gros châtiment encore. Je vois venir la roulette. Je relâche mes cuisses, me concentre sur elle, l'espère. Quand elle repasse sur mon téton, un autre gémissement sort de ma gorge. Au moment où je me dis qu'il va encore la retirer, il appuie plus fort et sa langue vient lécher mon second mamelon.

Les ondes du plaisir me transpercent de partout. Je me tends complètement, relevant mes jambes pour je ne sais quelle raison. Je ne contrôle déjà plus mon corps.

– C'est uniquement parce que tu es encore une pucelle que je t'épargne la fessée, Kelly.

Mon clitoris se contracte. C'était une option ?

– Mais je préfère te montrer ce que ma bouche est capable de faire entre tes jambes. Tu ne veux pas le savoir ?

Sa proposition fait tourbillonner mes sens. J'entends

le chrono défiler, mais je ne le vois pas. Combien de temps me reste-t-il ? À ce rythme-là, je suis bien partie pour perdre. La roulette suit un chemin le long de mon flanc, tandis que sa bouche vient se perdre dans mon cou, qu'il mordille, avant de s'attaquer au lobe de mon oreille. Quant à sa main libre, elle n'arrête pas de jouer avec l'un de mes tétons. Je suis soumise à l'épreuve de ses caresses. Il ne mentait pas : il me stimule partout, sauf là où j'en ai le plus envie. Je sens mon intimité se gonfler de désir, pulser contre mon slip.

Sa main glisse plus bas, vers mes cuisses, qui ont perdu de leur résistance.

– Tu vas être gentille et les écarter ? grommelle-t-il contre mon oreille.

Je fais « non » de la tête.

– Combien de temps me reste-t-il ?

Comme s'il allait répondre ! Son sourire s'agrandit. Il s'éloigne, frotte sa chemise contre ma peau nue et descends vers mon bassin. Il passe ses mains sous mes cuisses, les soulève et les maintient en l'air. Ma jupe descend jusqu'à ma taille. Je suis bien trop dévêtue.

– Quoi ? Non ! Tu ne joues pas dans les règles, Tyler !

– Quelles règles ?

– Tu n'es pas censé me soulever les jambes !

Sa roulette du plaisir voyage à l'arrière de ma cuisse, jusqu'au mollet. Et il dépose des baisers justes après son passage. Elle roule, il embrasse. J'ai le souffle coupé.

Ce n'est pas... Il n'est pas censé...

Elle roule, il embrasse.

– Ah bon ? Selon qui ?

Elle roule sur ma peau, il embrasse.

Mon cerveau est en train de fondre comme neige au soleil. J'ai envie de bouger, mais mes mains liées ne me facilitent pas l'exercice.

– Écarte-les, Kelly. Pour moi. Tu sais que je peux te faire encore plus perdre la tête si je te touche là où tu me désires le plus.

Non, Kelly. Résiste !

Sa bouche fait des allers-retours sur mes cuisses. Je suis à deux doigts de lâcher prise. Je pousse un petit cri lorsqu'il passe doucement la roulette sur mes lèvres, à travers mon slip.

Oh, non !

Mes jambes tremblent. Je ne vais pas tenir ! J'ai envie de sentir sa roulette se presser contre mon clitoris.

– Écoute ton corps, Kelly. Tu n'as pas envie que je te fasse jouir ?

Je gémis un « oui » à peine audible. Mon orgasme se rapproche, aussi sauvage que les yeux avec lesquels il me regarde. La roulette va et vient. Il m'embrasse, il me touche, me châtie de sa langue, me promet de me faire jouir jusqu'à ce que j'en redemande. Je capitule. J'écarte les jambes.

Tyler gronde. Je n'ai même pas besoin de supplier. Il parsème déjà l'intérieur de mes cuisses de petits baisers. La roulette, omniprésente, frotte là où sa bouche n'est pas. Je me tortille sur les draps. Mes bras se tendent, essaient de se libérer. Il mord dans ma cuisse. Je supplie intérieurement.

– Tyler, j'ai…

Ma phrase s'étrangle dans ma gorge. Je n'arrive pas à la dire. Les coins de sa bouche se relèvent.

– Putain, murmure-t-il en me fixant. Tu aimes vraiment *ça*.

Quoi, *ça* ? Peu importe. Je ne veux surtout pas que *ça* s'arrête. Son doigt titille mon clitoris à travers ma culotte mouillée.

– Tu as perdu, Kelly, m'informe-t-il.

Je sais ! Mais, s'il te plaît, ne t'arrête pas !

Il se redresse et enfonce mon corps dans le lit avec le poids du sien lorsqu'il se couche sur moi, son entrejambe entre mes cuisses. Il continue de jouer des doigts en bas. Je continue d'être complètement désorientée par ses caresses et son torse qui écrase ma poitrine. Je ne me savais pas si sensible. Je ne suis même pas nue. Il n'est même pas en moi.

– Ça t'a amusée de m'aguicher ce soir ?

Son visage au-dessus du mien, il écarte le pan de ma culotte et insère un doigt en moi. Mes fesses tentent de se relever, mes mains se tendent. Ma respiration est toujours aussi désordonnée.

– Oui, avoué-je.

– Tu le referas ?

Il donne un petit coup de pression sur mon intimité.

– Non, gémis-je.

– Parfait.

Il continue d'enfoncer son doigt en moi et de le faire ressortir, de me caresser sur mon point le plus sensible, de m'emmener où je rêve d'aller. Je ferme les yeux et m'abandonne à la multitude de sensations qu'il crée au creux de mon bas-ventre. La chaleur s'y intensifie. Je sens la vague de l'orgasme s'amplifier. Je sens qu'il est là, tout comme j'entends les respirations saccadées de mon prof. Il appuie de plus en plus fort, de plus en plus vite, et je finis par céder le peu de contrôle qu'il me restait à l'orgasme qu'il me donne. Des sensations nouvelles m'envahissent. La moindre de mes cellules est en ébullition, comme jamais je ne l'ai ressenti auparavant avec un homme.

Je crie de plaisir et mon corps retombe sur le matelas. Je ne m'étais pas rendu compte que j'étais à ce point cambrée sous ses caresses.

Le chrono sonne. Le temps est écoulé. Mon prof délaisse mon entrejambe, suçote encore une fois mes tétons tout en enlevant la ceinture autour de mes poignets.

Puis il se relève comme si de rien n'était. Comme s'il venait de résoudre un énième problème de maths. Pourtant, il lui manque cet air réjoui qu'il a lorsqu'il a trouvé le bon résultat. Je le sens passablement énervé. Ou frustré.

– Rhabille-toi, commande-t-il en rangeant son téléphone dans sa poche. Je te ramène. Je t'attends dehors.

Il ouvre la porte.

– Attends…

– Si je reste, je te baise, Kelly.

Il lève un sourcil, guettant mon accord. Je déglutis.

– C'est bien ce que je pensais. Je t'attends en bas.

Je me masse les mains, légèrement endolories, puis me couvre le visage avec.

Qu'est-ce que... Putain, qu'est-ce qui vient de se passer ?! L'alcool, Kelly. Tout mettre, sans aucune honte, sur l'alcool.

Je ne pensais pas dire ça un jour, mais je veux perdre encore. J'ai gagné beaucoup plus en perdant que toutes les autres fois où je suis sortie victorieuse dans ma vie. Le problème, c'est que, maintenant que j'ai pris goût à la défaite, je veux tout perdre avec lui : mes jeux, mon corps, mon cœur, mon âme.

Tout ce qu'il veut me soutirer est à lui.

Note à moi-même : la prochaine fois qu'on te propose de choisir entre deux nombres, Kelly, choisis le plus grand. Peut-être que cela te vaudra non pas un, mais deux orgasmes !

10

Tyler
Cinq ans plus tôt

J'aurais dû les baiser.

Elle et ses seins parfaits.

J'aurais dû la convaincre de me laisser la prendre.

Elle ou sa bouche sensuelle.

J'aurais au moins dû me montrer sous mon vrai jour. Avec une tout autre personne, je n'aurais pas été si conciliant. Je ne sais pas ce qui s'est passé avec elle. Ce serait trop facile de rejeter la faute sur l'interdit. J'ai juste ressenti le besoin de… prendre la fuite.

Cela n'aurait pas été bien, je le conçois, mais on ne va pas se voiler la face : je ne suis pas un saint. Comme beaucoup, je pense, j'ai eu une période « gentilles filles ». Au lycée, c'est comme ça que je les aimais : sages et dociles, innocentes ou feignant un minimum de l'être. Et puis j'ai commencé à me lasser. J'en ai eu marre de devoir les convaincre de lâcher prise, d'assumer leurs envies, d'arrêter de chercher à être parfaites ou de refouler leurs sentiments. Dès que j'avais fini de me les faire, elles devenaient des petites sœurs dont je devais m'occuper. J'ai déjà une sœur, qui me demande moins d'énergie, d'ailleurs.

Aujourd'hui, j'aime les femmes qui savent ce qu'elles veulent. Parce que c'est putain de sexy ! Ce n'est pas à moi de leur ouvrir les yeux sur ce qu'elles recherchent : elles le savent. Elles disent « non » quand elles pensent

« non » et « oui » quand elles pensent « oui ». Elles n'ont pas froid aux yeux et n'aiment pas les faux-semblants.

C'est pourquoi cette satanée femme me plaît. Kelly Moore. Même son nom évoque l'abondance[1]. Aucune femme ne m'a plu autant depuis mes premiers émois.

Ce n'est finalement pas moi qui l'ai ramenée chez elle parce que sa copine bizarre, qui n'arrêtait pas de baisser les yeux en ma présence, a soudainement eu le courage d'aligner plus de trois mots et m'a limite supplié d'épargner Kelly. Je n'ai pas cherché à savoir si elle était complètement torchée ou si sa panique était due à ce qu'elle avait entendu à mon sujet. Kelly, elle, paraissait perdue dans les nuages. J'ai consciencieusement évité son regard et ne lui ai pas demandé à quoi elle pensait parce que sa franchise m'aurait probablement fait la ramener à l'étage.

Je me suis assuré que le chauffeur de la nana pétée, qui leur servait de complice, était en état de conduire avant de les laisser partir.

Moi, j'ai fini la nuit dans la piaule de Justin, en priant tous les saints pour me la sortir de la tête. Ensuite, j'ai passé le reste de la matinée à la salle de sport, soulevant fonte après fonte en espérant oublier ses gémissements. Puis je suis venu me terrer ici, dans la salle des profs, en attendant de devoir donner mon deuxième cours de la semaine.

Je ne suis pas rentré chez le dirlo parce que je suis sûr que, s'il m'avait vu avec ma blessure, il aurait fait une remarque qui m'aurait poussé à lui en foutre une dans la gueule. J'ai tout de même mis un point d'honneur à déjeuner avec Briana, après lui avoir envoyé des messages pour m'assurer que tout allait bien pour elle.

Je suis en train de me demander comment mon élève

1. Allusion au fait qu'en anglais, *plus* se dit « more ».

préférée va réagir ce soir quand j'entends la porte s'ouvrir dans mon dos. La conversation entre deux femmes s'arrête brusquement quand elles me remarquent, assis à une table, face au mur. Je conserve exprès mes écouteurs sans musique pour les dissuader de venir me parler. D'habitude, j'évite comme la peste cette salle parce que les enseignants qui se retrouvent ici font plus que prendre un petit café. Ils viennent sociabiliser et ils m'invitent à participer à leurs « causeries », ces dernières étant composées, en grande partie, de ce qui se passe dans leurs classes et dans leur vie. Aucun des deux sujets ne m'intéresse. Dès que je quitte ma salle de classe, j'oublie les noms et les visages des gamins. Sauf… vous savez qui. Quant à ma vie, elle ne commencera vraiment que lorsque j'aurai quitté cette ville.

– Tyler ?

Oh, non ! Ne viens pas me parler, ne t'approche pas.

Je fais comme si j'étais très occupé avec mon portable. Même le secrétaire d'État des États-Unis ne pourrait paraître plus occupé que moi en ce moment. Tout dans ma posture indique que je ne veux pas être dérangé.

Un doigt s'enfonce à plusieurs reprises dans mon épaule.

– Tyler ? répète la voix.

Je retire un de mes écouteurs et me tourne vers elle. Son visage recule légèrement. Elle est surprise par mon pansement sur la joue. Super ! Je peux lire dans ses yeux que je viens de passer de « neveu un peu réservé du directeur » à « grosse brute ».

– Oui ? demandé-je à sa tête hésitante.

– Hey, bonjour ! Euh… tu n'as cours que dans deux heures, non ? Tu veux prendre un café avec nous ? Nous expliquer ce qui t'est arrivé ? Tout va bien ?

– Ouais, ça va. Merci pour l'invit', mais j'ai des trucs à faire.

J'attrape mon sac, salue d'un signe de tête l'autre enseignante, dont le visage ne me dit rien, et me dirige tout droit dehors.

Comme il me reste effectivement encore deux heures à tuer, je réfléchis aux possibilités que j'ai de trouver la paix. Les gradins du terrain de basket m'exposeraient trop au regard des autres, le gymnase est occupé en ce moment, et je n'ai pas quitté le lycée pour me retrouver encore en salle de permanence. Il ne me reste que la bibliothèque.

Je n'y ai mis les pieds qu'une seule fois, lors de ma visite obligatoire. Je badge à l'entrée, regarde un peu autour de moi, apprécie le silence qui m'entoure et me rends vers le coin le moins fréquenté de toute la pièce.

Je m'assois par terre, en dessous d'une fenêtre isolée, et me perds dans *Les Aventures de Huckleberry Finn* [2], ce héros aussi peu recommandable que moi – selon ma tante, qui m'a offert ce livre.

Je ne suis qu'aux premiers chapitres quand des pieds rentrent subitement dans les miens et me font perdre ma concentration. Je relève la tête.

– Kelly ?

J'essaie d'ignorer cette sensation bizarre qui s'anime au creux de mon ventre. Quoi que j'aie pu me dire pour me convaincre du contraire, j'étais impatient de la revoir. Nous restons silencieux, à nous apprécier du regard, pendant quelques secondes. Pas besoin d'être Einstein pour savoir à quoi nous pensons tous les deux en nous matant comme ça. Quand elle ramène une de ses boucles, que je rêve de toucher, derrière son oreille, la partie saine de mon esprit, qui se rappelle que je devrais rester loin d'elle, me chuchote qu'elle devrait être en cours à cet instant.

---

2. Roman de Mark Twain.

– Tu n'es pas censée être en cours ?

– C'est la pause et je…

Elle fronce les sourcils, puis son visage s'éclaire, comme si elle venait de réaliser quelque chose d'incroyable.

– Tu es prof !

– A priori, aussi longtemps que tu seras élève ici, oui. Tu as mis du temps à te rendre compte que je ne fais pas que de la figuration devant le tableau. Bravo !

Elle rigole et efface mon sarcasme d'un geste rapide de la main.

– Crois-moi, le fait que tu sois prof me hante jour et nuit. Encore plus après ce qui s'est passé (elle se touche le poignet)… hier.

Son visage affiche une expression un peu intimidée. Kelly, timorée ? C'est une première !

– Argh ! Tes yeux me troublent. J'en ai presque oublié pourquoi je suis ici. Ce que je voulais dire, c'est que, même si tu ne fais que du soutien, tu es un professeur. Donc, ton badge donne accès à la réserve. Si je reste ici, il va me trouver. Lève-toi.

Je lève un sourcil.

– Tu viens de me donner un ordre ?

– Je n'ai pas le temps de jouer, Tyler.

Le second sourcil se hausse à son tour.

– Pardon ? Est-ce que j'ai besoin de te rappeler qu'ici, je suis *monsieur Evans* ?

Qu'est-ce que je disais ? J'aurais dû me la faire. Elle ne serait pas en train de me parler comme ça si je l'avais fait crier toute la nuit.

Elle vérifie derrière elle, comme si elle s'assurait que personne ne puisse nous surprendre, puis elle se remet à me regarder étrangement. Je fronce les sourcils.

– Qu'est-ce qui se passe, Kelly ?

– Je te le dirai quand on sera à l'abri. Suis-moi,

exige-t-elle après avoir récupéré mon badge de bibliothèque, que j'ai laissé sur le sol.

Mademoiselle a un côté autoritaire, en plus de ça. Vous écartez les cuisses d'une nana, vous l'emmenez à l'orgasme, et après elle se prend pour une reine. L'alcool lui a fait oublier que c'est moi qui domine ou quoi ?

Malgré moi, je me lève, délaisse ma lecture et suis de près les courbes de ses fesses dans un jean. Pas de jupe, cette fois.

Sage décision, Kelly.

Je me rappelle vaguement que la bibliothécaire m'a dit que les profs avaient un accès total à la réserve, qui est interdite aux élèves. Kelly vérifie qu'on est seuls, puis badge. Je lui emboîte le pas à l'intérieur, toujours sans savoir la raison pour laquelle on se rend dans cet endroit.

– Ici, on va être tranquilles un moment, soupire-t-elle.

Seuls. Exactement ce que je dois éviter. Je devrais la raisonner et la ramener à l'extérieur, mais, au lieu de ça, je me retrouve à observer les lieux, qu'elle découvre en même temps que moi.

J'aurais pensé que la réserve serait bondée de poussière et de cartons, mais pas du tout. Il s'agit juste d'un autre espace, semblable à la bibliothèque, avec plein de vieux bouquins. Si elle est interdite aux élèves, c'est uniquement parce que certains d'entre eux ont une énorme valeur. Je ne sais pas de combien on parle exactement, mais, si le dirlo apprend que j'ai abîmé un seul de ces livres, je parie qu'il serait capable de m'obliger à vendre ma moto pour le rembourser.

– Il paraît que M. Miller et Mme Necta se retrouvent ici pour faire des cochonneries.

Je hoche la tête sans rien dire.

– Tu ne vois pas de qui je parle, c'est ça ?

– Non, avoué-je.

– Le prof de français ! Tu sais, celui qui est aussi chauve qu'un œuf bouilli ! Et notre prof d'espagnol. Elle porte toujours des jupes de grand-mère, un sac en bandoulière et des lunettes plus grosses que des oranges !

C'est quoi, ces comparaisons étranges ? Pourquoi l'œuf devrait être bouilli ? Et des oranges pour lunettes ? Mais… qu'est-ce qu'elle raconte ? Mon esprit rationnel a du mal à la suivre.

– Ils ne font pas que donner des cours de langue, si tu vois ce que je veux dire. Ils se donnent aussi des *coups* de langue.

Je reste d'abord stoïque face à son clin d'œil complice. C'est la blague la plus pourrie que j'ai entendue et, putain, ça réussit à me faire éclater de rire, comme ça ne m'est pas arrivé depuis des semaines. Parce qu'elle se croit drôle, en fait. Cette nana est sérieusement atteinte.

– Ça fait du bien de te voir te dérider, confie-t-elle tendrement.

Son ton me fait reprendre mon sérieux. Je n'ai pas besoin qu'elle cherche à égayer ma vie. Premièrement, je ne le mérite pas. Deuxièmement, je m'en sors très bien tout seul. Elle se tourne, se dirige vers une allée et passe un doigt sur une étagère.

– Tu crois que, si je vole un livre ici, la bibliothécaire s'en rendra compte ?

– Je ne sais pas. Probablement. Mais tu ne feras pas ça parce que c'est mon badge qui a ouvert cette porte.

Elle pouffe.

– Donc, ça ne te dérange pas que je me fasse attraper, du moment que tu n'es pas impliqué ?

– Bonne conclusion.

Son regard se joint au mien.

– Je sais lire entre les lignes, Tyler. Entre *toutes* celles que tu écris. Que ce soit pour garder les autres loin de toi ou pour me tenir à distance.

J'évite son petit jeu de regards et dévie la conversation sur un sujet plus innocent.

– Quel livre tu voudrais ?

Elle parcourt des yeux les romans, puis s'arrête devant l'un d'entre eux et le sort délicatement.

– Celui-là.

Raison et Sentiments de Jane Austen. Il s'agit d'une édition ancienne, probablement précieuse.

– Tu aimes la littérature anglaise ?

– Plus que les maths, ça, c'est sûr. Mais disons que le titre de ce livre reflète un peu ce dans quoi je suis perdue en ce moment. Qu'est-ce que tu choisirais à ma place, Tyler ? Raison ou sentiments ?

Comment peut-elle être aussi douée ? Chaque fois que je veux emmener la conversation vers quelque chose de plus détaché, elle trouve un moyen de me faire revenir dans son jeu.

– Je choisirais de rester loin de moi.

– Sinon quoi ? Tu vas encore m'attacher ?

Elle fait exprès de me montrer à quel point elle aimerait ça.

– Peut-être.

– C'est une promesse ?

– Ne me tente pas.

Qu'est-ce qui me prend ? Cette nana représente mon plus gros problème en ce moment. Je dois la tenir à distance parce qu'elle a ce quelque chose d'irrationnel qui empêche mon cerveau d'assimiler que je dois rester loin d'elle. Et, bien sûr, juste au moment où je pense ça, elle décide de réduire l'espace entre nous.

– C'est le moment où on parle de ce qui s'est passé hier ? questionne-t-elle.

– Non.

– Pourquoi ?

– Parce que ça me donnerait envie de recommencer, énoncé-je d'un ton menaçant.

– Et en quoi ce serait mal ?

Je lui saisis un bras et remonte la manche de son large pull. C'est bien ce que je pensais : il n'y a qu'une raison pour qu'elle porte un vêtement pareil alors qu'il fait 26 degrés dehors. Même si je m'en doutais, je serre quand même les dents en voyant les marques que ma ceinture lui a laissées.

– Regarde ton poignet, Kelly. Regarde ce que je t'ai fait.

– M'en suis-je plainte ? J'ai une carnation chaude, je pense que mon bleu partira rapidement. J'ai aimé ce que tu m'as fait, Tyler. Pas toi ?

– Tu…

Je passe une main dans mes cheveux pour calmer ma frustration.

– Tu poses trop de questions.

– Parce que tu ne réponds pas ce que tu penses vraiment. Tu ne réponds pas ce que je…

– Chut ! ordonné-je.

J'avance à reculons lentement et tends l'oreille. Des pas se rapprochent. Super ! Maintenant, il va falloir jouer à cache-cache. Dans quoi est-ce que cette gamine m'a encore fourré ?

– Qu'est-ce qu'il y a ? chuchote mon élève, le visage curieux.

– Quelqu'un arrive. Viens.

Je saisis sa main et longe hâtivement l'allée, qui s'éclaire automatiquement, jusqu'au bout. Ensuite, je l'attire derrière des étagères et l'immobilise contre mon torse pour nous cacher. Elle ne se fait pas prier pour se serrer contre moi. Au contraire, elle en profite. Je l'entends humer ma chemise, et ça me fait rigoler. Cette tarée n'a vraiment aucun sens du danger. Je fais fi de la chaleur de son corps et sollicite tous les démons qui l'ont emmenée dans ma vie pour que les lumières automatiques s'éteignent avant l'arrivée de la personne. Pour une fois, je suis chanceux, il faut croire, parce que l'espace que nous occupons s'assombrit juste au moment où l'on entend la porte s'ouvrir.

Mon élève se retient de respirer, et j'en fais de même. Les pas de l'étranger chassent le calme de la pièce, mais restent éloignés de notre direction. Je suis en train de me dire qu'on va pouvoir s'en sortir quand Kelly relève délicatement la tête, monte finement sur la pointe de ses pieds et se rapproche de mon oreille.

– Sors avec moi, chuchote-t-elle.

Qu'est-ce que...

– Non, refusé-je sur le même ton.

– Est-ce que tu me trouves intéressante ?

Baisable ? Oui.

Compliquée ? Aussi.

Interdite ? Carrément.

Intéressante ? Ce n'est plus le genre de questions que je me pose depuis des années. Surtout si c'est pour me retrouver dans une situation aussi compromettante.

– Je ne te connais pas assez pour répondre à cette question.

– Est-ce que tu as envie d'apprendre à mieux me connaître ?

– Pourquoi je ferais ça ?

– Pourquoi pas ?

– Tu es mon *élève*, grincé-je entre mes dents.

– Avant d'être ton élève, je suis une femme, n'est-ce pas ?

Je ne réponds pas. Ses seins, pressés contre mon torse, en sont une preuve flagrante.

– Réfléchis-y, continue la diablesse.

– Non.

Merde, elle sent bon...

– Je sais que tu dis « non », mais tu as envie de dire « oui », n'est-ce pas ?

Argh ! Est-ce qu'elle va se taire ou je dois la bâillonner de ma main ?

– Je n'ai pas le droit de sortir avec toi.

– On a qu'à être discrets.

– Comme là ?

– Oui, répond-elle, comme si c'était la chose la plus évidente du monde.

J'essaie de localiser la troisième personne présente avec nous. Quand je me rends compte que ses pas se dirigent de plus en plus vers la sortie, je lâche un soupir de soulagement. Ce court instant de vulnérabilité me fait croiser les yeux de mon élève, qui doit avoir les pointes des pieds endolories à force. Et donc, comme un con, je baisse lentement mon visage pour qu'elle puisse donner du répit à ses pieds en les reposant à plat sur le sol.

– Tu vas m'embrasser ?

La tension dans sa voix provoque une décharge dans mon corps.

– On a dit plus de provoc, Kelly.

– C'est juste une question.

Je ne peux pas prendre le risque de bouger mon bras. C'est bien le seul truc qui me retient de caresser ses lèvres. J'ai envie de l'embrasser. Je pourrais céder. Je pourrais…

– Je n'ai pas le droit de le faire, affirmé-je dans un éclair de lucidité.

– Pourquoi ?

– Tu sais pourquoi.

– Parce que je suis au lycée ?

Je ne réponds pas.

– Je vais prendre ton silence pour un oui. Je suis trop jeune pour que tu m'embrasses sur la bouche, mais je suis assez grande pour que tu me lèches les tétons ?

Elle marque un point.

– Ça faisait partie d'une leçon, que tu n'as, de toute évidence, pas retenue !

– Apprends-moi autre chose ! Des trucs débiles de maths comme tu aimes ! Par exemple… si tu m'embrasses… hmm… je comprendrai ce que ça fait quand deux lignes sont sécantes.

Mais qu'est-ce qui se passe dans la tête de cette fille ? Qu'est-ce qu'elle consomme pour que ça tourne aussi vite ?

– Tu es la droite (d1), commence-t-elle à expliquer, je suis la droite (d2), nos bouches seront le point d'intersection de nos corps et…

– Il y a quelqu'un ? Mademoiselle Moore ? lance une voix féminine un peu aiguë à l'autre bout de l'allée.

Nous écarquillons tous les deux les yeux et nos narines arrêtent d'inhaler de l'oxygène. Kelly pince les lèvres. Je resserre ma prise autour de sa taille fine. Quelques secondes silencieuses me font réaliser que nos cœurs battent comme un seul. Nous restons ainsi statufiés, jusqu'à ce que la porte s'ouvre, puis se referme.

Je la lâche et pousse un long soupir. Je crois qu'elle était bien moins tendue que moi parce qu'elle arrive à passer à autre chose en une fraction de minute. Elle se décale légèrement, déclenchant la lumière au passage, puis ouvre le bouquin qu'elle a entre les mains.

– Comme tu refuses de céder à tes désirs et de sortir avec moi tout de suite, fais-moi une promesse.

Elle retire le stylo qui retenait ses cheveux en un chignon, et se met à écrire et à lire en même temps à voix haute :

– « Moi, Tyler Wade Evans… »

– Tu connais mon second prénom ?

– Ne me prends pas pour une psychopathe, mais j'ai lu tous les articles que j'ai trouvés à ton sujet. C'était un joli polo que tu portais lors de ton premier concours, au fait.

Euh... effectivement, ça fait un peu psychopathe.

– Donc : « Moi, Tyler Wade Evans, j'accepte de sortir avec Kelly Perla Moore... »

– Perla ?

Je pouffe de rire. Elle me décoche un regard meurtrier avant de poursuivre.

– « ... au minimum cinq fois, quand elle le décidera, et ce, dès qu'elle quittera le lycée. »

– Cinq fois ?

– On sait tous ce qui se passe au troisième rendez-vous, explique-t-elle avec des yeux pleins de malice.

Ne pose pas la question, Tyler, ne pose pas la question.

Ma curiosité l'emporte sur ma raison.

– Et les deux suivants ? demandé-je.

– Tu deviendras tellement accro, après notre première fois, que tu en voudras encore.

Oh, non !

L'idée est si tentante que je dois me retenir de sourire. J'aime vraiment beaucoup trop les femmes qui sont sûres d'elles.

Absorbé par ses boucles, qui sont retombées autour de son visage, je mets quelques secondes à me rendre compte qu'elle a commis un sacrilège. Elle a écrit dans le livre et elle vient d'en arracher la page. Est-ce que je devrais feindre la colère ? Je décide que non parce qu'en fait... je m'en fous. Elle me tend la feuille et le stylo.

– Je ne signerai pas ça.

Son cerveau, qui tourne plus vite qu'Usain Bolt[3], trouve tout de suite une solution.

– Parions. Si j'arrive à te faire m'embrasser avant la fin du mois, tu signes.

La lueur malicieuse dans ses yeux bouscule mon intérêt certainement visible dans mon regard.

---

3. Athlète et sprinter célèbre.

Elle veut la jouer comme ça, alors…

– Sinon ?

– Je te laisse tranquille, dit-elle en haussant les épaules.

– Pour de bon ?

– Pour de bon, affirme-t-elle sérieusement.

– Pourquoi je te croirais ? Tu es en train de faire tout l'inverse de ce que tu devrais faire, si tu te souviens bien de notre dernier pari.

– Ça, c'est parce que tu as éhontément triché, assure-t-elle sans se démonter. Mais, ce pari-là, je te *promets* que je l'honorerai.

Une vie sans tentations et sans problèmes jusqu'à ce que je quitte la ville ? Ça me semble correct. Ennuyeux mais raisonnable. Et c'est ce que je dois être : un garçon raisonnable. J'attrape la main qu'elle me tend pour conclure notre accord.

– Très bien.

– Prêt à perdre, monsieur Evans ?

– Je suis prêt à ne plus jamais avoir affaire à toi, Kelly.

Le bruit de la porte nous surprend tous les deux. Merde ! Mon cœur manque un battement. Même si Kelly s'est déjà figée, je lui communique du regard de rester immobile. Nous sommes plutôt loin de l'entrée. Avec encore un peu de chance, la lumière s'éteindra avant que quelqu'un ne pense à venir nous trouver là. Les secondes défilent, les pas se rapprochent. Nos mains emboîtées mélangent notre moiteur. L'obscurité revient au bout de ce qui me paraît être un siècle, mais je retiens toujours mon souffle. Cette fois, les pas se rapprochent dangereusement de notre zone.

Adossé contre les étagères, je réfléchis à toute allure. Je pourrais, au pire des cas, sortir tout seul et empêcher la personne qui arrive de découvrir avec qui je suis. Je reviendrais chercher mon élève plus tard. Je zyeute légèrement derrière moi pour voir à quel point l'intrus est proche de nous, puis détourne lentement la tête, sous le choc.

Putain, c'est l'enfoiré d'hier !

Il a l'air différent, mais je mettrais ma main à couper que c'est bien celui que j'ai envoyé par terre. Qu'est-ce que… Il est élève ici ?

– Monsieur Heller, revenez tout de suite ! crie une voix dans son dos qui le fait s'arrêter. Je suis déjà venue ici tout à l'heure et il n'y avait personne. Vous me faites perdre mon temps.

– Mais Kelly… commence-t-il.

– … n'est pas ici. La réserve est interdite aux élèves, vous le savez. Si je ne vous connaissais pas, je penserais que vous essayez de sécher les cours.

– Non, je vais repartir voir à l'infirmerie. Merci, madame.

– Allez, ouste, devant moi ! réclame-t-elle.

Kelly et moi attendons encore plusieurs secondes, après que la porte s'est refermée, histoire d'être sûrs qu'ils sont partis, avant de détacher nos mains. Cette fois, elle paraît raide d'inquiétude.

– OK, tu m'expliques, maintenant ? Pourquoi on te cherche ? C'est qui, ce type que tu fuis ?

Elle prend une profonde inspiration, puis souffle tout l'air de ses poumons par la bouche, comme si elle venait de finir une longue course.

– Mon petit ami.

Une onde de stupéfaction parcourt ma colonne vertébrale.

– Putain… QUOI ?

11

Kelly
La veille des retrouvailles

– Vous étiez en couple ?

La mâchoire de ma psy se déboîte.

– Pire. Mes parents m'ont promise en mariage à Todd Heller depuis mes 16 ans.

Ah, non ! C'est maintenant que sa mâchoire se disloque vraiment. Elle tente de cacher son étonnement – pas très bien, je dois dire – et se lève.

– Je ne pensais pas que cette pratique persistait, dit-elle en ouvrant un tiroir de son bureau.

– Vous n'avez pas idée du nombre de familles qui continuent de faire ça. C'était le fils du maire. Nos familles ont trouvé que ça nous rendrait plus puissants et riches si on se mariait. Enfin, nos mères, surtout.

Laetitia revient se poser en face de moi avec un carnet et un stylo.

– Ah, je vois que, là, mon cas est devenu compliqué ! Il nécessite que vous écriviez des trucs à mon sujet ?

– Oh, non ! me dit-elle d'une voix qu'elle veut probablement rassurante. Ne le prenez pas comme ça, Kelly. C'est juste pour ne pas oublier certains points d'alerte.

Super réconfortant !

– Comme quoi ?

– Hmm… (Elle fait tourner son stylo entre ses doigts.) Vous ne vous en êtes peut-être pas rendu compte, mais vous associez beaucoup votre professeur à la perfection.

– Peut-être, en effet, mais je ne vois pas en quoi ça vous alerte.

– Diriez-vous que vous avez eu un coup de foudre pour lui ?

Je relève la tête et plonge mes yeux dans les siens. Ils ont la même couleur que ceux de mon ex-prof. Mais les siens étaient mon obsession.

– Je ne crois pas. Les coups de foudre, pour moi, représentent quelque chose de trop bref pour qu'on puisse véritablement parler d'amour. Je dirais que, lorsque je l'ai rencontré, il m'a attirée *énormément*, comme personne d'autre auparavant.

Laetitia se triture le menton du doigt et plisse les yeux, peu convaincue.

– Ce n'est pourtant pas l'impression que j'ai. Sur une échelle de un à dix, quelle note donneriez-vous à cette attirance ?

– Mille ? Dix mille ? rioté-je. Il envahissait chacune de mes pensées.

– Hmm…

Elle hoche la tête d'une façon qui me déplaît et note quelques trucs dans son carnet, ce qui accroît mon agacement. Je reste silencieuse jusqu'à ce qu'elle décide de reprendre la parole.

– Vous avez demandé à votre prof de sortir avec vous alors que vous étiez déjà avec quelqu'un et que vous étiez son élève.

Ce n'est heureusement pas un jugement.

– Je n'aurais pas formulé ça comme ça.

Elle lève des yeux surpris vers moi.

– Ah, non ?

– Disons que je me suis assurée de montrer à Tyler tout l'intérêt que je lui portais parce que c'était le seul qui m'intéressait. La vérité, c'est que… ne notez pas « horrible » sur votre feuille… mais, la vérité, c'est que j'avais oublié que mon ancien copain était dans ma vie. J'avais même oublié que c'était un être vivant.

– Hmm… C'est pourquoi vous ne l'avez jamais évoqué ?

– Il n'y avait rien à dire, avancé-je sèchement.

Surtout après ce qu'il nous a fait.

Laetitia pose ses longs doigts parfaitement vernis de blanc sur sa jupe à volants ivoire. Je me demande si elle a transmis ses goûts vestimentaires à sa fille.

– Comment était votre relation ?

Je m'adosse contre les coussins, lève les yeux au plafond et réfléchis quelques secondes.

– Imaginez une route bétonnée, dure et droite, qui ne va que dans un seul sens. C'était ça, ma relation avec lui. Tout était tracé, tout était prévu, presque mécanique. On a tenté plusieurs rendez-vous, quelques baisers, des papouilles, mais je dois reconnaître que chacun de nos échanges me semblait fade et sans couleur.

Un peu comme votre jupe.

– Pensez-vous que c'est parce qu'il vous a été imposé et que vous êtes quelqu'un qui, selon toute vraisemblance, n'est pas très friand des règles ?

– Oh ! Premier truc intéressant que vous dites aujourd'hui, Laetitia. Je ne m'étais jamais posé la question, mais je n'ai pas besoin de creuser plus que ça. Todd n'était juste pas fait pour moi. Tyler l'est. Il est…

– Parfait ? finit Laetitia pour moi.

Je me contente de hausser les épaules. Je ne vais pas nier ce que je pense.

– Vous êtes toujours avec ce Todd ? continue ma psy.

– Quoi ? Bien sûr que non ! Je vais séduire Tyler !

– Ça ne vous a pas arrêtée la première fois.

Oh, c'est vache, ça ! Là, c'est du jugement.

Elle le fait exprès, n'est-ce pas ? Je la fusille du regard et me retiens de lui dire le fond de ma pensée, ce qui est ironique étant donné que c'est généralement pour ça qu'on rend visite à un psy.

Patience, Kelly. Tu sauras lui effacer cet air condescendant en temps voulu.

– Non, je suis célibataire.

– Comment trouviez-vous votre fiancé ?

– Pff ! Gentil, simple, enamouré. En tout cas, c'est ce que je pensais. Mais il n'a jamais fait battre mon cœur. Pas comme…

– Tyler ? demande ma psy avec un sourire pincé et une mine emmerdée.

– Vous êtes incroyablement perspicace ! ironisé-je. Pourquoi vous êtes psy ? Vous devriez tenter enquêtrice au FBI.

Au lieu que ma psy réagisse à mon sarcasme, sa main gratte encore des mots sur la feuille. Qu'est-ce qu'elle écrit, bon sang ? J'espère pour elle que c'est l'adjectif « hilarante ».

– Revenons à votre histoire. Que s'est-il passé ensuite ? Vous vous êtes servie de votre copain pour rendre jaloux votre prof ?

– C'est comme ça que vous me voyez ? Comme une petite manipulatrice prête à ce genre de bassesse pour obtenir ce qu'elle veut ?

Je feins d'être profondément blessée. Elle penche la tête et son expression me questionne quant à la véracité des mots que je viens de prononcer.

– C'est bien ce que je pensais, votre esprit de déduction ferait fureur au FBI. Peaufinez-le un peu, tout de même, parce que ce n'est pas exactement ce qui s'est passé.

Je tourne la tête vers le cadre photo de sa famille, posé sur son bureau, et laisse fleurir un sourire énigmatique sur mes lèvres.

– Mais disons que vous n'êtes pas loin de la vérité, Laetitia : la jalousie est l'une des rares armes capables à la fois de détruire et de rapprocher les cœurs. Même ceux qui se croient parfaitement immunisés…

12

Kelly
Cinq ans plus tôt

Je n'ai jamais autant craint la réaction de mon prof. Que ce soit en cours ou hier, sur cette table de billard, j'ai toujours été confiante. Même tout à l'heure, quand je lui ai proposé ce pari, j'étais plus sûre de moi qu'en ce moment. En cinq minutes, l'atmosphère entre nous a bien changé. Il a l'air beaucoup plus intimidant que lorsqu'il était au-dessus de moi, dans cette petite chambre étudiante.

– Tu as un copain ?

Son ton n'a rien de plaisant. Je croise ses yeux un millième de seconde, puis baisse les miens vers sa chemise. Quelque chose me dit que, si je m'aventure à boire son regard, là, tout de suite, je mourrai empoisonnée. Mes poumons se remplissent d'air et je souffle doucement en cherchant quoi dire. J'ai beau tourner et retourner la question dans ma tête, il n'y a pas trente-six façons de répondre. Quatre mots suffisent.

– Un *fiancé*, plus précisément.

– Tu te fous de ma gueule ?

– J'aurais bien aimé.

– Pardon ? tonne-t-il.

Vu son ton, ma réponse ne doit pas lui plaire. Il me faut quelques secondes pour réaliser mon erreur. Je tente de me rattraper aussitôt.

– Enfin, je voulais dire… je ne voulais pas me foutre

de ta gueule… pas au sens propre, mais… dans ce cas-là (je déglutis), ouais.

Vas-y, Kelly, enfonce-toi encore plus !

– Tu sors avec *lui* ?

– Pas depuis un moment.

Mes réponses sont claires dans mon esprit, mais est-ce qu'elles le sont dans le sien ?

– Tu vas *épouser* ce type ?

– C'était ce qui était prévu, à la base, mais…

– Depuis quand ? coupe-t-il.

– Deux ans.

Il se recule. Je vois le petit pli, à côté de son troisième bouton, s'éloigner de quelques mètres.

Il s'adosse aux étagères et fout ses mains dans les poches de son jean. Comme j'ai l'impression qu'il ne me tue plus des yeux, je lève enfin les miens. Je préférais quand il était fâché. Là, j'ai l'impression de le dégoûter.

– J'aurais dû me douter que tu le faisais avec tout le monde. C'est ton kif, c'est ça ? Tu prends ton pied en allumant des tas de mecs ?

Je serre les dents et le foudroie du regard. Il ne vient pas sérieusement de dire ça ? Pour qui est-ce qu'il me prend ? Je décide de lui accorder une autre chance.

– Est-ce que… tu es en train de me traiter de traînée ?

– Ce n'est pas de ma bouche que l'adjectif est sorti.

Des flammes de colère s'allument dans mes yeux.

– Pourquoi vous êtes si stupides, vous, les hommes ?

– Je ne sais pas pour les autres, mais, moi, je m'adapte à mon interlocuteur.

Douche froide. OK, il est bien mignon, tout ça, mais il y a des limites à ce que je peux supporter d'entendre, et je vais le lui prouver tout de suite. Je m'avance, tends la main vers sa joue et m'apprête à le gifler en visant exprès son pansement. Malheureusement pour moi, je suis trop lente. Il stoppe mon geste en l'air.

– Ne refais plus jamais ça, crache-t-il en détachant chaque syllabe. Non contente de jouer avec moi, tu veux me frapper ?

Il cale mon bras derrière moi et me fait pivoter. Je me retrouve dos à lui. Quelle idiote ! J'aurais dû viser ses bijoux de famille. La honte, la colère et la surprise se mélangent dans mes veines, et je me sens obligée de me justifier.

– Je n'ai pas joué avec toi !

Son torse se presse contre mon dos. Sa joue vient se coller à la mienne et il me confie méchamment :

– Tu m'emmerdes tellement, Kelly. Tu es comme ces putains de règles de Cauchy et de d'Alembert.

Hein ?

Mes sourcils se relâchent d'un coup. Je n'essaie plus de résister à son empoigne. Il vient de faire baisser ma colère de plusieurs degrés. Maintenant, je suis trop occupée à… réfléchir. Mes paupières clignent à plusieurs reprises.

– Cauchy et… qui ? C'est quoi, ça ? Une série française ?

– Pas le genre de série auquel tu penses. En mathématiques, les règles sont dites sans exception, mais certaines séries des règles de Cauchy ou de d'Alembert peuvent présenter des cas douteux.

Je décide de rajouter cette phrase bizarre à ma note mentale pour pouvoir la sortir à quelqu'un plus tard, juste pour m'assurer que je ne suis pas la seule qui bugge en entendant ça. Est-ce qu'il a vraiment l'impression que ce qu'il vient de dire est compréhensible ?

– Ce que j'essaie d'expliquer à ta tête d'écervelée, c'est que tu es une exception, Kelly. Tu es un cas complexe auquel je n'arrive pas à appliquer de règles. Je ne suis pas censé être attiré par toi, je ne suis pas censé trouver ton audace sexy, je ne suis pas censé être ici, dans cette réserve, à me cacher avec toi. Quand je pense au résultat de chacune des choses que je viens de citer, il m'est forcément défavorable. Et maintenant, je découvre que tu es en couple, et ça fait bouillonner mon sang.

Je ne sais pas comment réagir. S'il y a bien un truc que les cours m'ont appris, c'est de me concentrer sur l'essentiel. J'efface tout ce qui est superflu dans ses propos pour cogiter sur ce qui importe vraiment : il me trouve sexy et attirante. Donc, si j'ai bien saisi, la phrase avec Cauchy et l'autre type, c'était une déclaration ? Je sais qu'il est énervé. Je sens son souffle haché dans mon dos, mais je ne peux pas m'empêcher de sourire.

– Je te plais. C'est ta façon un peu scientifique de me l'avouer ? C'est bizarre d'utiliser d'autres prénoms masculins pour le dire, mais ça reste… mignon.

Sa prise autour de ma main se fait plus forte. Cette fois, c'est contre mon oreille qu'il gronde.

– *Mignon* ? Je ne suis pas mignon, Kelly. Et je ne suis certainement pas ton autre petit jouet, que tu vas titiller quand ça te chante. Je comprends maintenant pourquoi Chelsea t'a traitée d'allumeuse la dernière fois.

Ouch !

– Dégage, crache-t-il en me lâchant brusquement.

Je lui fais face, les sourcils froncés, rouge de colère parce que j'ai envie de lui répondre quelque chose qui lui fera aussi mal que ce qu'il vient de me dire. Mais je n'ai pas de règles intelligentes à lui sortir pour lui clouer le bec, et on sait tous les deux que, physiquement, je ne fais pas le poids. Alors, je décide d'être la plus mature de nous deux et de ne pas verser de l'huile sur le feu.

– Quand tu te rendras compte que tu es en train de commettre une erreur, il te faudra plus que des excuses pour te faire pardonner, Tyler.

– Ça m'étonnerait. Et, pendant qu'on y est, fais comme si j'avais déjà gagné notre pari : évite de me parler, évite de t'approcher, évite même de prononcer mon nom en cours.

– Tu te prends pour qui ? Lord Voldemort ? ricané-je.

Ma blague ne le fait pas rire.

– Sérieux ? Tu ne veux pas que je baisse les yeux si je te croise dans les couloirs aussi ?

– Non. Observe-moi t'insulter du regard.

– Bien. On sera deux, dans ce cas.

Foncièrement agacée, je le regarde de travers. Il me rend la pareille.

– Allez en cours, mademoiselle Moore.

– Allez au diable, monsieur Evans !

– Tout de suite ! ordonne-t-il en faisant un pas en avant.

Je sursaute de peur face à son ton menaçant, récupère la feuille déchirée dans *Raison et Sentiments* et détale vers la sortie. C'est drôle, mais, si ce livre représentait ce dans quoi j'étais perdue, un quart d'heure plus tôt, maintenant, j'aurais besoin d'un livre dont le titre serait *Amour et Haine*.

Mais attendez… C'est moi ou ce dilemme-là est bien plus intéressant ?

***

Je cours aussi vite que le poids de mon sac de sport associé à celui de mon sac de cours me le permet, salue plusieurs visages familiers, slalome entre les élèves qui ont la chance de pouvoir rentrer chez eux et rejoins le casier de ma meilleure amie. On a vingt minutes de pause avant d'enchaîner avec les cours de soutien.

Je colle mon dos contre les parois métalliques et attaque sans détour :

– Aimer ou tuer ?

Elle tourne ses yeux bleu de cobalt dans ma direction, mais ne réagit ni à mes cheveux en bataille ni à ma voix essoufflée.

– Je savais que te fréquenter signifiait qu'on finirait par avoir cette discussion tôt ou tard. Sache que, malgré tout l'amour que je te porte, Kelly, j'ai suffisamment de soucis comme ça dans ma vie. Étant donné que je n'ai pas l'intention de rajouter la complicité de meurtre à ceux-ci, je ne t'aiderai *jamais* à enterrer un corps. Du coup, tu comprendras que mon choix se porte sur « aimer ».

J'ai éclaté de rire avant même qu'elle n'ait fini de donner sa réponse.

– Moi, je trouve que, les deux ensemble, c'est plutôt sympa.

– Pourquoi ça ne m'étonne pas ?

Je bascule la tête sur le côté en chassant sa réponse sarcastique.

– Est-ce que tu me trouves folle, Annie ?

– Deux secondes, je cherche tous les synonymes de « oui » que je connais. Absolument, parfaitement, totalement…

– OK, c'est bon, j'ai compris, rigolé-je. C'est quoi, le truc le plus fou, le plus risqué que tu aies fait dans ta vie ?

Moi, c'est me faire attacher par notre prof de maths à une soirée étudiante. Pour lui avouer, le lendemain, que je suis fiancée à quelqu'un.

– Devenir ton amie ? Je n'aurais jamais dû te proposer ce tour du collège quand tu es arrivée en cinquième. Tu étais si innocente, si normale à l'époque !

Un sourire ingénu dansant sur la courbe de mes lèvres, je réponds :

– Normale, je ne sais pas. Je t'ai quand même renversé

mon déjeuner et mon Coca dessus seulement trois heures après notre rencontre.

Les pommettes de mon amie se soulèvent quand elle s'esclaffe.

– Je t'ai déjà dit que je suis à la fois fière et atterrée qu'une fille aussi maladroite que toi soit l'une des meilleures pom-pom girls que je connaisse ?

– Oui, dès notre première semaine de lycée ! Juste après que je t'ai confié que j'étais contente qu'une fille aussi anxieuse que toi décide de se lancer dans le surf sur de grosses vagues.

Elle sourit, l'air reconnaissant.

– C'est entièrement grâce à toi. Si tu ne m'avais pas encouragée à aller nager toute nue dans la mer, après notre *GCSE*[1], je n'aurais pas su à quel point j'aimais l'eau. C'est fou comment on grandit vite et à quel point les choses se compliquent. Maintenant, on parle garçons, sexe, job, argent. (Elle marque une pause.) Futur…

Elle accentue le dernier mot d'une façon bizarre qui me pousse à lui demander :

– Qu'est-ce qu'il y a, Annie ?

– Rien, pourquoi ?

Je referme son casier, la prends par le menton et la force à me regarder. Puis je demande une seconde fois :

– Qu'est-ce qui ne va pas ?

Elle pousse un soupir et retire ma main avant de répondre.

– Tu me connais si bien. Je viens de me faire bousiller à un débat contre Briana, une gamine de seconde, parce que je manquais de connaissances sur la corruption en Espagne dans les années de l'après-guerre. J'avais complètement oublié de faire des recherches et, malgré ma bonne volonté, j'ai bégayé. Cette fille est d'une

1. L'équivalent du brevet des collèges aux États-Unis.

timidité affligeante, mais elle a réussi à démonter chacun de mes arguments.

– T'étais pour ou contre ?

– Pour.

– Pas facile de défendre la corruption. Je pense que tu es trop dure avec toi-même. Tu as fait de ton mieux.

– Faire de mon mieux ? s'écrie-t-elle. Je sais que tu veux juste me remonter le moral, mais non, j'ai été nulle sur ce coup-là. Je suis contre l'euthanasie, et pourtant je l'ai défendue avec tellement de véhémence qu'une élève a failli faire un malaise dans la classe, ajoute-t-elle avec fierté.

– Wow… c'est une ambiance de folie dans ton club de débats. La dernière fois, c'était sur les châtiments corporels des enfants, c'est ça ?

Un nouvel éclat naît dans son regard.

– C'était tellement passionnant ! Tu n'imagines pas.

– *Vraiment* pas, murmuré-je.

– Sauf que, voilà, depuis que j'ai accepté mon job de serveuse, j'ai moins de temps pour réviser. Le bac approche, et ça me fait stresser à mort.

Je lui flanque une petite tape sur l'épaule.

– Pourquoi tu stresses ? Tu es, de loin, la meilleure élève de tout le lycée, et même de *toute* la ville.

– Je sais, mais… je n'arrive pas à m'en empêcher. Je stresse par rapport à tellement de choses : mon avenir, ma vie à l'université, mes prochaines responsabilités, mon job actuel, mes notes, mes loisirs, mes hormones, énumère-t-elle. Comment tu fais, toi, pour être si détachée ?

Oulah ! Est-ce que je le suis vraiment ? Je suis peut-être trop spontanée pour penser à ce genre de choses.

– Hmm… je ne sais pas. Je préfère travailler sur ce qui se passe dans ma vie maintenant. Le présent est déjà suffisamment compliqué comme ça, je ne vais pas en rajouter une couche avec ce qui pourrait arriver demain. Moi, je pense YOLO. Imagine que tu meurs demain, qu'est-ce que tu voudrais faire ce soir ?

– Il faut que je réfléchisse, dit-elle en se mordant la lèvre.

– Non, justement ! Dis-moi le premier truc auquel tu penses.

– Aller assister au concert de John Mayer, qui a lieu dans exactement trente-six jours, à Miami.

J'aurais dû m'en douter, elle adore cet artiste depuis des lustres.

– Eh bien voilà ! On n'a qu'à faire ça !

Elle tend la main pour m'aider à soulever mon sac de sport. On se dirige ensemble instinctivement vers mon casier sans avoir eu besoin d'en parler.

– On est au lycée, Kelly, tu te rappelles ? Qui va nous y emmener ? Mon père policier ? Il risque de nous menotter à des chaises dès qu'on aura prononcé le mot « concert ».

– T'en fais pas pour ça. Je trouverai quelqu'un pour nous accompagner.

Quelqu'un qui aime bien attacher, lui aussi. Si, entre-temps, il revient à de meilleurs sentiments. Ou je trouverai un plan B, au pire. Après tout, je trouve toujours un moyen. Je dépose mes affaires et récupère mon livre de maths, que je garde entre mes mains.

– Et toi, qu'est-ce que tu voudrais faire si tu devais clamser demain ? questionne-t-elle.

Je lui montre ma jolie rangée de dents.

– Perdre ma virginité.

Ma meilleure amie désapprouve d'un froncement de sourcils.

– Tu passerais ta dernière soirée dans ce monde à avoir mal ?

– C'est uniquement la première fois. Il paraît qu'après, ça devient bon, genre vraiment bon.

Je ferme mon casier et, encore une fois, nos têtes, qui communiquent par télépathie, ordonnent à nos pieds de nous diriger vers la cafétéria ouverte de l'école. À cette heure-ci, le stand de nourriture est fermé. Il n'y a pas grand monde.

– Et tu le ferais avec qui ? Heller ?

– Qui ? demandé-je en m'installant, en face d'elle, à une table vide.

– Le type qui te sert de fiancé, Kelly !

– Ah, ouais, Todd ! me rappelé-je dans un éclair subit de clairvoyance. Il faut que je rompe avec lui.

– Ce n'est toujours pas fait ?

– J'arrête pas de repousser la chose. J'ai passé ma journée à le fuir comme la paralysie.

Mon amie bloque trois secondes sur ce que je viens de dire, pas très sûre de ce qu'elle doit répondre.

– Tu es la reine pour les comparaisons bizarres, mais passons. Pourquoi tu le fuis ? Tu as peur ?

– Un peu, je crois. Mais je suis surtout… embêtée. Est-ce que ça fait de moi une méchante fille de ne pas avoir de remords à l'idée de rompre mes fiançailles ?

– Des fiançailles ? Votre petite blagounette que vos parents ont orchestrée ? Même moi, j'avais oublié que tu étais censée sortir avec lui. C'est uniquement parce qu'il est en train de nous fixer que je me suis rappelé son existence.

Mince, il m'a retrouvée !

– Il est si gentil, Annie. Je suis horrible.

– Non, Kelly, tu es réaliste. C'est l'une des meilleures décisions que tu aies prises ces derniers jours, et je suis fière de toi.

Waouh ! C'est pour ressentir ce truc chaud et réconfortant dans notre poitrine que les meilleures amies existent.

– Et sinon, avec qui tu te vois coucher ? Ne dis pas « M. Evans ».

Je souris. Elle connaît ma réponse. Évidemment qu'elle connaît ma réponse.

– Tyler Evans.

Elle lève les yeux au ciel.

– Pffff… Je ne sais pas ce que tu lui trouves. Ce mec est arrogant au possible, bipolaire et autoritaire ! Il nous libère toujours avant la fin des cours et il cache son manque d'envie évidente derrière des tas de sarcasmes.

– Dans quel monde vis-tu ? C'est le mec idéal !

– En plus, il ne sait pas enseigner !

Mon sourire se fait canaille.

– Peut-être pas les maths. Mais je te jure que…

Mon amie se cache les oreilles des deux mains.

– Non, non, ne le dis pas. Je ne veux rien entendre. Je ne veux pas commencer à visualiser tes fantasmes. J'en fais déjà beaucoup trop les frais.

Je rigole et reprends quand elle remet ses mains sur la table :

– Oh ! Ça me fait penser, est-ce que tu connais la série des règles de Caucy et d'Alfred ?

– C'est quoi comme série ? Un porno français ? Si c'est ça, les prénoms des protagonistes, tu devrais arrêter de regarder.

Je rejette la tête en arrière et explose de rire. Je savais que je ne serais pas la seule à bugger en entendant ce truc, mais je ne m'attendais pas à ce qu'Annie et moi pensions la même chose.

– T'es vraiment *ma* meilleure amie. Pour rien au monde je ne t'échangerais.

Ses lèvres s'étirent grandement.

– C'est toujours bon à savoir. En parlant de savoir, je t'avertis que ton fiancé fonce droit sur nous.

Ma respiration se bloque.

– Quoi ? Pourquoi ?

– T'emmener devant l'autel et faire de toi la plus

heureuse des femmes ? Ah, tiens ! Si tu meurs demain, au moins, tu seras mariée.

Mes yeux la mitraillent. Pas suffisamment longtemps à mon goût parce que je sens rapidement la présence de mon *fiancé* tout près de moi. Je me force à ne pas prendre la fuite, mais je ne lui accorde pas de regard non plus. Peut-être que, si je ferme les yeux fort et que je les rouvre, il se sera évaporé et je n'aurai pas à lui briser le cœur.

– Excuse-moi, Annie, je peux te l'emprunter ?

Il faut croire que non.

– Ouais. Je rejoins notre salle. À tout de suite.

Elle se lève, s'approche de moi, se penche et me chuchote :

– Faire quelque chose de nécessaire, même si ça nous déplaît et qu'on sait que ça fera du mal à d'autres personnes, ça ne nous rend pas méchants. Juste… un peu plus adultes. Bonne rupture, *bestie*.

Je l'observe s'éloigner, le cœur rasséréné par ses mots, en espérant que, télépathiquement, mon esprit lui communiquera à quel point je l'aime.

– Babe, tout va bien ? Je t'ai cherchée à chaque pause. T'étais où ?

Le bisou chaud de Todd sur ma joue me sort de mes pensées.

Babe ?

Je me retiens de montrer mon dégoût. Je n'ai jamais aimé ce surnom.

Todd s'assoit à mes côtés et prend une de mes mains dans la sienne. Je fixe enfin mon futur ex-copain. Sa coupe de cheveux façon Bradley Cooper dans *Limitless*, ses yeux verts remplis de douceur, son nez un peu pointu, le dessus tuméfié de sa lèvre – sûrement un coup reçu à l'entraînement – et sa bouche que je trouve maintenant trop plate. Quand j'y pense, rien chez lui ne m'attire. Rien ne m'a manqué durant ces semaines où il était en convalescence.

– Oui, tout va bien. J'étais aux toilettes.

Il faut que j'arrête avec cette excuse.

– Toute la journée ?

Je pince les lèvres.

– J'ai des crampes d'estomac.

– Tu sais ce dont tu as besoin pour que ça aille mieux ? demande-t-il en descendant sa main sur mon jean.

Je la considère quelques mini-secondes. Elle est trop petite, trop… pas à mon goût.

– Un cachet et beaucoup de sommeil ?

– Je parlais de mes baisers, Kelly. Et d'autres choses…

Il penche la tête, prend une voix beaucoup plus grave.

– … un peu plus sexuelles, finit-il.

Oh, si tu savais que je m'apprête à te dire que je ne veux plus sentir tes lèvres sur moi !

Je ne ressens pas la moindre once de désir pour ce type que mes parents m'encouragent à épouser. Lorsqu'il rapproche effectivement ses lèvres de mon visage, je me lève de ma chaise, un sourire gêné sur la bouche. Il m'observe, un peu confus.

– Si le sexe était un véritable remède, les sex-shops se feraient plus d'argent que l'industrie pharmaceutique, tu ne crois pas ?

Le pli sur son front m'indique qu'il ne me suit pas très bien. Puis il se déride et m'adresse un regard complice.

– Oh, je vois où tu veux en venir.

– Vraiment ?

– Tu veux pas le faire à l'école ! On peut toujours se voir demain aprèm, chez moi, si tu veux.

Je cache mon soupir derrière un sourire crispé. Comment vais-je bien pouvoir lui dire ? Le pauvre sort d'une longue et fâcheuse convalescence due à un accident sur le terrain. Je ne lui ai rendu visite qu'une seule fois, au début, parce que maman m'avait demandé de le faire.

C'est vraiment injuste. Décider d'officialiser une relation ou de la terminer devrait avoir le même niveau de difficulté. Pourquoi j'ai plus de mal à dire à Todd, que je n'ai jamais aimé, que je ne veux plus que l'on continue cette mascarade, alors que je n'ai pas hésité à demander à mon prof de sortir avec moi, en sachant très bien qu'il ne céderait pas si facilement ?

– Écoute, Todd, je ne vais pas tourner autour du pot. Je m'en veux, mais… toi et moi, ça doit se finir. Et par là, je veux dire, ça doit se finir *maintenant*.

Ses traits se décomposent brusquement. Et se durcissent tout aussi vite. Mon cœur se serre.

– Non.

Je garde le silence, jette un coup d'œil autour de moi pour voir s'il s'adresse à quelqu'un d'autre. On est bel et bien seuls, pourtant.

– Euh… si. Ce n'est pas vraiment négociable, en fait, Todd. J'ai le droit de mettre un terme à notre relation.

– On devait aller au bal de promo ensemble.

Si c'est ce qui lui fait le plus mal, il va sans dire que cette relation devait cesser.

– Oh, eh ben, tu as le temps de te trouver une autre cavalière.

– Non, tu ne comprends pas. *Toi et moi*, on devait y aller ensemble, dicte-t-il à travers ses dents serrées.

Ça lui tenait vraiment à cœur, on dirait. Bon, je pense pouvoir faire un effort.

– Si tu veux, on peut toujours y aller en tant qu'amis, proposé-je gentiment.

– Non ! Je suis ton fiancé, Kelly. Ça fait deux ans que tu me fais attendre.

Pourquoi il élève la voix sur moi ? Il croit que je ne suis pas capable de faire de même ?

– Attendre quoi ? Le bal de promo ?

– Ce qui se passe après !

Mes baskets se figent sur le gazon.

Oh !

Oh, wow !

Oh, le con !

– Tu pensais qu'on allait coucher ensemble ?

Son regard, exprimant à la fois colère et frustration, reste concentré sur mon visage.

– J'ai déjà tout prévu pour ce soir-là.

J'écarquille les yeux et secoue la tête.

– Voilà une raison de plus pour rompre. On n'a jamais été sur la même longueur d'onde, Todd. Je ne l'aurais pas fait avec toi. Si tu as déjà pensé à tout, vas-y avec une autre fille ! Il y en a tellement, ne serait-ce que dans le club de *cheerleading*, qui rêveraient de prendre ma place.

– Je ne veux pas d'une autre fille ! Putain, c'est toi qui m'as fait attendre, Kelly !

Quoi ?!

– Je ne t'ai jamais rien promis ! m'énervé-je à mon tour.

– Nos parents, si !

Une veine apparaît au niveau de sa tempe contractée de fureur. Je ne l'avais jamais vu avec cet air rageur.

– Qu'est-ce qui t'arrive, Todd ? Tu me fais un peu peur. Je pense que je ferais mieux d'y aller.

J'attrape mon livre sur la table et me détourne pour m'en aller.

– Je refuse de rompre avec toi ! gronde-t-il en agrippant mon avant-bras avec violence.

– Aïe, tu me fais mal ! Lâche-moi !

Dans son geste, la manche de mon pull remonte. Il remarque le bleu à mon poignet.

– Qu'est-ce que c'est que ça, Kelly ? s'inquiète-t-il.

– Rien. Je suis… je me suis juste fait mal à l'entraînement. Écoute, essaie de te calmer et on se parle après, OK ? Je vais rejoindre Annie.

– Je vais t'aider avec tes affaires… commence-t-il en voulant attraper mon sac de sport.

– Non ! Laisse-moi tranquille, s'il te plaît. On se reparle quand tu auras digéré notre rupture.

Je le regarde droit dans les yeux et règle mon ton pour qu'il soit le plus ferme possible.

– Parce que, que tu le veuilles ou non, on n'est plus ensemble, et ce n'est pas négociable, Todd.

Résolue, je me dégage avec force de sa poigne, attrape mon sac, puis me dirige vers ma salle de classe.

Annie a raison. Maintenant qu'on a grandi, tout est moins simple, et les relations humaines ne dérogent pas à la règle. Le mec que je désire et pour qui je dois patienter m'a ordonné de l'éviter parce qu'il a appris que je sortais avec le mec dont je dois me débarrasser. Quant à ce dernier, il refuse de me laisser parce qu'il estime avoir patienté trop longtemps pour coucher avec moi.

Même mes *triangles* amoureux sont compliqués. Décidément, je ne suis vraiment pas faite pour les maths !

13

Tyler
Cinq ans plus tôt

Elle m'énerve. Il m'énerve. *Ils* m'énervent.

J'aurais dû être prof de français parce que, depuis une semaine, je conjugue ce verbe à toutes les personnes et à tous les temps de l'indicatif.

Pourquoi ? Pourquoi m'avoir demandé de sortir avec elle si elle est fiancée à ce type ? Et, de tous les types, il a fallu que ce soit cette enflure. Je savais bien que le nom Heller me disait quelque chose. Si j'avais écouté mon oncle avec plus d'attention, j'aurais pu me préparer à découvrir son abominable tronche dans ma classe le lendemain de notre accrochage. Au moins, je n'étais pas le seul étonné. Lui aussi s'est figé quelques secondes en voyant que j'étais le nouveau prof. Je crois que ça ne lui plaît pas. Pour une fois, je ne m'en fous pas : je m'en réjouis.

Depuis, on agit comme si on ne se connaissait pas. Sauf que, moi, je reste moi. Lui, il est du même acabit que mon oncle : il fait croire à tout le monde qu'il est un type bien. Joueur de rugby, fils du maire, élève moyen mais motivé. Il m'agace tellement que, maintenant, j'ai aussi mon poing à cacher sous mon bureau.

Il s'est assis à côté d'elle à chacune de ces satanées heures, cette semaine. Je n'en ai que trois avec mes élèves, mais c'est déjà trop difficile à supporter. Je ne veux même pas l'imaginer se collant à elle pendant les autres cours.

Tête de nœud écrit quelque chose à Kelly sur une feuille. Qu'est-ce que c'est ? Ses vœux de mariage ?

– M. Evans ? J'ai fini de lire l'exercice, m'indique Debbie depuis le premier rang.

Je n'ai pas écouté un traître mot de ce qu'elle a dit.

– Lisez le suivant.

– On ne va pas traiter celui-là d'abord ?

– Vous croyez pouvoir le faire, mademoiselle Wendel ?

– Non, mais avec votre aide…

– Si vous n'êtes pas suffisamment indépendante pour faire les exos, contentez-vous de faire ce que je dis. Lisez le suivant.

– Oh… OK, répond-elle sans enthousiasme. « Chaque semaine, un membre d'une association sportive est choisi… »

Je n'arrive même pas à rester attentif jusqu'à la fin de la phrase. Heller écrit encore quelque chose, qui fait sourire mon élève, cette fois-ci. Pourquoi Annie les laisse se mettre ensemble ? Franchement, à part me faire chier, elle ne sert à rien, celle-là !

Je vois Todd chuchoter un truc à l'oreille de Kelly. Et elle l'écoute, toujours le sourire aux lèvres. Je tape du pied nerveusement. Bon sang, qu'elle m'énerve ! Et savoir qu'elle m'énerve m'irrite. Pareil pour cette guerre froide entre nous, qui nous empêche de nous regarder ou de nous parler.

– Kelly ?

Elle lève la tête.

– Oui ?

Merde, je l'ai appelée par son prénom !

Avec tout ça, j'en oublie que je ne devrais pas devant les autres. Mais, putain, c'est bon de sentir ses yeux sur moi et de savoir qu'elle s'adresse à moi !

– Taisez-vous.

– Ce n'est pas elle qui parlait, c'est…

– Il en va de même pour vous, monsieur Heller.

Debbie attend que la classe redevienne silencieuse pour continuer :

– « Déterminez la probabilité pour qu'en quatre semaines consécutives, il y ait exactement deux fois un membre qui… »

Elle est de nouveau interrompue par les gloussements des deux perturbateurs.

– OK, ça suffit ! Vous vous séparez maintenant, ordonné-je fermement en me levant.

Je pense cette phrase au sens propre comme au sens figuré.

– Pourquoi ? s'enquiert Tête de nœud.

– Vous n'arrivez pas à rester concentrés.

Par je ne sais quel miracle, Kelly obtempère et prend ses affaires pour bouger.

Voilà, va sagement rejoindre ta meilleure amie. Tu en profiteras pour ne plus jamais la laisser seule, que ce soit pendant ou en dehors des cours.

Son voisin la retient par le poignet tout en me fixant.

– Non. On ne va pas se séparer.

C'est dur de devoir se contenter de revivre une scène qui nous a beaucoup plu sans pouvoir la réitérer. Parce que, là, tout de suite, j'ai beau me repasser la séquence de mon poing dans sa gueule, ça ne suffit pas à m'apaiser.

– Je n'étais pas en train de faire une proposition. Tout le monde a supporté vos petites messes basses toute la semaine. Il est nécessaire, pour la tranquillité de tous, que vous y mettiez un terme.

– Todd, intervient Kelly, je crois qu'on devrait…

Il se tourne vers elle et lui lance un regard qui la fait hésiter. Je me retiens de froncer le nez. Comment peut-elle hésiter avec *lui* ? Comment un de ses regards peut la troubler au point qu'elle doute du comportement à adopter ? Elle m'énerve.

– … écouter le prof. On devrait mettre de la distance entre nous, termine-t-elle.

– Reste assise, je m'en occupe, babe.

Babe ? Où est la poubelle ? Je crois que je vais vomir.

– Elle ne va pas changer de place, continue-t-il.

– Dans ce cas, c'est vous qui allez le faire.

– Arrêtez de nous provoquer, monsieur. Faites juste votre cours de mer… maths, se rattrape-t-il de justesse.

– C'est justement ce que j'essaie de faire, mais vous n'arrêtez pas de l'ouvrir. Peut-être que votre absentéisme de ces dernières semaines vous a fait oublier qu'il faut écouter vos profs. Je dirige ici. Si vous n'êtes pas content, ne venez plus. Restez avec vos tares.

Il m'engueule du regard, se demandant certainement s'il doit répliquer quelque chose, se taire ou carrément m'en coller une.

Vas-y, montre ton vrai visage, frappe-moi comme la dernière fois. Même si, sans tes bagues, ce sera sûrement moins douloureux.

Toujours en m'incendiant des pupilles, il prend Kelly par la taille et la plaque contre lui sans piper mot. Il m'énerve. C'est quoi ? La vingtième fois que je me fais cette réflexion aujourd'hui ? Je sais que je pourrais utiliser un synonyme, mais aucun n'est aussi parlant que celui-là.

– Vous savez quoi ? Le cours est fini, décrété-je.

– Il nous reste une bonne demi-heure ! s'insurge la voix la plus emmerdante de ma classe.

Je ne regarde même pas sa propriétaire.

– J'ai une urgence, rétorqué-je.

– Quel genre d'urgence ? Vous n'avez pas touché votre téléphone, comment vous pouvez savoir que vous avez une urgence ?

– Je vais fumer une clope.

– Mais…

– Vous vous joignez à moi ou vous disposez, mademoiselle Snones ?

– Si vous quittez cette salle, j'en avertirai la direction ! menace-t-elle.

Je ferme les yeux et soupire longuement. Le mot « plaie », dans le dictionnaire, a plusieurs définitions, mais il n'est généralement pas associé à quelqu'un en particulier. Maintenant que j'ai rencontré Annie, je me dis qu'il devrait l'être.

– Très bien. Comme Mlle Snones, la seule personne ici qui n'a pas besoin de soutien en maths, veut tous nous les briser, on va faire une interro. Elle comptera pour trente pour cent de votre note finale. Sortez une feuille.

– Quoi ? s'écrie mon groupe d'élèves.

– Vous avez le droit de faire ça ? demande Mila, les yeux grands ouverts.

À vrai dire, je n'en ai pas la moindre idée, mais je suis presque sûr qu'eux non plus, alors je renchéris :

– Qui va m'en empêcher ? Sortez une feuille, je ne me répéterai pas.

– Est-ce qu'on peut tricher, monsieur ? interroge Thomas.

– Bien sûr !

– Vraiment ? se renseigne Mila, étonnée.

Elle fait peur à écarquiller les yeux comme ça. Je crois que je n'ai jamais remarqué à quel point ils étaient grands. Ou alors, c'est un symptôme qui apparaît dès qu'elle sait qu'elle va avoir un devoir.

– C'est ce que j'aurais dit si j'étais le parfait abruti pour lequel vous semblez me prendre. Vous trichez, vous sortez. Tout le monde n'est pas fait pour l'école.

Mon regard se pose sur Heller.

– Certains sont meilleurs dans d'autres domaines : la drogue, les bagarres, les agressions, tous les dérivés de la délinquance.

– Je ne comprends pas, répond Mila, les yeux toujours démesurément ouverts.

– Finir vendeuse de journaux est plus à votre portée, mademoiselle Gallice. Mais, de toute façon, vous êtes tous des gosses de riches qui vont profiter de la fortune de leurs parents, donc pas de craintes.

Kelly me lance un regard appuyé. Je sens le jugement dans ses yeux. Elle n'aime pas ce qui se passe.

– Vous n'avez jamais été aussi dur avec nous, me reproche-t-elle.

– La vie est dure, mademoiselle Moore. Faites avec ou partez.

Deux de mes élèves délaissent leur siège sans un mot et quittent la salle. Je ne leur en veux pas : j'ai envie de faire pareil en ce moment. Les autres sortent une feuille et attendent gentiment mes instructions. Je leur demande de traiter toute une page d'exercices, tirée au hasard de leur manuel. Je rejoins le fond de la classe et m'assois au premier bureau qui a eu le plaisir de sentir mes fesses sur lui lorsque je suis arrivé ici.

Au bout de quelques minutes à essayer de me concentrer sur mon jeu mobile, je suis interrompu par une voix féminine.

– Monsieur, j'ai une petite question, vous pouvez venir ? demande Chelsea.

– Non, déplacez-vous.

Elle s'approche silencieusement et me demande le nombre d'issues favorables dans le cas de l'exercice. Je lui réponds en lui montrant, le plus simplement possible, comment arriver à la bonne conclusion. Après trois explications, elle finit par me dire qu'elle a compris. Je remarque bien qu'elle ment. Elle s'est juste résignée à cocher le questionnaire multiple au hasard.

Kelly se lève à son tour avec sa feuille et fait deux pas dans ma direction.

– Que faites-vous ? asséné-je.
– J'ai aussi une question.
– Je ne réponds pas aux questions.
– Vous venez de le faire avec Chelsea !
– Il faut mériter mon attention. Si vous étiez plus attentive lors de mes cours, au lieu de papoter avec votre voisin, vous n'auriez peut-être pas besoin de poser de questions.
– Très bien.
Elle ramasse ses affaires, se rapproche d'un pas décidé, abat sa feuille vierge sur ma table et chuchote.
– Prévenez-moi quand vous aurez arrêté de jouer au con. Sur ce.
– Mademoiselle Moore ! crié-je pour la retenir.
Elle ne se retourne pas et fonce tout droit dehors. Je n'ai pas le temps de commander à mes pieds de rester immobiles que, déjà, ils s'élancent tout seuls à sa poursuite. Je crie son nom dans le couloir, mais elle agit selon ses envies et presse le pas. Il n'y a pas que dans sa tête que ça va vite : je suis obligé d'accélérer pour la rattraper. Je la prends par le coude sans la regarder, ouvre la porte des toilettes juste à côté et la tire à l'intérieur. J'ai comme une impression de déjà-vu, mais aujourd'hui, sa jupe en jean n'est pas fendue. Je vérifie qu'il n'y a personne dans les cabines avant de la lâcher et de la dévisager enfin, de ses jolies boucles à ses jambes nues, en passant par sa poitrine, planquée sous un body près du corps.
Ressaisis-toi, Tyler. Il est temps de lui faire son affaire.
– À quoi tu joues ?
– *Toi*, à quoi tu joues ? proteste-t-elle.
– J'use de mes pouvoirs de prof.
Elle croise les bras.
– Non, Tyler. Là, c'était de l'abus. Pourquoi tu fais ça ?

– Je vous avais demandé de vous séparer, grincé-je entre mes dents.

– Et j'allais le faire ! Pas besoin de te montrer jaloux ou de nous foutre une interro.

– Jaloux ?

– Tu vas nier ce qui a motivé tout ça ?

– Je ne suis pas jaloux. Je me sens concerné par le bien-être de mon élève.

Putain, je n'ai pas sérieusement dit ça ?!

Elle lève les yeux au ciel. Ouais, moi aussi, j'ai envie de faire pareil parce que je viens probablement de gagner une médaille pour la pire tentative de mensonge de la décennie.

– Primo, Tyler, apprends à mentir parce que, là, c'est franchement pitoyable. Deuzio, je ne t'ai rien demandé.

– Si ! Tu m'as demandé de sortir avec toi.

Excédée, elle lève les mains.

– Et tu as refusé ! s'exclame-t-elle.

– Tu étais déjà en couple !

– Là n'est pas le souci, on le sait tous les deux ! Tu n'avais aucune idée de qui il était lorsque tu as dit non.

– Ce gars est un salaud qui ne te mérite pas.

Elle avance d'un pas et me lorgne.

– Tu ne le connais même pas. C'est un mec sympa, toujours aimable. Lui, au moins, il n'essaie pas de cacher ses sentiments pour moi. Arrête de te servir de lui comme excuse, s'il te plaît.

Je serre le poing.

– Ce n'est pas un mec bien. Je l'ai vu droguer une fille à une soirée et essayer d'abuser d'elle.

– Todd ? ricane-t-elle. Il n'aurait jamais fait ça. Je le connais depuis des années. En dehors d'un terrain de rugby, il ne ferait pas de mal à une mouche.

Bordel ! Mais qu'est-ce qu'ils ont tous à gober son numéro de parfait fils à papa ? Je croyais Kelly plus maligne que ça ! J'ai envie de lui projeter les images mentales que j'ai de lui, datant de cette soirée-là. Si seulement ils s'étaient croisés là-bas, elle l'aurait vu sous son vrai jour !

– Tu tiens tant que ça à lui ?

Elle hausse négligemment les épaules.

– C'est un ami.

Il ne devrait pas l'être.

– Je trouve ça dommage, que tu sois en couple.

Elle hausse un sourcil curieux et s'avance encore vers moi, jusqu'à ce qu'elle ne soit qu'à quelques centimètres.

– Dis-moi pourquoi, me défie-t-elle.

Ça me rend aussi fou que compétitif.

– Ça te déconcentre encore plus que d'habitude.

Kelly ancre ses yeux marron dans les miens.

– Personne ne me déconcentre plus que toi, Tyler.

Sa main effleure insolemment ma braguette.

– T'es juste trop dégonflé pour l'admettre. On sait très bien que ce n'est pas ce qui te rend furieux. Tu lui en veux parce qu'il a une place que tu te refuses à avoir. Et tu en as après moi parce que me détester te facilite la tâche. Tu te trouves une raison de plus de ne pas céder à la tentation. Mais tu en meurs d'envie, pas vrai ?

Elle rapproche ses lèvres des miennes, me demandant presque de l'embrasser sans me le dire. J'avale ma salive.

Comme si elle avait deviné mes pensées, elle m'indique :

– Même si tu te décidais à le faire tout de suite, je t'arrêterais.

J'inspire un grand coup. Maintenant, j'ai envie de savoir si ce sera vraiment le cas.

– J'estime que je mérite des excuses d'abord, ajoute-t-elle.

Je pose ma main sur la sienne, au-dessus de mon jean, et l'aide à presser la bosse de mon entrejambe.

– Je n'ai pas besoin de m'excuser pour me faire pardonner, Kelly. J'ai d'autres méthodes qui nécessiteraient certes les mouvements de ma bouche, mais aucun mot n'aurait besoin d'en sortir.

Même si ses joues rosissent, elle ne détourne pas les yeux. Elle cache sa gêne sous un petit raclement de gorge.

– Vu ta profession ici, tu devrais savoir que la communication est importante.

– Qui a dit que nous ne communiquerons pas ? Ma langue fera amende honorable et les sons qui franchiront tes lèvres lui révéleront à quel point tu prends du plaisir à me pardonner.

Je glisse une main entre ses cuisses, enfouis mon visage dans son cou et inhale le parfum de son shampoing.

– Ce sera au milieu, là, Kelly, fais-je en remontant lentement vers le haut. Chacun de mes coups de langue te confiera que je suis désolé, chaque aller-retour sur ton point sensible te murmurera que je m'en veux terriblement. Et, quand j'en aurai fini, ton cri de plaisir m'avertira du fait que tu auras oublié la raison pour laquelle tu réclamais des excuses.

Sa respiration se fait lourde.

– Putain… dit-elle d'une voix tremblante.

– Ouais, soufflé-je. C'est à peu près le seul truc cohérent que tu pourras prononcer.

La porte des toilettes s'ouvre et des cris se répercutent dans la pièce. Kelly met rapidement un bon mètre d'écart entre nous. Un groupe de filles se tient sur le seuil. Elles me regardent, toutes surprises.

– Arrêtez de piailler, commandé-je aussitôt.

Elles se taisent.

– Vous n'avez pas le droit d'être ici, riposte l'une d'entre elles.

Oui. C'est exactement ça, le souci.

– Mon élève a fait une crise et je suis juste venu voir si tout allait bien pour elle. Maintenant qu'on est tous les deux rassurés, on va calmement retourner en classe.

– Pas moi.

– Kelly, menacé-je.

– Je n'ai pas fait une sortie théâtrale pour me retrouver à devoir revenir.

– Tu vas m'obéir.

Elle me sourit et bouge la tête de gauche à droite.

– Toujours non. Je rentre chez moi.

– On en a déjà discuté, je ne veux pas avoir à prévenir tes parents.

– Oh, mais si, vas-y, je t'en prie ! Je suis sûre qu'on a tous les deux beaucoup de choses à leur raconter sur ta façon de nous enseigner certaines leçons. Des sessions de treize minutes, ça te dit quelque chose ?

– Absolument. Et je leur dirais aussi que tes talents de danseuse ne se résument pas qu'aux cours de *cheerleading*.

On se toise avec hargne quelques secondes, puis nos regards communiquent rapidement autre chose. Le sien brille d'une intensité que je ne peux que partager. J'esquisse un sourire en coin. Elle s'humecte les lèvres, et je ne vois plus qu'elles. Je crois qu'on s'est compris : si nous n'avions pas un public gênant, j'aurais sûrement perdu mon pari.

– Excusez-nous, mais pourriez-vous continuer votre conversation dehors ? réclame une autre membre du trio.

– Non, on va se contenter de retourner en classe. Kelly ?

Elle roule des yeux et fait exprès de me frôler en

rejoignant la sortie. Je la suis de près, mais me stoppe au moment où elle s'arrête devant son copain.

– Todd, qu'est-ce que tu fais là ?

– Je te cherchais, et vu que tu es souvent aux toilettes ces temps-ci… Pars devant, s'il te plaît, j'ai deux mots à dire à M. Evans, fait-il en souriant innocemment.

Ce n'est pas possible ! C'est la bouffe de riches de la cantine qui les rend tous aveugles ou quoi ? Je ne peux pas être le seul à voir clair dans son jeu !

Kelly plisse les yeux, intriguée. Elle s'éloigne à reculons de trois pas, juste de quoi nous laisser un peu d'intimité, et s'arrête pour nous observer.

– Je n'ai rien à vous dire, Heller.

– Pas si vite, *monsieur le prof*. Je crois que ça va t'intéresser.

J'aurais tellement aimé qu'il soit obligé de lever les yeux pour me parler ! Malheureusement, comme nous avons à peu près la même taille, il n'a juste qu'à se rapprocher légèrement pour pouvoir me chuchoter :

– Je sors avec Kelly depuis deux ans. Je la connais depuis que j'en ai 15 et j'ai eu envie de me la faire dès le premier jour où je l'ai vue.

– Et alors, en quoi ça me concerne ? lancé-je avec un regard dédaigneux.

Je tente d'avancer, mais Tête de nœud me barre le passage.

– Tu es comme moi, je peux le discerner dans tes yeux. Tu fais le malin, mais on est deux à avoir de vilains secrets à cacher. Tu as peut-être berné tout le monde, mais je ne marche pas. Je sais que tu veux la baiser, mais elle est à moi. En tout cas, en premier. Je te la laisserai volontiers une fois que j'aurai fini de la déflorer. Elle est trop agitée pour que je la garde après l'avoir utilisée.

Mon sang pulse à une vitesse folle. J'essaie de me

retenir. Je serre le poing, le desserre, et lutte contre mon envie de fracasser son crâne contre le sol. J'utiliserais tout ce qui est à ma portée : sac d'école, extincteur, pot de fleurs, casiers, corps humain. Je lui balancerais tout ce que je peux saisir pour le tuer. Mais j'arrive à absorber ma haine parce que je suis conscient que c'est exactement ce qu'il cherche. Je ne dois pas entrer dans son jeu. J'ai plus à perdre que lui dans cette histoire, surtout si c'est moi qui donne le premier coup. Je calme ma respiration, tente de me contrôler. Le tocard a trouvé mon point faible et il s'en servira tant que je lui laisserai la possibilité de le faire.

– En tant qu'aîné, laisse-moi t'apprendre un truc, Todd, sifflé-je en le toisant : l'objectif n'est pas d'être le premier, mais celui qui les fait gémir tellement fort qu'elles en redemandent. Et que ce soit clair : tu peux bien baiser qui tu veux, autant de fois que tu veux, je n'en ai rien à foutre. Ta fiancée incluse.

Je trace ma route vers ma salle de classe et dépasse les quelques regards posés sur moi, y compris celui de mon élève préférée.

Je suis suivi de Todd et de Kelly, qui a finalement décidé d'obéir. Dès que j'entre dans la classe, les autres élèves se taisent. J'en surprends certains en train de ranger leur téléphone, leur livre, ou retourner à leur place.

Toute cette situation est absurde. Quel prof fait confiance à ses élèves et décide de les laisser sans surveillance pendant un contrôle ? C'est ridicule. Si seulement je n'étais pas contraint de rester dans ce fichu lycée !

J'essaie d'éviter de recroiser le regard de mon élève préférée jusqu'à la fin de l'heure. De toute façon, elle a posé sa tête contre la table et ne fait même pas mine d'avoir envie d'être là. Je n'ai pas eu à expliquer pourquoi elle et son copain étaient de retour en classe après avoir, de toute évidence, rendu leurs copies. Et si l'un de mes cancres m'avait posé la question, j'aurais répondu que je n'ai pas à me justifier. Le quart d'heure restant passe lentement. J'ai envie de fumer tout le long, et aussi d'en coller une à Todd, mais bon, la nicotine me créerait moins de soucis auprès de mon oncle.

Lorsque la sonnerie retentit finalement, les élèves déposent tous leurs copies et se précipitent dehors. Sauf une. Mila. Elle semblait très perturbée durant ce devoir. Et son état n'a pas l'air plus stable maintenant.

– Un souci, mademoiselle Gallice ?

– Alors, voilà… commence-t-elle en se rapprochant de mon bureau. Je crois que je n'ai pas vraiment réussi ces exercices.

– Vous voulez dire : contrairement à l'accoutumée ? énoncé-je sur un ton ironique.

Elle lance un regard rapide vers la porte ouverte derrière elle, semble s'assurer qu'il n'y a personne qui passe, puis repose son attention sur moi.

– Je me disais qu'on pourrait… s'arranger, vous voyez ? propose-t-elle d'une voix tendue.

Je fronce les sourcils.

– Qu'entendez-vous par là ? Je ne vois pas quel problème mérite que vous et moi essayions de…

Avant que je n'aie pu finir de parler, elle s'avance et pose ses lèvres contre les miennes. Je reste sans ciller pendant trois secondes, puis, la surprise passée, je plante mes mains sur ses épaules et la repousse légèrement.

– Ça suffit ! À quoi vous jouez ? demandé-je sévèrement.

Elle rougit violemment et ses yeux s'embuent aussitôt de larmes.

– Je me disais, je pensais… enfin… J'ai la pression à la maison, renifle-t-elle. Je ne suis pas comme Debbie et Chelsea, je ne suis qu'une boursière. J'ai besoin de mes notes pour… Je… je suis désolée.

– Ce n'est rien. Mais ne refaites pas ça, c'est bien clair ?

Elle se contente d'opiner du chef tout en retenant visiblement ses larmes.

Je devrais m'éloigner, imposer une certaine distance entre nous, mais, lorsque je vois du coin de l'œil Todd, dans l'embrasure de la porte, une idée inconvenante germe dans mon esprit.

Je lève la main, puis caresse la joue de Mila, comme pour la consoler, alors qu'au fond je me sers d'elle pour faire croire à Todd que Kelly ne m'intéresse pas. Je sais que c'est immature, que je ne devrais pas répondre à sa petite provocation de tout à l'heure de la sorte, mais je ne suis pas le mec le plus responsable du monde, il faut se le dire. Alors, je maintiens le visage de mon élève assez proche pour qu'on pense que nous sommes en train de commettre quelque chose de vraiment scandaleux et suffisamment loin pour que nos lèvres ne se touchent pas.

J'en ai fait, des progrès, en quelques minutes, parce que, là, personne ne peut nier que je mérite l'oscar du meilleur menteur du siècle.

Malheureusement, Todd n'est pas le seul à croire en ma supercherie. Je vois Kelly débarquer à ses côtés et ses yeux marron me foudroyer. Puis deux autres personnes arrivent, elles aussi, devant la porte de ma classe. Les copines de Mila.

Eh merde !

Je sens déjà les embrouilles arriver.

14

Kelly
Cinq ans plus tôt

Depuis que j'ai vu Tyler plaquer sa bouche sur celle d'une autre fille, c'est-à-dire depuis exactement quatre longs jours, je me renseigne sur un sujet bien particulier. Et si j'en crois les nombreux articles que j'ai lus pour m'informer, il n'y a pas d'outil idéal pour torturer une personne. Je pourrais enfoncer ma brosse à dents dans sa gorge, jusqu'à atteindre sa cage thoracique, brûler ses couilles avec mon lisseur à cheveux et attendre qu'elles explosent comme du pop-corn, ou enrouler une serviette autour de son cou et le voir lentement suffoquer.

Ne serait-ce que dans cette salle de bains, les possibilités sont immenses.

Le bruit de la porte de ma chambre qui vient de s'ouvrir me pousse à arrêter d'imaginer comment je pourrais me venger de mon prof de maths.

– C'est toi, Helena ?

– Tu vas être en retard si tu ne te dépêches pas de sortir de là ! gronde-t-elle.

– J'ai presque fini ! crié-je à mon tour. Ça tombe bien que tu sois là. Dis-moi, comment tu aurais réagi si ton mari avait embrassé une autre femme devant toi ?

– Il est mort !

– Oui, mais… s'il était encore vivant ?

Un œil fermé, l'autre ouvert, je m'applique à alourdir

mes cils de mascara noir quand je vois son reflet apparaître derrière moi.

– Il serait mort, affirme-t-elle. Et elle aussi.

Je rigole en l'entendant prononcer ces mots.

– N'est-ce pas ? Tu ne l'aurais pas laissé s'en tirer à bon compte. Mais est-ce que tu aurais demandé le divorce ?

– *Por un beso ?* C'est un peu extrême, comme décision. S'il sortait avec cette fille, j'aurais envisagé cette solution.

Hmm...

J'attaque le second œil.

– Il ne sort pas avec elle. C'est juste pour me rendre jalouse.

Elle ramasse mon panier à linge et me lance un regard sceptique.

– Je pense qu'il est trop tôt pour qu'on parle de la raison pour laquelle mon défunt mari voudrait te rendre jalouse, n'est-ce pas ?

Je baisse la tête et cache mon rire d'une main.

– Tu me diras plus tard comment il s'appelle. De mon vivant, personne n'aura le droit de te tourmenter avec ce genre de tactique. Oublie-le jusqu'à ce que ce pauvre fou reprenne ses esprits.

– C'est bien ce que j'ai l'intention de faire. Au passage, il s'appelle Tyler.

Franchement, son changement d'attitude, associé à son déni du désir qu'il ressent pour moi, commence à me taper sur les nerfs. Je n'ai même pas eu droit à des excuses comme il se doit. J'en ai marre de jouer. Je veux qu'on passe à la partie fun de notre relation. Celle où on couche ensemble.

Mais j'ai encore plus besoin qu'il tombe amoureux de moi. Donc, cette fois, c'est à lui de venir me chercher et de justifier son comportement.

– Qu'est-ce que c'est que ça ? demandé-je en sortant de la salle de bains.

Une ribambelle de paquets cadeaux se sont invités dans ma chambre pendant les quelques minutes que j'ai passées à m'apprêter. Un énorme sourire se dessine sur mes lèvres quand je réalise ce que ça veut dire.

– Ils sont rentrés ? C'est bizarre, d'habitude je les entends quand ils reviennent de voyage.

Je n'écoute pas Helena, qui me dit de ne pas courir. Je me précipite dans le couloir et dévale les marches pour rejoindre mes parents dans la salle à manger.

– Bonjour ! m'enthousiasmé-je. Comment vous allez ?

Ils lèvent leurs têtes vers moi et me sourient tendrement sans me répondre. Ça dure à peu près trois secondes, puis chacun retourne à ses occupations. Pourquoi je continue à me faire du mal ? Je n'apprendrai donc jamais ?

– Bien dormi ? demande mon papa.

– J'ai un peu de mal, ces derniers jours, mais ça devrait passer.

– Pourquoi ?

– Quelqu'un me doit quelque chose et je suis dans l'attente.

– De l'argent ? demande-t-il sans m'accorder ne serait-ce qu'une œillade.

– Non, l'argent ne peut pas résoudre mon souci.

– Ah, tant pis.

OK... Super, les retrouvailles !

– Vous êtes rentrés quand ?

Avec le temps, mes parents ont su synchroniser leurs agendas pour essayer de se retrouver ensemble quand ils rentrent.

– Très tôt ce matin, répond ma mère.

Enfin, elle s'est décidée à dire quelque chose. Je ne prends pas le temps de prendre plus qu'une tartine et un jus de fruits, le matin, mais comme je n'ai pas souvent l'occasion de passer du temps avec mes géniteurs, je m'assois à la place qui m'est réservée, au milieu, et attrape le pot de sirop d'érable pour garnir mon assiette de pancakes.

Le silence de la pièce n'est pas pesant. Depuis le temps, j'ai l'habitude de passer inaperçue à leurs yeux, mais je décide de parler quand même.

– Moi aussi, je vais bien, merci d'avoir demandé, maman, dis-je avec un petit rire gêné.

– Arrête de faire l'enfant. Tu peux m'avoir au téléphone dès que tu veux, réplique-t-elle.

Non seulement c'est faux, mais ça ne devrait pas être suffisant pour eux. C'est ce que je crois, en tout cas. Mais, lorsque je lui en ai parlé, elle a proposé de m'envoyer chez une psy parce que, pour elle, le fait que je leur avais demandé de m'accorder de l'attention signifiait que j'étais en train de développer une dépendance envers eux. Quand elle m'a dit ça, j'ai souri, je lui ai dit d'un ton enjoué qu'elle avait sûrement raison, et j'ai promis de ne plus jamais les déranger. J'aimerais être positive, comme à mon habitude, ou trouver ça drôle, mais, la vérité, c'est que ça fait putain de mal de ne pas se sentir désirée.

– Arrête de gratter la table avec ton ongle, ordonne-t-elle.

Je ne m'étais pas rendu compte que je faisais ça pour calmer mon mal-être. Je décide d'attaquer mon repas en continuant la conversation avec la personne qui ne me dira pas d'arrêter de lui parler. En tout cas, pas ouvertement.

– Papa ?

– Oui, ma chérie ?

– Qu'est-ce que tu as pensé quand tu as vu maman la première fois ?

Il baisse ses lunettes sur son nez et fouille dans mon regard, au-dessus de son journal.

– En dehors du fait qu'elle était la femme la plus belle sur terre ?

Un vrai charmeur, celui-là !

– Oui.

– Je me suis dit que, si elle était aussi fougueuse que sa manière d'insulter les types qui la harcelaient, elle était faite pour moi.

Mes parents se sont rencontrés à la fac. Il paraît que, ce jour-là, les hommes faisaient la queue, à la cantine, pour inviter ma mère et qu'elle les rembarrait un à un.

– Est-ce que tu as tout de suite su que c'était celle que tu allais épouser ?

– Je n'avais pas la confiance qui coule dans vos veines, à toutes les deux, mais j'étais déterminé à mettre tout en œuvre pour qu'elle accepte de sortir avec moi.

– Dès le premier regard ?

– Bien sûr. Elle était très populaire. Laisser passer du temps, c'était laisser l'opportunité à d'autres de lui courir après.

Je coupe mes pancakes machinalement et lui pose la question qui me perturbe le plus en ce moment.

– Et si… si tu l'avais vue embrasser un homme avant que vous ne commenciez à sortir ensemble, tu aurais abandonné ?

Mon père rigole si bruyamment que je m'étonne que ma mère ne lui fasse pas de remarque sur les bonnes manières à table.

– Qu'est-ce que ma question a de si drôle ?

– C'est véritablement arrivé. Ta mère est sortie avec deux hommes avant de me donner ma chance.

Mes yeux virevoltent vers ma maman.

– C'est vrai, ça ? Tu ne m'en as jamais parlé.

Son téléphone dans une main, une tasse de thé dans l'autre, elle grimace bizarrement.

– Personne n'aime parler de ses échecs, Kelly.

Si elle estime par là que notre famille est une réussite, je préfère mille fois échouer. Quand je serai plus grande, je ne veux surtout pas avoir ce que mes parents ont. Je passe ma fourchette chargée dans le sirop d'érable de mon assiette avant de prendre une bouchée.

– Et après *toutes tes erreurs*, tu as fini par te rendre compte que c'était papa, l'homme de ta vie ?

Elle ne note pas le sarcasme de ma question.

– On peut dire ça. Arrête de parler la bouche pleine, Kelly, intime-t-elle.

Arrête de me dire d'arrêter de faire des choses !

J'avale rapidement ma bouchée.

– Est-ce que tu as l'impression que ça a fait de papa un idiot ? De te désirer avant même que vous ne vous soyez parlé ?

– Oui, affirme-t-elle.

Elle lui adresse un regard amoureux, qui pourrait me rendre jalouse si je ne connaissais pas les vraies conditions de leur relation.

– Mais ça a fait de lui le plus romantique des idiots.

– Alors, c'est ce que je suis aussi ! décrété-je, tout sourire. Une incorrigible romantique.

– Tu dis ça par rapport à Todd ?

Merde ! Il va falloir que je leur dise. J'inspire, puis j'expire.

– Maman, commencé-je. Ne pique pas une crise, mais… j'ai rompu avec lui.

Elle pose vivement sa tasse sur la table, et l'eau dans la carafe s'agite à cause du mouvement trop abrupt.

– Quoi ?! Pourquoi ?

– Laisse-la. Elle est encore jeune. Elle a le droit de ne pas vouloir être amoureuse, intervient mon père.

– Todd est un bon parti. Il t'a blessé ? interroge ma mère.

– Pas vraiment.

– Il t'a trompée ?

– Je ne crois pas.

– Qu'est-ce que tu lui reproches, dans ce cas ?

Je dépose mes couverts sur la table.

– Tu es sûre que tu n'as aucune autre question à poser ? Je ne sais pas, moi : est-ce que je l'aime, par exemple ?

– Je croyais que c'était le cas. Vous étiez tous les deux emballés par cette union et vous êtes bien sortis ensemble ces dernières années.

Ma bouche se contorsionne tandis que je réfléchis.

– Oui, c'est vrai. Au début, je le trouvais attachant.

Je ne peux pas nier que Todd a toujours été plus que correct avec moi. Même après l'incident un peu étrange de notre rupture, il est venu s'excuser platement à plusieurs reprises et m'a dit qu'il avait réagi comme il l'avait fait surtout parce qu'il avait eu peur de perdre notre amitié. Je l'ai rassuré, et tout est plus ou moins rentré dans l'ordre. Je me sens toujours un peu mal à l'aise et coupable en sa présence, mais je pense que seul le temps pourra effacer ce sentiment. Je le connais depuis des années. Nos parents sont amis et se fréquentent. On ne va pas mettre de côté notre amitié parce que je me suis désengagée de notre union. Et puis, j'avoue, le fait que mon ex-fiancé insiste pour qu'on recrée une complicité amicale ne me déplaît pas parce que ça fait rager Tyler pendant les cours.

– Mais il n'a jamais su conquérir mon cœur, expliqué-je.

– Quelquefois, ma chérie, l'amour vient après.

– Mais il faut bien qu'il y ait… au moins l'autre truc, non ?

– Quel autre truc ?

Le regard investigateur de ma mère se pose sur moi.

– L'attirance, le désir. Todd ne m'a jamais fait… tu vois ?

Je lui indique des yeux son entrejambe.

– Fait quoi ? Il est galant, c'est un fils de bonne famille, avec de bonnes manières, un bel avenir tracé.

– Oui, mais… il ne m'a jamais… (Je cherche mes mots.) En bas… tu vois ?

Nouveau signe du regard, sans calcul, de sa part. Cette fois, elle se fâche.

– Non ! Exprime-toi autrement qu'avec cette expression crispée, s'il te plaît !

– Todd ne m'a jamais fait jouir, maman ! Tu aurais épousé papa s'il ne t'avait pas emmenée aussi souvent à l'orgasme ?

Un bruit de verre cassé nous fait tous tourner la tête vers Helena. Ma nourrice semble avoir perdu toute sa contenance.

– *Dios mío* [1], Kelly !

– Quoi ? J'ai 18 ans et on vous entend plutôt bien quand vous vous retrouvez après des semaines loin l'un de l'autre.

– Seigneur !

Ma mère a pâli.

– C'est toi qui as voulu que je m'exprime.

Mon père dépose son journal sur la table et fronce les sourcils.

– Attends un peu, jeune fille. Par « Todd ne m'a jamais fait jouir », tu sous-entends qu'un autre garçon a été sur ce chemin ?

Je m'empourpre et fuis le regard de mon paternel.

– J'ai cours ! Je vous aime, fais-je en déguerpissant de ma chaise.

– De qui est-ce qu'elle tient ce caractère de feu ? demande ma mère.

– Je me le demande, répond mon père.

---

1. Mon Dieu.

J'entends ma nourrice s'excuser dans mon dos.

– Je suis désolée, madame. Je vais la sermonner ce soir.

Je m'arrête aussitôt et me retourne.

– Pourquoi ? Vous… vous ne serez déjà plus là ?

Là, mes parents me considèrent comme s'ils en avaient finalement quelque chose à foutre de ma petite existence.

– J'ai un vol pour Chicago dans quatre heures, m'annonce ma mère.

Super !

– Papa ?

– Rendez-vous professionnel ce soir. Je serai rentré bien après le dîner.

– Dans ce cas, on peut toujours passer le week-end ensemble ?

J'ai l'impression de supplier. Je ne veux pas, mais… juste un peu ? J'ai le droit en tant que fille, non ?

– Bien sûr ! Je trouverai du temps pour toi, ma chérie.

Mon visage s'illumine. Je m'apprête à le remercier quand ma mère me coupe brutalement l'herbe sous le pied.

– Tu as oublié nos vacances en Tunisie ? Tu prends l'avion demain à huit heures pour me retrouver à New York, d'où nous prendrons notre vol pour y aller.

– Oh, mince ! Désolé, chérie. Cette fois, j'aurais vraiment adoré qu'on passe du temps ensemble.

Je ravale mes petits sanglots et lui souris courageusement. À quoi je m'attendais ? C'est toujours pareil, de toute façon. Des cadeaux pour s'excuser de leur absence, des bribes d'une conversation à peu près intéressante, que j'anime à chaque fois, et un total de dix minutes passées à me regarder. Les jours où je suis vraiment chanceuse.

– Moi aussi, papa. *Cette fois*, moi aussi.

***

Todd s'incruste partout où il le peut.

Il est comme la poussière : impossible de m'en débarrasser complètement sans qu'il revienne à la charge. Il ne laisse personne se mettre à côté de moi, me tire la chaise, soulève mon sac, fait des origamis et me les offre, ou me propose de jouer au morpion en cours. Je commence à fatiguer d'être autant sollicitée. Je sais que c'est moi qui ai rompu, donc ma culpabilité lui accorde un temps de sursis. Mais une chose a été très claire dès le début de son numéro de pot de colle : mes pauses et mes heures libres m'appartiennent. De ce fait, dès que la sonnerie retentit, il m'aide à porter mon sac jusqu'au casier d'Annie, me fait une douce bise sur la joue et me laisse profiter de moments normaux, ce qui se résume actuellement à ne pas être avec lui.

Aujourd'hui encore, Annie garde le silence quand elle le voit déposer un baiser sur ma joue. Pourtant, son regard me déstabilise, et je sais très bien pourquoi.

Dès que Todd est suffisamment éloigné, je lui demande :

– Dis ce que tu penses une bonne fois pour toutes.

– Vous êtes incroyablement proches pour des ex-fiancés.

– On est amis !

Elle place ses deux mains sur ses hanches et penche la tête. Je n'aime pas quand elle m'étudie comme ça. J'ai l'impression que ce qui sortira de ma bouche ensuite devra être mûrement réfléchi, sinon je n'aurai pas de seconde chance.

– Je ne suis pas naïve, je devine très bien ses idées. J'espère me tromper, mais je sais qu'il n'est pas encore passé à autre chose. Je ne sais juste pas quoi faire. Je ne peux pas réagir comme si on était des inconnus. Je mets déjà le maximum de distance entre nous.

– Je sais, Kelly. Je voulais juste m'assurer que, toi, tu saches ce qu'il a derrière la tête. D'ailleurs, y aurait-il un problème avec ton prince charmant ? J'ai remarqué que tu l'évitais beaucoup ces derniers temps. Et ce, bien avant qu'on apprenne qu'il avait embrassé une lycéenne.

Je lui adresse une petite grimace exagérée, histoire de lui indiquer que je n'ai pas oublié.

– Donc, quand je veux en parler, tu me supplies de ne pas le faire, et quand je ferme ma bouche au sujet de notre prof, tu me pousses à le faire ?

– T'as raison, oublie ce que je viens de dire. J'ai dû perdre la tête l'espace d'une seconde.

– Comme si je pouvais oublier le fait que tu viens d'avouer que tu le trouves charmant !

Ma meilleure amie prend un air ennuyé.

– Tu te souviens qu'il a embrassé une autre fille ? La semaine dernière ? Devant toi ?

– Probablement pour me rendre la pareille, parce qu'il n'en pouvait plus de me voir tout le temps traîner avec Todd.

– Je ne comprends pas.

– Tous les couples ont leurs hauts et leurs bas, Annie.

– Vous n'êtes pas en couple, me rappelle-t-elle.

– Pas encore.

– Heureusement, d'ailleurs, que vous n'êtes pas ensemble parce qu'il est ton prof et que c'est interdit. En plus, si se rendre jaloux mutuellement représente vos hauts et vos bas, cette relation va vite devenir malsaine.

– Tout de suite les grands mots ! Les relations sont-elles toutes censées avoir des règles universelles qui définissent si elles sont saines ou pas ?

Elle souffle.

– J'abandonne. Ton cerveau est complètement cramé.

Ou alors, c'est le mien parce que je n'arrive pas à capter que tu fasses semblant d'ignorer un gars qui, lui, t'ignore *vraiment*, tout ça dans l'espoir que vous vous mettiez ensemble dans un futur incertain. Non, en fait… maintenant que je viens de le résumer à voix haute, c'est clairement toi qui as un souci.

– C'est stratégique, Annie ! Pour te la faire courte, maintenant je dois le laisser venir à moi.

– *Maintenant* ? Tu dis ça comme s'il s'était passé quelque chose entre vous depuis son arrivée.

– Il s'est passé tout un tas de choses tellement incroyables que tu n'y croirais pas si je te les racontais.

Deuxième petit soupir.

– Admettons que je me joigne à ta petite rêverie. Ça va prendre combien de temps pour qu'il vienne à toi ?

– Je ne sais pas. Je compte sur son impatience pour que ça fasse moins de deux semaines.

– Pourquoi deux semaines ?

– Tu ne veux pas savoir.

Elle tient son élastique entre ses dents et maintient ses cheveux blonds dans une main pour les attacher.

– Si ti itilisais la moitié de ton esprit de scénariste pour accrendre tes leçons, ti serais dien meilleure que moi à l'école.

– Ça ne m'intéresse pas. Être meilleure, c'est pour les gens comme toi. Ceux qui aiment travailler ! Se comparer aux autres, se motiver, maintenir leur position, s'assurer de rester devant. Moi, je préfère être libre, Annie. Libre de faire et de dire ce que je veux. De choisir ma place, mes désirs, mes plaisirs et mes folies.

– On en reparle au semestre prochain, quand je serai à la fac et que tu seras encore ici, à te retaper les cours ? Tu seras bien libre, là, dit-elle après avoir récupéré l'élastique.

– Tu es un être ignoble, Annie.

Elle se prépare à répliquer lorsqu'une jeune fille la bouscule et lui fait perdre son moyen d'attacher ses cheveux. Annie se résigne et laisse tomber ses bras.

– Oh, désolée ! s'excuse la nouvelle.

– Aucun souci, répond Annie.

Les deux se considèrent quelques instants avant que ma meilleure amie ne demande :

– Briana, c'est ça ?

– Tu as retenu mon nom, dit l'autre en souriant.

– Tu m'as donné du fil à retordre, la dernière fois, au club de débats. Ça ne s'oublie pas.

– C'est bizarre : je ne sais pas si je dois le prendre comme un compliment.

– Tu peux. C'était de bonne guerre. Si j'avais été mieux préparée, j'aurais brisé tes arguments, tes pensées et ta moindre envie de prendre à nouveau la parole.

La brune se tourne vers moi. Elle possède des yeux aussi grands et captivants que ceux de mon prof, mais les siens sont verts. Et plus… purs, aussi.

– Elle est toujours comme ça ? me demande-t-elle.

– Annie ? Des fois, c'est pire !

Sans crier gare, elle attrape soudainement mon bras et me déplace pour se cacher derrière moi.

– Oh, non, souffle-t-elle.

Je regarde la direction qu'elle évite. Il n'y a rien de dangereux : c'est juste Natalie, une fille de seconde, qui est en train de parler à Thomas, de notre classe.

– Attends… tu as un faible pour Thomas ? questionné-je.

– Moins fort ! Je ne comprends pas ce qu'il fait avec elle, commente Briana un peu tristement. Il paraît qu'elle est sortie avec tout le lycée.

– Et alors ? s'enquiert Annie.

– Comment ça, « et alors » ? réagit Briana.

– Un mec qui se tape toutes les nanas, il est considéré comme un putain de symbole de virilité, mais quand une nana veut en faire de même, elle a droit à des réflexions de ce genre ? Entre femmes, on devrait se soutenir, tu ne trouves pas ? ajouté-je.

– J'ai du mal à voir les choses de cette façon.

– Briana, pour quelqu'un qui fait partie d'un club de débats, tu manques de discernement.

– Natalie fait ce qu'elle veut, explique Annie. Tu devrais en faire de même et aller parler à Thomas au lieu de baisser la tête quand tu le vois.

– Quoi ? Non ! Jamais il ne me remarquera.

– C'est sûr que, si tu restes là, à te cacher derrière nous comme une souris, il ne te verra pas.

– Peut-être que je devrais me faire refaire les seins…

Ma meilleure amie et moi échangeons un petit regard lourd de sous-entendus.

– Comment on en est arrivées là, s'il te plaît ? me renseigné-je.

– Comme ça, je pourrais me choper des gars comme lui.

– Bonne idée ! répond Annie. Va modifier tout ou une partie de ton corps pour un gars qui ne semble même pas au courant que tu existes. Au mieux, c'est à tes nouveaux *boobs* qu'il parlera, jusqu'à ce qu'il se lasse. Au pire, tu iras en changer la taille et la forme chaque fois que tu perdras son attention, juste pour qu'il reste avec toi.

Briana cherche du soutien dans mes yeux.

– Je traduis : mauvaise idée.

– Quitte à le faire, fais-le pour toi, ou au moins pour te choper un vieux riche. Comme ça, tu t'assures de pouvoir vivre dans l'opulence le restant de tes jours.

J'éclate de rire et tapote gentiment son épaule pour la réprimander.

– Ce ne sont pas des conseils à donner à une jeune fille, Annie ! Mais, si jamais ça t'intéresse, Briana, tu dois savoir que les sugar daddies ne courent pas les rues. Il faudra que tu sacrifies du temps et de l'argent pour les convaincre de te baiser.

– Tu as raison, je n'y avais pas pensé, répond ma meilleure amie, comme si elle avait déjà envisagé cette solution. Je passe au plan B. Toi, épouse-moi, Kelly !

– Tu ne pourras pas me satisfaire, lui rétorqué-je.

– Bien sûr que si. Enfoncer un sextoy dans un vagin, c'est à la portée de tout le monde.

Briana avale un cri effarouché.

– Oh, désolée ! On t'a choquée ?

Elle cligne des yeux à plusieurs reprises.

– Un peu… mais je crois que j'aime bien, souffle-t-elle, visiblement gênée. Ça me change de ce que j'entends d'habitude. Mon frère ne me laisserait jamais parler comme ça.

– Les hommes sont tous des hypocrites. Ils disent autant d'obscénités que nous, si ce n'est plus.

– Thomas n'a pas l'air d'appartenir à cette catégorie-là.

– Crois-moi, les gars dans son genre, populaires sans chercher à l'être, ce sont les pires. C'est comme le mec que je kiffe en ce moment.

– Oh, tu as un *crush*, toi aussi ?

– Un semblant de mirage, plutôt, la contredit Annie.

Argh ! J'aime Annie, je pourrais donner ma vie pour elle, ce qui est assez contradictoire parce que je l'ai déjà tuée mentalement un nombre incalculable de fois.

– Ne l'écoute pas. Oui, je kiffe un mec, plus âgé que nous, mais…

– Attends, me stoppe la nouvelle. On n'est pas suffisamment proches pour que tu me racontes ça, si ? Je veux dire, on n'est pas amies.

Elle marque une petite pause et détourne le regard.

– Je n'ai pas… d'amis ici.

À la vue de son visage affligé, l'empathie grimpe en moi.

– Pourquoi ?

– Je suis arrivée en plein milieu d'année. Les gens me trouvent « différente ». Je sais que c'est la façon de dire que je ne suis pas assez bien pour traîner avec eux. Je ne m'habille pas comme vous, les « gens aisés », et je n'ai pas la chance d'être aussi jolie que toi, Kelly. Ou aussi intelligente qu'Annie.

Attendez...

– Je suis intelligente ! me révolté-je.

– Je suis jolie ! s'insurge ma meilleure amie au même moment.

Puis elle enchaîne à mon intention :

– Ça doit être pour ça que personne ne veut traîner avec elle.

– Aucun esprit de jugement, confirmé-je.

– Je suis désolée... Ce n'est pas ce que je... Enfin, évidemment, vous êtes, toutes les deux, très bien, balbutie la petite brune.

Son rouge aux joues la rend si mignonne ! J'ai l'impression de me retrouver en elle, quelques années auparavant. Je crois que j'aimerais bien la prendre sous mon aile. Je consulte ma meilleure amie des yeux pour savoir ce qu'elle en pense. Elle sourit à Briana avec – j'en suis sûre – la même idée que moi.

– Est-ce que tu veux être notre ennemie ? questionne Annie.

– Euh... non.

– Donc, t'es sage. C'est déjà un point positif.

Je lève les yeux vers le plafond.

– Est-ce que quelquefois, toi aussi, tu as eu envie de donner une taloche à Annie ? Réponds *sincèrement*.

Elle fait « oui » de la tête avec beaucoup de véhémence.

– Bah voilà ! À partir de ce moment, tu es mon amie, déclaré-je.

Annie capte son regard et m'indique du doigt.

– Kelly est à fond sur un type qui a six ans de plus qu'elle et qui ne lui parle que pour lui donner des ordres. Est-ce que, toi aussi, tu as envie de lui dire qu'elle est complètement givrée ? Réponds *intelligemment*.

– Oui… Je suis désolée, Kelly.

– Excellent, tu remplis toutes les conditions pour être considérée comme mon amie aussi. Tu as cours, là ?

– Non, j'ai une heure de permanence.

– Tu viens avec nous ? la convie Annie.

– Ça ne vous dérange pas ?

– On ne te l'aurait pas proposé, sinon, la rassuré-je.

– Vous allez faire quoi ?

– Sniffer de la coke et draguer des garçons de la fac, énoncé-je.

– Hein ? s'affole Briana.

– Je rigole ! On se contente généralement de glaces à la cafèt' et de discussions tellement cochonnes qu'elles feraient pâlir tout adulte qui nous entendrait.

– C'est faux, dément Annie. Elle discute seule et je fais semblant de l'écouter.

– Je prendrais bien une petite boule, énonce la brune.

Je passe un bras autour de ses épaules.

– Une seule, t'es sûre ?

– Kelly les préfère grosses et en double, explique Annie à ma place.

Je glousse. Notre nouvelle acolyte nous regarde tour à tour.

– Je crois que je n'ai pas compris.

– Tant mieux. Quelque chose me dit que c'est toi qui vas blêmir si tu continues de traîner avec nous.

Soudain, l'atmosphère s'alourdit étrangement. Comme Annie vient de se figer, deux pas devant nous, j'en fais de même. Elle s'écarte dans le couloir pour laisser passer un groupe de parents, dont l'air énervé fait taire les élèves. Ils sont une dizaine, laissant un raz de marée silencieux derrière eux, comme s'ils venaient de kidnapper nos droits de parole.

– Qui sont ces gens ? chuchote Briana.

– Les problèmes, répond Annie.

– Ou plutôt, les conséquences, à mon avis…

M. Evans n'aurait pas dû faire ça.

Annie se positionne de toute sa taille devant moi et saisit mes épaules pour me forcer à la regarder droit dans les yeux.

– Je sais que tu vas vouloir l'aider, mais ce n'est pas une bonne idée. Répète après moi, Kelly : « Je ne vais pas m'en mêler. »

Moi, l'aider ? Jamais ! Je serai la plus heureuse des femmes si on le vire du lycée. Allez, hop, un obstacle en moins sur mon chemin !

Je suis sur le point de répondre par la négative lorsque l'enceinte de l'école grésille au-dessus de nous :

– Todd Heller et Kelly Moore sont attendus dans le bureau du directeur. Tout de suite.

Génial !

– J'ai bien l'impression que je n'ai pas le choix, soufflé-je.

Entre nous, est-ce qu'il me fallait une raison de plus pour justifier le fait que les cours du samedi matin devraient être bannis ? Apparemment, oui : finir chez le directeur parce que j'ai été témoin oculaire du baiser que le prof qui me plaît a échangé – et même amorcé, d'après Todd – avec une lycéenne.

Pire : avec une autre lycéenne que moi.

15

Tyler
Cinq ans plus tôt

– Tu es où ?

Où tu n'es pas.

Je croyais qu'on s'était déjà implicitement mis d'accord à ce propos. Je savais que je n'aurais pas dû décrocher, mais il n'avait jamais autant essayé de me joindre. Cinq appels manqués, tout ça pour ne même pas me dire bonjour quand je concède à prendre l'appel.

– Ici et là, dis-je.

– Tu as des rendez-vous ! beugle mon oncle à travers le combiné.

– Non merci. Je sais choisir mes conquêtes tout seul.

– Les rencontres parents-professeurs, Tyler ! Viens dans mon bureau immédiatement. Et ne me fais pas te rappeler, exige-t-il avant de raccrocher.

Je croyais qu'en forçant mon corps et mon esprit à faire quelque chose, je finirais par m'habituer, mais il faut croire que non. J'ai toujours autant de mal à prendre sur moi. Malgré tout, je mets sur pause mes recherches d'emploi, enfourche ma moto et, vingt minutes plus tard, je fais face à l'horreur dans son bureau.

Sa poitrine se lève et s'abaisse à cause du long soupir qu'il laisse échapper, et j'en connais très bien la cause. Mes tatouages, « ces horribles dessins dégradants », sont apparents le long de mon bras. J'hésite à m'en faire un au niveau du cou rien que pour voir sa tronche se congestionner encore plus. Le seul truc qui me retient, c'est l'idée d'enfiler un col roulé avec la température extérieure. Je sais qu'il serait capable de me demander de le faire.

– Pourquoi tu ne portes pas de chemise ? me sermonne-t-il.

– Parce que ce n'est pas un de mes jours de cours, et tu m'as appelé en urgence. Tu devrais être ravi que je sois là.

Je n'aime rien chez mon oncle, ni son look de parfait gentleman, ni son bureau vieux jeu avec des tons marron et mornes. Je n'ai jamais pris le temps d'observer les lieux en détail, ça ne m'intéresse pas. Je me concentre sur lui.

– Pourquoi suis-je ici ? Je croyais que je devais aller rencontrer les vieux.

– Les parents, corrige-t-il. J'ai plusieurs mots à te dire avant, et tu ne serais pas venu si je te les avais dits au téléphone.

Il s'accoude à son bureau et croise les mains. Cette fois, il délaisse mon bras pour mon visage.

– Une licencieuse rumeur court à ton sujet. Tu croyais que je ne l'apprendrais pas ? Je t'avais dit de ne pas toucher à mes élèves.

Ah, évidemment ! La bombe a pris plus de temps à exploser que ce que je croyais.

– Pour ma défense, tu avais dit de ne pas toucher aux mineures.

– Tu joues à faire de l'esprit, Tyler. Très mature, comme réaction.

– Elle a 18 ans, et c'est elle qui m'a fait du rentre-dedans.

– Le témoin qui est venu nous raconter les faits n'a pas décrit la chose de cette façon.

– Et qui est ce témoin ?

– Todd Heller.

Achevez-moi !

Je retiens un long soupir agacé.

– Je n'ai pas embrassé Mila. Elle a essayé de me soutirer un baiser en croyant que cela changerait quoi que ce soit à sa note. Je l'ai repoussée, mais pas assez vite. J'imagine que, selon l'angle dans lequel Todd se trouvait, cela pouvait porter à confusion.

En soi, je ne mens qu'à moitié.

Mon oncle hoche la tête tranquillement. Je n'aime franchement pas ce qui se passe. Ses vilains traits ne sont même pas courroucés. Au contraire, il a l'air… dangereusement calme.

– Ce n'est qu'un baiser, je suis sûr qu'elle est déjà allée plus loin que ça. Elle devait être stressée, je ne lui en tiens pas rigueur.

– Ce n'est pas à toi de spéculer sur les activités sexuelles des lycéens. Tu ne sembles vraiment pas prendre conscience de la gravité de la situation. Tu as l'autorité et la responsabilité d'un professeur, Tyler, comme n'importe quel autre ici, et les gens vous ont vus dans une situation compromettante.

– Je répète que je n'ai pas embrassé cette fille ! Todd s'est trompé. Mila elle-même pourra le confirmer. Et, dans le pire des cas, vire-moi. Je n'ai jamais voulu travailler ici, de toute façon.

Je n'ai feint d'embrasser cette fille que dans l'optique de prouver à Todd que je ne m'intéressais pas à sa fiancée, mais si cette histoire peut me libérer de mes obligations de prof, c'est encore mieux.

– Tu crois que c'est aussi simple ? Je ne peux pas me permettre de juste te virer. Même si je te renvoyais, mon école serait toujours entachée par le scandale du prof qui a touché une élève de façon impudique. Un prof qui s'avère être mon neveu. Impossible, fait-il en bougeant la tête de gauche à droite. Mais ne t'en fais pas, j'ai mieux.

Je ne sais pas comment il réussit à faire ça, mais l'atmosphère se charge rapidement d'une lourdeur menaçante. J'ai la même sensation que lorsque je mate un film d'horreur et que je sais que le personnage va se faire surprendre par l'esprit maléfique d'un instant à l'autre. Je le vois sortir une pile de papiers de son tiroir, qu'il pose tranquillement sur son bureau. Puis c'est au tour d'un objet d'apparaître dans mon champ de vision. Le rouleau à pâtisserie qu'il tient par le manche m'est bizarrement familier.

– Tu sais ce que c'est ? demande-t-il.

J'ai bien une ou deux phrases sarcastiques qui me viennent, mais l'objet a fait naître quelque chose d'étrangement angoissant en moi, alors je préfère garder le silence.

– C'est ce que ta mère utilisait le plus souvent pour le frapper. Elle était maligne. Personne n'aurait pensé qu'une femme de son gabarit aurait pu faire du mal à un homme comme ton père. Si mon frère ne m'en avait pas parlé avant sa mort, jamais je n'aurais pu me douter que c'était une de ses armes de torture. Je me demande si ce ridicule morceau de bois peut vraiment faire mal.

Je sais que maman n'était pas un modèle. Il nous le sort à toutes les sauces, comme si nous n'avions pas vécu avec elle, comme si nous n'avions pas grandi avec elle, comme si nous ne nous doutions pas qu'elle maltraitait notre père.

Il envoie un coup en l'air, et le léger bruit de vent me fait frissonner de peur.

– Je ne sais pas, dit-il d'un ton faussement indécis. Je ne suis pas une femme, je ne pourrais pas m'en servir correctement.

J'essaie d'oublier la phrase profondément sexiste qu'il vient de prononcer pendant qu'il sort un autre objet de torture de son tiroir. Je n'ai pas le temps de me demander comment il peut avoir autant de trucs là-dedans. Tout mon corps se fige de façon viscérale.

– Alors, je me suis procuré un fouet, mais pas un de cuisine.

J'observe le fouet noir, avec ses lanières de la même couleur. Mon mauvais pressentiment s'intensifie. Je savais que quelque chose ne tournait pas rond dans la tête de George, mais pas à ce point. Je n'aime pas les gens qui tergiversent. J'ai besoin de savoir ce qu'il compte faire avec cette chose. Me punir ?

– Sois tranquille, je ne compte pas l'utiliser sur toi. Tu te contenterais de serrer les dents et de m'insulter en ton for intérieur.

– C'est bien me connaître.

L'horreur me sourit. J'ai déjà dit que je n'aime pas du tout ce qui est en train de se passer ?

– Je pensais plutôt à ta petite sœur. Ce serait une belle façon d'équilibrer les choses, non ? Tu ne crois pas ?

Je-vais-le-tuer.

– Elle est si gentille. Elle serait prête à faire n'importe quoi pour protéger son grand frère adoré. J'ai besoin de ton aide pour me conseiller. C'est toi, le prof de maths. Dis-moi, quel serait le ratio adéquat ? Dix coups dès que j'entends une rumeur ? Le double pour un baiser ? Trente pour une photo ? Combien de coups de fouet tu crois qu'elle pourra supporter, Tyler ?

La bile me monte à la gorge. Il me faut un énorme self-control pour ne pas avancer et lui exploser le visage sur le bureau. La colère ne s'efface pas, mais elle cède la place à un sentiment plus honorable. Je ferme les yeux, efface les images de ma petite sœur pleurant dans mes bras, après que ce salaud lui… Non. Je ne pourrai pas le supporter. Je peux ravaler ma fierté et me montrer faible si cela signifie de protéger Briana. Je relâche mes épaules volontairement en guise de soumission.

– Je… je t'en supplie. Laisse Briana en dehors de tout ça. Je peux supporter chacun de tes coups. Je peux me comporter comme ton petit larbin si tu le veux. J'irai même jusqu'à m'agenouiller, s'il le faut, mais ne touche pas à Briana.

De là-haut, mon père ne me pardonnerait pas si quelqu'un lui faisait du mal par ma faute.

– Nous n'aurons pas besoin d'aller jusque-là. Je ne suis pas mauvais, Tyler. Je tiens une école, donc je crois au progrès. Il faut juste trouver la méthode qui convient à chacun. Je veux t'apprendre à te comporter comme il se doit. Et à me respecter.

Si c'est le prix à payer, je l'accepterai, du moment qu'il ne touche pas à un cheveu de ma petite sœur. Deux coups à la porte nous arrêtent. La secrétaire de mon oncle passe la tête dans le bureau et demande :

– Monsieur Evans ?

Le dirlo et moi nous tournons simultanément vers elle. Y a-t-il un moyen de me faire oublier que je porte le nom de famille de cette immondice ?

– Le comité de parents d'élèves est là. Ils se sont réunis dans la salle de conférences.

– Très bien. Faites-les patienter. Tyler, enfile la veste posée sur mon portemanteau pendant que je te briefe sur le conseil de discipline.

Le quoi ?

– Je ne suis pas un élève, je ne peux pas avoir de conseil de discipline.

– Ce ne sera pas le tien, mais celui de Mila.

Mon oncle m'explique succinctement en arrangeant sa cravate.

– Les plus influents et les plus riches du comité se sont rangés de mon côté. Il vaut mieux que ce soit elle qui en paie totalement les frais plutôt que d'abîmer l'image de l'école. C'est nous qui avons placé notre confiance en toi et accepté que tu donnes des cours ici. Je t'ai, pour ainsi dire, mâché le travail, mais il nous reste encore à convaincre les autres membres. Certains d'entre eux seraient ravis de me voir tomber pour prendre ma place, mais ça n'arrivera pas. Tout ce que tu as à faire, c'est te tenir droit, confirmer que tu es la malheureuse victime de cette histoire, et tout va rentrer dans l'ordre.

– Mais elle va…

– Ce n'est qu'une boursière. Heureusement pour nous, d'ailleurs. Si elle venait d'une famille plus prestigieuse, nous aurions plus de mal à nous sortir de ce pétrin. Elle a déjà eu une énorme chance de pouvoir suivre notre enseignement.

Il me montre du doigt les papiers posés sur la table.

– Ce sont les documents qu'il te faut pour demander la tutelle de ta petite sœur. Ne fais pas ton intéressant à cette réunion, ne joue pas à l'idiot et ne me fais pas honte. Si, par malchance ou pour je ne sais quelle raison, le comité met en doute ton innocence, je ne te laisserai jamais la garde de Briana. *Jamais*. Est-ce bien clair ?

– Hmm.

– Réponds !

– Oui.

– Si tout se passe comme prévu, ça ne devrait pas durer longtemps. Par la suite, tu iras faire tes rencontres avec non pas les vieux, mais les…

– Parents, soufflé-je.

– Parfait, nous nous sommes compris.

J'emboîte le pas à George, qui me guide vers une sorte d'audience empoisonnée si j'ai bien compris. Mes pieds s'écrasent sur le sol tellement ils sont lourds. Juste devant moi, la large veste du dirlo empeste son odeur. Je suis sûr qu'elle n'est pas infectée, mais, mentalement, je n'arrive pas à me dire que le vêtement d'un type pareil puisse être innocent.

Lorsqu'il nous ouvre la porte de la salle de conférences, des tas de visages se concentrent sur nous. La fille que j'ai feint d'embrasser se trouve debout, comme un piquet, au centre de la salle. Je ralentis ma respiration, mal à l'aise. Elle a la tête baissée vers ses pompes et elle frotte nerveusement ses mains sur le tissu de son jean. Mon oncle devine ce que je pense et se penche vers mon oreille pour confier :

– Contente-toi de faire ce que je t'ai dit. N'aie pas peur, j'ai tout arrangé.

Je n'ai pas peur. Je me sens un peu fautif d'avoir utilisé l'approche de Mila à mon avantage. Nous sommes invités à nous asseoir par une dame qui doit avoir à peu près l'âge de ma tante Alexa. Je comprends automatiquement qu'elle sera la modératrice de ce conseil.

– Bien, maintenant que les personnes concernées sont présentes, nous pouvons entamer le conseil. Mademoiselle Mila Gallice, vous savez pourquoi vous avez été convoquée, n'est-ce pas ?

La jeune fille prend une longue inspiration avant de parler.

– Oui. Samedi, juste après le cours de maths, je suis partie voir M. Evans et j'ai essayé de… enfin, de… négocier une meilleure note. Je me suis donc jetée sur lui pour l'embrasser.

Je n'ai jamais vu une de mes élèves aussi nerveuse.

– Monsieur Evans, confirmez-vous les propos de Mlle Gallice ?

Je déglutis et maintiens mon regard sur une chaise vide.

– Oui.

– Vous êtes consciente que vous risquez le renvoi, mademoiselle Gallice ? intervient quelqu'un.

Elle adresse un regard au directeur, puis détourne rapidement les yeux pour se remettre à fixer ses chaussures.

– Je prends le risque. C'est ma faute, je n'aurais pas dû commettre un acte si tu… turpide. Je ne veux pas qu'un enseignant souffre de mon comportement. Les valeurs de l'école nous apprennent la discipline, le travail et la justice. Je... je suis prête à recevoir toute punition adéquate.

Elle le dit de façon robotisée, comme si elle récitait un texte. Je mettrais ma main à couper, vu l'air satisfait du directeur, que c'est lui-même qui a rédigé cette partie du texte. Je suis sûr qu'elle ne saurait définir le mot « turpide ».

– Monsieur Evans ? Y a-t-il quelqu'un qui peut témoigner ?

Je relève la tête. Ce n'est pas la modératrice qui a parlé, mais l'un des parents. Elle s'adresse à mon oncle. Celui-ci se lève et lui répond avec un air calculateur :

– Ses amies pourront sans aucun doute...

– Pas ses copines. Elles refusent de dire quoi que ce soit à ce sujet. D'autres élèves, peut-être ?

– Selon quelques élèves qui se trouvaient non loin de la salle de classe, le fils du maire et une certaine Kelly Moore auraient été aperçus auprès des amies de Mlle Gallice lorsque la scène a eu lieu. Et si on les faisait venir ?

Certaines personnes derrière elle approuvent de la tête. Je vois maintenant très clairement la distinction entre ceux qui sont aussi immoraux que mon oncle et ceux qui veulent le faire tomber. Mais, pour moi, toutes les personnes ici présentes sont pourries parce qu'aucune ne pense vraiment à cette élève. Elles se font juste une petite guerre de riches pour savoir qui va conserver le pouvoir au sein de l'école.

Mais qu'est-ce que je suis venu faire ici, bon sang ?!

George demande à sa secrétaire de faire comme la parente d'élève a demandé. Elle s'absente donc quelques minutes, durant lesquelles la pièce s'anime silencieusement. Mila est de moins en moins à l'aise, toute seule, là, au centre. Les parents s'affairent sur leur téléphone ou leur tablette. Et moi, je reste comme un con, à chercher le regard de la condamnée pour l'encourager.

Après quelques minutes, la secrétaire revient et annonce :

– Les voici.

Super ! Avec ces deux-là, je suis mal parti. L'un me déteste et l'autre serait plus qu'heureuse de me voir quitter ce bahut. C'est également ce que je voulais jusqu'à ce que je découvre ce que ça impliquerait pour ma petite sœur.

Une goutte de sueur perle sur le front de mon oncle. Il n'avait pas prévu ce revirement de situation, apparemment.

– Bienvenue. Vous avez été convoqués en tant que témoins d'une scène abjecte qui a eu lieu au sein de cet établissement. Pouvez-vous nous dire ce qui s'est passé samedi dernier ? demande la modératrice.

Les deux nouveaux se tiennent côte à côte, près de la porte, et restent muets.

– Parlez librement, intervient la mère de Chelsea. La rumeur court que M. Evans et Mlle Gallice se sont adonnés à des actes plus que déplorables. Qui a mené l'action ?

Kelly est la première à prendre la parole. Elle fronce les sourcils.

– Comment ça, qui a mené l'action ?

– Mlle Moore n'a pas vu ce qui s'est passé, précisé-je avant qu'elle ne balance tout.

– Merci de ne pas intervenir, monsieur Evans. Qui a pris l'initiative de ce baiser, mademoiselle Moore ?

Le froncement de sourcils de mon élève préférée s'accentue. Elle étudie toute la pièce, analyse les visages, remarque la position de Gallice, au centre, celle de mon oncle, puis ses yeux s'agrandissent. Je suis persuadé qu'elle a compris ce qui se passe. Je cherche à attraper son regard.

Regarde-moi, Kelly. Regarde par ici. Oui, c'est ça, regarde-moi ! Va dans mon sens, s'il te plaît. Tu comprends ce que je dis ? Tu n'as rien vu ce jour-là.

– Mademoiselle Moore ? insiste la maman.

Mon souffle est suspendu à ses lèvres.

– Je ne sais pas, répond-elle juste avant de pincer les lèvres, comme si elle préférait les garder closes.

– C'est-à-dire ?

– J'ai oublié. Tout s'est passé si vite. En plus, on n'était pas vraiment à côté, n'est-ce pas, Todd ? fait-elle en lui donnant un petit coup d'épaule.

– Essayez de vous rappeler ! ordonne la maman de Chelsea.

Mon élève ferme les yeux fort et grogne, comme si elle se concentrait pour se souvenir de la scène, puis les rouvre.

– Désolée. Rien ne me vient si ce n'est le devoir que notre prof nous a donné ce jour-là et qu'il a gentiment accepté d'annuler par la suite au vu de nos résultats.

J'y crois pas ! Même dans cette situation, elle ose me faire du chantage.

– M. Evans se contente de faire son boulot, et c'est un homme aussi professionnel que sex… séduisant. Je voulais dire « séduisant ». Beaucoup de filles, et même de femmes, dans cette école, seraient heureuses de pouvoir attirer son attention d'une quelconque façon. Peut-être aussi des hommes, je ne sais pas. Et je parle évidemment en toute objectivité parce que, moi, tout ce qui m'intéresse dans cette vie, ce sont mes études et mon avenir professionnel.

Je n'arrive pas à me retenir, je pouffe légèrement de rire, mais je me rattrape immédiatement avec un raclement de gorge quand je sens les yeux destructeurs du directeur sur moi.

– Je vous assure, ma tête est remplie d'informations au sujet de Lincoln et de son voyage sur la Lune, de lettres de motivation pour les universités, et j'ai beaucoup trop à faire avec ces satanés cours de soutien scolaire pour…

Je lui fais un signe des sourcils.

– … ces fabuleux, vraiment incroyables cours de soutien. J'y suis tellement impliquée que tout autour s'efface. C'est pourquoi je n'arrive pas à me rappeler ce qui s'est passé ce jour-là. Je suis comme une ampoule, toujours prête à s'allumer pour apprendre. Mais, dès qu'il s'agit d'autre chose que de leçons, ma lumière s'éteint et je deviens aveugle.

Silence général. Personne ne bouge.

Dans toute autre circonstance, j'aurais éclaté de rire. Je n'ai jamais connu quelqu'un capable de déblatérer autant d'incohérences à la seconde. Elle nous a tous perdus avec son discours. Elle est d'un illogisme qui m'effraie et qui ne cesse de m'amuser à la fois. Comment rendre une réunion avec des parents corrompus, une élève à deux pas du renvoi et un prof coupable un peu moins tendue ? Faire parler Kelly.

– Bref… tout ça pour dire que Todd et moi ne vous serons d'aucune aide parce qu'on n'a rien vu, rien entendu. Si vous voulez bien nous excuser, on a cours.

– Monsieur Heller, des choses à dire ? C'est tout de même vous, le principal témoin de cette affaire.

– Vous n'empêcheriez tout de même pas le fils du maire d'aller recevoir les cours que nous payons une fortune ? D'ailleurs, je m'étonne que nos parents, de généreux donateurs, n'aient pas été conviés à cette réunion.

Nouveau silence général. Cette fois, c'est de crainte. C'est à ce moment-là que je décide que je veux être riche dans ma vie. Si Kelly, simple lycéenne, arrive à intimider tout un comité de parents grâce à l'argent que les siens versent à l'école, il me faut la même chose pour me protéger. Parce que, même si l'argent ne fait pas le bonheur, c'est lui qui fait la loi.

– On y va, Todd ?

– Tu es sûre ? demande ce dernier.

J'ai failli oublier que Tête de nœud aussi pouvait me mettre dans la merde s'il ouvrait la bouche. Elle le dévisage de la même façon que, moi, je l'ai fait un peu plus tôt avec elle. Une façon de dire : « Fais-moi confiance, ne révèle pas ce qui s'est passé. »

– C'est bien parce que c'est toi, lâche-t-il finalement.

– Au revoir, fait Kelly en empoignant Todd pour sortir.

Mon oncle, soulagé, reprend la situation en main.

– Vous les avez entendus, ils ne se souviennent de rien. Nos enfants ne mentiraient pas sur un sujet aussi grave. Mlle Gallice a déjà avoué qu'elle était responsable, et mon neveu ne lui en tient pas rigueur. En tant que bon professeur, il va se dépêcher de vaquer à ses occupations, et nous allons délibérer de la sanction de Mlle Mila Gallice. Étant donné que ses tuteurs ont refusé de se joindre à nous, elle devra rester et assumer seule les conséquences de ses actes.

– Veuillez me suivre, monsieur Evans, m'enjoint l'assistante de mon oncle.

Je n'ai ni envie de rester ni envie de partir. Je veux aider, je veux me plaindre. Je veux… je…

De toute façon, ce que je veux n'a pas d'importance. Je me lève et jette un dernier coup d'œil à Mila. Elle s'est résignée à subir son sort. Je devrais en faire autant.

16

Tyler
Cinq ans plus tôt

Mes parents n'ont jamais eu à rencontrer mes professeurs à cause de mon comportement scolaire. J'étais un élève exemplaire. Les seules fois où ils se voyaient, c'était pour parler des modalités des concours de maths auxquels je participais.

Plus on me force à faire quelque chose, moins j'en ai envie. En temps normal, déjà, je ne voudrais pour rien au monde avoir le cul collé à cette chaise, dans cette salle, à entendre de vieux schnocks super friqués me demander ce qui dysfonctionne avec leurs enfants. Certains ont juste envoyé leur assistant à leur place. Mais, avec ce qui vient de se passer, dire que j'ai envie de disparaître est un euphémisme. Je me sens comme privé de toute liberté.

Je n'ai pas eu la méthode pour faire ça, je n'ai pas eu le texte parfaitement composé par mon oncle pour affronter les parents, alors je me contente de répéter plus ou moins les mêmes choses rassurantes : ils vont obtenir leur diplôme ; ce n'est pas une question de quantité de travail, c'est plus une question de concentration ; pour réussir en maths, il faut comprendre les leçons et la logique de celles-ci avant de s'entraîner ; on apprend plus de ses erreurs. Je dirais que la plupart n'en ont rien à branler de ce que j'avance. Ils sont venus pour voir à quoi ressemble le si jeune prof qui a plusieurs fois fait parler de lui.

Il n'y a, heureusement, que les parents de la moitié des quatorze élèves de ma classe qui se sont sentis concernés par cet échange ridicule. Comme personne n'est entré dans la salle depuis plus de vingt minutes, j'ai l'impression que j'ai fini. Je retire enfin la veste du dirlo et sors pour fumer une clope. Je regarde le paquet dans ma main, prêt à dégainer une cigarette, puis j'ai une vision du fouet de mon oncle et je me ravise.

– Excusez-moi, jeune homme. Je cherche le prof de… Attendez, non, le remplaçant du prof de soutien de maths. Mais qu'est-ce que c'est que ça ? demande une dame en lisant la convocation. À mon époque, on avait deux profs, un le matin et un le soir.

J'ai envie de pouffer. Bienvenue chez les bourges ! Au même moment, je vois Kelly courir derrière la femme qui m'a accosté.

– Helena ? J'ai reçu ton message. Qu'est-ce que tu fais ici ?

Je les regarde tour à tour. Mon élève, dont je connais les traits et les courbes, n'a rien en commun avec la cinquantenaire hispanique. Ce n'est assurément pas sa mère.

– Ah, Kelly, te voilà ! Ce lycée est immense. Je crois bien que je me suis perdue.

– Désolée, mon portable était sur silencieux : je n'ai pas tout de suite vu ton message. Qu'est-ce que tu fais ici ?

– Tes parents ont reçu une lettre de convocation, et comme ils ne sont pas là, je les remplace. Je demandais justement à ce jeune homme s'il connaissait ton prof remplaçant.

– C'est lui, indique Kelly en me regardant.

La dame lui flanque une petite tape sur la fesse, qui me fait sourire.

– Arrête de blaguer, Kelly. Tu ne pourras pas m'empêcher de le rencontrer.

– C’est lui ! insiste-t-elle.

Helena secoue la tête et s’adresse de nouveau à moi.

– Désolée, mon garçon, mais vous ne connaîtriez pas…

Elle plisse les yeux pour lire sur sa lettre.

– M. Evans ?

– C’est bien moi, confirmé-je avec une pointe d’amusement dans la voix.

– *Dios mío*, je ne comprendrai jamais ces gens riches ! Ils iront vous chercher au berceau bientôt. Bonjour, monsieur Evans. Je suis la nourrice de Kelly. J’ai été convoquée pour la rencontre parents-professeurs.

– C’est ce que j’ai cru comprendre. Entrez.

– Je vais y aller aussi. J’ai dit que j’allais aux toilettes pour venir t’aider. On se voit à la maison ? demande Kelly à sa nourrice.

Son regard se réfugie dans le mien. Il a l’air d’affirmer : « Il faut qu’on parle. » Pourtant, elle ne dit rien. J’attends qu’elle pose ne serait-ce qu’une seule des questions qui semblent lui tarauder l’esprit. Qu’elle me demande de lui expliquer pour tout à l’heure, qu’elle me réclame de l’embrasser, de m’excuser, ou autre chose. N’importe quoi. En fait, j’attends juste qu’elle me parle, qu’elle m’énerve, qu’elle se fâche. Mais rien ne franchit ses lèvres sensuelles.

Elle prend le chemin inverse et retourne en cours, me laissant seul avec une autre rencontre qui, je l’espère, sera la dernière.

Je m’installe en face de la nourrice de Kelly et croise les bras. Je ne suis plus protégé par la veste, alors elle observe mes tatouages, mais pas comme mon oncle. C’est plus de la curiosité que je lis dans ses yeux. Au bout d’un long moment assez embarrassant, elle décide de rompre le silence.

– Vous n’êtes pas censé dire quelque chose ?

– Comme quoi ?

– Vous n'êtes pas censé me dire comment se comporte ma petite en cours ?

– Elle est distraite.

– En même temps, avec vous comme professeur…

Je dois paraître surpris parce qu'elle s'explique :

– Je connais les goûts de Kelly. Et maintenant que je vous ai rencontré, je comprends mieux son changement d'attitude. Elle passe des heures à travailler à son bureau et pose des questions curieuses sur les relations amoureuses.

– C'est peut-être dû au retour de son fiancé.

Non, je ne veux pas parler de lui, mais, en même temps, je veux en savoir un peu plus.

– Todd ? Je ne crois pas. C'est un gentil garçon, bien sûr, mais ce n'est pas celui qui la rendra heureuse. Et il y a toujours eu quelque chose chez lui qui me dérangeait. Je ne sais pas comment l'expliquer. Il ne nous regarde pas, nous, les pauvres, de la même façon. Il a beau vouloir le cacher, on ressent ce genre de truc.

Enfin quelqu'un qui ne prend pas Tête de nœud pour un saint ! Rien que pour ça, j'ai envie de lui donner deux grosses bises.

– Elle ne s'est intéressée à lui que parce que ses parents ont insisté pour qu'ils se marient. Vous savez, Kelly ne les voit pas souvent, et elle pensait qu'accepter cette petite union les rapprocherait. Elle était prête à beaucoup de choses pour qu'ils la considèrent un peu plus. Mais je peux vous assurer que ma Kelly ne parle quasiment jamais de lui. Pourtant, elle en dit, des choses !

– Ah, ça ! Une fois qu'elle est lancée…

– … on ne l'arrête pas.

Nous rigolons ensemble un petit peu avant que le silence ne revienne.

– En plus, elle a rompu avec Todd.

– Vraiment ? m'étonné-je.

Une excellente nouvelle. La journée ne pouvait pas être pire, j'imagine.

– Dès le jour de son retour. C'est bizarre. Je pensais qu'elle aurait couru pour vous le dire.

Elle n'a fait que ça depuis que je la connais. J'imagine que, maintenant, soit elle s'est lassée, soit elle attend que je fasse un pas vers elle.

– Oh, j'ai presque oublié ! Je vous ai apporté des cookies. Je les ai faits moi-même, explique-t-elle en déposant un bocal rempli de biscuits sur la table.

– De quoi m'acheter ?

– Seulement si ça marche, dit-elle avec un clin d'œil.

Je crois que je peux dire que j'ai eu le meilleur parent pour la fin.

– Ce n'est peut-être pas une excellente élève en maths, mais l'avez-vous déjà vue danser ?

– Oh, oui !

J'ai aussi senti ses jambes autour de mes hanches.

– Elle est bonne, hein ?

Elle n'a pas idée à quel point je la trouve bonne, en effet.

– Extrêmement.

Helena ouvre le bocal de biscuits, en prend un et le met dans un mouchoir avant de le poser devant moi.

– Vous n'avez pas envie d'être ici, n'est-ce pas ?

– Ça se voit tant que ça ?

En même temps, ce n'est pas comme si j'essayais de le cacher.

– Vous avez la même tête que Kelly lorsque je lui demande de ranger sa chambre.

Ça me fait sourire.

– Lorsque mon fils aura l'âge, vous pensez qu'il pourrait enseigner ici, lui aussi ?

– Croyez-moi, il n'a pas envie de travailler ici.

La nourrice repousse sa chaise, se lève et se met à côté de moi.

– Levez-vous.

– Pourquoi ?

– Faites ce que je dis, mon garçon.

Je ne sais pas si c'est parce que c'est la seule à ne pas m'avoir fait chier aujourd'hui ou si ce sont ses traits délicats, mais j'obéis docilement. Je suis plus grand qu'elle de deux têtes au moins. Cela ne l'intimide en rien. Elle s'approche de moi et me prend dans ses bras.

– Je n'ai pas la moindre idée de ce qui vous est arrivé, je ne sais pas pourquoi vous êtes là, mais je pense que c'est ce dont vous avez le plus besoin en ce moment.

Je reste d'abord inerte face à tant d'affection. Je n'ai pas senti des bras aussi chaleureux autour de moi depuis… depuis mes 13 ans. Quand tout a commencé à se gâter à la maison. Aucun câlin ne m'a fait autant de bien que celui-là. J'accepte ce geste maternel avec plaisir. Je la serre contre moi et constate que la sensation est bien meilleure que celle d'une clope.

Putain, je me ramollis !

Quand elle me lâche, elle me regarde et me conseille :

– Ne soyez pas trop dur envers vous, mon garçon.

Elle glisse son sac à main sur son épaule et se dirige vers la sortie. Sur le pas de la porte, elle s'arrête, sort son téléphone et se tourne vers moi.

– Ma *niña* me demande si vous allez bien. Elle a ajouté : « Ne lui dis pas que j'ai demandé ça. Je ne veux pas qu'il sache que je m'inquiète. Ou peut-être que si ? Non, non, je dois le laisser venir à moi. Mais est-ce qu'il va bien ? »

D'un simple petit regard, la nourrice m'interroge.

– Je vais… mieux.

J'ai l'impression de moins étouffer. En partie grâce à vous.

– Dites-le-lui vous-même.

Elle sort un carnet et un stylo de son sac à main, écrit quelque chose et me tend le papier, où elle a inscrit une adresse.

– Helena… ça ne vous dérange pas ?

– Quoi donc ?

– Mon statut, mon âge, mes tatouages… Qui je suis.

– Vous avez peut-être l'impression que les autres ne peuvent pas vous apprécier parce que vous n'avez connu que ces réactions durant votre vie, mais je vous assure que c'est bien possible. Je ne sais pas qui vous êtes, monsieur Evans, mais je pense que vous ne le savez pas trop non plus. Avant de travailler pour les Moore, je vivais dans un quartier peu recommandable. J'y ai rencontré un monsieur, bien plus tatoué que vous, qui m'aidait à porter mes courses jusque chez moi chaque fois qu'il me voyait. Les gens l'évitaient à cause de son apparence, mais c'était un amour, au fond. Vous voyez où je veux en venir ?

– Je ne vous aiderai pas à porter vos courses.

Elle me sourit et continue.

– Marco, mon mari, avait dix ans de plus que moi, et personne ne m'a jamais rendue plus heureuse que lui. Quand Kelly parle de vous, elle a les mêmes étincelles dans les yeux que j'avais durant toute la durée de mon mariage. Pour ce qui est du statut, c'est à chacun d'entre nous de définir le nôtre, vous ne croyez pas ? Quand vous aurez mon âge, vous vous rendrez compte que tout ça n'était que des futilités. D'une certaine façon, je pense que ma *niña* le sait déjà. Vous êtes peut-être plus intelligent, mais elle est beaucoup plus mature et déterminée que vous.

– Elle est têtue et fonce sans se poser de questions.

– C'est ce qui fait son charme.

Juste avant de partir, elle m'offre une dernière phrase digne d'un vieux sage :

– Il faut bien que jeunesse se passe.

***

Une relation ? Je ne devrais pas. Surtout pas après ce qui s'est passé aujourd'hui. Surtout pas avec l'avertissement de mon oncle. Et puis les relations, même secrètes, c'est bien trop d'engagement, bien trop de complications. Et niveau complications, elle les cumule : elle est vierge, c'est mon élève, elle a un abruti pour ex-copain, une meilleure amie qui m'emmerde, et je mettrais ma tête à couper qu'elle est du genre à ne pas pouvoir se contenter d'être un coup d'un soir. Alors, qu'est-ce que je fais garé pas très loin de l'adresse qu'Helena m'a donnée ?

Elle vit dans un quartier aussi huppé que celui de mon oncle. Sa villa est immense et un gardien est posté devant la porte d'entrée. Je ne me vois pas aller lui parler.

J'attends une vingtaine de minutes, puis me rappelle, un peu tard, qu'on est mercredi et qu'elle a cours de *cheerleading*. Elle ne sera pas rentrée avant un moment. Donc, je décide de partir. J'ai à peine avancé de quelques mètres que je suis obligé de freiner à cause d'une berline qui fait exprès de foncer sur moi. Elle s'arrête à quelques mètres de ma moto, et je vois Tête de nœud en sortir.

Mais oui, bien sûr, qui d'autre ?

Je descends de ma moto et vérifie qu'elle n'a subi aucun dommage. Je suis à peu près soulagé, mais Todd, pour m'énerver – parce qu'il ne sait faire que ça –, vient lui donner un violent coup de pied dans le pneu. Ma moto, déséquilibrée, tombe sur le goudron. Ni une ni deux, je lui rentre dedans de toutes mes forces.

– Mais c'est quoi, ton putain de problème ?

– Qu'est-ce que tu fais ici ? aboie l'enfoiré de première. Tu es venu la voir, toi aussi ?

– Vous n'êtes plus ensemble, Ducon. Ça ne te regarde pas !

Il m'attrape par le col. Je me dégage brusquement. J'ai assez subi de conneries comme ça pour aujourd'hui. Qui me cherche me trouve.

– Alors, c'est ça ? Elle m'a bel et bien lâché pour toi, ricane-t-il.

– Comme quoi, on peut toujours faire mieux. Même si, quand on est sorti avec toi, ce n'est pas chose difficile.

Il fait signe à quelqu'un dans la voiture. Deux hommes en costard en sortent. Par réflexe, je m'immobilise, sentant la couille arriver. Ils se précipitent sur moi et me maintiennent par les bras pour m'immobiliser avant que je n'aie pu faire quoi que ce soit pour amocher Tête de nœud.

Todd affiche un air mesquin et vicieux qui me donne encore plus envie de gerber.

– Depuis le temps que je rêve de te frapper ! Tu n'aurais pas dû intervenir à cette soirée étudiante. En fait, tout allait bien avant que tu n'entres dans nos vies.

Je suis totalement impuissant, ainsi maintenu par ses hommes de main. Todd m'envoie un premier coup dans la mâchoire. La douleur se diffuse à travers tout mon corps. Je contracte mes abdos quand je sens qu'il va m'y donner un coup aussi.

– On fait moins le malin là, hein ? Tu n'es rien ici, tu captes ? C'est ma ville !

– Balance tout ce que tu as, enfoiré, parce que, dès le moment où tu ne seras plus sous la protection de tes gardes, je n'hésiterai pas à te traiter comme le fils de pute que tu es.

Il me crache au visage. J'essaie de me débattre, en vain. Ils sont plus nombreux. Le lâche ! Il m'est impossible de me défendre, et il en profite. L'ordure ne m'épargne pas. Il abat ses poings l'un après l'autre, et je grogne de douleur. J'essaie d'endiguer celle-ci en serrant les mâchoires.

– Tu ne vaux pas mieux que ton oncle. Tu ne vaux pas mieux que moi. Tu as intérêt à arrêter de me donner des ordres en cours, c'est bien clair ?

Je sens ma lèvre fendue saigner.

– Jamais, prononcé-je avec les dernières bribes de force qu'il me reste.

– Et laisse Kelly tranquille ! ordonne-t-il.

Il m'assène un autre coup explosif dans le ventre. Pas assez pour me faire cracher mes boyaux, et pourtant la sensation semble être la même.

– Jamais, répété-je tout bas.

Quand je suis trop fatigué pour pouvoir me débattre, ils me lâchent et je tombe au sol.

Le seul truc qui me fait rester par terre, là, contre ma bécane, qui me fait supporter la frustration et la douleur, c'est ma petite sœur. Et, étonnamment, Kelly. Cette putain de femme est la source de mes problèmes, mais, sans que je m'en sois rendu compte, elle est devenue aussi mon remède.

17

Kelly
Cinq ans plus tôt

Il ne m'aime pas. Un peu, beaucoup, passionnément, à la folie, pas du tout, un peu.

Je fixe la marguerite que je viens d'effeuiller dans son entièreté.

Un peu ? S'il ne m'aime pas un peu, ça veut dire qu'il m'aime beaucoup ?

– Tu as de la visite, m'annonce Annie quand j'arrive à son niveau.

Je relève la tête et fais face à une poignée de personnes, qui attendent devant la table où j'ai déjeuné avec les filles. Je m'absente quelques minutes pour nous chercher à boire et, ça y est, c'est le chaos.

– Qu'est-ce qui se passe ? demandé-je tout bas. Pourquoi ils font la queue ?

– C'est la question qu'on se pose. Qu'est-ce que tu as encore fait, Kelly ?

– Pourquoi ça serait ma faute ? Peut-être qu'il s'agit de tous les gens que ton esprit a traités d'idiots qui viennent réclamer des excuses.

– Bien sûr que non. Ils seraient plus nombreux, sinon.

Briana vient récupérer la bouteille de Coca que je maintiens entre mon bras et mon flanc et se cache pour pouffer. Patrick, à qui j'ai dû dire cinq mots à tout casser pendant ma scolarité ici et que je ne connais que parce qu'il est dans l'équipe de rugby, s'avance vers moi.

– Hey, Kelly !

– Hey !

Je parcours du regard les traits de son visage. Normalement, je devrais me dire qu'il est « attirant », ou « pas mal », ou quelque chose comme ça, non ? Pourquoi rien d'autre que « bof » ne me vient à l'esprit ? Il enfonce ses mains dans ses poches et me lance un sourire qu'il veut sûrement charmeur.

– Je suis le premier à me jeter à l'eau. Je suis un peu là à cause de la rumeur.

Mon cœur sursaute dans ma poitrine. Quelle rumeur ? Quelqu'un m'aurait vue avec Tyler ? Devant la classe ou dans les toilettes ? Pourquoi ai-je l'impression de toujours me retrouver mêlée à des histoires ces derniers temps ?

– Ah, les rumeurs ! Elles ne savent pas s'arrêter, hein ? dis-je en tentant de calmer mon affolement. Écoute, quoi que tu aies pu voir ou entendre, ce n'est pas ce que ça voulait dire.

Son sourire disparaît.

– Donc, tu es toujours avec Todd ? Vos fiançailles n'ont pas été annulées ?

– Oh, cette rumeur-là ! Oui, c'est totalement fini entre nous. On est simplement potes maintenant. Comment vous savez ?

– Mes parents en parlaient à table l'autre soir. Ils sont amis avec la femme du maire. Quand j'ai demandé à Todd de confirmer, il a ordonné à toute l'équipe de rugby de rester loin de toi.

Annie et Briana ne manquent absolument rien de la conversation. Un pli se crée simultanément sur mon front et sur celui de ma meilleure amie, et ce n'est pas parce que tout finit par se savoir dans cette petite ville.

– Todd vous a menacés ? m'étonné-je.

– Et, comme tu peux le voir, ça a donné l'effet inverse.

– Ce qui veut dire que…

Je penche la tête pour étudier l'étendue de la file.

– On est tous là pour t'inviter au bal de promo.

Annie siffle en guise d'admiration. Ça me rappelle la rencontre de mes parents. J'imagine que les chats ne font pas des chiens. Ou alors c'est l'inverse ? En tout cas, ce que j'essaie de dire, c'est que je dois tenir ma popularité de ma génitrice.

– Il y a une fille, aussi, fait remarquer Briana.

Si le radar que mon cerveau a mis au point pour savoir quand Tyler arrive dans les parages était cassé, j'aurais pu compter sur tous les regards qui se posent instinctivement sur lui dès qu'il franchit l'entrée du lycée. Il a trois pansements sur le visage et sa chemise n'a jamais été aussi froissée. Je me demande ce qui a pu lui arriver. Il a tellement l'air fâché que ceux qui sont sur son chemin s'écartent sans qu'il ait besoin de le demander. Il traverse l'allée en ignorant les chuchotements que son arrivée génère. Je le vois s'arrêter une fraction de seconde, m'accorder un regard furtif, qui me fait réagir de façon complètement puérile. Je me tourne vers le type en face de moi.

– Invite-moi ! réclamé-je.

– Je viens de le faire.

– Tu as sept personnes derrière toi, Patrick. Démarque-toi un peu, fais-moi chavirer !

Il saisit délicatement ma main et la baise tout en me regardant dans les yeux. Je lui souris, un peu gênée. Un escargot m'aurait glissé sur la main que ça m'aurait fait plus d'effet.

– Viens au bal avec moi.

Les autres, attirés par à peu près tout ce qui peut leur permettre de faire tourner des cancans, oublient mon prof pour se concentrer sur moi avec de grandes exclamations. Tyler en profite pour disparaître de mon champ de vision.

– Merci, Patrick. Je te donne ma réponse d'ici quelques jours.

Annie se met à ricaner.

– Il n'y a vraiment qu'avec toi que je vois ça. Tu ne veux pas faire passer des entretiens, pendant qu'on y est ?

Je lève les sourcils et lui souris malicieusement.

– Oh, non, Kelly, ce n'était pas une…

J'élève la voix.

– Excellente idée ! Excusez-moi, messieurs… et madame… Si vous êtes tous là pour m'inviter au bal, déposez une lettre de motivation dans mon casier, et je vous dirai qui je choisis d'ici deux semaines.

– Tu es folle !

– Trouve autre chose, Patrick. Je l'ai déjà entendue, celle-là, lâché-je d'un ton las.

Je les incite, lui ainsi que tous les autres, à passer gentiment leur chemin et à me laisser tranquillement finir de déjeuner avec mes copines.

– Personne ne fera ça, Kelly, m'informe Briana quand je retrouve ma chaise.

– Je m'en fous. Je compte y aller avec vous, de toute façon.

– Je suis désolée de vous déranger, s'invite la voix de la fille qui était dans la queue. Je n'étais pas là pour toi, Kelly, mais pour Annie.

Ma meilleure amie se fige. Briana et moi échangeons un regard et nous retenons de rire. Annie est très belle, et le fait qu'elle ait refusé chacune des demandes qu'elle a reçues depuis la seconde peut effectivement laisser penser qu'elle n'est pas intéressée par la gent masculine. À vrai dire, ce n'est pas la situation qui est cocasse : c'est la tête d'Annie. Elle sait tout et maîtrise tout sur tout, mais, à ce moment précis, elle a l'air de ne pas savoir comment gérer ce qui se passe.

– J'avais oublié, j'ai quelque chose à te montrer, Briana. Tu viens ? demandé-je.

Je prends mon téléphone et feins d'être absorbée par l'écran pendant que Bri me suit. Nous guettons de loin, et le plus discrètement possible, l'échange entre Annie et son interlocutrice.

Lorsque nous revenons sur place, elle anticipe nos questions en lâchant :

– Sans commentaire, s'il vous plaît.

Je ne dis rien. Pour l'instant.

– Ça vous tente, une soirée pyjama ? Chez moi ? Aujourd'hui ? propose Briana.

– Je suis toujours prête pour un bon film, une pizza et des papotages, clamé-je.

– Je ne travaille pas ce soir, alors ça me va aussi, accepte Annie.

– Je pense qu'on devra d'abord dîner avec mes tuteurs, mais après on pourra faire… je ne sais pas, en fait. Ce sera ma première soirée pyjama.

– Comment ça se fait ?

– Ta vie, c'est un remake des *Misérables* ou quoi ? demande Annie.

Je lui balance un coup de coude dans le bras. Elle ferme les yeux, se rend compte de son erreur et se rattrape.

– Je suis désolée.

– On peut dire ça, répond tristement Briana. Avec moins de malheurs et plus de violence. Je ne pouvais pas inviter des gens à la maison parce que… maman… elle pouvait… ça pouvait dégénérer avec papa et…

Sa main se met à trembler légèrement et ses yeux deviennent larmoyants. Annie la prend automatiquement dans ses bras, comme une mère qui chercherait à protéger son petit.

– Hey ! Tu n'es pas obligée d'en parler, Briana. Je

suis désolée pour ce que j'ai dit. Parfois, mon sarcasme est plus drôle dans ma tête.

Je me rapproche de Briana et caresse tendrement ses longs cheveux lisses. Je crois qu'on vient de trouver un autre point commun. J'en arrive à me demander s'il y a des ados sur cette terre qui n'ont pas de problèmes avec leurs parents.

– On vit tous des trucs plus ou moins intenables dans nos vies, mais rien ne nous force à les partager. Fais-le uniquement quand tu te sentiras prête, lui confié-je. Je ne sais pas si on pourra aider, mais, une chose est sûre, on t'écoutera.

Briana prend quelques minutes à se remettre, puis, quand elle délaisse les bras d'Annie, elle opte pour une tactique qu'on utilise tous quand ça va mal : le changement de sujet.

– Est-ce qu'on va parler du fait qu'il y a une fille qui était prête à inviter Annie au bal ?

– Je suis vraiment flattée, mais à quel moment j'ai laissé penser que j'étais de ce bord ?

– Peut-être ta façon de lécher les glaces ? répond Briana, les lèvres retroussées en un léger sourire espiègle.

Le visage d'Annie se déforme de honte tandis que j'éclate de rire.

– Tu m'as mis la vision dans la tête ! Plus jamais je ne verrai les glaces de la même façon.

– Bien joué, Bri, dis-je en lui faisant un clin d'œil.

***

– Annie ? Tu es sûre que c'est la bonne adresse ?

– Certaine.

– Alors pourquoi est-ce que M. Evans est en train de garer sa moto devant le garage ?

Ma meilleure amie, qui récupère son sac dans le coffre de sa voiture, se tourne dans la direction que je viens de mentionner.

– Ce type a un casque, Kelly. Comment tu peux savoir que c'est lui ?

– Je ne suis pas sûre, mais je pense que le nombre d'heures que j'ai passées à le mater est un bon indicateur. C'est quoi, le nom de famille de Briana ?

– Si tu crois que j'écoute à chaque fois que le prof fait l'appel au club de débats ! Un truc en « -ans », il me semble. Bolans ? Elans ? Eva... Oh, merde !

Le sac lui échappe des mains et tombe au sol.

– C'est *sa* sœur ? chuchoté-je sans savoir pourquoi.

– Je ne sais pas, c'est possible.

– Dis-moi qu'elle vit avec ses parents.

– Je crois bien qu'elle a parlé de tuteurs quand elle nous a invitées.

Nos yeux écarquillés se retrouvent lentement. Nous cherchons à nous rassurer l'une comme l'autre.

– Tu crois qu'il y a une chance pour que ce soit la maison du directeur ? demande Annie.

Là, nos visages affichent un air paniqué, que nous essayons, toutes les deux, de cacher avec de petits rires embarrassés.

– *Nooon.*

– Bien sûr que *nooon.*

– Enfin, voyons, quelle serait la probabilité que ça arrive ?

– Ne me parle pas de probabilité, Annie. J'ai eu un F au dernier devoir.

Annie m'indique la voiture de la tête. Je hoche la mienne en signe d'assentiment. D'un commun accord implicite, nous décidons, toutes les deux, qu'il vaut mieux ne pas prendre de risque. Mon amie soulève son sac pour le remettre dans le coffre.

Je m'apprête à en faire de même quand une main s'empare de ma petite valise. Je sais pertinemment de qui il s'agit. Son buste près du mien me fait lever les yeux vers lui pour le regarder. Il m'a tellement manqué que j'en oublie un instant pourquoi je dois partir. La dernière fois qu'il m'a regardée avec autant d'insistance remonte à trop longtemps.

– Qu'est-ce que vous faites là ?

Sa question semble ne s'adresser qu'à moi. Son attention n'est portée que sur moi.

– Rien, on faisait juste une promenade nocturne. On allait justement retourner chez nous, répond Annie.

– Pas si vite.

Il nous attrape toutes les deux par les épaules pour nous forcer à rester immobiles.

– Je ne sais pas ce qui se passe, mais vos airs louches me disent qu'il vaut mieux qu'on en parle tous ensemble.

La porte d'entrée s'ouvre et la lumière de l'intérieur éclaire nos visages contractés. Celui de Briana n'a jamais été aussi joyeux. Elle nous fait de grands gestes, nous invitant à entrer.

– Je me disais bien que j'avais entendu du bruit. Kelly, Annie ! Venez ! Tyler, aide-les à porter leurs affaires, s'il te plaît.

Ce dernier sourit diaboliquement.

– Avec plaisir. Bienvenue dans la maison de l'horreur.

Je ne comprends pas pourquoi il l'appelle comme ça. Cette maison est tout ce qu'il y a de plus coquet. Pour le peu que j'en vois, en tout cas. La maîtresse des lieux nous convie à prendre place dans un petit salon pour un apéritif – comment dire ? – très sucré. Il n'y a que des sucreries, des gâteaux, des chocolats, du sirop et des canettes de Coca.

Je vérifie mon portable, qui vibre dans ma main. Un message vient d'arriver dans notre groupe de discussion à trois.

Briana
Je suis désolée, je crois qu'elle nous a confondues avec des gamines de primaire.

Annie
Ah bon ? Qu'est-ce qui te fait dire ça ? La quantité astronomique de chocolats sur la table ?

J'ai tellement envie de rire que j'enfonce des bonbons dans ma bouche pour me retenir.

Kelly
À quel moment exactement tu comptais nous dire que ton grand frère est notre prof de maths ?!

Annie
Et qu'on allait passer la soirée avec le DIRECTEUR ?!

Briana
Oups... Je croyais que vous le saviez déjà.

– Tout va bien, les filles ? Vous avez tout ce qu'il vous faut ? demande la tante de Briana en revenant avec d'autres paquets invitant au diabète.

– On ne pourrait pas demander mieux, répond Annie pour nous deux. Kelly doit me donner un truc qui est dans son sac. Vous sauriez m'indiquer où sont nos affaires ?

– Oui, bien sûr. Tyler a dû les mettre dans la chambre de sa sœur. C'est la première à gauche, à l'étage. Briana, tu viens m'aider à mettre la table en attendant que tes amies reviennent ?

Cette dernière s'exécute tandis que j'emboîte le pas à ma meilleure amie jusque dans la chambre indiquée par notre hôtesse.

– Qu'est-ce qu'on fait là, Annie ? Je n'ai rien à te donner.

– Je suis en panique !

– Oh, de l'alcool !

Je récupère une bouteille de whisky, planquée sous une table de chevet, et la tends à ma meilleure amie, qui a commencé à faire les cent pas.

– Tiens, ça va te faire du bien.

– Je ne peux pas boire alors qu'on est censées dîner avec notre directeur.

– C'est un être humain comme un autre.

– C'est celui qui décide de ma bourse, Kelly ! Tu as oublié qu'une autre boursière s'est fait virer en début de semaine ?

J'ouvre la bouteille et avale une gorgée afin de noyer ma culpabilité. Je le sais. J'étais à son conseil de discipline et j'ai préféré jouer à l'autruche.

– Pour avoir tenté de séduire Tyler, avancé-je.

– Et je m'apprête à dîner avec lui !

– Sous le regard bienveillant de son oncle. Vois le bon côté des choses, tu sais déjà ce qu'il ne faut pas faire.

Je note également cette phrase pour moi. Cette soirée ne m'enchante guère. La tension a tendance à monter très vite quand je me retrouve seule avec mon prof de maths.

– Tu bois ? Il n'y a vraiment que toi pour être aussi détendue dans un moment pareil.

– Je ne suis pas détendue, je m'adapte.

Annie se masse le front.

– Tu veux que je te rappelle que tu as cru bon de faire une blague sur le fait qu'on allait prendre de la cocaïne à la sortie des cours, devant la nièce de notre directeur ?!

– Et qui l'a encouragée à aller se faire refaire les seins, déjà ?

– C'était de l'ironie ! On ne peut pas en dire autant de toi et de tes deux grosses boules de glace. Il n'y a pas plus pervers !

– Je te signale que tu as dit, devant elle, qu'enfoncer un sextoy dans un vagin, c'était à la portée de tout le monde. Et tu l'as presque traitée de misérable ce matin.

Elle bloque trois secondes, puis fonce sur moi.

– Oh, putain ! Donne-moi ça, j'en ai besoin, lance-t-elle en saisissant la bouteille de mes mains.

Je ne l'ai jamais vue boire aussi vite.

– Il n'y en a pas une pour rattraper l'autre. On peut dire qu'on est dans la merde ?

– Jusqu'aux cheveux, confirmé-je.

– Ça se voit que je suis en panique ?

– À peine. On pourrait facilement mettre ta respiration saccadée et le fait que tu tournes en rond comme un hamster, depuis tout à l'heure, sur le compte de l'excitation et de l'impatience.

– Merde ! C'est toujours comme ça. J'aurais dû apprendre de mon erreur avec toi. C'est une règle basique ! Les filles les plus sages sont celles qui apportent le plus de problèmes. En fait, *plus* elles sont sages au début, *plus* les problèmes qu'elles rapportent sont gros.

J'ai l'impression que la pièce est devenue plus silencieuse que lorsqu'on y est entrées. Je balaie la chambre des yeux. Il n'y a strictement rien de personnel dans celle-ci. Pas de cadres photo, pas de livres, pas de vêtements.

– Nos sacs ne sont pas là, Annie. Elle avait dit gauche ou droite, déjà ? Je crois bien que ce n'est pas chez Bri, ici. Tu penses qu'on est dans la chambre de qui ?

– La mienne.

Le corps de Tyler émerge de derrière la porte de la salle de bains, avec seulement une serviette noire autour de ses hanches.

– Bordel, j'ai eu peur ! Monsieur Evans, vous auriez pu vous faire remarquer plus tôt ! tonne Annie.

J'ai déjà senti son torse sous mes doigts, mais je n'ai jamais vu Tyler dans cette tenue. Je ne peux pas détacher mes yeux de son corps, malgré les quelques bleus sur le flanc, qui me font froncer les sourcils. Je n'arrive pas à regarder ailleurs. Je veux savoir ce qui lui est arrivé, mais je veux aussi lécher ses putains de pectoraux. Je veux lui demander depuis combien de temps il est resté là, à nous écouter, mais je veux aussi glisser ma main dans ses cheveux mouillés. Je me rappelle qu'il faut que je le laisse venir à moi, mais je veux tellement le sentir contre moi que ma respiration ralentit. Lui, je le trouve attirant. Lui, je le trouve sexy. Lui, je le veux pour cavalier.

– Je vais enlever ma serviette d'ici cinq secondes. Si vous n'êtes pas sorties, ce sera à vos risques et périls.

Mon amie baisse la tête et soupire tellement fort que j'ai l'impression que son âme va s'échapper, elle aussi. La voir autant dramatiser me donne envie de rire.

– Quelle histoire de fous ! s'exclame-t-elle avant de se précipiter vers la porte.

Moi, je reste là, à observer notre prof. Pas parce que

je suis paralysée par la ligne de ses abdos ou la vue de ses biceps. Pas parce que son regard sauvage me scotche sur place. Mais parce que je veux voir, parce qu'il me défie de voir ce qu'il a en dessous de sa serviette.

– Mademoiselle ? menace-t-il en posant sa main sur la serviette, prêt à la faire tomber.

Oh, Tyler ! Tu n'as toujours pas compris qu'il ne faut pas me donner d'ordres ?

Je lui souris, m'enhardis et commence à compter à sa place :

– Cinq, quatre…

Il me lance un sourire en coin et défait progressivement le nœud qui maintient la serviette.

– … trois, deux…

– Tu es cinglée ? intervient Annie en me cachant les yeux. On va dîner ! ordonne-t-elle en me forçant à la suivre.

– Je voulais voir, moi ! pleurniché-je.

– On a plein d'autres pénis, bien plus détaillés, dans notre livre de biologie. Je pourrai t'en photocopier une dizaine. Ceux-là sont innocents et ne risquent pas de me faire renvoyer du lycée, dit-elle en me poussant vers le couloir.

Tyler et moi rigolons. Et comme je me sens d'humeur taquine, je décide de le provoquer.

– Tu as raison, Annie. Je suis sûre qu'il n'y avait rien d'intéressant à voir, de toute façon.

***

Le lustre ancien, au-dessus de la table de la salle à manger, contient très exactement six ampoules en forme de bougies et vingt-deux perles de cristal. Je le sais parce que je le fixe depuis de longues minutes. Ce dîner est noyé dans un malaise sans nom. Est-ce que vous avez déjà eu l'impression de ne pas avoir été invité à la bonne fête ? Imaginez qu'on vous promette une cuite d'enfer, à une superbe soirée, et que vous vous retrouviez dans le calme d'une réunion des Alcooliques anonymes. C'est exactement ce que je ressens en ce moment. Le désenchantement.

J'évite le regard du directeur parce qu'être en la présence de quelqu'un de son statut me met profondément mal à l'aise, mais surtout parce que je sais ce qu'il a fait. Je suis convaincue que lui aussi sait que je suis au courant pour le renvoi injuste de Gallice. Alors, dès que nos yeux se rencontrent, nous les détournons automatiquement. Sa femme, Alexa, nous dicte la recette de son *mac & cheese*, préparé exprès pour notre venue. C'est probablement le seul truc plaisant de ce dîner.

Annie, à ma gauche, gobe tout ce qu'il y a sur la table pour toujours garder la bouche pleine et répondre le moins possible aux questions. Les seules qui ont l'air de prendre un peu de plaisir sont Briana et sa tante. Tyler, assis à ma droite, n'a pas pipé mot de tout le dîner. Il s'est contenté de s'asseoir, de prendre quelques bouchées et de faire comme s'il ne s'emmerdait pas autant que moi. C'est quand je l'ai vu rester assis, alors qu'il avait de toute évidence fini de manger, que j'ai réalisé le pire : nous ne pourrons nous lever de table que lorsque nous aurons obtenu l'autorisation des hôtes de la maison. Voilà pourquoi j'observe le lustre.

– Votre père organisera-t-il encore son gala annuel pour l'Association d'assainissement des plages ? me demande le plus âgé des Evans.

– Oui, confirmé-je simplement en souriant.

Puis je détourne les yeux. Dans ma recherche d'un autre objet à étudier, je croise le regard de Tyler. Je constate qu'il est en train de m'observer. Un petit sourire en coin se dessine au creux de sa bouche. Il prend discrètement ma main sous la table, cachée par la nappe, s'assure d'un regard que j'ai envie d'entrer dans son jeu, puis la pose lentement sur son entrejambe. Pendant quelques secondes, il me laisse la possibilité de la retirer, mais je n'en fais rien.

– Est-ce que le thème de cette année sera *intéressant* ? me demande-t-il tout bas.

Je sens son érection sous mes doigts et peine à déglutir. Il ne va pas jouer à ça, ici, tout de même ! Juste à cause de ma petite pique de tout à l'heure ?

– Probablement, je ne sais pas encore.

Il fait alors glisser ma main à l'intérieur de son jean, au-dessus de son caleçon. Mes yeux s'agrandissent.

Il est vraiment bien pourvu, dis donc !

Heureusement, le dirlo semble absorbé par un truc sur son téléphone. Briana et Annie discutent vivement du club de débats et la maîtresse de maison les écoute attentivement, ce qui fait que personne ne prête attention à ce qui se trame entre Tyler et moi.

– Vraiment ? J'imagine qu'une *grosse* somme sera allouée à l'organisation, continue Tyler.

– Plutôt *grosse*, oui.

Il lève un sourcil.

– Plutôt ?

– Enfin, je veux dire... je n'ai pas vraiment de quoi comparer.

Il se penche et fait semblant d'attraper la salière, devant moi, pour que sa main frôle la mienne, qui serre mon verre d'eau.

– Je suis certain que ce gala sera le *meilleur* et le plus *excitant* des événements de Crystal River. Tu ne pourras que *jouir* des festivités.

Comment les mots peuvent lui venir aussi facilement ? J'imagine chaque sous-entendu coquin et me demande si les autres aussi.

– Il fait chaud ici, non ?

Ou est-ce juste ma main dans son pantalon ? Je la retire, dès qu'Alexa se lève, et prends mon verre d'eau pour apaiser le feu que Tyler a créé en moi.

– Je crois qu'il est temps de vous libérer de table. Je vous ai mis de quoi grignoter au sous-sol, les filles. Vous pouvez vous changer en haut et descendre regarder vos films. Tyler, tu m'aides à débarrasser ?

– Il ne vaut mieux pas, non, réagit celui-ci tout en me dévisageant avec les pupilles dilatées.

Je m'empourpre encore plus et suis mes copines en espérant qu'Alexa ne réalise pas pourquoi il ne peut pas se lever.

Je veux voir Tyler. Je veux aller dans sa chambre, et le déshabiller, et… Je ne sais pas, m'envoyer en l'air, même si je n'ai absolument aucune expérience et que la maison du directeur n'est définitivement pas le meilleur endroit pour le faire. Mais, si le destin m'a envoyée ici, c'est qu'il s'agit d'un signe, non ?

Je me dirige vers la salle de bains. Une fois à l'intérieur, je fais glisser mon micro-short de pyjama jusque sur mes hanches. Si j'avais su où je venais, j'aurais pris le plus large des vêtements pour dormir que je possède. J'espère ne croiser personne parce que ce petit haut, pris à l'arrache, n'est clairement pas indiqué pour affronter le directeur. Son neveu, en revanche, c'est une autre histoire…

Comme pour faire écho à mes pensées, qui est-ce que j'aperçois en sortant dans le couloir ?

– Qu'est-ce que tu fais là ? demandé-je à mon prof.

Il est adossé contre le mur, une main dans la poche, un peu comme avant, quand il m'attendait devant sa classe et que je passais pour rejoindre le gymnase. Cette fois, aussi, il m'observe de bas en haut, en s'attardant sur mes cuisses, ma taille et ma poitrine.

– J'ai entendu la porte de la salle de bains s'ouvrir, un peu plus tôt, et j'espérais tomber sur toi.

– Ça aurait pu être quelqu'un d'autre.

– J'ai trouvé une excuse, au cas où.

Il me montre sa fameuse excuse.

– Personne n'aurait cru que tu bois du lait pour t'endormir.

– J'ai confondu jus d'orange et brique de lait.

– Aucun des deux n'est efficace contre l'insomnie.

– Je sais. Je n'ai pas vraiment réfléchi. C'était juste pour qu'ils ne découvrent pas que la seule chose capable de me faire dormir dans mon lit, ce soir, c'est que tu y sois.

Je me mords la lèvre. Il faut que je fasse appel à toute ma force mentale pour ne pas me jeter sur lui. Nous sommes clairement en train de nous dire que nous avons envie l'un de l'autre et que ce putain d'interdit pimente les choses. Je m'adosse, moi aussi, contre le mur, en face de lui.

– Qu'est-ce que tu fais vraiment là, Tyler ?

– Je te l'ai dit, je voulais te voir.

– Pour ?

– Juste ça… te voir.

– Comme c'est chose faite, nous allons retourner dans nos chambres respectives, maintenant ?

– Oui.

Aucun de nous ne fait le moindre mouvement. J'ai autant envie que lui de continuer cette conversation clandestine.

– Bri s'amuse bien ?

– Je crois. On va regarder *Crazy, Stupid, Love*. Je ne savais pas que c'était ta sœur, et c'est elle qui nous a approchées. Je ne cherchais pas à…

– Je sais. J'ai vu ta tête à l'entrée et au dîner. Ça lui fait du bien que vous soyez là. Je ne l'ai pas vue si détendue depuis des années. Elle n'a pas eu une enfance facile et elle souffre de l'absence de nos parents.

À qui le dis-tu ? L'absence des parents, c'est ma blessure préférée.

Bien entendu, je suis curieuse de savoir pourquoi ils ne sont pas avec leurs parents, pourquoi Briana a parlé de violence, et pourquoi, devant le directeur, Tyler se comporte de façon aussi conciliante, mais je préfère laisser le frère ou la sœur se confier à moi de son propre chef.

– Tu ne crois pas que tu me dois quelque chose après ton comportement de ces derniers jours ?

– Je n'aurais pas dû réagir comme je l'ai fait, concède-t-il.

– Et…

– Je suis désolé.

Bien.

– On est redevenus amis ?

– On ne pourra jamais être amis, Kelly.

– Parce que tu ne peux pas être ami avec quelqu'un que tu veux te taper.

– Précisément.

– OK.

Les secondes défilent. On reste là, à se jauger, à s'apprécier. Personne n'a envie de laisser partir l'autre.

– Pourquoi tu as rompu avec Tête de nœud ?

Tête de… ?

Je rigole quand je comprends de qui il parle.

Cette fois, je fais deux pas dans sa direction. Je n'étais qu'à ça : à deux pas de lui. Deux pas pour pouvoir humer son odeur, pour pouvoir le toucher. Ma bouche frôle son oreille quand je chuchote :

– À ton avis ? Moi, je n'ai pas besoin de me trouver des excuses. Je n'ai pas besoin d'utiliser des règles bizarres avec des exceptions douteuses. Je peux te le dire clairement : tu me plais, Tyler. C'est toi que je veux.

Des pas dans l'escalier nous surprennent. Je m'écarte brusquement avant que sa petite sœur ne débarque.

– Qu'est-ce que vous faites ? demande Briana en nous regardant tour à tour. Tu ne redescendais plus, Kelly.

Elle est suivie de près par le visage tout aussi inquisiteur d'Annie.

– Alexa m'a envoyé vous demander si vous aviez assez de trucs à grignoter, invente Tyler.

– Sérieusement, si je vois encore un seul bonbon, je me jette de cet escalier, déclare Annie.

– Tu veux venir avec nous, Tyler ? demande Briana. Si ça ne vous dérange pas, bien sûr, ajoute-t-elle en regardant Annie.

– Je resterai à une distance respectable, concède celle-ci.

J'ai d'abord l'impression qu'il va accepter, mais il finit par refuser d'un hochement de tête. Briana est vraiment une fille pleine de bonnes intentions. Elle ne se doute pas que, dans mon esprit, se joue un film interdit aux moins de 18 ans avec son grand frère et que l'inviter à nous rejoindre en bas crée de nouvelles scènes ultra-coquines. Quand je passe devant lui pour descendre, il me donne une petite tape sur la fesse. Mon sexe se contracte.

– Un problème ? demande-t-il tout bas.

Je me tourne, vois son air joueur et baisse les yeux vers son érection naissante.

– Tu en as un plus gros que moi, Tyler, soufflé-je, le regard vicieux.

Je me caresse la lèvre, provocante.

– Si je suis capable de t'empêcher de te lever de table, je suis bien capable de t'empêcher de marcher.

Je l'entends rigoler et je me précipite en bas pour ne pas lui demander de recommencer.

***

J'adore ce film. Vraiment. Je l'ai vu au moins trois fois déjà. Mais, là, je m'emmerde ferme. Mon esprit est envahi par une seule personne. Et les filles, qui devaient me garder un tant soit peu occupée, se sont tout bonnement endormies. J'arrête de me mentir à moi-même. Je ne résisterai pas cette nuit. Pas en sachant qu'il est aussi près de moi. Je retire doucement la couette et la remets sur le corps de Briana, qui s'est assoupie sur mes cuisses. Je m'assure également qu'Annie est bien couverte, puis monte à pas de loup l'escalier, vers la chambre de Tyler.

Je m'arrête devant la porte, le cœur battant, et prends une longue inspiration. Aller mettre sa main dans la gueule du loup est très dangereux. Je l'ai senti un peu plus tôt, au dîner. Moi, j'ai l'intention de lui donner ma chatte, aussi.

J'abaisse la poignée tout doucement, entre et referme le battant en m'assurant de ne pas faire de bruit. Je m'habitue petit à petit à l'obscurité. Les rideaux sont tirés à moitié, donc une partie de l'extérieur éclaire faiblement la pièce. Il est couché dans son lit, complètement immobile. Il n'y a que sa respiration qui me fait savoir qu'il est vivant. Je n'avais pas envisagé qu'il pourrait être endormi.

– Qu'est-ce que tu fais là, Kelly ?

Il n'a même pas ouvert les yeux. Suis-je si prévisible ? Je déteste cette idée.

– Les filles se sont endormies. Je viens m'assurer que c'est aussi ton cas, expliqué-je en m'avançant, le cœur tambourinant.

Je ne sais pas pourquoi mais, tout d'un coup, j'ai quelques doutes. Je m'arrête devant son lit et l'observe avec attention. Ses pansements lui confèrent un côté bandit, que j'aime beaucoup, et puis ses lèvres… S'il m'embrasse aujourd'hui, je pourrai dire que cette soirée pyjama aura été la plus belle de toute ma vie.

Il ne me demande pas de le rejoindre. Il reste couché, les yeux fermés, sans m'accorder un seul regard. Je suis déjà là, je ne vais pas me défiler.

Je soulève la couette et me faufile dans son lit. Dès que mon corps s'enfonce dans le matelas, sa main ceinture ma taille et il me colle contre lui. Son contact m'électrise, autant que sa voix chaude au creux de mon cou.

– Je commençais à m'impatienter.

– Tu espérais que je viendrais ?

Il dégage mes cheveux de son chemin et son nez fait descendre la bretelle de mon haut. Sa bouche se promène le long de mon épaule, m'arrachant de petits frissons sur tout le corps.

– Disons que je comptais sur toi pour venir parce que je ne pouvais pas te faire une invitation aussi ouverte.

– C'est aussi pour ça que tu n'as rien dit quand je suis entrée dans la chambre ? Pour me laisser la possibilité de partir ?

– Si cela n'avait tenu qu'à moi, tu aurais été dans mes bras dès le moment où tu as franchi le seuil de cette maison. Je t'aurais prise sur cette table basse pleine de bonbons. Et aussi sur la table à manger. J'ai vu que tu aimais bien le lustre. Je t'aurais donné une bonne occasion de le regarder pendant que tu serais couchée, juste en dessous, moi entre tes jambes.

– Oh…

C'est le seul truc que mon cerveau embrouillé parvient à articuler. Je sens mes seins s'alourdir de désir.

Bordel, j'ai envie de lui !

Je quitte notre position et tente de me mettre à califourchon sur lui. Je l'entends grogner de douleur. Il resserre son emprise autour de mes mains et rigole de l'échec de ma tentative.

– Pourquoi il faut toujours que tu me pousses à t'attacher, Kelly ?

Je ne sais pas, mais je ne veux pas parler de ça pour l'instant.

– Est-ce que c'est ton oncle qui t'a fait ça ? Les bleus sur ton torse, précisé-je.

Il essaie de me déconcentrer avec sa queue, qu'il presse contre mes fesses.

– Qu'est-ce qui te fait penser ça ?

– Tu es bizarrement docile avec lui. Ça ne te ressemble pas.

– Ce n'est pas lui, répond-il un peu trop sèchement.

Sa main glisse sous mon haut et trace une droite jusqu'au milieu de mes seins. J'essaie de rester concentrée.

– Alors qui ? insisté-je.

Sa main s'arrête. Il abandonne mon corps et se couche sur le côté. Tant pis, je veux savoir.

– Tu ne me croiras pas.

– Essaie quand même.

Sa respiration ralentit bizarrement.

– C'est Todd.

Je ne pensais pas qu'on pouvait dire deux mots avec autant de rage. J'essaie de cacher à quel point je suis déconcertée. C'est la deuxième fois que j'entends son nom aujourd'hui, et ce n'est pas pour une raison très glorieuse.

– Todd ? Pourquoi il... À cause de moi ?

– Je croyais que ça te ferait plaisir. Un peu comme la queue des prétendants que j'ai vue ce matin.

Je me blottis contre lui et décide de ne pas relever cette phrase débile. Il a le droit d'être jaloux. Après tout, j'ai déjà pensé à l'étouffer à cause de ma propre jalousie.

– Mais Todd n'est pas… S'il est comme tu dis, il n'a jamais… il ne s'est jamais trahi.

– *S'il* est ? Tu vois ? Tu ne me crois pas.

– Comprends-moi. C'est comme si je te disais que ta sœur avait fait une pipe dans les toilettes.

– Pardon ?

– Tu vois ? Tu n'y croirais pas. Todd ne s'est jamais comporté autrement qu'en gentleman avec moi. Sauf… peut-être le jour de notre rupture. Il s'est un peu emporté. Il était contrarié que je n'aille pas au bal de promo avec lui. Il voulait qu'on couche ensemble.

– Il veut juste ta virginité.

– Quoi ?

– Il me l'a avoué. Il sait que tu me plais. Il t'utilise pour me provoquer.

Maintenant que Tyler n'a plus ses mains sur moi, les choses se mettent peu à peu en place dans mon esprit.

– C'est pour lui montrer l'inverse que tu as embrassé l'autre fille ? demandé-je.

– Je ne l'ai pas embrassée. J'ai fait semblant pour qu'il le voie. Mais ça ne voulait rien dire.

Ça, je m'en doutais déjà.

– Tu peux me le prouver en m'embrassant ?

Ses bras glissent mon corps en dessous de lui. Je suis à moitié dévêtue, et mon short est trop court pour qu'on puisse dire qu'il cache quelque chose. Ses mains autour de ma taille, en train de remonter mon haut, propulsent le désir entre mes jambes.

– Tu croyais que je me ferais avoir si facilement ? Je n'ai pas oublié notre pari, Kelly.

– Zut ! J'espérais que ça marcherait.

Ses lèvres glissent jusque vers les miennes. Il reste à une distance ridiculement énervante et les frôle sensuellement. Je sens sa respiration communier avec la mienne.

– Redéfinis le terme « embrasser ».

Je rapproche mon visage, il recule le sien.

– Je ne… comprends pas.

– Quelles sont mes limites, Kelly ? À quelle partie de ton corps tu pensais quand tu m'as proposé le pari ?

Je crois que mon envie folle de goûter sa bouche si tentante me fait sortir trop rapidement et sans réfléchir :

– Mes lèvres.

– Excellent, dit-il en lâchant un baiser sur ma joue. Donc, ma bouche a libre accès à tout le reste de ton corps ?

Cette fois, je prends le temps avant de répondre.

– Oui.

C'est maintenant que je réalise que je me suis fait avoir, toute seule, comme une idiote. Je viens de lui faciliter la tâche. Mais est-ce que je le regrette vraiment ?

Il saisit ma culotte en même temps que mon bas de pyjama et les fait glisser vers mes pieds. Je le laisse faire, excitée à la seule idée qu'il puisse voir cette partie de mon corps. Ce n'est pas comme la dernière fois. Je suis toute nue et il va *vraiment* me goûter. Et si je n'arrive pas à me retenir de crier ? Et si je viens trop vite ? Et si quelqu'un entrait ?

Mes sens sont soudainement secoués par une petite vague de panique, bien vite calmée par la vision devant moi.

– On est dans la maison du directeur, Tyler… Ce ne serait pas correct.

Je ne peux pas clairement distinguer son regard, mais ses yeux ont l'air de briller d'une lueur perverse. Ses baisers sur ma cuisse me font me tendre de plaisir.

– Il n'en saura rien si on reste discrets.

Je me sens rougir et efface mes derniers doutes.

– Je fais régulièrement des tests, je suis clean. Et toi ? souffle-t-il sans me lâcher des yeux.

Je confirme que c'est mon cas aussi d'un mouvement de tête.

Tyler n'est pas impatient. Il me laisse deviner à quel point la sensation de sa bouche sera divine sur mon clitoris avant de le lécher de la langue.

– Oh, bordel, Tyler ! gémis-je.

Je ferme les yeux et rejette la tête en arrière.

C'est putain de bon !

Encore mieux que la dernière fois qu'il m'a touchée. Mon corps s'emplit d'une toute nouvelle euphorie. C'est fort, profond, et à la fois pas assez intense. Je ne saurais mettre des mots sur tout ce que je ressens, mais ce que je sais, c'est que j'en veux encore.

– Tu as dit quelque chose ? se moque-t-il.

Ma main se perd dans ses cheveux quand il recommence ses allers-retours sur mon point sensible. Mon souffle, n'en parlons même pas ! Il a décidé de suivre son propre rythme. Ses mains agrippent mes fesses et il me cale pour que j'arrête de bouger mon bassin, qui réclame davantage. Dans les scènes coquines que j'imagine en permanence, depuis que je le connais, il me lèche de cette façon. Mais la réalité est tellement meilleure ! Les sensations qui coulent dans mes veines me font soupirer son nom à plusieurs reprises.

Mon prof s'arrête et ordonne :

– Ouvre la bouche.

Je m'exécute sagement, sans savoir pourquoi. Il enroule ma culotte, en fait une petite boule et me bâillonne avec.

– J'adore t'entendre gémir mon nom si fort, mais tu ne voudrais pas te faire renvoyer du lycée, n'est-ce pas ?

Je gémissais si fort que ça ? Je ne me suis pas…

Hmm !

Sa tête, qu'il a replongée entre mes cuisses, me fait perdre le fil de mes pensées. Je sens la douce chaleur de l'orgasme revenir flamber mes sens. Sa langue continue de me titiller pendant un long moment. Jusqu'à ce que l'orgasme explose en moi et que je morde dans ma culotte en jouissant. J'ai l'impression de flotter sur un nuage de pur plaisir tellement ce que je viens de découvrir était fort. Si le sexe ressemble à ce tourbillon de sensations qui m'arrache un sourire de béatitude, je voudrais essayer sur-le-champ de faire l'amour.

– J'ai envie de toi, Kelly.

Mon sourire s'efface. Mon clitoris se contracte à nouveau. J'enlève mon sous-vêtement de la bouche pour lui répondre.

– Moi aussi.

Je caresse son visage et constate que ma respiration ne s'en est toujours pas remise.

– Je n'ai jamais baisé une femme sans l'avoir embrassée.

– Oh, tu sais, c'est un détail qui peut facilement se régler, dis-je en descendant ma main vers son sexe tout en rapprochant mes lèvres des siennes.

Il sourit, m'évite et se penche pour me souffler, en mordant le lobe de mon oreille :

– Si je baise un jour ta jolie petite chatte chaude et humide, je veux que tu puisses crier sans aucune retenue. Je ne veux pas penser que je pourrais être interrompu par ma petite sœur, qui est en train de te chercher.

Hein ?!

Je tends l'oreille. Il y a des pas et des chuchotements dans le couloir.

Non, non, non ! Comment ai-je pu ne pas m'en rendre compte ?

– Elles pourraient entrer, m'affolé-je en cherchant à remettre mes vêtements en place.

Je saute hors du lit, ramasse ma culotte et l'enfile avec fébrilité.

– Qu'est-ce qui t'amuse ? demandé-je en le voyant sourire.

– L'univers a une drôle de façon de se moquer de

moi, quand même. Toi et Briana ? Mes deux points faibles qui deviennent amies.

Je grimpe sur le lit, dépose un baiser sur ses lèvres parce que, moi, j'ai le droit de le faire sans que ça impacte notre pari.

– Mais « moins plus moins égal plus », non ?

– Pas du tout, Kelly, dit-il en souriant largement, amusé par mon jeu de mots et mon erreur.

À ce moment, mon cœur manque un battement, et je réalise.

Putain, je l'aime ! Un peu, beaucoup, beaucoup, beaucoup !

Ma ritournelle à moi s'arrête là. Pour l'instant. Même s'il s'agit d'un amour interdit, dévastateur et complètement fou.

18

Tyler
La veille des retrouvailles

Caleb se redresse dans le fauteuil, puis me regarde comme si mon visage lui était inconnu.

– Tu ne l'as pas baisée ?

– On était dans la maison du dirlo et ma sœur la cherchait.

Il éclate d'un profond rire.

– Pas à moi. Ce n'est pas le genre de chose qui t'arrête. Tu as couché avec une nana alors que ses parents dînaient dans la pièce voisine. Ils t'avaient invité pour Thanksgiving, Ty.

Je hausse les épaules.

– Je leur ai montré à quel point j'étais reconnaissant qu'ils aient mis leur fille au monde en la faisant crier de plaisir. N'est-ce pas le but de cette fête ? Montrer qu'on est reconnaissants des choses que la vie nous offre ?

– Là, je te reconnais ! s'esclaffe-t-il. Parce que, ces petits câlins-là, c'est franchement décevant.

– Encore une fois, Caleb, j'étais un autre homme à cette époque. Même si j'étais déjà pas mal toxique.

Les yeux braqués sur la cambrure de notre invitée, je marque une pause pour avaler une gorgée de mon gin. Je valide du pouce la danseuse.

– Qu'as-tu pensé de sa performance ? demandé-je à mon associé.

– Je m'en fous. Ton ancienne vie cachée est plus intéressante.

D'un signe de tête, le vigile comprend qu'il faut faire sortir la jeune femme. C'est également lui qui se charge de noter celles qui nous ont plu et qui leur fera signer les documents nécessaires à leur embauche.

Je sors mon portable et, animé par je ne sais quelle lubie, je me rends sur son profil Instagram. C'est tellement facile de me souvenir d'elle et de tout ce qui la concerne, y compris de ce pseudo ridicule : kellywantsmore !

Elle a gardé le même depuis le lycée. Ses nouvelles photos retranscrivent sa vie des dernières années, en Europe. C'est là qu'elle est partie se terrer après ce qui s'est passé. Elle n'a pas eu le courage de venir témoigner, mais elle a continué gentiment sa vie en prenant des photos devant des monuments européens ? Je la méprise. À cause d'elle, Bri et moi avons vécu le pire cet été-là.

Je scrolle vers ses anciennes photos. Plusieurs ont été effacées, mais je tombe sur une qui me fait cliquer dessus pour l'agrandir. C'est moi. Enfin, c'est ma main qui enlace la sienne, avec des bracelets du concert au poignet.

Caleb s'empare du téléphone et lit à haute voix la petite description en dessous de la photo :

« *You can fake it and pretend*
You are different, I am true
But all you want is to be with me[1]... ❤ »

– Qu'est-ce que c'est que ces mièvreries ? demande-t-il. C'est ce que tu faisais au lieu d'aller dégommer

1. « Tu peux faire semblant et prétendre/Tu es différent, je suis vrai/Mais tout ce que tu veux, c'est être avec moi. »

l'autre bâtard qui t'a frappé ? Comment il s'appelle, déjà ?

– Todd, répond la serveuse, toujours sur ses cuisses.

– Bravo, ma belle. Ça te vaudra un baiser plus tard, déclare-t-il en lui donnant mon téléphone. Maintenant, sois gentille, fais défiler les photos pour moi.

Elle obtempère sagement. Je la regarde avec méfiance. Elle a intérêt à ne faire que ce qu'il lui a demandé.

– Je suis déjà en train de m'occuper de Todd.

Enfin, maintenant, il se fait appeler par son second prénom : Henri. Il a beau avoir essayé de cacher son passé coupable, je l'ai retrouvé et je compte lui rendre la monnaie de sa pièce.

– Je ne la trouve pas si jolie que ça, commente la serveuse, comme si on lui avait demandé son avis. Peut-être un peu, mais elle n'est pas aussi belle que ce que vous avez décrit. En tout cas, je suis bien plus sexy, non ? Oh, mince ! J'ai aimé une de ses photos par erreur, je suis désolée, glousse-t-elle.

Elle est désolée ? Elle croit que ça va suffire ?

– Comment tu t'appelles, déjà ? demandé-je.

– Peggy.

Peggy ! Voilà ! Je savais que je n'étais pas loin.

– Tu es virée.

Elle écarquille les yeux. J'ai conscience d'être un connard fini, mais je m'en moque.

– Pour avoir aimé une photo ?

– Pour avoir pensé que je n'étais pas suffisamment intelligent. Pour avoir aimé par *erreur* une de ses photos, et surtout pour avoir osé te comparer à Kelly. Je la déteste, mais je suis le seul à pouvoir en dire du mal.

La serveuse se tourne vers Caleb, qui avait sa main sur sa cuisse.

– Désolé, beauté. Tu prends tes affaires et tu t'en vas. Mais tu gardes mon numéro, hein ?

La fille se lève, nous adresse des doigts d'honneur avec ses deux mains, puis se précipite dehors. La deuxième à nous insulter aujourd'hui. Je soupire de lassitude. Ces auditions vont être longues.

Caleb me file une tape dans l'épaule.

– Tu vois, là, je te reconnais déjà plus !

Il me sert un autre verre et me le tend.

– C'est mignon, ton histoire, tout ça, mais est-ce qu'on peut sauter les entre-deux et arriver au moment où tu la baises ? Parce que tu as bien fini par la baiser, non ?

– Tu vas trop vite en besogne. J'étais différent à l'époque. Plus jeune, plus naïf. Et j'étais surtout limité par Briana, que je devais protéger.

– Du coup, tu n'as jamais tiré ton coup ? râle Caleb.

– J'ai dit que j'étais jeune, pas que ma queue avait la résistance d'Excalibur[2]. Je reste un homme.

– Dans ce cas, est-ce que tu peux me dire pourquoi tu ne l'as pas baisée ce soir-là, quand elle est venue dans ta chambre ? La véritable raison, Tyler.

Je jette un coup d'œil à mon associé. On en a fait, du chemin, tous les deux. Quand il m'a rencontré, il m'a confié ne pas arriver à déchiffrer ce que je pensais. Maintenant, il me connaît tellement bien qu'il devine ce que je ne dis pas.

– Je m'étais promis que ça n'arriverait pas. Je ne voulais pas rester à Crystal River. Même si je n'étais pas le meilleur des hommes, je ne voulais pas prendre sa virginité et me casser à New York comme un blaireau.

Il opine du chef et tend la main pour attraper son cigare.

– Je n'arrive pas à te voir autrement que comme le vrai salaud que tu es actuellement. J'aurais cru que tu

2. Dans certaines légendes, cette épée magique est connue pour résister à tous ceux qui essayent de la soulever (excepté le roi Arthur).

étais du genre à pouvoir te la faire même dans l'enceinte de l'établissement.

Je pose mes deux coudes sur mes genoux, croise les doigts pour soutenir ma tête lourde de souvenirs, aussi dolents que jouissifs.

– Ma foi… On n'en a pas été très loin.

19

Tyler
Cinq ans plus tôt

Je termine de rédiger une lettre de motivation pour l'agence AMD & Co, dans laquelle j'aimerais commencer ma carrière. Si je suis accepté, dès la rentrée, je pourrai quitter cette petite ville, dans laquelle les évolutions de carrière sont presque inenvisageables, et emménager à New York.

Comme je sais très bien qu'il ne faut pas mettre tous ses œufs dans le même panier, j'ai encore beaucoup d'autres lettres de ce style à écrire. Je me lève pour me préparer un café et constate qu'on n'en a plus du tout.

Je me dis qu'une petite pause dans ma recherche d'emploi ne me ferait pas de mal, alors j'enfile des baskets et descends en chercher dans le café-restaurant qui se trouve à deux pâtés de maisons. J'en profite pour vérifier ma messagerie vocale. Phil et Justin me demandent si je veux venir à une fête ce week-end. Encore ? J'étais déjà avec eux le week-end dernier et celui d'avant.

Mes potes et moi envisageons la vie avec des ambitions différentes. Justin veut devenir coach sportif dans le club de sport de son père. Phil ne se voit pas ailleurs qu'à Citrus Springs, avec sa petite amie, qu'il va sûrement épouser. Moi, je vise la Grosse Pomme. Je veux gagner suffisamment d'argent pour prendre soin de moi et de ma petite sœur. Pour que deux orphelins comme nous n'ayons plus à subir l'autorité d'un imbécile parce que nous dépendons de lui. Pour que nous soyons enfin libres de vivre.

Lorsque j'arrive au Minute Bar, je constate que l'endroit est toujours autant victime de son succès. La longue file s'étend jusqu'à la porte d'entrée. C'est pour ça que je n'ai encore jamais mis les pieds à l'intérieur, même si Bri ne cesse de vanter la qualité de leurs boissons.

C'est ma faute si j'ai oublié d'ajouter du café à la liste des courses, et prendre ma moto pour aller au supermarché le plus proche me demanderait plus de temps, alors je prends mon mal en patience et avance progressivement dans l'établissement, où toutes les tables sont soit occupées, soit réservées. Je suis encore en train de checker des offres d'emploi sur mon téléphone quand une conversation, dans l'angle droit du resto, attire mon attention. Je reconnais cette voix sans aucun mal.

– Alors, j'ai tout bon ? demande Kelly.

Annie, qui apparemment travaille ici, vu son tablier estampillé au nom du café, observe l'une des feuilles posées devant son amie et indique rapidement plusieurs réponses du doigt.

– Faux, faux, bonne formule, mais mauvais résultat, faux. Refais l'exercice.

– Tu es sûre ? questionne son amie.

Cette dernière me donne le dos. Elle a noué ses cheveux en un chignon semblable à un pompon sur sa tête. Je n'ai pas besoin de la voir de face pour savoir qu'elle doit être absolument mignonne avec cette coupe. Sa copine, quant à elle, tablette à la main, fait semblant de prendre sa commande.

– Puisque je te le dis.

– Argh ! Je n'y capte rien. Je suis vraiment nulle à

ça. Je ne comprends pas comment tu fais pour être si bonne dans toutes les matières, se morfond Kelly en jetant son crayon.

– J'ai une super astuce : je reste concentrée pendant les cours, dit Annie en donnant une pichenette sur le front de son amie.

– Aïe ! réagit Kelly en se massant le front. Et en plus, tu es inscrite volontairement à tous les cours de soutien alors que tu n'en as clairement pas besoin.

– Ça me permet d'être toujours en avance et de maintenir ma place de première. Contrairement à toi, je ne peux pas avoir une baisse de moyenne, sinon ma bourse saute. Ce sont mes résultats qui me permettent de continuer à voir ta tête tous les jours.

– Je t'admire sincèrement.

– Je sais. Flatte-moi autant que tu veux, Kelly, ma réponse restera inchangée : je ne passerai pas les exams à ta place.

– Dommage, souffle Kelly. Je pensais avoir été subtile, cette fois. Il paraît que les exos des annales sont plus difficiles que ceux de l'examen même. Du coup, tu crois que j'ai des chances d'avoir mon *SAT* de maths ?

– Non.

Je me retiens de pouffer, puis laisse intentionnellement passer deux personnes devant moi afin de continuer à les écouter.

– Anniiiie ! Je n'ai pas besoin de pragmatisme, là ! J'ai besoin d'ondes positives.

– Ce ne sont pas les ondes qui écriront pour toi ni cet Ice Tea pêche et mangue, que tu as commandé pour la troisième fois en moins d'une heure.

– J'ai lu quelque part que ça aidait à déstresser.

– Là où tu as lu qu'une probabilité conditionnelle est liée à une condition qui te sera toujours préalablement indiquée ? C'est faux !

Je dois encore me retenir pour ne pas rigoler.

– J'aime pas quand tu me grondes, se plaint Kelly.

– Il faut bien que quelqu'un le fasse. Ce dont tu as besoin, Kelly, c'est de rattraper le retard que tu accumules depuis le départ de M. Nates.

– C'est pour ça que je suis là ! Aidez-moi, ô grand gourou des maths !

– Je travaille, tu le vois bien. Je ne devrais même pas être en train de te parler.

Un visage inconnu apparaît dans mon champ de vision et m'empêche de suivre le fil de la conversation.

– Excusez-moi, vous comptez avancer ? me demande un client.

– Non, allez-y, fais-je en lui cédant également la place.

Puis je reporte mon attention sur mes deux élèves.

– Tu ne voudrais pas, au contraire, exceller dans sa matière pour l'impressionner ?

Je peux deviner le sourire dans la voix de Kelly quand elle répond.

– Je n'en ai pas besoin, il me kiffe déjà.

Sa copine ne la croit pas.

– Je ne sais plus quoi faire pour toi. Tes notes ne s'améliorent pas, tu le sais, ça, non ?

Kelly tape dans ses mains comme si elle venait de trouver la solution parfaite.

– Il me faudrait un cours de soutien pour le cours de soutien de maths.

Nouvelle pichenette sur le front.

– Aïe !

– Si tu arrêtais de « boire notre prof des yeux », de dessiner ses « incroyables tatouages de bad boy » et de vouloir « croquer dans ses larges biceps de dieu grec », peut-être que…

Mon éclat de rire attire l'attention de la serveuse sur

moi. Quand elle me voit, son visage devient livide. Je me ressaisis et me renfrogne. Il est vrai que, depuis la soirée pyjama, nos rapports sont un peu plus cordiaux, mais je n'oublie pas qu'Annie reste une plaie. Elle est juste beaucoup moins douloureuse.

– Et aussi lécher ses pectoraux d'enfer, ajoute Kelly.

Annie agite la main devant son amie pour l'inciter à se taire. Depuis le temps, elle n'a pas compris que cette méthode ne fonctionne pas sur Kelly ?

– Tais-toi, souffle-t-elle entre ses dents.

– Sans oublier mon envie de frotter mon corps contre…

Annie plaque la main sur la bouche de son amie et me salue pour lui faire comprendre.

– Bonjour, monsieur Evans.

– Bonjour.

Kelly tourne précipitamment la tête dans ma direction. La situation est tellement marrante que je ne peux pas retenir mon sourire.

– Ça fait longtemps que tu es là ? me demande-t-elle.

Je secoue la tête.

– Pas tant que ça. Je suis arrivé juste à temps pour découvrir que j'étais un « bad boy ».

Elle plisse ses yeux marron et s'empourpre avant de continuer.

– Qu'est-ce qui t'amène ?

– Le café. C'est comme ça que je nourris mes « biceps de dieu grec ».

– Je crois que j'ai entendu quelqu'un m'interpeller à la caisse, invente Annie avant de prendre la tangente.

Mon élève favorite, quant à elle, ne prétexte pas qu'elle a des choses à faire. Elle défait ses cheveux, y plonge la main d'une façon tout à fait séductrice et m'invite à la rejoindre.

– Puisque vous êtes là, monsieur Evans, vous pourriez en profiter pour m'expliquer le cours.

Sérieusement, elle ne perd jamais une seule occasion. J'aime qu'elle ne se conduise pas comme une gamine effarouchée. Je ne sais même pas si elle est au courant qu'elle est très douée à ce jeu de séduction qui s'est créé entre nous. J'ai plutôt le sentiment qu'elle n'en fait qu'à sa tête et que ses réactions sont toujours très authentiques. Même s'il est évident qu'elle est consciente de son charme, elle ne se rend pas compte du danger qu'elle court à vouloir aguicher un type comme moi. Je sais que je ne devrais pas avoir envie de me la faire à ce point, mais c'est juste plus fort que moi. Nous risquons tous les deux gros dans cette histoire. Qui plus est, ce n'est pas parce que je suis prof que je suis attentionné. J'ai fait des sales trucs à l'université, que je ne regrette aucunement.

Je ne dois pas m'approcher d'elle. Pour plein de raisons que ma mémoire lui énumère habilement.

– Mon oncle me l'a formellement interdit.

– D'aider une élève dans le besoin ?

– Qu'on le veuille ou non, pendant encore cinq semaines, je serai considéré comme ton prof.

– Mais tu es aussi le grand frère de mon amie, et tu es peut-être juste venu me donner… hmm… la barrette que j'ai oubliée la dernière fois, chez vous, parce que Briana est trop occupée à faire des courses avec tatie Alexa.

Elle se racle la gorge et se met à jouer la scène :

– « Oh, monsieur le directeur, je suis navrée, mais ma barrette est une sorte de porte-bonheur sans lequel je ne peux pas me concentrer pour travailler. Heureusement que M. Evans a eu la gentillesse de me la rapporter, sinon jamais je n'aurais pu réviser pour le devoir. »

– Tu es une mauvaise actrice, dis-je en souriant. Et on est en public.

– Ça montre bien qu'on n'a rien à cacher, réplique-t-elle en haussant les épaules innocemment.

Pourquoi j'ai l'impression que je vais perdre la bataille ? Je pourrais continuer comme ça pendant des heures, je suis intimement convaincu qu'elle aurait réponse à tout.

Elle a rompu avec ce fils de pute de Todd pour moi. C'est cette dernière info qui me fait flancher et je m'avance pour rejoindre sa table.

– Pourquoi les maths, Tyler ? aborde-t-elle dès que je me positionne à côté d'elle.

– Je ne veux pas être prof, si c'est ça, ta question.

– Oh, ça, on a tous un peu remarqué ! Pas besoin de le dire.

– Mince ! Je fais pourtant de prodigieux efforts pour vous montrer à quel point j'adore enseigner.

– Entre le moment ou ton pied franchit le seuil de la classe et celui où tu finis l'appel – en général, il s'agit de dix minutes –, tu soupires en moyenne six fois.

J'éclate de rire.

– Tu nous jettes des bouts de craie lorsqu'on donne une mauvaise réponse.

– Pas à toi.

Elle passe une mèche de ses cheveux derrière son oreille et mordille le bout de son crayon en souriant.

– Tu nous donnes des exos, puis tu vas dans le fond pour jouer sur ton téléphone. On sait tous que tu joues à *Call of Duty*. Il y a même des paris sur le temps que tu mettras à passer le prochain niveau de classement.

– Tu as parié combien ?

– Qu'est-ce qui te fait croire que j'ai parié ?

– Mes « pectoraux d'enfer » ?

Gênée, elle couvre son front de sa main et pince ses lèvres souriantes.

– Tu vas arrêter avec ça ?

Je rigole et elle poursuit.

– Bon, OK, j'avoue : j'ai misé vingt dollars que tu le finirais avant le prochain cours.

– Augmente la mise, c'est déjà fait. Tu joues aussi ? demandé-je, intéressé.

Elle plonge ses yeux dans les miens et sa bouche s'élargit effrontément.

– Ça dépend à quoi. Si tu m'apprends, je suis sûre que je peux être bonne.

Je jure qu'elle fait exprès d'embraser mes sens. S'il y avait une matière qui enseigne l'art de flirter outrageusement, Kelly en serait indubitablement l'initiatrice.

– En maths, tu n'arrives pas à me faire évoluer… mais tu pourrais me faire exceller dans d'autres domaines.

– C'est dans celui-là que je dois te faire progresser. Pour la tranquillité d'esprit de tout le monde, dis-je en pointant du doigt Annie, qui nous jette des coups d'œil inquisiteurs.

– J'ai compris. Les maths d'abord, le reste après.

Qu'est-ce qu'elle a compris, exactement ? Parce qu'il n'est pas censé y avoir de « reste ».

– D'ailleurs, tu n'as toujours pas répondu à ma question. Je veux bien croire que tu es un génie, mais je suis d'avis que, même si tu as eu des facilités pour la matière, le travail et l'entraînement ont dû payer dans la réussite de tes concours, non ?

Effectivement. La plupart des gens oublient ce facteur-là.

– Ouais.

– Ça veut bien dire que, quelque part, tu aimes ça. Y a-t-il une raison ?

– Les chiffres, les formules et les calculs donnent tous un résultat universel et indiscutable. Il n'y a pas d'incertitudes possibles. Il n'y a pas différents synonymes, comme dans les langues, pas de théories argumentables, comme en philo, pas de subjectivités arbitraires, comme en art. J'aime les maths parce que les maths ne mentent pas.

Elle plisse les yeux et hoche la tête tranquillement.

– Ce qui sous-entend que quelqu'un t'a menti ou trahi.

Ça me gonfle qu'elle arrive à lire si facilement entre les lignes. J'ai l'impression qu'elle me voit, moi. Juste le gars de 24 ans, qui, lui aussi, se cherche encore. Je n'ai pas envie de répondre, donc je décide de passer à autre chose.

Je remarque une lettre manuscrite dans le tas de feuilles, sur sa table, et lui demande :

– Qu'est-ce que c'est ?

– Tu es comme ta sœur. Quand vous ne voulez pas vous étendre sur quelque chose, vous changez de sujet.

Ses yeux marron me dévisagent de façon indéchiffrable.

– Pas grave, je sais être patiente. Ce chef-d'œuvre, c'est ma lettre de motivation pour Columbia, indique-t-elle.

Je la remercie intérieurement de ne pas avoir insisté.

– Columbia ? Tu vises New York ?

– Tu me trouves trop ambitieuse ?

– Non. New York, c'est parfait.

C'est aussi là que je veux aller. Je me surprends à être content de savoir que j'aurai une chance de l'y retrouver lorsqu'on aura quitté Crystal River.

– Lis-la et dis-moi ce que tu en penses.

– Il n'y a que cinq phrases, Kelly.

– Ce sont les plus importantes.

Chère madame Brown,

Je serai bientôt diplômée du prestigieux

River High School.

Blablabla, j'aime bien blablabla,

mon cursus blablabla...

J'attends avec impatience l'opportunité

de vous rencontrer.

Sincèrement,

Kelly Moore

– Blablabla ? demandé-je.

– Original, non ? Ça sort forcément du lot.

– Si t'es pas acceptée avec *ça* ! ironisé-je.

– Je crierai au rejet abusif et immérité.

– Il va sans dire qu'avec toute la motivation qui dégouline de chaque mot de cette lettre, un refus serait sans fondement.

– On est d'accord !

Nous nous regardons et éclatons de rire comme deux gamins. J'aime rire avec elle. C'est étonnamment… facile. Kelly s'adosse contre le dossier de son fauteuil et soupire avec un air blasé.

– Je ne sais juste pas quoi écrire. Je n'ai absolument aucune vision de mon avenir. J'ai la mauvaise habitude de me contenter du présent. Mes lendemains ont toujours été… douloureux.

Un voile de tristesse danse sur son visage. Comme on se complète ! C'est mon passé que je déteste le plus. L'avenir, je peux encore essayer de le modeler.

– Qu'est-ce que, toi, tu voudrais faire plus tard, Tyler ?

Sa question me prend par surprise. Ça fait longtemps qu'on ne m'a pas demandé ce que je voulais. Peut-être parce qu'aux yeux de tous, j'ai passé l'âge pour ce genre d'interrogation. Tout le monde part du postulat que, comme je suis bon en maths, je vais forcément me diriger vers une filière scientifique. Logique, non ?

– À ton avis ?

– Je n'en ai pas la moindre idée, mais je me demande si le fait que tu sois un génie ne joue pas en ta défaveur. Je veux dire, les gens vont inévitablement attendre de toi que tu empruntes une voie qui... possiblement ne correspond pas à ce que tu désires. Soit tu la suivras pour leur faire plaisir, soit tu préféreras t'écouter et, à ce moment-là, ils attendront que tu échoues.

D'où sort cette fille ? Et pourquoi je ne la rencontre que maintenant ?

– Pourquoi tu me regardes comme ça ? questionne-t-elle.

Parce que tu viens de résumer un de mes plus grands conflits internes.

Durant toute mon année de terminale, celui-ci n'a cessé de me travailler. C'était même le sujet de dispute récurrent de mes parents. Ou juste une excuse pour se crier dessus, je ne sais pas.

– Que ferais-tu à ma place ? Si tu étais considérée comme une surdouée ?

– Dans quelle matière ?

– Ce n'est pas le plus important, Kelly.

– J'ai besoin d'une base pour bien me projeter, persiste-t-elle en se frottant le menton pour imiter quelqu'un en grande réflexion.

– Histoire ? proposé-je au hasard.

– Ennuyeux.

– Philo ?

Elle fronce les sourcils.

– Impossible.

– Chimie ?

– Dangereux, dit-elle avec un petit rire de gorge.

– Éducation sexuelle ?

Vu comment elle sourit, je le sens mal.

– Donc, si je résume, ta question, c'est : si j'étais vraiment douée pour donner du plaisir et apprendre aux gens à en donner, est-ce que je choisirais de faire autre chose ?

Comment elle a réussi à détourner une question totalement banale en quelque chose de si tordu ?

– Pas du tout.

Elle pouffe. Je réalise qu'elle se foutait de ma gueule.

– Je choisirais de faire ce qui me plaît, Tyler. Je suis meilleure en langues, mais, si je voulais vraiment devenir, je ne sais pas, moi, astronaute, c'est ce dans quoi je me lancerais. Tout du moins, j'essaierais. Jusqu'à aujourd'hui, j'ai toujours fait ce qui me chantait, et pour l'instant, force est de constater que je suis encore en vie. Il faut bien viser le ciel pour atteindre la lune.

J'ai envie de me marrer. Ce n'est pas la bonne citation, mais le raisonnement est cohérent, donc je ne dis rien. Je croise les doigts sur la table.

– Je veux être agent immobilier, lâché-je sans savoir pourquoi je décide de me confier à elle.

Je guette, sur son visage, l'étonnement que je reçois habituellement. Il ne vient pas.

– Il y a une raison particulière ?

– C'était le rêve de mon père. Il a toujours voulu d'une maison plus grande, plus joviale, plus colorée. Et puis c'est progressivement devenu le mien, aussi. À défaut d'avoir eu une famille heureuse, je veux permettre aux gens de vivre dans un cadre qui leur permettra de tenter de l'être. Je ne peux pas garantir le bonheur, mais je peux au moins fournir… la construction.

Elle regarde ses ongles.

– C'est… touchant.

J'ai l'impression qu'elle a plus que ça à dire.

– Mais je sais très bien que, si je n'y arrive pas, les gens me pointeront du doigt. Mes échecs seront autant médiatisés que mes réussites l'ont été.

– Tu n'échoueras pas.

Ce n'est pas une phrase bêtement consolatrice. Son sourire est tout ce qu'il y a de plus sincère.

– Comment peux-tu en être aussi sûre ?

– Parce que tu es comme moi. Tu n'aimes pas perdre.

Pourtant, je suis bien à deux doigts de reléguer notre pari au fin fond de mon esprit. Je glisse de quelques centimètres vers elle et la force à me regarder. Qu'est-ce que cet air misérable, que j'ai aperçu un peu plus tôt, signifiait ? Elle fixe ma bouche et, l'espace d'une seconde, j'oublie que nous ne sommes pas seuls dans ce restaurant.

Un raclement de gorge, qui ressemble fort à de la désapprobation, nous fait pivoter vers le serveur, qui s'adresse à moi.

– Vous désirez boire quelque chose pendant que vous travaillez ?

– Quand je serai prêt à commander, je vous ferai signe, lancé-je sur le même ton.

Je le fixe méchamment pour le dissuader de continuer à m'emmerder. Il prend le chemin inverse, non sans avoir levé les yeux au ciel. C'est exactement pour ça que je dois me tirer de cette ville. Le regard des autres ne cessera jamais d'être scrutateur, et ils continueront à se mêler de ce qui ne les concerne pas. Au moins, son intervention aura servi à me rappeler pourquoi je suis là.

– Je vais demander mon café, annoncé-je.

– Oh, tu peux prendre mon Ice Tea à…

Je repousse sa main trop brusquement. Elle renverse son thé sur la nappe et sur elle. Je m'empare aussitôt d'une serviette pour l'aider à essuyer les gouttes sur sa jupe, et sa cuisse, et… Je m'immobilise en me rendant compte que mon geste pourrait nous mener où on ne devrait pas aller. Encore moins en public.

– Je suis désolé, je…

Elle saisit ma main, en retire la serviette et la repose à plat sur sa cuisse en soufflant :

– Pas moi.

Son regard brûlant me supplie de la caresser. Ma main s'ancre dans sa chair pour m'aider à me contrôler.

– Tyler ?

– Si ce n'est pas une question liée aux maths, je ne répondrai pas.

On dirait, au son de ma voix, que je suis grincheux. Je suis surtout frustré de ne pas pouvoir la toucher comme je le veux.

– Très bien. Est-il possible de toujours connaître la probabilité d'un événement ?

Content qu'elle ait décidé de ne pas prendre de risques, je retire ma main de la chaleur de sa peau.

– Non. C'est comme dans la vie quotidienne, tu ne peux pas savoir avec exactitude ce qui va se passer.

– Et si… et si je te prouvais l'inverse ?

Elle accompagne sa question d'un croisement de jambes, qui dévoile un peu plus ses cuisses. Je déglutis et plante mes yeux dans la partie qu'elle vient de dénuder.

– J'aimerais bien voir ça.

– On parie ? Si tu arrives à deviner le résultat de chacune des probabilités que je vais citer, ça voudra dire que j'ai raison. Donc, je gagne.

Il y a quelque chose de bizarre dans ce qu'elle vient d'énoncer, mais je n'arrive pas tout de suite à mettre la main dessus. De manière totalement rationnelle, ça devrait être l'inverse, non ? Mais, en même temps, elle ne peut pas deviner ses propres probabilités. Ce serait comme truquer des dés. N'empêche, quelque chose cloche avec son jeu, j'en suis sûr, et c'est la curiosité qui me fait hésiter.

– Qu'est-ce que je risque ?

– Si tu perds, tu acceptes de m'emmener quelque part dans quelques jours. Ce ne sera pas un rendez-vous, on sera en public, un peu comme ici, me rassure-t-elle.

– Pourquoi moi ? Tu as un chauffeur.

– Pourquoi pas ? Tu sais aussi conduire.

Hmm...

– Si, moi, je gagne, je veux que tu t'arranges pour avoir un A à mon prochain devoir.

– Tu dois d'abord me promettre de ne pas mentir, Tyler.

– Comme tu veux, approuvé-je.

Elle hoche alors la tête en signe d'accord. Le sourire qui se dessine ensuite sur ses lèvres me fait penser que je viens de faire une connerie.

– Parfait. Voici l'énoncé : une jeune femme et un jeune homme se retrouvent tous les deux assis à une table, au fond d'un restaurant. Quelle est la probabilité que la femme porte un string noir ?

Oh, non !

Je viens de comprendre. Son esprit amphigourique m'a totalement embrouillé. Il a tourné la chose de façon à me faire croire que j'étais maître de la situation, puisque c'est à moi de deviner, mais, en fait, si je le fais correctement, c'est elle qui gagne. Et elle a bien l'intention de me donner tous les indices pour que je ne puisse pas me tromper.

– Tu dois répondre, Tyler, insiste-t-elle en faisant papillonner innocemment ses longs cils.

– Tu ne joues pas dans les règles.

– Quelles règles ?

– Tu triches, Kelly. Ce n'est pas comme ça que ça fonctionne.

Elle se mord la lèvre.

– Ah bon ? Selon qui ?

J'ai comme une impression de déjà-vu. Elle sous moi, dans mon ancienne chambre étudiante.

– Répondez en pourcentage, monsieur Evans, sans mentir.

– Cent pour cent, grincé-je entre mes dents.

Elle glisse ses mains sous sa jupe et retire sa culotte sous mes yeux gourmands.

– Tu ne vas pas vérifier, Tyler ?

Je tends la main pour réclamer le sous-vêtement, et elle l'y dépose, augmentant mon supplice. Un string noir. Et mouillé. Je ferme les yeux et prends une profonde inspiration.

– Et d'un. Maintenant, quelle est la probabilité que la jeune femme se pince les tétons en imaginant que ce sont les doigts du jeune homme qui sont en train de le faire ?

Bordel !

Je suis en train de me faire baiser. Mathématiquement.

Elle positionne ses fesses au bord du fauteuil pour se cacher. Je ne la quitte pas des yeux pendant qu'elle fait glisser doucement ses doigts de la base de son cou vers le galbe de ses seins, en massant sensuellement les contours, descendant lentement vers la pointe de ceux-ci. Je prends le menu et l'ouvre sur la table, juste devant elle, pour la dissimuler aux yeux des autres. Quand elle arrive vers ses pointes érigées et qu'elle les presse doucement, j'imagine que c'est ma bouche qui est en train de jouer avec. Je me penche vers son cou, inhale son parfum et exige contre ses cheveux :

– Plus fort, Kelly.

Ça aurait été trop gentil. Elle stoppe son geste et me lance un sourire lubrique.

– Quelle est la probabilité que l'homme soit en pleine érection ?

– Cent pour cent.

Pourquoi je réponds encore ?

– Quelle est la probabilité que cette même femme s'avance, descende la braguette du jeune homme, en sorte son érection… et la prenne entre ses lèvres ?

Je n'arrive plus à réfléchir. Tout mon corps chauffe à cette idée. Sa bouche autour de ma queue… Je donnerais cher pour sentir ça ! Ses doigts défont la ceinture de mon jean. Elle ouvre la fermeture éclair, insère sa main directement dans mon boxer et se sert de l'autre pour l'aider à faire sortir mon sexe de sa cachette. Je pensais qu'elle serait plus hésitante, puisqu'il doit s'agir de sa première fois, mais pas du tout. Kelly ne doute pas une seule seconde. Rien que la sensation de ses doigts autour de mon membre me donne envie de la renverser sur la table.

– Kelly…

– Tu as besoin d'aide, peut-être ? demande-t-elle sur un ton faussement ingénu.

Elle se penche, très lentement, s'humidifie les lèvres, en me regardant, puis lèche mon gland. Avec une douceur qui me fait retenir un grognement de plaisir.

– Putain…

Je renverse la tête en arrière et maintiens mes mains contre la table pour ne pas les enfouir dans ses boucles.

– Ce n'est pas une réponse recevable, monsieur Evans. Tout le monde sait qu'une probabilité est comprise entre zéro et cent pour cent.

J'ai les sens trop électrisés pour répondre. Et puis, bordel, je ne veux pas qu'elle s'arrête. Kelly refait le tour de mon gland. Je déplace mes mains pour les enfoncer dans le fauteuil. Je regarde aux alentours si quelqu'un peut nous voir parce que je suis plus conscient du danger qu'elle. Heureusement, notre table, tout au fond du restaurant, est cachée par de grands pots de fleurs sur le côté gauche et les places devant nous sont vides. Je tente tout de même de garder mon contrôle. Mais, quand elle me prend entièrement entre ses lèvres, je capitule et referme les yeux pour savourer la sensation. Je lui laisse avoir le contrôle, me délectant de cette soumission entièrement assumée alors qu'elle va et vient sur ma queue en faisant des petits bruits que je suis heureusement le seul à pouvoir entendre.

– La probabilité, monsieur Evans ?

– Cent pour cent !

Putain, oui, continue comme ça ! Ta langue autour de ma queue est incroyable. Tu pourrais me faire jouir juste ici, devant tous ces gens.

– Où est Kelly ?

J'ouvre les yeux et affronte le méchant bleu de ceux d'Annie. Elle tient un verre qu'on n'a pas commandé. Kelly s'est figée. Moi aussi.

– Elle est partie, arrivé-je à articuler avec un ton plus ou moins convaincant.

– Elle a oublié ses affaires et son sac ? s'étonne-t-elle.

Elle dépose le verre sur la table. Kelly en profite pour essayer de remettre mon pénis dans mon caleçon. Peine perdue pour l'instant : il va falloir attendre un peu qu'il redescende. Je fais déjà le max de multiplications dans ma tête, là.

– Elle est vraiment tête en l'air, continue Annie en se déplaçant pour venir récupérer le sac de son amie.

– Non, Annie, ne viens pas par… tenté-je de l'arrêter.

– OH, BON SANG !

Tous les signes pouvant décrire la surprise sont dessinés sur son visage. Les sourcils relevés, les yeux et la bouche grands ouverts, la respiration qui s'est arrêtée. On dirait un cliché d'elle tellement elle est statique.

– Nom d'une pipe, Annie ! Baisse d'un ton, tu vas attirer l'attention des autres, siffle Kelly entre ses dents en se redressant.

– Nom d'une pipe ? C'est le cas de le dire !

– Qu'est-ce que tu fais là, d'abord ? On n'a rien commandé.

– Je travaille ici ! Je suis passée t'apporter un nouvel Ice Tea, mais tu as trouvé autre chose à te mettre en bouche, apparemment. Tu devrais être soulagée que ce soit moi qui sois venue !

Le visage toujours étiré par le choc, Annie traîne une chaise et s'assoit en face de nous.

– Je croyais que tu n'avais pas le droit de t'asseoir pendant ton service ? demande Kelly.

– Question interdit, tu peux parler ! Quand j'expliquerai à mon patron – qui connaît tes parents – que j'ai vu ma meilleure amie tailler une pipe à notre prof de maths, dans son restaurant, je suis sûre que ce n'est pas sur ma petite pause qu'il se focalisera.

Annie ferme les yeux et secoue la tête, comme si elle n'en revenait toujours pas.

– Tout ce que tu disais était vrai, alors ?

– Oui, confirme Kelly en souriant.

Elle a l'air plus fière d'elle que gênée.

– Les tables réservées devant vous vont être occupées d'ici dix minutes, nous informe Annie. Je vous suggère d'arrêter… ou de finir ce que vous étiez en train de faire durant ce laps de temps. Je vais demander à quitter le boulot plus tôt pour qu'on puisse discuter de TOUT ce qui n'allait pas dans la scène que je viens de voir.

C'est à ce moment que je reboucle la ceinture de mon pantalon et me lève.

– Tu vas où ?

– Me faire gronder par ta meilleure amie n'est absolument pas dans mes projets. Rien que de la voir ouvrir la bouche me donne des maux de tête.

Kelly saisit mon polo entre ses doigts pour me retenir. Elle noie ses yeux dans les miens.

– Attends… c'est la toute dernière. Quelle est la probabilité que le jeune homme finisse par tomber amoureux de la jeune femme ?

Elle a l'air tellement plus vulnérable qu'il y a quelques minutes ! Je pressens que cette question n'a rien à voir avec notre pari. Cette fois, le jeu n'est pas influencé, ma réponse peut être totalement mienne. Normalement, j'aurais répondu que, l'amour, c'est trop aléatoire, une probabilité trop incertaine pour qu'on puisse la déterminer. Seulement, voilà, les trois chiffres apparaissent dans mon esprit exactement comme toutes les fois précédentes : cent pour cent.

– Je ne veux plus jouer. Tu as gagné le pari, lâché-je à la place.

Mes poumons avalent l'air du dehors à grandes goulées. Je suis ressorti du resto sans café, persuadé qu'elle va me rendre accro à elle et avec une gaule digne du dieu grec que je suis.

20

Kelly
Cinq ans plus tôt

J'attends ma commande… enfin, la commande que ma mère a passée pour moi : une salade complète de fruits de mer, accompagnée d'un plat de homard. Elle-même a demandé son menu habituel. Sans aucune surprise, c'est également elle qui a choisi le repas de mon père. Celui-ci a insisté pour que notre dîner s'accompagne de champagne. Il n'y a rien à fêter, mais les Moore ne mangent jamais en public sans essayer de montrer que c'est le cas. Pour une fois, je me serais contentée de mon sandwich au poulet et d'un jus de fruits devant *ma* télé, dans *ma* chambre, mais mes parents ont débarqué à l'improviste et m'ont embarquée pour dîner dans le « restaurant préféré de la famille ». En réalité, c'est uniquement celui de ma mère.

Je n'écoute ni mon ventre qui gargouille ni la discussion inintéressante qu'ils ont en face de moi. J'ai enfin commencé *À tous les garçons que j'ai aimés*[1], vivement conseillé par Briana, et je dois dire que j'aime beaucoup comment la relation évolue entre les deux personnages principaux.

« Lara Jean Covey : Les histoires d'amour, j'adore les lire, écrire à ce sujet, et les garder dans ma tête, mais quand ça devient réel…

---

1. Film inspiré de la saga de livres populaires de Jenny Han.

Peter Kavinsky : Quoi ? Tu as peur ? Pourquoi ?

Lara Jean Covey : Parce que, plus tu laisses entrer des gens dans ta vie, plus ils peuvent en sortir. »

Dans un sens, je peux comprendre Lara Jean. Mais la sensation est pire quand ils restent dans ta vie sans jamais prêter attention à toi. Elle, au moins, elle a une famille. Moi, je me sens tous les jours comme une orpheline. Une main apparaît devant mon écran de téléphone au moment même où une autre retire un de mes écouteurs de mon oreille.

– Kelly, ton attitude est très irrespectueuse. Range-moi ce téléphone tout de suite avant que je ne te le confisque.

Je mets mon film sur pause et enlève le second écouteur. J'ai dû mal entendre.

– Tu sais quel âge j'ai, maman ? Tu n'étais pas là à mon dernier anniversaire, alors j'ai des doutes. Peut-être que toutes tes absences t'ont fait oublier que j'ai grandi et que ce genre de menace ne fonctionne plus.

Ma mère me toise, les yeux plissés, les traits tirés de mécontentement. Je ne comprends pas d'où m'est soudainement venu le courage de lui dire ça. Leur manque d'attention m'a toujours poussée à profiter de toutes nos retrouvailles et de chaque petit moment qu'ils daignent m'accorder. Mais il faut croire que j'en ai marre. Là, précisément, je me serais bien passée de ce petit dîner en famille. Je crois que je suis fatiguée de prendre sur moi et pressée de m'en aller. Je préférerais une vie dans laquelle on ne fait pas semblant d'être la famille parfaite, uniquement quand ça les arrange.

Avec un sourire mi-figue mi-raisin, mon père vient bravement au secours de ma mère.

– Bien sûr qu'on sait que tu n'es plus une enfant. Mais tu seras toujours notre petite chérie, et on essaiera toujours de te protéger.

De me façonner à votre manière pour que je ne vous fasse pas honte.

– Tu sais que tu es notre plus grande fierté et que, tout ce qu'on fait, c'est pour toi.

– Vous le montrez très mal, papa.

Je suis définitivement de mauvaise humeur.

– Tu es encore jeune. Tu te rendras compte plus tard de ce que notre fortune et notre renommée dans cette ville t'ont apporté. Tu n'as jamais eu à te soucier de quoi que ce soit. Nous payons pour ton éducation et toutes les activités parascolaires que tu as voulu faire, tes vêtements, tes vacances chaque été avec ta meilleure amie, et tu as déjà ton logement pour l'université. Depuis dix-huit ans, nous ne t'apportons que le meilleur parce que c'est ce que tu représentes à nos yeux : la meilleure chose qui nous soit arrivée. Maintenant, obéis à ta mère. S'il te plaît, Kelly, insiste-t-il.

Il n'y a que l'argent qui compte. Je capitule. Pas à cause de ses belles phrases enjolivées, mais parce que je dois avouer qu'il y a une part de vérité dans ce qu'il dit. Qui plus est, si je veux qu'on me traite comme une adulte, je dois agir comme telle.

Depuis qu'ils sont rentrés de Tunis, ils n'arrêtent pas de raconter leur agréable voyage. Le vol, les musées, la chaleur, l'ambiance, l'accueil des gens, le port, la nourriture, et même leur chambre d'hôtel : tout a été fabuleux.

Comme d'habitude.

Je soupire.

Ennuyée par leur discussion, je tourne la tête et observe les gens autour de moi. Le restaurant, plutôt réputé pour sa bonne cuisine, se remplit peu à peu. Il y a déjà toutes sortes de personnes – des hommes d'affaires en costume-cravate, l'air sérieux, un groupe d'étudiants qui enchaînent les bières. Juste à côté d'eux, une femme élégamment vêtue dîne avec une petite fille, qui doit probablement être la sienne, vu la ressemblance flagrante entre les deux.

Mon regard est attiré par l'homme qui vient d'entrer dans le restaurant. Il est vêtu d'un simple jean noir et d'un tee-shirt avec marqué dessus « No Music, No Life » et il… Je souris. De là où je suis, je ne l'ai pas reconnu tout de suite, car la table que mes parents ont choisie, à notre arrivée, se situe au fond du restaurant, un peu à l'écart, puisqu'ils ne voulaient pas être gênés par le bruit. Mais mon radar n'a pas encore fauté jusque-là. C'est Tyler.

Il s'assoit à une table libre, au centre du restaurant, et un serveur vient immédiatement lui apporter le menu, qu'il commence à regarder. Jamais je n'aurais cru que mon professeur dînerait dans le restaurant préféré de ma mère. Il ne semble pas m'avoir vue. Dommage ! J'aurais aimé qu'il puisse, lui aussi, détecter ma présence dès que je suis dans les parages.

Je me dis que, si je continue à le fixer comme ça, il va me remarquer. Mais ça ne fonctionne pas. Il repose le menu et guette l'extérieur à travers la fenêtre.

Je détourne les yeux, récupère mon téléphone et m'empresse d'envoyer un message discrètement sous la table :

Kelly
Devinez avec qui je dîne ce soir ?

Ma meilleure amie répond presque instantanément :

Annie
Avec Helena, ta couverture et la télé ?

Trop excitée à l'idée de lui raconter ce qui se passe, je ne fais pas attention à son sarcasme, qui résume assez tristement mes soirées quotidiennes.

Kelly
Avec Tyler ! Enfin, dans le même resto que lui ! 😀

Oups ! J'espère ne pas m'être trahie. Bri n'est pas au courant pour son frère et moi. Je vais essayer de faire attention pour qu'elle ne devine pas mon attirance pour lui.

Briana
Tu es sûre que c'est lui ? Il a déjà dîné avec nous pourtant.

Bizarre… Si ma copine ne me croit pas, je n'ai qu'à le lui prouver. J'active la fonction « photo » de mon portable et garde les yeux rivés sur l'écran pour pouvoir réussir le cliché. Je zoome beaucoup, mais je suis presque sûre que Bri reconnaîtra le visage de son frère. J'ai le bon angle de vue. Je m'apprête à appuyer sur le déclencheur quand une silhouette apparaît à l'écran. Surprise, je lève les yeux. La silhouette est une femme qui se tient devant Tyler, qu'elle me cache. Elle dépose son sac à main au bord de la table, lui fait deux bises appuyées et prend place en face de lui.

Cheveux mi-longs, tatouage de papillon sur l'épaule, robe courte, talons compensés de plusieurs centimètres : elle ressemble à… une femme. Je me mords l'intérieur de la joue méchamment et fronce les sourcils. Mais qui c'est, celle-là ? Qu'est-ce qu'elle croit être en train de faire, au juste ? Et moi, qu'est-ce que je croyais ? Qu'il viendrait s'asseoir seul pour dîner ? Si la fille se tournait, je pourrais savoir si je l'ai déjà vue quelque part. Peut-être qu'Annie la reconnaîtra. Elle connaît plus de monde que moi en raison de ses nombreux jobs. Je m'arrange pour prendre quelques photos d'eux et les envoyer dans notre groupe de discussion.

En fin de compte, c'est Briana qui me sort de l'ignorance.

Briana
Je comprends mieux maintenant pourquoi il est sorti. La nana, c'est Stéphanie, je reconnais son tatouage.

Et alors ? Ce n'est pas son prénom qui m'intéresse. J'ai envie d'interroger Bri sur la relation qui lie cette femme à Tyler, mais je me retiens parce qu'elle risquerait de trouver étrange que je pose cette question et pourrait suspecter quelque chose. Heureusement, elle répond sans même que j'aie à demander quoi que ce soit.

Briana
Ils couchent ensemble.

Mon cœur tombe au sol.

Ah, non, c'est juste mon portable !

Cette constatation n'enlève en rien la sensation de vide dans ma poitrine. J'ignore le regard exaspéré que ma mère me lance et ramasse mon téléphone. Je le tiens fermement, cette fois, toujours sous la table, et tape à une vitesse phénoménale, uniquement générée par la jalousie.

Kelly
Comment ça, ils couchent ensemble ?

Annie
Annie a momentanément été déconnectée de la conversation. Mais continuez, ça a l'air fun.

Je lève les yeux au ciel.

Briana
Je ne sais pas comment être plus claire. Ils font l'amour, Kelly. Comme dans les films qui passent tard à la télé.

Annie
Faire l'amour signifie « avoir des relations sexuelles, coucher ensemble, accomplir l'acte sexuel ». Définition du *Larousse* 😉

Kelly
Annie !

Annie
Il est dans un resto avec une femme, ça ne te rappelle rien, Kelly ? Je me demande s'il va s'assurer qu'elle garde la bouche pleine.

Ça y est, je viens mentalement de tuer ma meilleure amie.

Briana
Ha, ha, non ! Tyler n'est pas du genre à nourrir ses conquêtes. Il n'est pas aussi romantique.

Briana
Ça m'étonne même qu'il l'ait invitée à dîner. Je croyais qu'il ne la voyait plus depuis qu'on a déménagé. Peut-être qu'ils ont décidé de remettre le couvert.

Pendant que mon petit cœur à terre continue de se décomposer de douleur, mes yeux descendent sur mon corps pour m'observer, me comparer, chercher à savoir ce qu'il lui trouve, à elle. Chemise légère, jean à peu près présentable, baskets : je fais gamine. Je fais… mon âge.

– Kelly, tu en penses quoi ?

J'observe ma mère, le regard vide. Elle ne semble pas avoir remarqué mon trouble. Elle boit tranquillement une gorgée de champagne et réitère sa question :

– Qu'est-ce que tu en penses ? Faire un discours au gala de ton père. J'ai évidemment déjà demandé qu'on réserve une dizaine de robes dans un nouveau magasin de prêt-à-porter. Une séance d'essayage s'impose. Essaie de rentrer plus tôt de ton cours de danse aérienne.

– *Cheerleading*, la corrige mon père. Ce sont deux pratiques différentes, Marine.

– Ah, oui… Au temps pour moi. Je continue de penser qu'elle aurait dû s'inscrire au club de débats, comme la fille des Snones. D'ailleurs, tu diras à Annie qu'elle est également attendue plus tôt demain. Nous lui trouverons une tenue adéquate. Certains invités ont osé dire que c'est parce qu'elle n'avait pas les moyens de s'acheter une robe qu'elle n'était pas présente l'année dernière. J'ai été pointée du doigt pour ne pas avoir su pallier ce problème. Je refuse que ça arrive à nouveau.

Je la dévisage sans la voir. J'ai compris approximativement ce qu'elle vient de dire, et bien que j'aie très envie de lui répondre qu'Annie n'a pas besoin de charité, je n'y arrive pas. Les mots tournent dans mon esprit, en grandes lettres : Tyler sort avec une autre femme.

Le serveur apporte les premiers plats et mes parents sont distraits quelques secondes, durant lesquelles je ne peux m'empêcher de lancer un regard vers mon prof. Je le vois rire avec sa compagne et ne m'en sens que plus mal. Un autre serveur apporte le reste des plats que nous avons commandés. Tout ce qu'il y a sur la table semble savoureux, mais j'ai soudainement perdu l'appétit.

– Je dois aller aux toilettes, m'excusé-je auprès de mes parents.

Comme la maladroite et malchanceuse personne que j'ai toujours été, je recule ma chaise sans faire attention au énième serveur qui passe derrière moi, le cogne involontairement et me retrouve, en une fraction de seconde, trempée d'eau et de champagne. Ma mère et moi crions à l'unisson, mais je doute que ce soit pour les mêmes raisons. Je suis surprise de m'être fait renverser des boissons dessus, elle est embarrassée que sa fille, Miss Maladresse, ne sache pas se conduire correctement en public.

Est-ce que les glaçons qui ont trouvé un nid douillet dans le creux de mon soutien-gorge me dérangent ? Oui.

Est-ce que mes cheveux mouillés, qui vont perdre de leur volume en un rien de temps, me gênent ? Oui.

Est-ce que l'odeur d'alcool, qui va de pair avec la peau collante, m'incommode déjà ? Oui.

Mais, ce qui me pèse le plus, c'est que M. Evans m'a vue. Lui et tout le restaurant.

Mais surtout lui.

Son regard sur moi me momifie. Et c'est bien dommage que ce ne soit qu'une métaphore parce que j'aurais vraiment préféré être emmitouflée dans des bandelettes et foutue dans un sarcophage plutôt que de savoir qu'il m'a vue dans cet état. Déjà que je ressemble à une gamine, voilà qu'en plus, je lui donne des raisons de me considérer comme telle en faisant des bêtises !

Le serveur s'excuse. Moi, encore plus. Mon père me gronde, un peu trop fort, ma mère m'ordonne de filer me nettoyer aux toilettes. C'était déjà là que j'allais, de toute façon, alors je ne me fais pas prier. Je lance un dernier regard dans la direction de mon prof et le surprends à m'observer. Encore. Avec un sourire amusé sur les lèvres.

Je fonce vers les toilettes, rageant contre moi-même et cette habile capacité que j'ai à créer des problèmes, puis à me tourmenter à cause d'eux. Devant le miroir, je rince ma chemise, mon visage, mes boucles et mon jean, puis me tâte à rentrer directement. Je n'ai pas spécialement faim, mon haut est presque trempé et je ne suis pas sûre d'avoir envie de recroiser mon prof de maths dans cet état. Ni la Miss Parfaite avec qui il couche.

Mon portable vibre sur le rebord du lavabo. Je devine qui est la personne qui tente de me joindre avant de voir son prénom apparaître.

– Tu vas bien ? me demande Annie dès que j'ai décroché.

– Je ne sais pas.

– Tu ne répondais plus dans le groupe. Je m'inquiétais.

– Je sais.

Dans ma tête, je viens de lui redonner une de ses vies. Annie est ce qu'elle est. Et « ce qu'elle est » inclut la personne qui se préoccupera toujours le plus de moi.

– Si ce que Bri a dit est vérifié, sache que je suis désolée, confie-t-elle.

– Moi aussi… Attends, comment ça, *si* c'est vérifié ?

– Tu as peut-être mal interprété ce que tu as vu. Rien ne prouve qu'il sort avec elle ou que leur relation est toujours d'actualité.

C'est vrai, mais ça ne me fait pas me sentir mieux. Je baisse la tête et essaie d'analyser mes sentiments. Je me sens trahie. Il aurait pu me dire qu'il allait dîner avec une autre fille. Je n'aurais pas mal réagi si je l'avais su à l'avance. Puis vient la tristesse. Annie n'a cessé de me le répéter ces dernières semaines : je ne sors pas avec Tyler. Il ne me doit rien. J'espérais juste que… qu'on voyait notre relation de la même façon.

– Si tu le dis, soufflé-je en haussant les épaules. Au fait, maman a prévu un essayage de robes, demain, pour le gala de papa.

– Le gala ?

– Oui. Elle a décidé que je ferais un discours cette année.

– Bonne chance, Kelly. Dis-toi que c'est pour une bonne cause.

– Je suis contente que tu le prennes comme ça parce que tu es cordialement invitée à venir essayer des robes, toi aussi.

Je l'entends retenir sa respiration à l'autre bout du fil.

– J'ai le droit de décliner ?

Je sais très bien qu'elle déteste les soirées mondaines. Tout ce luxe lui rappelle qu'elle n'appartient pas à ce milieu social, les règles précises concernant les couverts l'irritent, les hommes qui croient gouverner le monde avec leur argent, encore plus. Mais, par-dessus tout, elle déteste les gens qui la considèrent avec pitié, curiosité ou empathie depuis la mort de sa mère. Comme si le fait qu'elle ait perdu un parent la rendait « différente ».

– Tu sais très bien ce que je pense des robes, et de ce genre de soirée en général.

– Une charmante personne m'a dit tout récemment : « Dis-toi que c'est pour une bonne cause. »

Un énorme soupir traverse ses lèvres.

– Tu veux que je vienne ?

– Je ne veux pas te forcer.

– Je parle de ce soir, Kelly. Si ta mère veut que je sois présente au gala, elle convaincra mon père. De ce fait, la question ne se pose plus. Je préfère nous faire gagner du temps et nous éviter, à tous les deux, des discussions dans lesquelles l'argument « ta mère aurait adoré que tu y participes, Annie » ressortira.

– Je suis désolée, Annie. Je me sens tellement égoïste de te parler de mes problèmes alors que tu as sûrement d'autres soucis plus importants.

– *Tu* es mon souci le plus important. Si je ne suis pas là autant quand tu vas bien que quand tu te portes mal, je ne sers à rien, et tu sais que je déteste être inutile. Est-ce que tu veux que je reste avec toi ce soir ?

Je souris.

– Tu m'écouterais toute la nuit te dire que j'ai envie de fracasser la tête de cette Stéphanie contre celle de Tyler ?

– Je t'ai entendue, avec aversion, me répéter à quel point la langue de notre prof était douce, alors c'est avec ravissement que je t'écouterai en dire du mal.

– De sa langue ? Ce serait mentir.

– Rappelle-toi qu'il va peut-être la foutre dans la bouche de cette fille, Kelly.

Mon sourire disparaît.

– C'est vrai. Non, mais quel enfoiré !

La porte des toilettes s'ouvre, et sur qui est-ce que je tombe ? Oui, la malchance me court après, ce soir.

– Je te rappelle, Annie.

Le rencard de mon prof s'approche de la vasque voisine et sort une trousse de maquillage de son sac à main. Je l'observe avec des yeux semblables à un microscope. Je passe sur chaque détail de son corps. Elle n'est pas juste belle. Elle est carrément canon. Ce genre de fille doit avoir des défauts rédhibitoires, c'est sûr, pour contrebalancer sa beauté – son premier défaut étant de sortir avec mon prof.

Je pense que, ce qui me détruit le plus, c'est de me comparer à elle. Pour être tout à fait honnête, je ne fais pas le poids. Si j'étais un homme et que je nous voyais toutes les deux, en face de ces miroirs, je la choisirais, elle. Je n'ai jamais détesté quelqu'un sans lui avoir adressé la parole. J'ai toujours été d'avis qu'il ne faut pas juger un livre à sa couverture. Mais c'est bien une phrase d'êtres humains, ça. Personne ne sait comment se sentent les autres livres face à une parfaite couverture collector. Je la déteste parce que c'est la première femme à me faire sentir aussi banale. Ma confiance en moi vient de rencontrer une adversaire que je ne sais pas combattre.

À force de la fixer de façon meurtrière, comme une forcenée, je l'oblige à se tourner vers moi.

– Un souci ?

Toi, et tout ce que tu représentes.

Je me félicite de ne pas l'avoir dit à voix haute.

Elle étudie rapidement mes vêtements.

– Ne vous en voulez pas trop. Les erreurs, ça arrive. Surtout à votre âge. Faites plus attention la prochaine fois.

Encore une allusion au fait que je suis jeune. J'ai envie de lui rétorquer que ce n'est pas ça qui lui donne le droit de s'adresser à moi d'une façon aussi condescendante. Au lieu de cela, je force mon sourire et active le mode « enquêtrice ».

– Si seulement mes parents étaient aussi conciliants que vous ! C'est avec eux que je dîne ce soir. Et vous ?

Je récupère du savon et passe ma main sous le jet d'eau pour feindre d'avoir quelque chose à faire.

– Un bon ami, répond-elle.

– Vous êtes proches ?

Stéphanie m'adresse un regard un peu suspicieux, que je réussis à effacer en ajoutant :

– Ou alors il est riche. Il faut au moins l'une de ces deux raisons pour vous inviter dans *ce* restaurant.

– On est sortis ensemble, explique-t-elle en se déridant.

– Et c'est fini ?

– Ça ne vous regarde pas.

Bien sûr que si

– Vous vous êtes déjà retrouvée trempée dans un resto ?

Elle me regarde de haut en bas d'un air dépréciateur en rangeant son rouge à lèvres.

– Jamais, et ne le prenez pas mal, mais… je doute que ça m'arrive, ricane-t-elle.

J'augmente le débit de l'eau et place délibérément

ma main en dessous pour l'éclabousser. Stéphanie crie et se cache le visage pour éviter mon agression hydraulique. Il faut croire que même les jolis bouquins ont peur d'abîmer leur maquillage.

– Oups ! Une autre erreur due à mon âge. Bonne soirée, lui souhaité-je en ignorant ses cris alors qu'elle me traite de tous les noms.

Pendant qu'elle se précipite sur les essuie-mains, je décide que, la meilleure option, c'est la fuite. Parfois, il faut savoir conserver le peu d'honneur qu'il nous reste. Imaginons que je fasse pire. Me connaissant, c'est tout à fait possible. Je sors des toilettes, pour aller avertir mes parents, quand le serveur à qui j'ai foutu un coup de chaise me regarde. Il m'attendait ?

– Je suis vraiment désolée pour tout à l'heure. Je suis très maladroite, m'excusé-je automatiquement.

– Il y a eu plus de peur que de mal. Je venais voir si tout allait bien.

– Oui, merci. Et vous ?

– Je suis moins à plaindre que vous, répond-il en se grattant nerveusement la nuque. J'ai reçu un gros pourboire pour vous donner ceci. C'est de la part d'un des clients.

Il me tend un torchon blanc. Intriguée, je l'ouvre et reconnais instantanément l'écriture de celui qui hante mes fantasmes.

Rejoins-moi à l'arrière du restaurant.
T.E.

Ma salive a un peu de mal à traverser ma gorge lorsque je l'avale. Il n'avait pas besoin de le signer, mais je suis ravie d'avoir une preuve aussi intime.

Le serveur attend que j'aie lu le mot, et a la galanterie

de me demander :

– Vous voulez le rejoindre ?

Je me sens obligée de me justifier.

– Oui. Je… je le connais.

Il me jette un regard étrange, à demi entre la confiance et la suspicion, puis il me fait signe de la tête de le suivre. Je sens les battements de mon cœur accélérer tandis que nous longeons le couloir, dépassons une pièce réservée au personnel et atteignons la porte de derrière, illuminée du néon vert « sortie ». La boule au ventre, je pose le pied à l'extérieur, non sans avoir remarqué le dernier coup d'œil du serveur.

– La voilà, annonce celui-ci comme s'il venait de conclure une transaction dangereuse.

Pourquoi est-ce qu'il semble plus nerveux que moi ? C'est moi qui vais affronter Tyler.

Le vent caresse mes vêtements rincés et je sens le froid me griffer la peau à travers ceux-ci. Mais, dès l'instant où je vois mon prof, j'oublie la température extérieure, mon état et la réaction bizarre de mon accompagnateur.

Appuyé contre une rambarde, sa veste de moto dans une main, il tire une taffe sur sa cigarette électronique. J'observe la fumée s'évader de sa bouche en me demandant quel parfum elle a. Il pose ses yeux noisette sur moi. J'ai de nouveau du mal à avaler ma salive. J'ai toujours trouvé ses yeux captivants. Mais, ce soir, sous la lueur tamisée du petit lampadaire, dans cette rue déserte, ils sont magnétiques. Comme il ne réagit pas, je m'avance vers lui.

– Tu voulais me voir ?

Mon ton est aussi colérique que je le souhaite.

– Tu vas bien ?

Le sien trahit son inquiétude. Je me rends compte qu'il parle de l'incident de tout à l'heure.

– Je préférerais qu'on fasse comme si rien ne s'était passé.

Il étouffe un petit rire.

– Qu'est-ce qui te fait sourire ?

– Ta réaction. Tu as juste été victime d'inattention, Kelly, ce n'est pas comme si tes parents t'avaient surprise en train de t'envoyer en l'air. Façon de parler parce que tu es vierge.

Sa manière de le dire m'agace. Tout ce que j'entends, c'est que je suis inexpérimentée et que c'est pour ça qu'il part voir ailleurs.

– Si tu voulais me parler, tu aurais pu me le faire savoir directement. Ce n'était pas la peine de me faire passer comme une marchandise illégale.

– Si tu étais une marchandise, Kelly, tu serais une pièce rare, pour laquelle j'aurais eu la chance de me battre aux enchères.

Il parcourt mon corps de cette façon à la fois indécente et respectueuse qui lui est propre, puis ajoute :

– Et j'aurais été capable de verser une fortune pour t'avoir.

Alors, possède-moi, ce n'est pas si difficile ! Dis-moi que tu es à moi, dis-moi que je te suffis.

Il se redresse, range sa cigarette et déplie sa veste. Je scrute son visage à mesure qu'il s'avance vers moi. Il pose le large vêtement sur mes épaules et rabat les pans devant ma poitrine pour la couvrir.

– Je me suis dit que tu en aurais besoin.

– Je n'ai pas si froid que ça, lancé-je, sur la défensive.

– Ce n'est pas du froid que je cherche à te protéger. Je préfère que d'autres hommes ne te voient pas ainsi. Heureusement, pour une fois, tu as enfilé un soutien-gorge.

Les hommes et leur masculinité toxique !

Je sens ma jalousie s'amenuiser contre mon gré, mais, comme il m'est beaucoup plus facile de lui en vouloir, je conserve mon attitude hargneuse.

– Tu as le droit d'être ici et de me parler comme ça ?

Ton superbe rendez-vous t'attend.

Il me lance un regard impassible.

– Tu la trouves superbe ?

– Pas plus que moi, feinté-je. Tu sors avec elle ?

– Non pas que ça te concerne, mais la réponse est non.

– Vu la façon dont tu me regardes, ça me concerne.

Ses mains sont toujours sur mes épaules. Il continue de me dévorer des yeux. Je meurs d'envie de sentir ses bras se refermer autour de moi. S'il veut vraiment me protéger, c'est ce qu'il devrait faire.

– Comment est-ce que je te regarde ?

– Comme si tu savais que, tôt ou tard, tu posséderais cette pièce rare.

Ses yeux, plongés dans les miens, me déstabilisent.

– J'espère qu'elle sera encore plus mouillée que maintenant quand ce sera le cas.

Mon entrejambe se contracte. Ce n'est pas le moment d'être excitée par les images que son sous-entendu crée dans mon esprit. Ses doigts se posent sur ma taille. Je regrette qu'il y ait des couches de vêtements entre nous. De son autre main, il prend délicatement la mienne et y retire le torchon, avec la preuve écrite de notre échange.

– Je ne prends pas de risques inutiles. Au passage, si jamais le serveur te demande de sortir avec lui, refuse.

– Quoi ?

– Il aurait pu éviter ta chaise s'il n'avait pas eu les yeux dans ton décolleté. Je l'ai déjà mis en garde pour qu'il ne tente rien, mais, juste au cas où, je préfère te prévenir aussi.

Hein ?

De quel droit croit-il pouvoir intervenir à ma place, alors qu'il dîne avec une autre ?

– À demain, Kelly.

Je ne suis pas sûre d'avoir compris ce qui vient de se passer, mais une chose est très claire : Tyler m'a remarquée bien avant que le serveur ne me rentre dedans. Ma frustration m'abandonne et je supplie :

– Ne couche pas avec elle.

Ne la regarde pas. Ne lui parle pas. Ne va pas la rejoindre.

– Pourquoi ?

Ma voix s'éraille quand je réponds.

– À cause de moi. À cause de… nous.

Il parcourt mon visage des yeux, cherchant peut-être à s'assurer que je suis suffisamment préparée à entendre ce qu'il s'apprête à me dire.

– Nous ? C'est quoi, « nous », exactement, Kelly ? Devoir te parler à l'arrière d'un restaurant pour que personne ne nous voie ? Ne pas pouvoir déjeuner ensemble sans se trouver d'excuses ou de chaperons ? Faire semblant de s'ignorer quand on est dans la même pièce ? Ne pas être capable de venir chez toi sans que ton taré d'ex-copain me saute dessus ? Ne pas pouvoir te toucher, te caresser ou te serrer contre moi ? déblatère-t-il d'une traite. Cette simple veste sur tes épaules représente un interdit que j'ai franchi. Parce que tu ne peux pas être à moi.

Le souffle me manque. Je ne sais pas quoi répondre. Il marque une pause et reprend plus posément :

– J'ai déjà compris que, peu importe ce que je me répète, tu envahiras mes pensées. Mais je n'ai pas l'intention de m'abstenir jusqu'à ce que tu sois sortie du lycée.

Le flot de larmes arrive, je le sens venir. Je fais tout pour le retenir.

– Si tu m'aimais, tu le ferais.

Tu m'aimes ?

Je guette les trois mots dans ses yeux, sur son visage, ses lèvres. Ce que j'y lis ne ressemble pas à ce que je veux entendre.

– Tu es une *torture* pour moi, Kelly. C'est peut-être

ton cas, à toi, mais moi, je n'aime pas spécialement souffrir.

Sur ces paroles destructrices, il se retourne et s'en va.

Il va la voir, elle. Miss Parfaite.

Son dos s'éloigne peu à peu, jusqu'à ce que je ne sois plus capable de bien le distinguer à travers mes larmes.

Il ne m'aime pas. Pourquoi lui non plus ne m'aime pas ? Pourquoi ceux à qui je donne mon cœur n'arrivent pas à me le rendre aussi bien ? Pourquoi ils disent chercher à me protéger, alors que, finalement, ce sont ceux qui me font le plus de mal ?

J'essuie mes nombreuses larmes l'une après l'autre jusqu'à ce qu'il n'y en ait plus. L'excès de douleur prend le dessus sur ma capacité à raisonner correctement. Je fixe les cailloux au sol et gratte mon jean de mes ongles tandis que mon petit plan se met en place.

D'un pas extrêmement calculé, je retourne à table, plaque un sourire rassurant sur mon visage et attends que mes parents détournent le regard pour cacher mon couteau dans une serviette. Je m'assure ensuite de bien l'enfouir sous la ceinture de mon jean et de le recouvrir de ma chemise.

– D'où vient cette veste ? demande ma mère.

Le mensonge me vient avec une aisance que je ne me connaissais pas.

– Je l'ai récupérée dans le coffre de la voiture. J'ai demandé à John de me la donner.

Elle ne cherche pas à cacher son écœurement.

– Tu portes souvent ce genre de chose ?

– Chaque fois que tu n'es pas là, maman. Je pense que tu sais autant que moi ce que ça donne en matière de fréquence.

– Tu arrêtes de me parler sur ce ton, Kelly ! Et va retirer ce truc. Ça te fait passer pour une fripouille. Je préfère encore que tu gardes tes vêtements trempés.

Et moi, je préfère me barrer d'ici. Mais je reste extrêmement calme, d'une passivité toute nouvelle, également. À bien y réfléchir, son ordre aura au moins servi à me donner une excellente excuse.

– Tu as raison, je vais la ranger. Je reviens tout de suite.

Je me lève, traverse le restaurant comme une machine programmée, ne regardant rien d'autre que la porte de sortie. Lorsque j'atteins ma destination, je remonte la veste sur ma tête pour me camoufler des potentielles caméras de surveillance, vérifie qu'il n'y a personne et sors le couteau de sa cachette.

Moi, je ne suis pas comme le personnage de Lara Jean. Je ne crains pas que les personnes qui entrent dans mon existence puissent en sortir. Je laisserai toujours ouverte la porte qui les a fait entrer dans mon cœur et ne chercherai jamais à les y emprisonner. Il n'y aurait, de toute façon, pas assez de place à l'intérieur de ce petit muscle pour contenir tout le monde. Tout ce que je demande, en revanche, c'est de ne pas venir jouer les touristes ou les trouble-fêtes. Mes parents sont déjà des maestros dans ce rôle depuis ma naissance.

Mais, Tyler, tu es aussi mon exception. À partir du moment où tu es entré dans ma vie et dans mon cœur, j'ai refermé les frontières te permettant de t'en aller. Tu ne crois tout de même pas pouvoir t'en sortir si facilement après ce que tu m'as dit, si ?

21

Tyler
Cinq ans plus tôt

Fuck, fuck, fuck !

Elle va me le payer !

Cela dit, ma colère a eu le temps de se calmer pendant que j'étais assis sur ce fichu banc, en compagnie d'un type qui empestait l'alcool et qui a failli s'endormir sur mon épaule. J'ai passé la nuit à ressasser, à me demander si je sortirais de ma cellule, si mon oncle l'apprendrait, s'il menacerait encore de s'en prendre à Briana.

Le même policier qui m'a enfermé hier, à cause de mon mutisme, vient me sortir de ma cellule de garde à vue. J'aurais pu leur dire que ce n'était pas moi qui avais défoncé les pneus de cette bagnole, cassé les rétroviseurs et gratté mon prénom avec une lame sur le capot. Mais comment aurais-je pu expliquer que mon élève portait ma veste de moto, que je m'étais retrouvé impliqué dans une affaire avec une lycéenne, avec, en plus, ses parents ultra-influents en ville ?

J'ai préféré faire ce que Crystal River m'a appris le mieux : prendre sur moi.

– Tyler ! crie Alexa, les yeux larmoyants, quand elle me voit arriver.

Je n'ai pas pensé à la peine que la nouvelle lui ferait, mais je ne pouvais appeler personne d'autre. Bri est trop jeune et, en dehors d'elle, je n'ai personne sur qui compter dans cette ville. Ça me soulage de voir que ma tante est seule. J'espère vraiment qu'elle n'en a pas parlé à son mari. Arrivée à mon niveau, elle glisse une main rassurante dans mon dos, et nous faisons face au policier.

– La victime a accepté de retirer sa plainte contre de plates excuses et des dommages-intérêts, m'apprend-il.

Je sais que c'est grâce à Alexa. Étant donné que j'ai fait le mur après avoir dîné avec eux, ni elle ni les deux autres ne savaient que je n'étais pas dans mon lit. Je n'ai réussi à l'avoir au téléphone que tôt ce matin pour lui raconter qu'on m'avait arrêté pour destruction de biens d'autrui. C'est ma tante qui est allée voir la victime pour s'excuser et la convaincre de retirer sa plainte.

– Pour ce qui est de l'amende… continue le gars en uniforme.

– Envoyez-la à mon nom, indique ma tante.

– Je te rembourserai, murmuré-je à son intention.

Elle remercie le policier avant de se tourner et de me jeter un regard noir. Je ne l'ai jamais vue avec cette expression.

– Je ne suis pas juste en colère Tyler, je suis déçue par toi ! Qu'est-ce qui t'a pris ?

Je hausse les épaules. Elle résume plutôt bien ce que je ressens pour Kelly.

– On rentre ensemble ! impose-t-elle, comme si elle craignait que je décide de m'enfuir pour me fourrer dans d'autres problèmes.

– Je dois prendre une douche avant d'aller donner mon cours au lycée, de toute façon.

Je ne veux pas offrir une raison de plus à George de s'en prendre à nous. Et je dois *la* voir.

***

J'arrive avant mes élèves, m'assois et attends qu'ils se pointent. J'attends qu'*elle* arrive. Je veux voir sa réaction. Est-ce qu'elle sera surprise ? Satisfaite ? Coupable ?

Rien.

Elle entre dans la salle, le visage inexpressif, et se pose sur une chaise au hasard. Loin de Todd, c'est déjà ça. Celui-ci continue de m'envoyer des regards mauvais dès qu'il le peut. Je fais de mon mieux pour l'ignorer. Phil, Justin et moi avons déjà des plans pour lui dès le dernier jour de cours, quand je ne serai plus tenu d'être un parfait prof compréhensif. Il va en baver jusqu'à pisser dans son froc et pleurer sa maman.

Pour l'instant, j'ai d'autres chats à fouetter. Je finis de faire l'appel dans le plus grand des calmes.

– Vous savez que la note comptera pour trente pour cent de votre moyenne. Sauf pour Mlle Snones, qui a déjà un A. D'ailleurs, je n'ai toujours pas compris : vous êtes là pour… ?

Annie m'adresse un faux sourire.

– On peut toujours améliorer un record, monsieur Evans. Je vise un A+.

– Ben voyons !

Je retiens un soupir blasé.

– J'espère que vous avez révisé et que… En fait, je m'en fous. C'est pour vous que vous travaillez, alors bonne merde.

À l'exception de Kelly et de sa meilleure amie, mes élèves pouffent de rire. Étonnamment, ils ne s'offusquent plus de ce que je dis. Je crois qu'ils prennent ça pour de l'humour ou un truc comme ça.

Dès que je distribue les feuilles, ma salle se fait silencieuse. Annie se prépare en attachant ses cheveux blonds encore plus fermement que d'habitude. J'ai l'impression qu'elle se croit sur un champ de bataille, mais ça ne devrait plus m'étonner, après tout. Dès qu'elle attrape son stylo, ma meilleure élève ne lève plus les yeux de sa copie. Pour réfléchir, Thomas se frotte le front à plusieurs reprises, comme il le ferait avec une lampe magique. C'est sûr que, sans génie pour exaucer un de ses vœux, je ne vois pas comment il pourrait obtenir une note convenable. Todd est… le seul dont j'espère pouvoir marquer la copie d'un grand F en rouge. Je m'amuserai à mettre autant de F que de mauvaises réponses. Chelsea a des yeux beaucoup trop écarquillés – probablement un symptôme dû aux examens. J'essaie d'oublier à quel point elle fait flipper pour me concentrer sur Kelly.

Je me promène entre les rangs, vérifiant que personne ne triche. En tout cas, en apparence. En réalité, je cherche surtout à attirer l'attention de mon ignoble élève préférée. Je passe et repasse autour de sa table, près de son rang. Rien.

Bizarrement, elle est devenue indifférente à ma présence. Je remarque, en lorgnant au-dessus de son épaule, qu'elle est en train de dessiner au lieu de travailler. Et ce qu'elle dessine sur son brouillon est… à la fois incroyablement bien fait et digne d'une BD érotique. Elle mériterait que je la mette en colle. J'inspire profondément pour maintenir mon calme.

Prends sur toi, Tyler.

Elle sait que je l'observe. Elle savait que je verrais le dessin.

Je m'approche d'elle et lui souffle entre mes dents :

– Viens me voir à la fin du devoir, j'ai à te parler.

Elle se contente d'acquiescer. Elle croit vraiment qu'elle a le droit de réagir comme ça après ce qu'elle a fait ?

Je vais m'asseoir tranquillement à mon bureau, attendant avec impatience la fin de l'heure. Je suis tellement en rogne que je n'arrive pas à me concentrer sur les offres de travail que j'ai préenregistrées sur mon ordi. Mon regard passe de ma montre à mon écran, puis à

Kelly, puis au reste de ma classe pour que ça ne soit pas trop évident que je ne m'intéresse qu'à elle. *Putain, faites que le temps passe plus vite !*

La sonnerie, annonçant la fin de l'heure, fait murmurer des « déjà ? », « j'ai pas fini » ou « enfin » à certains de mes élèves. Pour moi, elle est arrivée beaucoup trop tardivement. Je stoppe le mouvement impatient de mon pied et attends que Kelly vienne me retrouver, mais cette petite peste dépose sa feuille vierge et son brouillon sur ma table, me regarde droit dans les yeux, puis se précipite dehors. Je serre le poing.

Argh, je vais la... !

Je plie le brouillon et le range dans la poche arrière de mon jean avec toute la discrétion que le fait de kiffer mon élève m'a enseignée. Je recommence à taper du pied prestement pour tenter de calmer mon sang, qu'elle a le chic de faire bouillonner. Elle n'est pas rentrée chez elle, elle a encore cours : c'est la seule chose qui me convainc de ne pas lui courir après. Ça, et le souvenir de ce qui s'est passé la dernière fois que j'ai commis cette bêtise.

Quand la dernière copie m'est rendue, je me dis que l'heure de régler les comptes est arrivée. Je range les feuilles dans mon sac et m'apprête à aller chercher celle sur qui je dois déverser ma rancœur. J'irai jusque chez elle aujourd'hui s'il le faut.

Je ne vais pas bien loin, puisque je suis surpris par une de mes élèves, qui n'est toujours pas partie. Qu'est-ce qu'elle attend ? Elle a déjà rendu sa copie.

– Je peux faire quelque chose pour vous ? demandé-je sur un ton relativement posé, vu la rage qui est en train de forcer les portes de mon accalmie.

Elle ferme la porte de la salle et se rapproche, diminuant la distance qui la sépare de moi de plusieurs mètres. Je le sens mal.

– Le bal de promo… commence-t-elle timidement. On ne sera plus vos élèves lorsqu'il aura lieu et… je me suis dit que ça pourrait vous intéresser.

Oh, non ! Pas encore !

Ce n'est vraiment pas le jour pour ça. Pas après la journée que j'ai passée. Je lui donne une chance d'anticiper ma réponse négative.

– M'*intéresser* ?

– D'y aller avec moi, je veux dire, articule-t-elle, les yeux pleins d'espoir.

– Non, refusé-je fermement.

J'ai envie de sourire gentiment pour faire passer le refus, mais ma mâchoire est crispée. J'ai besoin de parler à cette peste de Kelly !

– Vous êtes sûr ? Vous pouvez encore y réfléchir et…

– Comment le dire de façon professionnelle ? Mademoiselle Wendel, je n'en ai rien à faire. Invitez quelqu'un d'autre. À demain.

J'ai à peine le temps de constater que Chelsea attendait son amie devant la salle. Je fonce tout droit vers le gymnase de l'école, glisse ma tête dans l'embrasure de la porte et la cherche du regard. La leader de l'équipe est en train de s'étirer avec d'autres membres, mais il n'y a aucune trace de ma brune aux cheveux bouclés. Elle n'a tout de même pas séché les cours, si ? Elle est peut-être juste en retard. Je décide d'aller vérifier dans les vestiaires.

La première fille qui en sort, dans son uniforme de pom-pom girl, m'adresse un regard surpris et consterné, comme si j'étais un pervers. Bon, j'avoue qu'au vu de la scène, on pourrait se poser des questions.

– Je cherche Mlle Moore, me justifié-je. Elle a oublié de rendre son devoir. Elle est à l'intérieur ?

– Oh ! répond-elle avec un sourire soulagé. Ça ne m'étonne pas, Kelly est une vraie tête en l'air. Je vais lui dire que vous l'attendez.

– Merci.

Elle retourne à l'intérieur et en ressort quelques instants plus tard, sans être accompagnée.

– Je dois y aller, mais elle ne devrait pas tarder, me rassure-t-elle.

Je la remercie d'un signe de tête et m'adosse contre le mur, à côté de la porte. Il est tard. Les couloirs sont peu à peu désertés. Trois autres filles sortent des vestiaires, mais toujours aucune trace de ma détestable élève préférée. Au bout de dix minutes d'attente, qui défilent comme une éternité, elle sort enfin de la pièce. Elle me dévisage avec des yeux indifférents. Il est bien loin le regard admiratif qu'elle me lançait lors de nos entrevues.

Qu'est-ce que c'est que cette attitude ?

– Vous vouliez me voir, monsieur Evans ?

Des bruits de pas résonnent au fond du couloir. Par sécurité, je décide de poser une question relative à ce pour quoi je suis censé être dans cette foutue école.

– Pas trop dur, le devoir ?

– Non.

C'est un « non » sec, dénué, en apparence, de tout sentiment.

– Tu es fière de toi, Kelly ? grogné-je dès que le bruit des pas disparaît au loin.

– À quel sujet ?

Elle ne me regarde plus. Apparemment, ses mains sont plus fascinantes.

– Si tu voulais me montrer ta jalousie, chose que je n'accepte pas, que ce soit bien clair, tu aurais pu rayer ma moto, en crever les pneus, casser les rétroviseurs ou que sais-je ! Mais ce que tu as fait, Kelly, abîmer la bagnole d'une inconnue en faisant croire que c'était moi, ça m'a mené en garde à vue !

Elle ne me jette pas un regard, gardant les yeux fixés

sur ses ongles. Je ne semble plus exister. Je me positionne devant elle et la force à lever la tête.

– C'est Alexa qui a dû venir me chercher ce matin ! m'emporté-je face à son air impassible.

J'évite de rajouter que j'ai supplié pour qu'elle n'en parle pas au dirlo.

– M'en prendre à ta moto ne t'aurait pas empêché de passer la nuit avec Miss Parfaite.

De la colère. Elle n'est pas aussi indifférente qu'elle veut le laisser paraître, mais qu'elle n'aille pas croire qu'elle a le droit d'être plus en rogne que moi.

– Ma famille a plus d'influence que la tienne et on connaît la propriétaire du restaurant à qui appartient la voiture, ajoute-t-elle doucement. J'aurais appelé Helena si tu n'avais pas été libéré.

Et elle appelle ça un argument ? Ce qu'il lui faut, c'est une bonne petite fessée, oui !

– De la même façon que tu as appelé la police ?

Elle ne se donne pas la peine de répondre. J'attrape ses joues avec mes paumes et la force à me regarder bien en face.

– C'était toi, l'appel anonyme ?

Je sens sa mâchoire se contracter sous mes mains. Elle continue de maintenir ses lèvres closes. Au fond, je connais très bien la réponse. J'ai pris la faute sur moi, mais elle ne restera pas impunie. En attendant, quelque chose me chiffonne encore plus.

– Tu es une sale gosse, jalouse et impertinente, à cause de qui je me retrouve toujours mêlé à des problèmes dont je me passerais bien. Enquiquineuse, têtue, imprévisible, j'ai déjà vu tout ça, mais tu n'as jamais eu un comportement aussi inconscient ! Et je ne parle pas que d'hier. Pourquoi tu as bâclé ce devoir ?

Elle se contente de hausser les épaules en guise de réponse.

– J'avais prévenu que cette note compterait pour une bonne partie de votre moyenne. Pour ton *SAT* de maths, pour ton dossier scolaire, pour Columbia, pour New York ! Qu'est-ce qui t'arrive ? Tu n'en as vraiment plus rien à foutre ?

– Non, répond-elle en haussant de nouveau les épaules nonchalamment.

– OK… On ne va pas y arriver comme ça.

J'épingle son poignet avec force et l'entraîne à l'intérieur des vestiaires.

– Il y a quelqu'un ? crié-je en même temps que je vérifie qu'il n'y a personne au niveau des casiers.

– Je dois aller en cours, monsieur Evans, me dit Kelly en se débattant.

– Pourquoi tu n'as pas répondu à une seule question ?

Ils ont fini par *matrixer* mon cerveau pour faire de moi un vrai prof. Il n'y a que ça qui puisse expliquer que son avenir professionnel ait plus d'importance que la crasse qu'elle m'a faite hier soir.

– En quoi ça te regarde ? Fais juste ton travail, corrige les copies et oublie-moi !

– Je ne peux pas ! beuglé-je.

– Pourquoi ? T'es ni mon père ni mon copain. Tu as été clair sur le fait qu'on ne sortait pas ensemble !

Je ne prends pas trop à cœur ses paroles. Elle réagit sûrement de la sorte parce qu'elle est blessée dans son ego.

– Parce qu'on ne *peut* pas ! Pas parce que je ne *veux* pas !

Elle profite du fait que ma main tremble de fureur pour retirer son poignet et essayer de s'échapper. Je n'ai même pas besoin de courir avant de la rattraper. Alors qu'elle est dos à moi, je referme mes deux bras autour de sa taille et la soulève telle quelle pour l'emmener dans une cabine de douche.

– Laisse-moi partir, Tyler ! J'ai cours ! crie-t-elle en frappant l'air.

Je resserre mon étreinte.

– Si c'est pour fournir la même performance qu'à mon devoir de maths, tu ne manqueras à personne.

Je la dépose contre le mur de la cabine et referme à clé derrière. Dans cet espace réduit, avec moi comme gardien de sortie, elle ne pourra pas s'échapper. Elle le sait, mais elle ne s'avoue pas vaincue pour autant. Lorsqu'elle décide de me faire face, c'est pour m'affronter. Tant mieux, j'attends des explications. Je préfère nettement ses yeux qui me transpercent à l'indifférence qu'elle a voulu me verser à la gueule tout à l'heure. Je sors son brouillon de la poche de mon jean, le déplie et le lui montre.

– Qu'est-ce que c'est que *ça*, Kelly ?

Cette inconsciente a dessiné une silhouette féminine avec des boucles en train de se faire prendre par-derrière par un homme qui porte l'uniforme de l'équipe de rugby. Todd, à n'en pas douter. Comme si le message n'était pas assez éloquent, elle a ajouté un charmant commentaire en dessous :

À chacun son ex.

Tu revois la tienne, je revois le mien.

– Ce que tu as envie de me faire, rétorque-t-elle. Mais tu es trop froussard pour te lancer.

– Tu n'as pas la moindre idée de ce que je veux te faire. Et il vaut mieux, pour nous deux, que cela reste ainsi.

– Tu ne veux pas que je fasse comme toi ? Que je te trouve un remplaçant ? Parce que c'est bien ce qu'était ton dîner d'hier, non ?

– Moi, je l'aurais baisée, Kelly ! Tu ne sais même pas ce que c'est.

Elle blêmit, mais sa petite bouche sensuelle continue de me provoquer.

– Évidemment que si. Je ne suis pas une sainte-nitouche.

Elle hausse encore plus la tête, un air de défi sur le visage.

– Je ne te l'ai pas suffisamment prouvé ?

– Pas assez, il faut croire.

Je vois, dans ses yeux brillants, que je viens de jeter l'allumette. Le feu va très vite s'intensifier entre nous. Aujourd'hui, il ne me brûlera pas. Depuis la nuit dernière, mon sang m'a habitué à sa chaleur.

– Et si je fais ceci ? dit-elle en retirant son haut pour le jeter par terre.

Sans me quitter des yeux, elle dégrafe son soutien-gorge. Je serre les poings en revoyant ses putains de courbes, qui hantent mon esprit.

– Et ça ?

Cette fois, c'est sa jupe qui glisse lentement le long de ses cuisses pour rejoindre le sol. Je caresse du regard sa poitrine, son ventre, le triangle entre ses cuisses. Je soupire lourdement.

– Ou encore cela ?

Elle se rapproche de moi, les yeux fixés sur mes lèvres. Je déglutis quand sa main se pose sur la boucle de ma ceinture. Je reste figé, la regardant, parce que je ne peux pas faire autre chose pour l'instant. Elle est trop proche, trop délicieusement tentante. Si je la touche tout de suite, je perdrai tout contrôle.

– Tu n'aimes pas le danger, Tyler ?

La pression dans mon pantalon augmente à chaque cran de ma fermeture éclair qu'elle libère. Elle continue lentement, n'en ayant rien à foutre de la lueur menaçante dans mes yeux. Ma voix n'est qu'un murmure rauque lorsque je réponds.

– Tu ne sais pas ce qu'est le danger. Sinon, tu ne lui courrais pas après avec autant de volonté.

– Ça doit être pour ça que je prends plus de risques que toi. Et si tu en faisais de même, pour changer ? Rien qu'une fois, au lieu de te comporter comme une chiffe molle ? C'est tellement plus facile de rejeter la faute sur l'interdit plutôt que d'assumer qu'on est un dégonflé, non ?

J'attrape sa queue-de-cheval et la tire en arrière en guise d'avertissement. Mes yeux se posent sur ses lèvres entrouvertes.

– Ta bouche est aussi insolente que les mots qui en sortent.

– Et aussi douce qu'elle en a l'air. Tu le sais, n'est-ce pas, Tyler ? Tu l'as déjà sentie autour de ta queue. Mais je peux facilement lui trouver un autre ami avec qui jouer si tu…

Je fonce sur elle pour capturer ses lèvres tout en plaquant son corps contre le mien, mon érection à l'air, pointant vers ses cuisses.

Mon sang, déjà à température inhumaine, n'a fait qu'un tour quand je l'ai entendue parler. Je savais que ce n'était que de la provocation, mais mon cerveau n'arrivait plus à réfléchir correctement. Je les veux tellement. Ces lèvres qui ne sont qu'à moi. Aucun autre n'aura le droit d'y toucher. Mon baiser n'a rien de doux. Je la dévore, le cœur toujours énervé.

Nos langues se cherchent, s'accusent, s'apprivoisent.

Putain ! Embrasser quelqu'un ne devrait pas être si bon.

Ses gémissements ne devraient pas être si ensorcelants. Tous mes sens se mélangent et je la serre contre moi. Je voudrais que ce baiser dure aussi longtemps que le temps que j'ai pris à céder à mon envie de l'embrasser. Quand je m'arrête pour respirer à peu près correctement, je lis le désir dans ses yeux. Pur. Intense. Brut.

Elle rapproche sa bouche de la mienne. J'entoure son cou de ma main et maintiens ses lèvres proches des miennes tout en me refusant à elle.

– Tu sais ce que je déteste le plus avec toi, Kelly ? C'est de ne pas avoir la capacité de me contrôler. Nous retrouver seuls peut vite faire déraper la situation, mais chaque fois que tu me pousses à bout, je démarre au quart de tour. J'en veux encore. Tu me rends comme toi : illogique, impulsif…

Mes lèvres frôlent les siennes.

– … complètement fou.

Ma voix a perdu en audibilité. Son souffle s'accélère tandis qu'elle observe mes lèvres à proximité des siennes. Je souris, presse ses hanches contre mon ventre et l'embrasse encore, plus tendrement cette fois-ci, juste pour l'apaiser, pour qu'elle baisse sa garde. Lorsque je sens ses défenses s'effriter, ses doigts sur mes biceps s'adoucir, je me défais de notre baiser et la retourne brusquement, ventre face au mur.

– Enlève ta culotte et penche-toi, murmuré-je près de ses oreilles.

Son petit halètement étouffé trahit son excitation.

– Tu vas… me faire l'amour ?

– Oh, maintenant, on devient nerveuse ? J'ai la tête de quelqu'un qui s'apprête à faire gentiment l'amour ? Penche-toi en avant, Kelly ! ordonné-je plus fort.

Elle tremble légèrement de peur, mais finit par obéir. Son dernier vêtement rejoint les autres, puis elle pose sagement ses mains à plat contre le mur et recule les fesses pour avoir une position un peu confortable. Son cul est juste là, sous mes yeux, à portée de main, à portée de queue. Cette dernière souffre de ne pas pouvoir plonger dans la moiteur entre ses jambes. J'entends la respiration bancale de Kelly, mais elle ne dit rien. Elle reste là, à m'attendre. Je sais que ce n'est pas parce qu'elle a soudainement décidé de devenir docile, mais parce qu'elle me fait confiance. Je ne lui ferai rien qu'elle n'aimera pas, elle le sait.

– Je ne vais pas me montrer tendre, indiqué-je.

Elle hoche lentement la tête en signe de consentement.

– Je vais utiliser le pommeau de douche, Kelly. Penses-tu être prête pour cela ?

Si elle décide de partir tout de suite, je ne l'en empêcherai pas. Mais elle n'en fait rien. À la place, elle fait pivoter légèrement sa tête, capture mon regard, puis acquiesce à nouveau.

Sans plus de protocole, je lève ma main et l'abats sur sa fesse. Elle ne crie pas, mais se crispe de douleur. Je caresse la partie que je viens de frapper pour l'apaiser. Je tends la main et m'empare du pommeau de douche posé sur son socle. Mes doigts glissent sur le dos de Kelly, jusqu'au galbe de ses fesses rebondies.

L'arrière plat du pommeau remplace ma main et vient claquer sa fesse.

– Ça, c'est pour m'avoir envoyé en garde à vue !

Je m'attaque à la fesse voisine. Un cri sort encore de ses lèvres, mais, cette fois, il est plus faible, la surprise ayant disparu.

– Ça, c'est pour m'avoir caché que tu étais en couple !

Une troisième claque part.

– Ça, c'est pour toutes les fois où tu as refusé de m'obéir.

Ses ongles grattent le mur pour y enfoncer sa douleur. Et son plaisir. Parce que, cette troisième fois, un faible gémissement a franchi sa bouche.

– Ça, c'est pour m'avoir traité de con, dis-je en lui assénant un autre coup.

– Tyler… balbutie-t-elle.

Elle gigote, se penche vers l'avant, puis se repositionne pour recevoir les autres fessées.

– Les suivantes seront pour mon propre plaisir, Kelly. Tu te rappelles quand, dans ma chambre, tu as si bien compté ? Je veux que tu fasses la même chose. Compte chacune des fessées que je vais te donner.

– Com… combien il y en aura ? halète-t-elle.

– Tu veux parier ? Deviner le nombre ? C'est moins facile quand le jeu n'est pas truqué, n'est-ce pas ?

J'écarte légèrement ses cuisses et caresse, du pouce, l'entrée de sa fente. Un sourire de pure satisfaction se dessine sur mon visage. Elle est mouillée. Se faire fesser l'excite.

Bon sang, elle coche tous les critères de mes fantasmes !

Il ne m'en faut pas plus. Le pommeau fouette sa peau déjà embrasée.

– Compte, Kelly.

Je masse l'endroit que je viens de faire rougir.

– Un…

Bien.

Je recommence avec plus de force.

– Deux… trois…

À ce stade, j'alterne entre le pommeau et ma main.

– Quatre… cinq… six… sept…

Je mange sa peau rougie des yeux, consomme ses cris, qu'elle ne tente plus d'étouffer, m'alimente de chacun de ses va-et-vient, qui me réclament plus. Mais ce qui me nourrit davantage, c'est l'intensité de son plaisir. Je savais qu'elle était comme moi. Je savais qu'elle aimerait ça. Je continue sur ma cadence, jusqu'à ce que sa voix s'éraille et que j'entende les premiers signes de sanglots. Je m'arrête et laisse tomber le pommeau à terre.

– Tyler… soupire-t-elle.

– Tu as eu mal ?

– Oui, mais…

Je devine la suite.

– C'était bon, n'est-ce pas ?

Je sais ce qu'elle veut. Je sais qu'elle a besoin de la même délivrance que moi.

– Hmm…

Une main sur sa hanche, l'autre au niveau de son cou, je ramène son corps contre mon torse pour souffler à son oreille :

– Je veux te l'entendre dire, Kelly.

– Prends-moi, Tyler… s'il te plaît, gémit-elle.

Le sang afflue vers mon pénis. Mon pouce et mon index viennent pincer ses tétons pointus tour à tour.

– Ce n'est pas ce que j'ai demandé.

– Oui, c'était bon ! C'était tellement bon que j'en veux plus, Tyler. Je te veux, toi.

Elle n'a pas le droit de faire ça, ajouter une supplique à celles que mon sexe me lance déjà. Je lèche le lobe de son oreille et grogne :

– Est-ce que tu sais seulement ce que ça signifierait de sortir avec moi ? Pourquoi je bannis autant cette idée de ma tête ? Je suis le neveu du directeur. Je peux trouver un moyen de me procurer tous les emplois du temps qui m'intéressent. Sais-tu ce que j'en ferai, Kelly ?

Incapable de parler, elle me fait « non » de la tête. Ma main quitte son sein, dessine des cercles autour de son nombril et glisse vers son intimité. J'atteins sa chatte mouillée de désir et y glisse deux doigts. Elle se cambre automatiquement en haletant.

– Je te baiserai dans chacune des pièces inoccupées dans cette putain d'école. La réserve de la bibliothèque ? Les livres en tomberont sous la rudesse de mes coups de reins entre tes cuisses. Les vestiaires et les toilettes ? Leurs miroirs seront les seuls témoins de ton visage lorsque je te ferai jouir de plaisir. Je te prendrai sur le piano de la salle de musique, te ferai agripper un chevalet, dans la salle d'art, pendant que je m'insérerai en toi. De plus en plus vite… comme mes doigts en ce moment.

– Tyler…

Ses mains s'enfoncent dans ma nuque. Les yeux fermés, elle ondule du bassin sur mes doigts, qui continuent de la baiser.

– Je veux que tu visualises les éviers sur les tables du labo de chimie, Kelly. C'est bon ?

– Hmm…

– Je ne parlais pas de mes doigts Kelly, précisé-je. Je sais que ce que je te fais te plaît. Tu mouilles tellement… Est-ce que tu visualises ce que je t'ai demandé ?

– Oui… Je… je vois les éviers.

– Maintenant, imagine-toi toute nue, les jambes écartées au-dessus de l'un d'eux pendant que je regarderais le filet d'eau couler et titiller ton clitoris.

J'accompagne mes mots d'une pression sur son organe du plaisir.

– Oh, putain…

– Tu aimerais ça ?

Elle hoche vivement la tête pour me confirmer qu'elle est aussi coquine que dans tous mes rêves.

– Tu es tellement prête pour ma queue qu'elle a du mal à se retenir, Kelly.

Elle baisse une de ses mains, tâtonne mon ventre en descendant plus bas, pour finalement encercler mon sexe de ses doigts. Je retiens un juron.

– Arrête de te retenir, Tyler… Arrête de te faire du mal.

Un rire nerveux m'échappe.

– C'est toi qui me fais du mal. Je ne te baiserais pas jusqu'à ce que tu aies fini le lycée.

Je sais. Je mérite un trophée pour ma résistance parce que, putain, je n'ai jamais voulu de quelque chose à ce point.

Elle me tourne toujours le dos. Je dévore sa peau de petites morsures, le lobe de son oreille, sa nuque, son cou, le dessus de son épaule. Elle intensifie sa caresse autour de ma queue, m'obligeant à accélérer les allers-retours de mes doigts en elle.

– Tyler, je vais bientôt... dit-elle en se cambrant encore plus.

Son allure est de plus en plus frénétique. Je suis le même rythme qu'elle, mais, très vite, elle ralentit la cadence, trop absorbée par son propre plaisir. Ses ongles s'enfoncent dans la chair de mes fesses et elle se laisse complètement aller à l'orgasme. Ses chairs se resserrent autour de mes doigts. Elle rejette la tête en arrière et je l'embrasse pour avaler ses gémissements. Son orgasme propulse mon excitation. J'attrape ma queue, mais Kelly, dont les tremblements ne se sont pas encore tout à fait calmés, m'empêche de continuer. Elle se retourne, me regarde avec des yeux brillants et passe son pouce sur mon gland. Je gémis fort. Sa main enserre mon membre. Je me tends quand elle le caresse sur toute sa longueur. Je saisis sa taille pour la rapprocher. Je veux goûter sa peau, jouir pendant que je m'enivre du goût de ses lèvres.

Il ne lui faut que quelques allers-retours pour que je grogne en jouissant dans sa main. Je soupire et calme progressivement ma respiration. Finalement, je la recule légèrement pour observer son corps nu de haut en bas. Pour mémoriser chaque détail dont mon imagination aura besoin plus tard.

Bon sang, elle va causer ma perte !

Des pas retentissent soudainement dans les vestiaires.

– Kelly ? demande une voix inconnue.

Elle écarquille les yeux.

– Réponds, exigé-je tout bas.

J'enfonce mes dents dans la chair de son cou et exulte en sentant son pouls contre ma bouche.

– Oui ?

– Le prof m'envoie te chercher. Tout va bien ?

La voix de l'intruse est plus forte. Elle s'est rapprochée de la cabine dans laquelle nous nous trouvons. Je retourne Kelly et aspire fort la chair au-dessus d'un de ses seins.

– Hmm… Oui, j'ai… renversé mon… milk-shake sur moi.

J'ai envie de rire. C'est ma marque sur sa cuisse qu'elle appelle son milk-shake ?

– Il m'a dit de te prévenir que ce sera considéré comme une absence si tu ne viens pas dans les dix prochaines minutes.

– OK… j'arrive.

Les pas s'éloignent, mais la voix retentit à nouveau :

– Au fait, tu as pu rendre ton devoir à M. Evans ?

– Oui !

Elle ne répondait qu'à ma langue, qui s'est mise à jouer avec ses tétons.

– Tu as tellement de chance d'être dans sa classe ! Je sais que c'est déplacé, mais franchement, il peut m'apprendre tout ce qu'il veut avec un charisme pareil. Il est tellement sexy ! Et puis il paraît qu'il est cool avec vous. J'espère qu'il sera encore là l'année prochaine, quand je serai en terminale !

Je m'immobilise.

– Qui est cette imbécile qui me veut du mal ? murmuré-je.

Kelly pouffe de rire avant de répondre.

– Je vais m'occuper de sa voiture aussi, t'en fais pas, blague-t-elle.

Enfin, j'espère que c'est une blague. Elle répond ensuite à sa coéquipière :

– Ouais, je suis sûre qu'il en meurt d'envie. Merci, Isa. Tu peux aller dire au prof que j'arrive, s'il te plaît ?

– Oui ! Fais vite, surtout !

Je serre Kelly dans mes bras et la garde jalousement contre mon torse. Je ne veux pas la laisser partir. Je veux continuer à la détester tout en me demandant pourquoi je suis accro à elle.

– Tyler ?

– Hmm ?

– J'étais jalouse. Je le suis toujours. Je ne veux pas te savoir avec une autre. Je ne sais pas ce que je ferai si tu retournes la voir, mais je suis… je suis désolée pour hier.

Je sens la sincérité dans sa voix.

– J'espère bien, dis-je en parsemant son cou de petits baisers.

Elle me repousse et me regarde avec des yeux étonnés.

– Quoi, encore ? demandé-je.

– Tu m'as embrassée !

– Sérieux ? Ça ne peut pas être la seule chose dont tu te souviennes.

Je masse ses fesses pour lui rappeler l'effet de mes fessées.

– Tu m'as embrassée, répète-t-elle. Sur les lèvres.

L'information vient enfin de monter jusqu'à mon cerveau. Elle ne cache pas son air triomphant.

– Ça veut dire que tu as perdu. Tu me dois une signature.

Ses lèvres s'étirent en un large sourire.

– Et cinq rendez-vous.

Je ferme les yeux. J'aurais dû savoir que je perdrais ce pari aussi. Elle a dû charmer Cupidon, comme elle l'a fait avec moi. Cet idiot a toujours été de son côté. Elle décide de quelque chose et, d'une façon bien à lui, il fabrique les circonstances, me conditionne pour que je me retrouve en état de faiblesse face à elle et que je capitule. C'est indubitablement comme ça qu'ils se sont tous les deux diaboliquement arrangés pour me faire tomber amoureux de mon putain d'interdit.

Parce que je ne vois pas d'autres raisons qui pourraient expliquer que je décide de me priver de sexe jusqu'à ce que je sois autorisé à sortir avec elle.

22

Kelly
La veille des retrouvailles

– Wow !

Le visage incrédule de ma psy me ferait presque rigoler si je n'étais pas occupée à me remémorer ces fabuleux instants.

– Je sais, Laetitia. Rien que d'y penser, j'en ai encore des frissons.

– Il vous a… *fessée* ?

– Hmm…

– Dans les vestiaires de l'école ?

– Absolument.

En même temps, elle voulait qu'il le fasse où ? Dans les couloirs ?

– Alors que d'autres personnes auraient pu vous surprendre ?

– Je n'y ai pas pensé une seule seconde.

Pourquoi elle me répète ce que je lui ai raconté ? J'étais présente et parfaitement consentante. Une grimace tord sa bouche pour former une ligne réprobatrice. Je sens bien qu'elle trouve toute cette histoire malsaine, mais, quoi qu'elle en pense, j'assume le côté immoral de ma relation avec Tyler.

– Vous aimez l'interdit, Kelly, conclut ma psy, les yeux plissés.

– Vous avez pris tout ce temps pour vous en rendre compte ?

– Avez-vous provoqué tous vos partenaires comme vous l'avez fait avec lui ?

Je fais bouger ma tête de gauche à droite.

– Je n'en ai pas eu besoin. Ils étaient tous trop faciles. Et pas assez doués. Aucun ne m'a procuré les sensations que Tyler m'a données avec un simple baiser.

– Que s'est-il passé ensuite ?

Je souris. J'ai constaté que, durant tout mon récit coquin, ma psy n'a pas noté un seul mot, trop absorbée par ce que je lui disais.

– Ensuite, je lui ai rendu la pareille.

– Vous l'avez fessé ? s'étonne-t-elle.

– Vous bloquez vraiment là-dessus, hein ? Votre mari ne vous a jamais… ?

– Kelly ! gronde-t-elle.

– Et vous croyez que votre fille aime ce genre de chose ?

– Ciel, non ! Ma fille ne ferait jamais… (Elle se renfrogne.) Vous avez failli m'avoir.

Donc, sa fille aussi est une petite coincée du slip. Pourtant, on n'aurait pas dit, comme ça, vu le mec avec qui elle sort. C'est fou ! Laetitia ne lâche vraiment aucune info à son sujet. Je vais devoir penser à un plan B.

– Pour la dernière fois, Kelly, je ne suis pas là pour parler de moi ou de ma…

Les vibrations de mon téléphone, sur sa table en verre, lui coupent la parole.

– Je suis navrée, j'attendais cet appel, dis-je en voyant le nom s'afficher. Je reviens tout de suite.

Je sors du bureau monochrome et me dirige d'un pas rapide vers les toilettes. De peur que ma meilleure amie ne raccroche, je prends l'appel avant de les avoir atteintes.

– Si c'est oui, crie. Si c'est non, chante, lui dis-je.

– Et si je chante en criant ?

– Annie, arrête de me faire mariner. Tu as eu le job, oui ou non ?

Un cri strident me parvient depuis l'autre bout du fil. Je saute de joie devant le miroir et applaudis sur ma cuisse.

– Félicitations ! Je t'avais dit que ce poste était fait pour toi.

– Merci ! Pourquoi tu n'es pas ici, avec moi, pour fêter ça, déjà ?

– Il me reste quelques trucs à régler.

– Toujours chez ta psy ? Ça t'a apporté quelque chose ? On a plus d'infos sur *elle* ?

– Pas vraiment. En plus, je lui ai parlé de Todd.

Un court silence flâne avant que la voix de ma meilleure amie se fasse entendre.

– Elle ne l'a pas reconnu ?

– Tu sais qu'il se fait appeler par son second prénom maintenant, Henri.

– L'ancien comme le nouveau me donnent envie de gerber. Si je recroise ce type, je lui arracherai les bras pour qu'il ne puisse plus jamais s'en prendre à quelqu'un.

– Moi, je m'attaquerai à sa colonne vertébrale et à sa moelle épinière pour qu'il se retrouve comme un mollusque dépendant de mon bon vouloir. Il ne pourra rien faire parce que je le paralyserai et le forcerai à m'observer pendant que je détruirai ce qu'il a de plus précieux au monde.

– Hmm… Je comprends et partage parfaitement ton ressentiment, mais, quelquefois, je dois t'avouer que tu me fais vraiment flipper, Kelly.

– Merci, dis-je en souriant.

– Je te laisse. Je dois filer si je ne veux pas être en retard à mon déjeuner. Je te rappelle plus tard. Bisou !

– Attends, Annie… Salue-la pour moi, s'il te plaît.

Dis-lui que j'ai hâte de bouffer à nouveau des glaces avec elle. Et que je suis sincèrement désolée pour ce qui s'est passé.

Annie pousse un petit soupir que je ne saurais interpréter.

– D'accord. Mais elle ne pourra pas t'en vouloir toute sa vie.

– Je ne lui en voudrais pas si c'était le cas. Elle nous avait mises en garde.

– C'est pour ça que venir s'installer à Santa Barbara était une mauvaise idée. Mais tu te souviens de ce que tu as répondu quand je t'ai dit ça ? « Tout va très bien se passer, tu peux me faire confiance. Ceux qui disent qu'on ne peut pas recoller les morceaux… »

– « … n'ont juste pas trouvé de colle assez forte. » Moi, je suis forte. Je vais y arriver.

– Dans ce cas, montre-toi telle quelle, Kelly. Ne me fais pas regretter de t'avoir suivie là-dedans. J'ai accepté de déménager parce que tu m'as promis argent, succès et gloire.

– Non, tu as déménagé parce que j'ai postulé pour le job de tes rêves à ta place et que tu as été prise. Je suis presque sûre que, tout ce que je t'ai promis, c'est fous rires, *dirty martinis* et sexe.

– Ça me va aussi. C'est pourquoi je veux voir ta tête ce soir.

– Compte sur moi. L'obtention de ton premier boulot en tant qu'avocate, ça se fête ! Tu voudrais quel club ? Hétéro ou lesbien ?

– Assistante juridique, me corrige-t-elle. Je te laisse décider. Je dois vraiment y aller. Je t'aime.

– Moi aussi. À ce soir.

La communication se coupe sur le large sourire qui étire mes lèvres. Annie est de loin la meilleure chose qui me soit arrivée dans la vie. Elle a toujours été ma bouée de secours, mon côté pragmatique et consciencieux. Je ne nous imaginais pas devoir à nouveau vivre dans deux villes différentes. Son absence, pendant mes quatre années d'exil en Europe, m'a troué le cœur. Je prends une profonde inspiration pour ravaler mes larmes et retourne auprès de Laetitia.

Je rejoins mon canapé en m'excusant.

– C'était une urgence, désolée. Je suis tout à vous maintenant.

Elle ne s'offusque pas de la mini-pause que je lui ai accordée. Elle a eu le temps de refaire chauffer de l'eau pour le thé. J'accepte qu'elle m'en resserve.

– Où en étions-nous ? Ah… il vous a embrassée.

– Qu'auriez-vous fait à ma place ? lui demandé-je. Si votre *crush* avait fini par céder un tout petit peu ?

– C'est votre cas qu'on étudie, Kelly.

Je prends quelques secondes pour peaufiner mon hypothèse avant de la sortir.

– Hmm… je dirais que, vous, vous êtes plutôt du genre à vous laisser intimider. Vous auriez sagement attendu qu'il fasse le premier pas parce que c'est plus facile, non ? Jouer les timides dans un coin au lieu de chercher à saisir ce qui vous appartient.

– C'est ce que vous pensiez ? Que Tyler vous appartenait ?

– Vous avez l'air d'en douter.

– C'est toujours d'actualité ? Des années se sont écoulées depuis votre relation.

– Peut-être, mais je n'ai pas changé. Je suis toujours la même.

Elle décroise les jambes et me pose une question dont la réponse est évidente depuis le début de notre séance.

– Et qui êtes-vous, Kelly ?

Je n'ai pas besoin de réfléchir avant de répondre.

– Une femme amoureuse.

– Sur une échelle de un à dix, à quel point étiez-vous amoureuse de votre prof ?

Personnellement, je ne pense pas que placer les sentiments sur une jauge numérotée soit une bonne idée, mais je lui réponds quand même :

– Je ne sais pas. Disons : le plus grand chiffre du monde ? Je ne le connais pas, mais vous comprenez la symbolique.

– Partageait-il les mêmes sentiments que vous ? Au même degré ?

– Oui.

– Qu'est-ce qui vous rend si sûre ?

– Il a accepté de renoncer à ce barrage qu'il avait mis en place pour nous protéger. Il a accepté de danser avec le danger. Avec moi. *Pour* moi.

23

Kelly
Cinq ans plus tôt

Depuis que j'ai appris ce que Todd avait fait à Tyler, mon affection pour lui est semblable à une fonction décroissante. Chaque jour qui passe fait descendre un peu plus la courbe de ma sympathie à son égard. Elle risque d'atteindre l'axe des abscisses s'il ose encore menacer quelqu'un ou s'en prendre à l'homme que j'aime. Je souris toute seule comme une idiote. Mon prof serait heureux que je partage avec lui cette métaphore.

Mon chauffeur, habitué à me voir m'esclaffer devant l'écran de mon téléphone, m'adresse un petit regard en biais, conserve le silence et se remet à fixer la route. Je relis le SMS de mon ex.

> Il faut qu'on parle.

Tout le monde sait que cette phrase est synonyme de problèmes dans une relation. Je veux dire, à part pour faire une blague de mauvais goût, il n'y a pas à la sortir sans qu'il y ait une raison sérieuse. Comme une rupture.

Le hic, c'est que j'ai déjà rompu avec Todd. Qu'est-ce qu'il peut bien vouloir me dire ? Je lui ai explicitement annoncé que je n'avais pas apprécié son comportement, avant d'ajouter que j'avais besoin d'espace. J'avais l'impression qu'il avait compris, mais peut-être que non, finalement. Je me tourne vers mon chauffeur.

– John ?

– Oui, mademoiselle ? répond-il, toujours parfaitement concentré sur sa conduite.

– Que feriez-vous si un vilain, très vilain ours, avec qui vous êtes sorti dans le passé, voulait soudainement vous parler sans que vous connaissiez le sujet de la discussion ?

Il tourne une seconde la tête et me regarde franchement, les sourcils froncés, l'air confus, avant de reporter son attention sur la route.

– Vous êtes sérieuse ?

Oui, l'ours est l'un des animaux les plus hypocrites et vantards sur terre. Tout à fait Todd, en gros. Qu'est-ce qui n'est pas clair dans ce que j'ai…

Ah, je vois !

– Mais oui, suis-je bête ! Disons une ourse pour vous, précisé-je.

Son froncement de sourcils s'accentue.

– Ce n'était pas le problème majeur de votre question. Je ne serais pas sorti avec une ourse, pour commencer.

– Et si vous la trouviez vraiment… charmante à l'époque ?

– Je ne suis pas adepte de zoophilie, mademoiselle.

J'éclate de rire. Mon chauffeur, quant à lui, semble maintenant très inquiet pour moi et ma santé mentale, puisqu'il ajoute très vite :

– Quoi que ce soit, animal, végétal ou un objet, je vous conseille de l'ignorer parce que vous ne pourrez pas communiquer avec lui. À moins que… vous ayez l'impression de parler sa langue ?

Il me regarde vraiment avec un air alarmé, comme s'il était prêt à appeler un psychiatre d'urgence. Un autre grand rire m'échappe.

– Non, John, je ne suis pas timbrée. Mais, d'une certaine façon, vous avez répondu à ma question. Lui et moi ne parlons pas le même langage. Je me demande comment on a pu se comprendre pendant autant de temps. Je crois que je prétendais juste que c'était le cas. Je vais vous écouter et l'ignorer.

Je me baisse pour ranger mon téléphone dans mon sac à main. Je gigote un peu sur mon siège en me redressant. Je suis impatiente qu'on arrive à la maison. Je ressens encore des picotements là où Tyler m'a fessée. Heureusement que nous ne sommes pas loin du garage !

– Mademoiselle ? m'interpelle John après s'être garé.

Un pied dans la voiture, l'autre à l'extérieur, je demande :

– Oui ?

– Rassurez-moi, vous parliez d'un être humain, comme vous et moi, et pas d'un animal sauvage, n'est-ce pas ?

– Oui, confirmé-je en souriant.

Les bleus sur le torse de Tyler me reviennent en mémoire, et un frisson d'effroi me traverse le corps.

– Mais vous en conviendrez : parfois, la distinction est minime.

– Kelly ! crie la voix d'Helena de l'autre côté de la porte.

Qu'est-ce que j'ai encore fait ? Je viens à peine d'arriver. D'un signe de main, je lance un au revoir à mon chauffeur et me dirige vers elle. Dès qu'elle me voit, elle s'arrête et me considère quelques secondes.

– Tout va bien ? questionne-t-elle.

– Oui, pourquoi ?

Ma voix a dû me trahir parce que son regard devient encore plus suspicieux. Est-ce que les gens ont la capacité de voir ce que j'ai fait avec Tyler ? J'ai pris deux douches depuis, une avant d'aller en cours et une après, et j'ai enfilé un sweat à capuche pour cacher les marques sur mon cou. Ça doit être sur mon visage que ma nourrice a lu quelque chose. Je souriais peut-être trop ?

– De toute façon, on n'a pas de temps à perdre. Ta mère s'impatiente.

Cette session d'essayage ne m'emballait déjà pas, quand ma mère l'a proposée, mais là, je suis à deux doigts de simuler un malaise pour l'éviter.

– Tu ne peux pas juste m'en choisir une, et puis c'est réglé ?

– C'est le gala de ton père, Kelly. Montre un peu plus d'enthousiasme ! me sermonne-t-elle tandis qu'on traverse le couloir.

Puis elle chuchote :

– Maintenant que j'ai fini de te gronder, comme elle me l'a demandé, j'ai le droit d'être sincère. L'idée ne me ravit pas plus que toi. Ta mère m'a fait courir dans tous les sens aujourd'hui pour les préparatifs. Je meurs de sommeil.

Je rigole, passe mon bras sous le sien et me laisse guider vers ma chambre, dans laquelle je retrouve une Annie concentrée sur ses fiches de travail. Elle lève la tête et m'interroge à son tour.

– Tout va bien ?

– Oui, pourquoi ? Tu as déjà choisi la tienne ?

Je lui indique le portant à vêtements rempli d'une dizaine de robes. Elle me fait « oui » de la tête.

– Fais ton choix, Kelly. Je vais chercher ta mère, dit Helena avant de sortir de la chambre.

Dès qu'on se retrouve seules, Annie revient à l'attaque :

– Je rêve ou il s'est passé un truc ? Tu as l'air sur un petit nuage.

Je ne résiste plus à l'envie de tout balancer.

– Il m'a embrassée ! avoué-je sans pouvoir retenir mon excitation.

Annie se redresse et s'assoit en tailleur.

– Attends… quoi ?

– Il m'a embrassée, et c'était sensationnel ! Ensuite, il a attendu que je finisse mon cours et il m'a embrassée encore pour me dire au revoir ! Pourquoi tu crois que je rentre si tard ?

– Il a juste *failli* ou il t'a vraiment embrassée ?

– Annie… Il m'a léché et mordu les lèvres comme s'il ne savait pas s'il voulait me faire du bien ou du mal.

– Kelly ! Tu te rends seulement compte de ce que tu me dis ?

– Parfaitement.

– Ça veut dire qu'il t'a prise dans ses bras et t'as roulé une pelle DANS NOTRE CLASSE !

Je me mords les lèvres de façon coquine, hoche la tête et rectifie :

– C'était plutôt dans les vestiaires. Et il m'a fessée avec un pommeau de douche, aussi.

Ma meilleure amie ouvre grand la bouche.

– Oh, mon Dieu ! Ce que vous avez fait est totalement scandaleux ! Je ne verrai plus jamais le lycée de la même façon.

Je rigole et me déshabille pour essayer mon premier choix : une robe rouge échancrée dans le dos. Sa couleur m'a tapé dans l'œil dès que je l'ai vue sur le portant.

– Mais tu as aimé ? Il embrasse bien ? questionne-t-elle juste après.

– Mieux que je ne l'imaginais.

– Moi qui étais persuadée que tu interprétais mal ses gestes ! Félicitations parce que vous le cachez vachement bien. Si je n'étais pas ta meilleure amie et que je n'étais pas, de ce fait, obligée de t'entendre parler de lui à tout bout de champ, je ne l'aurais pas deviné. Et donc, là, vous sortez ensemble ?

Je remonte la robe et me tourne pour l'inviter à m'aider avec la fermeture.

– C'est en projet, l'informé-je, le sourire toujours jusqu'aux oreilles.

Il disparaît dès que ma mère entre dans la chambre.

– Il était temps que mademoiselle rentre, dit-elle sans prendre la peine de me saluer.

Oui, j'ai passé une bonne journée, merci d'avoir demandé.

Je suis d'une humeur tellement joviale que son ton de mégère ne pourra rien y changer. Je ravale mon soupir et me tourne vers elle.

– On va partir sur la bleue, décide ma génitrice.

Hein ?

– Je préfère la rouge ! riposté-je.

À quoi ça sert de m'imposer des essayages si elle prend toute seule la décision, sans même m'avoir vu porter les tenues ?

– Je crois me souvenir que la couleur préférée de Todd est le bleu.

Je la fixe méchamment.

– Non, maman, je doute que tu te *souviennes* de ce que je ne t'ai pas dit. Explique-moi clairement ce que mon ex-fiancé a à voir avec ça.

Elle croise les bras, mécontente.

– J'ai revu ses parents au club de golf. Nous sommes d'accord pour dire que Todd est très bien pour toi. Cette robe est un cadeau de sa part. Il l'a choisie lui-même.

Comme il avait choisi le moment et l'endroit où j'aurais perdu ma virginité. Je n'en veux pas à ma mère d'être si aveugle. Moi aussi, j'ai longtemps cru à son numéro de parfait gentleman.

– Je préfère les hommes plus âgés, décrété-je en descendant la fermeture éclair de la robe.

– Je sais, ma chérie, je suis passée par là, moi aussi.

Quand on est au lycée, on a l'impression que les garçons autour de nous ne sont pas assez matures. Mais un homme plus âgé t'influencerait sans que tu t'en rendes compte.

Un léger ricanement franchit mes lèvres. C'est *moi* qui influence Tyler, pas l'inverse. Je ne vois pas très bien en quoi ses six ans de plus impactent ce que je ressens pour lui.

J'aurais pu me poser des questions s'il m'avait fait découvrir un nouveau monde plein de paillettes, offert des cadeaux luxueux à tout va, ou encore s'il avait abusé de son autorité pour me pousser à faire des choses que je n'aurais pas voulues. Mais ce n'est pas du tout la nature de notre relation.

Tyler m'a fait arrêter les soirées étudiantes, a accepté un de mes paris pour que je le laisse tranquille, et un second pour que j'obtienne une bonne note dans sa matière. Son seul cadeau est une veste, qui m'a protégée quand j'ai été aspergée d'eau et de champagne. En fait, Tyler me fait plus de bien que, moi, je ne lui en fais. Chaque fois qu'il m'ordonne de rester loin de lui, je désobéis. Je le pousse tellement à bout, le pauvre ! Mais c'est bientôt fini. Je vais lui faire une proposition qu'il ne pourra pas refuser.

Je demande à Annie de m'aider à retirer ma robe et vais en choisir une autre.

– Papa était plus âgé que toi, fais-je remarquer à ma mère.

– Mais je l'ai rencontré à… Qu'est-ce que c'est que ça, Kelly ?!

Je suis son regard et écarquille les yeux quand je réalise qu'elle vient de remarquer mes suçons et les traces sur mes fesses. Elle me prend brusquement par les épaules et me penche pour étudier mon postérieur. Je me dégage et attrape hâtivement mon pull pour cacher mon corps.

– Rien. J'ai dû me faire ça à l'entraînement.
– Tu te fous de moi ?! aboie ma mère.
– Ou alors, c'est la rougeole !
Annie, figée sur le lit, se retient de respirer.
– Qui t'a fait ça, Kelly ? Parle, jeune fille, avant que je ne m'énerve pour de bon !
Je maintiens mes lèvres scellées et revêts mon large pull. Comme je ne réponds pas, elle se tourne et interroge Annie du regard.
Ma meilleure amie saisit aussitôt son téléphone sur la table de chevet.
– Oh, mon père m'appelle ! déclare-t-elle avec un jeu d'actrice vraiment douteux. Il doit se demander à quelle heure je rentre. Allô, papa ?
Elle se précipite vers l'escalier, le téléphone à l'oreille.
Les yeux de ma mère reviennent m'attaquer.
– Qui a rougi ta peau de la sorte, Kelly ?
Mon souffle s'accélère tandis que je réfléchis.
– Personne. Je m'autopunis.
Ma mère ferme les yeux, aspire une grande bouffée pour se calmer et poursuit :
– J'ai un gros dossier qui m'attend, sans parler du gala de ton père, mais je t'assure que je vais tirer cette affaire au clair. Cette discussion n'est pas terminée, sache-le.
Je presse mon pull sur moi et attends qu'elle ait quitté ma chambre pour relâcher la tension qui pesait sur mes épaules. Pour une fois que ma mère s'inquiète pour moi, je suis embêtée qu'elle le fasse ! Probablement parce qu'elle a trop d'années de retard. On dit que la fin du lycée marque un tournant important dans la vie des gens. Peut-être parce que, passé ce cap, l'attention des parents devient facultative.
Une idée loufoque germe soudainement dans mon esprit et je ravale un cri admiratif face à mon propre

génie, au moment même où ma meilleure amie revient dans la chambre.

– Un autre problème ?

Je mets la main devant la bouche pour cacher mon sourire.

– Au contraire ! J'ai trouvé la solution, Annie !

***

19 h 38.

Oh, déjà !

La soirée commence dans moins de vingt minutes. Je répète les quelques phrases que j'aurai à dire au début de celle-ci.

– Tu vas être en retard, me prévient Annie en entrant dans ma chambre.

Elle est super belle dans sa robe noire – la seule couleur qu'elle a accepté de porter –, qui s'arrête sous le genou. La robe en elle-même n'a rien d'extraordinaire, mais elle moule très bien le corps d'Annie et fait ressortir ses jolies courbes. Ses longs cheveux ont été attachés en une simple queue-de-cheval et son seul maquillage est une fine couche de mascara. Ses chaussures à talons, qu'elle a rechigné à porter lors de leur achat, sont de la même couleur que la robe et mettent gracieusement en valeur ses jambes.

Moi, j'ai enfilé ma longue robe rouge bordeaux. Mon choix à moi, pas celui de ma mère. J'ai été maquillée exactement comme je le voulais et je dois reconnaître que le résultat n'est pas si mal. Je me sens femme. Sexy et élégante. Et c'est parfaitement ce que je recherche parce que cette soirée sera mémorable.

– Fais voir, réclame Annie en m'enlevant les notes de la main.

Elle se racle la gorge, prend sa voix la plus distinguée et lit à haute voix :

Bonsoir, mesdames et messieurs. J'espère que vous profitez de la soirée. Je suis Kelly Moore, fille de l'organisateur de celle-ci, et c'est à ce titre que je viens vous remercier d'être présents aussi nombreux ce soir et de participer, par vos dons, à la conservation des plus beaux patrimoines de Crystal River. Je tiens à rappeler, comme chaque année, que l'argent récolté servira aux frais d'assainissement et de réaménagement de nos plages. Pour vous en parler plus en détail, voici le porteur de ce projet, mon père, Marc Moore.

– C'est tout ? Tu appelles ça un discours ? C'est vraiment pour ça qu'on est obligées de porter des robes totalement inconfortables et des talons hauts qui vont nous foutre des ampoules en fin de soirée ?

Je fais comme si je n'avais pas entendu les plaintes de mon amie. Me prêtant à son précédent jeu, je me lève, ouvre la porte de la chambre, prends une posture de dame distinguée et fais une galante révérence pour inviter Annie à sortir.

– Après vous, milady.

Annie me devance dans le couloir et demande :

– Qu'est-ce qui t'a mise en retard, cette fois-ci ? Encore Tyler ?

– On est prudents, rassure-toi. On ne s'est pas vus en dehors des cours. Je devais juste aller répéter.

– Ta mère t'oblige encore à montrer tes talents de pianiste pendant la soirée ?

– Il faut bien prouver à tout le monde que notre petite famille est parfaite.

***

Mes parents, partis avant nous, accueillent les invités et discutent de tout et de rien quand nous arrivons au gala. Je ne sais pas comment ma mère fait pour sourire autant. Elle va finir par avoir mal aux joues, à force ! Quand elle me voit dans la robe rouge, son visage se ferme. Je dessine un sourire avec mes deux index pour lui rappeler de conserver le sien. Un grand blond, que je reconnais parce qu'il fait partie des directeurs de l'association que ma famille parraine, se rapproche d'elle. Elle remet son masque d'hôtesse parfaite. Je réprime un frisson de dégoût. Je ne veux vraiment pas de cette vie.

J'ai l'habitude de ce genre de soirée, et contrairement à ma meilleure amie, je me sens tout à fait à mon aise. Il y a, dans la grande salle rectangulaire, une projection de l'évolution des plages de la ville depuis 1998. Les tables et les chaises, où l'on nous invitera bientôt à prendre place pour dîner, ont été drapées d'un blanc pur, et les couverts ont été disposés avec un soin méticuleux. Ma mère a ajouté à chaque table un vase contenant des roses blanches. Au milieu de la salle a été laissé un grand cercle vide avec un pied de micro. C'est sans doute ce qui servira de scène à mon père, et probablement de piste de danse, aussi.

– Tu savais qu'elle serait là ce soir ?

– Qui ça ?

– Jenna.

Je suis son regard et remarque qu'elle parle de la fille qui l'a invitée au bal de promo. Elle aussi est magnifique, dans une petite robe fourreau noire. C'est la première fois que je la vois à un événement de mon papa.

Ma meilleure amie déglutit et détourne le visage quand la fameuse Jenna nous salue de la main. Je pose des yeux curieux sur les joues rouges d'Annie.

– Elle me rend nerveuse sans que je sache pourquoi, avoue-t-elle avant que j'aie posé la question.

– Tu as peut-être pensé au fait qu'elle pourrait… te plaire ?

Elle me regarde, puis fait « non » de la tête.

– Parce que c'est une femme ?

– Parce que je n'ai pas de temps à perdre dans une relation. J'ai trop de choses à gérer : mon job, les dernières semaines de cours, toi et ton secret, mon père, qui va peut-être me présenter ma nouvelle maman. Et puis elle a une année de moins que nous. C'est une mauvaise idée.

Je me plante devant elle et l'oblige à me regarder.

– Annie, ce que j'entends, ce sont des excuses. Tu considères tout ce dont tu ne peux pas parfaitement anticiper les conséquences comme des mauvaises idées. Tu te rappelles, ce jour-là, quand tu as sauté dans la mer avec moi ? La sensation d'insouciance et de liberté dont tu m'as parlé ?

– Ouais, approuve-t-elle en souriant.

– Tu pourrais la retrouver ce soir. Fais-moi confiance, encore une fois, et va lui parler.

– Qu'est-ce que je vais lui dire ?

Il est là. Tyler vient d'entrer dans la salle de réception. Aussitôt, mes poils se hérissent sur ma peau. J'ignore son oncle, qui l'accompagne, Alexa à son bras, et me concentre sur lui. Je m'émerveille de sa beauté si virile.

– Que tu la trouves belle à damner un saint.

– Tu es sûre ?

– Que tu pourrais la bouffer toute crue tellement son regard t'excite.

– Mais qu'est-ce que tu racontes ? Je ne peux pas… Ah, je vois, tu parles de Tyler !

Mon cœur fait un bond, quand j'entends le nom de mon prof, et mon sexe se contracte. Depuis l'épisode des vestiaires, mon corps est devenu plus gourmand, je n'y peux rien. Il est magnifique ce soir. En costume deux-pièces bleu nuit, chemise déboutonnée au niveau du col – sa marque de fabrique –, un verre de champagne à la main, il a une lueur étrange dans les yeux. Des yeux qui ne me lâchent pas.

Une des serveuses vient me chercher pour que j'introduise le discours de mon père. Les gens sont invités à prendre place à leurs tables respectives pendant que je me retrouve sur la scène, devant le micro. Je n'ai pas le trac. Avoir un public ne m'a jamais dérangée. Et je sais ce que je fais. J'attends que le silence tombe sur la salle avant de prendre la parole et de prononcer les quelques mots que ma mère m'a demandé de mémoriser.

Mon père annonce ensuite que, pendant le dîner, je vais, comme chaque année, interpréter plusieurs classiques au piano. Toute la salle applaudit, visiblement ravie.

Ma mère me serre contre elle et me murmure que je serai punie pour n'avoir pas choisi la bonne robe, puis se retourne et demande qu'on applaudisse plus fort sa petite chérie. Mon regard s'attarde d'abord sur Annie. Elle applaudit et secoue la tête, l'air dépassé, mais résigné. Puis je croise les yeux de mon prof.

Les mains dans les poches, il m'observe avec une mine indéchiffrable. Le visage de la mère de Todd occulte la vue que j'avais de mon prof. Elle m'étreint et je lui rends un sourire poli et en profite pour lui dire clairement :

– Je ne ressortirai pas avec votre fils.

– Kelly, voyons ! intervient ma mère en me pinçant le dos. Ne faites pas attention, ils vont arranger leurs différends.

Je soupire et lève les yeux au ciel. J'en ai tellement marre de faire semblant !

Après avoir salué plusieurs connaissances, je me retire sur le balcon pour prendre un peu l'air. Mes parents ne m'ont pas encore tuée, c'est déjà ça. De là où je suis, je peux voir la salle dans son ensemble ainsi que tous les invités. Les femmes profitent de ce genre de soirée pour se faire belles, se vanter d'avoir participé à telle ou telle œuvre caritative, et bien sûr pour montrer leurs filles sous le meilleur angle possible. Un peu comme ma mère avec moi, quoi !

Annie discute timidement avec Jenna, et Tyler a disparu quelque part. Un léger bruit d'eau me fait regarder par-dessus la balustrade. Il est en bas, en train de jeter des trucs dans une fontaine. Je descends l'escalier et emprunte une allée de pierre pour le rejoindre.

– Je t'aurais plutôt imaginé en train de fumer une clope, lâché-je en arrivant à son niveau.

– Je les ai oubliés, soupire-t-il.

– Qu'est-ce que tu fais là ? Tu t'ennuyais ?

– Qu'est-ce qui te fait dire ça ? Le fait que je lance des pièces de quelques centimes dans une fontaine ? ironise-t-il.

– Disons que c'est aussi ce que je ressens.

Je saisis une pièce dans sa main gauche et lui demande s'il faut faire un vœu.

– Ouais, mais ça ne marche pas parce que je suis encore planté là. Personne ne m'a contacté pour me dire que j'avais gagné au loto ou obtenu un job, et mon oncle ne m'a pas viré.

– Pourquoi Bri n'est pas là ?

– On n'a pas été invités.

Je fronce les sourcils.

– Pourquoi, toi, tu es là, dans ce cas ?

– J'ai un peu graissé la patte à Alexa.

Je n'ai pas à en demander la raison. Il anticipe ma question et répond :

– Je voulais… te voir.

Je mets en sourdine les petits papillons qui virevoltent dans mon ventre et tente de garder le ton léger.

– Pourquoi ?

Il suspend sa main en l'air et se tourne vers moi. J'ai l'impression qu'il va s'expliquer, mais il referme la bouche et me couvre d'un regard brûlant.

– Tu es belle.

Contrairement à la majorité des personnes qui m'ont fait ce compliment, il n'a pas rajouté « ce soir » à la fin. Je ne lui rends pas la pareille parce qu'il sait très bien ce que je pense de lui.

– Merci. J'ai fantasmé sur toi hier, avoué-je.

Il s'esclaffe comme si je venais de sortir une bonne blague.

– Tu dis toujours ce que tu penses comme ça, devant les gens ?

– Oh, je parle aussi de toi dans ton dos, tu sais. Souvent.

– Je n'en doute pas.

Un « plouf » résonne lorsqu'il lance de nouveau une pièce dans la fontaine.

– C'est une soirée dansante. Tu danses ?

– Pas avec toi.

– Pourquoi ?

– Il y a beaucoup trop de personnes. Dont ton fiancé.

– Que j'ai royalement évité. Qui a parlé de le faire ici ? Rejoins-moi dans cinq minutes dehors.

– Non.

Évidemment, il joue au difficile. Je me rapproche de lui et murmure sensuellement :

– J'ai besoin de me détendre avant les exams, si tu vois ce que je veux dire.

Ses épaules sont secouées par un petit rire qui me fait fondre.

– Ça ne peut pas être juste parce que je suis encore au lycée, n'est-ce pas ? Tu risques quoi si les gens apprennent pour toi et moi ?

– À part la destruction totale de ma réputation ?

– Je ne laisserai pas cela arriver.

– Dit celle qui m'a envoyé en garde à vue.

Je baisse la tête et me confonds en excuses. Quand je repose mon regard sur lui, je constate qu'il a rangé ses mains dans ses poches. Ses magnifiques yeux se perdent dans l'eau qui s'écoule devant nous.

– Mes… parents sont… (Il marque une pause avant de continuer.) Briana et moi sommes orphelins depuis quelques mois. À la mort de mon père, c'est mon oncle qui a eu automatiquement sa garde. Mais c'est un vrai enfoiré.

– Il en a totalement l'air.

– Il n'a jamais voulu que son frère épouse ma mère. Il la trouvait bizarre et renfermée sur elle-même. Je vois comment il me regarde, comme si j'étais une déception, un simple déchet. Et je vois encore plus comment il regarde Bri.

Mon cœur manque un battement. Est-ce qu'il veut dire ce que je pense qu'il veut dire ?

– Ne me dis pas…

– J'espère me tromper. J'espère de tout cœur que je me fais des films, mais, de toute façon, je ne veux pas la laisser ici. Pour l'instant, mon oncle m'utilise comme un bouche-trou. Et j'accepte parce que c'est à cette condition qu'il me cédera la garde de Bri. Bien sûr, je dois me trouver un job avant, quelque chose qui prouve que je peux m'occuper d'elle aussi bien que mon oncle. Il a menacé de s'en prendre à elle si jamais je cause encore du tort à sa réputation.

Il rit jaune.

– Ce connard a même acheté un fouet exprès.

– Mais c'est un malade mental ! Il faut vous faire aider, Tyler.

– Par qui, Kelly ? Je suis le seul à pouvoir nous sortir

de cette situation. Je postule depuis des semaines. Dès que mon job de prof remplaçant prendra fin, je partirai de Crystal River avec Bri.

Ma gorge se noue à l'idée qu'on puisse être séparés.

– Où ça ?

– New York.

Comme moi. Il devine mes pensées.

– Oui, comme toi. Mais, pour ça, il faudrait que tu sois acceptée.

Je viens enfin de trouver la motivation qu'il me manquait. En attendant, ce qu'il vient de m'avouer risque de nuire à mes plans pour ce soir. Et s'il refusait de me suivre ?

– Tu as aussi des problèmes avec tes parents.

Ce n'était pas une question.

– Rien de bien méchant.

– Ne fais pas ça avec moi, Kelly.

– Quoi donc ?

– Banaliser tes soucis, les ensevelir derrière un ton enjoué et un faux sourire. Change de sujet, au pire, mais ne me mens pas.

Putain, je l'aime !

– Ce que je vis n'a rien de comparable avec ta situation. J'aurais l'impression d'être une gamine qui se plaint de sa vie.

– Et ça donnerait quoi si tu te plaignais ?

Je crois que j'attendais d'entendre cette question parce que ma langue se délie facilement.

– Je te dirais que je déteste mes parents. Ils ne me comprennent pas, mais comment le pourraient-ils, puisqu'ils ne sont jamais là ? Je leur en veux d'essayer de m'éduquer les rares fois où ils daignent m'accorder un peu d'importance. De m'utiliser à ce genre de soirée pour faire croire qu'on est une famille parfaite et unie. De vouloir coûte que coûte que j'épouse Todd parce que ça servira les futurs intérêts politiques de mon papa. J'ai longtemps cherché leur approbation et leur attention. Au début, je croyais qu'ils reviendraient si j'étais sage, et puis j'ai fini par réaliser que ça n'avait jamais été moi, le problème. Ils font avec moi ce qu'ils font entre eux : aimer sans vouloir faire de compromis.

– C'est pour ça que tu as réagi bizarrement quand j'ai dit que je voulais fournir la construction qui permettrait d'avoir une famille heureuse ?

– Ouais. J'ai eu l'impression que, ce que tu voulais faire, c'était ce que mes parents ont fait toute ma vie. Prendre une maison de poupée, toute belle, remplie de dînettes et avec plein de chambres, y mettre une poupée esseulée et lui demander d'être heureuse.

– Hmm… Je vois ce que tu veux dire.

Tyler hoche la tête et se perd dans des pensées qu'il ne partage pas avec moi. J'en fais de même.

C'est le moment, Kelly. Tu dois lui demander.

– Tu es venu à moto ?

– Pourquoi je sens que je ne vais pas aimer la suite ? demande-t-il, l'air intrigué.

– Retrouve-moi au parking, j'ai envie de te montrer quelque chose, dis-je en empruntant le chemin qui mène à la salle de réception.

– Quoi ?

– Ma deuxième maison de poupée.

Je récupère ma pochette, demande à Annie de me couvrir, sans lui laisser le temps de me demander pourquoi, et m'éclipse discrètement en espérant avoir rendu mon prof suffisamment curieux pour qu'il me suive. Lorsque je descends, il est là, appuyé contre sa moto.

Je viens de cocher une case de plus dans ma *to-do list* mentale. Il ne m'en reste plus qu'une.

– Prends mon casque, ordonne-t-il.

– Je n'en ai pas besoin.

Il ferme les yeux pour se contrôler, les rouvre, s'approche et me l'enfile de force avant de l'attacher.

– Tu es déjà montée sur une moto ? Ça peut effrayer quand on…

Je relève ma robe, prends appui sur son épaule et chevauche l'engin sous les yeux admiratifs de mon prof. Il reste scotché, me regardant comme s'il se bagarrait contre lui-même.

– Quoi ? Tu me trouves tellement incroyable que tu en perds tes mots ?

– J'ai envie de t'embrasser.

Il ne faut pas me le dire deux fois, moi. Je m'apprête à retirer le casque, mais il pose sa main sur la mienne pour m'en empêcher.

– Pas ici.

Il a raison. Après ce qu'il m'a raconté sur son oncle, je pense que la prudence est de mise. Il monte devant moi et je passe mes bras autour de lui.

Il faut que je profite du trajet pour préparer mon cœur à ce qui m'attend. Déception ou béatitude : je vivrai l'une de ces deux émotions d'une façon aussi extrême que la conduite de Tyler.

24

Kelly
Cinq ans plus tôt

Se reprocher les envies qui jaillissent en nous, c'est injurier notre propre cœur et repousser l'inévitable : le naturel reviendra toujours chercher ce qu'il pense lui être dû. Je veux Tyler. Jusque-là, je le lui ai studieusement montré. Mais je n'ai pas encore passé l'examen final. Celui où je dois lui faire arrêter de régenter ses propres désirs.

Je ferme les yeux et compte jusqu'à trois, comme je le fais à l'entraînement, juste avant un *toe touch*[1] dans les airs. Bien que je n'aie pas quitté la terre ferme, j'ai l'impression de planer. Je sens le regard curieux de Tyler dans mon dos. Dès que je suis descendue de sa moto, j'ai couru jusqu'aux escaliers, sans rien dire, pour qu'il me coure après, lui aussi. Il m'a demandé où on était. J'ai fait semblant de ne pas l'entendre. Il a fait semblant de me croire.

Le cœur battant, j'entre la clé dans la serrure et la déverrouille avec une lenteur non voulue. Mes doigts tremblotent. Un peu hésitant, il me suit à l'intérieur en demandant une nouvelle fois :

– Qu'est-ce qu'on fait ici ? On est chez qui ?

J'entends plus que je ne vois Tyler appuyer sur l'interrupteur, mais la lumière ne vient pas.

---

1. Figure fréquente au *cheerleading*, consistant à toucher son pied avec la main pendant qu'on est en l'air.

– Il n'y a pas encore d'électricité, lui indiqué-je. Je ne suis pas censée vivre ici avant d'aller à la fac.

Je récupère le briquet dans ma pochette, l'actionne et allume les bougies que j'ai placées à l'entrée.

– Kelly ? Où sommes-nous ?

La première bougie éclaire nos visages et une infime partie des lieux.

– Chez moi.

– Tu es sûre ? doute-t-il.

– J'aurais volé les clés d'un appart vide ? demandé-je en plaisantant.

Il hausse les sourcils, l'air de me dire que ce serait bien possible. Je préfère me concentrer sur mes bougies pour ne pas lever les yeux au ciel.

– C'est un cadeau de mon grand-père. Il a toujours vécu à Crystal River. Quand ma mère a décidé de partir faire ses études à Miami, ça lui a brisé le cœur. Il voulait que, moi, j'aie la chance de poursuivre les miennes ici, comme lui. Et pour m'inciter à le faire, il m'a légué son ancien appart. Je dois en hériter le jour où j'irai à la fac.

– Tu n'es pas à la fac.

Je dois être à ma cinquième bougie. Je m'éloigne un peu plus à chaque fois pour qu'elles puissent illuminer le salon. Tyler, lui, n'a toujours pas bougé de l'entrée.

– Je te rends nerveux ?

Son regard m'envoie un uppercut en plein cœur.

– Ce n'est pas de la nervosité, Kelly.

Oh !

Mon cœur palpite. Il lutte encore contre ses pulsions.

– Je sais ce que tu penses, Tyler. Que ce n'est pas raisonnable de te retrouver ici, avec moi, mais personne n'en saura rien. Je veux changer la vision du « nous » que tu as.

Je pointe du doigt la cuisine mal éclairée derrière nous.

– « Nous », ça peut être aussi dîner ici, dans cet appart,

en tête à tête, à la lueur des bougies. S'envoyer des textos et rigoler au téléphone jusqu'à tard dans la nuit. S'appeler et mettre un film en même temps.

Je m'avance lentement vers lui en continuant de conter mes arguments.

– Ça peut être nous deux qui cuisinons ensemble. Je suis à peu près sûre de pouvoir réussir à faire cuire un œuf. Ça peut être toi qui me fais réviser et qui me fesses à chaque mauvaise réponse.

Il ne sourit pas. J'ai même l'impression qu'il est en colère.

– « Nous », ça peut être pouvoir se toucher, se caresser, s'aimer librement.

– Et secrètement.

– Si les stars hollywoodiennes arrivent à éviter les paparazzis, je pense qu'on le peut aussi. Jusque-là, on s'en sort plutôt bien, tu ne trouves pas ?

Il ferme les yeux et se tend inexorablement. Quand il les repose sur moi, ils sont brûlants de désir.

– Éloigne-toi, Kelly.

J'ai percé sa résistance. Il ne croit tout de même pas que je vais m'arrêter avant de la détruire totalement, si ? J'avance encore d'un pas. Je me plante devant lui, à quelques centimètres à peine de son visage. Il doit entendre les battements de mon cœur. Ils cognent trop fort pour qu'il ne les perçoive pas.

– Évite de faire ça.

– Quoi, *ça* ?

– Me regarder avec des billes de passion à la place des iris.

– C'est ce que je ressens, Tyler. C'est tout l'amour que j'ai pour toi.

J'hésite une seconde avant d'ajouter :

– Je t'aime.

Voilà, je l'ai dit. Je sens mon corps trembler de plein

de choses. Anticipation, excitation, désir, peur. Bon sang ! Voir la personne qu'on aime, ça produit vraiment des trucs bizarres dans notre ventre. Sa poitrine se lève et s'abaisse beaucoup plus rapidement. Il fourrage dans ses cheveux et secoue la tête.

– Je ne devrais pas faire ça. Je ne devrais pas te regarder. Je ne devrais pas te désirer. J'ai essayé, je te jure. Mais je ne peux pas faire autrement, Kelly. Tu dois me repousser.

– Je ne veux pas.

– Si je te touche, je ne m'arrêterai pas. Pas cette fois.

Les yeux dans les siens, je prends sa main et la pose sur ma taille. Il la remonte et saisit mon visage entre ses paumes. Ma peau s'embrase sous le contact de ses doigts, que je recherche depuis la semaine dernière.

– Tu es sûre que tu ne vas pas le regretter ?

Jamais.

– À toi de t'assurer que ce ne soit pas le cas.

Ses lèvres s'écrasent sur les miennes avec tellement d'envie que j'en perds l'équilibre. Je dois nouer mes bras derrière sa nuque pour ne pas tomber et l'entraîner dans ma chute. Pendant que sa bouche continue de s'emparer de la mienne, avec plus de douceur maintenant, il me presse contre son corps.

Je veux ça. Je ne veux *que* ça. Cette vague de plaisir qui naît dans mon bas-ventre, la sensation de ses doigts qui me réclament, me revendiquent. Je le veux, lui. Avec une force qui me dépasse complètement.

Je lui mords la lèvre inférieure. Il pousse un petit gémissement rauque. Il presse son érection contre moi. Un halètement m'échappe.

– Est-ce qu'il y a un lit, ici, ou est-ce que je dois te coucher sur le tapis ? demande-t-il d'une voix vibrante.

– La chambre, c'est la deuxième porte à…

Je me sens soulevée de terre avant même d'avoir fini

ma phrase. Il ne rompt plus notre baiser jusqu'à ce que nous atteignions ladite chambre.

Tyler me pose sur le matelas, puis ressort de la pièce. Je cligne des yeux à plusieurs reprises dans la semi-obscurité. Sa chaleur me manque atrocement. J'ai peur qu'il ait changé d'avis, qu'il se soit enfui. Mon cœur se comprime à cette idée. Je me redresse sur le lit et le vois revenir avec deux bougies dans chaque main.

– Je veux te voir, m'explique-t-il. Je veux voir ton visage se décomposer de plaisir quand tu me sentiras en toi.

À l'idée qu'il va me pénétrer ce soir, mon clitoris pulse entre mes jambes. Je vais perdre ma virginité avec l'homme que j'aime. Bordel, ce sera ma première fois ! Pendant une seconde, cette pensée m'intimide, mais j'efface très vite ce sentiment. Je ne veux pas que l'appréhension gâche mon plaisir. Je veux me laisser emporter complètement par l'envie qui me dévore depuis des mois. Avec Tyler, ce sera incroyable, j'en suis certaine.

Il pose les bougies au sol, se lève et commence à se dévêtir. D'abord la veste, la chemise, puis le pantalon. Je peux boire autre chose que ses yeux. Je peux boire tout son corps. Je décide qu'il doit vouloir en faire de même avec moi. Je me lève et passe la main dans mon dos pour baisser la fermeture, qui se trouve au-dessus de mes fesses.

– Non, laisse-moi ce plaisir, dit-il en me demandant d'avancer.

Je le rejoins en chancelant un peu. Il me retourne, décale mes cheveux sur le côté et pose sa bouche sur mon dos nu. Je me cambre. Le chatouillis de plaisir me fait frissonner. Il descend ma fermeture et dénoue le lien au niveau de ma nuque. Ma robe tombe toute seule à mes pieds et je me retrouve toute nue. Tyler me fait encore pivoter, me pousse en arrière et me reluque de haut en bas.

– Tu as tout prévu, sourit-il.

– Ce n'est pas une robe qui se met avec des sous-vêtements, indiqué-je.

Mais, oui, j'ai tout prévu.

– J'adore les reflets des bougies sur ta peau, Kelly. J'adore la couleur de ta peau, j'adore la douceur de ta peau.

Son doigt glisse le long de la ligne entre mes seins, jusqu'à mon pubis.

– J'ai tellement envie de toi.

Je vois, dans ses yeux, qu'il va prendre son temps. Et je suis heureuse que ce soit le cas. Il aime dominer, il ne va pas s'en priver ce soir, mais il va profiter de chacune de ces minutes que nous avons perdues. Nous n'aurons aucune limite, cette nuit, ni de temps ni d'espace. Aucune limite, si ce n'est celles que nous nous imposerons. Je saisis sa main, qui navigue sur mon corps, et recule jusque sur le lit en l'attirant avec moi. Je me couche sur le matelas et l'invite à me rejoindre.

Il relève mon pied et retire ma chaussure. Je suis peut-être folle – sûrement, si j'en crois les dires de tout mon entourage –, mais ce simple petit geste me fait me sentir puissante. Il en fait de même avec l'autre pied sans me lâcher du regard. Ses doigts sont d'une délicatesse qui me rend impatiente. Je veux sentir ses mains sur d'autres parties de mon corps. Il remonte ensuite le long de mes jambes et finit enfin par presser ses paumes sur mes cuisses pour m'inciter à les écarter. Je ne résiste pas. En fait, j'ai perdu toute capacité de résistance. Je ne suis qu'obéissance ce soir. Il retire son boxer, et je le vois entièrement nu pour la première fois. Je m'humidifie les lèvres en me félicitant intérieurement.

Bravo, Kelly ! Tu as bien fait de ne pas abandonner. Regarde ta récompense.

Il me fait signe de reculer sur le lit. Je fais docilement ce qu'il dit. Tyler se positionne entre mes jambes. Il me regarde droit dans les yeux.

– À partir de ce moment, Kelly, je vais t'arracher tous les gémissements que je me repasse dans la tête depuis la première fois que je t'ai eue dans un lit. Je veux que tu te rappelles que chacun d'eux m'appartient ce soir.

Ses yeux me font tellement de promesses ! J'approuve lentement de la tête. Il n'a qu'à revendiquer ce qu'il veut, je suis toute à lui.

Le vertige me gagne dès que sa bouche se pose sur un de mes seins. Il lèche mon téton, le mordille, puis le caresse de la langue pour l'apaiser. Mes mains, avides de son corps, vont se perdre dans ses cheveux et le long de son dos. Je me cambre et le laisse posséder ce qu'il souhaite. J'ai rêvé de ce moment pendant tellement longtemps que le fait qu'il soit en train de se produire décuple mon plaisir. J'enfonce la tête dans l'oreiller. Sa bouche part à la découverte de chaque partie de mon corps, ma poitrine, mon ventre, mon sexe, mes cuisses… Aucune parcelle de peau ne lui échappe. Je m'arc-boute sur le lit et me transforme en pure boule d'impatience.

Ma peau aspire ses caresses comme de l'oxygène. Je n'en ai jamais assez. Et pourtant, j'ai besoin d'autre chose. J'ai besoin de *l'autre* chose.

– Tyler…

– Je sais.

Au moment où il se redresse, je glisse une main sous l'un des oreillers et en sors un préservatif.

– Tu as vraiment tout prévu.

Ce n'est plus la peine de nier. Je le regarde enfiler le préservatif sur son sexe et se remettre entre mes jambes. Il m'embrasse tendrement. Au moment où je le sens à l'orée de mon intimité, il plonge son regard désarmant dans le mien.

– Tu peux encore…

J'annihile les toutes dernières empreintes d'appréhension que je ressens et insiste, sans le quitter des yeux :

– Je sais ce que je veux, Tyler. Viens.

Dans un soupir de plaisir, il me pénètre enfin. Lentement. Très lentement, il force le passage.

Je fronce les sourcils. Ça fait mal, mais d'une façon étrange. Ce n'est pas douloureux au point que j'ai envie qu'il se retire. Au contraire, j'ai envie de savoir si la sensation va s'amenuiser. Tyler ressort et revient, toujours avec délicatesse. Il se met à titiller mon clitoris. Je me cambre et m'abandonne à la caresse. Au bout de plusieurs va-et-vient, je me rends compte que je me suis habituée à la sensation d'inconfort. Tyler semble l'avoir remarqué aussi. Il glisse plus facilement en moi, de plus en plus vite.

– Oh…

Ça y est, je commence à ressentir les effets du plaisir. C'est… chaud. Et aussi brûlant. Et intense, et… encore mieux que ce que j'ai imaginé. Nos corps n'ont jamais été aussi parfaitement entremêlés.

– Putain, Kelly, tu es tellement étroite ! grogne Tyler avant de mordre mon épaule.

Je griffe son dos.

– Dis-moi que c'est bon pour toi aussi…

Je parviens difficilement à répondre quelque chose de sensé à travers le vertige qui m'anime.

– Oui, couiné-je. Je… oui… Ne te retiens pas.

Je fonds de plaisir sous ses assauts. Rien auparavant ne m'a fait autant d'effet. Tyler et moi, nos corps l'un contre l'autre, c'est d'une telle puissance, d'une telle évidence… Il n'y a que lui pour me faire ressentir cet arc-en-ciel de sensations étourdissantes.

La bouche de Tyler me couvre de baisers enflammés. J'enfouis ma main dans ses cheveux désordonnés et le réclame davantage.

Combien de fois ai-je pensé à cet instant ? À nous deux, aussi passionnés ? À une symbiose aussi totale ?

Il mordille l'un de mes tétons avant de l'aspirer entre ses lèvres. Je laisse échapper des gémissements qui le rendent fou. Je ne le devine pas, il me le dit. Et je l'encourage à continuer de me prendre ainsi. Mon cœur bat à un rythme effréné. Je me sens si vivante, si chanceuse, si amoureuse.

Quand il ralentit un peu la cadence pour retenir sa jouissance, mes ongles se plantent dans ses bras, dont je connais les tatouages par cœur, et lui demandent de ne pas s'arrêter.

Il n'attendait que ce signal. Je le sens pousser avec plus de frénésie. Je me cambre sous ses caresses, ses assauts, sentant l'orgasme arriver. Il est différent de toutes les autres fois où j'ai ressenti du plaisir entre mes cuisses. Il est plus lent, plus fort, plus fiévreux. Mon sexe s'embrase, et je me tends sous la fureur des vagues de plaisir qui me gagnent.

Le seul truc dont je me souviens vraiment, après ça, c'est d'avoir crié son nom, en tremblant sur le lit, mon corps secoué par l'orgasme. Je ne sais même pas s'il a joui, lui aussi, tellement j'étais absorbée par un plaisir que je n'avais encore jamais vécu.

Je l'entends déchirer une bande de tissu de ma robe, la mouiller dans la cuisine, puis revenir me nettoyer avec la même délicatesse que ses premières pénétrations.

Tyler s'effondre à côté de moi. Je le laisse enserrer ma taille. Nous restons blottis l'un contre l'autre pendant un long moment, apaisés par le bruit de nos respirations.

Je suis presque endormie quand je l'entends me souffler :

– Tu avais raison.

Je tourne mollement la tête dans sa direction.

– À propos de quoi ?

– J'en veux encore… J'en veux plus. Mais je n'ai… je n'ai jamais fait ça.

– L'amour ? C'est un mensonge trop gros.

Son index caresse ma joue.

– Tomber amoureux. J'ai bien peur qu'il n'y ait pas de règles à appliquer, et ça me fait flipper.

Bordel, mon cœur va exploser ! Mon cœur *a* explosé. Je prends sa main dans la mienne.

– Alors, aime-moi comme si c'était la première fois que tu découvrais un exercice de ce genre. Aime-moi avec l'innocence de la découverte, aime-moi en commettant des erreurs, aime-moi en recommençant, aime-moi en t'améliorant, aime-moi en t'appliquant. Aime-moi en essayant toujours de m'aimer plus.

Sa vulnérabilité transparaît au fond de ses yeux.

– Je peux être coriace quand un exercice me prend la tête, me prévient-il.

Je souris comme une niaise. J'aime sa façon de me dire qu'il m'aime aussi.

– C'est exactement ce que je demande, Tyler.

Il paraît que l'être humain est un éternel insatisfait. Je ne pensais pas que c'était mon cas, à moi aussi. En tout cas, pas à un tel degré. Quand je repense à l'hypothèse de mourir le lendemain, je me dis que j'ai obtenu ce que je voulais.

Mais ça ne me suffit pas.

La jeune fille inexpérimentée que j'étais ne savait pas encore que l'amour rendait insatiable. Aujourd'hui, si la question était remise sur le tapis, si on me demandait ce que je voudrais absolument faire si je savais ma mort prévue pour le lendemain, je répondrais que je veux épouser Tyler. Ça me prendrait bien une journée pour le convaincre, mais j'y arriverais. Je voudrais me marier avec lui.

Jusqu'à ce que cette fameuse mort nous sépare.

***

Je me réveille un peu plus tard, la tête dans les vapes, mais le sourire aux lèvres. Le genre de sourire que seul le sexe peut donner. Oui, je me la joue un peu, mais j'ai le droit, non ? J'ai atteint mon plus gros objectif de cette année. Ne sentant plus l'odeur de Tyler à mes côtés, je me redresse précipitamment sur le lit. Ma bouche laisse s'enfuir un soupir de soulagement lorsque je le vois assis, en face de moi, dans le fauteuil, à m'observer.

– Hey, salué-je avec une voix un peu ensommeillée.

– Hey.

Je remarque que les bougies ont diminué de moitié.

– Il est quelle heure ?

– Je ne sais pas.

Je glisse une mèche de cheveux derrière mon oreille. Je ne sais pas pourquoi je fais ça. Il est soudainement devenu plus intimidant.

– Qu'est-ce que tu fais là-bas ?

– J'ai encore envie de toi, dit-il d'une voix grave.

– Oh…

Je caresse la base de mon cou nerveusement et me lèche les lèvres.

Moi aussi, Tyler. Moi aussi. Surtout quand tu me parles de cette façon.

– J'ai préféré mettre un peu de distance parce que tu collais tes fesses à ma queue dans ton sommeil, et ça m'excitait.

– On était en cuillère ! me justifié-je, morte de honte. Je ne cherchais pas à t'allumer.

– Je sais, mais je ne savais pas si tu aurais envie de recommencer tout de suite.

Je souris et le remercie intérieurement de sa prévenance.

J'ai choisi le bon.

– Tyler ? Tu te rappelles la soirée étudiante ?

– Difficile de dire non.

– Tu risques de trouver que je pars un peu loin, mais…

– Je suis assis dans un fauteuil, à t'observer depuis plusieurs minutes, et tu n'es pas encore au-dessus de moi. Effectivement, tu es trop loin.

Je réponds à son invitation en allant me positionner à califourchon sur lui. Je retiens un halètement quand je sens son érection à travers son boxer. Il ne mentait pas. Il se retient vraiment. Il saisit ma taille et positionne ma chatte bien au-dessus de son membre. Puis il commence à faire bouger mon bassin d'avant en arrière.

– Hmm…

– Tu vas parler ou tu vas te contenter de mouiller mon boxer ?

Ah, oui, c'est vrai ! J'ai une question.

– Marianna, la fille avec qui j'étais à la soirée. Elle a dit que, ta limite, c'est… le sang.

Il stoppe son geste quelques secondes et me regarde dans les yeux.

– Ça te fait peur ?

– Est-ce que c'est vrai ?

– Est-ce que tu veux vraiment connaître la réponse ?

C'est moi qui recommence à bouger les hanches, de mon propre chef.

– Je veux savoir jusqu'où tu peux aller. Jusqu'où je peux aller avec toi.

Sans cesser de bouger, je pose ma bouche sur la sienne et mordille sa lèvre. Il grogne et enserre ma taille.

– Les gens ont mal interprété ce que mes potes racontaient sur le campus, et la réputation m'a rapidement collé à la peau. Je n'ai pas essayé de démentir, ça m'arrangeait. Tout ce que je voulais dire, à la base, c'est que je ne couche pas avec les vierges.

– Pourtant, tu l'as fait avec moi.

Il ne se donne pas la peine de répondre avec des mots.

J'assimile parfaitement ce que ses yeux me dévoilent : je suis l'exception.

– En dehors de ça, je n'ai pas de limites. Je veux voir, moi aussi, jusqu'où je peux aller.

– Avec moi ?

Il s'allonge un peu plus sans me lâcher des yeux. La position me permet d'être encore plus en contact avec sa queue.

– En toi, murmure-t-il.

Seigneur ! Pourquoi ses réponses me font un tel effet ? J'ai la gorge desséchée.

– Je vais commencer par m'assurer que tu puisses me prendre jusqu'à la garde, Kelly. Je vais m'enfouir en toi, et tu vas me montrer que tu aimes m'avoir tout entier.

J'ai besoin d'air. Je cache mon visage rouge d'embarras dans son cou pendant qu'il continue de me faire bouger sur lui. Ses doigts pianotent sur mon corps jusqu'à mes seins.

– Kelly ?

– Hmm ?

– J'ai aussi une question un peu idiote.

– Ta performance me fait oublier tout adjectif se rapprochant de ce mot.

Il rigole.

– Est-ce que tu m'as entendu lors du conseil de discipline ? Quand je t'ai demandé de me regarder ?

Je me redresse pour l'observer.

– Tu veux dire… par télépathie ?

– Te moque pas, souffle-t-il en souriant.

Je glousse devant son air si sérieux. Je pose mes mains de part et d'autre de son visage et noie mes yeux dans les siens.

– Réessayons. Est-ce que, là, tu comprends ce que je veux ?

Recommençons tout de suite. Emmène-moi sur ce lit et fais-moi tienne.

Il place sa main dans mon dos.

– Je crois que oui… Rejette la tête en arrière.

J'obéis et m'expose à lui. Ma main agrippe son épaule quand sa langue lèche un de mes tétons.

– Mais ton visage est tellement expressif que tout le monde pourrait deviner ce que tu veux que je te fasse, Kelly.

Pendant qu'il recommence à me faire perdre la tête, je me dis que c'est l'homme de ma vie.

J'en suis certaine. Comme je sais que un plus un égale deux.

Nos cœurs ont su trouver leur propre formule. Et maintenant que je connais chaque variable, je veux prouver que le résultat de celle-ci est correct. Indéniable. Indiscutable.

Toc-toc-toc.

Les battements de nos cœurs s'arrêtent. Tyler et moi restons bloqués l'un sur l'autre.

Quelqu'un est en train d'essayer d'ouvrir la porte en abaissant la poignée comme un forcené.

Je me redresse. Tyler me fait descendre de ses cuisses.

– Qui ça peut être ?

– Seuls mes parents ont une clé. J'ai pris celle du bureau de mon père, alors…

– Ta mère ? souffle-t-il, l'air affolé.

Encore une fois, ce soir, j'arrête de respirer.

Putain ! Mais dans quoi est-ce que je nous ai foutus ?

25

Kelly
La veille des retrouvailles

Normalement, il me reste un peu moins d'une demi-heure en compagnie de ma psy. Et elle décide de la gâcher en posant une nouvelle question stupide.

– Sur une échelle de un à dix, qu'est-ce que…

– Oh, vous m'emmerdez avec votre échelle ! Il n'en existe pas de suffisamment grande pour décrire ce que j'ai ressenti à ce moment-là. C'était tout simplement parfait.

Elle plisse les yeux et note des tas de trucs dans son carnet. Bien plus que toutes les autres fois. J'ai le temps de me prendre un gâteau et de finir mon thé. Au bout de cinq minutes, je m'impatiente.

– Alors, doc, j'ai quoi comme maladie ?

– Vous n'êtes pas malade, Kelly. Vous avez juste besoin d'aide et de conseils. L'accident vous a sûrement traumatisée et…

L'accident ?

– Je ne vous en ai jamais parlé, la coupé-je sèchement.

– Votre mère m'a raconté cet épisode, mais elle ne pensait sûrement pas à mal…

Comme si elle n'en avait pas déjà assez fait ! Il faut qu'elle s'approprie une partie de mon histoire aussi. Elle a dû se faire passer pour une héroïne.

Bordel, je la déteste !

– Je trouve que déménager dans le seul but de séduire un homme n'est pas raisonnable. Vous avez eu un coup de foudre, quand vous étiez au lycée, et depuis vous avez développé cette tendance à trouver parfait tout ce qu'il fait, tout ce qu'il est. D'ailleurs, dans votre langage, on se rend bien compte que, dès que quelque chose est à votre goût, vous lui collez tout de suite l'étiquette de la perfection. Mais rien n'est parfait, Kelly.

– C'est vrai. Moi, je ne le suis pas. Mais mon plan pour le reconquérir, si.

– Vous ne savez même pas s'il sera encore intéressé par vous.

– J'ai réussi à le faire tomber amoureux de moi à l'époque, pourquoi je n'y arriverais pas cette fois-ci ?

– Parce que vous avez grandi et évolué tous les deux. Dans deux villes différentes, avec deux parcours différents.

Je m'adosse contre les coussins et croise les jambes. Je laisse intentionnellement passer plusieurs secondes avant de l'interroger.

– Laetitia, vous êtes mariée depuis combien de temps ?

Je sens qu'elle hésite à répondre. Il faut avouer que je lui ai posé plusieurs questions personnelles durant notre échange.

– Neuf ans, cède-t-elle finalement.

– Votre mari et vous avez *grandi et évolué*, j'imagine.

– Tout à fait.

– Pourtant, vous continuez de vous aimer.

– L'amour se travaille, se nourrit…

– Non, la *relation* se nourrit, pas l'amour. Sinon, comment expliquer que quelqu'un puisse aimer une personne pendant des années sans jamais lui avoir adressé la parole ? Comment expliquer que l'on continue d'aimer des personnes décédées ?

Elle me regarde comme si la réponse était une évidence

et que j'étais trop bête de ne pas la connaître.

– Parce que l'amour prend différentes formes.

– Peu importe. Deux personnes faites pour être ensemble finissent toujours par se retrouver.

Son ton devient laborieusement ennuyant :

– Certes, mais pas comme ça.

– Je vais juste retrouver celui qui m'est destiné ! m'énervé-je.

– Kelly, vous êtes la personne la plus obstinée que j'ai rencontrée dans ce cabinet. Et même en dehors de celui-ci.

– Merci.

Elle penche la tête.

– Je ne crois pas que ce soit un compliment.

– Je ne saisis pas. Si j'étais dans la mafia et que j'avais pour but de tuer tous ceux qui m'empêchent d'être le leader du marché, vous ne me prendriez pas pour une folle.

– Je comprends votre entourage. Vous avez des comparaisons très équivoques. La mafia ne devrait pas être une référence.

Je n'aurais peut-être pas dû lui raconter tout ce que ma mère et Annie ont dit à mon sujet.

– Ah, non ? Prenons un autre exemple. Il y a des tas de femmes, dehors, qui essaient d'avoir un enfant et qui sont prêtes à faire tous les sacrifices possibles, à se donner tous les moyens imaginables pour y arriver.

– C'est complètement différent !

Elle met les deux mains devant la bouche et écarquille les yeux d'effroi. Elle vient peut-être de se rendre compte que c'est elle qui est dans l'erreur. Les paroles suivantes me prouvent le contraire.

– C'est pire que ce que je pensais, Kelly ! Vous déformez tout pour que ça aille dans votre sens.

– Je ne vois pas de quoi vous parlez.

– Vous ne m'écoutez pas. Vous êtes aveuglée et obsédée par cet homme.

Je hausse les épaules.

– L'amour rend aveugle, c'est ce qu'on dit, non ?

– Ça ne devrait pas.

– Qu'est-ce que l'amour, dans ce cas ?

– Je n'ai pas de définition exacte. Je doute même qu'il y en ait une qui soit parfaite. Mais ce que je peux vous assurer, c'est que celui que vous ressentez n'est pas normal.

– Et qui a besoin de normalité ? Vous ? Vous êtes heureuse en sachant votre fille dans une autre ville, loin de vous ? Vous êtes heureuse avec votre mari, qui vous fait cocue ?

Ma psy s'immobilise, complètement sonnée.

– Pardon ? s'offusque-t-elle.

– Oups ! Les nouvelles vont vite dans votre club de golf. C'est pour ça que vous n'y avez pas mis les pieds depuis des semaines, n'est-ce pas ? Ma mère m'a confié certains trucs, à moi aussi. Mais, vous l'avez dit vous-même, elle ne pensait sûrement pas à mal.

– Mademoiselle Moore, je ne vous permets pas de me parler ainsi ! se fâche ma psy.

Je me lève lentement, me penche de la même manière vers elle, m'assure de lire la peur dans son regard, puis glisse mon visage vers son cou et lui murmure à l'oreille.

– Un conseil, parce que je suis gentille : dites à votre fille de ne surtout pas rompre avec son mec. Ça gâcherait mes projets. J'ai hâte qu'elle prenne ma place sur ce canapé très prochainement.

J'entends Laetitia déglutir.

– Je vais appeler la sécurité, mademoiselle Moore.

Je souris, pas du tout déstabilisée.

– Surtout, n'oubliez pas de lui demander, sur une échelle de un à dix, à quel point elle a été brisée.

II

Hate me softly

26

Kelly
Le jour des retrouvailles

Les deux gardes de Tyler m'ont foutue dans sa bagnole avant que j'aie eu le temps de cligner des yeux.

Mon corps se rencogne contre le cuir luxueux du véhicule. Bien qu'il soit confortable au possible, je ne m'y sens pas tout à fait à mon aise. L'accident a laissé de petits débris d'angoisse qui, je l'espère, finiront par disparaître un jour. Ne dit-on pas que le temps efface tout ?

Sauf l'amour.

Et les promesses.

Ce n'est pas pour rien que le sacrement qui exhorte les gens à se promettre de s'aimer pour l'éternité continue d'unir les plus chanceux. Ce sera bientôt mon tour. Mais, d'abord, je dois trouver un moyen de m'échapper.

J'arrête de frotter mes mains l'une contre l'autre pour paraître plus confiante.

– Où est-ce que vous m'emmenez ?

Je ne sais pas pourquoi je le demande encore. Le type qui me fait rudement face, sur le siège de la limousine, chauve à la fois de poils et de tendresse, ne m'a pas répondu les cinq dernières fois.

La voiture file pendant des minutes qui s'émiettent à la vitesse d'un siècle. En même temps, ce n'est pas très étonnant quand le trajet se fait dans un calme plat, avec un gars qui a la même allure que l'acteur Dwayne Johnson et qui guette le moindre de mes mouvements.

– On est bientôt arrivés ? J'ai urgemment besoin d'aller aux toilettes.

Mon excuse préférée ne prend pas avec lui. Il ne bouge même pas d'un cheveu. Mauvaise comparaison, il n'en a pas. Disons qu'il ne bouge pas d'un centimètre.

– Vous vous appelez comment ? demandé-je sans trop d'espoir.

Silence.

– J'avais un chauffeur quand j'étais plus jeune. John. Il était beaucoup plus sympa que vous. Quoique… il ne parlait pas des masses, lui non plus. Il préférait garder les yeux sur la route, ce qui est généralement conseillé, je comprends. Mais, comme c'est votre collègue qui se charge de cette partie du boulot, on pourrait en profiter pour papoter, pour critiquer inlassablement votre boss, par exemple.

Ses iris semblent morts tellement il reste concentré sur moi.

– Vous ne voulez pas savoir ce qui s'est passé entre nous ?

Allez, tu dois bien être un petit peu curieux, non ?

Son visage ovale reste d'une immobilité inquiétante.

– Est-ce que vous allez continuer à me regarder comme si j'étais un colis suspect ? C'est très perturbant.

Toujours pas de réponse, mais je poursuis – plus parce que j'ai l'habitude de combler les silences que parce que j'espère obtenir un mot de sa part.

– Combien de fois vous vous entraînez pour avoir un corps pareil ? Je peux toucher ? tenté-je en avançant une main vers lui.

J'ai à peine déplié le bras qu'il grogne férocement.

– OK, Dwayne, je n'ai rien dit, fais-je en levant les mains en guise de résignation.

Je souffle un bon coup, abandonnant l'idée d'avoir une once de discussion avec lui, et laisse mon regard dériver vers la fenêtre et vers les maisons qui se succèdent. Les habitants en tenues légères me rappellent la ville de mon enfance. Celle de laquelle on m'a exilée pendant quatre ans.

Mes pensées s'orientent vers ma moto, que j'ai été forcée de laisser devant le lieu de travail de Tyler. Je ne crains pas de me choper une amende, mais je ne veux pas qu'il lui arrive ne serait-ce qu'une égratignure. C'est le dernier cadeau de mon père. J'y tiens beaucoup.

Évidemment, celui qui hante mes souvenirs revient réclamer sa place dans mon esprit. Le son de sa voix… Rien que le son de sa voix a fait palpiter mon petit cœur. J'aurais aimé qu'il tente de reprendre contact avec moi, rien qu'une fois. Moi, je l'ai fait.

Combien de fois ai-je imaginé lui parler au téléphone ? Recevoir un texto ou un simple mail ?

Je ne me souviens que trop bien de ses bras, qui m'ont tenue contre lui, caressée, aimée. Ses yeux n'ont pas perdu de leur beauté : ils sont juste plus durs, plus froids, plus hargneux. Il a aujourd'hui le regard typique des gens qui se battent pour oublier la misère que la vie leur a servie. Je comprends qu'il me tienne en partie responsable d'avoir ajouté une couche de noirceur à la sienne, mais je suis de retour pour repeindre le tableau. Promis, cette fois, la toile sera aussi belle et colorée que les tatouages qu'il arbore le long de son bras.

Le véhicule se gare finalement devant… mon immeuble. Un pli se creuse entre mes sourcils. Un instant, je me dis que Tyler a peut-être eu la gentillesse de demander qu'on me ramène chez moi. Puis ses yeux courroucés et son sourire vicieux ressurgissent dans mon esprit, et je me rappelle que lui aussi vit ici. Seulement trois étages au-dessus du mien.

Une analyse rapide de nos positions me dit que ce que j'ai en tête est jouable. Je suis plus proche de la portière que mon voisin d'en face. Je vise la poignée et, avant qu'il n'ait le temps de réagir, je me précipite pour la déverrouiller et débouler dehors.

Je ne cours pas bien loin. En fait, je ne cours même pas. Il ne me laisse pas ce petit espoir, le con. Je fais un pas, et je suis déjà perchée dans ses bras, comme une gamine qu'il faut envoyer au lit. Je ne me laisse pas faire pour autant. Je tente de riposter du mieux que je peux tandis que nous atteignons l'entrée.

– Laissez-moi descendre, je peux marcher !

L'entrée est plongée dans un silence que je perce sans aucune gêne.

– Appelez la sécurité ! crié-je. Je suis en train de me faire… hmmm !

L'autre garde me réduit au silence avec sa large main sur ma bouche. Malheureusement pour moi, il ne s'agit pas du même concierge qui m'a accueillie hier et aidée à monter mes valises jusqu'à mon étage.

– Ce n'est qu'une amie de M. Evans, explique celui qui m'a fixée durant tout le trajet.

Juste une amie ? C'est ce qu'il leur a dit ? À une époque, il disait qu'on ne pourrait jamais être amis. Et puis qui traite ses amis de cette façon ? Impossible que le concierge gobe cette histoire.

Je déchante vite parce qu'apparemment, c'est tout à fait possible. Ce dernier se contente étrangement d'approuver en baissant légèrement la tête de façon respectueuse. Vu ma position actuelle, je ne lui en veux pas d'être intimidé, mais j'ai remarqué un léger sursaut de sourcils au nom de Tyler. Mon petit doigt me dit que c'est lui qu'il craint le plus.

Le gorille numéro deux garde sa main sur mes lèvres tandis que les chiffres des étages défilent devant mes yeux. Je me débats, secoue la tête avec la puissance d'un chaton en colère, lèche sa main, essaie de la mordre, mais rien n'y fait. Je reste prisonnière des bras de fer et muette à cause d'une main ferme, jusqu'à ce que nous atteignions l'appartement.

Là, ils me déposent dans l'entrée, comme s'ils venaient d'effectuer une simple livraison, et referment le battant derrière eux.

Ils se foutent vraiment de moi !

– C'est une blague, n'est-ce pas ? C'est une grosse blague ! Faites-moi sortir d'ici ! m'écrié-je en m'élançant vers la porte.

Leurs énormes musculatures, semblables à des remparts, me font barrage. Je finis par abdiquer en lâchant un soupir énervé. Je suis obligée de rester ici, à attendre que Tyler revienne.

Je récupère mon téléphone dans la poche de ma veste, avant de la retirer, et appelle l'unique personne dont j'ai toujours besoin dans ce genre de moment.

– Annie ?

– Oh ! Ça y est, tu l'as revu ? Je peux déjà dire « je te l'avais dit » ou pas ?

– Il m'a enfermée quelque part.

La voix de mon amie prend une intonation horrifiée.

– Quelque part ? Où ? Une cave ? Un grenier ? Un sous-sol ? Le coffre d'une voiture ? Un frigo ?

Je bloque sur le dernier endroit cité. Quelquefois, j'oublie que c'est la fille d'un policier.

Mon regard prend le temps de faire un tour rapide des lieux. Cet appart est beaucoup plus grand et rangé que le mien. La pièce de vie a été aménagée avec des canapés noirs, sur lesquels dorment des coussins de velours bleu nuit. Je souris en voyant l'espace bar, dans l'angle gauche, parce que Tyler m'a confié en vouloir un dans son premier appart. Je m'étonne de ne pas trouver le jeu de fléchettes qui lui semblait indispensable également.

Ce qui me surprend réellement, c'est de remarquer que la déco est tout aussi épurée que sa chambre chez son oncle. Il ne se sent peut-être pas complètement chez lui ici.

– Je suis chez lui.

– Ne me fais pas des frayeurs pareilles, Kelly !

Ma meilleure amie soupire de soulagement.

Mes doigts glissent le long de la table en verre de la salle à manger. Je ne parviens pas à brider mon imagination, qui court vers le passé. Elle reprojette nos quatre corps assis à la table du Minute Bar, secoués de rire, tandis que nous mangions les burgers à l'ananas que Briana avait tenté de créer. C'était un soir où Annie était responsable de la fermeture. Mes yeux se remplissent de larmes. En y repensant, je trouve ça tellement triste ! Les jeunes de notre âge se cachaient pour prendre des drogues ou d'autres substances illicites. Nous, on devait le faire juste pour pouvoir passer du temps ensemble.

Je renifle et ravale mes pleurs. L'heure n'est plus aux sanglots. Je n'ai fait que ça durant ces années loin d'eux. C'est fini. On va enfin se retrouver. Je mettrai tout en œuvre pour que ce soit le cas.

– Kelly ?

Je continue mon observation de l'endroit en marchant vers l'énorme baie vitrée, qui laisse entrer la lumière du soleil en train de se coucher.

– Je suis chez lui, Annie ! m'exclamé-je, excitée, en me rendant compte de toutes les possibilités que cela représente.

– J'ai compris la première fois. Qu'est-ce qui t'empêche de sortir ?

Les sosies de Dwayne Johnson et de Terry Crews.

Je tourne discrètement la tête vers les gars qui m'ont amenée ici.

– Il y a deux gardes devant la porte.

Annie siffle d'admiration.

– Il n'y va pas de main morte, dis donc.

– Ce sont les miennes qui doivent contre-attaquer. Qu'est-ce que je pourrais faire ? Mettre du ketchup sur les vitres ? Verser du vin sur son tapis ? Ou de l'huile sur ses draps ?

– Je doute que ce soit lui qui fasse le ménage, Kelly.

Elle marque un point.

– Argh ! Il m'énerve quand il essaie de me contrôler !

– Et une partie tordue de toi adore ça.

Il s'agit d'une vérité que je n'assume pas encore tout à fait.

– Qu'est-ce que je dois faire maintenant ? Je savais qu'il ne serait pas tout de suite réceptif, mais je n'ai pas prévu de me retrouver bloquée chez lui une demi-heure après l'avoir revu.

– C'était quoi, la première étape de ton plan, déjà ?

– Lui rappeler que j'existe.

– C'est chose faite. Sors le champagne !

Je lève les yeux au ciel. Littéralement. La vue sur celui-ci est à couper le souffle.

Rien que pour ça, je ne regrette pas d'être venue à Santa Barbara.

– Annie, ton sarcasme ne m'aide pas vraiment, là.

– Si tu es chez lui, ça veut dire que tu es à *ton* adresse ?

– Oui.

– C'est mon premier jour de boulot, je ne peux pas m'absenter tout de suite, mais j'essaie de faire au plus vite. En attendant, reste tranquille, ne fais rien qui puisse l'énerver. N'oublie pas que tu es revenue pour le reconquérir, pas pour lui créer des ennuis.

– Hmm…

Mes neurones sont en train de s'agiter et d'imaginer tout autre chose.

– C'est le « hmm » qui signifie que tu ne vas n'en faire qu'à ta tête, n'est-ce pas ?

Une grimace entendue se dessine sur mon visage, et je sais que ma meilleure amie la devine parfaitement.

– Personne ne me connaît mieux que toi.

Elle a entièrement raison. Je veux le séduire, et pour ça, je dois riposter. Lui rappeler comment ça marche entre nous. Ou, au moins, en profiter pour m'assurer que la provoc est toujours notre mode de fonctionnement.

– Ouais… Essaie de pas foutre le feu avant que j'arrive.

– Promis. Je vais juste m'amuser un peu.

Je raccroche, jette mon téléphone sur le canapé, puis me rends dans la chambre pour l'étudier, avec l'œil d'une enquêtrice, cette fois.

J'ouvre les placards. Pas de vêtements ni d'accessoires féminins.

Bien.

Il n'y a qu'une seule brosse à dents dans la salle de bains, et aucun appareil ni aucun cosmétique qui auraient pu être laissés par une conquête récurrente.

Très bien.

Globalement, il n'y a aucune trace de la présence d'une femme dans cet appart. Je savais déjà qu'il n'était pas en couple, mais le vérifier de cette façon me rassure.

Parfait.

En voulant refermer la porte du placard, je remarque une boîte en plastique de taille moyenne derrière une valise. Je ne devrais probablement pas fouiner comme ça, dans ses affaires, mais au point où j'en suis, franchement… En plus, contrôler ma curiosité n'a jamais été mon point fort.

Ma main n'est pas sereine lorsqu'elle ouvre le couvercle. Je fronce légèrement les sourcils en découvrant le contenu de la boîte. Mes lèvres s'étirent doucement et mon cœur fait un bond.

Lui aussi, il l'a gardé.

L'espoir, que je porte depuis des semaines, vient de se matérialiser en quelque chose de réel.

Une fois mon inspection finie, je remets tout en place et me dirige vers mes kidnappeurs, toujours postés devant la porte.

– Appelez Tyler, exigé-je. J'ai à lui parler.

Le silence que je me reçois en pleine face commence sérieusement à m'agacer.

– Je sais que vous lui faites des comptes rendus. Je vous ai vus pianoter des trucs sur votre téléphone quand on est arrivés.

Est-ce qu'il leur a coupé la langue ? Ce n'est pas humain d'être aussi silencieux. Très bien. Voyons jusqu'où s'arrête leur manque de réaction. Je retire mes chaussures en premier. Puis c'est au tour de mon débardeur de quitter mon corps. Les deux baissent automatiquement les yeux vers le sol. Intéressant.

Je suis moins à l'aise avec l'idée d'enlever mon pantalon à cause de ma cicatrice – je m'en fiche, qu'ils voient le reste. Mon uniforme de pom-pom girl ne couvrait pas grand-chose de mes jambes quand je sautais et tout Crystal River m'a vue me baigner en maillot de bain lorsque j'allais à la plage.

– Vous allez l'appeler ? insisté-je.

Ils se regardent furtivement, mais maintiennent leur position.

Ce n'est qu'une vilaine marque qui fait partie d'un passé que je vais venger, me répété-je en faisant glisser le pantalon le long de mes cuisses.

Je me retourne, balance mes hanches avec ma démarche la plus chaloupée et me rends vers son bar aménagé. Grâce à mon père, je m'y connais suffisamment pour savoir que toutes les bouteilles qu'il a entreposées sur ces étagères murales coûtent une petite fortune. Mais celles du milieu, bien mises en évidence sur un plateau miroir, sont les plus chères. J'attrape les deux bouteilles de whisky, puis me dirige vers l'évier de la cuisine, dans lequel je verse leur contenu jusqu'à la dernière goutte. Je vais en chercher d'autres, mais, cette fois, je les lance aux deux gardes, qui se précipitent pour les attraper.

– Finalement une réaction ! m'exclamé-je en applaudissant. Oh ! Je pourrais faire un bain avec le contenu de tout son bar. Vous vous joindriez à moi ?

Je fais mine de réfléchir un court instant, puis enchaîne :

– Vu vos têtes quand je me suis dévêtue, je doute que vous ayez ce cran-là. Vous préférez peut-être qu'on joue à la balle au prisonnier ? Je vous balance les bouteilles tour à tour et vous essayez de les éviter ? Imaginez le carnage.

Dwayne dépose celle qu'il a en main et s'empare de son téléphone pour écrire quelque chose. Quelques secondes plus tard, il décroche. J'esquisse un sourire triomphant.

– Oui, monsieur. Elle est aussi indocile que vous l'avez décrite. Oui. Bien.

Ni une ni deux, je cours vers lui. Ma main affronte la montagne de muscles pour récupérer son téléphone à son oreille. La bataille finit par payer parce qu'il baisse le bras qui me bloquait le passage et j'arrive à saisir le portable.

– Allô ? Tyler ? Je suis…

– Rhabille-toi, ordonne-t-il.

– Dis-leur de me laisser sortir d'ici.

– Tout doux, chérie, ne me fais pas jouir si vite.

Chérie ?

Je tends l'oreille et perçois de petits claquements sans équivoque à l'autre bout du fil.

Non, ce n'est pas possible !

Il est en train de baiser. Il me garde ici alors qu'il prend du plaisir avec une autre ? Quelle autre ? La journaliste ? Je savais qu'il continuait sa vie et qu'il fréquentait des femmes, mais le découvrir de cette façon me fend le cœur en un millier de morceaux.

Il voulait que je l'entende. Il voulait que je comprenne que je ne signifie plus rien. Dwayne ne s'est pas soudainement résigné à me laisser le téléphone : il a dû recevoir cette consigne de son patron.

– Est-ce que tu aimes ça ? demande une voix féminine.

Tyler grommelle.

– Je ne te récompense pas assez si tu en doutes. Tu veux que j'accélère ?

J'en ai assez entendu. Mon cœur, noir de jalousie, se met à battre tellement vite que j'en perds mes mots. Je laisse retomber la main le long de mon corps, ferme les yeux et prends une profonde inspiration pour me calmer.

Je refuse de croire qu'il puisse être passé à autre chose. Si je ne représentais vraiment plus rien, il ne m'aurait pas enfermée ici. Il m'aurait envoyé balader, comme il le faisait avec les autres lycéennes qui avaient eu le cran de lui faire des avances.

Au moment où Dwayne veut récupérer son appareil, je lui fais le geste « stop » de la main et positionne de nouveau le téléphone à mon oreille.

– Si tu ne te dépêches pas de venir, je vais me balader nue devant tes gardes. Je suis déjà en sous-vêtements, d'ailleurs. Baise-la si tu veux. Moi, je vais me toucher devant eux. Tu te rappelles ce que tu me faisais, dans ma cuisine, quand j'étais sur le plan de travail ? Je me demande s'ils auront les mêmes idées que toi en me regardant jouir. N'oublie pas que les femmes ont la chance de naître avec la capacité d'avoir des orgasmes multiples. Ça pourra durer *des heures et des heures*, Tyler.

Il ne répond pas, mais les bruits de la nana avec qui il est ont cessé. Je sais que je ne l'ai pas laissé indifférent. Je crois. J'espère.

– À plus, *chéri*.

Très fière de moi, je raccroche et conserve jalousement le téléphone contre ma poitrine. Je ne veux pas que Dwayne lui dise que je ne suis pas en train de mettre mon plan à exécution. Je sens le portable vibrer à plusieurs reprises, mais ne cède pas devant le regard irascible de son propriétaire. S'il ne tente pas de le récupérer, c'est probablement parce qu'ils ont reçu pour ordre de ne pas me toucher. Cette idée me fait jubiler intérieurement.

Jusqu'à ce que ce soit le second garde qui porte son téléphone à son oreille. Cinq minutes plus tard, je me retrouve enfermée à double tour dans la chambre.

Si j'avais des doutes avant, maintenant je suis convaincue qu'il faut que j'ajuste mon plan initial. Parce que, oui, faire du rentre-dedans à son ex, peu importent les circonstances qui ont causé la rupture, c'est finalement une très mauvaise idée.

Mais bon, voyons le bon côté des choses : j'ai atterri dans sa chambre plus vite que prévu.

27

Tyler
Le jour des retrouvailles

Le Castillo est le genre d'hôtel que je ne fréquenterais que par obligation ou si je perdais soudainement la raison. Ne vous méprenez pas, c'est une belle bâtisse, d'une blancheur qui prouve le soin que les propriétaires apportent chaque année pour rénover les lieux. Je n'ai pas de doutes quant au luxe des chambres ou à la qualité de la cuisine, d'ailleurs connue grâce à son chef, qui a remporté plusieurs prix culinaires. De grands palmiers se déploient devant l'entrée et à l'arrière du bâtiment, où je suis assis actuellement. Installé dans un fauteuil en rotin, sur la terrasse, j'observe les dégradés de couleurs qu'offre le ciel, qui laisse ses nuages s'amuser paisiblement. Le coucher du soleil à Santa Barbara est d'une beauté dont je ne me lasse pas.

Si je ne me vois pas revenir ici, c'est parce que l'hôtel ressemble en tout point au lieu où les couples viennent s'unir pour l'éternité. Ces grandes arches blanches, dans le fond du jardin, servent souvent aux fous qui décident de se marier. Les gens choisissent également l'endroit pour profiter de ce qui suit cette cérémonie ridicule : la lune de miel. Belle ironie pour moi, qui n'ai plus personne avec qui regarder la lune. C'est sous cet astre que j'ai fait ma première et dernière demande en mariage.

Putain, pourquoi je pense encore à elle...

– Le marché de l'immobilier dans notre ville est en plein essor. Diriez-vous qu'il a encore de beaux jours devant lui ?

La journaliste envoyée pour mon interview me fait quitter mes pensées mélancoliques.

– Absolument, Melissa. Les gens sont attirés par le soleil de la Californie comme les papillons le sont avec le nectar des fleurs. Tant qu'il y aura du beau temps, ils voudront vivre ici ou trouver la parfaite résidence de vacances pour venir se détendre. N'êtes-vous pas, vous-même, sous le charme de ce paysage ?

– C'est vous que j'ai en face de moi, monsieur Evans.

Je parlais de façon générale, et son sourire carnassier me montre qu'elle le sait parfaitement. Je m'enfonce dans le fauteuil et confirme à sa place.

– Vous *adorez* ce que vous voyez.

Elle sourit de toutes ses dents, puis se racle la gorge pour reprendre son sérieux.

– Pourquoi avoir choisi l'immobilier de luxe ?

L'argent. Je voulais être riche, mais ce n'est pas ce que les gens veulent entendre.

– J'ai eu une opportunité, je l'ai saisie et j'en suis plutôt satisfait.

– Réussir à être parmi les meilleurs agents de la côte une deuxième année consécutive est une incroyable réalisation. Rien ne semblait pourtant vous emmener sur cette voie. Vous aviez plutôt un profil de matheux, non ?

Ce n'est pas une information cachée, mais peu de gens le savent. Je me suis arrangé pour que tous les articles concernant Kelly et moi soient effacés. Quand on me parle de mon passé, je crains toujours que cela refasse surface. Moi, je pourrais l'endurer, mais je ne veux plus que Briana soit mêlée à mes erreurs.

– Je suis d'avis que les gens devraient nous juger non pas sur notre parcours, mais sur nos résultats. Les miens sont plus qu'éloquents. J'ai bossé dur pour en arriver là, et c'est ce que je conseille. Peu importe ce que vous avez fait auparavant. Si vous croyez en vous et que vous vous battez pour réussir, rien ne vous sera impossible.

– Mais…

– Je n'ai rien d'autre à rajouter à ce sujet. Votre temps est écoulé, fais-je en jetant un coup d'œil à ma montre. Je pense que nous en avons fini.

– Attendez… m'interpelle-t-elle.

Elle se penche pour me servir à boire, m'offrant ainsi son décolleté pigeonnant.

– Je n'ai pas soif, déclaré-je.

– J'insiste.

Le message me semble plus que clair. Je prends davantage le temps de l'observer que tout à l'heure. Ses cheveux blonds tombent en cascade autour de son visage aux traits sensiblement fatigués. Ses yeux verts, qui ressemblent à deux olives, me communiquent le désir qu'elle a pour moi.

Depuis que j'ai réussi à me faire un nom ici, les femmes sont rapidement devenues de simples additions. Aucune n'a atteint le niveau de difficulté que Kelly représentait pour moi à Crystal River. Mais cela me convient parfaitement. Je ne veux plus de Kelly dans ma vie. Fort heureusement, la journaliste n'a absolument rien en commun avec mon ex-élève. C'est, depuis lors, l'un des critères de sélection de mes conquêtes. Pas de métisse aux cheveux bouclés, pas d'yeux marron.

– Il y a une question que beaucoup de gens se posent. Comment cela se fait-il que vous soyez célibataire ?

– Je ne suis pas sûr que ce soit uniquement pour les « gens » que vous posiez la question. Je préfère les femmes qui disent clairement ce qu'elles veulent.

Je l'observe attentivement retirer son alliance et la ranger dans son sac à main.

– Je suis en instance de divorce… se justifie-t-elle.

– Peu m'importe. L'inverse ne m'aurait pas dérangé.

Elle me fait la suivre jusque dans la chambre qu'elle a réservée.

– Pour l'interview, justifie-t-elle encore en ouvrant la porte. Au cas où vous auriez préféré que nous ayons plus d'intimité.

Je n'ignore rien du bobard qu'elle raconte, mais je joue le jeu.

– Évidemment.

À peine la porte refermée derrière nous, elle laisse tomber sa robe au sol. Rapidement, ses sous-vêtements suivent le même chemin.

Pas mal !

Elle fait quelques pas en avant et s'attaque à mes vêtements sans détour. Elle baisse ma braguette, descend mon pantalon et mon boxer. Elle semble aux anges de constater l'effet qu'elle a sur moi.

Elle me prend dans sa main sans autre forme de procès. Je ne sais pas si je vais passer un bon moment, mais, au moins, je vais passer le temps.

– Vous en avez une grosse !

Je souris tranquillement. Comme je l'imaginais, ses mains sont vraiment douées autour de ma queue, mais j'ai plutôt envie de sentir sa langue.

– Votre bouche serait le meilleur compliment que vous puissiez lui faire, Melissa.

– J'y venais, justement, dit-elle en souriant.

Au moment où elle se baisse pour passer à l'acte, mon téléphone vibre dans la poche intérieure de ma veste de costume.

– Deux secondes, demandé-je.

Onur
Nous sommes arrivés chez vous, monsieur Evans. Elle regarde partout et se plaint déjà. Elle envisage de mettre du ketchup sur vos vitres.

Je retiens un petit rire, puis me remets très rapidement en question. Ce n'est pas drôle, c'est immature. Qu'est-ce qui m'arrive ? Je ne suis plus un gamin. Ça ne devrait pas m'amuser.

Onur joint à son message une photo de Kelly, de dos, qui observe le ciel à travers les vitres de mon appart. Elle a retiré sa veste, ce qui me laisse la chance de voir sa taille fine et la courbe de ses hanches sous ses boucles. Je me demande si elle les a gardées à cette longueur parce qu'elle sait que j'aime la voir telle quelle, avec ses cheveux qui s'arrêtent juste au milieu de son dos.

Dès qu'elle le pouvait, elle s'installait soit sur mes jambes, soit entre elles. Pour jouer à la console, même si elle perdait à chaque partie. Pour regarder un film, même si elle finissait par s'endormir. Pour se mettre du vernis, même si elle pouvait le faire partout ailleurs. Pour manger, même si la place à côté était vide. Pour me raconter comment elle imaginait notre futur, même si celui-ci était des plus incertains.

Chaque fois qu'elle se levait pour partir, c'était la même vision que sur la photo qu'elle renvoyait. C'est stupide, mais je l'enregistrais dans ma mémoire, chérissant autant nos au revoir que nos retrouvailles secrètes.

Tyler
Ne faites pas attention,
elle est née désobéissante.
Si elle fait quoi que ce soit
d'anormal, prévenez-moi.

– C'est une urgence ? questionne Melissa.

J'ai envie de lui répondre de se mêler de ce qui la regarde. Puis je me souviens qu'elle a mon article entre les mains. Et accessoirement, ma queue. Mais surtout mon article. Qui dit « bon article » dit « plus de pub », et plus de pub égale plus de thunes. C'est ce pour quoi je travaille autant, alors je ne vais pas tout foutre en l'air.

– Un problème sans importance, affirmé-je. Mais c'est réglé.

C'est faux. Kelly a toujours été le seul problème que je n'ai jamais réussi à résoudre.

– On en a un autre ici.

Je suis son regard et constate que je ne bande plus. Je parcours le corps de la journaliste des yeux. Dommage, je ne banderai plus pour elle aujourd'hui. Mon esprit est hanté par des putains d'yeux marron qui me regardent avec effronterie.

Bordel ! Pourquoi les choses ne sont pas aussi simples qu'en mathématiques ? Pourquoi les règles ne sont pas écrites et définies ? Il devrait y avoir une sorte de durée de vie préétablie des sentiments. Si je me fie à cette théorie qui dit que l'amour dure trois ans, le délai est largement dépassé. Je ne devrais plus rien ressentir pour cette peste de Kelly. Alors, pourquoi est-ce qu'elle continue de m'irriter ?

– Monsieur Evans ? interroge Melissa.

Je remonte mon pantalon et le referme.

– Désolé. Une autre fois, peut-être. Je compte sur vous pour m'écrire un bon article, dis-je en quittant la pièce.

***

Je me rends rarement au club sans mes gardes du corps, mais j'ai envie de parler à quelqu'un, et le seul avec qui je peux espérer avoir une discussion plus ou moins constructive ici, c'est Caleb. Je ne sais jamais à quoi m'attendre avec lui, mais j'ai besoin d'une personne qui sera neutre dans cette histoire.

– M. Guerrez a interdit à quiconque d'entrer, m'annonce son garde devant la porte de la salle VIP où se tiennent nos auditions.

Ça ne m'étonne pas qu'il en fasse passer sans moi, mais qu'il me limite l'accès ne peut vouloir dire qu'une chose : il a l'intention d'en baiser une, si ce n'est pas déjà le cas.

– Merci de m'avoir prévenu. Maintenant, ouvrez la porte.

Je n'aurais pas dû entrer en ayant les yeux ouverts. Je les ferme et prie pour oublier la scène dont je viens d'être témoin. Une de plus sur la longue liste que j'ai déjà en mémoire avec Caleb en personnage masculin. Du peu que mes yeux ont malencontreusement observé, mon associé est avec la serveuse d'hier. Ou, plutôt, mon associé est *dans* la serveuse d'hier.

Je rouvre les paupières, attrape sa veste jetée au sol et la lui lance pour qu'il se cache. Chose qu'il ne fait pas, bien entendu.

– Je ne peux pas travailler avec quelqu'un dont je vois la bite.

– Tu es sûr que tu la vois ? Elle m'a l'air bien enfoncée, pourtant.

Le dessin du sourire posé sur ses lèvres me laisse totalement indifférent.

– Tu ne devais pas être au boulot ? continue-t-il, le front en sueur.

– Parle pour toi, dis-je en levant un sourcil exaspéré.

– Je *suis* au boulot.

– Nos auditions ne se passent pas comme ça, et tu le sais.

– Elle est gentiment venue me demander si on pouvait lui redonner son poste. J'ai décidé de réévaluer sa position. Le fait qu'elle soit au-dessus de moi n'est pas de mon fait. Il y a des femmes qui savent saisir les opportunités qu'on leur donne. N'est-ce pas, Penny ?

Peggy, corrigé-je mentalement.

Il ne fait vraiment aucun effort.

– Je vais vous laisser finir. Je t'attends au bar.

– Ça va prendre un peu de temps. Je te propose de te rejoindre chez toi après.

Mon corps se crispe. Kelly est présentement chez moi et je ne veux surtout pas qu'elle ait encore affaire à mon associé. Je ne sais pas quelle idée tordue elle serait capable d'imaginer pour me torturer. En fait, si, je sais très bien ce à quoi elle peut penser, et ce connard obsédé de Caleb ne s'en privera pas. Il ne la touchera pas – il aime trop ses couilles pour prendre le risque de les perdre –, mais la simple idée qu'il lui lance le même regard qu'il avait quand il matait ses photos fait fourmiller mon poing. Je ne peux pas certifier qu'il ne fera pas quelque chose d'énervant avec elle.

– Non. Au bar, insisté-je fermement.

Caleb est mon associé à la fois au club et à l'agence. Je n'oublie pas que c'est en grande partie grâce à lui que j'ai tout ce que je possède aujourd'hui. C'est bien pour ça qu'il peut se permettre ce genre de libertés sans que je lui saute à la gorge.

Je pivote pour quitter la pièce, qui empeste les effluves de sexe, d'alcool et de cigare, quand mon portable vibre de nouveau. Le message d'Onur me fait m'immobiliser et serrer le téléphone entre mes doigts.

Onur
Elle s'est déshabillée et menace de briser toutes les bouteilles de votre bar.

– Putain ! grogne mon associé derrière moi.

Il m'enlève les mots de la bouche. J'appelle dans les secondes qui suivent.

– Rien à foutre des bouteilles. Elle s'est déshabillée sous vos yeux ?

– Oui, monsieur. Elle est aussi indocile que vous l'avez décrite, répond platement mon garde.

– Elle est à côté ?

– Oui.

– Laissez-lui le téléphone.

– Bien.

Je suis tellement énervé que mes pieds refusent d'effectuer le moindre mouvement. Si je bouge, je fonce la rejoindre. Je risque de faire exactement ce qu'elle attend de moi. Ce que j'ai toujours fait en ce qui la concerne : répondre à ses provocations. Je m'en veux de constater que, malgré toutes ces années, j'en suis encore à devoir me répéter de me calmer. Je ne devrais même pas penser à ce qu'elle fait.

– Allô, Tyler… ?

– Rhabille-toi, la coupé-je.

Mon collègue et mon ex-employée, qui a envie de récupérer son poste, se crient des obscénités que j'essaie de mettre en sourdine pour me concentrer sur ma communication téléphonique.

Je grommelle, attrape l'un des verres posés sur la table, en face de Caleb, et le balance contre le mur.

Le couple s'arrête temporairement. Peggy écarquille les yeux de stupeur et Caleb fronce les sourcils, l'air inquiet. Je peux enfin écouter ce que Kelly raconte.

– Si tu ne te dépêches pas de venir, je vais me balader nue devant tes gardes. Je suis déjà en sous-vêtements, d'ailleurs. Baise-la si tu veux. Moi, je vais me toucher devant eux.

J'entends la suite d'une oreille colérique :

– Tu te rappelles ce que tu me faisais dans ma cuisine, quand j'étais sur le plan de travail ? Je me demande s'ils auront les mêmes idées que toi en me regardant gémir. N'oublie pas que les femmes ont la chance de naître avec la capacité d'avoir des orgasmes multiples. Ça pourrait durer des heures et des heures, Tyler. À plus, *chéri* !

Elle n'oserait pas. Elle ne ferait pas ça.

Si.

Elle serait bien capable d'en arriver là juste pour me voir réagir.

Je tombe ensuite sur la messagerie d'Onur à plusieurs reprises.

Pourquoi il ne décroche plus, bordel ?!

Je finis par appeler Roger. Dès qu'il prend l'appel, je commande :

– Enfermez-la dans la chambre.

– Bien, monsieur.

– Et vous restez à vos places dans l'entrée. Ne la regardez pas plus que nécessaire.

– C'est très clair.

– Un souci ? me demande Caleb quand je raccroche.

Il y en a toujours un quand Kelly est mêlée à la situation.

– Je dois rentrer.

Je quitte la salle et marche le plus calmement possible jusqu'à l'extérieur, où je hèle un taxi. Durant le trajet, j'ai le temps de réfléchir à la façon dont je vais aborder les choses. Kelly dans une chambre. Ce ne sont plus des fantasmes qui viennent s'agiter dans mon esprit, mais des souvenirs.

Rappelle-toi où cela t'a mené, Tyler.

Le soleil a disparu dans le ciel lorsque j'atteins mon immeuble. Je remercie vaguement d'un mouvement de tête le concierge, qui s'affaire à m'appeler l'ascenseur. Les mains dans les poches, j'attends d'arriver à mon étage. Roger et Onur m'accueillent et me disent qu'elle a dû s'endormir de fatigue.

– Attendez dehors.

Ils s'exécutent sans broncher. Je me dirige dans la cuisine, lorgne amèrement mes deux bouteilles de whisky vides. Cette peste a choisi les plus chères de ma collection. Je déboutonne les premiers boutons de ma chemise et laisse mes pas m'emmener dans ma chambre.

Dès que mes yeux se posent sur elle, j'oublie momentanément de respirer.

Elle est magnifique.

J'adorais le côté rebelle de Kelly, mais c'est comme elle est maintenant que je la préférais. Allongée sur mes draps, dans toute sa vulnérabilité, avec une de mes chemises pour vêtement.

Son corps, plus voluptueux qu'à l'époque du lycée, baigne dans la faible lumière provenant du salon. Je n'arrive pas à me dire qu'elle a pu le montrer à mes gardes. Ou à d'autres hommes après moi. Elle disait qu'il n'y aurait jamais que moi, et le stupide garçon enamouré que j'étais y a cru.

Je la méprise.

Le bout de mon doigt navigue sur toute la longueur

de sa jambe. Elle se réveille et a automatiquement un mouvement de recul. Quand elle constate qu'il s'agit de moi, son visage affiche son soulagement.

Elle se redresse et me dévisage.

– Suis-moi, commandé-je sèchement.

Le salon est un espace moins tentant.

– Tyler…

Je quitte la chambre sans un regard pour elle. Elle exécute mon ordre, non sans râler au passage.

– Tu en as mis, du temps, me reproche-t-elle en s'asseyant à la place que je lui indique, dans le fauteuil.

Je ne compte pas me laisser attendrir par sa petite voix ensommeillée et son ton boudeur.

– Je t'avais mise en garde. Je ne veux plus avoir affaire à toi.

Elle roule des yeux.

– Rassure-toi, tu n'es pas le centre du monde. Je ne vais pas te courir après.

– Ce n'est pas l'impression que tu donnes.

– Je voulais juste un café.

Je me lève et effectue plusieurs pas en direction de la cuisine, sentant son regard me suivre. Je m'arrête devant un des placards, en sors un paquet de café en grains et retourne auprès d'elle.

– Ouvre la bouche.

Elle s'humidifie lentement les lèvres.

– Comme avant ? demande-t-elle.

Nom de Dieu !

Mon sexe enrage immédiatement. Des flashs d'elle à genoux, devant moi, réapparaissent dans mon esprit.

Son ton innocent cache toute la sournoiserie dont elle sait faire preuve. À l'époque, déjà, Kelly ne ratait pas une seule occasion de flirter avec moi. Et de me pousser à bout. Mais je n'étais pas en reste non plus. Quoi que je dise, je jouais bel et bien son jeu.

Je plaque une main autour de sa bouche pour la forcer à l'ouvrir, saisis deux grains de café et les lui balance à l'intérieur.

– Voici ton café.

Elle roule des yeux et les mâche comme s'il s'agissait de simples bonbons.

– Tu as eu ce que tu voulais, Kelly. Il est temps de rentrer.

Je sors mon téléphone de ma veste et le dépose sur la table devant nous.

– Voici la liste des vols pour Crystal River. Choisis-en un.

Dans toute son insolence mêlée de colère, elle se lève et me toise.

– Sinon quoi ?

Mes yeux près des siens sont menaçants.

– Toi et moi, ça n'aurait pas dû avoir lieu. N'essaie même pas de quémander tes stupides rendez-vous. Si tu tiens tellement à rester ici, attends-toi à des représailles.

Elle me foudroie du regard.

– Je me suis excusée des tas de fois, Tyler ! Qu'est-ce que je peux faire pour effacer ta rancœur ?

– Rien. C'est définitif.

– Tu ne vas pas m'en vouloir à vie !

– Si j'arrive à te faire subir la totalité de ce que ma sœur et moi avons enduré par ta faute, peut-être que je te pardonnerai, et encore, ce n'est pas sûr.

Ses yeux s'animent d'espoir. Est-ce qu'elle écoute seulement ce que je dis ?

– Je vais te faire du mal, Kelly.

– Oui, bon…

La porte de mon appartement s'ouvre avec fracas. Le temps que j'essaie de comprendre, le concierge s'engage immédiatement dans des excuses.

– Je n'ai rien pu faire. Elle travaille pour des avocats.

Elle a dit qu'il y avait eu un kidnapping, a parlé des caméras de surveillance et a menacé d'appeler la police si je ne la faisais pas monter.

Je vois enfin de qui il parle. Roger et Onur s'introduisent dans mon champ de vision en tenant chacun un bras d'Annie.

Bien sûr, la plaie est de retour, elle aussi !

– Laissez-la, ordonné-je.

– Je vous avais bien dit qu'il me connaissait ! crache-t-elle en les mitraillant du regard.

Au lieu d'avancer vers nous, elle semble bizarrement déstabilisée par mes gardes. Ses yeux les étudient avec beaucoup d'attention, puis elle fronce les sourcils.

– Ils ont un air de Dwayne Johnson et de Terry Crews, non ? fait-elle remarquer.

Kelly glousse en hochant vivement la tête.

– J'ai pensé à la même chose, Annie !

Briana aussi.

Je serre le poing. C'est exactement ce que je redoutais. Je ne veux pas de ça. C'était trop facile de m'attacher à elles, trop simple de me laisser avoir par leurs blagues débiles et leurs sourires innocents. Je veux qu'elles s'éloignent de moi pour que je ne souffre plus.

Quand Annie s'intéresse finalement à nous deux, elle plisse ses yeux bleus, croise les bras sous sa poitrine et penche la tête.

– Tyler en chemise déboutonnée et Kelly presque nue. Je ne sais pas ce que vous en pensez, mais… j'ai comme une impression de déjà-vu…

28

Tyler
Cinq ans plus tôt

Toc-toc-toc.

S'il n'était contraint de rester dans son espace restreint, mon cœur aurait fait un bond de plusieurs mètres. Mon élève et moi restons figés l'un sur l'autre, espérant qu'il s'agisse d'une erreur.

Quelqu'un est en train d'essayer d'ouvrir la porte en abaissant la poignée comme un forcené. La clé, restée dans la serrure, l'empêche d'arriver à ses fins.

Je fais descendre Kelly de mes cuisses et lui demande :

– Qui ça peut être ?

– Seuls mes parents ont une clé. J'ai pris celle du bureau de mon père, alors…

Merde, c'est pas vrai !

– Ta mère ?

Elle hoche la tête pour me confirmer l'horreur à laquelle je pense. Pendant que j'enfile rapidement ma chemise et mon pantalon, elle se glisse dans sa robe sans la refermer et rejoint le salon.

– Tyler ? m'appelle-t-elle.

Qu'est-ce qu'elle fout, bordel ?! Dire mon nom à voix haute, c'est comme me sacrifier avant l'heure. Je cours vers elle et plaque ma paume sur sa bouche.

– Tais-toi, bon sang !

Une voix nous parvient à travers la porte.

– Kelly, si tu es là, ouvre ! C'est Annie !

Annie ?

– Elle connaît l'existence de cet appart ? demandé-je tout bas.

– Oui, mais elle n'est jamais venue. C'est pour ça que j'hésite à ouvrir, répond Kelly, qui a baissé ma main.

– Ma *niña* ! Tout le monde se fait du souci pour toi.

– C'est Helena. Elle, elle connaît l'adresse.

Kelly se dégage de mes bras pour aller ouvrir, mais je la retiens par le coude.

– Comment être sûr que je peux leur faire confiance ?

Elle m'offre un sourire sécurisant.

– Fais-moi confiance, à moi. Ce sont les seules personnes qui ne me feront jamais de mal.

Dès qu'elle ouvre la porte, Helena et Annie lâchent à l'unisson un gros soupir de soulagement et la serrent dans leurs bras.

– Putain, tu nous as fait peur ! gronde la blonde la plus énervante du monde.

– Sale petite morveuse ! ajoute la nourrice avant de lui asséner une tape sur les fesses.

– Pourquoi il n'y a pas de lumière ici ? demande Annie.

– Pourquoi tu es à moitié nue ? interroge Helena.

Et puis elles me remarquent enfin, moi, caché un peu plus loin, dans un coin. OK... c'est gênant, mais moins flippant que de me retrouver face à la mère de mon élève, j'imagine.

– Monsieur Evans ? s'étonne Annie. Oh, non, tout s'éclaire !

– Quand je vous ai dit qu'il fallait que jeunesse se passe, je ne sous-entendais pas qu'il fallait procréer, mon garçon.

– On s'est protégés ! assure mon élève.

Les deux nouvelles arrivantes me dévisagent, suffisamment longtemps pour rendre la scène encore plus embarrassante. Je retourne tranquillement dans la chambre chercher deux bougies. J'entends Kelly poser la question que je me pose aussi.

– Comment vous nous avez retrouvés ?

– Quand Annie m'a appelée pour me demander si je savais où tu aurais pu te cacher, je me suis rappelé t'avoir vue sortir du bureau de ton père aujourd'hui. Mon petit doigt me disait que tu serais peut-être là, alors je lui ai dit de me rejoindre ici.

– Je suis désolé, je n'aurais pas dû l'emmener ici, m'excusé-je auprès d'Helena quand je les rejoins.

– Au moins, tu en es conscient, rétorque-t-elle.

– Ne vous en prenez pas à lui. C'est moi qui ai eu cette idée. Je vais rentrer tout de suite et ce sera oublié.

– Impossible, il nous faut une autre excuse. Tu ne peux pas aller chez toi : tes parents ont fait fouiller la maison de fond en comble et ont averti la police, qui est en pleine recherche de la petite Moore, nous fait savoir Annie.

Ces mots tuent le soulagement que je ressentais jusque-là.

– Ils ont appelé la police ? demande Kelly, les yeux écarquillés.

– Qu'est-ce que tu croyais, ma *niña* ?

– Qu'ils allaient s'en foutre, comme d'habitude.

– Tu devais montrer tes talents de pianiste. Et puis tu as subitement disparu, laissant tes parents dans l'embarras. Tu ne répondais pas au téléphone. Tout le monde a commencé à se poser des questions.

– Fait chier ! grogné-je entre mes dents.

Annie fixe sa meilleure amie avec le même air inquiet que nous partageons tous les quatre.

– Je suis en contact avec mon père. Pour l'instant, ils sont encore dans ton voisinage. On pourrait dire que tu étais… Je sais pas, j'arrive pas à réfléchir. Je suis en stress !

La main d'Helena vient couvrir celle de ma meilleure élève pour la rassurer.

– *Cálmate* [1]. On va trouver une solution.

– Est-ce que mon oncle était encore à la soirée quand tu as quitté la salle, Annie ? demandé-je.

Son regard affolé croise le mien.

– Je crois… oui.

– Il faut que tu sois sûre.

Elle déglutit et réfléchit rapidement.

– Oui ! confirme-t-elle. Je me rappelle que Jenna m'a fait remarquer qu'il profitait de l'agitation générale pour mater sous la jupe d'une femme qui avait la moitié de son âge. Je crois qu'il n'a pas compris le principe de chercher quelqu'un.

Ma mâchoire se durcit. C'est au tour de Kelly de poser une main sur mon bras. C'est la seule à être pleinement au courant pour George.

– Je sais que ça peut paraître ridicule, commencé-je, mais allons chez lui.

La lumière des bougies éclaire faiblement leurs visages, mais, même dans l'obscurité, j'aurais pu deviner la tête qu'elles font. Annie cligne plusieurs fois des yeux, Helena a les traits déformés par la perplexité et Kelly fronce les sourcils, un peu perdue.

– Bri sera votre excuse, expliqué-je.

– Mais oui, c'est une excellente idée ! fait Kelly en tapant dans ses mains. Elle n'était pas invitée, elle pourra me couvrir.

Elle n'attend pas la réaction des autres. Elle se tourne pour me demander de remonter la fermeture de sa robe. Celle qui se situe juste en bas de son dos.

– Ils se moquent de nous, n'est-ce pas ? demande Helena.

---

1. « Calme-toi. »

– On est encore là, en fait, nous notifie Annie.

Je devine sans mal le sourire espiègle de Kelly et cache le mien en baissant la tête pour fermer la robe de mon élève.

– Je vous devance, décidé-je ensuite.

J'ai juste le temps de voir Annie et Helena approuver d'un mouvement de tête simultané avant de foncer dehors.

C'est en imaginant tous les autres scénarios tragiques qui auraient pu arriver que je roule jusqu'à la piaule de l'horreur. J'entends quelques sirènes de police et tente de ne pas trop y faire attention. Je suis surpris de constater qu'il y a de la lumière dans la maison. J'ouvre le garage et remercie tous les diables en ne voyant pas la voiture de mon oncle.

Je rentre à petits pas. Des bruits au sous-sol attirent mon attention. Bonne nouvelle, Bri est encore debout !

Je dévale l'escalier. Les bruits cessent. Quand j'arrive en bas, Briana est couchée sur le canapé, une couette sur la tête.

– Ce n'est que moi, Bri. Ils ne sont pas encore rentrés.

Elle relève légèrement le bout de la couette, ouvre un seul œil et s'assure que je ne dis pas de bêtises avant de se redresser.

– J'te parle pas. Tu m'as abandonnée pour aller faire la fête. Ce n'est pas parce que tu rentres plus tôt que je vais te pardonner.

Je souris et viens passer la main dans ses cheveux pour les ébouriffer gentiment.

– Je t'ai ramené de quoi me racheter.

Elle redresse la tête, intéressée.

– Des snacks ?

– Mieux que ça.

– C'est quoi ? demande-t-elle en se levant pour fouiller mes poches.

La sonnette de la maison retentit faiblement, mais suffisamment pour que nous l'entendions.

– Ça. Va voir.

– C'est qui ? Un livreur de pizza ?

Je hausse nonchalamment les épaules.

– Tu n'as qu'un moyen de le savoir.

Curieuse, elle monte les marches deux par deux pour aller ouvrir. Je me rapproche de l'escalier et les entends crier d'enthousiasme là-haut.

Je lève les yeux vers le plafond.

Regarde, papa, elle a enfin trouvé des personnes avec qui partager ses moments de bonheur. Je t'avais bien dit que tout n'était pas perdu.

Elles descendent me rejoindre quelques minutes après. Je prends immédiatement Kelly à l'écart.

– Tu as appelé tes parents ?

– Non, mon portable est censé être déchargé. Helena s'en est occupée pour moi et Annie a contacté son père. Ils ne devraient plus tarder.

Le nœud qui bloquait mes épaules se défait légèrement. Mes deux élèves passent à autre chose ou tentent de le faire du mieux qu'elles peuvent. Elles décident, en accord avec ma petite sœur, de regarder *Crazy, Stupid, Love*. Encore.

– Je refuse catégoriquement de mater un film dans lequel Ryan Gosling joue. Vous allez juste toutes baver devant ses abdos.

– C'est ça, cache ton complexe d'infériorité en nous utilisant comme excuse. Tu réagis comme un gamin, me dit Kelly.

– Maintenant, tu sais ce que ça me fait chaque fois que je parle avec toi, Kelly, rétorqué-je.

– Il marque un point, indique Annie.

– Moi, au moins, je ne fuis pas mes responsabilités de prof en m'énervant en cours et en décidant d'aller fumer, contre-attaque Kelly.

– Pas faux, approuve Annie.

– Venant de quelqu'un qui a la capacité de concentration d'un poisson rouge ! répliqué-je.

Elle me fusille du regard.

– Vrai, tellement vrai, confirme à nouveau Annie.

Briana plisse les yeux.

– J'arrive pas à savoir si vous vous aimez ou si vous vous détestez.

Kelly lève les yeux vers moi.

– Aimer sans se détester, ne serait-ce qu'un peu, c'est comme… des boules de glace sans cornet.

– Ou une suite arithmétique sans terme initial, complété-je.

– Ou encore un *toe touch* sans toucher l'orteil.

– Un combat de jeu vidéo sans entraînement.

Briana penche la tête et plisse les yeux.

– T'as pas l'impression qu'on est en trop dans cette conversation, Annie ?

– C'est-à-dire ?

– Un peu comme si on tenait la chandelle.

Annie et Kelly se lancent un petit regard complice et détournent les yeux de façon tellement suspecte que je ne m'étonne pas d'entendre le petit cri étouffé de Briana.

Ça y est, elle a compris.

– C'est lui, le gars plus âgé ! Et c'est elle, la fille que tu kiffes !

Kelly ne peut pas contrôler son sourire.

– Il a dit ça ? Et quoi d'autre ?

La bouche de Briana continue d'afficher un O parfait.

– Il se passe vraiment un truc entre vous ? finit-elle par chuchoter, comme si le simple fait de le dire à voix haute serait un sacrilège.

Je me contente de hausser les épaules, l'air indéchiffrable.

– Tu sors avec mon frère ? Si j'avais su qu'on en

arriverait à partager un tel secret ! La vérité, c'est que je ne vous aimais pas trop au début, avant de vous connaître... confie Bri en baissant timidement les yeux.

– Je ne sais pas quoi faire de cette information, répond Kelly. Mais je suis presque sûre que tu ne devrais pas le dire aux gens que tu invites chez toi.

– Ce n'est pas chez nous, ici ! clamé-je froidement.

L'ambiance se refroidit légèrement entre nous. Kelly essaie d'effacer le malaise que ma réplique a créé en reprenant la parole.

– Désolée de t'avoir caché pour Tyler et moi, Bri.

– Oh, ce n'est rien. Si vous êtes contents, je le suis également, affirme ma petite sœur en souriant.

– Pourquoi tu ne nous appréciais pas ? reprend Kelly. Maintenant que j'y pense, tu connaissais mon prénom avant que je te le dise.

– Tu as tout ce que je rêverais d'être dans une autre vie, Kelly. Populaire, magnifique, confiante. Je t'ai vue à un match de basket, tu rayonnais sur le terrain. C'est à croire que rien ne peut t'arrêter quand tu fais tes sauts.

Il n'y a pas que dans les airs. Rien n'arrête ce petit bout de femme.

Kelly grimace et affiche un sourire pincé.

– C'est parce que tu ne m'as jamais vue à un entraînement. Et je suis loin d'avoir tout ce que je veux. À mes débuts, j'enchaînais chutes et entorses. Annie gardait les yeux fermés chaque fois que je faisais une pirouette. Ma cheville gauche, cette traîtresse, dit-elle en la pointant du doigt, a failli être plâtrée quatre fois depuis que j'ai commencé à suivre des cours. La première fois que je suis allée voir un médecin à cause d'elle, j'ai appelé ma mère parce que... (Elle hausse les épaules.) Parce que je souffrais.

Ses yeux se voilent de larmes, mais elle garde le sourire. Le même derrière lequel elle cache toutes ses peines et inquiétudes. Je jalouse les bras de ma sœur, qui l'attrapent contre elle.

– Je m'en souviens très bien. Ma cheville était sous une poche de glace, que mes pleurs auraient pu remplir tellement ils n'en finissaient pas de couler. J'avais plus que jamais besoin de soutien, de réconfort. J'avais besoin d'une mère qui joue son rôle.

Le visage de ma petite sœur s'assombrit. Je sais à quoi elle pense. Nous aussi, on aurait aimé connaître une mère qui se comporte comme telle.

– Je crois qu'au fond, j'avais envie qu'elle s'inquiète, poursuit Kelly. J'espérais qu'elle accourrait pour me voir, comme dans les films. Je sais, c'est ridicule, n'est-ce pas ? Je n'avais jamais mérité sa présence, pourquoi ça aurait brutalement changé ?

– Kelly… chuchote Annie en posant sa main sur sa cuisse.

– Elle n'a pas décroché ? s'enquiert Bri, caressant ses cheveux d'une paume consolatrice.

– Oh, si ! ricane Kelly. Malheureusement pour moi, elle avait dix minutes à m'accorder ce jour-là. Elle m'a conseillé d'arrêter. Pour elle, je perdais mon temps avec des conneries dans lesquelles je ne réussirais jamais, de toute façon. Sa voix était d'une telle indifférence que j'en ai pleuré toute la nuit, dans ma chambre. Ses mots m'ont encore plus anéantie que ma blessure, c'est pour dire.

Elle renifle un bon coup et secoue la tête comme pour balayer ses souvenirs, les renvoyer dans le passé.

– Donc, non, Bri, tout n'est pas tout rose dans ma vie. S'il y a bien deux trucs que j'ai retenus de l'éducation bancale et quasi inexistante de mes parents, c'est, premièrement, de ne pas les écouter, et deuxièmement, de ne pas baisser les bras. Au départ, je le faisais pour prendre ma revanche sur ce qu'ils pensaient de moi.

Maintenant, la résilience coule en moi. Je ne cesse de me battre et de persévérer…

Ses yeux s'arriment aux miens.

– … jusqu'à obtenir ce que je veux.

Au détriment de toutes les règles.

– Même si ça signifie briser les règles, ajoute-t-elle comme si elle avait lu dans mon esprit. Ça en vaut toujours la peine.

– *Tu* en vaux la peine, articulé-je silencieusement, sans que les mots ne franchissent mes lèvres.

Annie feint de bâiller.

– J'espère qu'on ne vous gêne pas trop, les amoureux. J'ai évité les bonbons, et voilà que j'ai droit aux regards langoureux et aux mièvreries. Chaque fois que je viens dans cette maison, je finis par avoir envie de me pendre.

– Arrête de faire ta rabat-joie ! Et elle ? demande Kelly à ma sœur. Pourquoi tu ne l'aimais pas ?

– Annie a cette expression typique des gens condescendants.

– Quoi ?! s'offusque l'intéressée.

– Ouais. Celle qui veut dire : « Baisse les yeux, je suis plus intelligente que toi. »

Kelly et moi éclatons de rire devant le visage choqué d'Annie.

– Pas du tout ! Ce n'est pas ma faute si je suis bien meilleure que certaines personnes.

– C'est exactement ce qu'une personne condescendante dirait, affirmé-je.

Je jette un bref regard vers l'escalier lorsque j'entends des bruits de moteurs et une sirène de police.

– Vous connaissez vos discours ?

Elles hochent toutes les trois la tête en signe de confirmation.

– Parfait. Il vaut mieux que, moi, je rejoigne ma chambre.

– Bonne nuit, me dit Kelly, les yeux pétillants de malice.

Je me demande à quoi elle pense.

– Viens ici me le souhaiter, lui demandé-je.

Elle se lève et fonce sur moi. Mes bras enserrent son corps doux et chaud, et le maintiennent collé à mon torse comme si c'était là sa place. Je sais que je dois y aller, mais j'ai envie de prolonger cet instant encore un long moment. Je dépose un petit baiser sur sa joue, puis me penche et murmure contre ses lèvres :

– Tu sais ce que ça veut dire ?

– Que tu m'aimes ?

Je souris. Ça, elle le sait déjà.

– On sort ensemble, déclaré-je.

Elle étouffe son cri de joie derrière son sourire pincé et recule pour faire une petite danse de la victoire, tellement mignonne et ridicule qu'elle nous fait tous rigoler.

Ça ne dure pas très longtemps. Les pas dans l'escalier effacent nos rires. La première tête qui apparaît est celle de la mère de Kelly. Contrairement à ce qu'on aurait pu croire, ce n'est pas de l'état de sa fille qu'elle s'inquiète. En fait, elle ne la regarde pas tout de suite. Ses yeux perçants se posent sur moi. J'aurais dû rejoindre plus vite l'étage.

– Qui êtes-vous ? me demande-t-elle méchamment.

Kelly tient une partie de sa beauté de sa mère, c'est indéniable. Cependant, cette dernière arbore un chignon plus serré que des sardines en boîte.

– Personne, asséné-je sur le même ton.

C'est tout ce que j'ai le droit d'être pour le moment. Sans un mot supplémentaire, je la contourne et laisse le soin à sa fille de lui expliquer ce qui s'est passé ce soir.

29

Kelly
Présent

En arrivant à l'adresse indiquée par mon GPS, je rabats ma capuche sur ma tête. Le parking extérieur n'a pas de caméras de surveillance, mais on n'est jamais trop prudent. J'ai trop à perdre pour prendre des risques irréfléchis.

J'espère qu'elle n'est pas encore rentrée chez elle. Je n'aimerais pas avoir à revenir ici demain. Seules les lumières de l'étage occupé par ses bureaux sont encore allumées. À une heure pareille, c'est soit un oubli, soit un stagiaire à l'agonie, soit elle. Il faut reconnaître que j'ai de stupéfiants talents de *stalkeuse*. Je sais que je ne devrais pas être fière, mais parfois, comme aujourd'hui, c'est très utile.

J'ai bien fait d'écouter mon intuition parce que je n'ai pas beaucoup à attendre avant de voir celle que je cherche se rapprocher du parking.

– Bonsoir, Melissa.

Avec une robe fourreau noire, de longs cheveux blonds et un corps plutôt bien conservé, la quadragénaire dégage une assurance aussi débordante que la mienne. Elle tourne la tête dans ma direction, puis continue à marcher vers sa voiture.

– Qui êtes-vous ? demande-t-elle prestement. Je suis désolée, mais, pour tout ce qui a trait au magazine, il faut passer à l'accueil aux heures d'ouverture et demander un rendez-vous à mon assistante. Si votre histoire est intéressante, on vous recontactera.

Je lui laisse quelques mètres d'avance, de quoi lui faire baisser sa garde, puis la suis jusqu'à son véhicule. Je m'installe sur le siège passager juste après qu'elle s'est assise à l'avant.

Le temps n'est ni aux questions ni à l'angoisse, Kelly. Il faut agir !

L'espace d'un court instant, elle paraît sidérée. Ses longs cils battent à plusieurs reprises au-dessus de ses yeux verts.

– Qu'est-ce que vous faites ?

– Le truc, c'est que…

Je sors mon couteau de sa cachette et le pointe vers elle.

– … ça ne concerne pas vraiment le magazine.

Ses mains relâchent le volant pour se lever en l'air.

– Qui êtes-vous ? Que voulez-vous ?

Je discerne une pointe de frayeur dans le ton de sa voix. Bien. À défaut de véritablement agir, je me nourris de la peur des autres pour obtenir ce que je veux. Ce n'est pas ma faute : les gens comprennent mieux les messages sous les coups de pression. Si j'étais gentiment venue lui demander si elle avait copulé avec mon homme, je doute qu'elle m'aurait répondu sincèrement. La preuve, elle ne m'a même pas accordé plus d'une œillade tout à l'heure.

– Trois choses. La première étant que vous restiez calme. Si vous criez, je serai obligée de vous faire taire.

Je bluffe, évidemment. Je n'ai jamais blessé qui que ce soit. Jamais je ne franchirai cette ligne, mais ça marche. Elle recule contre la vitre lorsque j'avance la main vers elle. Au fond de moi, j'ai tout aussi peur qu'elle – peur de moi-même et de ce comportement obsessionnel qui m'amène à venir intimider une inconnue, dans sa voiture, juste pour savoir si elle a couché avec l'homme que j'aime. Mon ancienne psy a sûrement raison : mon amour n'est pas normal. J'agis en sociopathe et je laisse totalement mes émotions me contrôler, j'en suis consciente, mais je n'arrive pas à m'en empêcher.

– Je ne vous veux aucun mal, Melissa. Rapprochez-vous, s'il vous plaît.

Je le pense sincèrement. Je n'ai pas du tout l'intention de la toucher. Je veux juste des réponses. La panique se lit sur son visage à peine éclairé par les lampadaires environnants, mais elle obtempère.

– Vous avez couché avec lui ? demandé-je calmement.

– De qui vous parlez ? Je vous en prie, baissez votre couteau.

Ses yeux se posent, pendant une toute petite seconde, sur son sac à main, que j'ai déplacé vers mes jambes lorsque je me suis assise. Il y a peut-être quelque chose à l'intérieur dont elle pourrait se servir pour contre-attaquer. Mon arme blanche toujours menaçante, je récupère l'accessoire, puis l'ouvre sur mes cuisses.

– M. Evans, précisé-je en commençant à fouiller. Vous avez couché avec lui ?

– Bien sûr que non ! Je suis mariée.

Mauvaise justification. Je ne peux pas me satisfaire de cette réplique.

– Si ce n'était pas le cas, vous auriez couché avec lui ?

– Quoi ? Qui ça ? balbutie-t-elle. Écoutez, prenez mon argent, mes affaires, tout ce que vous voulez, mais ne me faites pas de mal, je vous en supplie.

Il n'y a ni briquet, ni couteau suisse, ni bombe au poivre dans ce sac. Rien de bien salvateur, en somme. Pourtant, elle l'a regardé, lui, au lieu de chercher une issue de secours. Quelque chose vibre soudainement près de ma main. Je m'empare de son téléphone et y lis les dernières notifications qu'elle a reçues. Nolan lui demande à quelle heure elle compte le rejoindre pour la meilleure baise de sa vie.

– Je croyais que votre mari s'appelait Steeve.

– Comment vous…

– C'est de notoriété publique. Vous êtes tous les deux journalistes. C'est marrant : vous, les journalistes, vous aimez en savoir plus sur les autres, mais vous n'appréciez pas qu'on fasse pareil avec vous.

Elle déglutit avec difficulté, mais ne répond rien. Une nouvelle notification, avec le numéro d'une chambre d'hôtel, apparaît.

Ce qui explique pourquoi elle voulait savoir de qui je parlais. En réalité, elle accumule les amants. Un sourire moqueur s'esquisse sur mes lèvres lors du troisième message. Nolan lui explique qu'il l'attend avec son godemiché préféré pour un double plaisir.

– Tss-tss, Melissa. Vous êtes une grosse cochonne.

Je ne comprends pas pourquoi ça ne la fait pas sourire, elle aussi. Je baisse mon couteau.

– Bon… Je pense qu'on va pouvoir parler en toute franchise maintenant. Je promets de ne pas révéler votre adultère si vous me dites la vérité.

Elle comprend peut-être, à mon sourire encourageant, que l'heure est venue de passer aux confidences.

– Mon mari est en Amazonie depuis des mois. Son reportage lui demande du temps et je me sens seule… *Euh…*

– Je vous arrête tout de suite : je m'en fous. Racontez-moi ce qui s'est passé avec M. Evans.

– Je n'ai pas couché avec lui, je le jure ! Il est parti avant qu'on puisse passer à l'acte.

– Jusqu'où êtes-vous allés ?

– Nulle part. On est entrés dans la chambre, je me

suis déshabillée, j'ai baissé son pantalon et je l'ai un peu caressé, mais…

– Un peu ?

– Une minute à peine, mais il a dû partir en urgence.

J'essaie de confirmer la véracité de ses propos en scrutant son visage. Je pense qu'elle a trop peur pour être en train de raconter des bobards. Mais, dans ce cas, qui est-ce que j'ai entendu avec lui ? Il y a une autre femme ? Je soupire longuement. Il ne va pas me faciliter la tâche.

– Bien. Très bien, Melissa. Voici la toute dernière chose que vous allez faire pour moi : évitez de l'appeler, d'accord ? Il aime trop les femmes qui lui courent après, et j'ai déjà ce rôle dans sa vie. Vous comprenez, n'est-ce pas ?

Elle approuve docilement de la tête. Juste au cas où, je me sens obligée d'ajouter :

– Tâchez d'oublier tout ce qui vient de se passer. Vous n'aurez plus à me voir si vous ne vous mêlez plus de la vie de M. Evans. On s'est comprises ?

Un minuscule « oui » franchit ses lèvres.

Je prends son téléphone et le range dans l'une de mes poches.

– Une assurance supplémentaire. Je conserverai vos messages. Rentrez bien, Melissa, dis-je en sortant du véhicule.

L'air de l'extérieur s'infiltre à travers mes narines lorsque je quitte mon ancienne rivale. Je ne pensais pas que j'étais aussi crispée dans cet habitacle. Je ne crois pas que ce soit uniquement dû à l'anxiété qui me guette dès que j'entre dans une voiture. Dans ma conscience a fleuri un sentiment de culpabilité que j'essaie d'effacer.

***

– Tu étais où ? me demande Annie dès que je franchis le seuil de mon appart.

Je me suis occupée d'une étape intermédiaire : éliminer les distractions. Je veux dire, à quoi ça sert de lui rappeler mon existence si, finalement, il est trop distrait pour la remarquer ? Il faut bien que quelqu'un se charge d'éliminer les sangsues qui traînent autour de lui. Mais je ne peux pas le dire à ma meilleure amie. Je ne suis pas sûre qu'elle comprendrait. Je pense qu'elle essaierait de me dissuader d'agir, elle qui, maintenant, fait ami-ami avec le droit.

Elle est calée posément sur mon canapé, à boire un verre de vin, derrière une pile de cartons que je dois encore déballer.

– J'étais juste allée prendre l'air.

– Pendant plus d'une heure ?

– J'en ai profité pour récupérer ma moto et faire un tour, expliqué-je.

L'excuse parfaite. Je pointe rapidement le doigt sur les bouquets de fleurs que j'ai reçus et le carton à pâtisserie posé sur la table à manger.

– Qu'est-ce que c'est que tout ça ? demandé-je pour détourner son attention.

Annie me tend une paire de ciseaux.

– Les roses blanches viennent de ta mère, explique-t-elle. On fait comme d'habitude ?

J'acquiesce tranquillement.

– L'autre bouquet vient d'un certain… (Elle prend la carte qui va avec pour la lire.) Adrien. Qui est Adrien ?

– Mon oncle.

– Le demi-frère de ton père qui possède des chaînes hôtelières ici ?

– Ouais.

– Pourquoi l'envie d'accomplir quelque chose par moi-même est autant ancrée dans mes gènes ? Je devrais juste te convaincre de m'épouser et me la couler douce sur la plage.

J'éclate de rire en retirant mes baskets.

– Tu ne peux pas ne pas travailler, Annie. Tu tuerais tout le monde du regard tellement tu t'ennuierais. Et puis j'ai déjà quelqu'un en vue.

– Est-ce que j'ai le droit de dire que c'est mal parti ? Tu t'es fait virer de son appart en quelques minutes.

– Bon, OK, ce n'étaient pas les retrouvailles que j'attendais. Mais j'ai aussi fini dans son lit en un rien de temps !

– Je n'arrive pas à croire que je t'ai suivie dans ce périple amoureux.

Je sais qu'elle s'inquiète pour moi, alors je lui adresse un clin d'œil sécurisant. Je remplis un vase d'eau, puis je prends le bouquet de camélias rouges de mon oncle et le mets à l'intérieur.

– On s'attaque à celles-ci ? demandé-je en désignant les fleurs de ma mère.

– Attends, il manque quelque chose.

Je n'aime pas son sourire vicieux. Je vois sa tête blonde s'enfouir dans le carton des appareils électroniques. Pendant qu'elle fouille à l'intérieur, je range mon arme de ce soir dans un tiroir de la cuisine. Elle ressort trente secondes après avec ce que je craignais : mon enceinte Bluetooth.

– On ne peut pas s'en passer ?

– Jamais, Kelly. Ce sont mes seuls moments de plaisir. Tu vas adorer celle d'aujourd'hui.

C'est le petit jeu d'Annie. Chaque fois que je fais quelque chose de déraisonnable ou, au contraire, quand je réalise un truc qui la rend fière, elle met une musique et transforme les paroles pour me faire passer le message.

Comme le jour où j'ai décroché mon premier job

étudiant en tant que *home stager*[1]. C'était dans une start-up toute jeune, mais Annie était tellement excitée pour moi qu'elle a dansé sur « Run the World » de Beyoncé et m'a envoyé la vidéo.

Il y a eu aussi cette fois où j'ai passé la nuit avec un type – dont j'ai complètement oublié le nom – en croyant que ça nous mènerait quelque part. Il s'est barré le lendemain, et elle m'a chanté « Womanizer » de Britney au téléphone.

Sans oublier quand Kyle a rompu, après seulement deux mois de relation. Je croyais naïvement que nos prénoms, avec la même initiale, pourraient être un signe. J'avais besoin de réconfort, alors Annie m'a mis « Thank U, Next » d'Ariana Grande.

À bien y penser, je ne peux pas en vouloir à mes ex. Je me servais, moi aussi, d'eux pour essayer d'oublier celui que je voulais vraiment.

– À quoi est-ce que j'ai droit ?

Je lève les yeux et la tête en reconnaissant la musique de Lady Gaga.

– *Oh-oh-oh-ooh... Caught in a bad romance. You're caught in a bad romance...*

On ne peut plus fière d'elle, elle balance ses hanches et me rejoint avec une seconde paire de ciseaux. J'attrape méticuleusement une des roses de façon à éviter les épines, puis coupe juste sous les pétales. Annie en fait de même en continuant de chanter à tue-tête :

– *You want his love and you want his revenge, you two guys could write a bad romance...*

Le premier bouquet de fleurs que j'ai dépecé de la sorte était celui que j'avais reçu de ma mère dans ma

1. Une personne dont le travail consiste à « relooker » et à meubler les propriétés à vendre de manière à les rendre plus attrayantes pour les acheteurs potentiels.

chambre d'hôpital. Depuis, à chaque fois qu'elle me fait parvenir des fleurs, je les lui retourne avec uniquement les épines. C'est tout ce qu'elle mérite.

Quand Annie prend une des tiges pour un micro, je me déride et ne résiste plus à l'envie de chanter avec elle.

– *Gaga, ooh-la-la... Want his bad romance...*

On est tellement emportées par la musique que j'en oublie presque la boîte à pâtisserie que j'ai reçue. C'est Annie qui me le fait remarquer.

– Tu sais de qui ça vient ? demandé-je tandis que je cherche un carton pour y mettre les tiges, qui seront renvoyées dès demain matin.

– C'est signé : « Bienvenue à Santa Barbara. » Il n'y a pas de nom.

Je me fige. Se pourrait-il que ce soit Tyler ? Je me retourne à la vitesse de l'éclair en réclamant :

– Attends avant d'ouvrir, Annie. Peut-être que...

Trop tard : elle a ouvert la boîte. Aussitôt, une vilaine grimace déforme ses jolis traits.

– Je crois que je vais vomir, dit-elle.

En deux enjambées, j'escalade un carton, puis me place derrière elle. Je recule légèrement la tête, moi aussi. Un gâteau en forme de cœur, recouvert d'un nappage censé représenter du sang, je suppose, nous offre un spectacle macabre. J'ai un haut-le-cœur. Sans mauvais jeu de mots.

– Qui fabrique des trucs aussi morbides ?

– Je ne sais pas, mais, ce que je peux te dire, c'est que c'est de la part de Tyler.

Elle se dirige vers la poubelle.

– Kelly, si jamais un type comme lui m'intéresse un jour, je t'autorise à me frapper pour que je reprenne mes esprits.

– Personne n'est comme lui, rétorqué-je.

– Tu veux dire : aussi emmerdant ?

J'éclate de rire. Il fut un temps où ces deux-là s'entendaient. J'ai hâte que leurs relations s'améliorent de nouveau.

– Il n'y a pas que ça. Tu le sais, tu connais ses autres facettes. Celles qui m'ont fait craquer.

– Toujours décidée à le séduire, à ce que je vois.

– Tous les couples ont leurs hauts et leurs bas, confirmé-je.

– Hmm…

– Je sais ce que tu penses.

Elle hoche la tête.

– Bien. Tu m'évites de dire des grossièretés.

– L'étincelle est toujours là, Annie, cachée derrière son masque de froideur. Je la sens quand il me regarde. Il me suffit d'une flamme, une toute petite riquiqui flamme… et boum !

Ma meilleure amie vient poser une main incertaine sur mon épaule.

– C'est bien ce qui m'effraie. Il n'y a pas de « bonne explosion », Kelly. Généralement, elles bousillent tout à des kilomètres.

30

Kelly
Présent

La petite victoire de la fois dernière, dans son appartement, ne me met pas plus en confiance. Certes, il a répondu à ma provocation, mais il m'a laissée poireauter un long moment avant de venir me retrouver. Il m'a ensuite demandé de quitter la ville, m'a de nouveau menacée, et pour finir, il m'a envoyé le gâteau…

J'ai réfléchi à ce que pouvait signifier le cœur que j'avais reçu. Pour une raison évidente, je ne me suis pas dit qu'il s'agissait d'une déclaration d'amour. J'ai décidé de ne pas lui courir après comme une idiote. Il faut que je sois plus stratégique. Je ne peux pas lui réclamer mes rendez-vous de but en blanc, comme en début de semaine. La première tentative n'a pas vraiment fonctionné. Sa rancœur est beaucoup trop présente pour que je m'amuse à lui faire du rentre-dedans. Je me dis que je dois lui laisser le temps de prendre sa revanche jusqu'à ce qu'il se fatigue. Ça lui prouvera à quel point je suis déterminée à rester ici, et peut-être qu'il finira par se lasser de ses petits coups bas.

Cependant, plus les jours avancent et plus je perds patience. Mon esprit, perturbé par tous nos souvenirs, fait face, pour la première fois depuis mon retour, à la réalité de la situation : Tyler me veut vraiment du mal. Depuis deux semaines, il met ma ténacité à rude épreuve.

Je suis, comme par hasard, la seule de tout l'immeuble

à ne pas avoir accès à la salle de sport ou à la piscine. Apparemment, chaque fois que je veux m'y rendre, elles sont réservées par un inconnu dont je ne peux avoir aucune information. J'ai bien fait remarquer au concierge qu'il y avait d'autres personnes, mais il a persisté à dire que je ne pouvais y avoir accès.

Mon quatrième soir à Santa Barbara, j'ai reçu la visite de rongeurs dans mon appartement. J'avais passé une soirée bien arrosée avec Annie. Au début, je croyais que c'était l'alcool qui me faisait halluciner, mais non. Je me serais inquiétée de ma santé mentale si ça avait été le cas. Qui imagine des souris quand il est éméché ? Une quinzaine de rongeurs s'excitaient sur mon canapé, mon tapis, le plan de travail de ma cuisine, ma table à manger. Et pas des souris comme dans *Tom et Jerry*. Bien évidemment, j'ai crié d'horreur, fermé la porte derrière moi et appelé à l'aide.

J'ai dû passer les deux nuits suivantes à l'hôtel afin d'oublier cette vision dégoûtante. Le dératiseur m'a assuré qu'il n'y avait plus rien à craindre une centaine de fois avant que je ne le croie. Je conserve jalousement son numéro personnel sur la porte de mon frigo. Avoir changé absolument tous mes meubles ne m'a pas rassurée complètement, mais je refuse de laisser Tyler gagner. Je ne partirai pas.

Aujourd'hui, j'ai droit à une autre des superbes gentillesses de mon ex. L'expression du concierge, qui a détourné les yeux dès mon « bonjour », ne me dit rien qui vaille.

– J'attends une livraison depuis plus de trois jours. Vous êtes sûr de ne pas l'avoir reçue ? Le livreur m'a certifié que c'était le cas.

– Comment vous appelez-vous et à quel étage vivez-vous ?

Il sait parfaitement qui je suis. Il m'a vue me faire

enlever par les gorilles de Tyler, il me voit aller courir tous les matins, depuis qu'il m'a interdit l'accès à la salle de sport, et il est parfaitement au courant pour les rongeurs dans mon appart. Je lève les yeux au ciel et soupire.

– Kelly Moore. Quatrième étage.

Il observe je ne sais quelle info sur son ordi, puis secoue la tête.

– Vous n'avez plus droit aux livraisons, mademoiselle Moore.

Je plisse les yeux, pas sûre d'avoir bien compris.

– Comment ça, je n'ai plus droit aux livraisons ? Je suis chez moi.

– Je ne peux pas vous en dire plus, malheureusement. J'ai reçu pour ordre de détruire tout ce que vous recevrez ici. Contactez votre vendeur et allez récupérer votre colis sur place.

Un rire nerveux m'échappe. J'essaie de contenir mon sang, qui s'échauffe.

– C'est une plaisanterie, c'est ça ?

Il ne répond pas.

– C'est un tableau de plus d'un mètre de longueur ! m'emporté-je. Comment je le transporte sur ma moto ?

– Je ne peux pas vous aider plus que ça. Je suis désolé.

Respire un bon coup, Kelly. Encore une fois. C'est moins embêtant que ça en a l'air.

Je vais trouver une autre solution – prendre un taxi ou demander l'aide d'Annie, par exemple. Tyler joue juste au gamin. À moi d'être la plus mature de nous deux.

– Merci, dis-je finalement, agacée.

Mes pas résignés me traînent vers l'escalier. De toute façon, je ne peux pas m'en prendre au concierge : il ne fait que suivre les ordres de son boss.

Quand je rejoins Annie, un peu plus tard, pour le

déjeuner, je ne suis pas de meilleure humeur. Elle le remarque aisément.

– Tu sais que, légalement, il n'a absolument pas le droit de faire ça, n'est-ce pas ? Même s'il est propriétaire de l'immeuble, garder un double de tes clés et s'amuser à te faire des blagues de mauvais goût, c'est interdit.

– Qu'est-ce que tu veux que je fasse ? Que je porte plainte contre lui ? Dans quel but ? Recevoir des dommages et intérêts ? Je n'en ai pas besoin, et l'envoyer en prison n'est pas dans mes plans.

Je ne m'attendais pas à affronter autre chose que son regard désapprobateur.

– Du coup, tu vas continuer à supporter ses bêtises ?

– Je me dis que, si je prends sur moi, il finira par s'ennuyer ou se lasser.

Elle paraît peu convaincue. J'essaie de faire comme si ce n'était pas mon cas, à moi aussi.

– Vu comment c'est parti, ça risque de durer longtemps. Tu ferais mieux de déménager.

Je termine mon verre d'une traite, comme si mon *dirty martini* pouvait arranger toute la situation.

– C'est exactement ce qu'il recherche. Je ne lui ferai pas ce plaisir.

– D'accord, répond-elle avec des yeux inquiets.

Puis elle lorgne sa montre.

– Je dois déjà y retourner.

– Ta pause n'a pas duré plus d'une demi-heure. Tu travailles trop, Annie !

– C'est le job de mes rêves ! rétorque-t-elle. Enfin, pas totalement : je ne suis qu'assistante pour l'instant. Mais je me vois déjà devenir la meilleure avocate spécialisée dans les abus sexuels. Je bosse directement avec un avocat qui travaille pour la juge de la Cour suprême de Californie, tu te rends compte ? Cette femme a un parcours incroyable ! Elle s'est sortie toute seule de la précarité et des maltraitances que lui faisait subir sa famille, a réussi à décrocher une bourse pour Yale, est restée dans les meilleurs de sa promotion pendant tout son cursus, et maintenant elle…

Je souris tendrement face aux yeux pétillants d'Annie. Chaque fois qu'elle parle de sa patronne, ou de son boulot en général, elle est aussi surexcitée qu'une puce.

– J'ai recommencé à raconter sa vie, c'est ça ?

Je pince les lèvres en guise d'acquiescement.

– Désolée, mais tu as envoyé mon CV pour moi, tu te souviens ? Ne viens pas te plaindre maintenant, dit-elle en levant la main pour demander l'addition. D'ailleurs, tu en es où dans tes recherches ? Je m'en veux que tu aies pensé à moi avant toi.

– J'ai un entretien la semaine prochaine ! déclaré-je fièrement.

– C'est une bonne nouvelle. Pourquoi tu fais cette tête ?

Je fais la moue.

– Je ne sais pas… Je n'ai pas l'impression que ça me motive autant que toi. J'ai besoin… d'autre chose, mais je ne sais pas quoi.

– Tu as encore le temps d'y réfléchir, dit-elle avant d'engloutir le reste de son sandwich.

C'est son signal de départ.

Annie dépose de quoi payer notre déjeuner. Je ne contre pas cette initiative pour ne pas la vexer. Elle fouille dans son sac à main, en sort une clé et la glisse sur la table.

– J'ai fait faire un double de ma clé. Si jamais tu changes d'avis par rapport à Tyler, tu sais que, même si mon studio est exigu, tu es la bienvenue.

Une sensation agréable se glisse dans mon cœur. Je récupère la clé, puis l'étreins fort dans mes bras pour la remercier. Il m'est arrivé beaucoup de choses dans ma vie, mais ma rencontre avec Annie est probablement la plus belle de toutes.

***

Argh ! Je vais buter ce type.

J'enfonce ma tête dans l'oreiller, qui m'a senti me tourner et me retourner pour trouver le sommeil, puis y lâche un gigantesque cri de frustration.

Si j'entends encore un seul bruit de perceuse, je risque de l'enfoncer dans la tête de mon voisin, qui a eu la génialissime idée d'effectuer ses travaux à deux heures du matin. Il a manifestement envie de mourir, parce qu'il y ajoute maintenant un bruit d'aspirateur.

Mais ce n'est pas possible, ma parole !

Je saute hors du lit, attache mon peignoir autour de ma taille, puis me dirige comme une furie dehors. Dans le couloir, je remarque deux hommes – vraisemblablement des déménageurs – en train de déplacer un canapé neuf vers l'appartement voisin. Le nouvel arrivant est d'un culot sans précédent. Ça ne pouvait pas attendre le lendemain matin ?

– Vous avez vu l'heure qu'il est ? demandé-je en haussant des sourcils énervés.

Trop occupés à soulever le meuble, ils ne font pas attention à moi. Une tête se faufile soudainement par la porte. Un de leurs acolytes, sans aucun doute, qui me conseille gentiment :

– Vous devriez retourner au lit.

– Je n'arrive pas à dormir avec le boucan que vous faites !

– Mettez des écouteurs ! ose-t-il répliquer.

– Figurez-vous que j'ai essayé, mais mon cerveau ne dort pas avec de la musique non plus.

J'avance d'un pas déterminé vers lui.

– Où est votre patron ? J'ai deux mots à lui dire.

– Lui, il doit sûrement être en train de dormir, m'annonce-t-il.

J'écarquille les yeux.

– Il n'est pas là ?

Le canapé a été posé dans la pièce à vivre. Je peux enfin voir en entier le déménageur qui me parle. Il me fait « non » de la tête.

– On a juste été payés pour installer des trucs à cette heure-ci.

Je mords ma lèvre pour contenir mon injure.

Tyler !

Je mettrais ma main à couper qu'il est derrière ça aussi.

– Arrêtez ce que vous faites, sinon j'appelle la police pour tapage nocturne. Je suis étonnée, d'ailleurs, d'être la seule à venir récriminer contre vos agissements.

– Personne ne se plaindra. Ils ont tous été avertis et dédommagés pour la gêne que les travaux causeraient.

Je n'y crois pas. Il est devenu fou.

– À quelle condition vous êtes censés arrêter ?

– Dès que vous aurez décidé de quitter l'immeuble, m'apprend-il. Sinon, les travaux dureront une bonne semaine environ.

Je cligne plusieurs fois des yeux. Ceux-ci surplombent déjà de gros arcs de cernes. Si je dois résister une semaine, je vais finir avec des poches plus grosses que celles des kangourous. Il veut vraiment me voir partir, ce salaud. Soit.

Je reviens sur mes pas, m'habille en vitesse, saisis des habits à la volée, les fourre dans une petite valise, attrape mon sac à main, puis sors de mon appart.

– Dites-lui d'aller au diable, lancé-je au type de tout à l'heure en traversant le couloir.

Heureusement que ce n'est pas Tyler qui gère les taxis de la ville. J'ai la chance d'en trouver un qui m'emmène jusqu'à l'hôtel où j'ai séjourné lors de l'attaque des rongeurs.

Après une nuit relativement courte, je suis obligée de me débattre avec une lourde migraine. J'ai à peine dormi quatre heures, mais je n'arrive plus à fermer l'œil. Pour la première fois depuis le décès de mon père, je crois que je suis stressée. L'idée de perdre une autre personne me travaille l'esprit. Rien ne se passe comme prévu. Non seulement je suis victime des mini-vengeances de Tyler, mais, en plus, je n'ai eu l'occasion de le voir qu'une seule fois. Je veux lui laisser du temps, mais je ne sais pas jusqu'à quand je vais devoir supporter ce qu'il me fait subir. Peut-être que je devrais penser à déménager, lui laisser de l'espace.

Je décide d'y réfléchir en allant me détendre au spa de l'hôtel. Une séance de massage de trente minutes plus tard, je n'ai toujours pas décidé de ce que je vais faire. Alors, quand un des membres du personnel me propose d'essayer un nouveau soin capillaire, je cède. Pourquoi pas, après tout ? Mes boucles et mon crâne se font chouchouter longuement, mais, au lieu de stimuler mon cerveau, j'ai l'impression que ce soin à la mangue le met sur pause. Je finis par ne plus penser à rien pendant quelques instants.

– Votre portable n'a pas arrêté de sonner, m'indique ma coiffeuse lorsqu'elle a fini de rincer le produit de mes cheveux.

Je ne suis pas allée voir ma meilleure amie hier parce que je ne voulais pas la réveiller en pleine nuit. Je sais qu'elle se lève aux aurores pour aller au boulot. Je suis tout de même étonnée de voir qu'elle m'appelle de si bon matin.

– Allô, Annie ?

Sa voix étranglée, à l'autre bout du fil, me sort de mon état de zénitude.

– Ils m'ont virée, Kelly.

Je me redresse brusquement.

– Quoi ?! Comment ça ?

– Apparemment, un de mes collègues m'a prise en photo, il y a quelques jours, dans une boîte gay, en train d'embrasser la fille de la dernière fois.

Mon ventre se noue.

– Ça ne justifie pas un renvoi, ça !

– Ils ont dit que je n'étais pas l'image de l'employée qu'ils attendaient et que je devais prendre mes affaires.

– Oh, mon Dieu ! Annie, je suis tellement désolée.

Les sanglots contenus de ma meilleure amie me brisent le cœur.

– Ce n'est pas ta faute.

– Tu es chez toi ? J'arrive tout de suite.

Malheureusement, mon ex-prof m'en empêche. Comme pour ajouter de l'huile sur le feu, je reçois un message de sa part.

> Tu as bien fait de dormir ailleurs cette nuit. Ça m'a donné l'occasion de m'amuser, moi aussi.

L'image jointe affiche ma moto à la fourrière. Brisée.

Ma moto. Ma…

Mon sang ne fait qu'un tour. Un violent et rapide tour qui me paralyse pendant quelques secondes. Ma patience, mes bonnes intentions, mes résolutions, tout s'évapore d'un coup. Un brouillard de colère noire obscurcit mes pensées. Je ne cherche pas à le contrôler. Il peut bien prendre ses aises. Là, j'ai besoin d'agir.

Le cri de ma coiffeuse n'arrive pas à m'arrêter. Je vis mes émotions avec une impétuosité qui m'empêche de me rendre compte, sur le moment, de ce qui se passe. Je sais juste que la colère me ronge durant mon trajet en taxi jusqu'au lieu de travail de Tyler.

J'ai une chance monstrueuse de tomber sur lui dans le hall. Je sais que, dans d'autres circonstances, j'aurais sorti l'un des nombreux discours de retrouvailles que j'ai préparés en attendant de revoir Briana, qui se tient à sa droite.

Je sais aussi qu'on peut aimer et détester quelqu'un en même temps. Je le déteste encore plus *parce que* je l'aime. À travers mes yeux embués de larmes, j'observe son costume noir sur mesure, ses cheveux parfaitement coiffés, son visage impassible.

Qui est ce type ? pensé-je en m'avançant dans sa direction. *Où est passé l'homme que j'ai aimé ?*

La serviette nouée autour de mes cheveux glisse dans mon dos et tombe au sol. Bordel, mon cœur lui en veut tellement !

– Tu n'as pas de miroir dans ta chambre d'hôtel ? demande-t-il froidement. Tu ressembles à un chiot qui n'a pas fini sa toilette.

– J'aurais pu supporter tes conneries, Tyler ! Mais là, c'est la goutte de trop ! crié-je.

Il range ses mains dans ses poches.

– Voilà que tu te mets même à aboyer.

Si seulement mes yeux avaient des balles, ses blessures ne seraient pas que fictives.

– Pourquoi avoir fait ça ?

– Parce que toi et ta famille êtes des emmerdeurs.

– C'est toujours à propos de mes parents ? Je t'ai dit plusieurs fois, déjà, que je ne pouvais rien tenter à l'époque et que j'étais la première désolée pour ce qu'ils avaient fait.

J'ai l'impression de voir des regrets dans ses iris. S'il s'excuse tout de suite, s'il demande pardon, s'il…

Il ne fait rien. Il reste là, figé comme un hologramme en panne.

– Tu as cassé ma moto pour te venger ?

– Ce n'est rien pour toi. Tu peux en acheter une autre d'ici ce soir. Je peux même te faire un chèque, si tu veux.

Mes larmes sont sur le point de couler.

– Cette moto, c'était le dernier cadeau de mon père avant sa mort. Après ce qu'ils t'ont fait, ce qu'ils *nous* ont fait, j'ai décidé de ne plus leur parler pendant un moment. Et puis il a découvert son cancer. Il m'a autorisée à revenir aux États-Unis. Malgré ses erreurs, je ne voulais pas le perdre sans avoir pu lui pardonner. Pour une fois, mon père avait du temps pour moi. Nous avons passé les derniers mois de sa vie à retaper cette moto ensemble. Et tu l'as juste cassée, comme s'il s'agissait d'un ridicule jeu de Lego pour enfants.

La surprise sculpte de plus en plus les traits de Briana. Tyler, lui, se masse nerveusement la nuque sans piper mot.

– Disons… disons qu'on est quittes.

Je ris jaune.

– Tu sais quoi ? Je suis venue ici parce que je voulais retrouver l'amour et la meilleure baise de ma vie.

– Kelly, fais attention à ton langage, m'avertit-il. Les gens écoutent.

Je n'ai que faire des regards curieux autour de nous.

– J'ai pensé que je saurais te convaincre. Mais tu ne veux pas ça, Tyler. Même à l'époque, tu aimais quand j'étais provocante et vicieuse, n'est-ce pas ? J'ai mis du temps à comprendre, mais je viens enfin de réaliser que l'homme que j'aimais a changé. Tu veux la guerre ? Soit.

Mon cerveau, qui s'est enfin remis à fonctionner, m'ordonne d'arracher une bouteille d'eau des mains d'un de nos spectateurs. Puis je me rapproche de mon ex. Seulement après m'être assurée qu'il ne pourrait pas éviter ce qui va suivre, je retire le bouchon et lui balance la boisson au visage. Son mouvement de recul ne l'empêche pas de finir mouillé. Les gouttes quittent ses cheveux pour rejoindre son costume trempé.

– Et juste pour être sûre que tu comprennes bien, Tyler : ça commence dès maintenant.

31

Tyler
Présent

– QU'EST-CE QUE TU AS FAIT ?

Les joues de ma petite sœur sont rouges de colère. Elle souffle entre ses dents et place ses deux mains sur ses hanches. Dans cette position, j'ai l'impression de revoir notre mère quand elle nous grondait. Elle lui ressemble de plus en plus à chaque année qui passe. À l'exception de ses yeux verts – héritage de notre père –, qui me mitraillent violemment en ce moment.

– Pas ici, Briana, riposté-je.

Je suis déjà suffisamment sur les nerfs. Je défais hâtivement ma cravate et la jette au sol. Ma chemise subit le même sort.

– Tu préférerais que je fasse un scandale dans le hall, moi aussi ?

– Me crier dessus dans le vestiaire des hommes n'est pas une meilleure solution. Va-t'en avant que d'autres employés n'arrivent, s'il te plaît !

Mon pantalon suit le même chemin que le reste de mes vêtements. J'ai déjà décalé mes rendez-vous de la matinée et demandé à mon assistante de m'apporter des habits de rechange.

– Pas tant que tu n'auras pas répondu à ma question : qu'est-ce que tu as foutu ?

Je me frotte le front, légèrement agacé de devoir

m'expliquer, mais son air déterminé me fait savoir que Bri campera sur ses positions.

– Je l'ai poussée à quitter l'immeuble et j'ai également payé quelqu'un pour qu'il casse sa moto à la fourrière, énoncé-je succinctement.

Bri m'assassine des yeux.

– Tyler ! s'écrie-t-elle.

Un homme sort d'une des douches, serviette attachée au niveau des hanches. Je vois sa surprise quand il remarque ma sœur. Elle, en revanche, n'en a rien à foutre. Son visage est concentré sur le mien.

– Entre nous, je ne pensais pas qu'elle était si importante pour elle, tenté-je de me convaincre.

– Ce n'est pas une excuse ! Annie dit qu'elle tenait à cette moto comme à la prunelle de…

Briana ravale brutalement le reste de sa phrase, consciente de son erreur.

– Donc, tu étais au courant qu'elles étaient revenues. C'est pour ça que tu m'évites ces derniers temps ? Je t'avais déconseillé d'entrer en contact avec elles.

Elle ferme les yeux un court instant.

– Je t'ai écouté. Je ne leur ai pas parlé pendant quatre ans. Mais, quand Annie a déménagé ici et qu'elle a demandé à me voir, je n'ai pas pu dire non.

– Briana, tu ne peux pas déjà avoir oublié ce qui s'est passé, soupiré-je.

– Et toi ? Tu as oublié tout ce qu'elles représentaient pour nous ?

Je serre les mâchoires.

L'homme de tout à l'heure ne se gêne pas pour se changer, mais il est de nouveau surpris en voyant mon assistante nous rejoindre.

– Voici ton costume de rechange, Tyler, dit-elle en accrochant le cintre à mon casier.

– Ils devraient nous dire si les vestiaires de cette salle

de sport sont mixtes, lance le mec à voix basse.

Les deux femmes à mes côtés se retournent simultanément pour le toiser. La première a envie de sortir une remarque déplaisante, je le sens. Bri pose une main sur la sienne pour la tempérer.

– Je suis désolée, s'excuse-t-elle pour nous trois. Je vous assure que j'ai une bonne raison d'être là. Gallice, quand le monsieur sera parti, monte la garde devant la porte, s'il te plaît.

Elle acquiesce en silence. L'homme finit de se rhabiller, promet de se plaindre à la réception, puis sort du vestiaire, suivi de mon assistante. Bri se remet à me fixer. La colère a laissé place à la tristesse sur ses traits, mais son ton est toujours énervé.

– Ces filles sont les seules amies que je n'ai jamais eues, Ty ! Avant ce qui s'est passé, et même après ! Elles n'ont pas arrêté de me considérer comme l'une des leurs, même après que j'ai coupé tout contact.

Je plonge mon regard dans le sien.

– Kelly t'a fait du mal. C'est à cause d'elle que l'horreur t'a… qu'il a…

Je n'arrive pas à le dire tellement ça me désole. Chaque fois que j'y pense, une énorme boule se crée dans ma gorge.

– Elle n'était pas seule ! *Vous* avez couché ensemble ! crie-t-elle en posant un index accusateur sur mon torse. Tu as une part de responsabilité que tu refuses de voir !

Je perds mon sang-froid.

– C'est elle qui m'a fait lui céder ! beuglé-je en pointant la sortie comme si mon ex n'allait pas tarder à s'y matérialiser.

Bri écarquille les yeux.

– Tu t'entends parler ? Ta responsabilité dégouline de ta phrase : *tu* as cédé ! C'était toi, le prof ! Tu es aussi entré dans son jeu. Tu t'es laissé séduire !

– Je sais ! m'emporté-je. Je sais, bordel !

Mes ongles s'enfoncent dans ma paume quand mon poing se serre. Je n'aime pas cette conversation. Je n'aime pas la lueur de déception qui a envahi les yeux de Bri.

– Je sais. C'est pour ça que je te dis qu'elles ne sont pas bien pour nous.

– Kelly n'a pas cessé de nous envoyer des lettres, chaque mois, depuis qu'elle était partie là-bas. Je sais que tu t'en foutais, que tu ne voulais pas lire les tiennes, mais moi… Alexa m'envoyait les miennes. Tu n'imagines pas combien ça me faisait plaisir de lire un « bonjour » ou un « joyeux anniversaire » de la part de quelqu'un d'autre que toi. Je sentais que j'étais plus que ta simple petite sœur. Plus qu'une orpheline. Que, si jamais tu n'étais plus là, je pourrais compter sur elles.

– Je serai toujours là, Bri, assuré-je doucement en m'approchant d'elle.

Elle rejette mes bras.

– Tu m'as abandonnée ! crie-t-elle en s'écartant.

Les larmes naissent aux coins de ses yeux.

– Tu m'as abandonnée, Tyler ! Tu t'es enfui… tu m'as laissée là-bas !

Son souffle est saccadé. Le mien aussi. Chacun de ses mots est semblable à un marteau qui enfonce ma culpabilité dans mon cœur.

– Briana… Je n'avais pas le choix, m'excusé-je.

– Tu disais que tu me protégerais… mais tu l'as laissé me toucher, tu l'as laissé entrer dans ma chambre. Tu l'as laissé…

Je plaque deux mains sur mes oreilles. Je ne peux pas en entendre davantage. Pas une fois de plus. Elle pose ses paumes sur mes bras pour m'encourager à les baisser.

– Tu sais qui était là pour moi durant l'année où tu

es venu te reconstruire ici ? Ces deux filles ! Annie a été mon seul soutien, ma seule distraction. Kelly était partie, mais elle a continué de m'écrire. Il ne me restait qu'elles pour affronter mes journées aussi noires que mes nuits. Alors, si tu fais du mal encore une fois à une de ces filles, tu perdras le respect de ta sœur. Est-ce bien clair ?

Je pose une main sur son coude pour la prévenir quand elle me tourne le dos.

– Méfie-toi de Kelly. J'ai touché à ce qu'elle avait de plus cher. Elle risque de vouloir me rendre la pareille et de s'en prendre à toi.

Une larme dévale la joue de Bri.

– Tu vois ? C'est ça, ton vrai problème, Ty. Tu n'as toujours pas compris qu'elle n'est pas comme ça. Kelly ne s'en prendra jamais à quelqu'un qu'elle aime pour faire du mal à une autre personne qu'elle aime.

– Tu n'en sais rien. Cinq ans ont passé. Les gens changent, Bri.

– Tout le monde n'utilise pas le « changement » pour justifier un mauvais comportement. Je sais que tu t'en veux, je sais que tu as du mal à accepter ce qui m'est arrivé. Tu n'arrives même pas à me regarder en face quand tu y penses. Mais tu ne peux pas rejeter toute la faute sur elle juste parce que ça te fait te sentir mieux.

Elle croise les bras, prête à rendre son verdict.

– Je vais recommencer à les fréquenter ! Si tu souhaites vraiment conserver mon respect, excuse-toi. Il est temps que tu arrêtes de jouer au con.

Même le son de ses talons, qui se dirigent vers la sortie, semble lourd de colère. Je soupire, saisis une serviette mise à disposition et me dirige vers une cabine de douche.

Arrêter de jouer au con : Kelly me l'a demandé aussi, une fois.

Je laisse l'eau engloutir ma peau de sa chaleur. Je ferme les yeux et pose mon front contre le mur. Le regard blessé de Kelly réapparaît. Ses jolis yeux marron, auparavant malicieux, étaient teintés de douleur. Je n'arrive pas à savourer ma victoire comme il se doit. C'est ce que je lui avais promis. Je voulais lui faire du mal. Je voulais lui rendre ce qu'elle nous avait fait, mais ça ne me console pas autant que je le croyais. Je me suis senti comme un imbécile quand elle m'a expliqué pour sa moto. Je ne savais pas que c'était le dernier cadeau de son père. Je ne savais même pas qu'ils avaient renoué des liens.

Merde !

Ma petite sœur a putain de raison, j'ai vraiment merdé sur ce coup-là. La chaleur de mes larmes se mêle à celle du jet d'eau.

Bri… Bri, que j'ai abandonnée. Je sais que, malgré le fait qu'elle m'ait assuré le contraire, elle ne m'a pas complètement pardonné. Je ne me pardonnerai jamais non plus.

Merde, merde, merde !

***

Je ne suis pas tranquille. Rien ne s'est produit pendant plusieurs jours. Les concierges ne l'ont pas vue passer, mais son appart n'est pas vide. Donc, elle n'a pas déménagé. Est-ce qu'elle a changé d'avis ? Je ne sais pas si j'en suis déçu ou soulagé. Je prends tous les jours des nouvelles de ma petite sœur. Tout semble aller bien de son côté. Onur la suit en cachette. Elle n'a pas revu les deux meilleures amies. J'ai beau me dire que ce n'était que des paroles en l'air, et qu'à part avec Bri, Kelly ne peut pas me faire chier, je ne suis pas tranquille. Je m'attendais à de petites représailles, à ce qu'elle tente de s'en prendre à mes gardes du corps, à ce qu'elle vienne me voir à mon appart pour… crier, chanter, que sais-je. Qu'elle fasse un truc, n'importe quoi. Le calme de ces derniers jours et son absence de mon immeuble me rendent légèrement anxieux.

Au bout d'une semaine, je commence à me dire que c'est ce qu'elle recherche : faire monter l'angoisse en ne faisant rien du tout.

Le lundi qui suit, pourtant, juste au moment où la scène du hall a arrêté de faire parler les gens sur mon lieu de travail, son premier missile arrive.

Caleb entre avec la fureur de Hulk dans mon bureau. Il referme la porte en se contrôlant pour ne pas la casser.

– Tu peux m'expliquer ce que ça veut dire ? demande-t-il, le visage courroucé.

Je relis encore une fois le mail de Melissa. Non seulement la journaliste annule notre session photo, mais, en plus, elle me menace de publier un article qui n'a rien à voir avec l'interview. J'y suis décrit comme un putain de machiste qui a essayé de la séduire pour avoir ses faveurs. Elle ajoute que c'est juste mon charme et mon comportement de gigolo qui justifient ma réussite, et que j'emploie cette technique avec toutes mes clientes.

– Je ne sais pas.

– Elle avait réservé une chambre d'hôtel. Elle assure que des témoins pourront dire qu'ils vous ont vu la rejoindre !

– Il ne s'est rien passé, Caleb.

– Je m'en fous, de la vérité, Ty. Ce qui compte, c'est ce que les gens croiront.

Mon cerveau tourne à plein régime. J'aurais dû me douter que c'est à mon travail que Kelly s'en prendrait. C'est tout ce qu'il me reste.

– Je ne sais pas comment elle a réussi à faire ça, mais je vais arranger les choses, décrété-je.

Caleb plisse les yeux.

– De qui on parle ?

– Kelly. Je n'ai pas la moindre idée de comment elle s'est débrouillée, mais je crois que c'est elle qui est derrière l'article.

Caleb tape du poing sur la table.

– Tu m'as dit que c'était dans la poche ! L'article devait nous faire de la pub, pas détériorer notre image. Le club n'est pas dans ses beaux jours en ce moment. On manque de nanas, on ne peut pas se permettre une mauvaise image de l'agence maintenant !

– Si tu arrêtais de baiser toutes les femmes pour te concentrer sur les recherches de nouveaux profils, ça nous aiderait, tu ne crois pas ? lancé-je sur le même ton.

Mon associé fait quelques pas et m'attrape par le col. Je sens son haleine parfumée au rhum.

– En attendant, je ne nous mets pas dans la merde parce que je ne peux pas gérer mon ex. Si cet article est publié, notre notoriété en prendra un coup.

Je me lève de ma chaise et saisis son col, à lui aussi, pour lui montrer que je ne suis pas intimidé.

– Cela n'arrivera pas. Pourquoi tu crois qu'elle ne l'a pas publié directement ? Nous avons juste reçu un mail avec le bon à tirer pour nous menacer. Elle attend quelque chose en retour. Il nous faut savoir quoi pour pouvoir marchander.

Gallice nous interrompt soudainement. Elle entre dans mon bureau sans toquer, ce qui arrive rarement.

– Désolée de vous déranger… commence-t-elle.

Elle n'est pas troublée par notre comportement. Caleb et moi avons l'habitude des désaccords parce que ce fou s'emporte trop vite. Forcément, je réplique. Quand l'un cherche l'autre, on se tape dessus, on libère nos frustrations et on trouve une solution ensemble. C'est comme ça qu'on fonctionne, et ça nous réussit bien. Cependant, il ne nous est jamais arrivé d'en venir aux mains au bureau. C'est pourquoi Caleb lâche sa prise au moment où j'en fais de même.

Mon assistante se racle la gorge.

– Adrien Cole est là, annonce-t-elle. Il a dit vouloir vous parler urgemment d'un sujet sans donner plus de détails.

Mon associé et moi nous regardons, sourcils froncés. Adrien, l'une des plus grosses richesses de la côte, a été le seul à nous faire confiance lorsqu'on a créé TC Houses. C'est un magnat de l'immobilier qui possède des chaînes hôtelières dans plusieurs villes. Financièrement, il a investi le capital qui nous manquait, nous aidant ainsi à nous passer des prêts des banques qui refusaient de nous faire confiance. Mais, par-dessus tout, nous avons pu profiter de son réseau et de ses relations. Avec les quarante pour cent des parts de l'agence qu'il possède, Adrien est à la fois un atout majeur et une épine dans nos pieds. Il a eu trois exigences précises avant de nous donner l'argent : un bureau, et un droit de vote et de veto pour les décisions de l'agence. Depuis la création, il n'a utilisé aucune de ces trois choses.

– Qu'est-ce qu'il fait là ? Tu étais au courant ? demandé-je à Caleb.

– Non. Ça sent mauvais.

Adrien ne se fait pas prier pour entrer derrière Gallice. Cette dernière nous laisse discuter entre hommes.

– Messieurs, bonjour, dit-il de sa voix grave, légèrement enrouée.

– Adrien, salue Caleb. Que nous vaut cette visite ? Vous êtes plutôt discret d'habitude.

Cole défait un bouton de sa veste et se met à observer nonchalamment la pièce. Son visage fatigué d'homme d'affaires a pris de l'âge depuis notre dernière rencontre.

– C'est une belle déco. Je n'avais jamais visité vos locaux.

– On peut reprogrammer ça si vous le souhaitez. Actuellement, c'est un peu compliqué… argué-je.

Il place ses mains sur le dossier d'un siège. Il hoche la tête comme s'il répondait tout seul à une question qu'il s'était posée.

– Je suis au courant pour l'article. Je l'ai reçu, moi aussi.

Caleb soupire fort. Je déglutis pour soulager ma gorge nouée.

– Cette broutille – qui est, en réalité, un ramassis de mensonges – ne valait pas votre déplacement. On va arranger les choses avant ce soir, assuré-je.

Son ricanement ne présage rien de bon.

– Je sais. Je ne suis pas inquiet à ce sujet. En réalité, je suis là pour autre chose.

Son regard se pose sur sa Rolex, puis revient sur nous.

– J'ai une confidence à vous faire. Il y a quatre ans, seul un fou aurait investi en deux jeunes hommes sans grande expérience qui voulaient se lancer dans un domaine aussi compétitif. Votre motivation aurait pu me pousser à vous trouver des emplois dans mes hôtels, pas à signer un chèque d'un demi-million de dollars. Vous savez ce qui m'a convaincu ?

Il marque une pause, comme pour créer le suspens.

Viens-en au fait !

– Ma nièce, finit-il par lâcher. En fait, elle était tellement convaincue que M. Evans réussirait que c'est *son* argent qui a été investi. Et aujourd'hui, elle a très envie de vous rencontrer.

Le fantôme d'un mauvais pressentiment vient s'agiter autour de Caleb et moi.

– Ce serait un immense honneur, répond mon associé, l'air de rien, avec son visage charmeur, à qui l'on doit bien des contrats.

Il n'en pense pas un seul mot.

– Laissez-moi vous la présenter, dit Adrien en souriant.

Quand la porte de mon bureau s'ouvre de nouveau, je sais que c'est elle.

Ça ne peut être qu'elle.

Une chaussure à talon et à lanières apparaît en premier, comme si elle voulait conserver le suspense, elle aussi. Quand tout son corps passe le seuil de la porte, je l'observe de bas en haut. Sa jupe noire a une longue fente au niveau de la cuisse droite. Le même genre qui m'a rendu fou à la soirée étudiante. Le même genre qui me donnait envie de la toucher là où sa peau hâlée était visible, et où elle ne l'était pas. Une courte veste recouvre ses épaules, sur une chemise noire près du corps. Ses boucles se déploient autour de son visage victorieux. Son regard effronté est de retour. Un sourire provocant courant sur ses lèvres, elle s'avance vers nous, puis tend la main à Caleb.

– Kelly Moore. Mais ça, vous le saviez déjà.

Non, ce n'est pas possible !

Je n'arrive pas à interpréter le visage de mon associé. En prenant sa main dans la sienne, il sourit d'une façon énigmatique.

– Il paraît qu'on est associés, mademoiselle Moore.

– C'est le cas, monsieur Guerrez, répond-elle.

Puis elle se tourne vers moi et croise mon regard. Mon cœur manque un battement. Je suis taré. Elle me rend taré. C'est pour ça que, quoi qu'elle soit en train de manigancer, je ne peux pas m'empêcher de la trouver sexy. À moi, elle ne tend pas la main. Tant mieux parce que le choc paralyse mes membres. Je ne sais pas ce qui me surprend le plus : qu'elle ait cru en moi, au point d'investir autant dans mon agence, ou qu'elle *possède*, en fait, une partie de mon entreprise.

– Je n'ai pas fini, confie-t-elle.

Ça peut être pire ?

Ses yeux ne me quittent pas lorsqu'elle me fait signe de regarder mon téléphone. J'ai reçu un message de sa part.

> Garder ses ennemis encore plus près, dit-on. J'amène Annie, aussi.

Seigneur, je sais que je te l'ai demandé un bon nombre de fois, mais à présent, je le pense vraiment : achève-moi !

32

Kelly
Présent

C'est grisant.

Troubler les sentiments de Tyler me procure une telle satisfaction ! Le pli sur son front ne part pas. Je sais qu'il se demande comment résoudre ce nouveau problème que je représente.

– Vous n'allez pas le croire, mais il se trouve que ma nièce est aussi amie avec la journaliste qui a écrit l'article de M. Evans, explique mon oncle.

– Non, sans rire ! réagit Caleb. Tu entends ça, Tyler ?

– Je peux lui demander de laisser tomber cette histoire. Qu'en pensez-vous, Caleb ?

Son sourire est énigmatique.

– Ce serait très honorable de votre part.

Caleb Guerrez. Mon troisième associé est un grand brun qui porte un costume parfaitement coupé pour mettre en valeur sa silhouette digne d'un magazine de mode. Il possède un charisme impressionnant – je dirais même presque intimidant. Je ne l'ai vu qu'une fois, pour signer le bail de mon appart. Il a paru perplexe quand j'ai voulu acheter le bien sans l'avoir visité, mais, quand j'ai sorti mon chéquier, un air profondément vénal a envahi ses traits. Je sais ce que ce genre de type aime : argent et sexe. Je concentre toute mon attention sur lui.

– N'est-ce pas ? Ça serait mon cadeau d'arrivée.

– D'arrivée ?

La voix de Tyler est mécontente.

– Oui. Je commence à travailler ici dès demain.

– Non ! tonne-t-il. Ce n'est pas une décision que tu peux prendre sur un coup de tête, Kelly. Si tu veux, on peut en parler, toi et moi.

Trop tard, Tyler.

– C'est pour ça que je m'adresse à Caleb. Je n'ai qu'un mot à dire pour faire effacer l'article. Tout rentrera dans l'ordre. Si vous me refusez, il n'y aura pas que cet article-là. Ceux qui concernent le passé de Tyler ressortiront également. Ensuite, vous perdrez le soutien de mon oncle, et je me débrouillerai pour faire couler cette entreprise. Tyler sait à quel point je suis une femme déterminée.

Je croise les bras, essayant de masquer le fait que je bluffe totalement. Jamais je ne serais capable d'aller jusqu'à faire couler son entreprise et laisser les employés perdre leur emploi. Ma propre meilleure amie a été virée injustement : je ne pourrais pas infliger le même sort à d'autres personnes.

– Qu'en pensez-vous ? Vous me préférez dans le bateau ou à l'extérieur ?

Caleb ne réfléchit pas plus de cinq secondes.

– Bienvenue à TC Houses, décide-t-il. Nous manquions justement de femmes par ici.

– Ça tombe bien, je ne viens pas seule ! m'exclamé-je. J'ai une amie qui a été virée injustement. Elle a besoin d'un job dans votre service juridique.

– Nous avons déjà quelqu'un à ce poste, indique Tyler.

Je souris en posant mes yeux sur lui. Putain, ce connard est beau ! Bien plus que Caleb. Bien plus que n'importe qui. Tyler est d'une beauté… dangereuse. Le genre qui donne envie de découvrir tout ce qui pourrait arriver si on s'y frotte.

Ce n'est pas le moment, Kelly. Concentre-toi !

– Super ! Quelqu'un pour la former !

– Kelly, tu sais très bien ce que je veux dire.

– Quoi que tu dises, Annie et moi serons là, déclaré-je fermement. Sur le papier, c'est toujours le demi-frère de mon père qui est considéré comme associé de l'agence. Disons que j'agirai à sa place. À partir d'aujourd'hui, je veux utiliser mon droit de consultation et de veto pour tout ce qui concerne cette entreprise.

Le poing de Caleb se pose sur sa bouche. Il se retient de dire quelque chose et lance un regard à Tyler. Celui-ci avance vers moi et me demande tout bas.

– Parlons-en en privé.

Je me rapproche de son oreille.

Hmm... Il sent bon !

– Non.

Sa main saisit mon poignet.

– Un problème ? intervient Adrien, prêt à me défendre.

– Je ne crois pas, non, dis-je en me libérant.

– Elle ne peut pas travailler ici. Elle n'y connaît rien en immobilier.

Mon cœur se serre. Il ne les a pas lues. Il n'a pas lu une seule des lettres que j'ai envoyées, sinon il saurait.

– Il lui manque peut-être quelques années d'expérience, mais Kelly a suivi une formation pour pratiquer le métier.

Tyler me lance un regard surpris.

– Elle a… étudié en Europe. Le marché américain est différent.

Il donne tout ce qu'il a. Chacun des arguments qu'il a en réserve pour me tenir éloignée. Moins il me veut auprès de lui, plus j'ai envie de rester.

– Ma présence te déplaît tant que ça ?

Je voulais que ça sonne comme une provocation, mais

mon ton était trop doux, trop vulnérable. Il n'a pas le temps de répondre.

– Elle vous sera d'une grande aide, conclut mon oncle. J'ai d'autres rendez-vous qui m'attendent. En cas de nécessité, je consulterai ma nièce. Je pars du postulat qu'elle a eu raison de vous faire confiance. De ce fait, je crois en son jugement.

Puis il place un sourire encourageant sur son visage.

– Messieurs, ce fut un plaisir de vous revoir. Tu viens avec moi, Kelly ?

Je hoche la tête. Il me tend galamment son bras, que je saisis. En quittant le bureau d'un pas lourd, je sens le regard de mon futur patron me suivre.

Les battements de mon cœur sont frénétiques. Je comprends que c'est exactement ce qu'il me manquait lors de ma recherche d'emploi : l'excitation.

Je suis en train de me demander comment va réagir ma meilleure amie, lorsque je lui apprendrai la nouvelle, quand je tombe sur un visage familier. La surprise arrête mes pas, forçant mon oncle à s'immobiliser lui aussi.

– Ga… Gallice ?

Pas de doutes. Ses cheveux sont coupés court et son maquillage la vieillit un peu, mais je reconnais la seule fille qui a eu l'audace d'embrasser Tyler devant moi. Elle m'offre un grand sourire chaleureux.

– Bonjour, Kelly. Je savais qu'on finirait par se voir. Ici, la plupart des gens m'appellent Mila.

Je remercie mon oncle pour son aide et lui demande de me laisser. Je ne voudrais pas qu'il soit en retard par ma faute. Il me demande si j'en suis sûre, puis me fait la bise quand je confirme que je peux me débrouiller toute seule pour rentrer. Dès qu'il s'est éloigné, mes sourcils s'abaissent dramatiquement.

– Qu'est-ce que tu fais là ? Ne me dis pas que tu… sors avec Tyler ?

Mon doigt se retient de s'enfoncer dans la chair nue de ma cuisse. Ses épaules tressautent quand elle éclate de rire.

– On range les armes, Kelly. Je ne m'intéresse pas à ton ancien prof.

Décontenancée mais soulagée, je la jauge de la tête aux pieds.

– Tu travailles ici ? Tu ne vas pas me faire croire qu'il ne s'agit que d'une coïncidence.

– Non, en effet. Tyler est venu me chercher à Crystal River.

Ma bouche affiche un sourire pincé, auquel j'ajoute un mouvement de la main pour l'inviter à expliquer comment ça a pu arriver. Je n'aime pas les gens qui se taisent au moment où l'histoire devient intéressante. Elle finit par comprendre ce que j'attends d'elle.

– Pour faire court, c'est le seul qui m'a proposé un job convenable. Je n'ai jamais pu avoir de diplôme après mon renvoi et le scandale généralisé. Aucune école ne m'acceptait et je n'avais pas les moyens de partir ailleurs. Je ne vais pas m'attarder sur mon parcours sinueux et déprimant, mais je travaillais comme caissière dans une supérette quand il est venu me proposer de venir vivre ici. Il voulait se racheter parce qu'il se sentait coupable. Dès qu'il a créé TC Houses, il m'a placée comme assistante.

Mon cœur se gonfle de fierté. C'est cette partie de Tyler que j'aime, et je suis heureuse de savoir qu'elle n'a pas disparu. Mon enthousiasme pour la nouvelle ne dure pas. Je suis jalouse. Elle travaille avec lui depuis des années. Elle doit savoir tellement de choses à son sujet que j'ignore ! Je dois rester sur mes gardes. Les histoires d'assistantes qui finissent sous la table, c'est plus fréquent qu'on ne le croit.

– Tu n'as pas l'air surprise de me voir.

Elle continue sur un ton taquin.

– Tout le monde a été prévenu de ta venue. Il se méfie un peu de toi.

– Tu… il t'a dit ce qui s'est passé entre nous ?

Mila me considère un petit instant.

– Tyler ne parle de lui ni au présent ni au passé, mais j'ai lu les articles quand ils sont sortis. Impossible de passer à côté, ça a provoqué un tollé dans toute la ville. Vous étiez la nouvelle honte du River High School. Entre nous, j'étais impressionnée que tu aies fait mieux que moi. Votre histoire est restée en première page des journaux pendant des semaines.

J'incline la tête vers le sol, l'air désolé.

– Tu as cru à tout ce qu'ils disaient ?

Elle se baisse pour que je croise ses yeux.

– Mon histoire aussi a été modifiée, tu le sais bien. Et puis je ne serais pas là si je pensais que Tyler avait fait ce qu'ils ont décrit dans ces torchons. Tout ce que je crois, c'est ce que je vois. Et ce que j'ai vu jusque-là, c'est que Tyler est un homme bien.

Blessé, aussi. Par ma faute.

***

Le lendemain, c'est Mila qui nous accueille. Annie est moins surprise que moi de la revoir parce que je lui en ai parlé la veille. L'assistante des deux gérants nous entraîne au bout du petit couloir, où Caleb nous attend, dans son bureau. Dès que je franchis le seuil, je ne peux m'empêcher de trouver la déco trop fade. Les tons sont sombres, et bien que le mobilier soit moderne, l'ambiance générale qui se dégage de la pièce est froide. La fenêtre qui donne sur l'extérieur est recouverte d'un store noir occultant la lumière naturelle. C'est un péché que de cacher ce si joli soleil californien. Je me demande ce que mes deux associés ont contre les couleurs vives. Pendant que j'imagine comment redonner vie à la pièce, Caleb, lui, ne lâche pas Annie des yeux.

– Bonjour, mesdemoiselles.

– Annie, je te présente Caleb Guerrez. Caleb, tu sais déjà qui c'est.

Je ne sais pas trop comment interpréter son demi-sourire.

– Le malheur des uns fait le bonheur des autres. Mademoiselle Snones, je suis ravi que vous soyez des nôtres.

– J'aimerais pouvoir en dire autant, répond-elle.

Caleb se lève de sa chaise et passe devant son bureau.

– Laissons tomber le vouvoiement. Je te garantis que tu vas te plaire ici, Annie.

– J'aime les marques de politesse à l'égard de mes supérieurs, c'est pourquoi je continuerai à vous vouvoyer, monsieur Guerrez.

Si je me fie à mon jugement et à la façon dont Caleb vient d'éclipser ma présence de la pièce, je dirais que ses intentions sont diaboliques. Mes yeux se posent sur mon amie, dont la respiration a tellement ralenti qu'on a l'impression qu'elle est figée. Je connais ce regard. Il la déstabilise.

– Tyler m'a parlé de toi, Kelly, mais il n'en a pas assez dit sur ton amie.

– Vraiment ?

Caleb sourit.

– Il t'a décrite comme une personne adorable, spontanée et intelligente. Pas du tout l'effet que tu nous as fait hier.

Je me retiens de glousser.

– Pourtant, tu as l'air de prendre mon arrivée bien mieux que lui.

– Je vais être sincère. J'étais légèrement contrarié

hier. Je n'aime pas les changements soudains et indépendants de ma volonté.

Les yeux fixés sur Annie, il ajoute :

– Mais la vie m'a appris à apprécier les personnes qui ont un sale caractère.

Puis il s'adresse de nouveau à moi.

– Il a aussi dit que tu avais de mauvaises notes dans sa matière.

– Parce qu'il me plaisait beaucoup trop. C'est plutôt flatteur, non ?

– C'est débile.

C'est la voix de Tyler qui s'est élevée derrière moi. Je ne l'ai même pas entendu entrer. Je serre les cuisses en le voyant dans l'embrasure de la porte.

– Je vous l'emprunte, déclare-t-il.

Il ne demande la permission à personne. Il ordonne que je le suive. Ma curiosité est trop grande pour que je refuse, mais, avant tout, je dois faire quelque chose. Je me rapproche de l'oreille de Caleb et lui demande tout bas :

– Tu as dit que tu aimais les gens avec un sale caractère, n'est-ce pas ? Je souhaiterais que tu me rendes un petit service, s'il te plaît.

– Je t'écoute, répond-il sur le même ton.

Je lui dis rapidement ce que j'ai en tête en espérant qu'il ne m'envoie pas bouler. J'entends le sourire dans sa voix quand il murmure contre mon oreille.

– Tout ce que tu veux, mais à une condition.

– Laquelle ?

– Promets-moi que nos affaires privées n'impacteront pas nos relations de travail. J'ose croire que nous pourrons tous rester professionnels quoi qu'il arrive entre nous. Nous avons déjà acquis un équilibre ici. Je ne veux pas de crises de nerfs ni de menaces destructrices qui pourraient gâcher l'ambiance à TC Houses.

Si ce n'est que ça.

– Ça me paraît évident.

– Bien. Parce que je vais baiser Annie.

Je cille, recule la tête pour le regarder, puis continue de ciller. L'arrogance de son sourire me fait frémir. Dire que ma meilleure amie craignait Tyler ! Elle n'est pas prête pour son associé. Je n'ai pas le temps d'essayer de comprendre ce dégénéré que Tyler m'alpague par le bras.

Il m'éloigne de Caleb et me tire hors du bureau sans que j'aie pu envoyer des signaux de danger à ma meilleure amie. Je me retrouve dans la pièce voisine. Une salle de réunion.

Je fais exprès d'éviter son regard. Je préfère me concentrer sur le tableau blanc derrière lui. Je ne peux pas lui montrer qu'il me déconcerte au point que la cadence de mon cœur s'accélère systématiquement quand il est dans les parages.

Le silence est son fort, à lui. Tyler ne parle pas beaucoup, il agit. C'est moi qui comblais les creux de nos conversations. C'est moi qui le fais sortir de ses gonds. Je l'entends respirer, je le sens me regarder. D'une façon tout sauf professionnelle. Je sais qu'il tente de me déstabiliser en ne disant rien.

Et bordel, ça marche !

Je finis par lui jeter un coup d'œil. Je le voulais furtif, au départ, juste une ridicule œillade pour voir ce qu'il fait avant de détourner mon regard.

Je savais que je n'aurais pas dû. Dès que nos yeux se croisent, j'oublie tout ce qui l'entoure. Je finis bloquée sur lui. Il n'y a que lui.

– Nerveuse, Kelly ?

Je mens effrontément.

– Non.

– Tu veux que j'allume le projecteur, histoire de te donner une vraie excuse pour éviter mon regard ?

Il remonte les manches de sa chemise sur ses avant-bras. Mes yeux sont irrémédiablement attirés par ses tatouages. Ceux que je dessinais au lycée.

– Parce qu'on sait, tous les deux, que c'est exactement ce que tu fais en matant ce tableau.

Il marque une pause calculée.

– Je te trouble ?

Je ne veux ni nier ni confirmer ses propos. Je croise les bras.

– Viens-en au fait, je suis une femme occupée.

– Je croyais que tu savais lire entre les lignes.

– Ma patience n'est pas illimitée. Si tu n'as rien à dire…

Mon sac accroché à mon bras, je pivote sur mes talons pour sortir. En trois enjambées, il me barre le passage, se mettant entre la porte et moi.

– J'ai peut-être été un peu loin.

Je soupire. Il appelle ça des excuses ?

– Tu n'as jamais été doué pour demander pardon.

– Tu sais bien que si. Tu veux que je te le rappelle ?

L'afflux de sang augmente dans mes veines sous son regard, qu'il baisse vers mes cuisses. Je déglutis difficilement.

– Aucun baiser, d'aucune sorte, ne remplace un « je suis sincèrement désolé ».

– Je peux te prouver le contraire.

Ses doigts effleurent ma clavicule, la peau de mon cou, mon menton, puis remontent doucement vers ma lèvre inférieure. Son contact me brûle. J'ai du mal à résister à mon attirance pour lui. J'ai déménagé pour retrouver ça. Ce truc qui me fait oublier où je suis.

– Je veux négocier.

– Ne perds pas ton temps. Je ne partirai nulle part.

– Tu es irresponsable. C'est en partie ton entêtement et ton égoïsme qui nous ont causé tout ce tort.

– Je sais ! Je n'aurais pas dû insister pour qu'on fasse tous ces trucs. Je n'aurais pas dû te pousser à m'emmener au bal de promo. Mais ça ne change rien au fait que Todd aurait fini par agir.

– Pas si on avait été plus discrets ! Navré pour ta moto, mais tu as vite oublié que, moi aussi, j'avais quelque chose qui me tenait à cœur, Kelly : New York !

Son ton me fait reculer d'un pas. Il n'a pas l'air fâché, juste… triste.

– Je suis désolée, Ty. Tu le sais. Je te l'ai déjà dit.

Ses yeux s'assombrissent.

– Moi aussi. Tu le sais. Sans que j'aie besoin de le dire.

Je m'avance de quelques centimètres.

– Si tu tiens vraiment à t'excuser, accorde-moi mes rendez-vous.

– Tes rendez-vous contre ta démission ?

Je fais « non » de la tête.

– N'essaie pas de m'embrouiller. Une promesse est une dette, Tyler. J'estime être plus que généreuse dans cette histoire. Mes rendez-vous, qui me sont déjà dus, seront un gage d'excuses de ta part. Mon poste ici, lui, n'est pas négociable.

– Quand tu es là, je perds mon sang-froid et ma logique. On ne se supportera pas, Kelly.

– Tant pis. Personne n'aime son boss, de toute façon.

Sa main revient sur moi. Elle se place doucement autour de mon cou. Un gémissement furieux franchit mes lèvres quand il approche les siennes.

– Toi, si. Tu me veux. Tu veux que je te veuille, Kelly.

– C'est réciproque n'est-ce pas ? Toi aussi, tu as envie de moi, Tyler. Je n'ai pas besoin de vérifier que tu es aussi excité que je le suis en ce moment. Combien de temps tu crois qu'on va tenir ?

Ma bouche vient frôler la sienne de façon lascive. J'ai tellement envie qu'il m'embrasse !

– Avant de se détruire ou de se sauter dessus ? demande-t-il.

– Les deux ?

– Pas longtemps.

Il enserre ma taille. Ses lèvres fondent sur moi.

33

Tyler
Présent

L'exquise piqûre du désir me démange les lèvres, à un souffle des siennes. Je sens son pouls frapper vivement ma paume qui encercle son cou. Sa peau chaude, à travers son fin chemisier, s'embrase encore plus sous ma main possessive autour de sa taille.

Il n'y a pas qu'elle qui s'enflamme. Moi aussi, je brûle d'envie de l'embrasser.

– Kelly ?

– Hmm ?

Je recule légèrement la tête pour la contempler. Ses paupières clauses sont maquillées d'un fin trait d'eye-liner noir. J'ai envie de la retourner sur la longue table de réunion et de lui arracher cet air insolemment provocant qu'elle trimballe partout avec elle comme un tatouage indélébile. Il n'y a que lorsqu'elle comprend que c'est moi qui domine que Kelly se laisse enfin contrôler. Et le seul moment où elle le comprend, c'est quand je la pousse à le faire, en lui donnant tellement de plaisir que ses tentatives d'insubordination fondent telle une couche de neige au soleil.

Ma paume sent quand elle déglutit, après avoir humecté ses lèvres sensuelles, dans l'attente évidente de mon baiser.

– Pourquoi tu as fermé les yeux ? chuchoté-je près des courbes de sa bouche.

Elle relève les cils, l'esprit un peu embrumé par des envies que je ne connais que trop bien.

– Je croyais que… Tu ne vas pas… ?

– Non. Tu aimerais bien trop ça.

Mon air cruel la pousse à se dégager de mon emprise. Elle me décoche un regard mauvais.

– Tu sais que tu es devenu un enfoiré ?

– Merci du compliment.

Son petit visage est en rogne.

– Ça t'amuse de jouer avec moi ? De me faire miroiter un baiser, puis de me le refuser ?

– Je ne t'ai rien promis, assuré-je en haussant les épaules. Je ne suis pas responsable de tes élucubrations à mon sujet.

Les iris pleins de défi – comme toujours –, elle fait un pas en avant et pose son index manucuré à l'endroit où bat mon cœur.

– Tu sais ce que je vois, Tyler ? Un froussard. Tu n'oses même pas m'embrasser parce que tu as peur de ne pas être capable de t'arrêter. Tu crains de te rendre compte que, dans tout le méli-mélo bipolaire des sentiments que tu renfermes juste là, tu m'aimes toujours.

Je marmonne intérieurement un juron en serrant les dents pour qu'il ne m'échappe pas. Rien que pour cette capacité qu'elle a de se frayer un chemin dans ma tête, je la déteste.

– Pas du tout.

Sa bouche se redresse fièrement vers la mienne. Cette fois, elle garde les yeux ouverts.

– Prouve-le-moi.

Je pose mon doigt sur sa lèvre inférieure, dont la douceur semble me supplier de passer à l'acte, penche la tête, hume son parfum de rose boisée et glisse vers son oreille pour chuchoter :

– Tu ne m'auras pas avec de la psychologie inversée, Kelly. Trouve autre chose.

Je l'entends soupirer de frustration quand je me redresse pour la dominer de ma hauteur. Il est temps de redevenir sérieux. Notre petit jeu pourrait m'emmener plus loin que je ne le souhaite.

– J'accepte tes rendez-vous.

Uniquement pour le bien de ma relation avec Bri, essayé-je de me convaincre.

– Vraiment ?

– Tu m'enverras l'adresse et l'heure à chaque fois. Que ce soit clair : ça ne veut pas dire qu'on est de nouveau ensemble.

– Pour l'instant, rétorque-t-elle, tout sourire.

J'ai besoin de mettre de la distance entre elle et moi avant de me faire piéger.

Encore une fois.

– Jusqu'à preuve du contraire, c'est encore moi qui détiens le plus de parts ici. Tu auras peut-être un droit de consultation lors des décisions de l'entreprise, mais je reste le boss tant que Caleb ne te vend pas ses parts. Tu insistes pour rester ? Soit.

Je me dirige calmement vers la table pour chercher le dossier que j'ai préparé, me régalant d'avance de sa future réaction. Je remarque ses traits suspicieux quand je lui tends la chemise cartonnée.

– Ta première cliente s'appelle Claire Ridge et… elle se trouve à Portland.

Ses sourcils se froncent de confusion.

– C'est à des milliers de kilomètres dans le Nord !

– Tu connais ta géographie. Ah oui, il n'y a qu'en maths que tu avais des tares !

Je peux l'entendre m'insulter silencieusement.

– La cliente veut une maison de vacances qui ressemble à la sienne, indiqué-je.

– Pourquoi elle ne nous envoie pas des photos ou des vidéos de son logement actuel ?

– Je lui ai dit que ce ne sera pas nécessaire parce que c'est toi qui vas aller les chercher et te débrouiller pour lui trouver un bien équivalent ici, sur la côte.

Elle feuillette le dossier furtivement.

– Tu ne m'en crois pas capable, n'est-ce pas ?

C'est vrai. Je veux tester ce qu'elle vaut en lui donnant une tâche relativement difficile. Les déplacements sont fréquents dans le milieu, mais nous allons rarement jusqu'à prendre l'avion pour nos clients, sauf s'ils ont la main facile sur le porte-monnaie, ce qui est le cas de Ridge. Le hic, c'est que, bien souvent, plus ils sont friqués, plus leurs exigences sont grotesques. Sa patience sera mise à rude épreuve. J'ai hâte de voir comment elle va s'en sortir, mais surtout, ça devrait l'occuper suffisamment pour que je ne voie pas ses jolies fesses parader dans les couloirs de l'agence.

Un bruit de porte qui s'ouvre est rapidement suivi de la voix de Caleb.

– Je dérange ?

Kelly me toise avec ses yeux fumants de ténacité.

– Tu peux m'envoyer en Antarctique, Tyler, je reviendrai. L'année prochaine, c'est moi qui aurai ton titre de meilleur agent ! Caleb, dit-elle en pointant mon pote du doigt, on a des choses à régler plus tard.

Caleb, dont les traits sont manifestement distendus par un amusement à peine voilé, se rapproche de moi quand elle sort d'un pas énervé.

– Tu veux savoir ce que j'en pense ?

– Non, refusé-je, bien conscient que ça ne l'empêchera pas de partager avec moi les profondeurs de son cerveau impudique.

– Elle est délicieuse.

Ma jalousie traverse mon corps avec une frénésie qui

me donne envie de lui en mettre une. Ou deux. Je ne veux pas savoir si ses yeux enjoués et ses lèvres retroussées dangereusement sont les signes qu'il se moque éperdument de moi ou s'il est vraiment intéressé par mon ex. Dans les deux cas de figure, ça ne me plaît pas du tout.

– Je ne pensais pas avoir besoin de te le spécifier clairement : tu ne touches pas à Kelly.

Mon ton est ferme, exactement le même que j'ai employé lorsque j'ai mis un embargo sur tout rapprochement plus que fraternel entre lui et Briana. Ma petite sœur adore mon associé. Ils ont réussi à créer une douce entente qui me met du baume au cœur chaque fois que je les vois ensemble. D'une certaine façon, Caleb est devenu son second grand frère, le plus gentil et le plus conciliant. Mais c'est tout. Ça n'ira pas plus loin. Aucun de mes deux points faibles ne tombera dans le piège de son petit jeu de charme.

– Qui a dit que je parlais d'elle ? Elle, je le savais déjà.

Je fronce les sourcils.

– Tu parles de son amie ?

– J'ai toujours eu un faible pour les blondes, souffle-t-il, le regard empli d'appétit sexuel.

Comment j'ai pu ne pas anticiper ça ?

– Tu as toujours eu un faible pour tout ce qui a un vagin, Caleb.

– Je n'ai pas couché avec Mila, se défend-il.

Je ne sais pas si je dois rire ou écarquiller les yeux tellement je n'en crois pas mes oreilles.

– Je te rappelle que, à la base, elle devait travailler pour moi. Elle est devenue ton assistante, à toi aussi, parce que tu t'es tapé toutes les précédentes.

– Je me suis assuré que le scénario ne se répète plus.

Lorsque je vois la trace de rougeur sur sa joue gauche, le pli s'accentue au milieu de mon front.

– Qu'est-ce que tu as à la joue ?
– Elle m'a giflé, dit-il en souriant.
Un sourire d'amusement et de sidération.
– Attends… Annie ?
Il approuve d'un mouvement discret des lèvres. Je rejette la tête en arrière et me fends longuement la poire en applaudissant le comportement de notre nouvelle employée.
Seulement après avoir ri au point d'agacer Caleb, je lui demande :
– Je suis certain que tu l'as mérité mais, par curiosité, qu'est-ce que tu as fait ?
– Je lui ai dit que j'allais la mettre dans mon lit.
– Excellente approche, approuvé-je avec une incrédulité ironique. Je ne comprends pas ce qui a pu mal tourner.
Il croise sereinement les bras.
– Rien du tout. J'ai eu la réaction que j'espérais.
– Tu voulais qu'elle te gifle ?
– Pas exactement. Je voulais qu'elle se mette à penser à moi. Les femmes raffolent des bad boys qui deviennent gentils rien que pour elles.
Son regard se perd devant lui. Je ne l'ai jamais vu avec cette expression viscérale de défi au fond des pupilles. Je peux sentir d'ici sa détermination.
– Elle m'a giflé, Tyler. Elle a pris sa petite main et a enflammé ma joue. Je vais prendre un plaisir à lui rendre la pareille, sur toutes les autres parties rebondies de son corps.
– Bonne chance. Tu vas avoir de la concurrence en provenance des deux sexes.
Il pose des yeux excités sur moi, comme si je venais de lui annoncer que son équipe de basket préférée avait remporté une compétition.
– Elle est bisexuelle ? Elle me rend déjà fou, Tyler.

– Attends de mieux la connaître et ce sera totalement justifié. Annie est… pas pour toi. Lorsque je l'avais en cours, elle piaillait tout le temps. À cheval sur la ponctualité, le respect, la politesse… En somme, tout ce que ton attitude envoie bouler chaque jour.

Toujours déterminé, il hausse nonchalamment ses larges épaules.

– On dit que les contraires s'attirent. N'est-ce pas ce qu'il se passe entre Kelly et toi ?

Je décide de ne pas répondre à cette remarque plus véridique que je ne le voudrais. Les yeux de Caleb se remplissent de cette lueur malveillante qui lui est propre.

– Cède-lui, Tyler. Tu en meurs d'envie. Pourquoi tu es autant opposé à l'idée qu'elle reste ?

– Elle est bien plus maligne que moi. Elle ne perd jamais le nord, ne perd jamais de vue un objectif. Elle a toujours été prête à tout pour m'avoir, mais jamais au détriment de sa propre personnalité. Elle ne se plie que quand ça l'arrange, et c'est bien la seule capable de déjouer tous mes plans. Méfie-toi d'elle.

Il se gratte le menton, désapprobateur.

– Mec, c'est toi qu'elle veut, pas moi. Faites-vous la guerre, faites-vous l'amour, faites des mini-vous, mais surtout faites que ça reste entre vous.

Il se redresse, un nouveau sourire étrange aux lèvres.

– Au fait… j'ai accepté de lui rendre un petit service. Je m'en excuse d'avance.

Qu'est-ce que ça signifie ?

Je n'ai pas le temps de le lui demander : il disparaît dans le couloir. Quand je rejoins son bureau, je le trouve en train d'accueillir un de nos clients. Je décide de poser la question plus tard.

***

J'aurais dû lui poser la question.

Mon karma a un goût amer. Une saveur acide créée par mon ex-élève, qui se tient devant moi, et mon associé, facilement comparable à Judas pour sa traîtrise.

Une fortune foutue en l'air. Je parle du canapé entaillé à plusieurs endroits, de mes chaises qui n'ont plus de pieds, de mon tapis taché d'un liquide rouge ressemblant fort à du vin, de ma lampe qui gît sur le sol.

Devant moi, au milieu de la pièce, sont posées toutes les bouteilles de mon bar. Vides.

Elle-même se tient, jambes croisées, sur le comptoir de la cuisine.

– Maintenant, on peut dire qu'on est quittes par rapport à l'histoire de la moto, déclare-t-elle en me lâchant un sourire espiègle.

Je suis encore sidéré quand elle descend du comptoir, frôle mon torse de sa main, monte sur la pointe des pieds et me souffle doucement à l'oreille :

– Bonne nuit, monsieur Evans.

– Pas si vite, mademoiselle Moore.

Je la retiens par la taille, puis la fais pivoter de manière à avoir les boucles de ses cheveux contre mon torse.

– Tu es fière d'avoir saccagé mon appart ?

Notre proximité lui donne des frissons, que je sens en caressant ses bras dénudés du bout des doigts. Déstabilisée, elle prend du temps pour réagir.

– Rends-moi la clé que Caleb t'a donnée.

– Je la lui rendrai directement.

Ma main se pose sur son sweat-shirt dont elle a relevé les manches, naviguant de sa taille à la poche juste devant son ventre. Toutes mes contradictions dansant dans mon crâne, je profite de cette excuse pour la sentir contre moi. Ma main trouve la clé immédiatement. Kelly se laisse faire, savourant mon contact, les yeux à demi fermés.

– Tu croyais encore que j'allais t'embrasser quelque part ?

Puisque j'ai récupéré ce qu'il me fallait, je m'éloigne légèrement d'elle.

– Je ne suis pas si impatiente. Je sais me faire désirer. On ira dîner dès que j'aurai bouclé mon premier dossier. Je t'enverrai l'adresse. Bonne soirée, Tyler.

Sur ces mots, elle quitte mon appart. Je la laisse partir. Elle arbore un sourire que je ne peux pas interpréter.

Quand la sonnette retentit quelques minutes après, j'ouvre la porte, espérant, malgré moi, la revoir devant ma porte. J'essaie de cacher ma déception en constatant qu'il ne s'agit pas de Kelly.

– Briana.

Ma sœur se tient devant moi.

– Coucou, Ty. Je tombe mal, peut-être ?

– Non, tu es toujours la bienvenue. Viens.

Je me décale pour la laisser entrer.

– Tu t'es fait cambrioler ? demande-t-elle, les sourcils froncés d'inquiétude.

– Longue histoire, soupiré-je. Mais rien qui vaille que tu te fasses du souci.

Elle m'observe, peu convaincue.

– Il n'y a vraiment rien de grave, Bri ! Pourquoi tu sautilles comme ça ?

– J'ai urgemment besoin d'utiliser tes toilettes ! Tu m'expliques après ?

Je me sers un verre d'eau dans la cuisine en réfléchissant à la tournure des choses. Je savais que, Caleb associé à Kelly, c'était une mauvaise idée.

– Tyler ? m'appelle ma sœur depuis l'intérieur de ma chambre.

– Oui ?

– Tu n'as plus de lit ?

La situation n'a rien de drôle. Pourtant, un petit rire

m'échappe entre deux gorgées. Je ne suis même pas surpris. Kelly est cinglée. Je n'ai jamais vu quelqu'un de plus cinglé de toute ma vie.

– Apparemment !

– Et tu es au courant que certains de tes vêtements ont été découpés ? C'est très bizarre, Ty ! Tu ne veux pas qu'on rapporte l'effraction ?

Je ressens soudain l'effroi d'une pensée désagréable. En quelques enjambées, je me précipite dans la chambre, ouvre mon placard et m'aperçois que la boîte a été déplacée. Au lieu d'être cachée, derrière la valise, elle est mise en évidence devant celle-ci.

Elle l'a vue.

Non seulement elle l'a vue, mais elle voulait que je sache que c'était le cas. J'ouvre le couvercle et retrouve avec soulagement le pull que je portais, ainsi que le coquillage qui a fait office d'alliance cette nuit-là.

Cette nuit où mon cœur, abusivement épris, et mon esprit, frugalement alcoolisé, lui ont demandé de m'épouser…

34

Tyler
Cinq ans plus tôt

– Il s'agit d'une très mauvaise idée.

Mes doigts se resserrent nerveusement autour du volant de la voiture. La nuit est tombée si vite ! Le ciel affiche déjà une demi-lune enclavée entre les nuages. Les phares illuminent le chemin vers le guet-apens dans lequel je suis naïvement tombé.

– Non, c'est une idée risquée, nuance Kelly.

Ma petite amie – parce que c'est ce titre qu'elle porte, désormais – s'est alliée avec ma petite sœur et sa meilleure amie pour me convaincre de les emmener au concert de John Mayer. J'ai dit non à maintes reprises, mais ces trois-là, ensemble, sont comme les *Totally Spies*, *Les Super Nanas*, ou tout autre trio d'héroïnes déterminées qu'on retrouve à la télévision. Avec la complicité d'Helena, elles ont créé un méli-mélo de mensonges pour pouvoir quitter la ville tout le week-end, chacune étant censée dormir chez les autres, ou un truc comme ça. Lorsque Kelly et moi avons joué aux probabilités, dans le Minute Bar, j'ai accepté de l'emmener où elle le souhaiterait. Elle n'a pas hésité à remettre ça sur le tapis pour me faire céder.

– C'est la même chose, tu ne fais que jouer sur les mots, Kelly. On devrait rester cachés.

– On part à Miami ! Personne ne nous reconnaîtra là-bas ! se défend-elle.

Je lance un regard à Bri à travers le rétroviseur intérieur.

– On fera attention, promet-elle.

Mes yeux dévient vers Annie, à ses côtés.

– Dans d'autres circonstances, j'aurais dit non, mais c'est John Mayer ! John Mayer, le plus grand chanteur de toute une génération !

– Pas la mienne, soupiré-je sans essayer de cacher mon ennui.

Je n'écoute pas ce type. Enfin, je ne l'*écoutais* pas. Depuis le début de notre trajet, elles le mettent en boucle dans la voiture, chantonnant toutes les paroles. La plaie a l'air particulièrement ravie d'aller voir sur scène l'un de ses artistes préférés. Je dois reconnaître que la voir sourire est plutôt agréable.

Ne résistant pas à l'appel de la cuisse nue de Kelly, ma paume quitte le volant pour se poser sur elle. Je sens sa peau douce frissonner à mon contact. Je tourne la tête pour constater qu'elle a les yeux posés sur moi. Des yeux qui me suggèrent qu'elle a hâte qu'on arrive à destination.

– Impatiente ? demandé-je un peu fort pour couvrir la voix du chanteur, qui résonne dans la voiture.

Elle me fait « oui » de la tête. Mon pouce dessine de petits cercles de plus en plus prononcés sur sa cuisse.

– Oui ! répondent en chœur les deux autres, derrière.

Je souris à Kelly. Elle seule sait que je fais allusion à ce qui va se passer après le concert. Le seul avantage à les accompagner à plusieurs heures de route de notre petite ville, c'est de pouvoir passer toute une nuit avec elle. Mes sens s'embrasent d'avance à cette idée. Elle n'a pas besoin de me le demander explicitement : son regard communique ce que j'ai besoin de savoir. Ce soir, je vais me repaître de son corps jusqu'à apaiser mon appétit d'elle, si c'est chose possible.

– De voir Joshua Miller ?

– John Mayer ! rectifie, pour la dixième fois au moins, Annie.

Je fais à peine attention à ce qu'elle dit, absorbé par la douceur fraîche de la peau de ma petite amie, qui ose encore me répondre par l'affirmative.

– On va crier son nom du début à la fin ! me provoque-t-elle.

Le timbre de ma voix, quand je réplique, est comme ma main qui s'enfonce dans sa chair : il n'a rien de rassurant.

– Vraiment ?

– Tu vas adorer ! m'assure-t-elle.

Un châtiment corporel répétitif, sur une durée de douze heures, serait plus doux que d'assister à pareil concert.

Trente minutes plus tard, nous atteignons notre hôtel à South Beach. Dès qu'on pénètre dans le hall d'entrée, Briana étire les bras et crie :

– Je me sens liiibre !

J'ai envie de ricaner. Il lui en faut tellement peu ! J'aimerais avoir sa candeur.

– Déride-toi un peu, Tyler ! m'enjoint Annie.

Elle me sourit de toutes ses dents – un franc sourire qui illumine ses yeux bleus. Qui est cette fille ? Si je savais que la méthode pour la faire devenir moins chiante était si simple, j'aurais glissé des morceaux de l'artiste quelquefois en cours.

– Bizarre, Annie : tu parles, et je n'ai pas envie de me pendre.

– Ha, ha, très drôle ! Briana ? dit-elle en passant un bras autour des épaules de ma sœur. Je n'aurais jamais pu deviner que ton frère et toi étiez de la même famille. Tu es si polie et réservée, alors que, lui, il est du genre : « Hey ! Regardez, je fume dans les couloirs, je mets mes pieds sur la table, je joue en classe. Je montre le meilleur exemple à mes élèves ! »

Je pouffe de rire.

– Ah, ça y est, le mal de crâne revient ! L'ordre normal des choses.

– Enterrez la hache de guerre, s'il vous plaît, intervient Kelly dans notre dos, accompagnée d'un bagagiste. Voici nos clés.

– Ça va aller, vous deux ? demandé-je à Annie.

Elle échange un regard complice avec ma petite sœur.

– Il n'y a pas de raisons que ce ne soit pas le cas.

– Je veux faire un tour rapide près de la piscine. L'hôtel a l'air incroyable ! déclare Bri.

Mon bras se glisse autour de la taille de Kelly.

– Très bien. On vous retrouve ici dans quinze minutes.

Le bagagiste nous devance dans l'ascenseur. Sa présence m'empêche d'avoir les mains baladeuses. Puis je me rappelle qu'on est à des kilomètres de cette ville vicieuse dans laquelle nous sommes obligés de nous cacher, à l'instar du gibier évitant ses prédateurs. Plus que quelques semaines et je m'en irai, l'âme soulagée et l'esprit tranquille.

Je pose tendrement un baiser sur la tempe de mon élève préférée. À travers le miroir, elle nous regarde intensément, capturant notre reflet dans sa mémoire. Kelly est tout mon contraire. Elle ne s'enferme pas dans les zones d'ombre ou de tristesse de son cœur. Elle fait toujours semblant d'être heureuse, en se disant qu'à force de se le répéter, cela deviendra tôt ou tard vrai. Elle m'a confié que, depuis qu'elle est petite, elle a forgé ce masque souriant qu'elle plaque sur son visage comme une pommade qu'elle appliquerait quotidiennement. Une hypocrisie qui relève d'une force de caractère que je suis loin d'avoir.

Annie a raison. Moi, je ne fais pas semblant, dans le

bien comme dans le mal. Je me fous de tout. Je fume si je veux, je bois à m'en brûler le foie, si j'en ai envie, je joue et je réponds comme bon me semble. Je n'étais pas fait pour devenir prof. Le seul truc qui m'a maintenu la tête hors de l'eau, lorsque ma mère a tué mon père, c'est Briana. Je ne peux pas devenir un parfait modèle de pureté pour ma petite sœur, mais je veux lui apporter la protection qui lui a manqué.

La voix automatisée de l'ascenseur me pousse hors de la cage de mes souvenirs embrumés de douleur.

L'hôtel répond à des exigences en matière de luxe. C'est peut-être ma pièce d'identité, mon nom et mon argent qui ont réservé nos chambres, mais c'est Kelly qui a organisé tout le reste. Elle se plierait en quatre pour Annie, qui le lui rend plutôt bien. Quiconque ferait du mal à l'une prendrait de sévères remontrances de la part de l'autre. Il m'arrive d'être jaloux de leur relation, puis je relativise et me dis que je suis ravi de savoir que ma petite sœur est entre d'aussi bonnes mains.

Après que l'employé de l'hôtel a laissé nos sacs dans la chambre, nous la découvrons enfin. Les pieds de Kelly dépassent le lit, les lampes LED qui le décorent au sol, et se précipitent directement vers les grandes vitres.

– La chambre est magnifique ! Regarde-moi cette vue : je donnerais cher pour la voir tous les jours !

Mon élève plaque ses deux mains contre la baie vitrée tandis que je reste près de l'entrée, dans la chambre baignée d'une douce pénombre, à mater son derrière.

– Je n'aurais pas dit mieux.

Elle pivote et me fait maintenant face, toujours à une distance qui commence sensiblement à m'énerver.

– Ça va être génial ! Annie attend de le voir depuis ses 12 ans !

– C'est l'âge limite pour être fan de ce type.

Elle glousse, puis feint d'être irritée.

– JE suis, moi aussi, fan de lui !

– Un défaut sur lequel nous allons travailler, désormais.

– Sois gentil, d'accord ? C'était son souhait avant de mourir.

Mon cœur manque un battement ridicule, que je ne m'explique que par le fait qu'au fond, j'apprécie Annie. Quelle horreur !

– Elle va… ?

Kelly, soudainement amusée, rigole en devinant la fin de ma question.

– Oh, non ! C'était hypothétique. Je lui ai demandé ce qu'elle voudrait faire si elle devait mourir le lendemain et… (Elle hausse les épaules.) On est en train d'accomplir son rêve.

– Et quel serait ton souhait, à toi ?

– Moi, je l'ai déjà accompli.

Une vilaine curiosité sévit sur mes traits, qu'elle peut discerner faiblement dans cette ambiance tamisée.

– Qu'est-ce que c'était ?

Elle baisse les yeux et caresse du pouce son collier, un peu timidement.

– Tu vas trouver ça bête.

– C'est à moi seul d'en juger, tu ne crois pas ?

Cette fois, c'est un de ses ongles qu'elle prend pour victime, le triturant avec ses dents.

– Je voulais perdre ma virginité… avec toi.

Les mots qu'elle me confie réveillent un tout nouveau désir au creux de mes reins.

– Et pourquoi tu as pensé que j'aurais trouvé ça ridicule ?

– Parce que ça tourne autour de toi. J'aurais pu avoir d'autres pensées, d'autres rêves, comme passer une journée entière avec mes parents, ou visiter une nouvelle ville, ou déguster tous les plats du monde, ou nager avec des dauphins. Mais… (Elle baisse à nouveau les yeux.) Je te voulais, toi. Depuis que je t'ai rencontré, mon monde tourne autour de toi, Tyler. Tellement que, parfois, j'ai l'impression d'être pathétique.

Sa vulnérabilité, qu'elle ne laisse apparaître que devant une poignée de personnes, dont je fais partie, me touche toujours plus intimement.

– Viens ici.

Elle relève lentement le menton. Son visage paraît soudain refouler la nervosité qui monte en elle.

– Tyler, si tu commences…

Je souris.

– Je n'ai encore rien fait, Kelly, dis-je d'une voix grave.

– Je connais ce regard. Tu as dit qu'on en avait pour quinze minutes.

Je m'avance de plusieurs pas, étouffés par la moquette. La chambre se charge en électricité.

– On est encore dans les temps.

Sous son tee-shirt, sa poitrine se soulève et s'abaisse. Kelly fournit des efforts pour ne pas se jeter entre mes mains, même si elle en meurt d'envie.

– Tu n'es pas du genre « coup rapide », me taquine-t-elle.

J'anéantis la distance qui me sépare du lit et pointe deux doigts dans sa direction.

– Viens ici, Kelly.

– Tu sais que je suis partante, mais on était juste censés déposer les valises. Si on est en retard, Annie va…

Elle n'a pas le temps de finir. Ma main, impatiente, saisit la sienne et l'attire contre moi.

– Chut… Tu parles beaucoup trop d'elle, et pas assez de ce que, toi, tu veux.

Je cale une de ses boucles derrière son oreille. J'ai le temps d'apercevoir une lueur de pur désir traverser ses yeux marron avant de plonger la tête dans son cou pour en mordiller la fine peau toute chaude.

– Je ne t'ai jamais trouvée pathétique, Kelly. Pas une seule fois. Il y a moins de dix minutes encore, je me répétais à quel point tu étais bien plus forte que moi. Tu es d'une détermination invincible et tu ne devrais pas avoir honte de tes désirs. Là où, moi, j'ai mis du temps à accepter l'évidence, tu as assumé ce que tu voulais dès le début. C'est putain de bandant. Le fait que tu me veuilles comme dernier souhait me rend fou de joie.

Je redresse la tête et mon doigt dessine le pourtour de ses lèvres.

– Si tu savais à quel point, moi, j'ai envie de toi, Kelly ! Le nombre de fois, dans une journée, où je pense à toi… Je suis sûr que c'est inhumain. Je me réveille et je m'endors avec des hallucinations de ton sourire.

Elle me gratifie d'un de ses sourires, justement. Je pose mes lèvres sur les siennes, doucement, presque trop légèrement.

– Tu sais ce que je préfère chez toi, en dehors de ton intelligence, de ta confiance en toi et de ton audace sans limites ?

– Mon amour pour le non-respect des règles ? demande-t-elle avec l'espièglerie habituelle qui anime son être.

J'aurais pu rigoler si j'étais moins absorbé par ma nouvelle tâche. Je sens sa peau frissonner sous la caresse de mes doigts, qui remontent le long de ses cuisses, jusqu'à son tanga. Elle retient sa respiration pendant que je soulève sa jupe et joue avec l'élastique du sous-vêtement.

– Tes petites jupes, soufflé-je près de son oreille.

J'aime l'idée que les autres puissent imaginer ce qu'il y a en dessous, tout en sachant que je suis le seul à pouvoir posséder ce que tu caches.

Kelly se mordille la lèvre que je viens de goûter d'une façon outrageusement sensuelle.

– Donc, comme ça, tu comptais aller crier le nom d'un autre ce soir ?

– C'est généralement ce qu'on fait à un concert !

Un joli rire badin s'envole de sa bouche pour venir chanter à mon oreille.

– Hmm… Je n'aime pas le ton que tu emploies, Kelly. Tu devrais gentiment reconnaître tes torts.

Je la taquine. Elle me décoche un grand sourire. Ma petite tape sur les fesses lui fait pousser un gémissement. Je n'en reviens toujours pas qu'elle aime ça autant que moi. Elle est parfaite pour moi. Elle est à moi.

– Tyler…

J'aime beaucoup trop la façon dont mon nom sonne quand elle le dit avec cette voix noyée de désir. Mon sang se concentre dans mon sexe, ma main va à la rencontre du sien. Je l'embrasse goulûment, savourant chacune de ses lèvres, comme si je les découvrais pour la toute première fois. Après tant de semaines à résister à mon envie d'elles, je profite de chacun de nos moments pour rattraper le temps perdu. L'une de mes mains s'ancre dans la courbe insolente de sa hanche pendant que l'autre trace son chemin entre ses jambes, vers le point le plus chaud de toute son anatomie.

– Le concert, Tyler…

Malgré sa plainte avalée, elle m'accueille dans son intimité.

Ses paupières se ferment et elle enfonce ses ongles dans la chair de mes épaules.

– Tu sais que je n'en ai rien à foutre. Je ne suis là que pour toi. Si on ne devait pas aller voir cet énergumène, je t'aurais déjà arraché un orgasme. Un d'une longue série. Mais je me réserve ce plaisir pour plus tard. Si tu restes sage.

Mon pouce joue habilement avec son clitoris, lui soutirant un halètement. Je vis pour cette expression lubrique que mes caresses provoquent sur son joli minois. Je mordille ses tétons tendus à travers son débardeur blanc. En plus d'avoir un souci avec l'obéissance, Kelly en a également un avec les soutiens-gorge. Depuis notre rencontre, j'ai l'impression qu'elle n'en met jamais.

Pour mon plus grand plaisir.

– Tyler, s'il te plaît…

Je retire ma main, juste pour la mettre au supplice.

– Tu es frustrée, Kelly ?

– Oui… souffle-t-elle timidement d'une voix tremblante.

– Chaque fois que le nom de l'artiste essaiera de franchir tes lèvres, je veux que tu penses à mes doigts sur toi… *en toi*. Pense aux cris de plaisir et de frustration que, *moi*, je fais naître en toi.

Ma bouche encercle son autre téton.

– Si tu m'obéis et que tu ne dis pas son nom une seule fois, je saurai te récompenser.

– Tu es ignoble !

Je saisis sa nuque et dépose un violent baiser sur ses lèvres, chargé de tout mon propre désir retenu.

– Je t'attends en bas. Tu vas devoir changer de débardeur.

Puis je me détourne, la laissant dans la chambre avant qu'elle ne se décide à me tenter avec ses seins nus.

Ce week-end me fait penser à un voyage scolaire. La seule différence, c'est que je n'ai que trois élèves à me coltiner, et je couche avec l'une d'entre elles.

Kelly nous rejoint assez rapidement et, tous ensemble,

nous nous rendons jusqu'au lieu qui justifie notre présence dans la *Magic City*[1].

Je passe en revue la queue infernale, toutes les filles qui, avec leurs *goodies* à l'effigie du guitariste, chantonnent en chœur des chansons devenues bizarrement entraînantes. Ces dernières commencent à s'insinuer dans mon cerveau tel un marteau-piqueur qui force le passage dans un sol en béton. Des mini-Annie, hystériques à l'idée de rencontrer leur star préférée ? Je vais mourir !

À l'entrée, on nous échange nos billets contre des bracelets nous permettant d'entrer et de sortir comme bon nous semble. Kelly a sûrement dû claquer une fortune pour nous dégoter des places tout devant.

En attendant que John arrive, j'attrape ma petite amie par la taille et colle son dos à mon torse.

– Ce n'était finalement pas une mauvaise idée, soufflé-je contre son oreille.

Elle me sourit, place nos mains entrelacées en évidence et les prend en photo.

– Elle ira parfaitement avec les paroles de ma chanson préférée.

– C'est laquelle ?

– Essaie de deviner.

C'est ce que je fais. J'écoute le type chanter pendant de longues minutes, me laissant entraîner par les légers mouvements de hanches de Kelly. De temps en temps, je jette un coup d'œil à Bri. Sa main dans celle d'Annie, elle est sur un moelleux nuage de bonheur. Elle doit avoir mal aux muscles du visage à force de sourire autant. Impossible qu'il en soit autrement.

J'ai envie de figer le temps. Je n'ai besoin que de ça. J'aimerais que toute ma vie soit aussi simple que ce

1. Surnom donné à la ville de Miami.

portrait de nous quatre, heureux, qu'elle soit aussi lumineuse que les projecteurs qui éclairent la scène en face, aussi douce que les notes de guitare de ce charlatan qui a réussi à me convertir.

Il me faut un peu de temps pour réaliser quel est le son préféré de Kelly lorsqu'il l'interprète. C'est celui qui me ressemble le plus. La chanson regroupe mes doutes, mes a priori sur moi-même et sur notre relation.

« *I can fake it and pretend*
I don't wanna see your face again
And I can find me someone new
But all I want is to be with you[2] »

– C'est celle-là, affirmé-je à voix basse.

Elle se retourne et passe ses mains derrière ma nuque pour m'embrasser.

– Je savais que tu la reconnaîtrais.

Ses yeux s'accrochent longtemps aux miens.

– Je t'aime, Tyler.

Les mots résonnent en moi, forts, violents, de toute leur signification. Ce n'est que la deuxième fois qu'elle me le dit, mais je sais qu'elle le pense chaque jour. Un peu comme moi.

– Je t'aime, Kelly.

Bordel ! J'adore John Mayer, c'est officiel.

Une main vient interrompre ce magnifique moment de plénitude totale. Le visage paniqué, Annie nous fait de grands gestes pour nous inciter à nous séparer.

– Jenna est là ! Deux rangs à peine derrière nous !

---

2. « Je peux faire semblant et prétendre / Que je ne veux plus voir ton visage / Que je peux trouver quelqu'un d'autre / Mais tout ce que je veux, c'est être avec toi. » *All I Want Is to Be With You*, John Mayer.

– Oh, cool ! Tu devrais aller la saluer, lui répond Kelly.

Qui est Jenna ?

– Elle a eu la même super idée que nous, celle de venir avec un adulte. Elle est là avec son père, Kelly !

Aussitôt, mes bras se décollent de ma petite amie, sur laquelle un écriteau « interdit » vient d'apparaître.

– Merde !

– Annie, on va devoir…

– J'ai eu ce que je voulais, je t'assure ! Vous m'avez fait le plus beau des cadeaux. Prenons la fuite avant qu'on ne vous voie.

– Tu n'as qu'à rester ici avec Bri, lui dit Kelly. On passera vous chercher à la fin.

Sans attendre sa réponse, qui, à n'en pas douter, aurait été négative – Annie préférant se sacrifier pour son amie –, Kelly me tire par la main vers l'extérieur.

– Tu es sûre que c'est une bonne idée de les laisser seules ? ne puis-je m'empêcher de demander.

– Elles sauront se débrouiller. Quiconque viendra gêner Annie, alors qu'elle écoute sa star préférée, risque d'en subir les conséquences.

– Ça ne me rassure pas, Kelly. Elle est ici sous ma protection. Je n'ai pas envie qu'il y ait des esclandres.

– Fais-moi confiance, me demande-t-elle une fois que nous sommes sortis.

Je l'écoute, pas parce que Kelly est la reine des jeux dangereux, desquels elle finit par se sortir indemne, mais parce que je me dis qu'il ne reste que deux heures avant la fin. Elles sont tout à l'avant, et Annie a un franc-parler qui la sortirait de beaucoup de situations désagréables.

– On fait quoi maintenant ?

Ses mains m'invitent à la suivre avec une facilité qui me laisse penser qu'elle attendait la question.

– Du tourisme ! J'ai repéré une boutique quand on est arrivés. Je veux nous acheter des souvenirs. Pour ne jamais oublier cette soirée.

Une heure plus tard, affublés de nos nouveaux pulls estampillés au nom de la ville, repus de hot-dogs et de bière sucrée, nous nous retrouvons sur une plage tellement déserte que je me demande si on a le droit de la fréquenter à cette heure. L'obscurité n'enlève rien au charme des lieux. Le bruit des vagues est apaisant, la fraîcheur salée, revigorante, et Kelly… Kelly est magnifique quand elle est heureuse.

– Quand on sera vraiment libres et que j'aurai mis Bri à l'abri, on se mariera, lâché-je comme ça, comme une mine qui n'a pas su attendre le bon moment pour exploser.

Elle plonge des yeux surpris dans les miens.

– Tyler… tu… Serais-tu en train de me demander de t'épouser ?

– Peut-être, sauf si tu ne veux pas.

– Tu ne trouves pas que je suis trop jeune pour penser à ça ?

– Si on était dans la tribu des Korowai, tu serais considérée comme beaucoup trop vieille.

OK, je suis ivre.

De bonheur, d'alcool… d'elle. Je suis ivre d'elle, de son parfum de rose, de ses cheveux bouclés, de son teint contrastant avec le mien, de sa bouche toujours gourmande.

– On aurait dû se rencontrer là-bas ! décrète-t-elle naïvement.

– Ils sont cannibales. J'aurais eu le droit de te manger.

– Wow ! C'est la demande en mariage la plus romantique que j'ai jamais eue !

Je rigole d'abord, puis, quand je prends conscience d'une chose que sa phrase insinue, mon visage se renferme un peu. Elle semble se rendre compte de ce qui me mine.

– Todd ne m'a jamais… Mes parents avaient décidé pour nous. Tu es le seul qui compte, Tyler.

– Laisse tomber, j'ai trop bu. C'est… c'était ridicule.

Elle se penche, cueille deux coquillages et m'en tend un comme si elle me tendait une alliance.

– Je veux t'épouser, Tyler. Si tu ne me l'avais pas demandé, je t'aurais devancé. Peut-être pas aujourd'hui, mais je l'aurais fait.

Je serre le coquillage dans ma paume et attire Kelly dans mes bras pour l'embrasser.

– Tu ne feins pas.

– Quoi donc ?

– D'être heureuse. Tu ne portes pas le masque.

Son visage devient sérieux.

– Jamais avec toi, Tyler. Chacun de nos moments me rend tellement heureuse que mon cœur explose en milliers de petits morceaux, comme les pointillés étoilés au-dessus de nos têtes.

Ma main caresse tendrement sa joue.

– Ce serait ça, mon souhait à moi, avoué-je à l'orée de son oreille. Si je devais mourir demain, je voudrais t'épouser, Kelly Moore. Te réclamer officiellement à la vue de tous. Parce que je suis un égoïste qui veut tellement te posséder qu'il a besoin que tu portes son nom, même si cela ne dure qu'une journée.

– C'est une promesse ?

– Oui, certifié-je.

La plus belle et la plus difficile à tenir.

35

Kelly
Présent

« Cette journée d'été n'a peut-être pas eu la saveur du bonheur pour tout le monde, mais il faut tenter de rester positif. Marc Aurèle disait : “Point de dégoût ni de découragement. Si tu viens d'échouer, recommence.” »

Heureusement que je suis arrivée devant mon immeuble. J'étais à deux doigts de demander au chauffeur de taxi de changer de chaîne de radio. Je ne sais pas qui est Marc Aurèle, mais j'aurais bien quelques mots à lui dire. Je suis consciente qu'il a raison. J'ai moi-même cet état d'esprit habituellement, mais la fatigue qui loge dans mes muscles me donne envie de tout envoyer balader. Ça fait quatre jours que ma cliente me fait tourner en bourrique pour sa maison de vacances. J'effectue des allers-retours chaque semaine, à sa demande, parce que Mme Ridge ne veut pas se déplacer – 60 ans, la langue bien pendue, et d'une exigence plus grosse que les vagues des surfeurs que je croise sur mon trajet m'emmenant à l'aéroport, chaque matin.

Elle me demande une réplique parfaite de sa maison actuelle – les mêmes moulures, la même couleur rose poudré sur les murs extérieurs, la même surface dans les chambres, la même taille que sa piscine actuelle –, chose qui est absolument impossible à trouver. Je crois qu'au fond, elle est trop attachée au logis qu'elle a hérité de ses parents pour vouloir le quitter. Ce sont ses enfants, jeunes cadres à Santa Barbara, qui veulent lui faire acheter une nouvelle propriété.

Bref, ils devraient se mettre d'accord et convaincre leur mère d'accepter les compromis parce que je n'ai pas de pouvoirs magiques. Si j'en avais, je serais déjà avec l'homme que j'aime. Tyler me manque. Je pense à lui beaucoup trop de fois dans une journée parce que je le déteste de m'avoir refilé un dossier pareil, et aussi parce que je veux avoir de ses nouvelles. Que fait-il en mon absence ? Est-ce qu'il pense à moi, aussi ? Au moins un peu ?

– Coucou, Gilles ! salué-je dès que j'atteins l'entrée de mon immeuble.

Le concierge me sourit gentiment. Je ne sais pas si Tyler lui a donné de nouvelles consignes, mais il est étrangement beaucoup plus avenant avec moi maintenant. Je ne m'en plains pas : j'aime bien avoir quelqu'un qui m'accueille quand je rentre le soir. Ça me rappelle Helena.

– Mademoiselle Moore, encore une longue journée ?

Le soupir que je pousse est suffisamment éloquent à lui tout seul, mais j'ajoute quand même :

– Je n'ai qu'une envie : prendre un bain et dormir absolument tout le week-end.

Il m'adresse un sourire compatissant, quitte son poste et vient appeler l'ascenseur pour moi.

– M. Evans est déjà rentré, m'apprend-il.

Mon cœur s'emballe. C'est comme ça, c'est plus fort que moi. Je bloque les portes de l'ascenseur.

– Pourquoi me dites-vous ça ? Il… il vous a demandé de le faire ?

– Je me disais que ça vous intéresserait de le savoir. N'êtes-vous pas ensemble ?

Un autre gargantuesque soupir s'échappe de mes narines.

Ouch ! Gilles, ma journée était déjà pourrie. Merci de me rappeler que je suis aussi une grosse célibataire en retard dans son plan de reconquête.

D'ailleurs, pour l'instant, je suis au stade où je dois me laisser désirer. Je sais qu'il aime que je lui coure après. Mais, parfois, j'ai envie d'être celle qu'on prend en chasse, aussi ! Et puis, pour mener à bien ma première vente, je dois rester parfaitement concentrée. Je ne sonnerai donc pas à sa porte ce soir.

– Je me faisais cette réflexion parce qu'il ne s'intéresse qu'à vos va-et-vient, m'explique mon interlocuteur.

Mon sourcil se lève. En voilà, une nouvelle qui m'arrache un sourire ! Le premier sourire sincère de toute la journée. Le concierge se frotte le menton, l'air pensif.

– Mais, maintenant que j'y pense, je dois faire erreur, puisqu'il y a Mlle Brasso qui continue de lui rendre visite.

Mon sourire s'évanouit en même temps que mes sens se mettent en alerte. Qui est-elle ? Pourquoi je n'entends parler d'elle que maintenant ?

– Oh, oui, cette… fille ! À quelle fréquence vient-elle ? Elle sera là ce soir ? Il me l'a présentée, il n'y a pas longtemps, mais j'ai oublié son prénom. C'était quoi, déjà ?

– Hailey, je crois.

Il croit ?

– Kelly.

Ce n'est pas la voix du concierge qui a dit mon prénom, mais celle de Briana, qui se tient juste derrière le quadragénaire.

– Mademoiselle Evans, la salue poliment le concierge. Bienvenue. Je préviens votre frère que vous êtes arrivée, s'empresse-t-il d'ajouter.

– Merci, mais je suis là pour elle.

Pour moi ?

Depuis mon retour, je n'ai pas eu l'occasion de lui parler. Je sais qu'elle discute avec Annie et qu'elles se sont remises à faire des sorties. Dans un trio, il y a quasiment toujours un duo. Annie et moi étions ce duo, puis j'ai commencé à sortir avec Tyler et, petit à petit, elles ont commencé à former leur duo. Mon départ précipité a complètement brisé cette dynamique. Il n'y avait plus qu'elles.

À mon retour, je n'ai pas voulu m'imposer à Bri. J'ai attendu qu'elle décide de venir me voir, comme j'avais attendu qu'elle tente de me contacter durant toutes ces années. Je repousse mes plans pour la soirée loin dans les recoins épuisés de ma tête. Qui a besoin de dormir quand une amie vient la voir ?

– Oui ! Bien sûr ! Je suis libre. Tu veux qu'on sorte ou…

– Chez toi, ce sera parfait.

Son ton ferme, presque trop froid, souffle un vent glacial sur mon cœur. Briana n'est plus la fille à l'allure ingénue que je lui connaissais. Elle est devenue une femme avec une posture et un regard beaucoup plus affirmés.

Elle me rejoint dans la cabine, les bras croisés sous sa poitrine, avec une sorte de détermination qui me met légèrement mal à l'aise. Je ne suis pas sûre qu'elle soit là pour rattraper le temps perdu.

Je ne sais pas quoi dire lorsque les portes se referment. J'ai préparé des discours pour nos retrouvailles, mais aucun ne semble revenir tracer ses lignes dans mon cerveau. Mon portable qui sonne n'arrange rien aux choses. Je le sors de la poche de mon jean et refuse l'appel de ma mère. Le dix-septième aujourd'hui. Comme elle n'a apparemment pas compris le message, je décide d'être claire :

Kelly
Je ne veux pas te parler.

– Tu peux décrocher, ça ne me dérange pas, me dit Briana.

– Oh, non, je suis tout à toi, assuré-je.

La réincarnation d'Hitler
Il faut qu'on discute, Kelly. J'ai appris certaines choses à ton sujet.

J'imagine qu'elle a eu vent de mon entrevue avec mon ancienne psy. Je ne vois pas pour quelle autre raison elle voudrait me parler.

Kelly
Super, maman ! Tu as vingt-trois ans de retard. Amuse-toi toute seule avec les nouvelles informations que tu as au sujet de ta fille.

La réincarnation d'Hitler
Il faut que tu revoies la Dr Laetitia !

Je ricane, puis me racle la gorge quand je sens les yeux curieux de Bri sur moi. Je m'excuse du regard avant de la devancer dans le couloir.

Kelly
Elle peut se foutre son échelle où je pense, celle-là.

– Un souci, Kelly ? Je peux repasser un autre jour si je te dérange.

– Pas du tout !

Je force mon sourire et éteins mon téléphone, qui s'était remis à vibrer.

Désolée, maman, mais j'ai un passé plus intéressant à affronter.

Je nous ouvre la porte, puis invite Bri à entrer. Elle observe mon appart très rapidement.

– Jolie déco, me complimente-t-elle.

– Ça fait partie de mon travail ! J'adore le feng shui et j'ai dû lire le livre de Marie Kondo au moins douze fois. Il y a des conseils que je n'applique pas parce que j'aime apporter ma petite touche personnelle, mais, lors de mes stages, mes tuteurs étaient toujours contents de…

Lorsqu'elle prend place sur mon canapé, je lis sur son visage qu'elle a prononcé ces mots par politesse. J'en fais toujours trop, comme d'habitude.

– Merci, dis-je finalement.

Je pose mon sac sur le comptoir de la cuisine et propose naïvement :

– Tu veux de la glace ? J'ai des bâtonnets de Magnum dans mon congélo.

Elle glisse une mèche de ses cheveux derrière son

oreille, l'air d'évaluer ma question. Je peux voir un petit éclat scintiller dans ses yeux verts. Celui qui me dit qu'elle se rappelle qu'on adorait prendre des glaces tout le temps, à n'importe quelle occasion. Et puis je jure que je la vois éteindre volontairement cet éclat.

– Je n'ai plus 15 ans, Kelly.

Mes épaules s'affaissent. Les larmes menacent de briser la barrière de mes yeux. Je supposais que je ne l'avais pas complètement perdue, mais son attitude brise les morceaux d'espoir qu'il me restait.

– Oui, évidemment. Je suis désolée.

– Non, c'est moi. Je…

Elle prend une profonde inspiration.

– Viens t'asseoir, s'il te plaît.

Je m'exécute, évitant son regard de peur qu'il ne me blesse.

– Je t'en ai voulu, Kelly. Beaucoup. À toi comme à Ty. Je vous ai tenus pour responsables, pendant des années, de ce qui m'était arrivé. Mais, comme je viens de le dire, je n'ai plus 15 ans. J'ai grandi et je sais bien que, si mon oncle m'a agressée sexuellement, après le départ de Tyler, c'est parce que c'était un salaud.

Oh, non !

Je m'en doutais, évidemment. Tyler m'en a parlé. Il me disait que, pour la protéger, il ne devait pas sortir avec moi. Elle-même nous a fait une remarque bizarre de ce genre au sujet du regard que notre ancien directeur avait posé sur elle. Mais, comme il ne l'avait jamais touchée, elle s'est dit qu'elle devait se faire des films. L'entendre énoncer qu'il est vraiment passé à l'acte, c'est comme si elle venait de prendre un marteau pour m'enfoncer des clous dans les oreilles. Et dans l'organe au creux de ma poitrine. On peut saigner de l'intérieur, c'est indéniable, puisque c'est mon cas.

D'une imperturbabilité qui me fait me questionner sur sa force mentale, Briana continue :

– Si ça n'avait pas été moi, ça aurait été une autre, de toute façon. Vous avez été l'excuse pour lui, mais, au fond, une pourriture reste une pourriture. Je ne suis plus fâchée contre toi. Plus vraiment. C'est juste qu'avec Annie, c'est plus facile, et puis Ty est… mon frère. Le sang est plus épais que l'eau. Il est venu me chercher à Crystal River dès qu'il a créé TC Houses, et depuis il s'évertue à me protéger du mieux qu'il peut.

– Je suis désolée.

Je n'ajoute rien. Mon ton serait trop triste, trop suppliant, peu importent les phrases que je prononcerais. Surtout, je ne sais même pas quoi dire d'autre. Y a-t-il des mots adaptés à ce genre de situation ?

Briana fixe ma table basse, un faible sourire étirant ses lèvres.

– C'est drôle – ou pas –, mais mon grand frère me fait un peu penser aux statuettes des trois singes intelligents de la maxime picturale japonaise. Il veut rester aveugle, sourd et muet par rapport à ce qui m'est arrivé.

Elle tourne les yeux vers moi.

– Je suis sûre que c'est aussi pour ça qu'il ne se remet pas avec toi. Quelqu'un qui a soustrait l'historique de son passé de l'ensemble de sa vie ne peut pas assumer les sentiments qui tisonnaient son cœur à cette époque.

Je frotte mes mains contre mon jean. Les mots me manquent. Bri a toujours été mature pour son âge.

– Je suis ici parce que tu me manques, Kelly. Tu m'as manqué pendant ces dernières années. Malgré tout ce qui s'est passé, je veux que notre relation reprenne la route qu'elle a perdue.

La fatigue de ces derniers jours s'envole telle une fumée de cheminée. Elle est remplacée par un sentiment d'expectation que je ne me connaissais pas.

– Moi aussi ! affirmé-je avec véhémence. Rien ne me ferait plus plaisir.

Elle se rapproche de moi et me serre dans ses bras. J'ai envie de pleurer. J'ai envie de rire. J'ai envie de ne jamais arrêter ce câlin. Je ne sais pas laquelle de nous deux avait le plus besoin de ces retrouvailles, et franchement je m'en fous parce que c'est bon ! Je renifle son parfum, grave sa chaleur en moi. Je n'ai pas eu la chance d'avoir une sœur, mais je pense pouvoir m'aventurer à dire qu'avec Annie et Bri, je sais tout de même ce que ça signifie de partager des liens de sororité. Elle est la première à se défaire de notre étreinte.

– Je suis contente que tu le prennes comme ça, me dit-elle en souriant.

Voilà ma chance de me rattraper. Une erreur ne peut être considérée comme telle que lorsqu'elle arrive une fois. Si elle se renouvelle, elle devient une faute due à une négligence.

Je ne possède pas ce défaut.

36

Kelly
Présent

– J'ai faim.

Assises dans un restaurant de fruits de mer, mes meilleures amies et moi attendons depuis plusieurs minutes nos commandes.

– Le serveur ne devrait plus tarder, m'indique Briana.

Elle lance un coup d'œil furtif au garde du corps que Caleb a placé pour la protéger et je vois qu'elle ne lui est pas totalement indifférente.

– Tu n'as pas bien saisi, précisé-je.

Chaque fois qu'il m'arrivait de bouder la nourriture, Helena me disait que l'appétit venait en mangeant. Je veux bien le croire, mais il faut reconnaître que l'appétit en question n'est en aucun cas comparable à la faim que crée le manque de nourriture. Quelqu'un qui n'a pas mangé depuis des semaines ne regardera pas un morceau de viande de la même façon que quelqu'un qui cherche à retrouver son appétit. Le manque creuse la faim, agrandit l'envie et nourrit le désir.

Heureusement que mon premier rendez-vous avec Tyler est ce soir.

– Je ne parle pas de nourriture.

– Oh ! comprend-elle finalement. Tu as pensé à fréquenter quelqu'un d'autre ? Il me semble que Tyler ne s'est pas beaucoup privé, lui.

Je saisis mon verre et mordille ma paille jusqu'à sentir

mes dents frotter les unes contre les autres. Sous la table, mon ongle griffe ma jupe. Sale habitude qui revient lorsque je suis contrariée.

– Arrête de me tuer des yeux, ce n'est pas moi qui couche avec.

– Briana, tu as la fâcheuse habitude de m'apprendre des nouvelles au sujet des conquêtes de ton frère qui ne me plaisent pas du tout.

Elle plisse ses yeux interrogateurs.

– Quoi ? Tu vas me dire que, toi, tu n'as pas eu d'amants ces dernières années ?

– Des broutilles de relations. Aucun ne lui arrivait à la cheville.

– C'est étrange, continue Bri. Je trouve ça encore plus bizarre de savoir que tu ne sors plus avec mon frère. Vous n'étiez pas un modèle de couple, mais, au moins, vous étiez heureux ensemble. N'est-ce pas, Annie ?

– Ouais.

– OK. Tu es bien silencieuse, toi. Tu as quoi, comme souci ? lui demande Bri.

Annie relève la tête.

– Trois fois rien, juste le boulot…

– Briana ? Tu sais pourquoi ton frère et Caleb ont des gardes du corps ? Est-ce qu'il leur est arrivé quelque chose ?

Elle tourne son regard dans ma direction, les joues légèrement rougies.

– Je n'ai pas très bien compris la raison, je t'avoue. Quand je suis arrivée ici, ils étaient déjà protégés de la sorte.

Hmm...

Je ne sais pas pourquoi, mais j'ai l'impression qu'ils cachent un truc. Et si Bri n'est pas au courant et que je le découvre, j'aurai un avantage considérable sur

Tyler. Mon sourire s'agrandit. Puis s'efface. Je ne devrais pas penser ainsi. Quelque chose de grave a dû arriver s'il en est venu à devoir engager des gardes du corps.

– Tu devrais lui dire qu'il te plaît, Bri, conseillé-je gentiment.

Elle dépose sa tasse de thé. Ses yeux se vident d'émotions.

– Je sais, mais… à quoi bon ? J'ai d'autres soucis en ce moment. Et puis je ne suis pas prête à renouer avec un homme pour l'instant.

Je pince les lèvres. Y a-t-il plus maladroite que moi ?

– Je comprends. Désolée, Bri.

– Oh, pas de ça avec moi ! Je ne veux pas que ce qui m'est arrivé trouble nos discussions enjouées. Je guéris progressivement, pas besoin de me rappeler mon passé. Parlons d'autre chose. Vous n'avez rien de gai dans vos vies ?

– Compte pas sur moi là-dessus. J'ai des envies de meurtres chaque fois que je franchis le seuil de l'agence, dit Annie.

– Tyler ? demande Briana.

– Caleb, soufflé-je.

– Oh… C'est Annie qui devrait admettre qu'il lui plaît.

Ma meilleure amie hausse les sourcils.

– Quoi ? Le jour où Caleb me plaira, je me raserai la tête.

Je ricane doucement. Elle est dans un déni intersidéral, celle-là. Il me tarde de la voir chauve.

– Attends, je dois t'enregistrer. Redis ça.

J'attrape mon mobile dans mon sac à main, mais, au lieu d'ouvrir l'application d'enregistrement vocal, je lis le dernier mail que j'ai reçu. Un cri de joie transperce les parois de ma gorge. Plusieurs têtes se tournent pour me regarder, mais je n'en ai que faire. Je me lève dans le restaurant et entame une danse de la victoire, comme à l'époque du lycée.

– Bonne nouvelle, j'imagine ?

– Mme Ridge va signer le bail d'une des maisons que je lui ai proposées ! C'est ma première vente, les filles !

– Félicitations ! s'écrient en chœur mes copines.

Je récupère mon sac à main, leur dis au revoir et me précipite hors du resto. Quelques minutes plus tard, je suis à l'agence. Je me dirige automatiquement vers le bureau de Tyler, mais je m'arrête en constatant que la porte est restée ouverte. La voix de Caleb me parvient faiblement.

– … nouvelle. Kelly a réussi à faire signer Ridge.

– J'ai appris, oui, répond Tyler. Elle a aussi dépassé le budget de déplacements professionnels de plusieurs milliers de dollars. Sans compter qu'elle a mis seize jours pour arriver à ses fins.

Mon sac glisse de mon épaule. Les éclairs d'une vilaine colère commencent à pulser en moi.

– Elle a encore ses preuves à faire, mais elle s'est bien débrouillée, je dois le reconnaître, ajoute-t-il ensuite.

Les éclairs disparaissent, laissant place à un tonnerre de fierté. Je vérifie que je suis toujours seule dans le couloir. Heureusement qu'il n'y a personne, à l'heure du déjeuner, dans les locaux !

– Je compte lui présenter un autre client, informe Caleb. Je pense à M. Carlson.

– Non, répond son collègue.

– C'est quoi, tes objections, cette fois-ci ?

– Tu as dit « client », pas « cliente ».

Je ne comprends pas tout de suite ce qu'il veut dire par là. Un silence de quelques secondes s'installe. Il est finalement suivi par un rire de Caleb.

– Tu es sérieux ? Tu ne veux pas qu'elle s'approche d'autres hommes ?

– Ce n'est pas ça. Je la protège. Je ne veux pas la mettre dans l'embarras.

C'est l'excuse la plus idiote que j'ai jamais entendue. *Si tu es jaloux, admets-le, tout simplement.*

– Ouais, c'est ça. Prends-moi pour une poire, lui dit Caleb.

– Ce serait trop facile, s'enfonce Tyler. Ils risqueraient de signer juste pour sa jolie plastique.

Je ne le prends pas comme un compliment. Ce qu'il dit m'énerve. Il est en train de remettre en question tout mon professionnalisme. Je m'attends à ce que Caleb prenne ma défense à nouveau, mais ce qu'il dit ne me satisfait pas non plus.

– Au cas où tu ne l'aurais pas encore compris, je veux du facile, Tyler ! Je veux de la thune. Avec elle, on pourrait agrandir notre cible.

– On n'en a pas besoin, tranche l'autre idiot. Je m'occuperai moi-même de Carlson. Je le connais déjà, je vais nous caler un rendez-vous ce soir.

– Et pour Kelly ?

– Je m'en occupe. Je trouverai un dossier plus adapté à ses compétences.

Encore un truc inintéressant ou avec une femme chiante qui me demandera de passer des heures dans plusieurs avions ? Trop peu pour moi !

Mes pieds, qui portent un corps énervé, m'entraînent tout naturellement vers le bureau de Mila. Je pensais la trouver à son poste afin de lui faire la conversation pour lui soutirer quelques infos, mais elle n'est pas à sa place. Un rapide coup d'œil me fait comprendre qu'elle doit être aux toilettes. Ses affaires sont encore là, soigneusement disposées, et son ordinateur est déverrouillé. Une aubaine que je ne laisse pas passer.

Le cœur battant, apeurée à l'idée qu'elle me surprenne la main dans le sac, je me dépêche de m'emparer de la souris. Je ne réfléchis pas trop. Je cherche d'abord l'agenda de Tyler, que je prends en photo, pour les deux prochains mois. Dire qu'il a osé caler notre premier tête-à-tête entre un rendez-vous professionnel avec l'homme qu'il a évoqué à l'instant et un dîner avec la fameuse conquête dont j'ai entendu parler ces derniers jours, Hailey.

Au moment où j'entends l'eau couler dans les toilettes, je suis déjà sur le pas de la porte, en train de m'éclipser incognito.

***

J'arrive au bar de l'hôtel avec dix minutes de retard. Rien à voir avec le temps que j'ai pris pour redéfinir mes boucles, enfiler cette robe noire près du corps et mes escarpins hauts. Mon retard était amplement voulu. La réceptionniste à l'entrée m'indique la table que j'ai réservée. J'attends qu'elle soit retournée à son poste pour foncer vers celle de mon ex-prof. Ni Tyler ni son client ne m'ont encore remarquée. Je m'approche de leur table, l'air de rien, puis pose une main sur l'épaule de mon boss.

– Monsieur Evans ? Wow, quelle coïncidence !

Il lève des yeux surpris dans ma direction quand je lui fais face.

– Qui êtes-vous ? demande-t-il.

Donc, il veut la jouer comme ça ? S'il ne compte pas me présenter comme une employée de TC Houses, je vais le faire à sa place.

– Vous ne vous souvenez pas de moi ?

– Non, et je n'en suis pas désolé.

Je lui souris effrontément.

– Kelly Moore. J'étais votre élève il y a quelques années.

Le regard curieux de Carlson se porte sur nous deux. Tyler se redresse sur sa chaise, un demi-sourire insolent au bout des lèvres.

– Ça ne me parle pas. Vos notes devaient être aussi banales que votre visage.

Mon visage, banal ? S'il y a bien un défaut que je trouve à Tyler, c'est son incapacité à mentir correctement.

– Vous avez été professeur, monsieur Evans ? demande l'homme qui doit avoir dans la trentaine.

Je comprends pourquoi Tyler ne voulait pas que je m'occupe de lui : il est craquant. Ses yeux sont aussi vifs que leur couleur bleue, son aura dégage l'assurance des gens fortunés, et je ne parle même pas de ses lèvres pleines. S'il est célibataire, je pourrai l'utiliser à mon avantage.

– Pas longtemps.

– Et vous avez réussi à oublier cette charmante créature ?

En mon for intérieur, je désapprouve cette remarque ringarde, mais, pour faire bonne figure, je force mon sourire quand je regarde Carlson, et je l'accompagne même d'un petit clin d'œil séducteur. Puis je me tourne vers mon ex-prof.

– Oui, monsieur Evans ! Vous ne vous souvenez vraiment pas de moi ? J'ai une anecdote qui devrait vous rafraîchir la mémoire. Un soir, après un devoir raté, vous vous êtes mis en tête de me prodiguer des conseils. J'étais dans les vestiaires de l'école. Vous m'avez rejointe et, avec le pommeau de…

– Oh, ça me parle, maintenant ! grogne-t-il entre ses dents. Mademoiselle Moore, c'est ça ? Je me dois de vous payer un verre après tout ce temps.

En une fraction de seconde, il est debout et annonce :
– Veuillez m'excuser, Carlson. Je reviens tout de suite.
Je me régale intérieurement.
Il me tire par la main jusque dans les toilettes. Après s'être assuré qu'il n'y avait personne d'autre que nous, il me fixe intensément et demande, l'air courroucé :
– Explications ?!
Je croise les mains sur ma poitrine.
– Laisse-moi ce client ! C'était le mien.
– Qu'est-ce que tu racontes ?
– Quoi ? Tu crains qu'il succombe à ma « jolie plastique » ?
Les mains sur les hanches, je le défie de nier ses propres mots. Je reste bravache, même si ses yeux furieux essaient de me troubler.
– Tu nous espionnais ?
– Je suis tombée par hasard sur une conversation aussi claire que de l'eau de roche. Tu ne me crois pas capable de gérer les mêmes clients que toi ?
Soutenant son regard, j'effectue un pas dans sa direction.
– On parie que je lui trouve la maison de ses rêves avant toi ?
Il me fait « non » de la tête.
– Je ne parierai plus avec toi.
– Tu as raison. L'expérience nous a montré que tu perds à chaque fois. Moi aussi, je prendrais peur si je m'avais comme adversaire.
Mon ton est épais de défi. Une provocation à laquelle Tyler ne résiste pas.
– Tu veux parier quoi ? Une plus grosse commission ?
Par pitié, je n'en ai tellement pas besoin ! Grâce à l'héritage que j'ai touché après le décès de mon père, j'ai la chance de travailler par envie, et non par nécessité.

– Je veux trois choses. Premièrement, que tu admettes enfin que j'ai ma place à TC Houses. Je n'ai pas le même niveau d'expérience que toi, mais je suis débrouillarde et compétente. Je sais que j'ai du potentiel.

Cette première demande ne semble pas générer grand-chose dans son esprit.

– Ensuite ?

– Que tu te mettes à me donner des clients masculins. J'adore l'idée que tu sois jaloux, mais j'aime moins le côté machiste de la démarche. Je pense que tu dois savoir que je n'ai pas besoin d'attendre les clients de l'agence pour m'envoyer en l'air. Si je ne le fais pas, c'est parce que je suis professionnelle et que je sais ce que je veux. Et toi aussi.

J'avance d'un autre pas.

– Je ne me contente pas d'un petit bout de pain pour calmer ma faim quand je peux avoir un steak hors de prix.

Je m'assure que mes yeux soient totalement arrimés aux siens pour ma petite pique finale.

– Contrairement à toi.

Un de ses sourcils tressaille. Il sait de qui je parle : toutes ces femmes qu'il couche dans son lit alors que je suis la seule qu'il veut vraiment.

– Tu m'as dévorée tellement de fois, Tyler. Tu n'as pas pu oublier à quel point tu aimes mon goût.

Sa pomme d'Adam bouge légèrement, signe que j'altère son flegme.

– Ta troisième volonté, dit-il pour changer de sujet.

Pour fuir ses souvenirs de moi. De nous.

– Je veux un baiser.

Je vois le changement s'opérer dans ses yeux. Un intérêt empli de désir vient se verser un peu dans la piscine d'émotions que représentait son regard. Il remplace tout le reste.

– Si je réussis, je veux que tu m'embrasses, Tyler.

Ses yeux se posent sur ma bouche. Des yeux affamés. Encore plus que les miens. Je vais le faire craquer. Ce n'est plus qu'une question de temps. Je m'humidifie exprès les lèvres pour conserver son regard sur cette partie de mon visage. Je suis tout près de lui. Tout près de mon but. Il lève sa main vers moi, prêt à caresser du doigt la récompense que je lui accorderai. Je contiens un gémissement alors que mon ventre se crispe et que mes seins durcissent. Il est magnifique. Sexy en diable dans son costume noir. Pourquoi je suis si faible ?

Touche-moi, Ty.

Comme s'il revenait à lui, il laisse sa main retomber.

– Tu ne gagneras pas.

J'enrage intérieurement. Je veux tellement qu'il me touche que ça me fait mal.

– Puisque tu en es si sûr, accepte.

Il prend un temps de réflexion.

– À une condition : si, moi, je gagne, tu convaincs ton oncle de me vendre les parts qu'il possède.

Mon cœur manque un battement. Je ne m'attendais pas à ça. Ne plus avoir mon moyen de pression sur Tyler. Ne plus le voir au boulot. Je ne le permettrai pas. Je vais gagner ce pari, quoi qu'il advienne. Notre métier requiert beaucoup de choses, notamment la communication et la présentation. Le charme n'est pas un problème : c'est un atout, et je vais utiliser le mien à son maximum.

Je lui tends la main en signe d'accord.

– Marché conclu ?

Il me considère un petit moment, cherchant probablement à savoir quelle partie de sa personnalité confuse il doit faire ressortir. Celle où il est en accord avec ses vrais sentiments ou celle où il préfère rejeter sur moi toute la faute de notre rupture.

– Pour que ce soit fair-play, nous rencontrerons Carlson en même temps. Je te demanderai donc d'écourter ton rendez-vous actuel et de le reprogrammer pour…

Ma phrase est coupée par sa main, qui s'est remise en mouvement. Cette fois, il la pose sur moi. Les battements de mon cœur se dérèglent. Avec une douceur infinie, il fait glisser son doigt juste sous ma clavicule. Il s'approche. Sa main suit l'encolure de mon décolleté avant de descendre plus bas, sur le galbe d'un de mes seins.

– Juste un baiser ? demande-t-il.

Mon souffle se coupe. Il semble hypnotisé par cette pensée. Je déglutis. Ses yeux marron sont noyés de désir.

Bordel !

Il souffle le chaud, puis le froid. Pourtant, moi, je reste toujours à haute température dès qu'il est dans l'équation.

– Tu crois pouvoir te contenter d'un simple baiser ?

Je me demande à qui il pose vraiment la question.

– Es-tu prêt à me donner plus, Tyler ?

Je ne parle pas que de sexe. Je parle de pardon, de vérité, de cessez-le-feu, de lui et moi à nouveau ensemble. Mes ambitions ont quelque peu changé depuis la terminale. Avant, je voulais qu'il sorte avec moi. Maintenant, je veux qu'il me passe la bague au doigt pour de bon.

Tyler me pousse contre le mur, puis se baisse pour me chuchoter à l'oreille :

– Montre-moi.

Il semble comprendre ma confusion, à travers le petit gémissement que j'émets, parce qu'il s'explique :

– Ton excitation. Je peux la sentir. Maintenant, montre-la-moi, Kelly.

Je le regarde un instant, captivée par nos désirs qui

communiquent. Puis je saisis sa main et la pose sur ma cuisse. Automatiquement, Tyler délaisse mes yeux pour se concentrer sur ses doigts, que je fais lentement remonter vers ma culotte. Je le vois déglutir, se retenir, attendre, les pupilles dilatées, que je continue, que j'atteigne l'humidité de mon entrejambe.

– Tyler…

– Chut… Tu me rends déjà trop dur. Ne gémis pas, en plus.

Avant que je n'aie le temps de nous satisfaire, la porte des toilettes s'ouvre sur une cliente du restaurant. Elle s'excuse et ressort rapidement.

Tyler retire sa paume. Il fourrage dans ses cheveux et soupire. Son visage redevient impassible.

– Marché conclu. Je vais prétendre avoir une urgence et libérer Carlson.

Je siffle entre mes dents. J'ai vraiment eu l'impression qu'il allait céder, cette fois ! Si je n'étais pas aussi gentille, j'aurais engueulé cette fichue cliente qui est venue nous interrompre.

Sur ces mots, il quitte les toilettes. Je lui emboîte le pas et, sans lui laisser le temps de pouvoir protester, j'attrape sa main et l'entraîne dehors. Il ne nous faut pas plus de quelques mètres pour atteindre la plage, éclairée par les lumières des hôtels voisins.

– Tu te souviens de la dernière fois où on a passé du temps ensemble sur une plage ?

Je l'entends inspirer profondément, mais il ne confirme rien.

– Si je te pose une question, tu répondras avec franchise ?

– Ça dépend.

Le cœur battant dans ma gorge, je prends sa main et la pose sur ma poitrine. Mes mamelons durcissent à ce simple contact.

L'air marin semble s'immobiliser entre nous.

– Dis-moi que tu n'éprouves pas la même chose que moi en cet instant.

Comme en accéléré, je vois la tendresse dans ses yeux, avant qu'elle ne disparaisse, écrasée par cette froideur que j'ai aperçue lors de nos retrouvailles.

– Ce n'est pas une question.

– Qu'est-ce que tu ressens pour moi, Tyler ?

Les traits impassibles, il tend son autre main vers moi et écarte une cascade de boucles de mon épaule.

– Tu n'as pas changé, Kelly. Tu es peut-être plus belle qu'avant, mais tu n'as pas changé. Tu es toujours aussi entêtée… toujours aussi complexe…

Sa voix devient hésitante, limite réticente.

– Mais, moi, j'ai changé. Je ne veux plus d'équations complexes. Je veux du simple.

– Tu mens. Tu peux me détester parce que je suis partie sans rien dire, mais pas parce que je suis revenue. Tu peux en vouloir à mon absence injustifiée, mais pas à ma présence à tes côtés.

Nous nous mesurons du regard durant un moment, une éternité, seulement bercés par le bruit des vagues. Puis il se penche lentement vers moi et me confie tout bas :

– Regarde-moi faire.

Après quoi, il se retourne.

– Où vas-tu ?

– Il n'y avait pas de limite de temps. Ce rendez-vous est terminé. Tu n'étais pas douée en maths, alors je te rappelle que, cinq moins un, ça fait quatre. Bonne chance pour la suite !

Je retiens une injure et lui emboîte le pas.

– On vit au même endroit. Tu ne viens pas avec moi ?

– J'ai un truc de prévu après.

Je sais bien. J'espérais juste qu'il n'y aille pas. Tyler

ne manque pas de toupet. Organiser un rendez-vous client juste avant d'inviter son plan cul dans le même restaurant ! Joindre l'utile à l'agréable, c'est bien quelque chose qui lui ressemble.

Je balaie les grains de sable de mes chaussures et retourne dans le hall, où je m'assois. Je ne sais pas pourquoi je me fais ça, mais j'ai besoin de voir à quoi elle ressemble. J'ai besoin de me comparer à elle, même si je suis consciente que ça va me faire un mal de chien émotionnellement.

Quand celle qui est sûrement Hailey entre dans le hall de l'hôtel, je la regarde passer.

Pff… Je ne l'aime vraiment pas !

Ma rivale est belle. Encore plus que ce que je croyais. Ses cheveux roux lui tombent dans le dos. Son corps pourrait être comparable à celui d'un mannequin et sa combinaison est d'une élégance qui trahit son niveau de vie.

Je meurs d'envie de l'arrêter et de lui expliquer par A plus B pourquoi elle ne peut pas être avec Tyler. En fait, juste A : *j'existe*.

Plusieurs scénarios, dans lesquels je me débarrasse de Hailey, germent dans mon esprit. Mais je ne peux pas faire ça. Je n'ai pas le droit de toujours laisser mes émotions me gouverner.

Mon ongle griffe mon sac à main à plusieurs reprises. Encore et encore. Je ne peux pas continuer comme ça. Je dois apprendre à me débarrasser de ma jalousie obsessionnelle. J'ai toujours eu confiance en moi. Maintenant, il faut que j'aie confiance dans le futur de mon couple avec Tyler. Il sait que je suis celle qu'il lui faut. La seule et l'unique.

37

Tyler
Présent

Son visage s'est décomposé. Je peux presque apercevoir la fumée sortir de ses oreilles.

– Je me suis permis de transformer ce rendez-vous en soirée de bienvenue. J'ai trouvé ça dommage, qu'Annie et toi n'en ayez pas eu à votre arrivée. J'espère que cela ne te dérange pas. Après tout, il n'y avait aucune règle qui stipulait qu'on devait être seuls.

Elle me lorgne méchamment en voyant nos collègues arriver à notre second rendez-vous.

– Tu me cherches.

– Non, Kelly. C'est *toi* qui me cherches.

Mon associée dévisage les autres avec contrariété.

– Super choix de lieu, Kelly, la complimente Will, l'avocat qui forme Annie.

– Le coin me fait un peu penser au Minute Bar, dit Mila. Il était super populaire dans notre ancienne ville.

Maintenant qu'elle le fait remarquer, je vois également la ressemblance avec notre ancien café préféré.

– Justement, soupire Kelly. Installez-vous, je reviens.

J'ai juste le temps de noter son air déçu. Annie s'assoit sur la chaise à côté de la sienne. J'ai l'impression d'être revenu cinq ans en arrière, lorsqu'elle nous a surpris en train de calculer les probabilités. Depuis qu'on bosse ensemble, on n'a jamais eu l'occasion de parler, elle et moi. Elle traîne du côté juridique, tue du regard

Caleb, quand il s'amuse à la taquiner dans les couloirs, et affiche un rictus étrange lorsqu'on se croise. Je suis le premier à briser la glace.

– Annie.

– Tyler.

L'expression curieuse qui chiffonne ses traits me fait grimacer.

– C'est… bizarre.

– Un peu, oui.

– Je cherche un truc sympa à dire, mais…

– Je comprends. C'est pareil pour moi. Il y a que le mot « énervant » qui me trotte dans la tête quand je te vois.

– Je te retourne l'éloge avec plaisir. Rappelle-moi pourquoi tu travailles chez nous déjà ?

Elle relève la tête d'une façon très assurée.

– Voyons, Tyler, j'ai toujours été plus que compétente, peu importe le domaine. Sur la lettre de recommandation que tu m'as écrite, tu disais même que j'excellais partout.

– Là n'est pas ma question. Je n'en ai jamais douté. Je sais que tu es très douée. Je ne pensais juste pas que tu te tournerais, toi aussi, vers l'immobilier.

Elle baisse légèrement la tête.

– La vérité, c'est que je me suis fait virer, il y a quelques jours, et comme j'ai besoin d'argent pour payer mon loyer, je n'ai pas pu refuser l'offre de Kelly, même si cela inclut de travailler en partie pour toi.

Je mets de côté le sarcasme déguisé.

– Toi, mise à la porte ? J'ai vraiment du mal à le croire.

– C'est une longue histoire. J'aurais bien besoin d'un verre. Il est où, le serveur ?

J'ai le sentiment qu'elle évite la question.

– Tu n'as pas envie d'en parler parce que tu as honte ?

– Ce n'est pas ça. C'est… compliqué.

– Plus que la géométrie algébrique ?

– J'avais oublié que tu étais un génie des maths. Dommage, mais ton esprit de scientifique ne pourra pas m'aider à me sentir mieux.

Ce qui veut dire que mon intuition était la bonne : ça ne va pas autant qu'elle souhaite le laisser penser. En temps normal, je n'aurais pas insisté, mais je vois bien, à son air, que quelque chose la chagrine. Annie a toujours été là pour ma sœur. C'est peut-être pour ça que je souhaite en savoir plus sur ce qui lui arrive.

– Essaie toujours.

À défaut d'avoir pu passer sa commande, elle se sert un verre d'eau et le finit d'une traite. Ensuite, elle me raconte brièvement ce qui s'est passé dans le dernier cabinet où elle bossait.

– Je me dis que la vie m'a épargné une boss homophobe, termine-t-elle en haussant les épaules.

– Tu pourrais porter plainte pour renvoi abusif, tu sais ?

Comme si le poids du désespoir venait soudainement de se poser sur elles, ses épaules s'affaissent.

– À quoi bon ? Elle a plus de relations que moi. Je suis sûre de perdre.

– C'est dommage. Je ne pensais pas que tu changerais à ce point-là, Annie.

– C'est-à-dire ?

– Je me doute que ce n'est pas facile à vivre, mais la Annie que je connaissais était une battante. Jamais tu n'aurais laissé une injustice comme celle-ci courir. Peu importe le nombre de relations que ta juge possède, ta voix aurait porté haut et fort. Pour représenter toutes les personnes qui, comme toi, sont jugées à cause de leur orientation sexuelle.

Je crois que j'ai touché la bonne corde, parce que sa

lèvre inférieure tremble légèrement. Elle détourne rapidement la tête et regarde dans le vide, retenant visiblement ses larmes. Mon ton est très doux lorsque je reprends la parole, tellement que ça m'étonne moi-même.

– Tu n'as rien fait de mal, Annie. Si tu as son consentement, embrasser quelqu'un qui te plaît ne devrait jamais être mal vu.

– Merde ! Ça m'énerve quand t'as raison. Encore plus que quand tu as tort, dit-elle en essuyant une toute petite larme au coin de son œil. Merci, Tyler. Je crois que j'avais besoin d'entendre ça de la bouche de quelqu'un d'autre que de ma meilleure amie têtue.

La petite blonde pose ensuite ses yeux sur moi, mais les détourne rapidement, un peu gênée.

– On aurait vraiment dû avoir cette conversation avec plus d'alcool dans le sang. Comme ça, j'aurais fait semblant de ne pas m'en souvenir. Maintenant, c'est encore plus bizarre : je sais pas si je t'aime bien ou si je dois te détester.

– J'imagine que c'est notre façon de nous apprécier : faire comme si on ne s'appréciait pas. Notre relation n'a pas à changer.

On se sourit.

– Du coup, je vais me permettre de te donner un conseil, moi aussi.

– Non merci. Revenons au postulat initial : t'es chiante et je suis le mec cool qui donne de bons conseils.

– Non, t'es juste con parfois, Tyler.

– Bordel, pourquoi vous me dites toutes ça ?!

– Tu sais pourquoi. J'ai lu quelque part qu'il fallait du courage pour pardonner, mais encore plus pour demander pardon. Son courage, à elle, n'a jamais failli, dit-elle en m'indiquant Kelly de la tête. Il serait peut-être temps de montrer le tien.

Elle m'adresse un sourire pincé.

– Rappelle-toi tes mots : embrasser quelqu'un qui te plaît ne devrait jamais être mal vu.

Assise seule au comptoir, Kelly remercie le serveur qui vient de déposer une assiette de cheese-cake. Je me lève et me rapproche d'elle pour que notre conversation reste le plus privée possible.

– Tu commences par le dessert, à ce que je vois.

– Laisse-moi tranquille. Tu m'emmerdes, rétorque-t-elle. Tu as tes collègues, va leur parler.

Je m'adosse contre le comptoir.

– Tu comptes tuer ta déception avec du caramel ?

– Je t'aurais bien proposé une part, mais tu ne mérites pas une seule bouchée. Tu es vraiment ignoble. Tu voulais gâcher ce rendez-vous ? C'est chose faite. Retourne parler portes-fenêtres et mètres carrés de jardin avec les autres.

Elle me lance un regard noir, que j'ignore, puis elle prend une cuillerée encore plus chargée que la précédente avant de me demander :

– Donc là, tout de suite, tu vas me dire que tu n'en as pas envie ?

Mon regard se pose sur ses lèvres, sur sa langue qui lèche innocemment la cuillère. Une foutue flambée de désir s'empare de mes reins.

– Si. Je suis tenté.

Son sourire se fait automatiquement diabolique.

– Cède.

Mon cœur s'emballe à cette idée.

– Je sais ce que tu essaies de faire, Kelly. D'abord la plage, maintenant ce restaurant aux allures du Minute Bar. Tu veux recréer nos anciennes entrevues. Quand vas-tu te lasser de ce petit manège ?

– Quand vas-tu reconnaître que je te plais toujours ?

– Tu me plais.

C'est sorti tout seul.

– Tu parais étonnée que je te le dise.

– Oui, je… je croyais que…

– Physiquement, tu me plais toujours, Kelly. Tu es exactement mon type de femme.

Elle soutient mon regard sans ciller.

– Au fond, ce n'est pas seulement toi qui me fais mal. C'est juste… Briana a tellement souffert à cause de nos actes. Je ne nous pardonne pas ce qu'on lui a fait. Je ne te pardonne pas de m'avoir abandonné. Tout aurait pu être différent. Pourquoi tu ne m'as pas écouté ? Pourquoi tu n'es pas venue ? Pourquoi tu ne m'as pas défendu ?

Elle dépose sa cuillère et baisse la tête vers son assiette.

– Je ne pouvais pas.

– Parce que tu es têtue et paumée. Tu n'as aucune conscience de ton attitude et tu fais tout foirer.

– C'est vraiment la seule image de moi que tu as ?

Il est vrai que, malgré tout, Kelly n'est pas méchante. Elle fournit des efforts de dingue pour tout arranger. Tellement que, parfois, j'ai du mal à croire qu'elle ait pu me trahir.

– Tu l'as choisi, lui ? Todd.

Son crâne se relève brusquement.

– Quoi ? Non ! D'où tu sors que…

– Vous vous êtes décidés ? nous interrompt un serveur.

Kelly commande un negroni, et moi, un single malt. Puis mes employés nous rejoignent et nous n'avons plus l'occasion de converser. J'essaie de sourire et de faire bonne figure, non sans me demander où aurait pu mener cette discussion entre elle et moi. Y aurait-il des choses que je ne sais pas ?

38

Kelly
Présent

Sur le chemin du retour, dans la voiture, je questionne ma meilleure amie.

– Annie ? Pourquoi quelqu'un qui a une agence immobilière se baladerait avec des gardes du corps ?

– Je ne sais pas, moi. Pour se protéger de son ex, qui débarque cinq ans après avoir failli l'envoyer en prison et qui l'invite innocemment à prendre un café ?

– Ha, ha ! Très drôle, Annie.

– Si Todd avait fait la même chose, tu n'aurais pas aimé avoir une arme sur toi ?

Ma réponse ne se fait pas attendre.

– Deux machettes, une pour chaque main.

– Trois. Ne m'oublie pas. Ce serait un plaisir de couper sa tête, grogne-t-elle entre ses dents. À lui et à cette peste !

Je la considère en plissant les yeux.

– Pourquoi, dans ce fantasme asexué mais super excitant tout de même, tu ne prends pas *deux* machettes comme moi ?

– Mon père est policier. Je veux bien être complice, mais seulement à moitié.

Je pouffe de rire.

– Mais, Annie, dis-je en reprenant vraiment mon sérieux. Non seulement je n'ai pas fait à Tyler ce que Todd nous a fait, mais en plus, c'est bizarre qu'il se protège ainsi, non ? Si on y réfléchit bien, ça ne peut vouloir dire qu'une chose : il trempe dans des affaires louches.

Ma meilleure amie ouvre grand les yeux. Dans la pénombre illuminée par quelques phares de voiture et les lampadaires environnants, elle hausse un sourcil.

– Comme quoi ?

– Drogue ? Détournement ? Alcool ? Je ne sais pas, mais c'est sûrement aussi sombre que l'homme qu'il est devenu.

Annie ricane.

– Tu te fais des films, Kelly. Tu es fatiguée. La journée a été longue.

« Tant que je ne vois pas, je ne crois pas. » Voilà comment a toujours réfléchi ma meilleure amie. Toute histoire qui lui paraît trop dingue ne peut être réellement fondée. C'était pareil avec moi, lorsque je lui disais que Tyler me kiffait à l'époque où il était notre prof. Il faut qu'elle voie pour croire, et j'ai bien l'intention de lui ramener des preuves.

Je me pelotonne dans mon siège et détourne le regard en me félicitant de savoir contrôler le mal-être qui m'anime en voiture. Petit à petit, je gagne en confiance en entrant dans un véhicule à quatre roues.

Un biker apparaît soudain dans le rétroviseur situé dans mon champ de vision, sillonnant les routes presque désertes à cette heure bien avancée de la nuit. Avec un sourire mélancolique, je repense aux derniers moments que j'ai passés aux côtés de mon père.

– Il serait temps que je me rachète une moto, pensé-je à voix haute. Aux frais de Tyler, évidemment.

– Il ne pourrait en être autrement, confirme Annie.

Elle bouge la tête de gauche à droite, au rythme d'une musique d'Imagine Dragons.

– Annie ! Tourne dans la ruelle, à droite, juste après cet hôtel ! demandé-je un peu trop brusquement.

Ma meilleure amie sursaute.

– Quoi ? Pourquoi ? panique-t-elle.

– Vite !

Elle empoigne le volant et manœuvre pour nous faire entrer dans la ruelle que je lui ai indiquée.

– Tu ne peux pas me dire ça à la dernière minute, Kelly ! Si tu veux faire pipi, tu dois me prévenir. Je suis suffisamment stressée au quotidien, ne me mets pas de pression au volant, s'il te plaît !

Je lui claque un bisou sur la joue et défais ma ceinture.

– Désolée. Je ne voulais pas faire pipi.

– Alors quoi ?

La voiture de Tyler était derrière nous et elle n'a pas pris le chemin de notre immeuble. Je dois vérifier quelque chose, et si ma copine ne me croit pas, ce sera d'abord sans elle.

– Je descends ici. Rentre bien, bisous.

– Kelly, attends ! me crie mon amie.

Je me précipite, du mieux que je peux avec mes talons de soirée, sur le bitume. J'ai l'incroyable chance de trouver un taxi très rapidement devant l'hôtel.

– Bonsoir ! Commencez à rouler, s'il vous plaît. Il faut qu'on rattrape un véhicule.

Sans demander quoi que ce soit, le chauffeur démarre en trombe.

– Pour de vrai, ou c'était juste pour essayer ? demande-t-il.

Ma ceinture mise, je fronce les sourcils.

– Les gens vous demandent ça souvent ?

– Plus qu'on ne le croit, répond-il en haussant les épaules.

– Pour de vrai ! C'est une Mercedes noire avec des vitres teintées. On ne doit pas être trop loin d'elle.

Tout en ignorant les appels de ma meilleure amie, je transmets au chauffeur le numéro de la plaque d'immatriculation de Ty et lui demande de rester le plus discret possible.

– Pourquoi vous le suivez ? demande-t-il. Vous le soupçonnez de vous tromper ?

Je le soupçonne d'être impliqué dans des affaires louches, mais je crains qu'avouer cela à mon chauffeur de taxi ne le pousse à me dégager du véhicule. Alors, je réponds simplement :

– On va dire ça.

On parvient à rattraper Tyler assez vite. À la périphérie de la ville, sa Mercedes se gare devant une sorte de club. Mon chauffeur me dépose quelques mètres derrière toutes les voitures de luxe stationnées. Je le paie grassement, descends et me cache derrière une Lamborghini pour observer Tyler de loin. Onur et Roger descendent avant mon ex-prof. Le vigile à l'entrée, qui régule une queue de corps féminins, salue respectueusement Tyler, qui pénètre dans le club, suivi de ses gardes du corps. Des hypothèses tordues viennent gratter d'un ongle perspicace le fond de ma conscience.

Soit Tyler dirige ce club, soit c'est un VIP, soit il est en relation avec le patron.

Il n'y a qu'un seul moyen d'en avoir le cœur net. Je sors de ma cachette et rejoins la file des personnes qui veulent entrer. Quand arrive le tour de la fille devant moi, le vigile, bien plus imposant de près, lui demande de montrer son invitation. Mon cœur manque un petit battement. Je n'en ai pas.

Apparemment, elle non plus.

– Mademoiselle, la soirée est privée. Vous ne pouvez entrer que sur invitation ou si vous souhaitez passer les auditions.

Les auditions ? Pour... Oh !

– Je suis là pour ça, répond-elle d'une voix affirmée. Une amie du club concurrent m'a dit que je pouvais passer ce soir.

Je me considère chanceuse d'être juste derrière elle.

Elle représente l'excuse dont j'ai besoin ou l'avertissement du danger que je cours à la suivre. Rester ou faire marche arrière ? Je ne réfléchis pas longtemps. Je décide d'en profiter pour faire mon miel de cette situation.

– Moi aussi, déclaré-je juste après qu'elle a fini de parler.

Le vigile nous jauge sans même essayer de le cacher.

– Angelo, ramène-toi, ordonne-t-il à travers un talkie-walkie.

L'objet à l'air ridiculement petit dans sa patte d'ours. Je déglutis. Je n'ose même pas imaginer ce qui se passerait s'il découvrait que j'étais en mode espionne dans ce club. Il nous demande de nous mettre sur le côté et continue de vérifier les invitations des autres.

– J'adore ta tenue, me confie ma fausse concurrente.

Elle se moque de moi : je le vois à sa manière de sourire avec une condescendance qui me donne envie de lui en flanquer une.

– Tu n'as rien à faire là, finit-elle par lâcher. Ils ne te garderont pas.

OK, je suis peut-être trop habillée pour ce club, et alors ? Elle est où, la solidarité féminine ? Je parcours ses boucles blondes, ses paupières parsemées de paillettes bleu foncé, ses lèvres prune, et descends vers son vêtement.

– J'adore ta… Qu'est-ce que c'est ? Une nuisette achetée dans un marché aux puces ?

Mon ton est aussi affable que son regard est désobligeant.

– Qu'est-ce qu'on ne ferait pas pour se faire remarquer, n'est-ce pas ? demande-t-elle.

– Pour le coup, tu dois le savoir mieux que moi. Je n'ai pas besoin d'être nue comme un ver pour plaire. Je vais passer cette audition haut la main.

OK, c'était vache de s'attaquer à son apparence, mais elle a commencé avant.

Elle me lorgne violemment, je souris dignement.

Un autre homme, vêtu d'un costume noir, se plante devant nous avant qu'on n'ait eu le temps de se rétorquer quoi que ce soit. Sûrement pas des politesses, en tout cas.

– Par ici, suivez-moi.

Nous lui emboîtons le pas vers une autre entrée, un peu plus loin, verrouillée par un code que je n'arrive pas à mémoriser. L'appréhension me hérisse le poil. Je sais que Tyler est dans ce club et je veux savoir pourquoi. Je me dis aussi que je pourrais essayer d'utiliser cette info comme monnaie d'échange. Ce sont bien les seules choses auxquelles je me raccroche pour avoir le courage de passer la porte en métal.

Une certaine Peggy se présente et nous invite à attendre dans ce qui ressemble fort à une loge d'artistes. Enfin, j'imagine qu'on peut dire que ces filles utilisent leur corps comme une œuvre d'art. Devant des miroirs agrémentés de lumières et de toutes sortes de produits cosmétiques, elles se préparent. Il me semble que certaines travaillent déjà dans ce club.

– Vous savez qui sont les boss ici ? demandé-je innocemment.

– Des grands patrons, répond l'une d'elles.

– Des gars très riches, réagit une autre.

– Des bêtes de sexe, déclare celle qui nous a accueillies. J'ai baisé avec le patron plus d'une fois. La dernière, je l'ai même convaincu de me redonner mon job.

Elle n'a pas l'air dégoûtée de le dire. J'ai même l'impression bizarre qu'elle en est un peu fière.

– Tout ce qu'on recherche, c'est un job, de toute façon, rétorque la fille qui me devançait dans la queue.

Wow ! Leur monde est cruel. Incroyablement sombre si elles pensent que coucher avec le…

Attendez... J'ai peut-être mal compris...

– Vous avez couché avec le patron ? demandé-je en faisant semblant de réarranger ma coiffure.

– Oui ! crient une bonne partie d'entre elles.

– Vous... vous toutes ?

Mon sang ne fait qu'un tour. Je ne peux pas toutes les écarter de mon chemin. Quoique, peut-être qu'en causant un incendie... Mais je ne peux pas aller jusqu'au génocide de tout un métier.

– Il est comment ? demande Boucle d'or.

– Il aime le sexe quand il est sale.

Tyler.

– Il aime dominer.

Tyler.

– On l'a déjà fait à trois. Avec un autre homme.

Tyl...

Je bloque. Tyler dans un plan à trois avec un homme ? Il aime le sexe peu conventionnel, mais les plans à trois n'ont jamais été son fantasme.

– Son associé n'est pas mieux, ajoute une autre.

Son associé ?

– Oh, oui ! M. Evans est mon préféré ! Il fait durer l'attente jusqu'à affaiblir pour faire jouir.

Vraisemblablement en fines connaisseuses, elles rigolent entre elles.

– Tu as eu la chance de coucher avec lui. Il est plus difficile dans ses choix qu'il n'y paraît.

– Moi, je le déteste, fait savoir Peggy. Il m'a virée juste parce que j'avais critiqué une de ses ex-élèves, avec qui il était sorti.

Il leur a parlé de moi ? Mais...

Qu'est-ce qui se passe ici ? Qu'est-ce que tout ça signifie ?

– Quoi qu'on en dise, ce sont de bons coups. Bien meilleurs que les clients du club. Je ne savais pas qu'on pouvait trouver du plaisir de toutes ces façons avant de les rencontrer.

Ah…

– Vous avez des conseils ? demande Boucle d'or avant de s'asperger le cou de parfum bon marché.

– Séduis le plus âgé, M. Guerrez. Je serai sûrement assise sur ses cuisses ou en train de lui servir à boire.

M. Guerrez ? Caleb aussi… ? Caleb est là… Oh !

Caleb *est* le grand patron ici ! Tout s'éclaire. Tyler et Caleb sont associés dans les deux activités. Chacun règne en maître dans l'une d'entre elles : Ty à l'agence et Caleb ici.

Wow, mais…

– Putain !

Mon exclamation, que j'ai laissé échapper, me vaut l'attention de Peggy.

– Tu es sûre qu'on ne s'est pas déjà croisées ? demande-t-elle.

– Certaine.

Les minutes semblent défiler à la vitesse d'une tortue handicapée. Trois filles, dont Boucle d'or, passent avant moi. Je prête l'oreille à ce que les autres se disent, cherchant à récolter des infos intéressantes. On m'explique globalement que les boss ont besoin de nouveaux visages parce qu'un club concurrent a ouvert ses portes, il y a quelques mois, et qu'il a raflé une partie des strip-teaseuses.

Quand vient mon tour, un autre garde me demande de le suivre. Le couloir dans lequel j'avance nous mène directement à une salle VIP. Je n'ai donc aucun aperçu de l'ambiance du club. Il tape trois fois contre une porte, avec un temps de latence différent entre chacun de ses coups. Probablement un signal. Ensuite, seulement, je suis appelée à rentrer.

Le cœur battant la chamade, je relève légèrement ma

robe et avance mon talon à l'intérieur. Je n'ai pas fait trois pas que j'entends Caleb réagir.

– Kelly !

– Bonsoir, chers associés.

– Merde… gronde Tyler.

Tout sourire, je vais m'installer entre eux, où la place est libre.

– Toi, sers-moi un verre de vin blanc, s'il te plaît, demandé-je à Peggy, qui n'est finalement pas assise sur Caleb.

La mine déconfite, elle s'exécute. Je reporte mon attention sur les visages qui ont sensiblement pâli.

– J'imagine déjà l'article : TC Houses, l'agence immobilière la plus importante de Santa Barbara, a été financée avec l'argent récolté dans un établissement aux mœurs plus que douteuses. J'ai pris de jolies photos là-bas, dans les coulisses. Je suis sûre que, parmi celles qui n'auront pas été sélectionnées ce soir, certaines seront prêtes à témoigner.

Avec le riquiqui rictus en coin de mon ex-prof, je n'arrive pas à savoir s'il convient de dire qu'il est plutôt résigné ou… contrarié.

– Que veux-tu, Kelly ?

– Direct les négociations ? Ce n'est pas marrant. Je pensais vous faire une petite danse d'abord. Après tout, je suis là pour l'audition, non ? Comment ça marche ? Je me déshabille ici ou sur la scène ? Je n'ai jamais fait de pole dance, mais ça ne doit pas être si difficile.

Je croise les jambes, consciente de ma position de force.

– J'ai envie de laisser libre cours à ma sensualité primitive. Qu'en penses-tu ?

– Qu'est-ce que tu veux, Kelly ? redemande-t-il un peu plus fort.

– Que tu tiennes parole.

– Je ne vous suis pas, intervient Caleb.

– Il a promis de me faire payer si l'on se recroisait un jour. C'est fait. Maintenant, il doit honorer son autre promesse.

– Les cinq rendez-vous ? réalise-t-il. On est déjà en train de les faire.

– Tu t'amuses à tout gâcher. Je veux que tu te prêtes véritablement au jeu.

– Je n'ai pas signé pour ça.

– Ce n'est pas la réponse que j'attendais. Tu me fais perdre patience, Tyler. Est-ce que Bri est au courant que ses deux grands frères chéris ont en fait un club de…

– OK, me coupe-t-il. D'accord.

Je me lève, fière de moi.

– Disons en fin de semaine ? Je t'enverrai les détails par message.

Il me dévisage longuement. Je sais ce qu'il pense. Il ne sait pas quoi faire de moi.

Il se lève et alpague mon bras pour m'escorter vers la sortie.

Au moment de franchir la porte, je me retourne et souris à Caleb.

– J'ai déjà envoyé cette adresse à Annie. Bonne soirée !

39

Tyler
Présent

Quatre fois quatre... seize. Quatre fois cinq... vingt.

– Une maison de type provençal. Portes françaises, quatre chambres de dix-sept mètres carrés minimum, un balcon, idéalement à vingt minutes de la plage et près d'une école. Des propositions ? demande Caleb d'un ton sérieux.

Peut-être, je ne sais pas. Je suis distrait.

– Pas pour l'instant, dis-je.

– Moi, j'aurais peut-être quelque chose. Je revérifie et je t'envoie les infos juste après la réunion, réplique Kelly.

Sa manucure rouge bordeaux semble se coordonner parfaitement avec la teinte de son rouge à lèvres.

Quatre fois six... vingt-quatre.

Kelly décroise les jambes, puis les recroise dans un mouvement gracieux.

Quatre fois sept... vingt-huit.

Elle porte à sa bouche son gobelet de café, plonge ses yeux alourdis d'insolence dans les miens et soutient mon regard.

Quatre fois huit... trente-deux.

Toujours de mèche avec l'effronterie, imprimée sur les traits de son visage, elle repose le gobelet sur la table de notre salle de réunion et, sans me lâcher des yeux, elle s'humidifie lentement les lèvres.

Quatre fois neuf… quatre fois neuf… Merde ! Elle me perturbe.

Mon cerveau répète le calcul, mais je n'arrive pas à me concentrer suffisamment pour y répondre.

Je croyais en avoir fini avec cette habitude : devoir faire des tables de multiplication pour calmer ma libido en sa présence. Ce n'est pas mon troisième café de la matinée qui va m'aider, mais je le termine tout de même d'une traite. Parfois, ça me manque, de fumer. Peut-être que quelques taffes auraient empêché mes pensées débridées de courir sur les cuisses de mon ancienne élève préférée.

Un pari. Un baiser.

À quel moment me suis-je laissé entraîner dans son petit jeu ? Maintenant, je n'arrive pas à me sortir cette histoire du crâne.

Mon père disait que la force d'un couple réside dans la valeur que chaque partenaire accorde au pardon. Lorsque j'ai voulu le forcer à aller voir la police, j'ai été victime de la fureur qu'il se gardait de lui montrer, à elle. Il pardonnait constamment à sa femme. Elle allait changer. Il la ferait changer. Il l'aimait.

Conneries !

S'il était parti après les premiers coups de ma mère, s'il avait mis sa passivité et la honte qui le rongeait de côté, s'il m'avait écouté, il aurait peut-être été encore en vie. Je serais stupide de ne pas apprendre de la plus grosse illusion de son existence.

Je sais que parler de courage est aisé quand on n'a jamais connu ce genre de situation. Je ne peux pas me mettre à sa place, je n'en ai même pas le droit. Lui seul savait quel combat interne il menait. Mais, avec mon schéma familial, je n'arrive pas à ne pas me dire que pardonner ne sert à rien. Les erreurs se répètent. Si elle a failli briser ma vie une fois par pur entêtement, si elle m'a déjà abandonné et trahi, rien ne me certifie qu'elle ne le fera pas encore. Mes sentiments pour elle sont toujours là, j'en ai conscience, mais je ne veux pas m'autoriser à leur céder.

Mes yeux continuent de scruter docilement son profil. Elle a délaissé sa boisson et tape maintenant quelque chose sur son ordi. Quelques secondes plus tard, je reçois un mail de sa part.

De : Kelly Moore
À : Tyler Evans
Objet : Kiss more

Vous matez ma bouche comme un fanatique, monsieur Evans. Vous voulez que je vous embrasse ?
Cordialement,
Kelly

Un petit rire se glisse sans mon accord hors de ma bouche. Je lui ai dit les mêmes mots.

– Je t'amuse, Tyler ? questionne Caleb.

Il pose les coudes sur la table et me lance un regard meurtrier. Au club, Caleb mélange plaisir, et boulot – et beaucoup d'autres choses – sans aucun scrupule. À l'agence, en revanche, il distingue avec professionnalisme les moments nécessitant de rester sérieux. Jamais quiconque ne pourra se plaindre de ses compétences. Sauf, peut-être, une petite blonde qui lui mène la vie dure.

– Parfois.

Il est à deux doigts de m'en coller une. Je ne suis pas le seul responsable de sa mauvaise humeur. Lui aussi est frustré à cause d'une de nos collègues.

Une pression infiniment douce se fait sentir sur la longueur de ma jambe, remontant vers mon entrecuisse.

Je n'ai pas de réflexes, je ne bouge pas d'une semelle. Le visage de Kelly révèle toutes les pensées qui l'habitent. Bien sûr qu'elle me provoque. Si elle passe une journée sans le faire, ça voudrait dire qu'elle ne tourne pas rond. Je me force à respirer profondément.

De : Tyler Evans
À : Kelly Moore
Objet : Press more

Continue… appuie plus fort.
Cordialement,
Ton boss

Aussitôt reçu, aussitôt refusé. La pression de ses orteils se retire. Ma main saisit son pied avant qu'il ne touche le sol. Elle émet un petit gémissement surpris qui n'échappe pas à notre troisième membre. Caleb nous lorgne tous les deux.

– J'ai le sentiment que vous avez des choses à faire. Si vous n'avez rien à rajouter, je propose de clore cette réunion.

Contre mon gré, Kelly force son pied à s'échapper de mon emprise.

Je suis déjà en train de rabattre l'écran de mon ordi quand je remarque un nouveau mail.

De : Jay Williams
À : Tyler Evans
Objet : RE : Secret

Monsieur Evans,
Comme prévu, j'ai obtenu les preuves de détournement de M. Heller.
Tous les grands livres des caisses noires de l'entreprise

sont entre mes mains.
Que voulez-vous que j'en fasse ?
Williams

Excellent !

Un sourire s'imprime sur mes lèvres. C'est la nouvelle que j'attendais pour agir contre cet enfoiré.

– Attendez. J'ai analysé l'ensemble de nos ventes sur le dernier semestre. Nous travaillons beaucoup en tant qu'intermédiaires. En revanche, j'ai remarqué que les biens que nous avons achetés nous-mêmes sont plus difficiles à vendre.

Je reporte mon attention sur Kelly et le « nous » qu'elle emploie, comme si elle travaillait à TC Houses depuis des lustres. Vu la façon dont elle s'est acclimatée, elle a toujours été investie dans l'agence, et force est de reconnaître que je suis admiratif devant la rapidité avec laquelle elle s'est adaptée. Rien à voir avec l'adolescente qui rechignait à évoluer dans ma matière ou qui prétextait être trop distraite pour pouvoir travailler. Kelly aime ce qu'elle fait, et comme dans tout ce qu'elle adore, elle se donne à fond.

Je réglerai mon petit souci plus tard. Cinq ans que j'attends de faire payer Todd : aucun contretemps ne m'arrêtera.

– Il y en a déjà qui ont été rénovés et qui manquent juste de visibilité, continue-t-elle en branchant son ordi au vidéoprojecteur. Je pense notamment à cette maison, celle de Montecito. Je voudrais qu'on organise une soirée à laquelle on invitera de potentiels clients ainsi que la presse locale.

Caleb plisse les yeux, intéressé.

– Ton idée me plaît.

– Moi aussi, avoué-je. Mais ça ne s'organise pas en un claquement de doigts. Il faudrait…

– Tout est prévu, coupe-t-elle. Je vous envoie le PowerPoint avec tous les détails par mail. Y compris le budget, évidemment. Une fois que j'aurai votre accord, je passerai quelques appels, et la soirée pourra se tenir dans deux jours.

Caleb et moi la regardons. Impressionnés certes, mais méfiants également.

– Tu as déjà bossé là-dessus ?

Elle hausse négligemment les épaules et me dévisage.

– Je n'ai rien à faire de mes nuits, moi. Pas comme d'autres.

Si elle savait ! Le sexe avec Hailey ne me satisfait plus. Nous n'avons pas dépassé une seule fois les préliminaires depuis le retour de Kelly. Cette peste m'a amputé de toute envie d'aller voir ailleurs.

Je baisse l'écran de mon ordinateur.

– Ah, au fait ! Je compte inviter Carlson, informe-t-elle, l'air de rien.

Mon corps s'immobilise. Mes doigts restent figés sur mon PC.

Non.

Le mot brûle d'envie de franchir l'enclos de ma bouche pincée. Pour éviter que Carlson ne tique sur le fait que je n'étais pas censé me souvenir de Kelly, la dernière fois, je lui ai dit qu'elle avait été embauchée après notre dernier rendez-vous. Et, apparemment, il aime beaucoup passer du temps avec notre nouvelle employée.

– Laisse-nous, s'il te plaît, Caleb, commandé-je.

– Ce ne sera pas possible, ose me dire Kelly. Je dois déjeuner avec lui dans quelques minutes. Vu l'heure qu'il est, il ne doit pas être loin.

Elle passe du temps avec lui ? Cette perspective me fait rager.

– Caleb. Laisse-nous.

Mon ordre est plus appuyé qu'à l'instant, plus menaçant. Je l'entends plus que je ne le vois se déplacer. En extrêmement bon conseiller qui ne suit jamais ses propres conseils, il nous dit :

– Bain de sang ou… autre, pensez à ne pas faire trop de bruit.

Son ton taquin n'arrive pas à défaire l'ancrage de mes yeux sur le visage rougissant de Kelly.

Dès que la porte est close, j'attrape l'accoudoir de sa chaise et la fais rouler vers moi, jusqu'à ce que ses jambes frôlent les miennes.

– C'est un déjeuner d'affaires ?

– Qu'est-ce que ça peut te faire ?

Elle retient sa respiration quand mon doigt trace une ligne de l'arrière de sa cheville, jusqu'à son genou. La mâchoire crispée, je lui fais part de mes pensées.

– Tu n'auras pas de cavalier, Kelly.

– Pourquoi pas ?

Parce que l'idée m'insupporte. Parce que je ne veux pas. Parce que…

– Parce que tu me veux, moi.

– Et alors ? Tu crois être le seul à pouvoir faire preuve d'hypocrisie ?

Je soulève la jambe sur laquelle je m'amusais et la maintiens sur mon siège, entre mes cuisses. Je suis fasciné par le talon aiguille qui s'enfonce dans le cuir de ma chaise, et plus encore par les lanières noires enserrant délicatement son mollet. Je ne pensais pas m'attarder plus de quelques secondes sur les chaussures à talons d'une femme, mais, depuis notre première fois, je me suis laissé séduire par le pouvoir de ces chaussures si féminines, si érotiques.

– Tyler… Je sais ce que tu essaies de faire. Il peut arriver d'un moment à l'autre. Et les stores de la pièce ne sont pas baissés.

– À quoi bon les descendre ? Tout le monde sait ce que tu es venue chercher ici. Tu as été plus que franche à ce sujet le jour où tu m'as jeté de l'eau à la figure, dans le hall de l'immeuble.

Ma main arpente le chemin de sa cuisse, comme si elle se souvenait toute seule de la voie à prendre. Les pupilles de mon associée se dilatent. Parce que *je* la trouble.

– Qu'est-ce que tu as dit, déjà ? Que tu étais venue retrouver la meilleure baise de ta vie. Carlson le sait ? Tu le crois capable de te satisfaire ?

Elle élude ma question en en posant une autre.

– Donc… tu penses souvent à ce que j'ai dit ?

La chaleur se répand dans tout mon corps, enflammant les braises de jalousie dans mon sang.

– Je ne veux pas que tu l'emmènes, décidé-je.

Je fais tournoyer mon doigt sur une petite parcelle de peau, à l'intérieur de sa cuisse, tout près de sa culotte. Elle me regarde, affamée, haletante, un rideau lourd d'espérance voilant ses yeux.

– Empêche-moi, Tyler. Remplace-le.

– Je ne devrais pas avoir à le faire.

– Si, justement ! Arrête de te refuser à moi. Rends tes sentiments évidents. Sinon, j'irai avec qui bon me semble.

Toc-toc-toc.

Trois coups frappés contre les vitres de la salle brisent notre bulle palpable de désir. Nous tournons la tête vers Mila, Caleb, Briana et Annie, qui fait semblant de nous filmer.

– Comme tu veux, dis-je en feignant l'indifférence.

Je sors en claquant la porte derrière moi. Une soirée pour vendre une maison ? Quelle idée ridicule, finalement ! Elle n'a pas besoin d'emmener quelqu'un.

Dehors, les autres me jettent un regard plein de sous-entendus.

Kelly, qui sort juste derrière moi, demande à son amie :

– Tu nous as filmés ?

– Tu as une idée des milliers de dollars que je peux me faire avec ce genre de vidéo sur des sites dédiés ? blague Annie.

Enfin, je crois que c'est une blague.

– Si tu veux te faire de l'argent avec des vidéos, je peux t'aider, propose Caleb.

– Avec plaisir, approuve Annie en souriant. Le dark Web rapporte encore plus. Les gens pourraient payer cher pour me voir t'arracher les dix doigts. Tu es partant ? On fait ça ce week-end ?

Caleb rigole.

– Elle a un humour incroyable.

Hmm... Ce n'est pas ce que j'aurais dit.

– Oh, mince, mon client a décommandé ! s'exclame Kelly. Je peux me joindre à vous pour le déjeuner ?

Bri approuve d'un mouvement de tête.

– Tyler, tu viens aussi ? demande ma petite sœur.

Je les vois tout le temps traîner ensemble. Les quatre sont devenus proches si rapidement ! Je n'arrive pas à croire que Bri ait réussi à mettre le passé de côté aussi vite. Elle a toujours été plus douce et plus pure que moi. Capable d'accorder le pardon à qui le lui demande sincèrement.

– On pourrait en profiter pour parler du projet de Kelly si tu veux qu'on reste un minimum dans un cadre professionnel. Qu'en penses-tu ? suggère Caleb.

Ils me regardent tous, attendant que je prenne une décision. La dernière fois que j'ai passé des moments avec tout un groupe d'amis remonte à si longtemps ! La distance m'a quelque peu éloigné de mes anciens potes de l'université. Je n'ai plus de parents. Au fond, à part eux, je n'ai pas grand monde dans ma vie.

– Je veux bien, dans ces condi…

Mon portable, qui vibre dans ma poche, me coupe. Le nom affiché me fait lever un sourcil.

– Allez-y. Je suis désolé, je dois m'occuper de quelque chose.

La déception sur leurs visages me procure un léger pincement au cœur. Mais j'ai des priorités. Je regagne mon bureau et décroche prestement.

– Allô, Justin ? Merci de me rappeler. Tu te souviens de cette soirée où je me suis battu contre Todd pour protéger la fille qu'il avait droguée ?

– Oui ! Phil m'a raconté.

– Je sais que tu travailles encore sur le campus en tant que coach sportif. Est-ce que tu penses pouvoir la retrouver ? J'ai besoin de son aide pour monter un dossier contre ce type.

– Tout ce que tu veux. Si tu arrives aujourd'hui à te venger par voie légale, tu peux compter sur nous.

Parfait.

***

La maison que Kelly a choisie est l'une des plus récentes à avoir été rénovée par nos soins. Elle m'avait tapé dans l'œil dès la première fois que je l'avais vue. Elle est située à la périphérie de la ville, face à la mer, avec, comme voisins, de somptueux hôtels de luxe. Le propriétaire s'en était séparé parce qu'il allait profiter de sa retraite en faisant le tour du monde. Et très franchement, après une vie entière à être habitée, la maison avait besoin d'un bon retapage.

La soirée est à l'image de l'hôtesse de ce soir : élégante et sophistiquée. Tout ce qu'il faut pour attirer les fortunes de la ville, et même celles d'ailleurs. Je me demande encore comment Kelly a pu organiser ce petit succès en à peine deux jours. Il va sans dire que les relations de son oncle, présent près du buffet, y sont pour beaucoup.

Elle n'est pas avec lui. Elle ne se tient pas sagement auprès de son oncle. Non, elle préfère rigoler avec notre client. Sa robe – quand est-ce que j'arrêterai d'aimer la voir en robe ? – est aussi rouge que celle qu'elle portait au gala de son père. Le jour de notre première fois. Un appel à la luxure. Voilà quinze minutes que je la fixe. Elle est comme un poisson dans l'eau dans ce beau monde, salue, remercie, sourit, toujours au bras de Carlson.

Il lui dit un truc apparemment hilarant, puisqu'elle éclate de rire et pose une main complice sur son épaule. Je n'arrive pas à savoir si elle lui fait du charme uniquement dans le but de lui vendre le bien ou s'il y a un truc entre eux. Est-ce qu'il va enfin arrêter de lui tenir la taille ? Apparemment non.

Quel emmerdeur, celui-là !

Je l'aimais bien avant qu'il ne pose les yeux sur elle.

Je serre mon verre entre mes doigts. J'ai besoin de fumer. J'ai besoin d'une autre addiction, une qui me ferait oublier les torsions de jalousie dans mon ventre. Une voix familière prend la décision idiote de venir ajouter une couche d'agacement à ce que je ressens déjà.

– Ils s'entendent bien, tu ne trouves pas ? demande Annie.

J'évite de jurer devant elle, mais, si elle continue, je vais lui salir les oreilles de plaisantes insultes.

– Elle sort avec lui ?

– Je l'espère. Pas toi ?

Je la lorgne méchamment.

– Tu connais ma réponse.

Mon regard se perd quelques secondes vers la piscine

éclairée, autour de laquelle les invités se réjouissent des coupes de champagne et de la discussion entraînante de Caleb. Il n'y a pas à dire, mon pote sait y faire. Quand mes yeux reviennent sur Kelly – parce qu'ils ne font que ça –, je la vois monter l'escalier avec Carlson.

Alors là, il est hors de question qu'ils se retrouvent seuls là-haut ! Je ne pense plus au pari. Je ne la veux juste pas avec lui.

– Tyler ?

Mais oui, bien sûr ! Il faut toujours un obstacle énervant pour gâcher mes plans.

– Pas tout de suite, Annie.

Sa main agrippe mon bras.

– Si. Tout de suite.

Annie est tantôt froide, tantôt douce, très souvent énervante et stressée, mais, quand elle est aussi sérieuse, c'est qu'il faut lui prêter attention. Résigné, je me tourne vers elle pour la considérer.

– Ce que j'ai à dire me semble important pour ma meilleure amie. Ce matin, au déjeuner, Caleb a voulu en savoir un peu plus sur… le passé. Bri nous a expliqué que, l'une des deux raisons pour lesquelles tu lui en voulais autant, c'était parce qu'elle n'était pas venue à ton procès. Ce que ni toi ni Bri ne saviez, c'est qu'elle le faisait pour te protéger.

Mon cœur tombe de ma poitrine.

– Pardon ?

– Lorsqu'elle a repris connaissance, à l'hôpital, sa mère lui a demandé de choisir : soit elle quittait l'Amérique et s'éloignait de toi, soit elle restait et Mme Moore maintenait sa plainte. Le dossier monté contre toi était solide. Tu n'avais aucune chance de t'en sortir, pas avec des personnes aussi influentes. Elle ne savait pas que sa mère la doublerait. Le jour de ton procès, elle était déjà sur l'autre continent. Elle ne t'a jamais abandonné.

Les infos se bousculent dans ma tête. La rancœur m'envahit.

– Pourquoi sa mère a finalement retiré sa plainte contre moi ?

Elle me lance un regard sombre.

– Tyler ! intervient Caleb. Il faut que je te présente le directeur financier de notre banque. J'ai cru comprendre que vous ne vous étiez jamais vus.

Toujours au mauvais moment !

J'enrage.

Annie s'éclipse pendant que je force mon sourire et tente de rester professionnel. Le monsieur, dans la cinquantaine, nous présente sa femme, nous félicite, nous parle, rigole, boit. Je l'écoute d'une oreille distraite. Kelly me protégeait ? Elle ne m'a pas trahi ?

Au bout de cinq minutes d'une conversation pompeuse, durant laquelle j'ai définitivement perdu Annie des yeux, je m'excuse et emprunte le chemin vers l'étage.

Je n'ai pas à chercher longtemps la pièce dans laquelle ils se trouvent. La lumière s'échappe d'une porte entrouverte. Je me glisse à l'intérieur et fronce les sourcils en remarquant qu'elle est seule, et plus encore en me rendant compte que la pièce a été aménagée comme une chambre de bébé. Du berceau aux petites chaises à trois pieds, en passant par les jouets posés dans une mini-bibliothèque, tout est joliment bien choisi. Il me faut un temps pour réaliser pourquoi elle l'a entraîné ici. Je prends conscience qu'elle a reçu une information qu'il me manquait sûrement.

Kelly, de dos, arrangeant gaiement les oreilles d'un lapin en peluche posé sur la commode, ne m'entend qu'au moment où je referme la porte derrière moi.

– Vous êtes déjà de retour ? Je tenais à vous montrer cette chambre de bébé. Je l'ai décorée moi-même dans la journée. Votre future femme adorera, j'en suis…

Elle s'arrête lorsqu'elle constate que je ne suis pas Carlson.

– Oh… Tyler.

Je prends une petite inspiration.

– Déçue que ce soit moi ?

J'avance d'un pas dans sa direction. Elle recule.

– Un peu. Je suis sur le point de faire craquer notre client. J'ai fait mes devoirs comme une élève studieuse. Je lui ferai acheter cette maison d'ici lundi !

Un autre de mes pas réduit la distance entre nous. Elle recule encore, jusqu'à trouver la barrière du mur derrière elle, puis s'accroche au rebord de la fenêtre entrouverte. Elle fuit. Pourquoi elle fuit ?

– Il est en couple ? demandé-je.

– Fiancé, répond-elle avec indifférence.

– Tu nous as poussés à organiser cet événement pour servir ton intérêt.

Même si mon ton suggère le contraire, je ne suis pas en train de lui faire un reproche.

– Notre intérêt à tous.

C'est vrai.

– J'ai peut-être juste du mal à admettre que tu as déjà gagné.

– C'est vraiment ce que tu penses ? s'étonne-t-elle.

Je hoche la tête.

– On dirait bien que je te dois un baiser, après tout.

Elle me protégeait. Je veux en savoir plus, mais pas maintenant. Maintenant, ce que je ressens pour elle est trop fort pour une discussion aussi lugubre. Les mains dans les poches, j'avance encore. Mon corps semble être attiré par un aimant, indépendamment de ma volonté. Bizarrement, elle secoue la tête.

– Tyler… (Elle déglutit.) Tu essaies de me piéger. Je n'ai pas gagné tant qu'il n'a pas signé. Il est juste aux toilettes, au fond du couloir. Il peut débarquer d'une minute à l'autre. Et tu te sers de ce que je ressens pour…

Tout près d'elle, je pose ma main sur sa taille et l'attire contre moi. Ses lèvres s'entrouvrent.

– Tu veux que je parte ?

Un véritable arc-en-ciel d'émotions colore son visage. Je peux y lire, entre autres, le doute, puis l'envie de céder. Le *besoin* de céder. Je suis un salaud, elle le sait. Je suis son point faible, je le sais. Kelly m'aime assez pour deux et, consciemment, j'adore ça.

– Tu ne veux pas que je t'embrasse, Kelly ?

Ses mains retombent le long de son corps, comme dans un geste de soumission. Si seulement je pouvais mettre de côté la sensation exquise de sa taille sous mes doigts, de ses yeux qui me dévorent, de ses lèvres qui m'appellent, je pourrais me montrer plus cohérent dans mon envie de la voir quitter ma vie.

L'espace entre nos bouches proches se vide petit à petit d'oxygène. Bordel, mon cœur s'emballe ! Kelly tend ses lèvres vers les miennes, impatiente de recevoir ce que je lui dois, mais je ne joue pas le jeu tout de suite. Elle sait que j'aime faire grimper l'attente, le désir, la résistance. Maintenant fermement son corps contre le mien, je glisse le bout de mon nez dans le creux de sa poitrine.

– Tyler, qu'est-ce que…

– On a dit un baiser, on n'a pas précisé à quel endroit.

Je suis presque sûr d'entendre les battements de son cœur accélérer. Je laisse mon nez caresser son cou, s'imprégner de son parfum, longer l'encolure de son décolleté.

– Hmm…

– Ne gémis pas déjà, Kelly. Je n'ai pas encore commencé.

Mes lèvres tracent un sillon séducteur dans son cou, puis rejoignent le lobe de son oreille, que je mordille.

– Un baiser. Un simple bisou, en apparence. Pourtant, l'idée m'a obsédé pendant des jours, Kelly. Tu sais pourquoi ? Parce que j'avais du mal à choisir quelle partie de ton corps je voudrais embrasser. Ma bouche, cette traîtresse entêtée, semble vouloir redécouvrir tout de toi.

Sa main agrippe mon épaule. Putain ! Je ne fais que l'effleurer, mais je suis déjà plus dur que durant toutes les autres fois où je me suis envoyé en l'air ces derniers mois.

– Elle te veut. Elle te veut tellement, Kelly.

– Ce n'est pas elle, répond-elle, le souffle court. C'est *toi*, Tyler. C'est toi qui as envie de moi.

Je relève la tête, joins mon regard au sien, mes lèvres à un intolérable souffle des siennes.

– C'est moi, acquiescé-je finalement. Tu ébranles *toutes* mes résolutions Kelly. Toujours. Tout le temps.

Nos bouches se frôlent presque. Sensiblement. Sensuellement. Dangereusement.

– Je te résiste depuis des semaines. Chaque jour, c'est de plus en plus dur, Chaque jour, tu t'imposes dans mon esprit. Tu m'énerves, tu me fais me détester parce que je faiblis face à mes propres choix. J'en suis arrivé à remettre en question mon besoin de ne pas te pardonner. Mais tu sais ce qui me rend le plus dingue ?

Je pose mon front contre le sien. Mes mains empoignent ses fesses.

– Tyler…

– Tu me rends possessif. Je n'ai jamais songé qu'une femme devait être à moi. Il s'agit d'une pensée beaucoup trop machiste pour l'homme que je veux être. Mais, avec toi… avec toi, Kelly…

Mon murmure devient encore plus rauque.

– J'ai beau me forcer à te détester… Je ne sais pas quelle sorte de magie tu utilises, mais elle est d'une efficacité agaçante. Je veux posséder tes jours, tes nuits, ton esprit, ton corps.

Je caresse son ventre, puis remonte vers l'un de ses seins.

– Je veux contrôler chaque infime partie de ta peau ainsi que chacune de tes pensées. C'est… animal. Je te veux tout entière.

Ses doigts glissent dans mon dos.

– Tu es déjà dans chacune de mes pensées, Ty. Depuis toujours.

Je m'éloigne juste un peu, de quoi lui laisser l'espace pour obéir.

– Hmm… Je crois que j'ai décidé de l'endroit où je veux te donner ce baiser. Accroche-toi au berceau et remonte ta robe.

40

Kelly
Présent

Ma bouche est sèche. Durant les quelques secondes où Tyler m'a titillée, son souffle collé à ma peau, j'ai sensiblement oublié où nous nous trouvions. Je n'ai aucune défense quand je suis avec lui. Le cœur battant à tout rompre, je recule vers le berceau. Tyler se tient à quelques centimètres de moi. En commandant silencieux, comme il aime l'être, il me dévore des yeux avec une intensité qui me pétrifierait si je n'étais pas guidée par mon propre désir. J'ai attendu son contact pendant tellement de temps ! Ma mémoire est hantée par son regard sauvage. Mon corps est longtemps resté un refuge des souvenirs de ses mains sur moi. Alors que j'ai le dos contre les barres du berceau, mes doigts saisissent le tissu de ma robe et le remontent jusqu'à mi-cuisse.

– Plus haut, réclame sa voix rauque.

Je déglutis lentement. Un peu tremblante, j'obéis. Personne d'autre n'est capable de me rendre si fébrile.

Parce que je devine ce qu'il a l'intention de faire, je m'enhardis et lui demande :

– Tu veux que je retire mon… ?

– Laisse-moi ce plaisir.

Son ton exsude l'excitation.

L'atmosphère tendue entre nous décuple l'impatience qui grogne dans mon bas-ventre. J'ai l'impression que mes pieds sont cloués sur place lorsque les siens avancent. De toute sa hauteur, il m'accule contre le meuble. Ses doigts se posent sur mes cuisses dénudées, montent vers mes hanches, d'où il fait descendre mon tanga avec une lenteur calculée. Il n'a pas changé : Tyler est toujours aussi patient, aussi impérieux.

– Garde ta robe comme ça. Tu sais pourquoi, n'est-ce pas ?

Nos ébats d'il y a cinq ans me reviennent à l'esprit. J'acquiesce d'un petit mouvement de tête. Il glisse une de ses mains chaudes entre mes cuisses, m'invitant à écarter les jambes un peu plus. L'élastique de mon sous-vêtement à mes pieds mord mes chevilles, mais je n'en ai que faire. J'obéis.

Il s'agenouille devant moi, sa tête se retrouvant juste au niveau de mon pubis. Mes poumons demandent de l'air. Ses mains puissantes viennent empoigner mes fesses. Mes yeux scrutent les siens, plus bas. Il devrait y avoir quelque chose de satisfaisant à le voir là, à mes pieds, mais Tyler n'est que domination. Même à genoux, c'est lui qui a le contrôle. Je sens son souffle buter contre la partie la plus sensible de mon anatomie.

– Rappelle-moi pourquoi, Kelly.

Il me faut cinq battements de cœur pour comprendre de quoi il parle. Je ne dois pas lâcher ma robe, si bien que maintenir mes mains dans leur position actuelle revient à faire comme si elles étaient attachées. Je ne peux pas les utiliser, ce qui veut dire que…

– Je vais adorer ça, soufflé-je, haletante.

Ses lèvres effleurent à peine ma cuisse, comme pour me récompenser de ma bonne réponse tout en réservant leur véritable baiser pour mon intimité. D'instinct, je me cambre déjà.

– Tu ne vas pas m'arrêter, Kelly. N'est-ce pas ?

Une infime pensée pour mon job actuel vient ballotter timidement mon esprit.

Et si Carlson arrivait et...

Mes pensées disparaissent à l'instant où je sens Tyler entre mes cuisses.

Finalement, j'y ai droit. La toute légère friction de sa langue sur mon clitoris me coupe le souffle. En quelques secondes à peine, je me sens inondée de plaisir. Je rejette la tête en arrière. J'enfonce mes dents dans ma lèvre pour étouffer mes gémissements. Tyler devient de plus en plus vorace. Il me lèche avec une ardeur toujours plus vive.

– Redresse-toi, Kelly. Regarde-moi te demander pardon. Regarde-moi perdre contre toi.

J'obtempère sans hésitation. Les mains toujours gardiennes des plis de ma robe, je plonge mon regard dans celui de Tyler, réclamant la suite. Ses lèvres ont prononcé des mots que son regard ne défend qu'à moitié. J'ai plutôt l'impression que ses yeux m'invitent à l'observer commander mon plaisir.

– Tu sens à quel point tu es mouillée ? Quelqu'un pourrait entrer à n'importe quel moment et te voir comme ça.

Mon clitoris, si près de son visage, se contracte. Je sais. Ça fait partie du jeu. Jouer avec le feu, prendre le risque d'être surpris. Même s'il était responsable, à Crystal River, même s'il nous exhortait toujours à rester discrets, Tyler était tout aussi excité que moi lorsqu'on se retrouvait dans des lieux où les gens pouvaient découvrir nos actes les plus coquins.

– Je ne joue pas, ajoute-t-il comme s'il avait lu dans ma tête. J'ai passé des mois à me cacher lorsque nous étions là-bas. Peu m'importe qui entrera. Aujourd'hui, je vais te lécher jusqu'à ce que tu jouisses sur ma langue, jusqu'à ce que ton goût noie celui du champagne hors de prix que j'ai bu.

Oh... mon... Dieu.

Il revient m'aguicher avec sa langue, jouant autour de mon clitoris, l'aspirant, se délectant du flot de gémissements que je ne parviens plus à étouffer. Mon ventre se contracte sous la masse de plaisir qui déferle au creux de mes reins aussi rapidement que ma respiration s'altère. Je ne peux plus soutenir son regard. Je ferme les yeux et enfonce mes ongles dans ma robe, que je dois maintenir dans cette position, livrée aux délicieux assauts de Tyler.

Mes jambes flanchent. Il me retient en gardant fermement mon bassin contre sa bouche. La porte s'ouvre, je l'entends. J'entends aussi le « oh ! » d'une voix masculine, puis le claquement du battant. Tyler n'a pas bougé. Au contraire, il appuie sur ma partie sensible avec plus d'entrain. À part aller et venir sur son visage, je n'ai pas bougé non plus, trop absorbée par le feu que je ressens.

– Tyler… gémis-je.

J'y suis presque. Je me demande s'il est encore capable de le savoir après tout ce temps. Intimement, je sens que oui. Il ralentit le rythme exprès, fait durer mon plaisir.

– Tyler, s'il te plaît !

– Hmm…

Sa langue continue de me travailler jusqu'à ce que les ombres du plaisir s'allongent et envahissent mes sens. Il ne me cède pas facilement. C'est comme dans notre relation : il ne me cède *jamais* facilement. Il me fait me languir, me donne envie de réclamer le plaisir, de lui courir après. Quand je lâche un râle de supplication, il augmente la cadence. Ma tête plonge encore vers l'arrière. C'est tellement bon ! Mes doigts vont être endoloris à force de serrer si fort les pans de ma robe. Le plaisir monte, encore, encore. Brûlant comme du feu, obscène comme le bruit de ses coups de langue.

Je n'arrive pas à conserver mes mains en place. Je suis obligée de tenir le rebord du berceau lorsque les vagues de l'orgasme me transportent et que mes jambes faiblissent.

– Oh, putain…

Je tiens à peine debout quand il se relève, satisfait. Ses paroles viennent frapper l'orée de mon oreille.

– Ton goût m'avait manqué.

Je plaque une main sur son torse et le fais reculer jusqu'à pouvoir me perdre dans son regard. Exactement comme avant, quand je pouvais me noyer dedans. Il est plus torturé, mais il reste mon Tyler. Je saisis sa cravate et l'attire contre mes lèvres.

Annie avait pour habitude de dire qu'en la présence de notre ancien prof, je planais. Là, c'est réel, je ne sens plus mes pieds sur le sol. Tyler ceinture fort ma taille et m'embrasse durement, comme pour me punir. Il mord ma lèvre inférieure avant d'éloigner sa bouche, puis se remet à m'embrasser. Moi qui pensais avoir faim il y a quelques jours ! Mon appétit pour lui est désormais semblable à celui d'un ogre. Le meuble derrière nous recule et cogne brutalement contre le mur. Le sexe de nouveau gorgé de désir, j'envisage d'enlever sa veste de costume. Il entreprend de baisser mes bretelles.

La porte s'ouvre avec fracas, nous faisant finalement sursauter.

– On ne vous dérange pas trop ? demande Caleb, un sourire narquois sur le visage.

Excité, Tyler expire fort et passe une main sur son front. J'essaie de maîtriser les battements de mon cœur. Je recule dans l'angle, derrière la commode, et retire mon tanga.

– Mesdames, messieurs, nous sommes désolés, mais l'accès à l'étage est interdit pour le moment.

C'est la voix d'Annie, qui nous parvient de loin.

– Vous venez de nous faire perdre un potentiel client, gronde gentiment Caleb. Carlson n'achètera pas une maison dans laquelle il a été le témoin oculaire d'une baise ! Imaginez que d'autres personnes soient arrivées !

– Ils en auraient profité, répond Tyler en haussant négligemment les épaules.

Caleb s'avance vers son associé et lui dit quelque chose à l'oreille que je n'entends pas. Des pas dans le couloir se rapprochent de la chambre. Ma meilleure amie déboule à son tour. Elle passe plus de temps à observer la pièce que nous autres.

– Dans la chambre du bébé ?! Contre le berceau ? s'exclame-t-elle en se retenant visiblement d'éclater de rire.

C'est plus fort que moi, je pouffe d'embarras, l'entraînant dans mon hilarité.

– Sachez que, là, tout de suite, j'ai au moins vingt commentaires embarrassants en tête, nous apprend-elle. J'aurais tellement de choses à raconter à tes futurs enfants, Kelly ! Mais d'abord, Bri ! Dès qu'on rentre, je l'appelle.

Je ne peux pas m'empêcher de sourire.

– Vous n'aviez pas besoin de venir nous chercher, déclare Tyler. Nous étions sur le départ.

Il attrape ma main, récupère discrètement mon tanga et le range dans une de ses poches. Puis il se penche vers mon oreille.

– Notre troisième rendez-vous commence tout de suite, décrète-t-il dans un souffle.

– Il est plus de minuit et on n'a pas de réservation.

– Inutile. Allons chez moi.

J'essaie de rester calme. Dans ma tête, j'essaie, mais je sais très bien qu'il se rend compte que je n'y arrive pas. Je me racle doucement la gorge.

– Bonne idée. Ce sera plus facile de me raccompagner, puisque je ne suis que trois étages en dessous.

– C'est le troisième rendez-vous, Kelly. Je ne te raccompagnerai pas.

Papillons. Je les sens virevolter dans mon ventre. Comment suis-je censée patienter jusque chez lui maintenant que le message est aussi clair ?

– Vous vous êtes réconciliés ? demande Annie très sérieusement.

– Je pense qu'on a encore des choses à se dire, répond Tyler.

– Mais… c'est plutôt positif ? insiste-t-elle, en grande protectrice.

– Je n'aurais pas sa culotte dans la poche de ma veste si ce n'était pas le cas.

Elle pince les lèvres.

– Je me serais volontiers passée de cette information.

Elle sourit ensuite de toutes ses dents pendant que Caleb lève son pouce en l'air à l'intention de Tyler.

– On va enfin pouvoir respirer au bureau.

– Annie et toi êtes de plus gros emmerdeurs que nous, réplique son associé.

Tyler me tend le bras. Je passe le mien autour du sien pour le laisser m'escorter, sous les regards amusés de nos amis. Caleb essaie de faire de même avec Annie. Je la vois hésiter quelques secondes.

– Allez, Annie, c'est juste de la galanterie. Tu ne peux pas être effrayée par un bras.

Elle cède finalement, non sans le prévenir :

– Si ta main ose s'égarer, Caleb, je lui montrerai un chemin douloureux. Je maîtrise la clé de bras en garde fermée.

– Qu'est-ce que c'est ? s'enquiert-il.

Je ne peux pas les voir, puisque Tyler et moi les devançons dans le couloir, mais je sens déjà leur chamaillerie arriver.

– Une technique qui permet de déséquilibrer son adversaire, et de le mettre au sol en tenant fermement son bras contre son torse et en ayant le pied sur sa nuque pour l'empêcher de se redresser, explique ma meilleure amie.

– Si je visualise bien la scène, ça veut dire que… Oh, Annie, tu es si coquine ! Tu me veux déjà entre tes jambes.

– Qu'est-ce que… Je vais finir par t'en coller une, Caleb !

Il se met à rigoler.

– Je déconne. Détends-toi. Puisque ces deux-là vont lâchement nous abandonner, essayons de terminer la soirée sans accroc. Qu'en penses-tu ?

Devant sa voiture, mon ex-prof me considère longuement. Il s'apprête à dire quelque chose, mais se ravise. Puis il prend une petite inspiration et se frotte la nuque.

– Avant de rentrer, j'ai besoin que tu répondes à une question. Annie a dit que tu avais quitté la ville pour me protéger…

L'ostensible nervosité dont il fait preuve me déconcerte un peu.

– C'est ta question ?

– Non. Ma question, c'est : jusqu'où es-tu allée pour me protéger ?

Je détourne les yeux. Il va me prendre pour une dégénérée inconsciente.

Du pouce, il relève mon menton. Moi qui pensais trouver de la froideur ou des regrets dans ses yeux marron, je me rends compte que je suis loin de la vérité. J'y vois le bassin de questions qu'il se pose avec, à la surface, une grande bouée d'espérance qui me déstabilise.

– Pourquoi est-ce qu'elle a laissé tomber les accusations, Kelly ?

Ma voix n'est qu'un souffle.

– Ce n'est pas elle. C'est mon père qui l'a convaincue.

Il n'est pas étonné. Mon père a toujours été mon parent le plus affectueux. Pas forcément le meilleur du monde, mais le moins mauvais des deux.

– Tu évites la question. À quelle condition a-t-il…

– J'ai tenté de me suicider, le coupé-je d'une voix tremblante.

La main de Tyler délaisse le bas de mon visage. Je réprime les larmes qui forcent les barrages de mon flegme.

– Quoi ?!

Ses traits se figent comme ceux d'une statue.

– J'ai menacé de m'ôter la vie s'ils te blessaient. Ma mère n'a pas écouté, alors je suis passée à l'acte pour lui prouver à quel point j'étais sérieuse. Je souffrais déjà d'être loin de toi. Je n'aurais pas pu continuer à vivre en sachant que tu étais emprisonné par ma faute.

Je marque une pause, essayant de refouler la douleur de mes souvenirs.

– J'ai avalé plusieurs des comprimés que j'avais. Tous ceux qu'on m'avait prescrits après l'accident, en fait. Je ne voulais pas vraiment mourir, je voulais juste… (J'écrase une larme rebelle qui coule sur ma joue.) Je ne sais pas… J'étais désespérée ! Je voulais juste qu'on ne te fasse pas du mal.

Tyler me prend dans ses bras. Ça arrive si vite que, si je n'entendais pas les battements de son cœur, je me demanderais si je ne suis pas en train de rêver.

– Pourquoi tu ne me l'as pas dit ? chuchote-t-il contre mon oreille.

– J'ai essayé, Ty. Mon seul moyen de te joindre, c'était par missives. Je t'ai tout raconté dans mes lettres.

Son étreinte chaude se resserre. J'ai envie de me pincer pour être sûre. Tyler m'a prise dans ses bras. Je barre le mot « pardon » dans ma *to-do list* mentale. Parce que ce geste ne peut vouloir dire que ça… n'est-ce pas ?

– Je ne vivais plus chez mon oncle.

– Lorsque tu as appris que je te les avais envoyées, tu n'as pas cherché à les lire.

C'est égoïste, mais je veux qu'il culpabilise, au moins un peu. Il me relâche, trop tôt à mon goût.

– Je suis tellement désolé, Kelly. Je me sens comme un con.

– Ce n'est pas moi qui dirais le contraire.

Je m'appuie contre lui. Il murmure dans mon cou des paroles qui vibrent en moi tant je les ai attendues.

– Désolé, s'excuse-t-il encore. Merder fait partie de mes gènes. Il faut juste que j'apprenne à arranger les choses. Tu me laisseras faire ?

– Évidemment.

Il plaque sa main sur ma nuque et s'empare de mes lèvres, de cette façon qui me rappelle qu'il les connaît depuis toujours. Il m'embrasse comme s'il n'avait jamais cessé de le faire, comme si les cinq dernières années n'étaient qu'une pause de quelques heures avant que nos bouches ne se retrouvent.

– Tu m'as manqué, Kelly, avoue-t-il.

Je sens les battements de son cœur sous ma paume.

– Tu vas me le prouver ?

Son souffle frôle la peau de mon cou. Il en aspire un petit bout et grogne :

– Monte dans la voiture avant qu'on se fasse arrêter pour outrage public à la pudeur.

***

Dès que nous franchissons la porte de mon appartement, Tyler me plaque contre le mur et écrase ses lèvres sur les miennes. Il m'embrasse longuement et profondément, me coupant le souffle.

– Tu en as toujours envie, Kelly ?

– Plus que jamais.

Pourquoi perd-il du temps à poser la question ? Ne peut-il pas voir à quel point j'ai hâte qu'il me touche ? Toutes mes cellules sont en feu. Sauf qu'au lieu de me caresser, il s'éloigne et m'observe.

– Déshabille-toi.

Sous ses yeux gourmands, je m'exécute, retirant mes chaussures et ma robe. Il explore du regard mon corps nu, en s'attardant sur mes tétons tendus et mes lèvres.

– Tu as passé des jours et des jours à me vouloir, à me courir après. Tu t'es touchée en pensant à moi ces dernières années ?

Je prends mon temps avant de dévoiler ce qu'il sait déjà :

– Tout le temps.

Il sourit diaboliquement.

– Caresse-toi en me racontant, Kelly. Qu'est-ce que je te faisais ?

Prise au dépourvu, je ne réagis pas tout de suite. Il avait pour habitude de tout contrôler au lit. Je le laissais faire, ravie de me soumettre à ses caresses. Je n'ai pas pensé qu'il me demanderait de me toucher devant lui. Il doit sentir mon trouble parce qu'il m'encourage :

– Où est-ce que tu imaginais mes mains, Kelly ? Montre-moi.

Je commence par mon cou, puis glisse une main vers l'un de mes tétons, que je pince doucement.

– J'imaginais que c'étaient tes dents qui les mordaient.

– Fort ?

– Non. Juste… comme tu sais faire.

Ses pupilles se dilatent encore plus. Il serre le poing, comme pour se retenir.

– Ensuite ?

Ma main parcourt mon ventre, puis je descends plus bas, consciente qu'il ne la lâche pas des yeux. C'est comme si chaque mouvement que je faisais l'hypnotisait. Et c'est pour ça que je trouve le courage d'écarter légèrement les jambes et de toucher mon clitoris. Je ne suis pas étonnée de me rendre compte à quel point je suis mouillée.

– Ensuite, tu me donnais du plaisir ici.

– Je m'enfonçais en toi ?

Sa voix, de plus en plus rauque, glisse sur ma peau et m'arrache des frissons.

– Oui.

Mon doigt caresse mon clitoris de plus en plus rapidement et mes jambes se mettent à vibrer de plaisir.

– Profondément ?

Je fais « oui » de la tête. Je n'ai jamais vu autant de désir sur son visage. Tyler a l'air complètement électrisé par ma démonstration.

– Je ne pense pas pouvoir jouir à nouveau si vite.

– Foutaises. Tu as toujours été une femme pleine de ressources. Tu vas y arriver. Je vais t'aider.

Il s'avance et se presse contre moi. Je sens la pulsation de son sexe contre ma cuisse. Je ressens le besoin de rééquilibrer les choses, alors je déboutonne sa chemise avec hâte et la fais glisser au sol. Pendant qu'il m'embrasse, je m'accroche à ses épaules, le laissant me porter jusqu'à la chambre.

Il me pose sur le lit et continue de m'embrasser pendant que je fourrage dans ses cheveux. Puis il se redresse. Les battements sauvages de mon cœur s'intensifient quand je le vois retirer son pantalon. Il récupère un préservatif et l'enfile sans me quitter des yeux.

Lorsqu'il revient sur le lit, il ne se positionne pas entre mes jambes comme je le pensais. Il se couche sur le dos et m'invite à monter sur lui.

– Assieds-toi sur moi.

Je ne me fais pas prier. Mes jambes de part et d'autre de ses hanches, ses yeux me fixant avec intensité, je le prends en moi.

– Putain… grogne-t-il.

Nos souffles se bloquent quelques secondes, en même temps que nos corps.

C'est exactement ça. C'est ce que je suis venue retrouver. Cette luxure qui enflamme mes sens au point où j'en oublie de respirer.

Quand nos yeux se croisent, il me souffle :

– Bouge, Kelly. Baise-moi. Montre-moi à quel point tu me veux.

Oh… merde !

Je n'ai jamais été au-dessus. Je n'ai jamais eu le contrôle de nos ébats. Parce que c'est ce qu'il me donne en me laissant être dans cette position. Il me fait comprendre qu'il m'a enfin cédé. Soutenant son regard, je bouge mon bassin de haut en bas, lentement. Sa main vient cajoler mon clitoris.

– Tu aimes ça, n'est-ce pas ?

Je me mords la lèvre en acquiesçant et continue mes mouvements, beaucoup plus confiante. Beaucoup plus excitée, aussi. Dans cette position, j'ai l'impression de le sentir tellement plus. J'ai l'impression qu'il m'appartient.

J'attrape sa queue entre mes mains, relève le bassin et le reprends d'un coup en moi. Il ferme les yeux et gémit de plaisir.

– Putain, Kelly… Tu me fais perdre la tête.

Il ne me laisse plus le contrôle. Je suis toujours au-dessus de lui, mais il saisit ma taille de ses deux mains, me soulève et accélère ses va-et-vient.

Rapidement, il plonge profondément dans la chaleur de ma chatte en grognant de plaisir à mon oreille. Je ne suis plus que palpitations délicieuses. Toutes mes terminaisons nerveuses réclament la délivrance.

Corps à corps, cœur à cœur… Il m'arrache gémissement après gémissement.

– C'est si bon, Tyler… J'y suis presque…

– Laisse-toi aller…

Il se redresse et me serre contre lui. Sa bouche dévore la mienne pendant que mes seins frottent contre son torse.

– Je vais jouir avec toi…

Je me sens sauvagement vivante lorsqu'il s'enfonce en moi avec plus de frénésie.

– Oh, putain de merde…

Au moment où je sens l'orgasme me submerger, je me contracte autour de lui et réclame un baiser. Long, profond, intense. Mon corps se met à trembler. Il me tient fermement entre ses bras quand je bascule vers les grisantes profondeurs de l'orgasme.

Alors que nous sommes toujours entrelacés, j'entends nos cœurs battre à l'unisson. Son souffle glisse de mon cou à l'orée de mon oreille. Je m'enivre de l'odeur de sa peau.

– C'était… incroyable. J'attendais ça depuis tellement de temps.

– Tu as toujours su me faire flancher, Kelly. D'une façon ou d'une autre. Même pour ce fichu bal de promo, qui nous a mis dans la merde…

41

Tyler
Cinq ans plus tôt

– S’il te plaît… susurre-t-elle à mon oreille.

– Kelly, on en a déjà discuté.

Allongée sur mon torse, elle plonge la tête dans mon cou et aspire la peau à cet endroit.

– Kelly… tu vas me marquer si tu continues.

– Je m’en fiche. À défaut de pouvoir crier à tout le monde qu’on sort ensemble, c’est ma manière de faire savoir que tu es déjà pris.

– Hmm… gémis-je doucement.

Ses cheveux sur ma peau sont si doux que ça me donne envie de les empoigner de nouveau, pendant que je m’enfoncerai en elle. Je conserve les yeux fermés quand je sens sa main naviguer sur mes pectoraux.

– Pourquoi tu refuses ? Tu ne seras plus vraiment prof.

Je remonte la couverture sur nos deux corps dénudés et repus de plaisir. Il est déjà tard. Il va bientôt falloir dire au revoir à notre refuge secret. Son appart nous permet de nous voir en catimini, quelquefois, à l’occasion, mais on ne peut pas y rester trop longtemps. Depuis notre escapade à Miami, je ne désire qu’une chose : pouvoir de nouveau passer une nuit complète avec elle. Replonger dans l’insouciance et la désinvolture de notre séjour.

Il s’agit de notre nuit la plus romantique. Notre toute première nuit complète ensemble.

– Attendons d'être totalement à l'abri. Il ne nous reste que quelques semaines avant de pouvoir partir à New York. Je dois justement aller faire des visites d'appart le jour du bal de promo. On ne peut pas y aller ensemble.

– Bon, pas *ensemble*. Juste, toi, tu viens…

Elle fait glisser ses doigts un peu plus bas sur mon ventre.

– … moi aussi, et on trouve un endroit tranquille pour danser tous les deux.

Depuis des jours, elle tente de m'avoir par tous les moyens. Elle agit tel un dealer qui essaie de me convaincre que sa drogue est la meilleure, insérant dans ma tête l'idée que céder ne me ferait pas de mal.

– J'adorerais, Kelly, mais je ne crois vraiment pas que ce soit une bonne idée.

Sa paume se fige.

– Pourquoi pas ? se plaint-elle. Le bal, c'est tellement symbolique dans la vie d'une lycéenne !

J'attrape sa main et la baise tendrement.

– Je sais. Je sais aussi que tu as été invitée par des tas de gars et que, juste parce que tu es avec moi, tu ne peux pas y aller accompagnée. Crois-moi, je m'en veux, mais je préfère ne pas prendre de risques. Tu comprends ?

En guise de réponse, elle se contente de soupirer en retirant sa main. Je me dis qu'elle est passée à autre chose, mais c'est compter sans son entêtement.

Le surlendemain, j'ai droit aux cinq mots. Encore.

– Viens au bal avec moi.

– Tu connais ma réponse, Kelly.

– Essayez de le convaincre de venir au bal avec moi.

Notre petit groupe s'est retrouvé au Minute Bar. Annie a la responsabilité de la fermeture ce soir. Quand Kelly l'a appris, elle l'a dit à ma sœur, et lorsque je suis venu chercher cette dernière, j'ai été pris dans son doux piège. Elle m'a confortablement installé et s'est posée sur mes genoux, m'assurant que, pour mon propre bien, je devais goûter les burgers dans lesquels elle a eu l'idée de glisser des tranches d'ananas.

Je suis content que ma petite sœur passe du bon temps. J'ai l'impression qu'elle n'est plus vraiment elle-même à la maison. Elle se fait plus discrète, plus silencieuse. Un peu comme là, tout de suite.

– Bri ? l'interpellé-je. Briana ?

Elle sort enfin de ses pensées. Depuis un moment, elle a la tête dans les nuages.

– Désolée, j'avais la tête ailleurs.

– J'ai remarqué.

Elle resserre les pans de mon pull sur elle. Je n'en ai presque plus à porter parce qu'elle a dévalisé mon placard. Je me demande si c'est un effet de mode qui la pousse à enfiler mes vêtements *oversize*.

– Tu veux qu'on éteigne la clim ? lui demandé-je.

– Non… je… ça va.

– Tu es sûre ?

– Laisse-la souffler, Tyler. C'est sa période garçon manqué. Je suis passée par là, moi aussi, me dit Annie en déposant nos plats sur la table.

– Ouais. J'ai juste besoin de cacher mon corps en ce moment, confirme Bri.

J'essaie de capter son regard fuyant.

– Pourquoi ?

– Je crois que… Laisse tomber, je dois me faire des films. De quoi vous parliez, déjà ? Le bal, c'est ça ?

Kelly attrape une frite.

– Ton frère refuse de venir.

– Entre nous, je pense qu'il a peut-être raison.

– Tu ne vas pas t'y mettre, toi aussi ! On est ensemble depuis des semaines et personne ne s'en est rendu compte. Je trouve qu'on gère très bien cette relation secrète. Regardez-nous, là, par exemple.

Secrète. Je déteste vraiment ce mot. J'aimerais tant ne pas avoir à faire d'elle mon secret !

– Je sais pas. Je pense que vous devriez faire attention. J'ai peur que le troll qui possède un compte sur Tyler essaie de le prendre en photo s'il se présente au bal de promo. Il risquerait de le suivre et de vous trouver.

Merde... quoi ?

– Il y a un compte sur moi ? De quoi tu parles ?

– Tu n'es pas au courant ? Une de mes camarades m'a demandé si c'était vrai que tu prenais exclusivement ton café ici. Je lui ai demandé ce qui lui faisait penser ça, et elle m'a montré ceci.

Elle sort son téléphone de sa poche et me montre le compte qui a été créé au nom de M. Evans.

Sur le coup, je flippe.

Je regarde les photos et je flippe encore plus. Il y en a une bonne centaine. Des photos de moi en cours, devant l'école, couché sur les gradins du terrain de basket ou me rendant ici, au Minute Bar. Je ne perds pas mon temps à toutes les regarder.

– Signale-le, s'il te plaît.

– C'est déjà fait, répondent-elles toutes les trois.

– Tu le savais ? demandé-je à ma petite amie.

– Évidemment. Je pense que ce sont juste des gamines du collège un peu trop fans de toi. Tu es très populaire à l'école, tu sais.

Peu importe, cette histoire ne me rassure pas.

– Moi, je ne comprends pas qu'on puisse être obsédé par toi au point de te prendre discrètement en photo. Si seulement elles savaient la torture que c'est de te supporter en classe !

Je ne le prends pas mal, on s'est déjà dit pire, Annie et moi, mais je ressens le besoin de clarifier quelque chose, donc je laisse ma crainte de tout à l'heure de côté pour me concentrer sur elle.

– OK, je pense que cette discussion est nécessaire. Pourquoi tu ne m'aimes pas, Annie ?

Elle pose une main sur sa hanche.

– Parce que, toi, tu m'apprécies ?

– Franchement, dès qu'on quitte l'enceinte de l'établissement, je te trouve plutôt cool. T'es moins stressée, moins « j'ai un balai dans le cul ». Tu ne désapprouves pas ce que je fais toutes les dix minutes.

– Ce n'est pas que je ne t'aime pas. Au fond, je crois qu'on peut même dire que je t'aime bien. Je ne prendrais pas autant de risques pour vous cacher sur mon lieu de travail si je ne vous appréciais pas tous. C'est juste qu'en cours, je te trouve toujours énervant. Nos caractères ne matchent pas.

– Je crois que, le problème, c'est que tu es excellente, Annie, lui fais-je savoir.

– Et alors ?

C'est sa meilleure amie qui lui explique.

– Tu passes ton temps à vouloir te mesurer à lui, à le considérer comme un rival en classe et à remettre en question ce qu'il dit. Tyler est un génie et ça te frustre. Tu ressens ce besoin de montrer que tu peux être à son niveau, si ce n'est être meilleure. Du coup, tu fais une fixette sur le seul point que tu peux lui reprocher : son comportement.

– Parce que j'ai tort, peut-être ?

– Si tu faisais un peu plus attention, tu verrais qu'en dehors de ses agissements foireux, c'est un bon prof. Il cible chacune de nos lacunes et nous donne des exos adaptés. La différence d'âge étant plus faible qu'avec nos autres professeurs, les gens arrivent plus facilement à se confier à lui, sur leurs problèmes et les raisons qui font qu'ils se retrouvent en soutien scolaire. Il est sarcastique, c'est vrai, mais il est aussi énormément à l'écoute.

– J'aime ce portrait de moi.

Annie lève les yeux au ciel.

– Il paraît que tu as encouragé Chelsea lorsqu'elle est venue te demander si elle devait sauter le pas et se faire un piercing au téton.

– Bah… je suis prof de maths, pas conseiller d'orientation.

– Il a pas tort, répond Kelly.

– Depuis quand, un piercing, c'est une orientation ? Tu lui pardonnerais tout tellement tu es amoureuse de lui !

– C'est vrai. Et toi, Tyler, tu me pardonnerais tout ?

Je crains de ne pas avoir le cœur aussi magnanime qu'elle. Je n'ai toujours pas pardonné à mes parents la violence qu'ils nous montraient, leur manque de préoccupations à notre égard et leur mariage pourri, qui nous a conduits, ma petite sœur et moi, dans la maison de l'horreur.

– S'il te plaît, ne me donne jamais la moindre raison de devoir le faire, Kelly.

– Il n'y a pas de risques ! affirme-t-elle, tout sourire.

Je cueille une frite dans son plat et son sourire disparaît. Elle me lorgne méchamment.

– Ne touche plus à mes frites tant que tu n'as pas accepté de venir au bal avec moi !

– Kelly, tu ne me feras pas changer d'avis.

***

Je la vois à travers la fenêtre de la salle avant même qu'elle n'ouvre la porte. Sur mon visage germe la surprise.

– Pourquoi tu es là ?

– Je te cherchais. Bri m'a dit que tu étais là, toi aussi, et j'ai entendu Mme Necta dire qu'elle t'avait demandé de ramener des packs d'eau depuis plus d'un quart d'heure.

Ah oui, c'est vrai ! Je l'avais déjà oubliée, celle-là. En fait, je m'en fous un peu. J'ai trouvé une excuse pour fuir leurs jeux de cohésion stupides et je me suis réfugié au dernier étage, dans la salle de théâtre, là où en principe personne n'aurait pensé à venir me chercher. Sauf ma petite amie, apparemment.

– Je veux dire, qu'est-ce que tu fais ici ? Les dernières années ne sont pas concernées par la nuit du lycée.

– Annie et moi, on s'est proposées comme chaperons. Elle, parce que ça fait bien sûr le CV, et moi… (Elle hausse les épaules.) Je n'ai rien à faire chez moi. Pourquoi, toi, tu es là ?

– On m'a obligé.

– Donc, tu te caches dans la salle de théâtre.

– Ouais. J'ai dit à mon oncle que je viendrais, j'ai pas dit que j'assisterais à leur regroupement débile dans le gymnase. J'ai jamais compris le principe de cette nuit au lycée.

– Moi non plus, mais vu que c'était obligatoire, chaque fois que je venais, je me débrouillais pour mater des films en douce avec Annie.

– Pourquoi ça ne m'étonne pas ?

Elle observe attentivement les alentours.

– C'est ici qu'ils ont stocké les décos pour le bal.

– *Friends*, c'est pas ouf, comme thème.

– Tu veux rire ? J'adore, moi ! La série est un classique. Dommage, j'aurais vraiment aimé y aller avec toi.

– Kelly ? Pourquoi il est si important pour toi, ce bal ?

Elle plisse le front et tente d'éviter mon regard insistant, mais n'y arrive pas.

– Je ne voulais pas te le dire avant d'avoir eu d'autres réponses, mais… je n'ai pas été prise à Columbia. Je n'irai pas à New York avec toi.

Coup de massue dans le cœur. J'essaie de masquer ma déception et trouve quelque chose à dire pour nous rassurer.

– On trouvera une autre solution. On pourra instaurer une relation à distance, le temps que tu reproposes ton dossier.

– Je ne veux pas qu'on se sépare. J'ai vécu loin de mes parents pendant tellement d'années ! Si je suis autant à fond sur les sorties, ces derniers temps, et que je te pousse à prendre plus de risques pour me voir, c'est parce que je veux juste qu'on passe nos derniers moments ensemble. Je veux me faire des tas de souvenirs avec toi avant qu'on soit séparés. Je ne veux pas te demander de rester ici. Jamais je ne me mettrai entre ton rêve et toi. Je me disais juste qu'il fallait que je maximise nos heures ensemble.

Kelly saisit le cadre photo doré, emblème de la série, puis le fait tourner entre ses mains, le regard vide.

– Tu tiens vraiment à y aller avec moi ?

Elle hoche timidement la tête.

– D'accord. Je serai là.

Son visage s'illumine.

– Pour de vrai ?

– Puisque je te le dis.

Elle crie de joie et se précipite vers la porte. Ma main n'arrive pas à la rattraper à temps. Elle s'est déjà éloignée de plusieurs mètres.

– Où est-ce que tu vas ? demandé-je.

– Je vais le dire aux filles.

– Pas tout de suite, non. Tu m'as aguiché pendant des jours pour me faire céder, et maintenant tu comptes t'échapper comme ça ? demandé-je sur un ton taquin.

D'un geste de la main, je tire le rideau de la salle de

classe. Je balance la pancarte de Central Perk[1] posée sur le bureau et tapote le dessus du meuble pour lui demander de venir s'y installer.

– Ferme la porte à clé et rapproche-toi.

Sa voix se transforme en murmure.

– Tyler, ce n'est pas raisonnable…

J'allume la torche de mon portable, le pose sur le support du tableau, éteins la lumière de la salle et me tourne vers elle.

– Viens ici me dire à quel point ce n'est pas raisonnable.

Un pas. Un deuxième, un troisième, et elle se retrouve entre mes bras. Je la soulève et la fais asseoir sur le bureau. Juste après, mes lèvres sont sur les siennes et ses jambes entourent mes hanches. Nous nous embrassons à en perdre haleine. Ce que j'aime la sentir collée contre moi ! Elle ne le sait pas, mais j'aime encore plus l'embrasser qu'elle n'aime me rendre mes baisers. Elle est persuadée de m'aimer davantage, mais, la vérité, c'est que je suis beaucoup plus accro à elle que je ne le montre. Personne ne m'a jamais rendu aussi fou.

Je saisis sa taille et approfondis notre étreinte. À chaque baiser, j'en veux plus. Plus de son parfum sur moi, plus de sa langue contre la mienne, plus de ses halètements, qui court-circuitent mon cerveau.

– Tu te rappelles ce que je t'ai dit dans les vestiaires, Kelly ? Ce que je serais capable de faire si je sortais avec toi ?

– Il faut que tu précises, répond-elle en retenant son souffle. Tu as dit trop de choses cette fois-là.

– J'ai dit que je te baiserais dans chacune des pièces vides de cet établissement, susurré-je à son oreille.

Je sens sa peau frémir sous ma paume.

1. Nom du célèbre café dans *Friends*.

– On va commencer ici. Maintenant.

Ignorant le fait que nous nous trouvons au dernier étage de l'école, à peine éclairés par la lumière de mon téléphone, je desserre ses jambes autour de moi et demande :

– Des objections ?

Au moment où elle me fait « non » de la tête, je sens son cœur accélérer sa cadence.

– Si je touche ta culotte tout de suite, sera-t-elle mouillée ?

Elle ferme les yeux et répond par l'affirmative. J'adore voir ce changement s'opérer chez elle au moment où je parle de désir. Elle devient toute timide, même si elle ne boude jamais son plaisir. Ma main trouve toute seule son chemin entre ses cuisses.

– Ouvre les yeux, Kelly. Je veux que tu te rappelles l'orgasme que je vais te donner tout de suite. Dans cette salle de classe. Ou n'importe qui peut venir frapper à la porte.

Elle s'exécute, relève la tête pour me regarder et enfonce ses ongles dans mon bras au moment où j'insère un premier doigt en elle.

– Tu es déjà tellement mouillée.

– Tyler…

Elle essaie de pousser son bassin vers moi, réclamant déjà plus, mais je la retiens.

– Pas si vite. J'ai envie de te faire tellement de choses, Kelly. Je n'ai pas encore choisi ce qui me tenterait le plus.

Un second doigt s'introduit en elle.

– Tu as encore fermé les yeux. Tu ne vois pas à quel point tu es en train de tremper mes doigts, Kelly ?

Elle prend le plaisir que je lui donne. Elle me laisse l'emmener là où je veux qu'elle aille. Elle me laisse décider. Je veux aller plus vite, changer de rythme, l'inciter à bouger le bassin. Jusqu'à ce qu'elle n'en puisse plus.

– Tyler… s'il te plaît.

Elle frotte son nez contre la peau de son cou. Je la maintiens bien fermement en continuant mes mouvements.

– Qu'est-ce que tu veux ?

– Ça… juste ça. C'est tellement bon.

– Comme ça ?

Je sens ses ongles s'enfoncer dans mon dos alors que nos corps bougent en parfaite synchronisation. C'est bon pour moi aussi. Presque aussi bon que de la pénétrer avec ma queue.

– Hmm…

Ses cheveux se balancent doucement autour de son visage et sa bouche est ouverte, cherchant à reprendre son souffle entre plusieurs gémissements. J'adore cette expression de béatitude totale qui éclôt dans ses yeux vitreux alors que sa chatte se tord de spasmes autour de mes doigts.

– Putain… Kelly. Je…

Ce que je ressens est tellement compliqué à expliquer ! Tout ce que je sais, c'est que je suis tombé amoureux d'elle. Fort. Intimement, je sais que jamais je n'aurai une chance contre elle. Mais une partie de ma personnalité, probablement celle qui gonfle mon ego, m'empêche de le lui dire.

42

Tyler
Présent

Je ne peux qu'imaginer ce que ça m'aurait fait de me réveiller avec ma main autour de la taille de Kelly. Je ne peux qu'imaginer parce qu'elle n'est pas là lorsque j'ouvre les yeux. Il est huit heures, et tout ce qu'il me reste d'elle, c'est son parfum sur mes draps.

Je me lève mollement, puis vérifie dans la salle de bains et le salon. Personne. Pourquoi elle est partie après la nuit d'hier ? Pourquoi elle a pris la fuite comme un simple plan cul ?

Malgré mon ego écrasé, je me rends à son étage et sonne à sa porte. Je reste planté devant quelques minutes avant d'accepter l'idée qu'elle n'est pas chez elle. Elle ne répond pas non plus au téléphone. Un tour rapide à l'accueil de l'immeuble, et le concierge m'informe qu'elle est partie un peu plus tôt, l'air triste.

Après ma douche, je reçois un appel et me précipite sur le téléphone. Je soupire en constatant qu'il ne s'agit pas d'elle.

– Tyler ? Bonjour, me salue Mila. Il y a Carlson qui espérait te voir. Caleb est occupé toute la matinée avec des visites.

Oh, putain ! Je l'avais complètement oublié, celui-là.

– J'arrive tout de suite.

– Super. Je l'ai laissé discuter avec Annie. Apparemment, elle avait des questions à lui poser au sujet d'hier soir.

Tant mieux si elle l'occupe un peu.
– Kelly est-elle là ? demandé-je.
– Elle a pris sa journée.
Je retiens un soupir irrité.
– Pourquoi ?
– Elle n'a pas donné de raison. Ça doit être personnel. D'ailleurs, ton agenda est vide cet après-midi, toi aussi.
Oh ! C'est aujourd'hui.
Je vérifie rapidement la date sur mon téléphone. Mon cœur se serre. Je suis à peu près certain de savoir où elle est.
– Finalement, annule tous mes rendez-vous, Mila, et reporte celui avec Carlson. Je ne serai pas du tout disponible aujourd'hui.
– Tu es sûr ? Il y avait…
– Oui. Annule tout.
Je m'habille en un rien de temps et descends prendre ma voiture. Sur le trajet qui me mène à Crystal River, je reçois ma notification de rappel annuel : l'anniversaire du décès d'Helena.
Je roule pendant plusieurs heures, tentant de me concentrer sur des choses positives pour ne pas me sentir mal. C'est fou comme, parfois, les malheurs de certaines personnes peuvent nous toucher et nous anéantir alors qu'on n'en a rien à faire des merdes que subissent ceux qui partagent notre propre sang. Je ne suis pas allé rendre visite une seule fois à ma mère en prison depuis son arrestation, mais le jour où j'ai appris la mort d'Helena, j'ai foncé dans mon ancienne ville.
Lorsque j'arrive au cimetière, mon cœur cogne rapidement dans ma poitrine. Douloureusement. Amèrement. Je n'ai toujours pas l'habitude, malgré mon passage annuel. Qu'est-ce que je raconte ? Qui peut s'habituer au sentiment d'impuissance qu'on ressent en traversant une allée bordée de pierres tombales ?

Je ne sais pas si je suis soulagé ou affligé d'avoir eu raison. Kelly est là, assise en tailleur devant la tombe de sa nourrice. Je l'entends raconter à quel point elle aime son nouveau boulot à Santa Barbara.

– Tu avais raison, Helena, cette ville est magnifique ! Annie, Bri et moi, on s'y plaît beaucoup. Et il y a Caleb, aussi. Tu aurais eu tellement de choses à dire sur son comportement : c'est un vrai macho ! Pire que ton mari.

Mon cœur s'attendrit. Un peu en retrait, de peur de l'interrompre, je l'écoute se confier à celle qui a été une figure maternelle pour elle.

– Mais il aurait su te séduire, j'en suis sûre. Si jamais tu te poses la question, je me suis réconciliée avec Tyler hier. Tu sais qu'il a toujours été lent, ne lui en veux pas. On a même fait l'amour !

J'ai envie de pouffer. Juste au cas où, je vérifie que personne d'autre n'arrive dans notre périmètre.

Des sanglots naissent quand elle enchaîne :

– Je peux presque entendre ta voix me féliciter. Tu dirais quelque chose comme : « Bien joué, ma *niña* ! »

Elle sort un briquet de son sac et tente de l'actionner pour enflammer la mèche d'une bougie, mais ses doigts tremblent trop.

– Tu me manques tellement, Helena ! J'aurais voulu que tu voies à quel point on est heureux aujourd'hui. J'aurais voulu t'emmener pour prendre soin de toi comme tu as su prendre soin de moi.

Une boule de tristesse dans la gorge, je m'avance doucement vers elle et lui récupère le briquet des mains.

– Tyler.

La lèvre tremblante, elle me regarde, avec son joli visage mouillé et ses yeux rouges.

– Laisse-moi t'aider.

Ses larmes redoublent d'intensité et elle cache sa tête dans ses mains pour pleurer. J'allume la bougie, ajoute la cloche assortie, et elle rejoint les nombreux bouquets de fleurs sur la tombe. Ensuite, je m'assois à côté de Kelly et la prends dans mes bras. Elle se blottit contre moi et continue de verser un flot de larmes pendant que je caresse ses cheveux.

– Je n'étais pas là, Ty. Je n'étais pas là quand… elle a commencé la chimio.

Sa main attrape fortement ma chemise. Elle y enfonce les doigts comme pour se retenir de crier.

– Mes parents ne m'ont rien dit. Ils étaient tout le temps absents : comment auraient-ils pu remarquer qu'elle souffrait ? Ils ne m'ont même pas donné… une chance de revenir la voir avant…

Elle renifle fort et les mots se perdent dans sa gorge.

– J'aurais dû être là pour elle. J'aurais dû être là pour toi aussi. Pour Briana. J'aurai dû…

– Chut, Kelly. Ça va aller. Je suis là.

Je mens. Je ne sais pas si ça va aller, mais je ne sais pas quoi lui dire d'autre que ce que sa nourrice m'avait elle-même dit avant que je ne quitte la ville. Alors, je continue de lui répéter que tout ira bien, jusqu'à ce que ses pleurs s'amenuisent.

Au bout d'un moment, elle relève la tête, s'essuie les joues et plonge ses yeux dans les miens.

– Il y avait déjà des fleurs quand je suis arrivée.

Je vois de la reconnaissance dans ses iris, mais feins de ne pas être au courant.

– Ah bon ?

– Je sais que c'est toi, Ty. Elio m'a dit que tu en envoyais chaque année.

Peu après mon départ, j'ai appelé Helena. C'est son fils qui a décroché et qui m'a annoncé la nouvelle. Depuis, je fais systématiquement livrer des fleurs ici et je libère mon après-midi, ce jour-là, pour venir me recueillir sur sa tombe. Je ne lui parle pas comme Kelly, je ne pleure pas non plus, mais je ressens le besoin de venir quand même. Par reconnaissance envers cette femme incroyable qui m'a prise dans ses bras dès notre première rencontre.

Quelques minutes plus tard, nous prenons le chemin du retour en silence. Je m'arrête dans une pharmacie avec l'intention de lui acheter des médicaments contre les maux de tête.

Je suis dans la queue pour payer quand je reconnais ma tante Alexa. Enfin, il me faut plusieurs secondes avant de la reconnaître parce qu'elle n'est plus que l'ombre d'elle-même. Elle a tellement perdu du poids que ça me brise le cœur de la voir ainsi.

– Alexa ?

Perdue dans je ne sais quelles pensées sombres, elle ne m'entend pas, alors je réitère ma question.

– Alexa ?

Elle tourne enfin le regard dans ma direction.

– Oh, mon Dieu, Tyler ! Mon grand, c'est vraiment toi ?

Elle cache bizarrement le contenu de son panier dans son dos. Lorsque je la force à me le montrer, mon sang ne fait qu'un tour. Des bandages, de la crème cicatrisante, de l'antiseptique. Au fond de moi, je savais que ce que je craignais allait arriver. Je savais qu'il allait lui faire du mal, à elle aussi. J'ai essayé de l'aider en avertissant la police, mais elle a toujours couvert son mari.

Je fournis un grand effort pour réfréner ma colère.

– C'est *lui*, n'est-ce pas ?

Elle baisse les yeux.

– Alexa, regarde-moi. Ça ne peut pas continuer. Pourquoi tu restes encore avec lui ?

– Je sais ce que tu penses. Mais je t'assure que je vais bien.

Sa paume se pose affectueusement sur ma joue.

– Je suis heureuse de t'avoir vu. S'il te plaît, pars maintenant. Il ne devrait pas tarder à venir me chercher, et je n'ai pas envie qu'il te voie ici avec moi.

Elle me serre rapidement dans ses bras et me force à quitter les lieux.

– Tu ne peux pas rester avec lui, Alexa ! Demande de l'aide ! Appelle-moi ! Fais quelque chose, s'il te plaît ! Il te détruit.

La colère gronde amèrement en moi pendant que je répète ce que je disais à mon père. À croire que, peu importe où je vais, mon schéma familial sera toujours foireux.

– Prends soin de toi et de ta petite sœur, d'accord ? dit-elle, avant de s'échapper, en laissant son panier entre mes doigts.

Je le serre jusqu'à ne plus sentir mes articulations. J'ai effectué plusieurs recherches à ce sujet et j'ai constaté qu'il est courant que les personnes qui souffrent d'agressions ou de violences conjugales refusent d'en parler. J'essaie de les comprendre, j'essaie de me mettre à leur place, mais j'aimerais tellement qu'elles acceptent de parler et de porter plainte contre ces salauds ! Pourquoi ? Pourquoi elles se sentent coupables, alors que ce sont elles, les victimes ?

Je suis tellement frustré que, lorsque je retourne dans la voiture, Kelly le remarque automatiquement et me questionne :

– Qu'est-ce qui ne va pas ?

– J'ai vu Alexa.

– Oh… Tu veux en parler ?

Je démarre en trombe.

– Il n'y a rien à dire, affirmé-je sèchement.

– OK.

– Désolé, je ne voulais pas être froid. C'est juste…

une autre fois. On en parlera quand je ne serai pas au volant.

Elle hoche la tête tranquillement, sans rien dire, puis finit par s'endormir.

Lorsque nous sommes arrivés chez nous, je la réveille et la raccompagne jusqu'à son appart. En ouvrant la porte, elle découvre qu'une enveloppe a été glissée sous le battant. Elle la saisit avec un petit sourire en coin.

Je hausse les sourcils.

– Qu'est-ce que c'est ?

– Les recherches de mon détective privé, m'apprend-elle, l'air de rien.

– Tu as engagé un détective ? Pourquoi ?

– J'avais besoin de détails sur elle.

Elle ouvre l'enveloppe et me montre la photo d'une jeune femme.

– Qui c'est ?

– Tu ne te souviens pas d'elle ?

Je plisse les yeux pour mieux regarder et fouille dans ma mémoire avant de répondre :

– Pas que je sache.

Elle pince les lèvres.

– Il est vrai que tu t'en foutais de tout le monde au lycée. Normal que son visage ne te rappelle rien. C'est la fille de ma psy, m'apprend-elle en se dirigeant vers son frigo.

Hein ?

– Je crois que je suis perdu, Kelly.

Elle sort une bouteille de vin et deux verres pendant que je récupère la photo posée sur le comptoir de la cuisine. J'ai beau y réfléchir, je ne vois pas qui ça peut être.

– Elle s'appelle Jenna Trames. Et c'est aussi la première petite amie d'Annie. Enfin, c'est ce qu'Annie et moi avons cru.

Je ne comprends toujours pas.

– Pourquoi tu effectues des recherches sur elle ?

Kelly se sert à boire et finit d'un trait son verre avant de répondre.

– Personne ne le sait, mais le soir du bal de promo… c'était la complice de Todd.

43

Kelly
Cinq ans plus tôt

« Un monde dans lequel les gens font semblant d'être eux-mêmes. » Voilà à quoi se résume la vie de mes parents. Je n'ai jamais partagé cette façon de penser. Comment peut-on aimer se défaire de son authenticité ? Au fond de moi, je prie pour ne jamais avoir à être une autre personne que moi-même. Peu importent les étiquettes qu'on me collera, je serai toujours Kelly.

Enfin là, en l'occurrence, je suis Rachel, personnage emblématique de la série *Friends*.

Ce soir est le seul où j'accepte d'enfiler un déguisement et d'être une autre personne. Juste pour le bal de promo, j'ai décidé de porter une réplique de la tenue de Rachel quand Ross lui a dit « je t'aime » pour la première fois.

– Vous vous êtes déjà dit les trois mots magiques, me rappelle Annie en plongeant sa main dans un bol de pop-corn salé.

– Je sais.

Je réajuste ma perruque blonde.

– Tyler ne sera pas déguisé en Ross.

– Je ne m'attends pas forcément à ce qu'il le soit.

J'attrape mes chaussures à talons et m'assois sur mon lit, à côté d'elle, pour les enfiler.

– Si je me souviens bien, Rachel et Ross se sont disputés pendant cette scène.

– Je suis au courant.

J'ouvre la bouche, et elle y fourre une poignée de pop-corn en continuant :

– Rachel est une vraie blonde.

– ANNIE ! Ce n'est pas parce que Jenna t'a lâchée à la dernière minute que tu dois verser toute ton aigreur sur moi !

– Désolée, dit-elle en se recroquevillant sur le lit, la mine déçue. Tu te rends compte que j'étais tranquillement en train de me mêler de mes affaires quand elle m'a demandé de l'accompagner au bal ? Puis j'ai commencé à m'intéresser à elle. Et, du jour au lendemain, elle s'est mise à m'éviter. Et pour bien se foutre de ma gueule, elle a osé annuler le jour même du bal, sans aucune putain d'explication ! Je croyais que, ce genre de bassesse, c'était réservé aux garçons.

Je me lève et tire sur mon collant pour qu'il soit bien en place.

– Elle a peut-être eu un empêchement.

– Je crois surtout que je ne lui plaisais pas tant que ça.

– Vous ne vous êtes jamais embrassées ?

Ma meilleure amie fait la moue.

– Elle n'est pas très… tactile. J'ai essayé de faire le premier pas, mais elle m'a repoussée, et juste après, elle est devenue hyper distante.

– Bizarre.

– Comme tu dis. Je suis même surprise qu'elle soit venue vers moi parce que, vu le nombre de questions qu'elle pose à ton sujet, on dirait que c'est toi qu'elle kiffe.

– Tu tires tout de suite des conclusions hâtives. Essaie de lui envoyer un texto. Je suis sûre que tout va s'arranger !

Tout excitée, je me regarde une dernière fois dans le miroir, puis me tourne vers Annie.

– Tu me trouves comment ?

– T'es radieuse. Tyler vient te chercher à quelle heure ?

– On a décidé qu'il valait mieux ne pas arriver ensemble. On se retrouvera là-bas. Tu es sûre que tu veux pas venir ?

– À quoi bon ? Tu ne seras même pas avec moi. Je vais passer ma soirée au téléphone avec Bri.

Je suis un peu triste de laisser mes meilleures amies à la maison, pendant que je vais faire la fête, mais cette soirée compte beaucoup pour moi. En plus, je peux les voir quand je veux, alors que Tyler est comme un produit rare que je dois consommer dès que j'en ai l'occasion.

– Je vous raconterai tout ce qui se passe par messages.

– Surtout, s'il y a un accident, du genre les éclairages qui explosent sur la piste ou la reine du bal qui se fait asperger de punch, tu n'oublies pas de nous envoyer les vidéos !

– Il y a quatre-vingt-dix pour cent de chances que je sois la reine du bal, Annie.

– C'est bien ce que je dis, fait-elle innocemment avec un petit sourire.

Je roule des yeux.

– Je te déteste.

– Tu sais que tu m'adores ! Passe une bonne soirée !

– Promis !

Je lui claque une petite bise sur la joue. Elle me demande de faire attention, puis je descends rapidement appeler un Uber, mon chauffeur étant à la disposition de mes parents pour la soirée.

Au moment où je franchis le pas de la porte, ce n'est pas le VTC que j'ai commandé qui me fait face, mais mon ex. Mon souffle se retrouve chassé de mes poumons.

– Todd ? Qu'est-ce que… qu'est-ce que tu fais là ?

– Il faut qu'on parle.

Le visage de Todd est froid et mortel. Ces derniers

temps, je le vois souvent avec un air similaire, sur le banc des remplaçants, au gymnase. Mais aujourd'hui, ses pupilles sont si dilatées de colère que je me retiens d'appeler directement à l'aide. Je préfère la jouer calme.

– Je suis désolée, mais je suis déjà en retard pour le bal.

– C'est au sujet de mes parents, Kelly.

Apparemment, une enquête visant à prouver que le maire Heller détourne les fonds de sa société a été ouverte. Pour l'instant, seuls mes parents et quelques autres personnes de leur entourage sont au courant. J'ai de la peine pour Todd. Ça doit être dur pour lui en ce moment. Je sais ce que c'est que d'avoir des parents qui nous déçoivent. Je pose donc une main consolatrice sur son torse.

– Désolée, Todd. Tu peux repasser demain ? On pourra déjeuner ensemble. Ce soir, il faut vraiment que…

– Tu viens avec moi.

Son ton est virulent. Il saisit mon poignet et le serre si fort que j'en gémis de douleur.

– Todd, arrête !

– Reste tranquille et suis-moi si tu veux que ton petit prof s'en sorte indemne.

Mon sang se glace de peur lorsque j'entends ses paroles.

– Je ne vois pas de quoi tu parles.

Il ricane méchamment, s'approche de moi et chuchote :

– M. Evans. Tu sais que je suis au courant, arrête de jouer la comédie. J'ai des photos de vous au concert à Miami, alors si tu ne veux pas que toute l'école apprenne ce soir, à ce foutu bal, qu'il te baise depuis des mois, tu ferais mieux de la fermer et de me suivre gentiment.

Il me fait asseoir côté passager. Je ne remarque pas tout de suite la fille derrière. Lorsqu'il démarre, elle se penche et me touche l'épaule. Je sursaute de surprise.

– Je… Jenna ?

– Surprise, surprise !

– Pourquoi tu es là ?

– C'est ma complice, m'informe Todd.

Mon corps se met à trembler et je sens ma nuque se couvrir d'une sueur froide. Complice ? C'est le mot pour un crime. Qu'est-ce qu'ils veulent bien dire par là ?

– Juste après notre rupture, tu étais encore toi, tu me laissais m'asseoir à côté de toi, te faire des compliments. Tu m'as fait espérer qu'on pourrait se remettre ensemble.

– Fait espérer ? Non ! J'essayais d'être gentille.

– Les gentilles filles n'écartent pas les cuisses devant leur prof, Kelly. Dès qu'il a convoité ce qui m'appartenait, tu as commencé à prendre tes distances. Tu ne me laissais plus te parler ni te toucher. J'ai dû trouver une autre solution. J'ai demandé à Jenna de draguer Annie pour lui soutirer des informations.

Je tombe des nues en entendant leur plan sinistre.

– Quoi ? Tu ne croyais tout de même pas que quelqu'un s'intéresserait vraiment à ta meilleure amie ? s'étonne Jenna. Elle a un gros balai dans le cul et une langue plus venimeuse que celle d'une vipère. Toujours à trimballer son sarcasme.

– Je n'ai même pas eu besoin de beaucoup négocier, ricane Todd. Jenna déteste Annie.

– Je ne vous permets pas de parler d'elle de cette façon !

– Tu n'as pas bien compris : tu n'es pas en position de force.

– Pourquoi tu as accepté de faire ça, Jenna ?

– Elle s'est moquée de moi. L'année dernière, elle s'est moquée de moi au club de débats. On avait pour sujet l'euthanasie et j'étais son adversaire. Elle était tellement agressive qu'elle m'a fait pleurer. Puis elle m'a dit, sans aucun scrupule, que je n'étais pas faite pour cette classe si je ne supportais pas la férocité des autres.

– Annie n'a pas voulu te blesser ! Elle n'est pas méchante.

– Arrête d'essayer de me convaincre. Elle ne m'a même pas reconnue quand je me suis approchée d'elle pour l'inviter.

Je déglutis lentement, la peur scotchée fermement au ventre. Cette histoire ne finira pas bien. Intimement, je le sens.

– Comment vous saviez qu'elle allait finir par dire oui ?

– On ne le savait pas, répond Jenna. Le plan était de découvrir vos vilains petits secrets pour les rapporter à mon petit copain.

Son copain ? Oh, mon Dieu !

Je serre mes mains l'une contre l'autre.

– Je savais qu'il m'était quasiment impossible de m'intégrer dans votre petit groupe de filles parfaites, alors j'ai tenté la carte de la séduction au lieu de l'amitié. Qui aurait pensé que Miss Parfaite préférait les femmes ? Mais, si j'avais échoué, Todd aurait demandé à d'autres mecs de se rapprocher de votre dernière, la plus naïve.

Briana.

– Dans tous les cas, c'était un pari difficile. Annie ne parlait jamais de toi. Les seules fois où elle évoquait ce que tu faisais, c'était lorsqu'elle était incluse dans le programme, comme ce voyage à Miami, pour le concert.

Je réalise enfin.

– C'est pour ça que tu étais là.

– Vos soirées au Minute Bar aussi.

Je crois que je suis au bord de la crise d'angoisse.

Mon cœur bat si vite dans ma poitrine que je suis obligée de m'accrocher à la ceinture de sécurité pour tenter de retenir mon souffle.

– Le seul truc qu'elle a lâché, c'est qu'aucune université ne t'avait acceptée pour l'instant.

– Dire que tu te tapes le prof et qu'il n'a pas été en mesure de falsifier ton dossier ! crache Todd. À quoi ça a servi ? Tu aurais dû rester avec moi. Je vais à l'UCLA l'année prochaine : mes parents ont graissé la patte du directeur.

– Dommage pour eux, arrivé-je à répondre entre deux halètements saccadés.

Il se met à rigoler bêtement et accélère. Je suis presque sûre d'entendre les pneus crisser sur la route. Il faut que je sorte de cette voiture.

– Où est-ce qu'on va ?

– Je vais récupérer mon dû, Kelly. Je t'ai dit que j'avais tout prévu pour ce soir.

Arrêt cardiaque. Presque. Je préférerais vraiment mourir plutôt que de subir ce que je crois qu'il a en tête. Discrètement, je défais ma ceinture avec l'intention de sortir au prochain feu.

– Todd, je t'en supplie, ne fais pas ça.

Il appuie encore sur l'accélérateur. On est sur une autoroute presque vide. Il n'y aura pas de prochain feu de circulation avant un moment. Qu'est-ce que je fais ? Je ne peux pas ouvrir la portière et sauter.

– J'avais préparé des fleurs et de la musique douce.

– Écoute, on peut en parler si tu arrêtes cette voiture. Tu vas trop vite !

– Mais comme tu n'es plus une petite vierge effarouchée, tu n'as plus besoin de ce genre d'attentions. Tu dois aimer quand c'est brutal, quand on te donne des ordres. C'est pour ça que tu sors avec lui ? L'autorité, ça t'excite ?

D'une main, il défait la ceinture de son pantalon.

Oh, non ! Ce n'est qu'un rêve. Juste un putain de rêve. Voilà ce que je me répète, encore et encore.

– Baisse ma braguette et suce-moi.

– NON !

Les larmes me montent aux yeux.

– Tout de suite, Kelly !

– Jenna ! Tu comptes vraiment le laisser s'en prendre à moi de la sorte ? Il te manipule, tu ne le vois donc pas ?

– Il… il ne t'aime pas, pas comme moi. Il veut juste te punir, déclare-t-elle sur un ton un peu incertain.

Todd ne me laisse pas l'occasion de la convaincre qu'elle se fait avoir. Il saisit ma nuque et force ma tête à se pencher vers son entrejambe.

– Non, non, non !

Je me débats de toutes mes forces. Je vais sauter. Je préfère finir écrasée sur le sol plutôt que d'obtempérer.

– Arrête de te faire désirer !

– Non !

Retenant mes sanglots, j'arrive à le prendre par surprise en mordant son avant-bras.

– Aïe ! crie-t-il.

– Attention, Todd, devant toi ! avertit Jenna avec force.

– Quoi ?

Je parviens à relever la tête au moment où la voiture dévie vers une glissière de sécurité. Le bruit d'un lourd fracas m'assourdit. Je n'ai pas le temps de faire quoi que ce soit pour me protéger. Ma tête bascule vers la vitre, s'y cogne, et ensuite, c'est…

Le noir.

Le choc.

L'espoir.

Je repense aux mots de ma meilleure amie. Il y a bel et bien eu un accident.

Les lumières de la piste de danse ne sont pas tombées, mais les phares de la voiture de Todd, eux, ont effectivement explosé.

Il n'y a pas de punch renversé sur la tenue de la reine du bal, mais il y a bien du sang sur ma robe, à moi.

***

J'ai la vague impression qu'on m'enfile des vêtements d'hôpital. Le médecin, que j'entends plus que je ne le vois, dit que j'ai eu de la chance qu'on m'ait retrouvée si vite. Apparemment, j'ai été laissée pour morte, seule, sur le bas-côté de la route, sans personne.

Jusqu'à ce qu'il vienne me chercher.

Tyler… je l'ai vu. J'étais suffisamment consciente pour m'agripper à lui durant le trajet jusqu'à l'hôpital. Enfin, il me semble. Je ne sais pas. Je suis dans les vapes. Ce dernier effort a anéanti toutes mes forces.

Maintenant, j'ai envie de le voir. Je veux m'assurer que Todd ne lui a rien fait. Je veux le rassurer quant à ma condition.

Les bips stridents du cardioscope n'arrivent pas à m'empêcher de sombrer. Petit à petit, le néant m'emporte.

44

Tyler
Cinq ans plus tôt

Trois jours.

Mon procès en est déjà à son troisième jour. Je ne comprends pas toutes les étapes ni tous les termes juridiques qui entrent dans mes oreilles depuis la première audience, mais selon mon avocat commis d'office, la situation ne s'annonce pas glorieuse.

Les jurés semblent avoir déjà pris leur décision. En même temps, qui me croirait ? La seule qui peut clamer la vérité est absente depuis des jours. Mon avocat voulait que je fasse venir Briana pour essayer d'attiser leur pitié, mais ma petite sœur ne s'est pas montrée. Seule l'horreur se présente à chaque fois.

Où est Kelly ?

Les jours changent, mais pas ma routine avant l'audience. J'enfile une veste sur ma chemise et un pantalon de costume pour avoir l'air présentable. Je garde mon col parfaitement boutonné. Je ravale mon sentiment d'injustice et essaie de ne pas penser à mon futur en prison. Les preuves et témoignages contre moi sont accablants.

J'ai l'impression de revivre le conseil de discipline d'il y a quelques mois. Sauf que, cette fois, je suis désigné comme coupable. Une dizaine de journalistes me mitraillent avec leurs flashs dès que j'arrive devant le tribunal.

Assis du côté des accusés, j'écoute l'avocate de la partie adverse rappeler les faits qui pèsent sur moi.

– M. Evans est accusé d'agression sexuelle. Le soir du 1er juillet, après avoir agressé Mlle Kelly Moore, l'élève avec qui il avait des rapports sexuels, il a causé un accident de la route dans lequel Mlle Moore a été blessée. Après deux semaines dans le coma, elle est sortie traumatisée de l'hôpital. Ses parents, révoltés, ont décidé de porter plainte pour leur fille.

C'est ce qu'ils ont déduit : que j'avais causé l'accident de Kelly. Ce qui est totalement faux, mais personne ne me croit, et la première concernée n'est pas là pour me défendre.

L'avocate ne prend pas la peine de rappeler tout ce qui a été révélé la dernière fois. Tout est déjà ancré dans la tête des membres du jury, j'imagine.

La semaine d'avant, l'avocate des Moore a montré le compte Instagram à mon nom, sur lequel on peut me voir fumer devant l'établissement ou me rendre au Minute Bar les jours où mon élève s'y rendait aussi. Le compte avait été créé par une gamine, qui publiait des photos qu'elle recevait anonymement. Il y en a une, en particulier, qui a m'a coupé la respiration. Une sur laquelle on m'aperçoit en train d'enlacer Kelly, au concert, à Miami. L'hôtel avait été réservé à mon nom. Je n'ai pas pu nier les faits, ils parlaient pour moi. Je savais qu'on n'aurait pas dû y aller. Dire qu'on nous observait pendant tout ce temps !

La mère de Kelly a déclaré avoir déjà vu des marques rouges sur le corps de sa fille ressemblant fort à des fessées, et Todd a enfoncé le clou en disant que, lorsqu'elle avait rompu avec lui, il avait remarqué des bleus à son poignet. Encore une fois, je suis coupable.

Chelsea et Debbie, deux de mes anciennes élèves, ont également témoigné de mon comportement irresponsable à l'école et ont confirmé qu'une fois, je m'étais lancé à la poursuite de Kelly. C'était le jour où Gallice m'a embrassé. Bien entendu, l'histoire de ce baiser a refait surface, et évidemment ma garde à vue, causée par Kelly, le soir où elle avait abîmé la voiture de cette inconnue parce qu'elle était jalouse de mon ex, a été exposée au grand jour.

Selon leur version, j'ai utilisé mon autorité pour convaincre Kelly de coucher avec moi. Et lorsqu'elle se refusait à moi, j'en venais aux mains. La pauvre était trop naïve et apeurée pour comprendre ce qui lui arrivait.

Face à tout ça, mon avocat avance un seul argument : elle était consentante. Je ne sais pas s'il est nul ou s'il fait vraiment de son mieux pour me venir en aide. Je le regarde du coin de l'œil. Il a cet air qui me confirme que c'est perdu d'avance. Ma défense réside dans le seul témoignage de Kelly.

Où est-elle ?!

La voix du juge me fait sortir de mes pensées.

– Maître Shaw, vous avez un dernier témoin ?

– L'accusation appelle Mlle Annie Snones.

Si c'est au tour de l'emmerdeuse de parler, je suis bien dans la merde ! Je sais qu'on est devenus plus proches, mais je suis conscient aussi que, vu son caractère, jamais elle n'osera détourner la vérité pour sauver mes fesses. Elle risque de se faire piéger par eux, exactement comme moi.

Vêtue d'un ensemble qui ressemble beaucoup à ceux que portent Mme Moore, elle s'avance jusqu'à la barre d'un pas assuré. Face au juge, elle tire sur sa queue-de-cheval avant de prêter serment, la paume en l'air. Elle porte des bijoux trop luxueux pour qu'ils lui appartiennent. Je ne sais pas pourquoi je fais attention à ce genre de détails. En fait, si, je sais : on l'a apprêtée. La mère de Kelly a fait d'elle une poupée à son image.

Peut-être qu'elle a également préparé ses réponses. Tout espoir me quitte quand nos yeux se croisent quelques secondes.

J'ai envie de fuir ce cauchemar.

J'ai envie d'une clope.

J'ai envie de la voir.

Où est Kelly, putain ?!

L'avocate commence son interrogatoire.

– Mademoiselle Snones, que pensez-vous de votre professeur ?

– Précisez la question.

– Restons sur le général.

– C'est un homme.

L'avocate attend quelques secondes, mais rien d'autre ne sort de la bouche d'Annie.

– Que pensez-vous de son comportement en tant que professeur ? se voit-elle obligée d'indiquer quand elle se rend compte qu'Annie n'en dira pas plus.

– De toute ma scolarité, je n'ai jamais connu pire enseignant.

Les parents Heller et Moore sourient. Et voilà, elle m'assassine.

– Vous a-t-il déjà tou…

– Mais ce n'était pas un professeur, la coupe Annie. Depuis le début du procès, vous orientez délibérément vos questions pour qu'elles pointent M. Evans comme une personne irresponsable. Mais il me semble important de rappeler que M. Evans n'était *pas* un professeur. Il n'avait aucune formation pour le devenir, et je peux même m'avancer à dire qu'il aurait préféré se couper les membres plutôt que de devoir enseigner. Il n'était que le *remplaçant* du professeur de soutien de maths. Pourtant, malgré son comportement douteux, quelquefois, niveau résultats, il a fait ses preuves. Toute notre classe a obtenu de meilleures notes en fin d'année.

– En tout cas, cela faisait bien de lui quelqu'un chargé de vous enseigner la matière, un professeur, donc.

– Pas tout à fait. Si les boutons de votre chemise sautaient, là, et que je les remplaçais par des bouts de chewing-gum, vous croyez que votre chemise tiendrait de la même façon ? Il lui faudrait d'autres boutons plus ou moins équivalents, n'est-ce pas ?

– Où voulez-vous en venir, mademoiselle Snones ?

– Quelqu'un a remplacé un professeur. C'est toute l'administration et les parents qui ont accepté que M. Evans prenne cette place qu'il faut remettre en question. À situation désespérée, solution désespérée. Vous étiez tous d'accord, alors maintenant, assumez au lieu de rejeter la faute sur lui, dit-elle au public, constitué en majorité des profs du River High School. Pour moi, la question de la crédibilité de M. Evans en tant que professeur ne devrait pas du tout se poser. Il n'est pas aussi mauvais que vous voulez le dépeindre.

Un sourire énorme se dessine sur mes lèvres. Putain, pour une fois je suis captivé par ce que l'emmerdeuse raconte ! Quand c'est pas moi qu'elle fait chier, elle est vraiment cool.

– En tant que lycéennes, ni vous ni Mlle Moore n'étiez pleinement conscientes des dangers que vous courriez avec ce genre de prédateur sexuel.

Je serre les dents. « Prédateur sexuel » : c'est mon nouveau surnom dans les journaux.

– Est-ce que M. Evans vous a déjà…

Blondie la coupe à nouveau.

– Si Kelly était en mesure d'être ici, elle vous dirait, entre autres adjectifs élogieux que je garderai pour moi, que M. Evans est un homme attentionné, un excellent grand frère et un jeune qui a de l'ambition, comme n'importe quel autre. Je ne sais pas exactement ce qui s'est passé entre eux, mais je ne peux pas croire qu'il lui ait fait du mal.

Merde ! Elle n'est pas redoutée au club de débats pour rien.

– Elle ne peut que prendre sa défense. Il l'a aveuglée, elle aussi ! Ils étaient tout le temps ensemble ! intervient le fils du maire.

– Silence ! réclame le juge Warner. Monsieur Heller, merci de ne pas intervenir.

– C'est ta gueule de merde qui empoisonne mes yeux, Todd, rétorque Annie.

– Mademoiselle Snones, votre langage ! la réprimande Warner.

– Désolée, votre honneur, mais je suis encore sous serment et je suis obligée de dire la vérité.

Annie hausse les épaules innocemment. Cette idiote a réussi à m'arracher plusieurs sourires depuis qu'elle a pris la parole. Je pensais déjà chaque mot de la lettre de recommandation qu'elle m'avait demandé de lui écrire, mais aujourd'hui, je suis plus que convaincu qu'elle sera une excellente avocate.

– Puisque vous la connaissez si bien, confirmez-vous qu'elle avait des rapports sexuels avec M. Evans ?

Elle répond platement.

– Oui. Mais c'était consenti.

– Pouvez-vous affirmer qu'il n'y avait aucune manipulation derrière ? Aucune influence ?

– Comment ça ?

– À quand remonte votre dernière relation, mademoiselle Snones ?

– Qu'est-ce que… Pourquoi vous… Ce n'est pas pertinent !

– Avez-vous déjà eu une relation, mademoiselle Snones ?

– Je ne vois vraiment pas…

– Répondez à la question !

Annie se renfrogne.

– Non.

– Mesdames et messieurs, comment une jeune fille de cet âge, qui n'a jamais été en couple, peut-elle faire la distinction entre une relation saine et une relation dans laquelle l'on se fait manipuler par un homme plus âgé ? Mademoiselle Snones, êtes-vous sûre et certaine que, si un homme vous approchait avec des intentions cachées, vous le sauriez d'office ?

Annie se mord la lèvre et baisse la tête sans répondre.

– Je n'ai plus d'autres questions pour elle, conclut maître Shaw avant de retourner à sa place.

– Des questions, maître Brown ? demande le juge à mon avocat.

– Aucune, votre honneur.

– Votre honneur, je sais ce dont tout ceci à l'air, mais vous commettriez une grosse erreur en n'écoutant pas Kelly, intervient Annie.

– Elle ne s'est jamais présentée, indique Warner.

– Laissez-lui une autre chance. Vous ne trouvez pas ça bizarre que la victime ne prenne pas la parole ?

Le juge réfléchit quelques secondes, puis lâche un soupir.

– Au vu des circonstances, je décide d'ajourner le procès. Si, d'ici deux jours, Mlle Moore ne peut toujours pas témoigner, le verdict se fera sans elle.

La blonde la plus énervante du monde est en fait incroyable. Je la remercie du regard d'être la seule à m'être venue en aide.

Avec soulagement, je me laisse conduire par mon avocat dans un bureau. Il me demande de patienter. Je n'attends pas longtemps avant de voir la mère de Kelly débarquer. J'aboie aussitôt.

– Qu'est-ce que vous me voulez ?

– Vous vous rappelez ce que vous m'avez dit le jour de notre rencontre ?

– Non. Mais si c'était à refaire, je ne me gênerais pas pour vous insulter.

Une part de moi me dit que cette femme, suppôt vraisemblable du diable, ne veut que lâcher son venin dans mes oreilles. Mais une autre part, sûrement maso, décide d'écouter ce qu'elle a à dire.

– Vous m'avez dit que vous n'étiez personne. C'est ce que je constate. Même votre oncle n'est pas capable de vous offrir une défense digne de ce nom. Je ne vais pas tourner autour du pot. Si vous quittez la ville dès ce soir, on laisse tomber les charges.

– Pourquoi vous feriez ça ? Je croyais que vous vouliez me voir pourrir en prison.

La voix cinglante de cette dame résonne dans ma tête.

– Oubliez ma fille. Elle ne s'est pas montrée parce qu'elle ne veut plus vous voir. Elle a choisi Todd. Elle a choisi le meilleur parti et elle ne viendra pas vous défendre.

Je la fusille des yeux.

– Que lui avez-vous fait ?

– Vous croyez vraiment qu'elle vous aimait ? Mon Dieu, ce que vous êtes naïf ! Kelly avait juste besoin de quelqu'un qui lui accorde de l'attention. Vous avez endossé ce rôle jusqu'à ce que nous reprenions la main.

– Reprendre la main ? Vous parlez d'elle comme d'un problème.

Je tente de conserver mon flegme et lui tourne le dos. Si je continue à la fixer, je vais faire une putain de connerie qui va aggraver ma situation.

– Dégagez !

– Vous feriez mieux de m'écouter, m'avertit-elle.

Le cœur battant, je reste silencieux, évitant son visage de mégère acerbe. Après son départ, la porte s'ouvre à nouveau sur la première de la classe et la nourrice de Kelly.

– Tyler.

Contrairement à tout à l'heure, Annie paraît beaucoup plus troublée.

– Comment… comment va-t-elle ? demandé-je.

– Je n'ai pas eu de ses nouvelles depuis des jours. Sa mère m'empêche de la voir. Je ne comprends pas ce qui se passe. Je sais que ce n'est pas toi pour l'accident. Je le sais, mais j'ai juste besoin de t'entendre me le dire.

– Jamais je ne lui aurais fait du mal. Je l'aime.

– Qu'est-ce qui s'est passé ?

– Exactement ce que j'ai dit durant mon interrogatoire. Je ne la voyais pas venir au lycée. Elle ne décrochait pas son téléphone non plus. Alors, j'ai décidé d'aller chez elle. Je savais qu'elle n'aurait pas annulé sans me prévenir, pas après avoir autant insisté pour qu'on y aille. Je l'ai trouvée sur la route, blessée, abandonnée. Je craignais qu'une ambulance mette trop de temps à venir, alors je l'ai transportée sur ma moto, malgré le risque que l'on courait tous les deux. Je l'ai emmenée aux urgences et j'ai appelé Helena.

– Je suis désolée, Tyler. On recherche le vrai coupable, mais ce n'est pas évident. Ses parents nous interdisent de la voir, explique Annie.

Elle pose ensuite sur moi un regard rassurant.

– Tout va bien se passer, OK ?

– Non ! Arrêtez de me dire ça. Depuis des semaines, tout part en couille. Je préfère ne pas me bercer d'illusions.

Helena intervient.

– On n'a pas beaucoup de temps. Lors de notre échange, à la rencontre parents-professeurs, je t'ai parlé de ce type, bien plus tatoué que toi, qui m'a aidée à porter mes courses jusque chez moi.

– Qu'est-ce que ça peut me foutre ?

Elle me glisse un bout de papier dans la main.

– Tiens. Il s'appelle Mosley. Il vit à Santa Barbara. Je lui ai déjà parlé de toi. Il est prêt à t'aider. Ton avocat a été corrompu. La meilleure solution, actuellement, reste la fuite. S'il te plaît, accepte le deal de Mme Moore et quitte la ville. Ma *niña* disait que tu n'avais personne d'autre que ta sœur. Annie et moi veillerons sur elle. Pars l'esprit tranquille.

– Pourquoi vous voulez me faire partir ? m'énervé-je. Vous savez que je n'ai rien fait. Je devrais continuer à plaider non coupable.

Elle baisse la tête.

– C'est plus compliqué que ça, mon garçon.

– Où est-elle ?

Elles se regardent, l'air impuissant.

– Elle m'a trahi, c'est ça ? Elle l'a vraiment choisi, lui ?

– Bien sûr que non !

– Alors pourquoi elle n'est pas là ? Pourquoi elle ne répond pas au téléphone ?

Elles n'ont pas de réponses. Mon avocat revient nous trouver.

– Il va falloir y aller, me presse-t-il. Vous avez pris une décision ?

L'enculé n'était même pas avec moi lorsque la mère de Kelly m'a proposé le marché. Il savait déjà ce qui se tramait.

Mon état émotionnel pourrait se résumer en un seul mot : colère. En fait, je suis au-delà de la colère. J'ai du mal à me contrôler. Mes bras tremblent, mon sang bouillonne, mon cœur palpite d'agressivité.

Prendre sur moi. J'ai tellement pris sur moi durant mon séjour dans cette ville, et ça n'a pas payé. Celle que j'aimais en a choisi un autre, m'abandonnant bêtement alors que je l'avais sauvée.

Prends sur toi, me rappelle ma conscience. *Une dernière fois.*

J'écris rapidement un mot à l'attention de Kelly.

Si jamais je te revois, je te ferai du mal.
Evite-moi pour le reste de ta vie.

Je le remets à Helena, puis me tourne vers mon avocat merdique.

– Dites-lui que j'accepte son marché. Je quitterai la ville.

***

C'est allé plus vite que je ne l'aurais pensé. Mon avocat m'a dit que j'avais fait le bon choix.

Kelly ne s'est pas présentée.

Mon oncle n'a pas voulu entendre parler de moi. Il m'a interdit de retourner chez lui. C'est sa femme qui m'a apporté un sac avec quelques-unes de mes affaires.

Kelly m'a abandonné.

Le soir même, sans avoir pu embrasser ma petite sœur une dernière fois, je suis dans un train pour Santa Barbara. Sans aucune nouvelle de celle qui m'a trahi.

45

Kelly
Présent

Mon cœur saigne.

Enfin, nous nous sommes raconté tout ce qui s'était passé.

Après mon accident, je suis restée dans le coma pendant plusieurs semaines. Incapable de parler, je n'ai pas pu expliquer ce qui m'était arrivé, et Todd a fini par convaincre les gens que Tyler était le responsable de mon accident. Annie m'a dit qu'il répétait à qui voulait l'entendre que notre ancien prof n'était pas un mec de bonne moralité et qu'il était forcément le coupable. Avec, en plus, les preuves de notre relation, tout est retombé sur le dos de Tyler. Pour me protéger, mes parents m'ont éloignée de lui, me forçant à partir en Europe quand je me suis réveillée. Ce n'est qu'une fois là-bas que j'ai appris pour son procès. Il a fallu que je menace de me suicider pour que ma mère laisse tomber sa plainte contre lui.

Alors que nous sommes couchés, tous les deux, dans mon lit, je repense au Tyler qui a cru que je l'avais abandonné et qui a dû reconstruire sa vie ici.

– Comment tu as fait quand tu es arrivé ?

– Je suis resté chez l'ami dont Helena m'avait parlé pendant quelques jours. Puis il m'a présenté à ses patrons, là où il travaillait comme gardien. Les Guerrez ont eu vent de mon histoire et ont accepté que je donne des cours à leur plus jeune fils, plus par compassion qu'autre chose, je pense.

– Les Guerrez ? La famille de Caleb ?

Il acquiesce de la tête.

– Il a un jeune frère de 12 ans. C'est comme ça que je l'ai rencontré, lui. Je prenais un verre d'eau dans la cuisine, après un cours, et il est arrivé, l'air bien défoncé. Il m'a proposé une bière à la place de mon eau. Je ne sais pas pourquoi, mais il m'a fait une énorme impression. Malgré toute la fortune de ses parents, il avait l'air aussi paumé que moi. J'ai accepté la canette, et nous sommes restés là, à siroter notre bière, sans piper mot.

– Vous n'avez pas parlé ? m'étonné-je.

– Je n'ai jamais été très loquace. Je me souviens de ce qu'il m'a dit : « Tu es plus jeune que ce que je pensais. Dis-moi, Tyler, qui es-tu vraiment ? » Il était déjà tellement énigmatique.

Intéressée, je tourne légèrement la tête sur son torse.

– Qu'as-tu répondu ?

– « Personne. »

Comme pour faire écho à ce que ma mère lui avait craché au visage. Ma rancune envers elle ne s'effacera jamais. Je ne comprends pas qu'elle ait pu détruire une vie sans aucun remords.

– Et il a dit quoi ? demandé-je pour essayer d'oublier ma culpabilité.

– « Personne, c'est exactement le genre d'associé dont j'ai besoin en ce moment. Ça te dit de devenir quelqu'un avec moi ? »

Je regarde Tyler. Il fixe le plafond, comme s'il revivait ces souvenirs à travers les moulures.

– Je croyais qu'il rigolait, qu'il était trop bourré, alors j'ai dit oui. Le lendemain, il a débarqué chez Onur pour me proposer officiellement de m'associer avec lui dans son club de strip-tease. C'est comme ça que notre aventure a commencé il y a quatre ans.

– Je suis désolé, Ty, que tu aies eu à vivre tout ça par ma faute. Mon père était très proche de celui de Todd. Il n'était pas juste son attaché de presse, c'était aussi son ami. Les deux partageaient beaucoup de secrets, et je suis sûre que mon père était le complice du maire dans plusieurs de ses affaires louches. Mes parents ont fait ce qu'il fallait pour couvrir le maire, mais aussi pour eux. Pour éviter que les possibles répercussions touchent notre famille.

– Le couvrir ? s'étonne-t-il.

– M. Heller a détourné de l'argent de sa société. Un de leurs employés est allé rapporter les faits à la police, et un journaliste a écrit un truc à ce sujet. Il fallait quelque chose de vraiment scandaleux pour couvrir les accusations à son encontre, le temps de corrompre tout le monde et d'étouffer l'affaire. Certes, mes parents croyaient que tu avais causé mon accident, mais ils n'ont pas cherché à découvrir la vérité parce que cette version les arrangeait. On a été des boucs émissaires. Jusqu'au bout. Je croyais bêtement que je te protégeais, mais ma mère m'a fait un coup de pute.

Elle aurait, de toute façon, abandonné sa plainte, puisque je l'ai menacée en mettant ma vie en jeu, mais elle a bluffé avec Tyler pour obtenir de lui son départ de la ville et noyer complètement cette affaire.

– C'est le cas de le dire.

– Je la déteste. Jamais je ne pourrai lui pardonner ce qu'elle nous a fait.

Je termine à peine ma phrase que la sonnette de mon appart retentit.

– Tu attends quelqu'un ?

– Non, mais je me doute de qui il s'agit. On ne s'est pas montrés au bureau depuis deux jours et on n'a pas touché à nos téléphones ni averti qui que ce soit. Normal qu'elle s'inquiète.

– Tu lui dis d'aller se faire voir et tu reviens ?

– J'en ai pour cinq minutes.

Je revêts un peignoir et vais ouvrir la porte à une Annie visiblement exaspérée. La raison se trouve juste à côté d'elle. Caleb, une main dans une poche, me lance un de ses charmants sourires.

– Bonsoir, Kelly, me salue-t-il.

Je plisse les yeux, déconcertée.

– Qu'est-ce que vous faites là, tous les deux ?

– Je ne sais pas pour lui, mais moi, je résiste à mon envie de l'étrangler, répond Annie.

– Elle est adorable, n'est-ce pas ? rétorque Caleb en la suivant dans mon appart.

– OK… faites comme chez vous.

– Bri n'est pas là ? s'étonne Annie.

– Elle doit venir, elle aussi ?

– Tu n'es pas au courant ? Tu n'as pas lu ses messages ?

– Euh, je…

– Trop occupée à baiser avec Tyler ?

Mes joues s'enflamment quand j'entends la phrase de Caleb.

– Il n'y a qu'une seule raison pour qu'il ait manqué le boulot et oublié de répondre à sa sœur, et c'est toi, son deuxième point faible.

– C'était bien ? me demande Annie avec un sourire complice.

Incroyable !

J'ai envie de ne rien révéler, de garder notre réconciliation secrète, mais je n'arrive pas à ne pas sourire. Je suis si heureuse que rien ne pourrait m'attrister aujourd'hui.

La sonnette retentit à temps pour m'empêcher de devenir complètement cramoisie. Ma meilleure amie ouvre la porte et laisse entrer Briana. L'air profondément tendu, elle nous fait la bise tour à tour, avec un sourire parfaitement forcé, puis va s'asseoir sur mon canapé. Exactement le même qu'elle a occupé lors de sa dernière visite. Tandis qu'Annie se cale sur mon second canapé, Caleb vient s'appuyer contre le comptoir de ma cuisine.

– De toute évidence, le dîner n'est pas encore servi. Que nous vaut ce dîner sans nourriture auquel tu nous as conviés, Bri ? demande-t-il.

La plus jeune d'entre nous prend une longue inspiration.

– Déjà, merci à vous d'être venus. Caleb, s'il te plaît, assieds-toi.

Son sourcil vacille. Le ton de Bri avait tout d'un ordre, et je me doute que Caleb n'aime pas ça. Pourtant, devant son sérieux, il obéit. Il va s'asseoir à côté d'Annie pendant que, moi, je trouve ma place près de Bri.

– Je vous ai tous réunis parce que vous êtes les seuls, en dehors de mon frère, en qui je peux avoir confiance.

Elle ponctue sa phrase d'une mini-pause. Tyler est dans la chambre. Je me demande s'il nous écoute.

– Je sais que vous vous doutez que mon oncle m'a fait du mal. Mais vous ne savez pas vraiment ce qui s'est passé, alors, avant de vous demander de l'aide, je dois vous livrer les faits.

Je me crispe, et je ne suis pas la seule. Elle pince les lèvres et lance un regard plein de ressentiment qui atterrit sur mon vase égyptien, posé près de la baie vitrée.

– Juste après le procès, lorsque les parents de Kelly l'ont forcée à partir et que Tyler a dû m'abandonner dans la maison de l'horreur, mon oncle est devenu progressivement plus… insistant. Il continuait d'évoquer le meurtre de ma mère, le tort qu'elle avait causé à son frère. Ce n'était pas un discours dont le goût pouvait se défaire de sa langue, je le savais. Mais il a commencé à ajouter que mon frère était comme elle, qu'il lui attirerait des ennuis. Au départ, il disait qu'il aurait dû se débarrasser de nous. Ne jamais accepter ma tutelle. Et puis, peu de temps après, le comité de direction a statué, et il a été démis de ses fonctions. Malgré toutes ses magouilles, il n'aurait pas pu laver son nom, ce coup-ci. Les accusations qui pesaient sur Tyler étaient trop graves. Et l'image du River High School avait pris une telle flopée de salissures sous sa direction qu'il n'aurait pas pu les nettoyer.

Elle déglutit. Ma gorge se serre. Je me suis fourvoyée il y a quelques secondes. Ses prochaines paroles vont balayer l'euphorie qui m'animait quand j'ai quitté la chambre. Rien que de la voir en train de se donner du courage pour se livrer à nous m'attriste.

– C'est là que tout a pris des proportions… différentes.

Je sais qu'elle pèse ses mots.

– Il nous en voulait à tous. Il brûlait d'envie de se venger. Entre plusieurs bouteilles de bière, signe de sa descente aux enfers, il nous insultait quotidiennement, Alexa et moi. Il a confisqué mon téléphone, refusait que je mange quand cela lui chantait et m'interdisait de sortir. Notre famille était une honte, je n'avais pas le droit de « m'afficher ». C'est avec la complicité d'Alexa que je sortais rejoindre Annie parfois. Elle prétextait qu'on allait faire des courses. On devait toujours trouver une excuse et se tenir à carreau.

Annie n'est plus que l'ombre d'elle-même. Elle n'en savait rien. Elle disait que ce n'était pas facile pour Bri, mais elle ne connaissait pas les détails. Caleb, lui, n'arrive pas à cacher sa colère. Les coudes posés sur les genoux, il a le regard qui détruit ma table basse. Je crois qu'il est sur le point de la fracasser. Moi… Moi, je suis mortifiée par tout ce qu'elle nous confie. J'ai cette impression d'impuissance qui doit animer chacune des personnes qui prennent connaissance de ce qui lui est arrivé. Je n'ose imaginer ce que ça a été pour elle et pour Tyler.

– Il lui arrivait d'entrer dans ma chambre sans prévenir. Il disait qu'il était chez lui et que chaque chose, dans la maison, lui appartenait. Y compris moi.

Je crois qu'on sait tous que la suite va nous écharper le cœur parce que nous retenons nos souffles. Sa main se pose dans son cou, comme si ce qui s'apprêtait à quitter sa gorge avait besoin de chaleur encourageante pour se risquer à sortir.

– Un soir, il est entré pendant que j'étais couchée. Je ne sais pas combien de bouteilles il avait ingurgitées. Je ne l'avais pas vu de la journée. J'étais consignée dans ma chambre et je n'avais pas eu le droit de descendre manger. Quand j'y pense, avec le recul, ma faim était bien la dernière chose qui aurait dû m'inquiéter ce jour-là. Il s'est assis sur mon lit. Je ne l'avais pas entendu à cause de mes écouteurs dans les oreilles. C'est le poids de son corps sur le matelas qui m'a fait tourner la tête dans sa direction. Il avait une… cravache à la main. Elle était noire, plus dangereuse que toutes mes peurs. Je me suis recroquevillée sous ma couette et…

Elle se crispe, nous entraînant dans ce silence lourd de rage. Je vais pleurer. Je sais que je vais pleurer toutes les larmes de mon corps.

– Il m'a demandé de m'approcher.

Un rire sans joie lui échappe.

– Il m'a dit de ne pas avoir peur. Que tout ce qu'il voulait, c'était me fesser avec l'objet. Je lui ai répondu que je ne comprenais pas. Sur le coup, je ne voulais pas comprendre. J'étais trop surprise, trop effrayée, trop dégoûtée pour bouger. Voyant que je n'obtempérais pas, il a retiré ma couette violemment, puis m'a tirée par la main pour que je quitte le lit. Je me suis retrouvée en pyjama, à sa merci. Il a exigé que je retire mon haut. J'ai refusé de la tête, réservant mes seuls mots pour appeler à l'aide. J'ai crié le nom de ma tante un nombre incalculable de fois. Elle n'est pas venue. À ce moment-là, je l'insultais intérieurement pour son manque de soutien en même temps que je la suppliais de venir. Mon oncle m'a rendue muette avec sa main, puis m'a retournée contre le rebord du lit sans aucun ménagement. J'étais faible, *trop* faible. Mes écouteurs ont quitté le petit MP3 qu'Annie m'avait offert. J'aurais préféré qu'ils continuent de fonctionner. Je n'aurais pas eu à supporter le bruit des coups qu'il me donnait. Il m'a frappée pour m'obliger à obéir. Plusieurs coups répétés, dont je peux encore sentir la douleur quand je ferme les paupières, la nuit.

Les larmes perlent aux coins de ses yeux. Ou bien coulent-elles ? Je ne le vois pas clairement à travers mon propre regard embué.

Est-ce que Ty nous entend ? Il doit être tellement détruit !

– J'ai résisté. Je ne voulais pas, je vous jure, dit-elle comme si nous en aurions douté. Il a baissé mon pantalon de force. Je sentais le bois du lit s'enfoncer dans mon ventre. Sa main a d'abord caressé mes fesses, puis il a baissé ma culotte et a recommencé ses caresses pendant que j'agonisais de terreur. Ses doigts se sont insinués… (Elle déglutit.) Vous savez où. Et chaque fois que j'osais crier, il me frappait. Me comparait à ma mère. Me disait qu'il le faisait pour mon bien, que c'était la seule façon d'éduquer la fille d'une meurtrière.

Une sorte de connexion traverse nos deux cerveaux

parce que, dès la fin de sa phrase, Annie et moi attrapons chacune une de ses mains.

– Est-ce qu'il t'a… grogne Caleb, qui est définitivement sur le point d'exploser tous les objets de ma maison.

Sa relation avec Briana doit être très forte pour qu'il réagisse de la sorte. Toute personne normale devrait réagir de cette manière, certes, mais cette rage dans ses iris, c'est comme si on avait touché à la prunelle de ses yeux. Je lui découvre une facette que je ne lui connaissais pas jusque-là.

– Pas avec son pénis. Il disait qu'il ne voulait pas que je puisse recueillir des preuves pour porter plainte. Il a vu ce qui était arrivé à Tyler. C'est pourquoi il ne m'a plus frappée après ça non plus. Il ne voulait pas prendre de risques. Il me caressait. Partout. Quand il le voulait. Et si je refusais, il coupait ma respiration et me forçait à ouvrir la bouche pour y enfoncer son sexe. C'était horrible. Ça a duré tout l'été. Les jours où je ne me débattais pas, il me laissait manger, pour me « récompenser ».

J'ai envie de vomir. Je n'ai rien vécu de si terrible. Ce que Todd m'a fait, le jour du bal de promo, n'était qu'un événement ponctuel. Elle, elle l'a enduré durant des mois. Je comprends pourquoi Tyler nous en a tant voulu. Je comprends pourquoi il m'a détestée. Si je n'avais pas été aussi têtue, si je n'avais pas insisté pour sortir avec lui, peut-être que tout cela aurait pu être évité. Il a raison de dire que je fous la merde. Nos actes ont eu des conséquences effroyables.

Je vois ma table basse se fissurer sous le poing de Caleb. Je ne suis ni surprise ni fâchée : je l'avais vu venir.

– Tu as à boire, Kelly ? m'interroge-t-il, en rogne.

Je ne réponds pas. Je ne peux pas. Alors, Annie le fait pour moi.

– Premier placard à droite de l'évier.

Il se lève, ouvre le placard et demande :

– Pas de whisky ?

– Elle préfère le vin et le rhum.

– Des trucs de filles, quoi.

– Est-ce que tu pourrais…

– Commence pas, Blondie, l'interrompt automatiquement Caleb. Je ne suis pas d'humeur pour ton humour noir.

– Je n'allais rien dire de sarcastique, se défend-elle. J'allais te demander de me servir, moi aussi, s'il te plaît.

Il ne s'en donne pas la peine. Il débouche une de mes bouteilles, boit plusieurs gorgées, puis la tend à Annie. Elle ne se fait pas prier, ne s'offusque pas de savoir qu'il s'agit d'une sorte de baiser indirect. Elle porte le goulot à ses lèvres et enfile plusieurs lampées à son tour. J'aimerais faire comme eux, mais je ne peux pas. Ma gorge est trop serrée. Aucun liquide ne pourra la traverser.

– Pourquoi tu nous racontes cela maintenant, Bri ? questionne Caleb.

– Parce qu'il est de retour. Il a essayé de prendre contact avec moi il y a quelques semaines. Je l'ai ignoré. Hier, il est passé à ma fac me réclamer une grosse somme d'argent.

Mon ventre crée des nœuds incroyables, tellement serrés qu'on pourrait les comparer à ceux des matelots sur un navire.

– J'ai besoin de vous, dit-elle, les dents serrées. Aujourd'hui, je suis décidée à me venger. J'ai besoin de vous pour envoyer ce monstre en prison.

Annie, Caleb et moi nous regardons avec une détermination incommensurable. Sans dire un mot, nous nous promettons de faire exactement ce que nous devons faire.

– On s'occupera de tout, assurons-nous d'une même voix.

– Je vous interdis de m'exclure de l'addition, intervient Tyler en sortant de ma chambre.

Les autres sont étonnés de le voir, mais rapidement la colère de l'injustice reprend sa place sur leurs traits.

Briana demande à son frère :

– Tu as tout entendu ?

– Pas tout. Je ne pouvais pas écouter ça une seconde fois.

Il s'approche de sa sœur et la serre dans ses bras. Elle ne se retient plus de pleurer. Pendant quelques secondes, elle laisse libre cours à ses larmes. Puis elle se reprend lentement, essuie ses joues et respire profondément pour se calmer.

– Je sais déjà quoi faire. Cela fait des semaines que je prépare mon coup. Tyler, je suis au courant au sujet des recherches que tu effectues pour faire tomber Todd.

La nouvelle nous prend tous par surprise.

– Comment tu…

– Tu lis toujours les actualités à son sujet, même si tu le hais. Tu as fait plusieurs voyages à Crystal River, au cours des dernières années, même si tu as la ville en horreur. Ça m'a fait tiquer, alors j'ai demandé à Onur. Il a un faible pour moi. Je crois. Il m'a tout avoué, puis m'a demandé de garder le secret.

Elle nous expose ce qu'elle a en tête et nous l'écoutons avec concentration. L'image de la jeune fille effarouchée rencontrée il y a quelques années a été complètement massacrée.

Quand Bri a fini de nous confier ses intentions, Tyler et moi divulguons, à notre tour, ce que nous avons chacun derrière la tête. Lui contre Todd, moi contre le couple qu'il forme avec Jenna.

Avec l'aide de Caleb et d'Annie, unis comme les cinq doigts de la main, nous convenons de la meilleure façon d'envoyer ceux qui nous ont brisés expier leurs fautes en prison.

46

Kelly
Présent

Nous avons pensé à tout. Dans les moindres détails. Nos cinq cerveaux ont imaginé toutes les possibilités, toutes les failles. Nous nous sommes mis d'accord sur un plan : organiser une soirée.

Jenna et Todd ont été invités sans que nous dévoilions notre identité, chacun pour une raison précise. Elle, elle croit qu'elle trouvera Todd en train de la tromper, et lui, il a été forcé de venir pour empêcher que certains actes de corruption de sa société ne soient divulgués.

L'oncle George devrait être de la partie également. Bri lui a dit qu'elle lui donnerait la somme qu'il demandait ici, dans une des villas que possède l'agence.

Ce soir, nous jouerons tous un rôle bien précis. Tyler et moi soutirerons des aveux au couple maléfique, qui seront enregistrés par ma journaliste préférée : Melissa. Annie se tiendra à ses côtés pour s'assurer que tout se passe bien.

Bri a, elle aussi, l'intention de faire parler l'horreur par tous les moyens. Elle espère qu'il montrera sa vraie nature. Au moindre problème, Onur interviendra.

Caleb étant le seul que nos ennemis ne connaissent pas, il jouera le guide et les emmènera chacun dans une pièce blindée de caméras.

Au moment où Caleb nous indique qu'il ne nous reste

que cinq minutes avant le début de la soirée, je vérifie une dernière fois que nous sommes prêts.

– Tout le monde est OK ?

– Quand on ne me menace pas avec un couteau, je suis plus à l'aise pour travailler, répond la journaliste.

Merde !

– On vous a déjà menacée ? demande Annie.

– Kelly ne vous a rien raconté ? s'enquiert-elle.

Ils posent tous leurs yeux sur moi. Annie est la plus contrariée.

– Tu nous expliques ?

– J'ai peut-être été un peu loin quand j'ai cru que Tyler couchait avec elle. Mais je ne lui ai pas fait de mal, et je me suis déjà excusée. Depuis, nos rapports sont meilleurs.

– Quatre minutes, indique Caleb, planté devant la porte.

– Tu l'as menacée avec un couteau ?! Kelly, tu te rends compte que c'est un crime ? On aurait tous pu aller menacer ces gens au lieu d'organiser tout ce qu'on fait en ce moment ! Mais pourquoi on ne l'a pas fait ? Parce que ce n'est tout simplement pas normal ! Qu'est-ce qui t'a pris ?

– Je n'ai pas réfléchi ! J'étais jalouse !

La culpabilité grimpe comme une vilaine flèche en moi. Je sais que j'ai mal agi, que j'ai laissé mes idées noires m'envahir et que mon comportement de ce jour-là était néfaste.

– Il faut que tu te remettes à consulter une psy dès que tout ceci sera bouclé !

Je cherche du soutien dans le regard des autres. Leurs yeux me confient – sous la petite couche de stress qui les animent – qu'ils sont tous d'accord avec elle. Tyler me le confirme quand il s'exprime.

– Je ne me sens pas flatté, Kelly.

– Trois minutes, continue Caleb.

– Je sais que j'ai merdé, OK ? Mais j'apprends de mes erreurs ! Je ne m'en suis pas prise à Hailey.

– Ça ne te défend pas, reprend-il. Il faut un travail de longue haleine parce que se contrôler une fois ne suffira pas. Mais on le fera ensemble. Je serai avec toi.

J'approuve simplement de la tête. Je l'ai bien cherché. J'ai vraiment déconné.

– Puisqu'on en est aux confidences, il faut peut-être que j'avoue avoir envisagé la démission de Peggy de votre club de strip-tease juste parce que j'étais jalouse.

Silence général. Briana cligne plusieurs fois des yeux.

Re-merde ! J'ai oublié qu'elle n'était pas au courant.

– Excusez-moi… QUOI ?! Votre QUOI ?

Tyler se masse le front, Annie sifflote. Je baisse la tête et évite le regard de la plus jeune d'entre nous. Caleb tape dans ses mains trois fois.

– OK, écoutez… Ce n'est franchement pas le moment. On en reparlera plus tard. Concentrons-nous sur ce soir. Il nous sera difficile d'avoir une seconde chance si on foire aujourd'hui.

Il regarde sa montre une dernière fois.

– Plus qu'une minute. On y va.

Après un regard complice échangé avec tout le monde, j'attrape la main que Tyler me tend.

– Prête pour notre quatrième rendez-vous, Kelly ? demande-t-il en déposant un petit baiser sur le dos de ma main.

– Plus que prête.

Je voulais que celui-ci soit mémorable. Et quoi de mieux qu'un rendez-vous où l'on va se venger de son ex avec l'homme qu'on aime ?

Les autres quittent la pièce. Je me rends vraiment compte de ce qui va arriver. J'angoisse à l'idée de revoir ces deux énergumènes qui ont ruiné ma vie. Tyler aussi.

Il presse ma main avec une force tout en retenue, qui montre à quel point il se contrôle.

– Tyler ?

Ma voix est douce. Je la veux apaisante, même si elle tremble à cause de la nervosité.

– Tout va bien, me rassure-t-il.

– Tu es sûr ?

Il contracte les mâchoires.

– Ouais. C'est juste que... j'ai ce sentiment d'injustice qui brûle en moi, Kelly. Tellement que j'ai l'impression que mon cœur va exploser.

Je comprends totalement. Je ressens la même chose. J'espère ne pas manquer de mots devant eux tellement je suis en colère.

Tous les deux face à une baie vitrée, observant au loin la lune, qui nous sourit, nous ne voyons pas qui est la première personne à nous rejoindre. C'est sa voix qui nous indique son identité.

– Qui êtes-vous ? demande-t-il.

La porte du petit salon dans lequel nous l'attendions se ferme derrière Todd. La main de Tyler se crispe dans la mienne. Délibérément mystérieux, nous patientons sans piper mot. La porte se rouvre et se referme.

– Jenna ? Qu'est-ce que tu fais là ? interroge Todd dès qu'il voit son ancienne complice.

J'entends des bruits en provenance de l'entrée qui m'indiquent que George doit être également arrivé.

Courage, Bri...

– Je... j'ai reçu un mail me disant de venir ici si je voulais les preuves que tu me trompais.

– Quoi ? Tu vois bien que non, je ne te suis pas infidèle.

Le ton de sa voix est sec et nerveux.

– Alors, que fais-tu ici ?

– On m'a demandé de venir par rapport à... un truc de l'entreprise.

Tyler me lance un regard en biais. Notre signal. Lentement, nos mains se lâchent et nous nous retournons pour faire face à deux visages empreints de surprise.

– Bonsoir, commencé-je.

Maintenant, c'est la culpabilité et l'effroi qui se dessinent sur leurs traits. Ils se regardent tous les deux, l'air perdu.

– Vous vous souvenez de nous ? continue Tyler.

Todd se passe énergiquement la main dans les cheveux et recule de quelques pas. Jenna, quant à elle, frotte nerveusement ses mains sur son jean.

– Vous nous avez piégés, conclut-elle.

– Non, nous vous avons invités. Pour l'instant, on n'a encore rien dit et la porte n'est pas verrouillée. Comment pouvez-vous vous sentir piégés ? demande Tyler.

Il ment. La porte est fermée à clé de l'extérieur, mais il vaut mieux leur faire croire que leurs aveux ne seront pas soutirés sous la contrainte pour qu'ils puissent compter devant la cour.

Je suis soulagée de voir mon ex-prof aussi calme.

– À moins que vous ayez des choses à vous reprocher ? insisté-je.

Revoir leurs visages me rappelle tout ce que j'ai vécu. Tout ce qu'on a enduré par leur faute. Mais, bizarrement, je n'ai pas envie de me jeter sur eux pour les frapper. Les cinq dernières années, je leur en ai tellement voulu que j'ai peut-être atteint ma limite. Tout ce qu'il me reste, c'est la noirceur de l'injustice. Je veux qu'ils paient. Je veux rééquilibrer les choses.

– Pourquoi… qu'est-ce qu'on fait là ? bégaie Jenna.

– On discute. N'est-ce pas, chérie ? demande Tyler.

– Absolument.

Il se met dans mon dos, me positionne légèrement de profil et relève un petit peu ma robe pour leur montrer ma cicatrice.

– Ça vous dit quelque chose ?

Les deux autres blêmissent.

– C'est arrivé le soir de mon accident. On était trois, dans cette voiture, et c'est moi qui ai fini avec le plus de dégâts.

– Kelly, je… je ne voulais pas que ça se passe comme ça, commence Jenna.

– Tu es folle ? s'exclame Todd. Ne leur dis rien !

Elle se frotte le visage et se met à trembler.

– Je ne peux pas. Je n'y arrive pas ! Je ne supporte plus la pression ! Je me sens terriblement coupable. Depuis des mois, j'ai l'impression qu'on me suit partout. Tout le temps.

J'imagine que je peux remercier mon détective privé. Mais, de toute façon, Jenna a toujours été fragile mentalement. Ironique pour la fille d'une psy, j'imagine. Elle s'est fait manipuler par Todd dès le lycée et faisait absolument tout ce qu'il lui disait, même les choses les plus immorales.

Il y a un an, je suis tombée par hasard sur des photos de Jenna lors du gala de bienfaisance que mon père avait organisé. Il y avait des clichés d'elle en compagnie d'Annie, d'autres où elle regardait discrètement Todd, et d'autres encore où elle posait en souriant avec ses parents. Je me souviens bien de la bile qui m'est montée à la gorge tandis que je la voyais aussi heureuse alors qu'à cette époque, elle orchestrait déjà avec Todd les horreurs qu'ils m'ont infligées.

Ma mère m'a surprise à regarder les photos et m'a confié, l'air de rien, qu'elle était suivie par la mère de Jenna depuis la découverte du cancer de mon père. Elle avait apparemment besoin de parler à quelqu'un, mais je n'étais toujours pas une option convenable, puisqu'on ne discutait pas plus qu'avant. Je n'en avais pas envie, et elle non plus.

Mais c'est alors que le plan a germé dans mon esprit. Je voulais consulter cette psy en particulier. Laetitia Trames. Je voulais atteindre sa fille, avoir des infos sur Jenna d'une quelconque façon, et finir par me venger d'elle et de mon ancien fiancé. Pour les briser comme ils nous avaient brisés, Tyler et moi. Alors, je me suis présentée à Laetitia et, durant six mois, pendant que je préparais mon emménagement à Santa Barbara, je me suis rendue chaque semaine dans son bureau monochrome. Quelques rares fois, je lui ai parlé de mon père, de mon chagrin. D'autres fois, je suis restée muette, à la détester en silence parce qu'il m'était plus facile de faire un transfert sur elle. De temps à autre, je lui posais des questions sur elle, sur sa fille et son parcours. Je pensais arriver à lui soutirer des informations, mais elle n'a jamais dit un mot de plus que nécessaire. Alors, j'ai dû changer de tactique et me renseigner autrement.

– C'est vous ? Vous voulez vous venger ? demande Jenna d'une voix fêlée.

– Tu estimes qu'on a des raisons de le faire ?

Ils restent tous les deux silencieux, la mine effarée. Todd tente de se déplacer vers la porte. Alors, je me concentre sur sa complice et décide de fragiliser encore plus son mental. Je m'avance en parlant.

– J'ai perdu tellement de sang cette nuit-là. J'aurais pu mourir. Mais ça, vous le savez déjà. Vous êtes rentrés chez vous en m'abandonnant sur la route, sans vous soucier de mon sort.

– C'était trop tard ! panique Jenna. Je ne sentais pas ton pouls. Je n'arrivais pas à… (Elle déglutit.) Je croyais que…

– On t'a cru morte, Kelly, confie Todd.

J'ai l'impression de recevoir un coup de poing dans l'estomac.

– Quand on s'est réveillés dans la voiture, tu ne

bougeais plus. Il y avait du sang partout, sur ta tempe et tes habits. Jenna n'a pas senti ton pouls, alors on s'est dit qu'il…

– Qu'il valait mieux la faire descendre du véhicule et la laisser aux animaux sauvages ? rage la voix de Tyler derrière moi. Qu'il était préférable d'influencer l'opinion publique pour faire croire que tout était ma faute au lieu d'assumer les conséquences de vos actes ?

J'étais morte. Pour eux, j'étais morte. Et ça ne les a pas dérangés de continuer leur chemin sans même essayer de me ranimer. Ça ne les a pas dérangés de rejeter la faute sur un innocent. Qu'est-ce que je racontais ? Je leur en veux. Je leur en voudrai toute ma putain de vie.

Todd nous dévisage, la mort dans l'âme.

– On était jeunes, et j'étais en colère. Tu comprends ? Je ne me rendais pas compte de ce que je faisais. Il y avait toi, mes parents de merde, les rumeurs, leurs absences, leur pression pour que je sois parfait en toutes occasions, plus le stress de chaque match ! J'ai pas… j'ai pas réfléchi !

– Je t'ai demandé d'arrêter cette voiture, Todd ! Je vous ai suppliés de me laisser partir ! J'ai dit non à plusieurs reprises !

Ce n'est que lorsque je sens une larme s'accrocher à un coin de ma bouche que je me rends compte que je pleure.

Putain, j'avais dit que je ne pleurerais pas devant eux !

Todd se mord la lèvre et secoue la tête, l'air penaud.

– Tu ne peux pas comprendre.

– *Je* ne peux pas comprendre ?!

Mon Dieu, il n'est même pas en train de demander pardon ! Il cherche des excuses.

– Moi, qui ai été la victime de votre plan, *je* ne peux

pas comprendre ? Moi, que tu as failli agresser, *je* ne peux pas comprendre ? Moi, qui me suis retrouvée dans le coma, *je* ne peux pas comprendre ?

La rage et la rancœur se mélangent. Je sens la respiration saccadée de Tyler dans mon dos. Lui aussi se retient. C'est ce qui me fait tenir le coup. Je serre les poings et fusille les deux coupables du regard.

– Vous allez payer pour vos crimes, explique Tyler.

Todd se fige, puis déclare, comme le menteur qu'il est :

– Personne ne t'a cru à l'époque. Personne ne te croira aujourd'hui.

– N'en sois pas si sûr. Annie, tout est dans la boîte ?

Il suffit de quelques secondes pour que l'un des micros cachés dans la pièce crépite.

– Parfaitement ! La vidéo est passée en direct sur les réseaux sociaux du magazine, une chaîne nationale, et la police ne devrait plus tarder.

– Merde ! Merde ! Je t'avais dit de ne pas parler ! Tu as gardé ta gueule fermée si longtemps, il fallait que tu craques aujourd'hui !

Todd fonce tout droit sur Jenna, qui recule, effrayée. Tyler l'arrête à temps pour l'empêcher de faire une connerie. Il l'attrape par le col et l'oblige à rester immobile, juste avec son regard meurtrier.

– Il y a longtemps que j'attends ce moment, crache-t-il entre ses dents. Tu ne pourras pas t'en sortir cette fois-ci. Tu te rappelles notre première rencontre ? Ce soir-là, aussi, tu voulais t'en prendre à une femme. Il y a une plainte pour agression venant d'elle qui a été déposée. Je suis également en contact avec l'un de tes comptables. J'ai en ma possession les livres de comptes de l'entreprise. Ce qui veut dire que j'ai les preuves des caisses noires et de tous les détournements depuis l'époque où ton père la dirigeait. Ils seront rendus publics dès demain. Lorsque l'image et les actions de votre société s'effondreront, je rachèterai vos parts et je régnerai en tant que patron pendant que tu purgeras ta peine. Même quand tu sortiras de prison, tu n'auras plus rien à toi.

Intérieurement, je souris. Il a bien préparé son coup. Lentement, Jenna tombe à genoux et demande pardon, versant de grosses larmes. Mais je ne ressens rien qui puisse s'apparenter au pardon.

– J'ai essayé de vous pardonner, vous savez, ajouté-je. J'ai vraiment essayé. Peut-être que, une fois que vous serez derrière les barreaux, j'y arriverai.

Tyler vient se coller à mon dos pendant qu'on entend les sirènes de police se rapprocher.

– Bon séjour en prison, lâche-t-il durement.

J'ai l'impression de vivre la scène au ralenti. La police débarque. Todd et sa complice se font passer les menottes aux poignets. Leurs plus beaux bracelets. Le gris leur va bien au teint, je trouve. J'espère qu'ils vont garder le bijou métallique longtemps.

Escorté par un policier, George sort de la pièce dans laquelle il s'était retrouvé avec Briana, menotté lui aussi. Briana, Caleb et Annie nous rejoignent, et nous nous prenons mutuellement dans les bras. Mon cœur battant de bonheur et de soulagement, je regarde chaque membre du groupe que nous avons formé.

Putain… je nous aime !

À la fac, on a l'impression que tout le monde a déjà vécu une soirée tordue dans laquelle la police débarque à la fin pour remettre les pendules à l'heure. Je comprends pourquoi. En vrai, il n'y a rien de mieux que ce genre de soirée pour bétonner des amitiés à jamais.

47

Kelly
Présent

Mon avis est définitif : les psys, c'est chiant.

OK, celle que j'ai consultée en début de semaine m'a l'air plus sympa que Laetitia, et je sais que je le fais pour le bien de ma relation. Mais, quand même, l'exercice qu'elle m'a demandé d'effectuer s'avère être une putain de torture. On est plus au lycée, je ne devrais même plus entendre le mot « exercice ».

Assise sur ma nouvelle moto – cadeau de Tyler –, j'essaie de calmer ma frustration en profitant du paysage à travers la visière de mon casque.

Moi, Kelly, je porte un casque.

Je n'ai jamais compris comment Tyler arrivait à me responsabiliser. Un baiser, et je dis oui à presque tout. Je suis si faible !

Après avoir garé mon engin, je vérifie que la voiture de Tyler n'est pas là, puis appelle directement l'ascenseur depuis le parking souterrain de l'immeuble. Il ne faut pas qu'on se voie. J'essaie de l'éviter au maximum depuis une semaine, prétextant rendez-vous sur rendez-vous à l'extérieur. J'ai même dû participer aux réunions à distance pour l'esquiver.

Heureuse de constater qu'il n'est pas encore rentré, je me dirige vers mon appart, que j'ouvre pour finalement rester scotchée dans l'entrée.

Merde ! Il est là.

– Bonsoir, Kelly.

J'inspire, expire, puis pose mes yeux sur lui.

Vêtu d'un pantalon de costume et d'une chemise au col déboutonné, il se tient assis sur mon canapé, faiblement éclairé par ma lampe, un journal local de Crystal River dans les mains. Si je reconnais tout de suite le gros titre, c'est parce que je l'ai lu, moi aussi, ce matin.

On peut dire que Melissa a su bien utiliser le scoop que nous lui avons offert. L'arrestation de Todd et de Jenna fait la une de plusieurs journaux depuis des jours. Leurs procès sont prévus dans quelques mois. Les juges respectifs ont refusé la libération sous caution. Il n'y aura ni corruption ni entrave à la justice cette fois-ci. Ils iront en prison. Ils paieront pour leurs crimes. Annie table sur une peine d'au moins dix ans.

Quant à George, il a essayé d'invoquer des troubles mentaux pour éviter de se retrouver derrière les barreaux. C'était compter sans l'avocat que Tyler a choisi pour défendre sa sœur et sa tante. Le journal lui accorde un petit paragraphe dans les faits divers. On est encore en attente d'un procès, mais les chances et les preuves sont de notre côté.

On a réussi à se venger de nos monstres.

En croisant les yeux marron de mon ex-prof, je me répète mon mantra : « Tu dois l'éviter, Kelly. » Si je le laisse m'approcher, je suis perdue. Il sait quoi me dire, comment me regarder. Il connaît si bien les méandres de mon cœur que je ne saurai pas résister.

Je referme la porte derrière moi.

– Ty… Quelle surprise ! Je ne m'attendais pas à te trouver sur mon canapé. Je sais que mon appart est plus sympa que le tien, mais il faut peut-être que tu arrêtes de te servir du double de mes clés.

Il ne sourit pas. Il plie lentement le journal et le pose sur le côté.

– Je suis ravi de pouvoir enfin te voir.

Je déglutis lentement.

– Ouais, je sais… J'étais très occupée cette semaine et…

– Menteuse, me coupe-t-il.

Il se lève.

– Les choses sont bientôt finies. On aura gain de cause. Tu n'es pas contente ?

– Si. Bien sûr que si.

– Alors, je peux savoir pourquoi ma petite amie m'évite ?

Je n'ose pas le regarder dans les yeux. Ma résistance en prendrait un violent coup.

– Je ne veux plus de mensonges ni de non-dits. S'il y a quoi que ce soit qui te dérange, si tu as des raisons de me fuir ou d'être fâchée, déballe tout. On se disputera, on se fera la guerre et ensuite on baisera. Ou l'inverse : baiser en étant fâchés peut s'avérer excitant.

C'est exactement ça, le problème.

– Malheureusement, je ne suis pas fâchée contre toi, Ty.

– Alors, qu'est-ce que c'est ? Pourquoi tu as soudainement moins de temps à m'accorder ? Tu te fais désirer ?

Je soupire. Ce n'est pas que l'idée ne m'a pas traversé l'esprit, mais je me suis tellement battue pour arriver à le reconquérir que je ne veux pas perdre du temps avec des enfantillages comme « fuis-moi, je te suis ». Je décide de lui dire la vérité.

– Je suis allée voir ma nouvelle psy, comme prévu, lundi dernier. Elle est gentille et vraiment à l'écoute. Il y a de la couleur dans son bureau, ses gâteaux sont excellents…

– Viens-en au fait, Kelly, dit-il sur un ton amusé.

– Je dois t'éviter, lâché-je à brûle-pourpoint.

– Pardon ?

Une grimace désappointée fleurit sur mon visage.

– Mon premier exercice consiste à éviter de coucher avec toi. Pour nous permettre d'avoir une relation plus saine, je dois me défaire petit à petit de mon obsession pour toi et commencer à me concentrer un peu plus sur moi. Ce qui sous-entend que je dois t'éviter parce qu'on sait très bien, toi et moi, ce qui arrive quand on se retrouve seuls quelque part.

Le visage un peu perplexe, il effectue un pas dans ma direction.

– Pour l'instant, c'est une torture pour moi. J'ai l'impression de commencer un régime ! Mais tu te rappelles que vous m'avez tous convaincue de retourner consulter une psy. Il faut que je donne une chance à sa méthode pour voir s'il y a des résultats.

– Tu dois faire ça pendant combien de temps ? Mon psy, à moi, ne m'a rien suggéré de tel.

– Un mois.

En deux enjambées, il me rejoint.

– C'était ta première session ?

J'approuve du chef.

– Donc, on ne doit pas se toucher ?

– Normalement.

J'aurais dû dire « oui ». Ma réponse prouve que je suis déjà en train de perdre toute résistance. Son sourire en coin ne présage rien de bon. Il effectue un petit pas dans ma direction.

– Si tu déroges à la règle, qu'est-ce qui se passe ?

– Je ne sais pas. Je serai obligée de recommencer, je crois.

Son sourire s'agrandit tandis qu'il arque un sourcil, provocant.

– Donc… ce serait contre-productif que je t'embrasse là, tout de suite ?

– Tyler…

Il se penche en avant et me saisit par la taille.

– Je vais faire appel à ton amour pour les interdits, chuchote-t-il à mon oreille.

Un petit soupir de plaisir m'échappe lorsqu'il pose ses lèvres dans mon cou.

– Ce soir… Juste ce soir, Kelly…

Merde ! Rien que le fait de sentir sa bouche sur moi me fait un effet de dingue.

– Laisse-moi être ta putain de thérapie.

Pour toute réponse, je hoche la tête. C'est tout ce que je réussis à faire. Je suis excitée, et il le sait sans que j'aie besoin de le formuler.

– Cela semble répondre à ma demande.

Il saisit fermement mes hanches et me fait asseoir sur le comptoir de la cuisine avant de poser doucement ses lèvres sur les miennes. Me délectant de la sensation de son baiser, je commence à défaire les boutons de sa chemise. Il est obligé de me faire descendre pour me déshabiller, moi aussi.

Quand je suis nue, il me tire par la main jusque dans la chambre.

– Couche-toi sur le dos et garde les mains au-dessus de ta tête.

Tyler descend le long de mon corps en suçant doucement mes tétons au passage. Je ferme les yeux et gémis. Il les aspire, les caresse avec sa langue, puis il glisse sa main plus bas, approfondissant ses baisers au fur et à mesure qu'il avance.

Quand il atteint mes jambes, il les écarte doucement. Je me tortille un peu, réclamant déjà plus, mais ses mains me maintiennent fermement sur le matelas.

– Pas si vite, Kelly.

Avec un petit rire, il se penche et passe sa langue de mon pubis jusqu'à mon clitoris.

Le cœur qui bat à cent à l'heure, je le laisse me lécher.

J'attrape l'oreiller à côté de moi et le mets sur ma bouche.

Il me l'arrache d'une main en souriant.

– Je veux t'entendre crier.

Je me laisse alors aller à la sensation de plaisir qui jaillit en moi et me retiens d'agripper sa tête pour réclamer plus.

Toujours en immobilisant mes hanches, Tyler se redresse et guide sa queue dans mon humidité.

– Oh, Tyler…

Mes hanches effectuent de petits cercles serrés sur le lit alors qu'il continue à aller et venir en moi de toute sa longueur.

– Putain, grogne-t-il.

Nos corps s'entrechoquent tandis qu'il accélère le rythme. Il se penche et s'empare de mes lèvres, avalant mes gémissements avec ses baisers. Chaque fois que je me sens près de l'orgasme, il ralentit la cadence. Il contrôle le rythme à merveille, entre poussées frénétiques et coups beaucoup plus lents. Il s'amuse à me rendre complètement folle.

Je serre davantage les jambes autour de son corps et réclame :

– Plus fort…

Il ne m'écoute pas. Il me baise lentement. Il entre et sort avec une douceur calculée. Ses lèvres embrassent mes joues, mes tétons. Il mordille le lobe de mon oreille.

Dans un halètement, je quémande à nouveau :

– Plus vite, Tyler…

Il prend enfin mes fesses plus fermement dans ses mains et répond à ma requête. J'étais tellement frustrée qu'il ne me faut que quelques secondes pour que je vienne autour de lui. Il gémit bruyamment mon prénom et jouit à son tour.

Mes oreilles bourdonnent alors que le contrecoup de

mon orgasme se répercute dans mon corps enfiévré. Épuisés, nous restons collés l'un sur l'autre, cherchant à récupérer nos souffles.

Puis Tyler part dans la salle de bains pendant que j'essaie de me remettre de mes émotions. Il revient se coucher près de moi. Sa main se pose tout naturellement sur l'un de mes seins.

– Tu viens de gâcher une séance de thérapie, Tyler.

– Tu te plains ou tu me remercies ?

– Un peu des deux.

Avec un sourire narquois, il me ramène tout contre lui et dépose un baiser sur ma tempe.

– Je n'aime pas le fait que tu m'évites.

– Moi non plus, mais je n'ai pas d'autres solutions pour l'instant. Te voir sans te toucher… Argh ! J'ai l'impression de revenir à l'époque du lycée, quand tu étais l'inaccessible « M. Evans » et que je devais cacher le fait que tu m'attirais.

Un petit rire lui échappe.

– Kelly, tu étais encore plus nulle à ça qu'en maths.

Je pouffe contre son torse.

– Pour moi aussi, ça va être dur de ne pas pouvoir te jeter dans mon lit pendant un mois, surtout après t'avoir enfin retrouvée. Mais la différence, maintenant, c'est que tu n'es plus un secret, Kelly. Tu as raison : lorsqu'on se retrouve, tous les deux, les choses dérapent, mais on peut toujours sortir en public. Voyons ce mois d'abstinence comme les premiers moments d'une nouvelle relation : le flirt, le jeu de séduction, la résistance qui fait grimper le désir.

« La résistance peut être quelque chose d'excitant. » Je me souviens de la première fois que je me suis retrouvée seule avec lui, dans cette chambre étudiante, et qu'il m'a fait résister à ses caresses pendant treize minutes. Tyler a toujours aimé faire durer le plaisir.

– Faisons tous les trucs qu'on aurait voulu faire sans se cacher il y a cinq ans, poursuit-il. À partir de demain.

Ses lèvres effleurent les miennes. Il fait ça pendant un moment, m'embrasse tendrement, puis sa bouche dévore la mienne. Son érection se presse contre ma cuisse. Je gémis et glisse ma main vers son entrejambe.

– Parce que, ce soir, je vais te faire l'amour encore… et encore.

Cette promesse-là, c'est l'une de mes préférées.

48

Kelly
Présent

Il y a un mois, Tyler m'a demandé de le laisser décider de notre dernier rendez-vous, et j'ai dit oui. Maintenant, je ne sais plus trop quoi penser.

– Qu'est-ce qu'on fait ici, Ty ?

Il n'a pas lâché ma main durant tout le trajet jusqu'à mon ancien lycée.

– Tu me fais confiance ? demande-t-il, les yeux malicieux.

– Quelle question idiote !

Les couloirs du River High School ne ressemblent pas vraiment à la soirée à laquelle je m'attendais.

Je le suis de près sur le chemin qui mène au gymnase. Malgré tout ce qui s'est passé en ces lieux, je me sens toute mélancolique quand je revois mon ancien casier, pas très loin de celui d'Annie. Contrairement à la façade, qui laisse croire que l'école est abandonnée depuis des lustres, l'intérieur est impeccable. Les carreaux sur lesquels mes talons claquent sont luisants de propreté.

– Comment ça se fait que tu aies les clés de mon ancien lycée ?

– J'ai acheté l'école.

– Quoi ?

– Quand notre scandale a éclaté, le comité des parents d'élèves a refusé d'investir un seul sou supplémentaire de peur de se retrouver lié à toute l'histoire. Tu sais comme moi comment ils aiment sauver les apparences dans cette petite ville. Ils ont tout bonnement fini par boycotter l'école. Elle a été mise en vente quelques mois après notre départ. J'ai économisé pendant une longue année avant de pouvoir proposer une offre de rachat.

– Mais… pourquoi ? Tu détestais cet endroit.

– Oui et non. Je veux dire… c'est tout de même ici que je t'ai rencontrée.

Je fonds.

– Mais tu as bien raison, je n'aimais pas particulièrement ces couloirs de merde. Je pensais à tout démolir pour en faire un immeuble à louer. Mais d'abord, je veux te montrer quelque chose.

Lorsque nous arrivons devant le gymnase, il ouvre la porte.

Non, c'est maintenant que je fonds. Je me liquéfie de bonheur.

– Surprise ! crient Annie et Briana en faisant péter une bouteille de champagne chacune.

Avec leurs perruques courtes et leur style années 1990, elles ont respectivement l'allure de Phoebe et de Monica de *Friends*.

– Vous êtes superbes !

– Merci ! s'exclame Bri. On voulait être dans le thème.

– On a tous joué le jeu, sauf Caleb, reproche Annie.

Juste derrière elles, il lève un verre en notre honneur.

– Je suis navré, mais je suis d'avis qu'il faudrait inventer un rôle rien que pour moi. En tout cas, tu es ravissante, Kelly.

Onur et Roger, dans un coin de la pièce, me sourient.

– Vous savez comment bouger vos lèvres pour faire autre chose que répéter des ordres ?

Ils éclatent tous de rire.

Je ne sais pas où poser les yeux. Le décor est encore

plus incroyable que ce que je m'étais imaginé à l'époque. Il y a bien évidemment l'iconique canapé et les parapluies colorés du générique de la si célèbre série. Ils ont reproduit la scène sur laquelle Phoebe jouait de la guitare dans leur café préféré. D'ailleurs, une pancarte de Central Perk est collée au-dessus du buffet composé de plein de chips et de bonbons.

– C'est du punch sans alcool ? demandé-je en remarquant la boisson rouge dans un saladier.

– Non, tout de même pas. C'est du rhum blanc avec un colorant, répond Caleb en souriant.

– Désolé, on n'aurait pas dû lui laisser la responsabilité des boissons, me dit Tyler, l'air un peu penaud.

J'éclate de rire dans ses bras.

– Tu n'as pas eu droit à ton bal de promo, auquel tu tenais tant, alors je me suis dit que ça te ferait plaisir.

– Tyler, c'est beaucoup trop. Tu n'aurais pas dû…

– Si, me coupe-t-il. Je ne me suis jamais donné du mal. À l'école, j'étais naturellement doué. Je pouvais passer des heures à jouer et finir major de ma promotion. Avec les femmes, c'était pareil, je n'ai jamais eu de grandes difficultés. Tu es arrivée et tu as effacé toute trace de facilité dans ma vie. Tu as été mon dilemme le plus complexe, mon exo le plus difficile, mais aussi mon exception la plus exquise.

Mon cœur s'emballe d'un délicieux cocktail d'excitation et d'amour.

– Avant toi, je ne m'étais jamais donné du mal, Kelly. Merci de m'avoir fait craquer. Merci d'avoir cru en nous. Maintenant, c'est à moi de le faire. Je veux essayer de te rendre tout ce que tu m'as apporté. Je veux te donner le meilleur de moi-même. Et ça commence par tout ceci.

Il me prend par la taille, me fait virevolter, puis atterrir dans ses bras.

– Peu importe le temps que cela prendra, peu importe le nombre de fois qu'il faudra se reconquérir, je suis prêt à le faire.

Des larmes de joie me montent aux yeux. Je n'arrive pas à croire ce qui est en train de m'arriver.

– Tu ne vas plus te séparer de moi ?

– Non.

– Comment je peux en être sûre ?

Il me force à le regarder attentivement.

– J'ai un esprit mathématique. Il adore calculer, analyser, tirer des conclusions en se basant sur les statistiques de la vie. Je ne sais pas si c'est à cause de lui que j'ai du mal à reconnaître mes sentiments. Il n'y a rien de cartésien dans les émotions. Elles arrivent et chamboulent tout, un peu comme toi. Je reconnais mes lacunes dans ce domaine. Mais, s'il y a une chose que j'ai apprise, c'est que mon cœur ne pourra jamais te mentir. Si ma raison déconne, mon cœur, lui, sait qu'il t'appartient.

Tyler dépose un doux baiser sur mes lèvres et souffle :

– Aussi longtemps que tu voudras de moi, je serai là.

Je croyais être arrivée au bout de mes surprises. Alors, lorsque je vois Briana nous apporter un livre, je fronce les sourcils. Ce n'est que lorsqu'elle me le tend que je le reconnais. Il s'agit d'un exemplaire de *Raison et Sentiments* de Jane Austen, qui ressemble fort à celui que j'ai déchiré dans la réserve, il y a quelques années.

Quand je l'ouvre, je constate que c'est le même. La première page a été arrachée. Je tombe des nues.

– Tu l'as gardé tout ce temps ?

Il me fait « oui » de la tête.

– Tourne la page.

Sur la page suivante, il y a marqué :

Moi, Kelly Perla Moore,
j'accepte d'accorder tous
les prochains rendez-vous de ma vie
à Tyler Wade Evans.

Puis il s'agenouille devant moi. Mon cœur s'éveille, s'emballe, s'envole.

– Kelly Perla Moore, je veux ta simplicité et ta folie, je veux ton obstination et ta sagesse. Je veux absolument tous tes prochains rendez-vous. Épouse-moi.

Dans le méli-mélo de plaisirs que je ressens, dans mon monde qui a cessé d'exister pour que je ne voie que lui, je m'entends lui poser une question :

– Ça veut dire que tu m'aimes de nouveau ?

– Quelle question idiote ! répond-il en souriant. Je n'ai jamais cessé de le faire.

Je le regarde droit dans les yeux. Ces yeux qui m'ont livré tant de choses depuis des années.

– Je t'aime, Kelly.

Le sol se dérobe sous mes pieds. J'ai envie de photographier exactement ce moment et de l'envoyer à mon ancienne psy pour qu'elle ne puisse pas nier que ce que je suis en train de vivre est parfait. Ce n'est pas le fruit de mon imagination, ce n'est pas la conséquence de ma soi-disant obsession.

Ce moment est véritablement synonyme de perfection.

– Il faut que tu répondes, Kelly, la vidéo commence à devenir longue, je vais avoir une crampe ! me crie Caleb.

Je ris.

Je pleure.

Je souris.

Je vis.

Je ne pensais pas que le bonheur pouvait me faire ressentir tout cet arc-en-ciel d'émotions.

– Moi aussi, je t'aime.

– Je sais que tu veux te noyer dans mes yeux et croquer mes pectoraux d'enfer, mais il faut que tu te concentres, Kelly. Tu dois choisir entre « oui » ou « non », m'informe Tyler, un énorme sourire scotché aux lèvres.

Je hoche vivement la tête de haut en bas.

Il me prend dans ses bras et me serre super fort. Comme s'il ne voulait jamais me lâcher.

– Tu te rends compte que c'est le début de plein de nouvelles promesses ?

Pour la première fois, les yeux de mon ancien prof s'illuminent vraiment. On dirait un gamin.

– On s'en est plutôt bien sortis avec les précédentes, je trouve.

Ses lèvres murmurent contre les miennes qu'il m'aime.

Tandis qu'il m'embrasse, nos amis crient nos prénoms. Je sens ses lèvres se transformer en un énorme sourire. Un que je me promets de lui soutirer chaque jour que nous passerons ensemble.

Épilogue

Tyler
Trois ans plus tard

Appuyé contre l'une des portes de la salle de conférences, les mains bien rangées dans les poches de mon pantalon, je l'observe, le sourire aux lèvres. Elle a décidé de couper ses cheveux pour son vingt-cinquième anniversaire. Cette coiffure la rend encore plus éblouissante que d'habitude. Je ne suis pas objectif, évidemment. J'espère ne jamais oublier à quel point ma femme est magnifique.

En plus d'avoir gagné le titre de la meilleure agente immobilière cette année, Kelly a été invitée à donner une conférence sur les atouts et les avantages de l'investissement immobilier. Elle a passé des heures à se préparer pour l'événement d'aujourd'hui.

– Vous avez un parcours plutôt typique, madame Evans. On peut dire que votre destin était tout tracé. Vous avez commencé votre carrière au moment où le marché était le moins compétitif. Sans oublier que votre mentor était votre mari actuel, lui-même plusieurs fois nommé comme meilleur agent immobilier. Quels conseils donneriez-vous aux personnes qui désirent se lancer aujourd'hui dans ce domaine ?

Kelly affiche un petit sourire en coin.

– Qui, parmi vous, est convaincu que le destin joue un rôle dans vos résultats ? demande-t-elle d'une voix assurée à son public.

Quelques mains se lèvent. Elle choisit une personne

au hasard.

– Comment vous vous appelez ?

– Louane, répond la jeune femme.

– Louane, vous n'avez pas tort. Je suis aussi d'avis que, si quelque chose doit arriver, cela arrivera. Mais pas en restant assis à attendre que ça tombe comme par magie du ciel. Il faut toujours vous donner les moyens d'atteindre vos objectifs. Forcez le destin, défiez-le, montrez-lui que vous avez de la niaque et que vous n'abandonnerez pour rien au monde.

De légers applaudissements se font entendre avant qu'une autre question ne lui soit posée.

Caleb me rejoint quand il m'aperçoit enfin. Briana et Annie me font de discrets signes de la main depuis leurs sièges.

– Je sais que tu as envie de dire un truc, Caleb, alors vas-y.

– Tu as plusieurs minutes de retard, me reproche mon associé.

– Je vérifiais que tout était bon pour ton enterrement de vie de garçon, ce soir.

Il plisse les yeux, intéressé.

– Il y aura des strip-teaseuses ?

– Quand j'en aurai trouvé que tu n'as pas sauté à Santa Barbara.

Sa bouche se plisse.

– Pas le choix, on va devoir se rendre dans une autre ville.

Je rigole intérieurement. J'ai encore du mal à croire qu'Annie va bientôt réussir à lui passer la bague au doigt.

Une voix dans l'assemblée me fait sortir de mes pensées.

– Comment était-ce de travailler avec votre mari ?

– Super excitant ! répond automatiquement Kelly. Pas

dans le sens que vous croyez, laissez-moi finir…

Toute la salle éclate de rire.

– C'était excitant parce que nous étions en compétition et en accord en même temps. Je voulais les gros dossiers autant que lui, et nous n'arrêtions pas de nous disputer la première place. Depuis le jour de notre rencontre, nos paris nous poussent toujours plus à donner le meilleur de nous-mêmes.

– Pour mon plus grand plaisir, déclare Caleb à côté de moi. Plus vous vous battiez pour nos clients, plus vite l'argent entrait dans nos poches.

Kelly me cherche des yeux et finit par me trouver.

– Je ne saurais expliquer clairement les rouages de notre dynamique, continue-t-elle. C'était comme aimer travailler avec son pire ennemi. Nous savions quand prendre les armes pour nous affronter et quand les déposer pour choisir ensemble les meilleures décisions en ce qui concernait l'agence. Je pense qu'il faut atteindre un certain niveau de complicité avec son partenaire pour y arriver, mais c'est très amusant.

– Dans ce cas, pourquoi avoir décidé de créer votre propre agence ?

Elle détourne les yeux quelques secondes et prend une petite inspiration.

– Je voulais quelque chose à moi. Toute ma vie, j'ai couru derrière l'approbation et l'amour des autres, et je vous déconseille très franchement de le faire.

Intimement, je sais qu'elle fait également référence à sa mère, avec qui elle n'a aujourd'hui que des échanges très sommaires.

De simples banalités.

Kelly a décidé qu'elle pouvait vivre sans elle, et sa mère ne fait pas plus d'efforts qu'auparavant pour nouer des liens.

– Je travaille sur moi depuis des années,

continue-t-elle. J'ai finalement décidé de me lancer à mon compte parce que je voulais me prouver à moi-même que j'étais capable d'indépendance. Cela ne m'empêche pas de rester en compétition avec mon époux et de retrouver notre alchimie quand je rentre à la maison.

– Putain, t'es un veinard. Elle déchire tout.

« On a tous le droit de se donner les moyens d'être heureux ». Depuis trois ans, cette nouvelle règle s'est ajoutée à toutes celles que je connaissais. Elle n'est pas mathématique, elle n'est pas cartésienne, mais j'arrive à la comprendre.

Après la séance de questions-réponses, les participants sont invités à rejoindre une pièce à côté pour se restaurer. Kelly pose pour quelques journalistes, remercie ceux qui la complimentent et finit enfin par me rejoindre. Son sourire est large jusqu'aux oreilles.

– T'as vu ça ? Tu avais raison, je stressais pour rien, en fin de compte ! J'ai juste été moi-même et c'était parfait.

– Vous étiez incroyable, madame Evans.

Je prends sa main et la baise chastement sans lâcher son regard. Je dois m'attarder un peu trop sur son visage parce qu'elle me demande :

– Quoi ? J'ai quelque chose sur la figure ?

– Je pensais juste à ce que tu as dit sur le destin tout à l'heure.

– Tu n'es pas d'accord ?

– Le jour de notre rencontre, tu m'as demandé mon nom. Qui aurait cru qu'aujourd'hui, tu le porterais ?

– Moi, affirme-t-elle. Je t'ai désiré au premier regard. On peut dire que j'ai eu de la chance que ce soit réciproque, mais je n'ai pas laissé le destin décider pour moi. J'ai foncé dès que tu m'as montré un peu d'intérêt parce que je croyais en nous.

Mes mains saisissent sa taille et la plaquent contre

moi pendant que mes lèvres se posent passionnément sur les siennes.

– Et tu sais ce qu'il y a de plus sexy qu'une femme qui sait ce qu'elle veut ?

Elle me fait « non » de la tête.

– Une femme qui *obtient* ce qu'elle veut. Tu m'as eu, Kelly. Tu m'as et tu m'auras.

Pour toujours.

Remerciements

Je sais que tu ne liras jamais ces mots (parce que je les écris trop tard), mais merci pour tout, ma petite maman. Ce livre, en particulier, aura toujours une saveur différente des autres parce que c'est en l'écrivant que j'ai appris que je ne pourrais plus jamais te parler d'un de mes projets. J'espère continuellement que tu es fière de ce que ta fille accomplit.

Je remercie mon âme sœur Tana. Tu es mon plus grand soutien dans absolument tout ce que j'entreprends. Merci d'avoir été mon rocher quand je doutais de l'édition de ce livre, quand je doutais de moi-même.

Axel, merci d'essayer de participer à l'architecture de mes projets. Merci de t'intéresser aux brainstormings intenses que j'écris sur le tableau de ton frigo (après avoir effacé ta liste de courses 😋). Merci d'avoir compris que l'écriture était plus qu'une passion à mes yeux.

S'il y a bien une personne qui s'évertue à gommer mon syndrome de l'imposteur, c'est bien toi, Lauren. Alors, merci d'être toujours là.

J'ai commencé cette histoire sur Wattpad, et l'une des premières personnes à m'avoir soutenue, c'est toi, Aurélie (Acacia Black). Merci pour tes conseils, nos fous rires, nos encouragements mutuels, nos notes vocales kilométriques et nos confidences tordues. On a partagé tellement, ensemble ! J'avais vraiment besoin d'une amie comme toi pour continuer cette aventure folle.

J'ai également rencontré d'autres personnes incroyables. Je ne peux malheureusement citer tout le monde, mais je me dois de remercier Elona, Eny Heli, Louane, Ayma (aya.books), Charlène (bookscharlene), Hamda (hamdabook), Silya. Merci d'avoir recommandé mon livre et merci d'avoir cru en cette histoire.

OMG (promis, j'arrêterai de le dire dans mes mails), Juliette ! Merci d'être une éditrice accessible, très à l'écoute et super bienveillante. Travailler avec toi est un véritable plaisir !

Merci à toutes les personnes qui ont lu ce roman, qui l'ont attendu pendant des mois, qui l'ont entre les mains. Je m'en remets totalement à vous pour faire vivre mon livre.

Last but not least, je remercie du fond du cœur l'équipe Addictives.

Autrice : Arielle Héra

Edisource – Éditions Addictives
1 bis, avenue de la République – 75011 Paris
Imprimé par CPI Brodard & Taupin
Avenue Rhin et Danube, 72201 La Flèche cedex
Dépôt légal : juin 2025 – Achevé d'imprimer : mai 2025
ISBN : 978-2-37126-748-0
N° d'impression : 3061467
Contact sécurité produit : conso@edisource.fr

Réf. contrat : ZKEL_001